CB008444

20 MIL LÉGUAS SUBMARINAS

CLÁSSICOS ZAHAR
em EDIÇÃO COMENTADA E ILUSTRADA

David Copperfield
Charles Dickens

Sherlock Holmes (9 vols.)*
A terra da bruma
Arthur Conan Doyle

Robinson Crusoé
Daniel Defoe

As aventuras de Robin Hood*
O conde de Monte Cristo*
A mulher da gargantilha de veludo e outras histórias de terror
Os três mosqueteiros*
Vinte anos depois
Alexandre Dumas

O corcunda de Notre Dame*
Victor Hugo

Os livros da Selva*
Rudyard Kipling

O Lobo do Mar*
Jack London

Jaqueta Branca
Moby Dick
Herman Melville

Rei Arthur e os cavaleiros da Távola Redonda*
Três grandes cavaleiros da Távola Redonda: Lancelot, Tristão e Percival
Howard Pyle

A Ilha do Tesouro
Robert Louis Stevenson

Aventuras de Huckleberry Finn
As Aventuras de Tom Sawyer
Mark Twain

20 mil léguas submarinas*
A ilha misteriosa*
Viagem ao centro da Terra*
A volta ao mundo em 80 dias*
Jules Verne

O Homem Invisível*
A máquina do tempo
H.G. Wells

* Títulos disponíveis também em edição bolso de luxo
Veja a lista completa da coleção no site zahar.com.br/classicoszahar

Jules Verne

20 MIL LÉGUAS SUBMARINAS

EDIÇÃO COMENTADA E ILUSTRADA

Apresentação:
Rodrigo Lacerda

Tradução e notas:
André Telles

13ª reimpressão

Grafia atualizada segundo o Acordo Ortográfico da Língua Portuguesa de 1990, que entrou em vigor no Brasil em 2009.

Título original
Vingt mille lieues sous les mers

Capa
Rafael Nobre

Design da imagem de capa e das guardas
Marcus Handofsky

Projeto gráfico
Mari Taboada

Ilustrações
Alphonse de Neville (1836-1885) e Édouard Riou (1833-1900), gravadas por Hildibrand para a edição de 1871 de *20 mil léguas submarinas* (Paris, J. Hetzel)

Preparação
Thiago Lins

Revisão
Eduardo Farias
Eduardo Monteiro

CIP-Brasil. Catalogação na fonte
Sindicato Nacional dos Editores de Livros, RJ

V624v
Verne, Jules, 1828-1905
20 mil léguas submarinas / Jules Verne; apresentação Rodrigo Lacerda; tradução e notas André Telles. – 1ª ed. – Rio de Janeiro: Zahar, 2011.
il.

Tradução de: Vingt mille lieues sous les mers.
Inclui Pequeno glossário de termos náuticos; e, Cronologia: vida e obra de Jules Verne
ISBN 978-85-378-0730-9

1. Literatura infantojuvenil francesa. I. Lacerda, Rodrigo, 1969-. II. Telles, André. III. Título. IV. Título: vinte mil léguas submarinas.

11-4905
CDD: 028.5
CDU: 087.5

EDITORA SCHWARCZ S.A.
Praça Floriano, 19, sala 3001 – Cinelândia
20031-050 – Rio de Janeiro – RJ
Telefone: (21) 3993-7510
www.companhiadasletras.com.br
www.blogdacompanhia.com.br
facebook.com/editorazahar
instagram.com/editorazahar
twitter.com/editorazahar

Sumário

Segunda Parte

APRESENTAÇÃO

A fusão entre ciência e literatura

Jules nasceu em 1828. Paul, seu único irmão, em 1829. A família Verne morava na região francesa da Bretanha, mais especificamente na cidade portuária de Nantes, onde o pai era advogado. Ainda na infância, os dois meninos passavam as férias em Brains, localidade às margens do rio Loire, onde, no conto autobiográfico "Memórias da infância e adolescência", Jules afirma ter surgido seu interesse por navios e pela perspectiva de grandes viagens e expedições a pontos desconhecidos da Terra. Com o passar dos anos, após deixar o colégio interno e completar os estudos, o filho primogênito dos Verne foi instalado em Paris às custas do pai, para formar-se em Direito e passar no exame da Ordem dos Advogados.

Com aproximadamente vinte anos, no entanto, ele começou a exercitar outros talentos. Escreveu dramas históricos, comédias ligeiras e, também para o teatro, libretos de operetas, em parceria com Michel Carré (1821-72). Publicou algumas das suas histórias de viagem na revista literária *Musée des Familles*, nelas já demonstrando pendor para assuntos científicos e geográficos. Tais obras de juventude serviram-lhe de entrada na cena literária, mas pela porta dos fundos. Nenhuma delas lhe trouxe dinheiro ou prestígio, e seu projeto pessoal parecia ainda em formação.

Para piorar, seu pai flagrou-o desperdiçando o tempo de estudo. Em represália, retirou a ajuda financeira que lhe dava todo mês. Jules viu-se obrigado a ganhar a vida no mercado de ações, trabalho por ele odiado, embora o desempenhasse com razoável sucesso. Continuou escrevendo, mas para as gavetas. Nenhum editor parecia disposto a publicá-lo.

Por volta de 1850, Jules conheceu os dois grandes mestres do romantismo francês, Victor Hugo e Alexandre Dumas. Há quem aponte o já consagrado autor de *O conde de Monte Cristo* e *Os três mosqueteiros* como seu primeiro conselheiro literário, ou até uma espécie de padrinho. Contudo, é certo que não foi ele a grande alavanca profissional do jovem ficcionista. As histórias de Verne continuaram sendo recusadas pelos editores. Ora soavam "científicas demais"; ora pessimistas demais, associando a infelicidade humana às descobertas da ciência.

Ainda antes que a grande oportunidade editorial surgisse, o escritor conheceu Honorine de Viane Morel, viúva e mãe de duas filhas, com quem se casou em 1857. Embora a união lhe criasse novas responsabilidades, ele, encorajado pela esposa, continuou escrevendo e tentando ser publicado.

A chance de ouro surgiu, finalmente, em 1862, quando Verne conheceu o editor Pierre-Jules Hetzel (1814-86). Apesar da diferença de idade relativamente pequena, Hetzel era já um editor de currículo na França da época. Além de ter fundado a revista literária *Le Diable à Paris*, cujo elenco de colaboradores reunia nomes como Théophile Gautier, Alfred de Musset, Gérard de Nerval, George Sand, Stendhal e Eugène Sue, tinha o mérito de publicar as obras de Victor Hugo e de ter sido um dos editores da monumental *Comédia humana*, de Honoré de Balzac. Além de editor um homem politizado, Hetzel passara por dificuldades às vésperas da Revolução de 1848, falindo, sendo perseguido e exilando-se em Bruxelas, na Bélgica, onde ficaria até 1860. De volta à França, recuperou o prestígio e o poder com a publicação de livros infantis. Foi nessa segunda fase de sua aventurosa carreira editorial que conheceu Jules Verne e se tornou seu principal interlocutor literário.

O editor, assim renomado, e o escritor, ainda em busca de afirmação aos trinta e poucos anos, trabalharam juntos pela primeira vez numa história chamada "Viagem pelo ar". Ela narrava certa exploração da África em um balão, e era uma daquelas antes recusadas como "científica demais". Aprimorando a receita literária espontânea do escritor, Hetzel trabalhou para apurar-lhe o estilo e incentivou-o a estruturar melhor suas histórias, a nelas acrescentar elementos de humor e, por fim, a suavizar a descrença na relação entre a humanidade e seus progressos técnicos. As sugestões do editor, desse momento em diante, parecem ter sido sempre levadas em conta. Os dois acabaram publicando a história em 1863, sob o título facilmente reconhecível de *Cinco semanas em um balão*. Foi o primeiro sucesso de Jules Verne.

A relação logo deixou de ter mão única, tornando-se de interdependência. Beneficiando-se do desenvolvimento geral da instrução pública, do interesse crescente dos leitores por assuntos de vulgarização científica, e embalado pelo sucesso de *Cinco semanas...*, Hetzel imaginou uma revista para jovens dividida em duas partes, uma de caráter didático, sobre ciências, feita pelo educador e jornalista Jean Macé (1815-94), e outra de divulgação científica, escrita com maior fluência e sabor literário. As duas metades se destinariam ao mesmo público, com igual tipo de conteúdo passado de formas diferentes. Aproveitando o talento de Verne, o editor logo criou, dentro da seção de divulgação científica, uma segunda subdivisão, na qual entrariam, em folhetim, romances que combinassem ficção e ciência.

Ambicioso, ele justificava o projeto:

> Precisamos nos conscientizar de que a arte pela arte não é mais suficiente em nossa época; é chegada a hora de a ciência tomar seu lugar no campo literário. ... As obras publicadas e a publicar obedecem, no conjunto, ao plano a que se propôs seu autor ... resumir todos os conhecimentos geográficos, geológicos, astronômicos e da física coletados pela ciência moderna, e refazer, sob a forma atraente e pitoresca que lhe é própria, a história do universo.

Em março de 1864 saiu o primeiro número da *Magasin d'Éducation et de Récréation*, que incluía a parte escrita por Verne, a "Biblioteca de Educação e Recreação", que por sua vez continha a série *Viagens extraordinárias*, na qual todos os romances subsequentes do escritor seriam publicados. O sucesso de público foi tremendo. Verne tornou-se um autor prolífico, lançando livros regularmente. Ao longo dos dez anos seguintes, produziria, entre outros grandes títulos, pelo menos três obras de valor indiscutível: *Viagem ao centro da Terra* (1864), *20 mil léguas submarinas* (1870) e *A volta ao mundo em 80 dias* (1873). A parceria com Hetzel jamais se desfez. Mais do que um autor de viagens e explorações, Verne ajudou a fundar um novo gênero literário, a ficção científica.

A ideia para o romance *20 mil léguas submarinas* pode ter vindo em 1865, de uma carta endereçada a Jules Verne pela escritora George Sand, em agradecimento ao envio de seus romances *Viagem ao centro da Terra* e *Da Terra à Lua*, na qual ela dizia:

> Espero que o senhor nos conduza em breve às profundezas do mar e que faça seus personagens viajarem nesses aparelhos de mergulhadores que a sua ciência e a sua imaginação podem se permitir aperfeiçoar.

Contudo, diante da estrutura recorrente de seus romances — viagens extraordinárias pelo ar, pelo espaço e pelas entranhas da Terra, feitas por meios de locomoção muito avançados tecnicamente —, temas como o fundo do mar e, por consequência, o submarino, talvez fossem inevitáveis. De qualquer modo, a primeira menção ao projeto surge um ano depois, numa das cartas de Verne a Hetzel, e também o plano da obra data de 1866.

Outros dois trabalhos, porém, atrasaram o início da escrita: a última parte de *Os filhos do capitão Grant*, romance publicado de 1866 a 1868, e um típico trabalho de divulgação científica, encomendado por Hetzel, uma *Geo-*

grafia ilustrada da França e de suas colônias, que consumiria a Jules Verne todo o ano de 1867. Enquanto isso, autor e editor discutiam cada elemento do futuro romance submarino.

O principal objeto de controvérsia entre os dois foi a personalidade do capitão Nemo. Uma carta registra o quanto desagradava a Hetzel, desde 1867, o *background* imaginado por Verne para o personagem. Originalmente, Nemo seria um nobre polonês lutando pela independência de seu país, então sob domínio russo, e sequioso de vingança pela morte de sua família, massacrada durante a ocupação. Embora os espíritos românticos da França fossem, na época, simpáticos às guerras de independência em geral e à polonesa em particular, para os interesses comerciais de Hetzel, cujos livros e revistas obtinham grande sucesso no mercado russo, esse traço político do romance era bastante problemático. Além de uma eventual censura em Moscou, o próprio governo francês poderia exigir o recolhimento da publicação, alegando o risco de um incidente diplomático.

Verne teve de ceder, mas a uma dada altura do processo criativo lamentou-se com o amigo:

> Para ser franco, tenho saudade do meu polonês. Estava habituado com ele, éramos bons amigos e, além disso, era mais verdadeiro, mais sincero.

Assim se explica o fato de os antecedentes do capitão Nemo permanecerem, por todo o romance, tão vagos e misteriosos.* Tendo tido a biografia que imaginara cortada, Verne não a substituiu por nenhuma outra e decidiu deixar o passado do personagem na sombra, mantendo apenas alguns vestígios de sua história dolorosa, como a morte dos filhos e da esposa. Talvez não seja coincidência o fato de *nemo*, em latim, significar "ninguém".

O segundo objeto de controvérsia importante entre autor e editor, muito provavelmente, resultou do primeiro. Quando o fim do livro se aproxima, Nemo comanda o ataque e o afundamento de um navio sem bandeira, provocando uma verdadeira mortandade bem debaixo dos olhos dos passageiros do *Náutilus*. A cena é extremamente dramática. No entanto, uma vez esvaziada de seu conteúdo político nacionalista — já que o leitor desconhece o passado do capitão —, ela adquiria ainda um caráter de violência psicológica que incomodava Hetzel. O desejo de vingança de Nemo, ao se voltar contra a humanidade em geral, tornava-se uma crueldade injustificável, quase monstruosa. O editor sugeriu um corte puro e simples. No mínimo, Verne deveria suavizar o horror inspirado por Nemo.

---

* Para se conhecer a história pregressa do capitão Nemo, deve-se ler outro romance de Jules Verne, *A ilha misteriosa*, publicado quatro anos depois de *20 mil léguas submarinas*, em 1874.

O autor, resistente, e para ganhar a discussão, como de fato aconteceu, ameaçou voltar atrás nas negociações:

> Se Nemo fosse um polonês cuja esposa tivesse sido morta a golpes de *knut* [um tipo de chicote russo] e os filhos morrido na Sibéria, e se esse polonês se visse diante de um navio russo, com o poder de destruí-lo, todo mundo aceitaria sua vingança.

Como se pode ver, o plano da obra foi intensamente discutido pelos dois entre 1865 e 1869. No meio do caminho, porém, em setembro de 1867, sem que nenhuma linha estivesse de fato escrita, a *Magasin d'Éducation et de Récréation* anunciou a publicação do romance, ainda intitulado *Viagem submarina*. A pressa em divulgar a existência do projeto se explica. Outro folhetim surgira no mercado, *As aventuras extraordinárias do sábio Trinitus*, com o subtítulo de *Viagens submarinas*, e tanto Verne quanto Hetzel desejavam se precaver contra eventuais acusações de plágio. Finalmente, em fevereiro de 1868, Verne começou a pôr o novo livro no papel. Um mês depois, escrevendo ao pai, demonstrava grande entusiasmo:

> Estou inteiramente dedicado a *Viagem submarina*, que na verdade chamar-se-á *20 mil léguas submarinas*. Trabalho com extremo prazer e espero que o romance fique muito interessante.

Uma vez entregues os originais, Hetzel, como de hábito, passou a revisá-los e continuou fazendo observações de toda sorte. Além das concessões que já havia pedido ao amigo escritor durante o desenvolvimento do projeto, agora julgou o romance curto demais para que o potencial dos personagens fosse inteiramente explorado. Sugeriu a inclusão de episódios suplementares. Verne o atendeu, reservando-se contudo o direito de escolher que novos episódios seriam esses.

A primeira parte da história ficou pronta em setembro de 1868; a segunda, em fevereiro de 1869. As dificuldades com as ilustrações adiaram o início da publicação, que enfim começaria em março de 1869 e prosseguiria até junho de 1870, de dois em dois capítulos. Ainda em 1869 o primeiro volume começou a circular sob a forma de livro — na mesma Hetzel et Co., é claro —, e a segunda parte seguiu-a em 1870.

No lançamento do folhetim, a recepção da crítica decepcionou os dois amigos. O livro tampouco recebeu maiores atenções dos especialistas, por seu lançamento ter calhado com uma conjuntura política especialmente conturbada, ou assim acreditava Verne, referindo-se à guerra entre a França e a Prússia, de 1870-71. Ele próprio, no entanto, demonstrou ao longo da vida um carinho especial por sua aventura submarina. E, comercialmente, os dois amigos obtiveram o terceiro maior sucesso na história da revista, perdendo apenas para *A volta ao mundo em 80 dias* e para uma segunda edição, em folhetim, de *Cinco semanas em um balão*.

Fazendo um balanço, sua carreira de escritor tinha agora saldo positivo. Antes que a década de 1870 chegasse à metade, a parceria com Hetzel já lhe permitira viver de seus livros e de adaptações dos mesmos para o teatro, desenvolvidas em parceria com Adolphe d'Ennery (1811-99). Aproximadamente dez anos de prosperidade se passaram.

O ano de 1886, porém, deu início a uma sequência de episódios dramáticos. O sobrinho do escritor, Gaston, acertou-o com dois tiros, um no ombro, sem maiores consequências, e outro no tornozelo, deixando-o manco para sempre. Não obstante ter o crime sido abafado pela imprensa, Gaston foi internado num sanatório para doentes mentais e o trauma familiar deixou suas marcas. Logo em seguida, Hetzel morreu. Em 1887, veio a morte da mãe do escritor. Por fim, a gradual queda nas vendas dos livros comprometeu seu padrão de vida. A literatura não mais lhe bastando como único consolo e fonte de renda, Verne iniciou uma carreira política, sendo eleito conselheiro municipal de Amiens, onde serviria por quinze anos.

Até sua morte, em 1905, os livros que escreveu ganharam um caráter explicitamente sombrio, sempre tematizando os desvios do avanço científico.

Embora Jules Verne tenha de fato antecipado em seus livros muitas das invenções humanas posteriores, seria falso dizer que foi esse o caso dos submarinos. Ao conceber o *Náutilus*, Verne estava "apenas" sintonizando sua literatura às mais avançadas pesquisas da engenharia na época.

O processo que levaria a essa descoberta já vinha de longe. Em 1802, o inventor americano Robert Fulton (1765-1815) propusera a Napoleão a construção de um submarino, ou melhor, de um "navio submersível", chamado *Náutilus*. Mais tarde, porém ainda antes de *20 mil léguas* ser escrito, o projeto de Fulton seria homenageado por dois sucessores: Hallelt, um aparentemente obscuro inventor americano, que chamou de *Náutilus* o equipamento por ele inventado — ao mesmo tempo uma câmara de mergulho e um meio de transporte submarino —, e Jean-François Conseil, criador de um navio semissubmergível projetado em 1857 e visto pessoalmente por Verne em 1867. (Deste último, diga-se de passagem, o escritor aproveitou também o sobrenome, Conseil, para criar o personagem Conselho.)

Mas as ilustrações da edição original de *20 mil léguas submarinas*, feitas por Édouard Riou (1838-1900) e pessoalmente supervisionadas pelo autor, que dava instruções precisas ao desenhista, mostram o *Náutilus* do capitão Nemo com a conhecida forma de "navio-charuto". Não é por acidente. Primeiro, Verne tinha a referência de um submarino projetado em 1862 e fabricado em 1864, o USS *Alligator*, o primeiro oficialmente incluído na frota da marinha americana. O inventor era seu antigo professor de matemática e desenho no colégio interno, o engenheiro Brutus de Villeroi (1794-1874). Em segundo lugar, outro equipamento no mesmo formato foi exibido na Exposição Universal de Paris de 1867, visitada por Jules Verne. Construído pela firma Brun et Bourgeois, chamava-se *O Mergulhador*.

Nenhum desses modelos reais, no entanto, chega perto da excelência de engenharia do *Náutilus* ficcional. Embora o livro, tão didático e minucioso nas suas digressões sobre a fauna e a flora marinhas, seja bem mais econômico nos aspectos físicos, mecânicos e energéticos envolvidos no funcionamento do submarino, fica evidente que ele é um fenômeno da técnica. Possui vários equipamentos surpreendentes, como lanternas poderosíssimas ou escotilhas que se abrem para o fundo do mar, e encontrou soluções prodigiosas para dificuldades essenciais, como o abastecimento de oxigênio, por exemplo.

O submarino, contudo, é muito mais do que um meio de transporte revolucionariamente moderno. O *Náutilus* é um grande palácio miraculoso, um museu artístico e científico da humanidade. Seu grande salão reúne algumas dezenas de obras-primas da pintura e da escultura, além de uma coleção inestimável de maravilhas dos oceanos. É um microcosmo perfeito, onde a arte e a ciência estão em harmonia. No maravilhoso órgão do capitão, combinam-se a excelência mecânica e a elevação espiritual.* A biblioteca, por sua vez, possui 12 mil volumes, concentrando tudo que já se escreveu de proveitoso na história (com a "vantagem" de ter expurgado os livros de economia e política!). Na sala de jantar, por fim, numa mesa posta com luxo e requinte, as mais finas iguarias dos oceanos são oferecidas.

Como a um autêntico personagem, as diferentes facetas do submarino dão-lhe um caráter mutável, que não é apenas uma coisa *ou* outra. Suas viagens são uma porta para o nosso futuro, sobretudo para o futuro científico, mas são também uma viagem ao passado, uma recapitulação da fragmentária experiência humana, desde os tempos do reino perdido de Atlântida até o presente da ação. Além de um prodígio da ciência, ou de uma cápsula essencial da civilização, ele é um valor mais alto, em sua busca pelo conhecimento completo dos segredos da natureza. É também muitas outras coisas: o refúgio do misantropo Nemo; o espaço de um processo de iniciação, que transforma para sempre quem o vivencia; um lugar de culto, quase sagrado, para uma tripulação de fanáticos; um eco da odisseia de Homero; um lugar social utópico, ou distópico, dependendo do ponto de vista; ou ainda um agente da morte, trazendo o fim das sociedades pela combinação perversa entre a ciência e o impulso de violência da humanidade.

---

* Conforme a bela e perspicaz observação de Jacques Noiray, em seu excelente prefácio ao romance. In *Vingt mille lieues sous les mers*. Paris, Gallimard, 2005.

Um dilema que parece percorrer todas essas hipóteses, de uma forma ou de outra, opõe dois valores cruciais: a liberdade × o conhecimento. O *Náutilus* é, por excelência, um espaço onde essas duas instâncias se confrontam. Em que medida o conhecimento científico liberta os homens? Em que medida ele pode privá-los de valores mais humanísticos, enclausurando-os, por assim dizer, numa prisão existencial? É válido sacrificar a liberdade em nome do avanço científico? Todos os quatro personagens principais do romance — o professor Aronnax, seu assistente Conselho, o próprio capitão Nemo e o arpoador canadense Ned Land — vivem o mesmo dilema, embora deem a ele respostas diferentes.

Sabemos que o capitão Nemo culpa a humanidade pela morte da família, daí o desejo de se manter distante da civilização a que outrora pertenceu, degradada, corrompida por interesses mesquinhos e violência. Além disso, ele é um homem de recursos científicos insuperáveis, comprovados pela simples existência do *Náutilus*. Compreende-se, portanto, que, para ele, seja uma opção aceitável abrir mão da convivência com seus semelhantes, para em troca conhecer todos os segredos dos oceanos.

Fundador de uma microssociedade, Nemo cercou-se de homens que rejeitam igualmente a civilização tal qual ela existe em terra. Essa sociedade, porém, não se baseia apenas em ódio e ressentimento. Por duas vezes o capitão chora com sinceridade a perda de membros da tripulação, indicando que há uma ligação afetiva real entre eles. Além disso, Nemo possui um profundo sentimento de solidariedade para com as populações oprimidas e exploradas. Por fim, mais que vingador e misantropo, em seu museu de artes e ciências ele é o mantenedor do legado positivo de sua espécie.

Na primeira parte do livro, Nemo é o anfitrião perfeito, gentil e sábio. Pouco a pouco, no entanto, e pronunciadamente a partir da segunda parte, vai se tornando um personagem mais sombrio, ausente e fechado. Nesse processo, seu sopro libertário vai dando lugar a um temperamento despótico, capaz de gestos extremados. Ao final, porém, diante dos trágicos acontecimentos que encerram o romance, a sanha vingativa do personagem é relativizada. Aflora, então, uma inquietude profunda, advinda do autoquestionamento e da dúvida sobre a legitimidade de sua missão.

Não apenas a lacuna biográfica faz de Nemo uma figura misteriosa. A maneira como ele enxerga o mundo é misteriosa. Em vários momentos achamos que compreendemos sua lógica, e de repente ela nos escapa. Visceralmente indisposto contra a humanidade, ele entretanto salva a vida de um indiano e o deixa fugir, livre, ao contrário do que fez com os náufragos Aronnax, Ned e Conselho. Ele parece compreender as complexas interações entre o mar e o clima no planeta, ou entre o consumo das riquezas naturais promovido pela espécie humana e a degradação do meio ambiente, mas não dedica seus recursos tecnológicos avançados à contenção do estrago. É pessoalmente contra a matança descontrolada de animais, mas pode ser extremamente cruel, causando a perda de muitas vidas, entre homens e animais. É gênio e carcereiro, salvador e carrasco.

O professor Aronnax e seu assistente, Conselho, também possuem um apetite científico imenso. Aronnax é autor de um livro intitulado justamente *Os mistérios das grandes profundezas submarinas*. Mas eles não têm o desprezo do capitão pelo mundo construído pelos homens em terra firme. Aronnax, aliás, é o porta-voz de uma moral humanista, próxima à do próprio Verne, almejando, em tempos de cientificismo desenfreado, uma ciência legitimada pelo respeito aos valores morais e aos princípios espirituais que deveriam reger a sociedade (no caso, tanto os princípios católicos quanto outros puramente filosóficos). E portanto, embora ele e seu assistente, de início, se deixem deslumbrar com a oportunidade de um alargamento intelectual inédito, aos poucos os dois vão sofrendo uma espécie de síndrome de abstinência do convívio com a humanidade.

Os personagens que melhor encarnam o conflito essencial do livro são, é claro, Nemo e Aronnax. De início, o professor é dominado por uma admiração profunda pelo oficial-cientista, homem capaz de se extasiar com as criações da natureza e de criar maravilhas ele próprio, graças a seu imenso engenho. Contudo, enquanto Aronnax ainda comunga do código moral de seu tempo, reportando-se a preceitos éticos coletivos, o capitão foi mais longe e criou um universo próprio de valores. Sua inteligência, por algum motivo desconhecido, foi pervertida. Aronnax, de posse de grandes segredos naturais, deseja compartilhá-los; Nemo deseja guardá-los para si. Um almeja usar a ciência para o bem da humanidade, enquanto o outro usa-a para fugir dela, para mantê-la a distância. Um hesita em usar a violência, por não julgá-la racional; o outro, em muitos momentos, lança mão de uma racionalidade extremamente violenta.

Ned Land, por sua vez, faz o contraponto a tantas mentes treinadas pela educação formal. Além de arpoador, é caçador, portanto um homem de porte atlético, e eminentemente prático, que não vê o mundo pelo ângulo científico. Para ele, um ouriço-do-mar é apenas um animal que pode espetá-lo, enquanto para seus companheiros é um equinoide regular, de simetria pentarradiada, da classe dos equinodermos. A permanência forçada no *Náutilus* lhe é insuportável, pois precisa de ar fresco e espaços abertos para ser quem é. Ele pressente, por instinto, o quanto a obsessão pela ciência significa a deturpação da inteligência natural da humanidade.

A ficção científica depende, para funcionar, da verossimilhança. Dos atos e pensamentos dos personagens aos equipamentos futurísticos, tudo tem de ser convincente. Não por acaso a história é narrada conforme Aronnax a registra em seu diário íntimo, ponto de vista escolhido por pressupor a autenticidade do relato. Outro fator que pode ter ajudado Verne a "dar vida" ao romance foi sua decisão de fazer a viagem do *Náutilus* ocorrer no mesmo intervalo de tempo em que ele efetivamente escrevia o livro, ou seja, entre 1868 e 1870. O processo criativo, dessa maneira, ganha um frescor cuja essência o texto tende a conservar, transmitindo-a ao leitor. A precisão na localização e na descrição dos vários pontos geográficos visitados pelo *Náutilus*, bem como o vasto uso de terminologia científica, é claro que também contribuem para o realismo desejado.

Mas não devemos nos enganar. O autor do diário, por mais autorizado que seja, não tem o quadro completo da situação, pois não entende Nemo. Ao longo da viagem, disfarçados por indicações exatas de latitude e longitude, surgem lugares que na realidade não existem (a ilha Crespo, o cemitério de coral, o Túnel das Arábias, a Atlântida etc.). A função literária da terminologia científica, sobretudo no momento das longas digressões, revela-se mais do que paradidática. Até na cronologia Verne, sem querer, contrariou os calendários. Aqui, como em toda ficção, o importante é dar ao leitor a *impressão* de realidade, para ir além dela.

Mas o uso recorrente da terminologia científica, ainda que reforçasse a verossimilhança do relato, por outro lado criava uma dificuldade importante. Afinal, num romance de ação, de início pensado para o público jovem, como discorrer longamente sobre o cabedal de conhecimento científico acumulado entre os séculos XVIII e XIX? Como introduzir na narrativa a linguagem especializada sem que ela pareça um encaixe forçado, imposta pelo projeto de Hetzel? Como conferir tratamentos e razões propriamente literários ao conteúdo programado?

Dois recursos sugeridos pelo próprio Hetzel foram obviamente utilizados no livro, com relativo sucesso: a inclusão de elementos humorísticos e uma ligação mais orgânica entre o conteúdo científico e o enredo.

Conselho, o aprendiz de naturalista, atua em ambas as frentes. Destituído de densidade psicológica e vontade própria, ele equivale mais a um tipo que a um personagem. Submisso por completo ao patrão, obedece-o a ponto de deixá-lo decidir sobre seu direito de ir e vir e até mesmo sobre sua vida ou morte. O motivo de tanta obediência é a superioridade moral que reconhece em Aronnax e, tão importante quanto isso, a admiração intelectual pelos conhecimentos do famoso naturalista.

Mas, quando Conselho interage com Ned Land, várias cenas são construídas num registro humorístico. Conselho, como Ned, é um subalterno, embora escolarizado, e então, entre dois subalternos — na sociedade e na hierarquia narrativa —, até o conflito essencial "conhecimento × liberdade" pode ganhar graça e leveza. Eles não decidem nada, e por isso mesmo estão lá para nos fazer rir do problema.

A segunda função do traço humorístico de Conselho é filtrar o caudaloso conteúdo científico do romance. Aronnax é o grande mestre, capaz de amplas reflexões sobre história natural, enquanto seu assistente é um intelecto lastreado pela decoreba, uma enciclopédia ambulante. Assim, ele transforma em piada longas passagens de conteúdo científico. O próprio Aronnax, ao comentar seus poderes mnemônicos surpreendentes, não o faz sem boa dose de ironia, sugerindo o quanto Conselho é, ao mesmo tempo, limitado.

Apesar dos paliativos de que fez uso para diminuir, sobre o leitor, o impacto de um vasto arsenal de informações científicas, Verne não impediu seus livros de serem, ao redor do mundo, extirpados por editores menos interessados em ciências do que Hetzel. No Brasil, é difícil, se não impossível, encontrar uma tradução anterior de *20 mil léguas submarinas* que não elimine arbitrariamente inúmeras passagens nas quais Verne desfila sua pesquisa sobre o mundo marinho, feita nos grandes compêndios das academias da época e numa infinidade de publicações populares.

É inegável que as longas digressões científicas retardam o andamento da história, e como esta é interessante, e cativa o leitor, compreende-se, aqui e ali, que sintamos vontade de "pular" os trechos nos quais as descrições e enumerações da biologia marinha a interrompem. Contudo, imaginar que Verne simplesmente errava na dose de informações científicas seria subestimar o seu jogo literário.

Sua capacidade de conceber enredos atraentes é fenomenal, reconhecida e respeitada a ponto de, em seu nome, relevarem-se a narração um pouco dura, certos personagens esquemáticos e alguns efeitos apenas parcialmente bem-sucedidos. Mas como os trechos paradidáticos eram obrigatórios para atender aos objetivos da série *Viagens extraordinárias*, é razoável se perguntar: que outros recursos ele teria usado para fundir ciência e narrativa? De que maneira, que não a didática e nem a humorística, essas digressões podem ser lidas? Como o tripé formado pelo conteúdo científico, o enredo e o estilo diferencia a sua obra, tornando-a um interessantíssimo "caso" literário?

Uma das respostas está no processo vivido pelo narrador, o professor Aronnax, que termina o livro transformado. Seu entendimento do mundo e de si mesmo, a princípio ingênuo apesar de todo o saber acadêmico, vive uma dolorosa expansão ao longo de sua descida às profundezas (roteiro, por sinal, típico de obras do gênero iniciático). Graças a seu aprisionamento no *Náutilus*, ele conheceu os segredos, os monstros e as maravilhas do mar, visitou uma geografia secreta do planeta, encoberta pelas águas ou em pontos inatingíveis da crosta terrestre, e sobretudo entendeu, vendo as ruínas de Atlântida, o quanto o orgulho vulnerabiliza as mais poderosas civilizações.

Bem entendidas, portanto, as longas digressões científicas, ao invés de apenas um atraso, um peso, revelam-se fundamentais para o andamento do enredo. É o prazer de testemunhar a vida marinha dos diferentes oceanos do planeta, examinando-a detalhadamente em toda a sua infinita variedade, que leva Aronnax a, durante muitos meses, aceitar viver semiaprisionado no interior do *Náutilus*. Se esse deslumbramento não existisse, ele atenderia aos apelos de Ned Land e tentaria fugir na primeira oportunidade. Nada justificaria o espaço de tempo necessário para a história se desenvolver, e ela teria de se estruturar sobre outro conflito que não entre conhecimento × liberdade.

Mas há ainda uma segunda resposta. O sentimento de admiração diante da multiplicidade da natureza, da funcionalidade de suas estruturas, da beleza de suas modelagens precisava ser efetivamente transmitido, ou seja, recriado no leitor, e não apenas enunciado. Este não é um desafio que possa ser resolvido pelo fluxo narrativo. Só um golpe estilístico seria capaz de conseguir efeito semelhante. Um golpe nada fácil de se executar, muito menos se o escritor está obrigado a usar a terminologia científica em imensas quantidades. A bem da verdade, também não é um efeito literário fácil de se fruir, exigindo do leitor grande disponibilidade mental, num esforço por se entregar ao efeito múltiplo das palavras, como alguém numa sessão de meditação que esvazia a cabeça e se deixa levar pelos sentidos.

Ciente desses obstáculos, é exatamente nesses trechos científicos que Jules Verne se supera em termos estilísticos, fazendo com que a linguagem, de início maçante, passe por transformação equivalente à vivida por Aronnax em seu processo de expansão intelecto-espiritual. Se ele passa de conspícuo naturalista a um homem deslumbrado com uma realidade maravilhosa, também a linguagem migra do universo científico para o poético.

Os movimentos internos desses trechos científicos procuram dar nome às espécies, classificá-las e, muitas vezes, comentar suas qualidades mais notáveis. De saída, parece evidente que as espécies incluídas nesses pequenos catálogos poéticos ali estão justamente por apresentarem nomes raros e de musicalidade curiosa, mais que por alguma exatidão positivista. Eles não remetem o leitor — em 99,9% dos casos um leigo em flora e fauna marinhas — a nenhuma realidade objetiva direta. Revelando-se hipálages em cascata, promovem um descolamento entre a instância gramatical e a semântica. Valem pela estranheza que provocam, pela dose de fantasia que produzem na mente do leitor.

O momento da classificação acentua essa ruptura entre a palavra e seu correspondente real, pois o vocabulário se torna ainda mais obscuro, numa coleção de designações exóticas que imita e duplica a coleção de artigos marinhos do *Náutilus* e, mais ainda, a abundância de vida que se vê do lado de fora da grande escotilha submarina. O autor parece se divertir usando palavras sisudas para criar rimas, jogos de palavras e de sons. Assim, vai provocando uma "embriaguez linguística", enquanto evolui do modo sério, científico, para uma avalanche de palavras, numa vertigem estritamente literária. A terminologia subvertida deve arrebatar o leitor assim como a riqueza do mundo natural arrebata o personagem.

Quando chega o momento de qualificar as espécies, isto é, de descrever suas virtudes mais notáveis, o que significa em geral descrever a impressão mais marcante delas sobre o espírito do observador, o experiente Aronnax muitas vezes lamenta faltarem-lhe as palavras. A variedade do mundo real mostrou-se maior que o poder organizador da linguagem científica. É preciso recorrer a uma linguagem mais expressiva e mais bem-adaptada ao mundo desconhecido que se procura representar. Verne então utiliza-se de recursos explicitamente literários, variados como as espécies marítimas, entre os quais figuram símiles, metáforas, alegorias, antonomásias, cacofonias intencionais, catacreses, gradações, metonímias, personificações, sinestesias etc.

É compreensível que a primeira atitude do leitor seja de estranhamento diante das inesperadas regras desse jogo. Mas recusar a obra de Verne em função das digressões científicas seria recusar justamente o mais radical efeito literário de seus livros. E a excelente tradução de André Telles, neste seu ponto alto, merece um crédito especial, por recriar o mesmo efeito em outra língua, sem perda alguma.

RODRIGO LACERDA

Rodrigo Lacerda é escritor, autor de *O fazedor de velhos* (Prêmio Literário da Biblioteca Nacional, Prêmio Jabuti, Prêmio FNLIJ) e *Hamlet ou Amleto?*, entre outros. Tradutor de autores como William Faulkner, Raymond Carver e Alexandre Dumas (Prêmio Jabuti de tradução por *O conde de Monte Cristo* e *Os três mosqueteiros*, ambas em parceria com André Telles), dirige a coleção Clássicos Zahar.

PRIMEIRA PARTE

1. *Um recife arisco*

O ano de 1866 notabilizou-se por um acontecimento insólito, fenômeno inexplicado e inexplicável do qual certamente ninguém se esqueceu. Rumores agitavam as populações portuárias e alvoroçavam a opinião pública no interior dos continentes, porém foi a classe dos marítimos a que mais ficou apreensiva. Negociantes, armadores, capitães de navios, *skippers* e *masters*[1] da Europa e dos Estados Unidos, oficiais das marinhas militares de todos os países e, em seguida, governos dos diversos Estados, de ambos os continentes, se preocuparam a fundo com o assunto.

Com efeito, recentemente diversos navios haviam se deparado com "uma coisa enorme" no mar, um objeto comprido, fusiforme, fosforescente em determinadas circunstâncias, infinitamente maior e mais veloz que uma baleia.

Os detalhes relativos a essa aparição, registrados em diversos livros de bordo, coincidiam com bastante precisão no que se refere à estrutura do objeto ou da criatura em questão, à velocidade inigualável de seus movimentos, à força espantosa de sua locomoção, à vida singular de que parecia dotada. Caso se tratasse de um cetáceo, superava em volume todos os que a ciência classificara até o momento. Nem Cuvier, nem Lacépède, nem o sr. Dumeril, nem o sr. de Quatrefages[2] teriam admitido a existência de tal monstro — a menos que o tivessem visto, isto é, visto com seus próprios olhos de cientistas.

1. Em inglês no original: donos ou capitães de navios.

2. Bernard de Lacépède (1765-1825), Georges Cuvier (1769-1832), Auguste-André-Marie Dumeril (1812-70) e Jean-Louis-Armand de Quatrefages de Bréau (1810-92), todos eminentes naturalistas e autores de livros sobre a fauna marinha. Os dois últimos ainda eram vivos quando da publicação de *20 mil léguas submarinas*, em 1869-70.

Calculando a média das observações efetuadas em diversas oportunidades — descartando as tímidas conjeturas que atribuíam ao mencionado objeto um comprimento de sessenta metros e rechaçando as opiniões exageradas que o diziam com mil e quinhentos de largura e cinco mil de comprimento —, era plausível afirmar, entretanto, que aquela criatura fenomenal superava com sobras todas as dimensões aceitas até aquele dia pelos ictiologistas — se porventura existisse.

Ora, existia, o fato em si não era mais questionável, e, com essa propensão que impele o cérebro humano ao maravilhoso, nada mais compreensível que o abalo produzido no mundo inteiro pela sobrenatural aparição. Quanto a relegá-la à categoria das fábulas, era inútil insistir.

Com efeito, em 20 de julho de 1866, o vapor *Governor-Higginson*, da Calcutta and Burnach Steam Navigation Company, divisara o movimento da tal massa a cinco milhas náuticas de distância,[3] a leste do litoral da Austrália. O capitão Baker, a princípio, julgou-se diante de um recife não assinalado nos mapas; dispunha-se inclusive a medir sua posição exata, quando duas colunas de água, esguichadas do inexplicável objeto, projetaram-se assobiando a cinquenta metros de altura. Logo, a menos que o recife se achasse submetido às expansões intermitentes de um gêiser, o *Governor-Higginson* via-se às voltas pura e simplesmente com algum mamífero aquático, desconhecido até aquela data, que expelia pelos orifícios colunas de água misturadas a ar e vapor.

Fato similar foi igualmente observado em 23 de julho do mesmo ano, nos mares do Pacífico, pelo *Cristobal-Colon*, da West India and Pacific Steam Navigation Company. O que demonstrava que aquele cetáceo fora do comum era capaz de deslocar-se de um ponto a outro em inaudita velocidade, uma vez que, com três dias de intervalo, o *Governor-Higginson* e o *Cristobal-Colon* haviam-no observado em duas zonas do mapa separadas por mais de setecentas léguas marítimas de distância.[4]

Quinze dias mais tarde, a duas mil léguas dali, o *Helvetia*, da Compagnie Nationale, e o *Shannon*, do Royal Mail, navegando em sentidos opostos na porção do Atlântico compreendida entre os Estados Unidos e a Europa, trocaram avisos situando o monstro, respectivamente, a 42°15' de latitude norte e a 60°35' de longitude a oeste do meridiano de Greenwich. Por essa observação simultânea, julgou-se poder estimar o comprimento mínimo do mamífero

3. Milha náutica: unidade de medida equivalente a 1.852 metros.

4. Embora uma légua marítima equivalha a aproximadamente 5,5 quilômetros, a maior parte do tempo Jules Verne confere a essa medida o valor de uma légua terrestre, ou seja, cerca de quatro quilômetros.

em mais de trezentos e cinquenta pés ingleses,[5] uma vez que o *Shannon* e o *Helvetia* eram menores que ele, a despeito de medirem cem metros da roda de proa ao cadaste. Ora, as baleias de maior porte, as que frequentam as paragens das ilhas Aleutas, a Hullammak e a Umgallick, jamais ultrapassaram cinquenta e seis metros de comprimento, se é que chegavam a tanto.

Após esses reiterados incidentes, novas observações efetuadas a bordo do transatlântico *Le Pereire*, uma abordagem entre o *Etna*, da linha Inman, e o monstro, um relatório elaborado pela fragata francesa *La Normandie*, bem como um seriíssimo levantamento obtido pelo estado-maior do comodoro Fitz-James a bordo do *Lord Clyde*, mexeram profundamente com a opinião pública. Nos países de humor leviano, caçoaram do fenômeno, mas nas nações graves e pragmáticas, a Inglaterra, os Estados Unidos, a Alemanha, foi grande a preocupação.

Em todos os quadrantes, nos grandes centros urbanos, o monstro entrou em voga. Foi cantado nos cafés, enxovalhado nas revistas, representado nos teatros. Os pasquins viram nele uma boa oportunidade de plantar notícias de todo calibre. Os jornais — pouco imaginativos — ressuscitaram todas as criaturas imaginárias e gigantescas, desde a baleia branca, a terrível Moby Dick[6] das regiões hiperbóreas, até o Kraken[7] sem mais tamanho, cujos tentáculos podem cingir uma embarcação de quinhentas toneladas e arrastá-la para os abismos do oceano. Chegou-se a reproduzir anotações e opiniões de Aristóteles e Plínio,[8] que admitiam a existência de tais monstros, depois os apontamentos noruegueses do bispo Pontoppidan,[9] as crônicas de Paul Heggede,[10] e finalmente os relatórios do sr. Harrington,[11] cuja boa-fé é incontestável quando,

5. Aproximadamente 106 metros. O pé inglês mede apenas 30,46 centímetros. (Nota do autor.)

6. O romance homônimo de Herman Melville, embora publicado em 1851, só veio a ganhar uma primeira tradução francesa em 1941, portanto Jules Verne ou tinha o livro em sua língua de origem, ou conhecia o personagem-título apenas de fama.

7. Kraken: monstro marinho fabuloso de origem escandinava, da ordem dos cefalópodes, como os polvos e as lulas.

8. O filósofo grego Aristóteles (384-322 a.C.), em sua *História dos animais*, fala de uma lula de cinco côdeas de comprimento (2,71 metros); já o naturalista romano Plínio o Velho (23-79), em sua *História natural*, vai mais longe, descrevendo um polvo cujos tentáculos tinham nove metros de comprimento.

9. Éric Pontoppidan o Jovem (1698-1764), bispo de Bergen, é autor do *Ensaio sobre a história natural da Noruega*, no qual admite a existência da serpente marinha e do Kraken.

10. Paul Heggede (1708-89), missionário dinamarquês, deixou várias crônicas sobre a Groenlândia e relatos de viagens.

11. O relato do capitão Harrington, do *Castilla*, foi publicado no *Times*, em 1857.

a bordo do *Castilla*, em 1857, afirma ter visto a enorme serpente, que até então frequentara apenas os mares do *Constitutionnel*.[12]

Foi nesse momento que estourou, nas sociedades eruditas e revistas científicas, a infindável polêmica entre crédulos e incrédulos. O "enigma do monstro" incendiou as mentes. Os jornalistas, que professam a ciência em luta contra os que professam o espírito, despejaram rios de tinta durante essa memorável campanha; alguns, inclusive, duas ou três gotas de sangue, pois da serpente do mar passaram às personalidades mais vis.

A guerra prosseguiu com peripécias diversas seis meses a fio. Aos artigos de fundo do Instituto Geográfico do Brasil,[13] da Academia Real das Ciências de Berlim, da Associação Britânica, do Smithsonian Institution de Washington, às discussões do *The Indian Archipelago*, do *Cosmos* do padre Moigno,[14] dos *Mitteilungen* de Petermann,[15] às crônicas científicas dos grandes jornais da França e do estrangeiro, a imprensa nanica respondia com uma verve inesgotável. Parodiando um dito de Lineu, citado pelos adversários do monstro, seus espirituosos repórteres argumentaram que "a natureza não produzia tolos",[16] e conclamaram seus contemporâneos a não desmentir a natureza, admitindo a existência dos Krakens, das serpentes marinhas, das Moby Dick e de outras elucubrações de marujos delirantes. Para terminar, no artigo de um jornal satírico dos mais temidos, o mais incensado de seus redatores, superando a todos, abalroou o monstro como Hipólito, desferiu-lhe o soco fatal e nocauteou-o em meio à gargalhada universal.[17] A gozação vencera a ciência.

12. Alusão à metáfora da "hidra da anarquia", que o *Constitutionnel*, órgão da burguesia conservadora, ajudara a popularizar sob a Monarquia de Julho (1830-48), para referir-se aos republicanos. O *Grand Dictionnaire*, de Pierre Larousse, no verbete "Polvo", fala "da serpente marinha outrora avistada pelo *Constitutionnel*". Esse jornal, por muito tempo dominado por Adolphe Thiers (1797-1877), aderira ao Império após o golpe de Estado, tornando-se seu órgão oficioso. Jules Verne e seu editor, Hetzel, ambos republicanos como Larousse, zombam portanto de um mesmo inimigo político.

13. Trata-se, naturalmente, do Instituto Histórico e Geográfico Brasileiro (IHGB), criado em 1838 com o apoio do imperador dom Pedro II, ou "imperador das selvas", como Jules Verne o tratava na correspondência que mantiveram.

14. O padre François Moigno (1804-84), autor de obras de divulgação científica, foi redator-chefe da *Cosmos*, revista científica semanal, de 1852 a 1862.

15. August Heinrich Petermann (1822-78), geógrafo alemão, idealizador e editor do *Petermanns Geographische Mitteilungen* (Comunicações geográficas de Petermann), periódico científico.

16. No original, "*la nature ne fait pas des sots*", trocadilho inspirado na frase de Leibniz, e não de Lineu, segundo a qual "a natureza não dá saltos [*sauts*]" (*natura non facit saltus*).

17. Alusão a uma passagem do relato de Terâmenes em *Fedra* (ato V, cena 6, v.1527-30), familiar aos leitores contemporâneos de Jules Verne: "Hipólito sozinho, digno filho de herói,/ Detém seus mensageiros, confisca suas aljavas,/ Investe contra o monstro e, com um dardo lançado com mão segura,/ Abre-lhe um largo ferimento no flanco."

Nos primeiros meses do ano de 1867, o assunto pareceu sepultado, e nada indicava que viesse a renascer, quando fatos novos foram levados ao conhecimento público. Não se tratava mais então de um problema científico a ser resolvido, mas de um problema concretamente real, a ser enfrentado com seriedade. O caso ganhou um aspecto inédito. O monstro voltou a ser ilhota, rochedo, recife, mas recife arisco, indeterminável, ambulante.

Na noite de 5 de março de 1867, o *Moravian*, da Montreal Ocean Company, achando-se a 27°30' de latitude e 72°15' de longitude, colidiu sua alheta de estibordo contra um recife que mapa algum assinalava naquelas paragens. Sob o esforço combinado do vento e de seus quatrocentos cavalos-vapor,[18] ele avançava à velocidade de treze nós.[19] Ninguém punha em dúvida que, não fosse a qualidade superior de seu casco, o *Moravian*, rasgado pelo impacto, teria sido engolido com os duzentos e trinta e sete passageiros que trazia do Canadá.

O acidente ocorrera por volta das cinco horas da manhã, quando o dia começava a raiar. Os oficiais de guarda acorreram à proa do navio. Examinaram o oceano com a mais escrupulosa atenção. Não viram nada a não ser um poderoso redemoinho a seiscentos metros de distância, como se a superfície da água houvesse sido violentamente açoitada. As coordenadas exatas do local foram calculadas, e o *Moravian* prosseguiu sua rota sem avarias aparentes. Teria colidido com uma rocha submersa ou com o imenso destroço de um naufrágio? Impossível saber. Porém, após uma inspeção realizada em sua carena nas enseadas de reparo, constatou-se que parte da quilha estava rachada.

Esse fato, em si mesmo muito grave, talvez tivesse sido esquecido como tantos outros, se três semanas depois não houvesse se repetido em condições idênticas. Porém, em virtude da nacionalidade da embarcação vítima dessa nova abordagem, e da reputação da companhia à qual ela pertencia, o incidente teve enorme repercussão.

Ninguém desconhece o nome do célebre armador inglês Cunard. Esse inteligente industrial criou, em 1840, um serviço postal entre Liverpool e Halifax, com três navios de madeira movidos a roda, uma força de quatrocentos cavalos e uma arqueação de mil cento e sessenta e duas toneladas. Oito anos depois, a frota da companhia expandia-se com quatro navios de seiscentos e cinquenta cavalos e mil e oitocentas toneladas e, dois anos mais tarde, com outras duas embarcações superiores em potência e tonelagem. Em 1853, a Companhia Cunard, cuja concessão para o transporte de despachos acabava de ser renovada, acrescentou sucessivamente a seu equipamento o *Arabia*, o

---

18. Cavalo-vapor: unidade de potência equivalente a 725,5 watts, que exprimia a equivalência entre a força dispendida por um cavalo ao puxar uma carga e a fornecida por uma máquina de propulsão a vapor.

19. Nó: unidade de velocidade marítima equivalente a uma milha náutica, ou 1.852km p/h.

Persia, o *China*, o *Scotia*, o *Java* e o *Russia*, todos eles navios recém-saídos do estaleiro e os de maior tonelagem, depois do *Great-Eastern*, que jamais singraram os mares. Nesse ritmo, portanto, em 1867 a companhia possuía doze navios, dos quais oito movidos a roda e quatro a hélice.

Se forneço esses detalhes, bastante sucintos, é a fim de que todos tenham uma noção exata da importância dessa companhia de transportes marítimos, conhecida no mundo inteiro por sua eficiente administração. Nenhuma empresa de navegação transoceânica foi dirigida com mais argúcia, nenhum negócio viu-se coroado de maior sucesso. Em vinte e seis anos, os navios Cunard atravessaram duas mil vezes o Atlântico, e jamais uma viagem foi cancelada, jamais um atraso aconteceu, jamais carta, homem ou nau extraviou-se. O que faz com que, apesar da acirrada concorrência da França, os passageiros ainda prefiram a linha Cunard a qualquer outra, como bem demonstra um levantamento baseado nos documentos oficiais dos últimos anos. Dito isto, nada mais natural do que a repercussão gerada pelo acidente sofrido por um de seus mais belos vapores.

Em 13 de abril de 1867, o mar estava aprazível, o vento, manejável, e o *Scotia* encontrava-se a 15°12' de longitude e 45°37' de latitude. Avançava a uma velocidade de treze nós e quarenta e três centésimos propelido por seis mil cavalos-vapor. Suas rodas golpeavam o mar com uma regularidade perfeita. Seu tirante de água era então de seis metros e setenta centímetros, e seu deslocamento, de seis mil seiscentos e vinte e quatro metros cúbicos.

Às dezesseis horas e dezessete minutos, durante o *lunch* dos passageiros reunidos no grande salão, um choque, quase imperceptível, produziu-se no casco do *Scotia*, na altura da alheta e um pouco atrás da roda de bombordo.

O *Scotia* não colidira: sofrera uma colisão, e por parte de um instrumento mais cortante ou perfurante do que contundente. O abalroamento parecera tão sutil que ninguém a bordo teria se sobressaltado não fosse o alarme dos fiéis do porão, que subiram ao convés aos gritos de:

— Estamos afundando! Estamos afundando!

A princípio os passageiros ficaram bastante assustados, mas o capitão Anderson apressou-se em tranquilizá-los. Com efeito, era impensável a iminência de perigo. O *Scotia*, dividido em sete compartimentos por paredes estanques, venceria incólume uma simples infiltração de água.

O capitão dirigiu-se prontamente ao porão. Constatou que o quinto compartimento fora inundado pelo mar, e a rapidez da inundação atestava que a entrada de água era significativa. Por sorte, esse compartimento não abrigava as caldeiras, pois nesse caso o fogo teria se apagado sumariamente.

O capitão Anderson mandou parar as máquinas e um dos marujos mergulhou para verificar a avaria. Instantes depois, identificava-se a existência de um buraco de dois metros na carena do vapor. Impossível vedar entrada de

Os engenheiros procederam a uma vistoria do Scotia.

água de tal envergadura, e o *Scotia*, com as rodas semi-imersas, foi obrigado a seguir viagem nesse estado. Encontrava-se então a trezentas milhas do cabo Clear e, após três dias de um atraso que preocupou seriamente Liverpool, atracou no cais da companhia.

Os engenheiros procederam então a uma vistoria do *Scotia*, transferido para o estaleiro. Não conseguiram acreditar em seus próprios olhos. Dois metros e meio abaixo da linha de flutuação, um rasgo regular se abria em forma de triângulo isósceles. A rachadura da placa parecia desenhada, e com certeza não fora feita aleatoriamente. Logo, era preciso que o instrumento perfurante capaz de produzi-la fosse de uma têmpera pouco usual — e que, após ter sido lançado com uma força prodigiosa, penetrando assim numa placa de quatro centímetros, possivelmente tivesse se retirado por si mesmo, mediante um movimento retrógrado e de todo inexplicável.

Esse último capítulo teve como resultado magnetizar novamente a opinião pública. Com efeito, sinistros marítimos sem causa determinada foram creditados à ação do monstro. O fantástico animal endossou a responsabilidade por todos esses naufrágios, cujo número, infelizmente, é considerável. Pois, de três mil embarcações cuja perda é anualmente registrada no Bureau Véritas,[20] a cifra de navios, a vapor ou vela, supostamente soçobrados com perda total em virtude da falta de notícias não monta a menos de duzentos!

Ora, justa ou injustamente, o monstro foi acusado por seu desaparecimento, e, assim, com as comunicações entre os diversos continentes tornando-se cada vez mais instáveis, a opinião pública manifestou-se, exigindo terminantemente que os mares se vissem desvencilhados, a qualquer custo, do mirabolante cetáceo.

20. Bureau Véritas: empresa francesa de consultoria marítima, fundada em 1828 e até hoje em atividade, que publica informações sobre segurança nos mares e oceanos.

2. *Crédulos e incrédulos*

Na época em que se deram esses acontecimentos, eu regressava de uma exploração científica empreendida nas terras agrestes do Nebraska, nos Estados Unidos. Invocando meu título de professor-suplente no Museu de História Natural de Paris, o governo francês agregara-me àquela expedição. Após uma estada de seis meses no Nebraska, cheguei a Nova York no final de março, depositário de valiosas coleções. Minha viagem para a França estava marcada para os primeiros dias de maio. Ocupava-me, nesse ínterim, em classificar minhas riquezas mineralógicas, botânicas e zoológicas, quando então sobreveio o incidente do *Scotia*.

Eu estava perfeitamente a par do assunto na ordem do dia — e como não estaria? Lera e relera todos os jornais americanos e europeus sem ter avançado muito. Aquele mistério me intrigava. Na impossibilidade de formar uma opinião, oscilava de um extremo a outro. Que houvera alguma coisa, isso não podia mais ser posto em dúvida, e os incrédulos eram convidados a tocar com o dedo a chaga do *Scotia*.

Quando cheguei a Nova York, o assunto fervilhava. A hipótese do rochedo flutuante, do recife móvel, defendida por certos indivíduos incompetentes, fora completamente abandonada. E, com efeito, a menos que aquele recife carregasse um motor no ventre, como era possível deslocar-se a velocidade tão prodigiosa?

Da mesma forma, foi rechaçada a existência de um casco flutuante, de um monumental destroço, e isso igualmente em função da velocidade e do deslocamento.

Restavam então duas soluções possíveis para o problema, as quais congregavam dois clãs bem distintos de adeptos: de um lado, os que se inclinavam por um monstro de força colossal; do outro, os que pendiam para uma embarcação "submarina" de extrema potência motora.

Ora, esta última hipótese, afinal aceitável, não foi capaz de resistir às buscas efetuadas nos dois mundos. Era pouco provável que um cidadão comum tivesse à disposição tão avançado equipamento. Onde e quando o teria construído e como teria mantido a construção em segredo?

Somente o governo de um país achava-se em condições de deter máquina destrutiva de tal porte, e, nesses tempos desastrosos, em que o homem empenha-se em multiplicar a potência das armas de guerra, era bem possível que algum Estado testasse, à revelia dos outros, uma máquina daquele tipo. Depois das espingardas, torpedos; depois dos torpedos, foguetes submarinos; depois — a reação. Ao menos é o que espero.

Mas a hipótese de uma máquina de guerra ruiu novamente diante da declaração dos governos. Como no caso tratava-se de um assunto de interesse público, uma vez que interferia nas comunicações transoceânicas, a sinceridade dos Estados não podia ser questionada. Aliás, como admitir que a construção daquela embarcação submarina houvesse escapado aos olhos do público? Guardar segredo nessas circunstâncias é muito difícil para um cidadão comum, e decerto impossível para um país cujos atos são incansavelmente espionados pelas potências rivais.

Por conseguinte, após algumas buscas efetuadas na Inglaterra, na França, na Rússia, na Prússia, na Espanha, na Itália, nos Estados Unidos, até mesmo na Turquia, a hipótese de um *monitor*[21] submarino foi definitivamente rechaçada.

O monstro então voltou à tona, a despeito das incessantes piadas com que o agraciava a imprensa nanica. Uma vez nessas águas, as imaginações logo entregaram-se aos mais absurdos devaneios de uma ictiologia fantástica.

Quando de minha chegada a Nova York, não foram poucos os que me haviam honrado com uma consulta sobre o fenômeno em questão. Eu publicara na França um estudo *in-quarto*,[22] em dois tomos, intitulado *Os mistérios das grandes profundezas submarinas*. O livro, particularmente apreciado pelo mundo científico, fazia de mim um especialista nessa parte assaz obscura da história natural. Minha opinião foi solicitada. Enquanto pude negar a realidade do fato, fechei-me numa negação absoluta. Mas logo, imprensado contra a parede, vi-me obrigado a me manifestar sem rodeios. E, como se não bastasse, "o ilustre Pierre Aronnax, professor no Museu de Paris", foi instado pelo *New York Herald* a emitir um parecer qualquer.

Curvei-me. Na impossibilidade de calar, falei. Discuti a questão sob todas as suas faces, política e cientificamente, e dou aqui um excerto do opulento artigo que publiquei na edição de 30 de abril.

---

21. *Monitor*: encouraçado da marinha de guerra americana, construído em 1862 e cujo nome passou a abranger as embarcações de seu gênero. O *USS Monitor* encerrou a época dos navios de guerra a vela.

22. *In-quarto*: formato de livro em que a folha de impressão é dobrada duas vezes, gerando um caderno de quatro folhas.

Assim considerando — dizia eu, após ter examinado uma a uma as diversas hipóteses —, como todas as demais suposições foram descartadas, cumpre necessariamente admitir a existência de um animal marinho de força superior.

As grandes profundezas do oceano são-nos inteiramente desconhecidas. A sonda não foi capaz de atingi-las. O que acontece nesses remotos abismos? Que criaturas habitam e podem habitar a vinte ou vinte e sete mil metros abaixo da superfície das águas?[23] Como é o organismo desses animais? Mal saberíamos conjeturá-lo.

Entretanto, a solução do problema a mim submetido pode afetar a forma do dilema.

Ou conhecemos todas as variedades de criaturas que povoam nosso planeta, ou não as conhecemos.

Se não as conhecemos todas, se a natureza continua guardando segredos para nós no domínio da ictiologia, nada mais plausível do que admitir a existência de peixes ou cetáceos, de espécies ou mesmo gêneros novos, com uma estrutura essencialmente "abissal", que habitam as camadas inacessíveis à sonda e que um acontecimento qualquer, uma fantasia, um capricho, se preferirmos, impele, após longos intervalos, à superfície do oceano.

Se, ao contrário, conhecemos todas as espécies vivas, devemos necessariamente procurar o animal em questão dentre as criaturas marinhas já catalogadas. Neste caso, eu estaria disposto a admitir a existência de um *narval gigante*.

O narval vulgar, ou unicórnio-do-mar, alcança frequentemente um comprimento de dezoito metros. Quintupliquem, decupliquem mesmo, essa dimensão, deem a esse cetáceo uma força proporcional ao seu tamanho, aumentem suas armas de ataque, e obterão o animal pretendido. Ele terá as proporções observadas pelos oficiais do *Shannon*, o instrumento exigido para a perfuração do *Scotia* e a força necessária para rasgar o casco de um vapor.

Com efeito, o narval é dotado de uma espécie de espada de marfim, uma alabarda na terminologia de alguns naturalistas. É um dente principal que tem a dureza do aço. Encontramos alguns desses dentes fincados em corpos de baleias, que o narval ataca invariavelmente com sucesso. Outros foram arrancados, não sem dificuldade, de cascos de navio que eles haviam perfurado de ponta a ponta, como um florete trespassa um barril. O museu da Faculdade de Medicina de Paris possui um desses chifres, com dois metros e vinte e cinco centímetros de comprimento e quarenta e oito centímetros de largura na raiz!

Pois bem! Imaginem a arma dez vezes mais forte e o animal dez vezes mais poderoso, lancem-no a uma velocidade de quarenta quilômetros por hora, multipliquem sua massa por sua velocidade, e obterão um impacto capaz de produzir a requerida catástrofe.

---

23. Na época da publicação do romance, ainda não se dispunha de medições exatas das grandes profundezas submarinas. Hoje, sabe-se que o ponto mais profundo dos oceanos encontra-se a cerca de 11 mil metros da superfície, ao largo das Filipinas, na fossa das Marianas.

Por conseguinte, até mais amplas informações eu opinaria por um unicórnio-do-mar de dimensões colossais, dotado não mais de uma alabarda mas de um autêntico talha-mar, como fragatas encouraçadas ou os *rams*[24] de guerra, dos quais ele teria ao mesmo tempo a massa e a força motriz.

Assim se explicaria esse fenômeno inexplicável — a menos que não exista nada de novo além do que se presumiu, viu, sentiu e voltou a sentir —, o que também é possível!

Estas últimas palavras eram uma covardia de minha parte, mas, até certo ponto, eu pretendia resguardar minha dignidade de professor e não ser motivo de risada para os americanos, que riem muito, quando riem. Eu me reservava uma saída. No fundo, admitia a existência do "monstro".

Meu artigo foi objeto de acalorados debates, o que lhe valeu ampla divulgação. Angariou certo número de partidários. A solução que ele propunha, por sinal, dava asas à imaginação. O espírito humano deleita-se com as concepções grandiosas de criaturas sobrenaturais. Ora, o mar é precisamente seu melhor veículo, o único ambiente onde esses gigantes — perto dos quais os animais terrestres, elefantes ou rinocerontes, não passam de anões — podem se reproduzir e desenvolver. As massas líquidas transportam as maiores espécies conhecidas de mamíferos, e talvez encerrem moluscos de dimensões incomparáveis, crustáceos assustadores só de olhar, tais como seriam lagostas de cem metros ou caranguejos pesando duzentas toneladas! Por que não? Outrora, os animais terrestres, contemporâneos das eras geológicas, os quadrúpedes, os quadrúmanos, os répteis e as aves, eram forjados segundo gabaritos gigantescos. O Criador lançara-os num molde colossal, que o tempo reduziu gradualmente. Por que o mar, em suas profundezas ignoradas, não teria conservado essas vastas amostras da vida de outra era, ele que jamais se modifica, ao passo que o núcleo terrestre transforma-se quase que incessantemente? Por que não esconderia ele em seu bojo as últimas variedades dessas espécies titânicas, para as quais anos são séculos e séculos, milênios?

Mas deixo-me arrebatar por devaneios que não me cabe entreter! Basta dessas quimeras que o tempo transformou em realidades terríveis para mim. Repito: chegara-se a um consenso quanto à natureza do fenômeno, e o público admitiu sem contestação a existência de uma prodigiosa criatura que nada tinha em comum com as fabulosas serpentes marinhas.

Porém, se alguns não viram no fenômeno senão um problema puramente científico a ser solucionado, outros, mais pragmáticos, sobretudo nos Estados Unidos e na Inglaterra, foram de opinião a expurgar o temível monstro do oceano, a fim de restabelecer as comunicações transoceânicas. E foi

24. *Rams*: espécie de aríete acoplado à proa de certas naus de guerra no séc.XIX.

insistindo nesse ponto de vista que as publicações industriais e comerciais abordaram a questão. A *Shipping Mercantile Gazette*, o *Lloyd*, o *Paquebot*, a *Revue Maritime et Coloniale*, todas as folhas patrocinadas pelas companhias de seguros, que ameaçavam elevar a taxa de seus prêmios, foram unânimes nesse sentido.

A fragata Abraham Lincoln.

Após a opinião pública se haver pronunciado, os Estados Unidos foram os primeiros a manifestar-se. Em Nova York, tiveram início preparativos com vistas a caçar o narval. Uma fragata de longo curso, a *Abraham Lincoln*, foi habilitada a fazer-se ao mar no prazo mais curto possível. Os arsenais foram abertos ao comandante Farragut,[25] que apressou energicamente o armamento de sua fragata.

E justamente, como sempre acontece, foi só decidirem perseguir o monstro para o monstro sumir do mapa. Dois meses se passaram sem que ninguém ouvisse falar nele. Nenhum navio o avistara. Parecia que o unicórnio tivera conhecimento dos complôs tramados contra ele. Afinal, fora muito falado, e até pelo cabo transatlântico! Os satiristas, por exemplo, afirmavam que o espertalhão interceptara a transmissão de algum cabograma, do que agora tirava proveito.

Ninguém mais, portanto, sabia para onde despachar a fragata, armada para uma campanha distante e equipada com formidáveis dispositivos de pesca. E a impaciência ia num crescendo, quando, em 2 de julho, soube-se que um vapor que fazia a linha São Francisco-Xangai voltara a avistar o animal, três semanas antes, nos mares setentrionais do Pacífico.

Foi intensa a comoção causada por essa notícia. O capitão Farragut não teve nem vinte e quatro horas para tomar fôlego. Seus víveres estavam embarcados. Seus paióis regurgitavam carvão. Não faltava um homem em seu rol de marujos. Não lhe restava senão acender os fornos, esquentar, arrancar! Não lhe teriam perdoado meio dia de atraso! Aliás, o capitão Farragut não pedia outra coisa senão levantar ferros.

Três horas antes que a *Abraham Lincoln* zarpasse do píer do Brooklyn, recebi uma carta registrada nos seguintes termos:

Senhor Aronnax,
Professor no Museu de Paris,
Fifth Avenue Hotel
Nova York

Cavalheiro,
Caso deseje juntar-se à expedição da *Abraham Lincoln*, será com prazer que o governo da União verá a França representada por sua pessoa nessa missão. O comandante Farragut tem uma cabine ao seu dispor.

Mui cordialmente seu,
J.-B. Hobson,
Secretário da Marinha

---

25. Jules Verne dá ao capitão o nome de um herói (nortista) da Guerra de Secessão, o almirante David Glascoe Farragut. Este fora recebido com grandes honras por ocasião de um périplo pela Europa em 1867-68, com escala em Toulon, na França, no fim de 1867.

3. "O patrão é quem manda"

Três segundos antes da chegada da carta de J.-B. Hobson, tanto me apetecia caçar o unicórnio quanto buscar a passagem do Noroeste.[26] Três segundos após ter lido a carta do ilustre secretário da Marinha, eu finalmente compreendia que minha verdadeira vocação, único objetivo de minha vida, era caçar e banir do mundo aquele monstro alarmante.

Por outro lado, eu regressava de uma árdua viagem, cansado, ávido por descanso. Não aspirava mais senão a rever meu país, meus amigos, meu pequeno alojamento no Jardim Botânico e Zoológico, minhas queridas e valiosas coleções! Mas nada foi capaz de me prender. Esqueci tudo, fadigas, amigos, coleções, e aceitei intempestivamente o convite do governo americano.

"Ademais", ruminei eu, "todos os caminhos levam à Europa, e o unicórnio será bonzinho o bastante para me rebocar até o litoral da França! Esse digno animal será capturado nos mares da Europa — para o meu prazer pessoal —, e não pretendo levar menos de meio metro de sua alabarda de marfim para o Museu de História Natural."

Porém, para isso, eu precisava agarrar o dito narval ao norte do oceano Pacífico, e então regressar à França significava tomar o caminho diametralmente oposto.

— Conselho![27] — gritei, impaciente.

26. Passagem marítima situada acima do Círculo Polar Ártico fazendo a ligação entre os oceanos Atlântico e Pacífico. Vários exploradores a procuraram a partir do séc.XVIII, mas foi só em 1906 que o norueguês Roald Amundsen (1872-1928) a descobriu.

27. Jules Verne batizou o criado do professor Aronnax com o sobrenome, aqui aportuguesado, do inventor Jacques-François Conseil, que ele conhecera na alta Normandia, em 1866, no momento em que preparava seu romance. Este concebera os planos de uma embarcação submarina de resgate, testada em 1858, em Paris, sem grande sucesso.

Conselho era meu criado. Um homem dedicado que me acompanhava em todas as minhas viagens; um bravo flamengo que eu estimava e que me retribuía a estima; uma criatura fleugmática por natureza, pontual por princípio, meticuloso por costume, pouco se admirando com as surpresas da vida, engenhoso com as mãos, apto a todo serviço, e a despeito do nome, nunca dando conselhos — mesmo quando lhe pediam.

De tanto esbarrar com os cientistas do nosso mundinho do Jardim Botânico e Zoológico, Conselho terminou por aprender alguma coisa. Eu tinha nele um especialista de alta competência na classificação em história natural, percorrendo com agilidade de acrobata toda a escala dos ramos, grupos, classes, subclasses, ordens, famílias, gêneros, subgêneros, espécies e variedades. Mas sua ciência parava aí. Classificar era sua vida, seu saber se resumia a isso. Imbatível na teoria da classificação, nem tanto na prática, não teria distinguido, creio, um cachalote de uma baleia! E, não obstante, que bravo e digno rapaz!

Conselho, até aquele momento e havia dez anos, acompanhava-me a todos os rincões aonde a ciência me arrastava. Jamais uma única observação de sua parte a respeito da extensão ou fadiga de uma viagem. Jamais uma única objeção a fechar sua mala para um país qualquer, China ou Congo, por mais distante que fosse. Ia para lá e para cá, sem perguntas. Além disso, era dono de uma bela saúde, que desafiava todas as doenças, e de músculos sólidos, mas sem nada de nervos, nem sombra de nervos — no sentido moral, entenda-se.

Esse rapaz tinha trinta anos, e sua idade estava para a de seu patrão assim como quinze está para vinte. Desculpem-me por usar essa forma para dizer que eu tinha quarenta anos.

Entretanto, Conselho possuía um defeito. Empedernidamente formal, só se dirigia a mim na terceira pessoa — chegando a ser irritante com isso.

— Conselho! — repeti, ao mesmo tempo em que minhas mãos nervosas iniciavam os preparativos para a viagem.

Naturalmente, eu não esperava outra coisa de rapaz tão dedicado. Em geral, nunca lhe perguntava se lhe era ou não conveniente acompanhar-me em minhas viagens. Dessa vez, porém, tratava-se de uma expedição que podia prolongar-se indefinidamente, de uma iniciativa temerária, a caça a um animal capaz de afundar uma fragata como a uma casca de noz! Havia matéria para reflexão até mesmo para o homem mais impassível do mundo! O que diria Conselho?

— Conselho! — gritei pela terceira vez.

Conselho apareceu.

— O patrão chamou? — indagou, ao entrar.

— Sim, meu rapaz. Prepare-me, prepare-se. Partimos dentro de duas horas.

— O patrão é quem manda — respondeu tranquilamente Conselho.

— Não há um instante a perder. Esprema no meu baú todos os meus utensílios de viagem, roupas, camisas, meias, sem economia, o máximo que puder, e se apresse!

— E as coleções do patrão?

— Cuidamos disso mais tarde.

— O quê! Os *archaeoterium*, os *hyracotherium*, os oreodontes, os queropótamos[28] e as outras carcaças do patrão!

— Guardaremos tudo no hotel.

— E a sua babirrussa[29] viva?

— Será alimentada durante nossa ausência. A propósito, darei ordens no sentido de expedirem nossa coleção de animais para a França.

— Não voltaremos então a Paris? — indagou Conselho.

— Claro... Com certeza — respondi evasivamente —, mas fazendo um desvio.

— O patrão é quem manda.

— Oh, será coisa pouca! Um caminho mais tortuoso, só isso. Temos cabines reservadas na *Abraham Lincoln*.

— O patrão é quem manda — respondeu serenamente Conselho.

— Você sabe, meu amigo, trata-se do monstro... do maldito narval... Vamos bani-lo dos mares! O autor de uma obra *in-quarto* em dois tomos sobre os *Mistérios das grandes profundezas submarinas* não pode abrir mão de embarcar com o comandante Farragut. Missão gloriosa, mas... igualmente arriscada! Não sabemos aonde vamos! Esses animais podem ter lá suas manias! Mas iremos de qualquer maneira! Nosso comandante não tem sangue de barata!

— Como fará o patrão, farei eu — respondeu Conselho.

— Mas pense bem! Pois não quero lhe esconder nada. É uma viagem que pode não ter volta!

— O patrão é quem manda.

Quinze minutos depois, nossos baús estavam prontos. Conselho pusera mãos à obra, e eu tinha certeza de que nada faltava, pois aquele rapaz classificava pijamas e roupas tão bem quanto aves ou mamíferos.

---

28. Todos eles animais extintos do continente americano, de aspecto semelhante aos atuais javalis.

29. Babirrussa: mamífero suídeo de aspecto incomum, típico da Indonésia, assim descrito por Alexandre Dumas, pai (1802-70), por essa mesma época: "A babirrussa é uma espécie de javali que a Europa acaba de conhecer e que os curiosos podem observar em Paris. Plínio disse acerca dele: 'Nas Índias, há uma espécie de javali cuja testa possui dois chifres como os do bezerro e cerdas como as de um javali comum.'" É no mínimo insólito o professor Aronnax retornar de uma expedição ao Nebraska com uma babirrussa viva.

"O patrão é quem manda."

O elevador do hotel deixou-nos no grande vestíbulo do jirau. Desci os poucos degraus até o saguão. Acertei minha conta naquele vasto balcão sempre assediado por muita gente. Ordenei que expedissem a Paris meus lotes de animais empalhados e plantas secas. Abri crédito suficiente para a babirrussa e, com Conselho atrás de mim, pulei para dentro de um coche.

A vinte francos a corrida, o veículo desceu a Broadway até a Union Square, seguiu a Fourth Avenue até sua junção com a Bowery Street, enveredou pela Katrin Street e parou no trigésimo quarto píer. Ali, o *ferryboat* transportou-nos, homens, cavalos e coche, até o Brooklyn, o grande anexo de Nova York, situado à margem esquerda do East River, e em poucos minutos estávamos no cais junto ao qual a *Abraham Lincoln* expelia torrentes de fumaça preta por duas chaminés.

Nossas bagagens foram imediatamente transferidas para o convés da fragata. Subi apressado a bordo. Procurei o comandante Farragut. Um dos marujos conduziu-me ao tombadilho, onde me vi na presença de um oficial simpático que me estendeu a mão:

— Professor Aronnax?

— Ele mesmo — respondi. — Comandante Farragut?

— Ele mesmo. Seja bem-vindo, professor. Uma cabine está à sua espera.

Cumprimentei-o, e, deixando-o às voltas com os preparativos, fui conduzido à cabine a mim destinada.

A *Abraham Lincoln* havia sido escolhida e adaptada com esmero para sua nova missão. Era uma fragata de longo curso, equipada com aparelhos caloríferos, que permitiam subir a pressão do vapor a sete atmosferas. Sob essa pressão, a *Abraham Lincoln* atingia uma velocidade média de dezoito milhas e três décimos por hora, velocidade considerável, mas ainda assim insuficiente para enfrentar o imenso cetáceo.

As adaptações internas da fragata faziam jus às suas qualidades náuticas. Fiquei muito satisfeito com a minha cabine, situada na popa, que dava para o camarote dos oficiais.

— Ficaremos confortáveis aqui — eu disse a Conselho.

— Tão confortáveis, e que o patrão por favor não se irrite comigo — respondeu Conselho —, quanto um bernardo-eremita na concha de um bucino.

Deixei Conselho arrumando adequadamente nossos baús e subi ao convés a fim de acompanhar os preparativos da partida.

Nesse momento, o comandante Farragut mandava soltar as últimas amarras que atracavam a *Abraham Lincoln* ao píer do Brooklyn. Ou seja, um atraso de quinze minutos, menos até, faria a fragata partir sem mim e eu perderia aquela expedição fora do comum, sobrenatural, inverossímil, cujo relato verídico, bem sei, poderá encontrar alguns incrédulos.

Mas o comandante Farragut não queria perder um dia, uma hora para alcançar os mares nos quais o animal acabava de ser assinalado. Ordenou que chamassem seu engenheiro.

— Temos pressão? — perguntou.

— Sim, senhor — respondeu o engenheiro.

— *Go ahead*[30] — gritou o comandante Farragut.

A essa ordem, transmitida mecanicamente por meio de aparelhos à base de ar comprimido, os maquinistas acionaram a roda de arranque. O vapor silvou, precipitando-se nas gavetas entreabertas. As compridas válvulas horizontais guincharam e empurraram o sistema de bielas. As pás da hélice fusti-

30. Em inglês, no original: "Vamos em frente."

garam as ondas com crescente rapidez e a *Abraham Lincoln* avançou majestosamente em meio a uma centena de *ferryboats* e *tenders*,[31] com espectadores a bordo, que a escoltavam.

Os cais do Brooklyn e toda a zona de Nova York que margeia o East River estavam apinhados de curiosos. Três hurras, emanados de quinhentos mil peitos, explodiram sucessivamente. Milhares de lenços agitaram-se acima da massa compacta e saudaram a *Abraham Lincoln* até sua chegada às águas do Hudson, à ponta daquela quase ilha comprida que forma a cidade de Nova York.

Em seguida, a fragata, acompanhando do lado de Nova Jersey a admirável margem direita do rio, coalhada de residências suntuosas, passou por entre os fortes, que a saudaram com seus maiores canhões. A *Abraham Lincoln* respondeu descendo e subindo três vezes o pavilhão americano, cujas trinta e nove estrelas[32] resplendiam no bico da mezena; então, alterando sua marcha para entrar no canal balizado, que se arredonda na baía interna formada pela ponta de Sandy Hook, raspou naquela língua arenosa, onde alguns milhares de espectadores mais uma vez aclamaram-na.

O cortejo de *boats* e *tenders* continuava a seguir a fragata, só a deixando na altura da embarcação sinalizadora, cujos dois fogos de posição marcavam a entrada dos canais de Nova York.

Davam três horas naquele momento. O piloto desceu ao seu escaler e juntou-se à pequena escuna que o esperava sob o vento. O fogo foi atiçado; a hélice fustigou mais rapidamente as ondas; a fragata margeou a costa amarela e baixa de Long Island e, às oito horas da noite, após perder de vista a noroeste os faróis de Fire Island, riscou a todo vapor as águas escuras do Atlântico.

31. *Ferryboats*: barcas que têm como função principal fazer travessias curtas, transportando veículos, cargas e passageiros. *Tenders*: embarcações de apoio logístico.

32. Em 1867, na realidade, os Estados Unidos não reuniam senão 37 estados. Foi apenas em 1889 que sua bandeira passou a estampar 39 estrelas, quando Dakota do Norte aderiu à União (o Colorado o fizera em 1875). Atualmente são cinquenta os estados norte-americanos, e portanto as estrelas na bandeira.

4. *Ned Land*

Farragut era um bom marinheiro, digno da fragata que comandava. Seu navio e ele formavam uma unidade. O navio era sua alma. No que se refere ao cetáceo, nenhuma dúvida o assaltava, e ele não permitia que a existência do animal fosse discutida a bordo. Acreditava nela como algumas mulheres simplórias acreditam no Leviatã[33]— pela fé, não pela razão. O monstro existia e ele jurara livrar os mares de sua presença. Era uma espécie de cavaleiro de Rodes, um Deodato de Gozon,[34] caminhando ao encontro da serpente que devastava sua ilha. Ou o comandante Farragut mataria o narval, ou o narval mataria o comandante Farragut. Não havia meio-termo.

Os oficiais de bordo eram da opinião do chefe. Dava gosto ouvi-los conversar, discutir, brigar, calcular as diversas probabilidades de um encontro e observar a vasta extensão do oceano. Mais de um, que teria amaldiçoado essa faina em qualquer outra circunstância, impunha-se um plantão voluntário nas barras do mastro do joanete. Enquanto o sol descrevia seu arco diurno, a mastreação era tomada por marujos cujos pés queimavam nas pranchas do convés e que não conseguiam parar quietos no lugar! E, contudo, a *Abraham Lincoln* ainda não rasgava as águas suspeitas do Pacífico com sua roda de proa.

33. Leviatã: monstro marinho mitológico. Nos textos ugaríticos (sécs.XIV-XII a.C.), Baal derrota Lotã (uma variante linguística de Leviatã), descrito como uma serpente de sete cabeças, aparentemente identificada ao adversário de Baal. Mas Jules Verne parece estar se referindo ao Livro de Jó, 41, no qual o leviatã é descrito como súdito de Deus, um animal de estimação divino. Mais tarde, na obra homônima de Thomas Hobbes, o monstro apareceria como metáfora do poder absoluto do Estado.

34. Deodato de Gozon, grão-mestre da ordem dos hospitalários de São João de Jerusalém no séc.XIV. Diz a lenda que ele libertou Rodes de uma serpente monstruosa que aterrorizava a ilha.

Quanto à tripulação, não pedia senão para encontrar o unicórnio, arpoá-lo, içá-lo a bordo, despedaçá-lo, e vigiava o mar com escrupulosa atenção. Aliás, o comandante Farragut mencionara algo como uma recompensa de dois mil dólares,[35] destinada a qualquer um, grumete ou marujo, mestre ou oficial, que assinalasse o animal. Deixo ao leitor imaginar se os olhos exercitavam-se a bordo da *Abraham Lincoln*.

Eu, por minha vez, não ficava atrás, e a ninguém deleguei minhas horas de observações cotidianas. Havia mil razões para a fragata chamar-se *Argos*.[36] Isolado, Conselho protestava com sua indiferença contra o enigma que nos inflamava, destoando do entusiasmo generalizado a bordo.

Eu disse que o comandante Farragut havia equipado cuidadosamente seu navio com aparelhos destinados a pescar o gigantesco cetáceo. Um baleeiro não se haveria armado melhor. Possuíamos todos os dispositivos conhecidos, desde o arpão lançado manualmente até as flechas farpadas dos bacamartes e as balas explosivas dos arcabuzes. No castelo de proa alinhava-se um canhão aperfeiçoado, a ser carregado pela culatra, com paredes bem grossas e diâmetro estreito, e cujo protótipo deve figurar na Exposição Universal de 1867. Esse precioso instrumento, de origem americana, disparava, sem pestanejar, um projétil cônico de quatro quilogramas a uma distância média de dezesseis quilômetros.

Portanto, a *Abraham Lincoln* não carecia de nenhum meio de destruição. Mas ela tinha algo melhor que isso. Tinha Ned Land, o rei dos arpoadores.

Ned Land era um canadense com uma destreza manual fora do comum e que não conhecia rival em seu perigoso ofício. Habilidade e sangue-frio, audácia e esperteza, possuía essas qualidades num grau superior, e era preciso ser uma baleia bastante mal-intencionada ou um cachalote singularmente ardiloso para escapar ao seu arpão.

Ned Land tinha cerca de quarenta anos. Era um homem alto — mais de um metro e noventa —, compleição vigorosa, expressão grave, pouco comunicativo, violento às vezes e deveras irascível quando contrariado. Sua pessoa chamava atenção, com destaque para a força de seu olhar, que lhe acentuava peculiarmente a fisionomia.

A meu ver, o comandante Farragut recrutara sabiamente aquele homem para sua equipe. Sozinho, Ned valia toda a tripulação, pelo olho e pelo braço. Não me ocorre compará-lo senão a um poderoso telescópio que fosse ao mesmo tempo um canhão, sempre na iminência de disparar.

35. Em meados do séc.XIX, um dólar americano equivalia a cerca de cinquenta quilos de prata ou trinta quilos de ouro.

36. Argos: na mitologia grega, gigante de cem olhos, cinquenta dos quais mantinha abertos enquanto dormia com a outra metade.

Quem diz canadense, diz francês, e por menos comunicativo que fosse Ned Land, sou obrigado a admitir que nutriu certa afeição por mim. Sem dúvida, sentia-se atraído por minha nacionalidade. Era uma chance para ele falar, e para eu ouvir, a veneranda língua de Rabelais, ainda em uso em determinadas províncias canadenses. A família do arpoador era originária de

Ned Land, o rei dos arpoadores.

Québec, e já formava uma tribo de ousados pescadores na época em que essa cidade pertencia à França.

Ned foi aos poucos tomando gosto pela conversa, e aprazia-me ouvir o relato de suas aventuras nos mares do polo norte. Ele contava suas pescarias e escaramuças com uma grande poesia natural. Seu relato ganhava forma épica, e eu julgava escutar algum Homero canadense, cantando a *Ilíada* das regiões hiperbóreas.

Descrevo agora meu intrépido companheiro tal como o conheço atualmente. É que nos tornamos velhos amigos, unidos por essa inalterável amizade que nasce e cresce nas circunstâncias mais adversas! Ah, bravo Ned! Só peço para viver mais cem anos, para me lembrar de você por mais tempo!

E então, qual era o ponto de vista de Ned Land acerca do enigmático monstro marinho? Era visível que não acreditava um pingo no unicórnio e, exceção a bordo, não comungava da convicção geral. Evitava mesmo tocar no assunto, sobre o qual julguei por bem o inquirir um dia.

Na magnífica noite de 30 de julho, isto é, três semanas após nossa partida, a fragata achava-se na altura do cabo Branco, a todo pano e a trinta milhas do litoral da Patagônia. Havíamos ultrapassado o trópico de Capricórnio, e o estreito de Magalhães abria-se a menos de setecentas milhas ao sul. Uma semana mais tarde, a *Abraham Lincoln* sulcava as ondas do Pacífico.

Sentados no tombadilho, Ned Land e eu deixávamos a conversa fluir, contemplando o misterioso mar cujas profundezas permanecem até o momento inacessíveis ao olho humano. Com toda a naturalidade, eu dirigia a conversa para o unicórnio gigante, analisando as diversas probabilidades de sucesso ou insucesso de nossa expedição. Então, percebendo que Ned me deixava falar sem dizer muita coisa, procurei ser mais direto.

— Como é possível, Ned, que duvide da existência do cetáceo que perseguimos? Por acaso tem razões particulares para mostrar-se tão incrédulo?

O arpoador mirou-me alguns instantes antes de responder, bateu com a mão em sua ampla testa num gesto que lhe era peculiar, fechou os olhos como que para meditar, e terminou por dizer:

— Talvez muitas, professor Aronnax.

— Entretanto, Ned, você, como baleeiro profissional, familiarizado com os grandes mamíferos, cuja imaginação seria a primeira a aceitar a hipótese de cetáceos gigantes, deveria ser o último a duvidar em tais circunstâncias!

— Aí é que o senhor se engana, professor — respondeu Ned. — Que o vulgo acredite em cometas extraordinários riscando o espaço, ou na existência de monstros antediluvianos povoando o interior do globo, ainda vai, mas nem o astrônomo nem o geólogo admitem tais quimeras. Da mesma forma, o baleeiro. Persegui muitos cetáceos, arpoei grande número deles, matei vários, mas, por mais poderosos e bem-dotados que fossem, nem suas caudas nem seus incisivos seriam capazes de rasgar as placas de ferro de um vapor.

— Em todo caso, Ned, o comentário é de que o dente do narval trespassou embarcações de um lado a outro do casco.

— Naus de madeira, é possível — redarguiu o canadense —, e, mesmo isso, nunca vi. Logo, até que se prove o contrário, nego que baleias, cachalotes ou unicórnios possam realizar tal feito.

— Ouça, Ned.

— Não, professor, não. Tudo que quiser, menos isso. Um polvo gigante, talvez?

— É pouco, Ned. O polvo não passa de um molusco, e esse nome mesmo sugere a pouca consistência de suas carnes.[37] Ainda que tivesse quinze metros de comprimento, o polvo, que não pertence ao ramo dos vertebrados, é completamente inofensivo para navios como o *Scotia* ou o *Abraham Lincoln*. Logo, devemos relegar ao plano das fábulas as façanhas dos Krakens ou monstros similares.

— Quer dizer, senhor naturalista — rebateu Ned Land, num tom zombeteiro —, que insiste em admitir a existência de um cetáceo de grandes proporções?

— Sim, Ned, e reitero minha opinião com a certeza baseada na lógica dos fatos. Creio na existência de um mamífero, de pujante compleição, pertencente ao ramo dos vertebrados, como as baleias, cachalotes e delfins, e dotado de uma defesa corneada com uma força de penetração inaudita.

— Hum! — fez o arpoador, balançando a cabeça com expressão de quem não se convenceu.

— Observe, meu digno canadense — retruquei —, que, se tal criatura existe, se habita as profundezas do oceano, se frequenta as camadas líquidas situadas alguns quilômetros abaixo da superfície das águas, ele possui necessariamente um organismo cuja resistência desafia qualquer comparação.

— E por que organismo tão superlativo? — perguntou Ned.

— Porque é preciso uma força incalculável para sobreviver em meio às camadas profundas e resistir à pressão.

— Sério? — disse Ned, que me olhava, piscando o olho.

— Sério, e alguns números comprovam isso sem dificuldade.

— Oh, os números! — replicou Ned. — Faz-se o que se quer com eles!

— Nos negócios, Ned, não em matemática. Preste atenção. Admitamos que a pressão de uma atmosfera seja representada pela pressão de uma coluna de água com dez metros de altura. Na realidade, a coluna de água seria de altura menor, pois trata-se de água do mar, cuja densidade é superior à da água doce. Pois bem, quando você mergulha, Ned, a cada dez metros de água mais fundo, seu corpo suporta uma pressão proporcional equivalente a uma atmosfera, isto é, tantos quilogramas por cada centímetro quadrado de

37. A palavra "polvo" em português, bem como *poulpe* e *pieuvre* em francês, vem do grego *polypos*, que originalmente significava um "tumor mole" no nariz.

superfície. Segue-se que a cem metros a pressão é de dez atmosferas, de cem atmosferas a mil metros e de mil atmosferas a dez mil metros. Isso equivale a dizer que, se porventura você atingisse tal profundidade no oceano, cada centímetro quadrado da superfície de seu corpo sofreria uma pressão de mil quilogramas. Ora, meu bravo Ned, sabe quantos centímetros quadrados você tem em sua superfície?

— Nem desconfio, professor Aronnax.

— Cerca de dezessete mil.

— Isso tudo?

— E, na realidade, como a pressão atmosférica é um pouco superior ao peso de um quilograma por centímetro quadrado, seus dezessete mil centímetros quadrados suportam nesse momento uma pressão de dezessete mil quinhentos e sessenta e oito quilogramas.

— Sem que eu me dê conta?

— Sem que você se dê conta. E você só não vira uma pasta porque o ar penetra no interior de seu corpo com uma pressão equivalente. Daí o equilíbrio perfeito entre o empuxo interno e o empuxo externo, que se neutralizam, o que lhe permite tolerá-los sem dificuldade. Mas, na água, é outra coisa.

— Percebo — respondeu Ned, agora mais atento —, é porque a água me circunda, não me penetra.

— Exatamente, Ned. De modo que, a dez metros abaixo da superfície do mar, você sofreria uma pressão de dezessete mil quinhentos e sessenta e oito quilogramas; a cem metros, dez vezes essa pressão, ou seja, cento e setenta e cinco mil seiscentos e oitenta quilogramas; a mil metros, cem vezes essa pressão, ou seja um milhão, setecentos e cinquenta e seis mil e oitocentos quilogramas; a dez mil metros, enfim, mil vezes essa pressão, ou seja, dezessete milhões quinhentos e sessenta e oito mil quilogramas. Isso significa que você seria achatado como se o arrancassem das pranchas de uma prensa hidráulica!

— Diabos! — retrucou Ned.

— Pois bem, meu digno arpoador, se vertebrados com várias centenas de metros de comprimento, e volume proporcional, vivem em tais profundezas, eles cuja superfície é representada por milhões de centímetros quadrados, é em bilhões de quilogramas que devemos estimar o empuxo externo que sofrem. Calcule então qual deva ser a resistência de sua armação óssea e a força de seu organismo para sobreviver a tais pressões!

— Eles teriam de ser fabricados com chapas de ferro de vinte centímetros, como fragatas encouraçadas — observou Ned Land.

— Sem tirar nem pôr, Ned, e pense agora nas devastações que essa massa, lançada à velocidade de uma locomotiva contra o casco de um navio, seria capaz de produzir.

— É... pode ser... talvez... — gaguejou o canadense, tonto diante daqueles números, mas sem se render completamente.

— Muito bem, convenci-o?

— Convenceu-me de uma coisa, senhor naturalista: de que, se existem tais animais no fundo dos mares, é imperioso que sejam tão fortes como afirma.

— Mas se não existem, arpoador cabeça-dura, como explica o acidente com o *Scotia*?

— Talvez seja... — disse Ned, hesitante.

— Vamos, desembuche!

— ... porque... isso não é verdade! — apelou o canadense, repetindo sem saber uma famosa réplica de Arago.[38]

Resposta que atestava apenas a teimosia do arpoador. Nesse dia, não o provoquei mais. O acidente do *Scotia* era incontestável. O buraco tanto existia que tiveram de vedá-lo, e não creio ser possível demonstrar mais cabalmente a existência de um buraco. Ora, esse buraco não se fizera sozinho, e, visto que não fora produzido por rochas ou geringonças submarinas, era necessariamente produto do instrumento perfurante do animal.

Pois, a meu ver, e por todas as razões precedentemente deduzidas, o animal pertencia ao ramo dos vertebrados, à classe dos mamíferos, ao grupo dos pisciformes e, por fim, à ordem dos cetáceos. Quanto à família em que se classificava, baleia, cachalote ou delfim, quanto ao gênero do qual fazia parte, quanto à espécie a que pertencia, esta era uma questão a ser elucidada posteriormente. Para solucioná-la, urgia dissecar aquele monstro desconhecido; para dissecá-lo, capturá-lo; para capturá-lo, arpoá-lo — o que era da alçada de Ned Land —; para arpoá-lo, avistá-lo — o que era da alçada da tripulação —; e para avistá-lo, encontrá-lo — o que era da alçada do acaso.

38. "uma famosa réplica de Arago": Jules Verne alude aqui ao cientista e político François Arago (1786-1853), citado de forma análoga em *Da Terra à Lua*, outro de seus romances. Neste, para rebater a opinião segundo a qual a Lua influenciaria o sistema nervoso, Barbicane recorre a uma suposta objeção de Arago durante uma discussão científica: "Porque talvez isso não seja verdade!"

5. *Às cegas!*

A viagem da *Abraham Lincoln* transcorreu sem incidentes durante certo tempo. Ainda assim, uma circunstância pôs em relevo a maravilhosa habilidade de Ned Land, demonstrando a confiança que podíamos depositar nele.

Ao largo das Malvinas, em 30 de junho,[39] a fragata fez contato com baleeiros americanos, e soubemos que não haviam encontrado nenhum narval. Um dos homens, porém, capitão do *Monroe*, ciente de que Ned Land estava a bordo da *Abraham Lincoln*, solicitou sua ajuda para caçar uma baleia que avistara. O comandante Farragut, ansioso para ver Ned Land em ação, autorizou-o a baldear-se para bordo do *Monroe*. E o acaso foi tão clemente com nosso canadense que, em vez de uma baleia, ele arpoou duas com um golpe duplo, espetando uma no coração e capturando a outra após uma perseguição de alguns minutos!

Em suma, se o monstro um dia enfrentasse o arpão de Ned Land, não seria no monstro a minha aposta.

A fragata percorreu o litoral sudeste da América com uma rapidez prodigiosa. Em 3 de julho estávamos na boca do estreito de Magalhães, na altura do cabo das Virgens. O comandante Farragut, porém, não quis aventurar-se nessa sinuosa passagem, manobrando de forma a dobrar o cabo Horn.

A tripulação foi unânime em lhe dar razão. E, com efeito, qual a probabilidade de encontrarmos o narval naquela passagem apertada?

39. "em 30 de junho": inadvertência de Jules Verne. Sabemos que a última aparição do "narval" remonta a 2 de julho, e que a conversa entre Aronnax e Ned Land, no capítulo precedente, desenrola-se "na magnífica noite de 30 de julho, isto é, três semanas após nossa partida". Logo, a *Abraham Lincoln* deve ter deixado o porto de Nova York em torno de 9 de julho. A cronologia recua bruscamente um mês, e o ano de 1867, no romance, parece conter dois meses de julho.

Não eram poucos os marujos que diziam ser impossível o monstro atravessá-lo, "pois era gordo demais para isso"!

Em 6 de julho, por volta das três horas da tarde, a *Abraham Lincoln*, a quinze milhas ao sul, contornou o recife solitário, rochedo perdido na extremidade do continente americano, ao qual marinheiros holandeses impuseram o nome de sua cidade natal, o cabo Horn. No dia seguinte, após a ordem de rumar para noroeste, a hélice da fragata rasgou enfim as águas do Pacífico.

— Abram o olho! Abram o olho! — repetiam os marujos da *Abraham Lincoln*.

E o abriam como podiam. Olhos e binóculos, um tanto ofuscados pela perspectiva dos dois mil dólares, é verdade, não descansaram um instante. Dia e noite perscrutava-se a superfície do oceano, e os nictalopes, cuja faculdade de enxergar no escuro aumentava suas chances em cinquenta por cento, levavam vantagem na corrida à recompensa.

Eu, para quem o dinheiro não representava o menor atrativo, nem por isso era o menos atento a bordo. Reservando apenas alguns segundos para a refeição, mais algumas horas para o sono, indiferente ao sol e à chuva, não arredava pé do convés do navio. Ora debruçado nos paveses do castelo de proa, ora apoiado no verdugo da popa, devorava com um olho ávido o espumante rastro que alvejava o mar a perder de vista! Quantas vezes não compartilhei a emoção do estado-maior, da tripulação, quando alguma desavisada baleia erguia seu dorso enegrecido acima das ondas. O convés da fragata apinhava-se num piscar de olhos. As meias-laranjas vomitavam uma torrente de marujos e oficiais, todos, peitos arfantes, olhos inquietos, acompanhando a evolução do cetáceo. Eu olhava, olhava até estragar a retina, até ficar cego, enquanto Conselho, sempre fleugmático, repetia para mim num tom sereno:

— Se o patrão se dispusesse a franzir menos os olhos, o patrão veria muito mais!

Mas, vã emoção! A *Abraham Lincoln* alterava o curso, perseguia o animal assinalado, simples baleia ou vulgar cachalote, e este logo desaparecia em meio a um coro de palavrões!

Nesse ínterim, as condições do tempo permaneciam favoráveis. A viagem realizava-se nos melhores termos. Embora estivéssemos em pleno inverno austral, pois o mês de julho dessa zona corresponde ao nosso janeiro da Europa, navegávamos num mar de leite, facilmente observável por um vasto perímetro.

Ned Land teimava em exibir o mais tenaz ceticismo, afetando inclusive não perscrutar a superfície fora de seu turno de guarda — pelo menos quando nenhuma baleia achava-se à vista. E, contudo, seu maravilhoso poder de visão teria sido de grande valia. Em cada oito horas de doze, o cabeçudo canadense lia ou dormia em sua cabine. Censurei-o mil vezes por sua indiferença.

Eu olhava, olhava até estragar a retina.

— Bah! — ele respondia —, tudo isso são lorotas, senhor Aronnax, e se houvesse algum animal, que chance teríamos de encontrá-lo? Não estaríamos por acaso navegando às cegas? Afirmam que a misteriosa besta voltou a ser avistada nos altos-mares do Pacífico, disponho-me a admiti-lo, mas já se passaram dois meses desde esse encontro e, considerando o temperamento do seu narval, não lhe agrada mofar muito tempo nas mesmas paragens!

Ele possui uma prodigiosa facilidade de deslocamento. Ora, o senhor sabe melhor do que eu, professor, a natureza não faz nada à toa, e não daria a um animal por definição lento a faculdade de locomover-se celeremente, se ele não precisasse dela. Logo, se a besta existe, já está longe!

A isso, eu não sabia o que responder. Era inegável que navegávamos às cegas. Como proceder de outra forma? Portanto, tínhamos chances limitadíssimas. Mas ninguém mais duvidava do nosso sucesso, e nenhum marujo de bordo teria apostado contra o narval e sua iminente aparição.

Em 20 de julho, o trópico de Capricórnio foi transposto a 105° de longitude, e no dia 27 do mesmo mês atravessávamos o equador no centésimo décimo meridiano. Determinada essa posição, a fragata tomou um curso mais definido para oeste e rasgou os mares centrais do Pacífico. O comandante Farragut julgava preferível, com razão, navegar por águas profundas e afastar-se dos continentes ou ilhas, cujas proximidades o animal parecia sempre evitar. "Sem dúvida porque não há água suficiente para ele!", dizia o chefe da tripulação. A fragata passou então ao largo das Pomotu, das Marquesas, das Sandwich,[40] cortou o trópico de Câncer a 132° de longitude e tomou o rumo dos mares da China.

Encontrávamo-nos finalmente no teatro dos últimos embates do monstro e, em última análise, não se vivia mais a bordo. Os corações pulsavam descontroladamente, engendrando incuráveis aneurismas para o futuro. A tripulação inteira padecia de uma superexcitação nervosa, de que eu não saberia dar ideia. Não se comia, não se dormia mais. Vinte vezes ao dia, um erro de apreciação, uma ilusão de óptica de qualquer marujo empoleirado nas barras provocavam intoleráveis sobressaltos, e essas emoções, vinte vezes repetidas, deixavam-nos num estado de tensão por demais violento para não provocar uma reação a curto prazo.

E, com efeito, a reação não demorou a vir. Durante três meses — três meses cujos dias duravam um século! — a *Abraham Lincoln* inspecionou todos os mares setentrionais do Pacífico, perseguindo as baleias assinaladas, fazendo bruscos desvios de rota, invertendo de repente o curso, parando de uma hora para outra, forçando ou revertendo o vapor, alternadamente, arriscando-se a desregular o motor, sem deixar um ponto inexplorado das praias do Japão ao litoral americano! E nada! Nada exceto a imensidão das águas desertas! Nada que se assemelhasse a um narval gigante, nem a um rochedo submarino, nem a um destroço de naufrágio, nem a um recife arisco, nem a qualquer coisa que fosse sobrenatural!

---

40. As Pomotu e as Marquesas fazem parte da Polinésia Francesa; as ilhas Sandwich (nome dado pelo capitão inglês James Cook (1728-79)em homenagem ao conde inglês inventor do sanduíche) designavam o atual arquipélago do Havaí.

Veio então a reação. No início, foi o desânimo que tomou conta dos espíritos, abrindo uma brecha para a incredulidade. Um novo sentimento espalhou-se a bordo, que se compunha de três décimos de vergonha e sete de raiva. Sentíamo-nos "com cara de bobos", tendo nos deixado iludir por uma quimera, porém estávamos sobretudo furiosos! As montanhas de argumentos empilhados há um ano ruíram todas ao mesmo tempo, e ninguém pensou mais senão em compensar, nas horas de refeição ou de sono, o tempo tão estupidamente sacrificado.

Com a volubilidade inata ao espírito humano, de um excesso nos atiramos a outro. Os partidários mais inflamados da empreitada tornaram-se fatalmente seus mais ardorosos detratores. A reação subiu dos porões do navio, do posto dos carvoeiros até o quadrilátero do estado-maior, e certamente, não fosse a obstinação inerente ao comandante Farragut, a fragata teria embicado definitivamente para o sul.

Por outro lado, aquela busca inútil não podia prolongar-se indefinidamente. A *Abraham Lincoln* não tinha nada a se recriminar, tudo fizera para triunfar. Nunca tripulação de uma embarcação da marinha americana mostrou mais paciência e zelo; o insucesso não lhe poderia ser imputado. Nada mais restava senão regressar.

Uma petição nesse sentido foi apresentada ao comandante. O comandante fez pé firme. Os marujos não esconderam o descontentamento, e o serviço sofreu com isso. Não estou afirmando que houve um motim a bordo, mas, após uma longa recalcitrância, o comandante Farragut, como outrora Colombo, pediu três dias de tolerância. Se no prazo de três dias o monstro não aparecesse, o timoneiro daria três quartos de volta e a *Abraham Lincoln* rumaria para os mares europeus.

Essa promessa foi feita no dia 2 de novembro. Seu resultado imediato foi infundir novo ânimo à tripulação. O oceano foi observado com renovada atenção. Cada um queria dar a última espiada, na qual se resume toda a lembrança. Os binóculos não paravam quietos. Era o supremo desafio feito ao narval gigante, que não podia conscienciosamente eximir-se de responder àquela intimação "a comparecer!".

Dois dias se passaram. A *Abraham Lincoln* mantinha-se em marcha lenta. Mil recursos eram empregados para atrair a atenção ou estimular a apatia do animal, caso ele se achasse naquelas paragens. Volumosos nacos de toucinho foram presos na popa — para grande satisfação dos tubarões, devo dizê-lo. Os escaleres irradiaram-se em todas as direções ao redor da fragata, enquanto ela se imobilizava, e não deixaram um ponto de mar inexplorado. Mas a noite de 4 de novembro chegou sem desvendar aquele mistério submarino.

No dia seguinte, 5 de novembro, ao meio-dia, expirava o prazo formal. Após medir sua posição, o comandante Farragut, fiel à sua promessa, mudaria o curso para sudeste e abandonaria definitivamente as regiões setentrionais do Pacífico.

A fragata encontrava-se então a 31°15' de latitude norte e 136°42' de longitude leste. As terras do Japão estavam a menos de duzentas milhas a sotavento. A noite se aproximava. Acabavam de dar oito horas. Nuvens grossas cobriam o disco da lua, então em quarto crescente. O mar ondulava serenamente sob o castelo de proa da fragata.

Naquele momento, eu estava recostado na proa, nos paveses do castelo. Conselho, posicionado atrás de mim, olhava para a frente. A tripulação, distribuída pelos ovéns, passava em revista o horizonte, que aos poucos se estreitava e escurecia. Os oficiais, equipados com lunetas noturnas, devassavam a penumbra crescente. Às vezes, o escuro oceano cintilava sob um raio, que a lua dardejava por entre as franjas de duas nuvens. Em seguida, todo traço luminoso diluía-se nas trevas.

Observando Conselho, constatei que aquele bravo rapaz sofria um pouco a influência geral. Pelo menos, assim o julguei. Talvez, fato inédito, seus nervos vibrassem sob a ação de um impulso de curiosidade.

— Vamos, Conselho — instiguei-o —, eis a última chance de ganhar dois mil dólares.

— Que o patrão me permita dizê-lo — declarou Conselho —, nunca contei com essa recompensa, e o governo da União poderia prometer cem mil dólares que nem por isso ficaria menos rico.

— Tem razão, Conselho. É uma história idiota, no fim das contas, e na qual nos lançamos com demasiada leviandade. Quanto tempo perdido, quantas emoções inúteis! Já estaríamos na França há seis meses…

— No apartamento aconchegante do patrão — acrescentou Conselho —, no museu do patrão! E eu já teria classificado os fósseis do patrão! E a babirrussa do patrão estaria instalada em sua jaula, atraindo todos os curiosos da capital!

— Exatamente, Conselho. Além do mais, algo me diz que seremos alvo de chacota!

— De fato — admitiu Conselho, impassível —, penso que zombarão do patrão. E, devo falar…?

— Fale, Conselho.

— Pois bem, o patrão não terá senão o que merece!

— Sério!

— Quando alguém tem a honra de ser um cientista como o patrão, não se expõe…

Conselho não pôde terminar seu elogio. Em meio ao silêncio geral, uma voz acabava de se fazer ouvir. Era a voz de Ned Land, e Ned Land gritava:

— Alerta! A tal coisa, a sotavento, atravessada à nossa frente!

6. *A todo vapor*

Ao ouvir esse grito, toda a tripulação precipitou-se para o arpoador; comandante, oficiais, mestres, marujos, grumetes, até os maquinistas, que abandonaram seus motores, até os caldeireiros, que abandonaram suas fornalhas. A ordem de parar as máquinas fora dada e a fragata avançava apenas por inércia.

A escuridão era tão profunda que, por mais aguçados que fossem os olhos do canadense, eu me perguntava como ele vira e o que pudera ver. Meu coração batia feito um tambor.

Mas Ned Land não se enganara, e todos nós percebemos o objeto que ele apontava com a mão.

A quatrocentos metros da *Abraham Lincoln* e de sua alheta de estibordo, o mar parecia estar iluminado por baixo. Não era em absoluto um simples fenômeno de fosforescência, e não havia como equivocar-se. O monstro, submerso a algumas toesas[41] da superfície das águas, projetava o brilho ofuscante e inexplicável mencionado nos relatos de vários capitães. A magnífica irradiação decerto era produzida por um agente luminoso de grande potência. O halo de luz descrevia sobre o mar um arco amplo e retesado, em cujo centro condensava-se um foco ardente, cujo insustentável brilho apagava-se por gradações sucessivas.

— É apenas um aglomerado de moléculas fosforescentes — exclamou um dos oficiais.

— Não, cavalheiro — repliquei com convicção. — As fóladas e salpas[42] jamais produziriam luz tão poderosa. Esse brilho é de natureza essencialmente elétrica... Aliás, veja, veja! Está se deslocando! Move-se para a frente, para trás! Vem em nossa direção!

41. Toesa: antiga medida francesa, equivalente a dois metros.

42. As fóladas e salpas são moluscos fosforescentes.

O monstro submerso.

Um grito generalizado ergueu-se da fragata.

— Silêncio! — ordenou o comandante Farragut. — Timão a barlavento! Reverter as máquinas!

Os marujos precipitaram-se para o timão, os maquinistas para as máquinas. O vapor foi imediatamente revertido e a *Abraham Lincoln*, dando uma guinada a bombordo, descreveu um semicírculo.

— Alinhar o leme! Em frente! — gritou o comandante Farragut.

Executadas suas ordens, a fragata afastou-se rapidamente do halo luminoso.

Ledo engano. Quis afastar-se, mas a criatura sobrenatural aproximou-se, duplicando sua velocidade.

Ninguém respirava. A estupefação, bem mais que o temor, deixava-nos mudos e imóveis. O animal então, alcançando-nos com facilidade, contornou a fragata, que avançava a catorze nós, e envolveu-a em suas camadas elétricas como se espalhasse uma poeira luminosa. Em seguida afastou-se duas ou três milhas, deixando um rastro fosforescente comparável aos turbilhões de vapor que uma locomotiva lança para trás. Subitamente, dos obscuros limites do horizonte, aonde fora tomar impulso, o monstro investiu na direção da *Abraham Lincoln* com impressionante rapidez, parou bruscamente a sete metros de seus verdugos e se apagou — sem arremeter sob as águas, uma vez que seu brilho não sofrera nenhuma gradação, mas instantaneamente, e como se a fonte de seu eflúvio cintilante houvesse se exaurido num piscar de olhos! Em seguida, reapareceu do outro lado da fragata, seja porque a houvesse contornado, seja porque houvesse se esgueirado sob seu casco. Uma colisão era iminente, o que nos teria sido fatal.

Por outro lado, eu não compreendia as manobras da fragata. Ela fugia, não atacava. Era perseguida, quando deveria perseguir, e chamei a atenção do comandante Farragut para o fato. Seu semblante, via de regra tão impassível, denotava um espanto indefinível.

— Senhor Aronnax — ele me respondeu —, não sei que mirabolante criatura tenho pela frente, e não quero arriscar imprudentemente minha fragata nessa escuridão. Aliás, como atacar o desconhecido, como defender-se dele? Aguardemos o raiar do dia e os papéis se inverterão.

— Não alimenta mais nenhuma dúvida, comandante, acerca da natureza do animal?

— Não, senhor, é evidentemente não só um narval gigantesco, como um narval elétrico.

— Talvez — acrescentei — não devamos nos aproximar dele mais do que de um peixe-elétrico ou uma raia!

— Tem razão — respondeu o comandante. — E, caso ele possua uma força mortífera em seu bojo, é certamente o mais terrível animal jamais saído da mão do Criador. Eis por que, cavalheiro, prefiro a cautela.

A tripulação não saiu do convés durante a noite. Ninguém pensou em dormir. Sem poder competir em velocidade, a *Abraham Lincoln* moderara o ritmo e mantinha-se à espera. O narval, por sua vez, imitando a fragata, deixava-se embalar ao sabor das ondas, parecendo decidido a não abandonar o palco da luta.

Por volta da meia-noite, ele desapareceu, ou, para empregar uma expressão mais apropriada, "apagou-se", como um grande vaga-lume. Fugira? Eu não sabia se isso era bom ou ruim. Faltando sete minutos para uma hora da manhã, porém, ouvimos um silvo ensurdecedor, semelhante ao produzido por uma coluna d'água expelida com fúria.

O comandante Farragut, Ned Land e eu estávamos no tombadilho, perscrutando avidamente as trevas profundas.

— Ned Land — perguntou o comandante —, já ouviu baleias rugirem?

— Muitas vezes, senhor, mas nunca baleias desse tipo, cuja descoberta me rendeu dois mil dólares.

— De fato, o senhor faz jus à recompensa. Mas, diga-me, esse barulho não é o que os cetáceos fazem quando ejetam água pelas narinas?

— O barulho é o mesmo, senhor, mas este é incomparavelmente mais alto. Logo, não devemos nos iludir. É realmente um cetáceo que temos à nossa frente. Se o comandante autorizar — acrescentou o arpoador —, eu lhe direi duas palavrinhas amanhã ao raiar do dia.

— Se ele estiver disposto a ouvi-lo, mestre Land — retruquei, num tom nada convicto.

— Basta eu me aproximar a quatro comprimentos de arpão — retorquiu o canadense — para ele me ouvir direitinho!

— Mas, para que se aproxime — interveio o comandante —, suponho ter de colocar uma baleeira à sua disposição...

— Sem dúvida, senhor.

— Arriscarei a vida de meus homens?

— E a minha! — respondeu simplesmente o arpoador.

Por volta das duas da manhã, o halo luminoso reapareceu, não menos intenso, a cinco milhas a sotavento da *Abraham Lincoln*. Apesar da distância, apesar do barulho do vento e do mar, ouvíamos distintamente as espetaculares batidas da cauda do animal, e até sua respiração ofegante. Quando o diabólico narval vinha respirar na superfície, o ar precipitava-se em seus pulmões como faz o vapor nos vastos cilindros de um motor de dois mil cavalos.

"Hum", pensei. "Uma baleia que tivesse a força de um regimento de cavalaria seria uma senhora baleia!"

Permanecemos em alerta até o amanhecer e nos preparamos para o embate. Os equipamentos de pesca foram dispostos ao longo dos paveses. O imediato carregou bacamartes capazes de lançar um arpão a uma distância de uma milha, bem como compridas espingardas com balas explosivas, cujo ferimento era mortal, mesmo nos mais poderosos animais. Ned Land contentara-se em afiar seu arpão, arma terrível em suas mãos.

Às seis horas amanheceu e, com os primeiros raios de sol, desapareceu o brilho elétrico do narval. Às sete, o dia já se desenhava, mas uma densa névoa matinal estreitava o horizonte e as melhores lunetas não eram capazes de penetrá-la, gerando decepção e raiva. Icei-me até as barras da mezena. Alguns oficiais já estavam empoleirados no topo dos mastros.

Às oito horas, a névoa rolava pesadamente sobre as ondas à medida que se erguiam suas grossas volutas. O horizonte alargava-se e clareava ao mesmo tempo.

De repente, como na véspera, ouvimos a voz de Ned Land.

— A tal coisa, a bombordo, por trás! — gritou o arpoador.

Todos os olhares convergiram para o ponto indicado.

A uma milha e meia da fragata, um corpo escuro e comprido emergia um metro acima das águas. Sua cauda, agitada com violência, produzia um turbilhão considerável. Nunca um aparelho caudal fustigou o mar com tanta energia. Um rastro largo de espuma branca e ofuscante marcava a passagem do animal, descrevendo uma ampla curva.

A fragata aproximou-se do cetáceo, e pude examiná-lo com toda a tranquilidade. Os relatos do *Shannon* e do *Helvetia* haviam exagerado um pouco suas dimensões, e estimei seu comprimento em apenas oitenta metros. Quanto ao diâmetro, difícil conjeturar, mas, no conjunto, o animal me pareceu admiravelmente proporcional nas três dimensões.

Enquanto eu observava aquela criatura fenomenal, dois jatos de vapor e água foram expelidos de seus respiradouros a uma altura de quarenta metros. Isso me revelou seu modo de respiração e me fez concluir definitivamente que pertencia ao ramo dos vertebrados, classe dos mamíferos, subclasse dos eutérios, grupo dos pisciformes, ordem dos cetáceos, família… Quanto a este ponto, ainda não podia me pronunciar. A ordem dos cetáceos compreende três famílias: as baleias, os cachalotes e os delfins, e é nesta última que são classificados os narvais. Cada uma dessas famílias divide-se em diversos gêneros, cada gênero em espécies, cada espécie em variedades. Variedade, espécie, gênero e família ainda me faltavam, mas eu não duvidava que completaria minha classificação, com a ajuda dos céus e do comandante Farragut.

A tripulação aguardava impaciente as ordens de seu chefe. Este, após observar atentamente o animal, mandou chamar o maquinista, que veio correndo.

— Por acaso tem pressão? — indagou o comandante.

— Sim, senhor — respondeu o maquinista.

— Ótimo. Aumente o fogo, e a todo vapor!

Três hurras acolheram essa ordem. Soara a hora da luta. Alguns instantes depois, as duas chaminés da fragata vomitavam torrentes de fumaça preta, e o convés estremecia devido à trepidação das caldeiras.

A *Abraham Lincoln*, propelida por sua poderosa hélice, arremeteu frontalmente contra o animal. Indiferente, este permitiu que ela se aproximasse até cem metros; em seguida, ao invés de mergulhar, fez um arremedo de fuga e contentou-se em manter a distância.

Posicionou-a e mirou demoradamente.

Sem que a fragata ganhasse duas toesas sobre o cetáceo, a perseguição estendeu-se por cerca de quarenta e cinco minutos, tornando-se então evidente que, naquele ritmo, jamais o alcançaríamos.

O comandante Farragut retorcia raivosamente o espesso tufo de pelos que proliferava sob seu queixo.

— Ned Land! — gritou.

O canadense apresentou-se.

— Pois bem, mestre Land — perguntou o comandante —, ainda me aconselha a lançar escaleres ao mar?

— Não, senhor — respondeu Ned —, pois esse animal só se deixará apanhar se lhe der na veneta.

— Então o que fazer?

— Faça o que puder para aumentar a pressão, senhor. Quanto a mim, com sua autorização, bem entendido, estarei no cabresto do gurupés, e se chegarmos ao alcance do arpão, arpoo.

— Vá, Ned — respondeu o comandante Farragut. — Maquinista, aumente a pressão — gritou ele.

Ned Land dirigiu-se ao seu posto. Com as máquinas a toda potência, a hélice alcançou quarenta e três rotações por minuto e o vapor zuniu pelas válvulas. Lançada a barquilha, constatou-se que a *Abraham Lincoln* avançava à razão de dezoito milhas e cinco décimos por hora.

Mas o maldito animal também progredia a dezoito milhas e cinco décimos por hora.

Durante uma hora ainda, a fragata manteve-se a essa velocidade, sem ganhar uma toesa, o que era humilhante para um dos mais velozes modelos da marinha americana! Uma raiva surda percorria a tripulação. Os marujos xingavam o monstro, que, por sinal, desdenhava responder-lhes. O comandante Farragut não se contentava mais em retorcer seu cavanhaque, mordia-o.

O maquinista foi novamente chamado.

— Forçou a pressão? — perguntou-lhe o comandante.

— Sim, senhor — respondeu o maquinista.

— As válvulas estão carregadas?

— A seis atmosferas e meia.

— Carregue-as a dez atmosferas.

Uma ordem tipicamente americana, caso isso existisse. Não teriam feito melhor no Mississippi para deixar "uma concorrência" para trás!

— Conselho — alertei o meu honesto criado, que se encontrava ao meu lado —, sabe que provavelmente explodiremos?

— O patrão é quem manda! — foi sua resposta.

Pois bem, confesso que estava disposto a correr o risco.

As válvulas foram carregadas e o carvão, tragado pelos fornos. Os ventiladores sopraram torrentes de ar sobre os braseiros. A velocidade da *Abraham Lincoln* aumentou, fazendo seus mastros tremerem até a raiz. As colunas de fumaça mal conseguiam abrir caminho pelas chaminés demasiado estreitas.

A barquilha foi lançada pela segunda vez.

— Como estamos, timoneiro? — perguntou o comandante Farragut.

— Dezenove milhas e três décimos, senhor.

— Mais pressão.

O maquinista obedeceu e o manômetro marcou dez atmosferas. Mas o cetáceo "esquentou" também, pois, imperturbável, alcançou as dezenove milhas e três décimos.

Que perseguição! Não posso descrever a emoção que fazia vibrar todo o meu ser. Ned Land mantinha-se em seu posto, empunhando o arpão. Em diversas ocasiões, o monstro permitiu a aproximação.

— Mais perto! Mais perto! — gritava o canadense.

Porém, quando se preparava para atacar, o cetáceo escapava a uma velocidade que não posso estimar em menos de trinta milhas por hora. E, como se isso não bastasse, durante nosso pico de velocidade, ele ainda se deu ao luxo de zombar da fragata, contornando-a! Um uivo furioso extravasou de todos os peitos!

Ao meio-dia, estávamos na mesma situação que às oito da manhã.

O comandante Farragut decidiu então empregar meios mais drásticos.

— Muito bem! — disse ele. — O animal é mais veloz que a *Abraham Lincoln*! Pois vamos ver se consegue escapar de seus projéteis cônicos. Contramestre, artilheiros no canhão da proa!

O canhão da proa foi imediatamente carregado a apontado. O disparo partiu, mas o obus passou alguns metros acima do cetáceo, que se mantinha a meia milha de distância.

— Um com melhor pontaria! — gritou o comandante. — E quinhentos dólares para quem furar essa besta infernal.

Um velho canhoneiro de barba grisalha — ainda posso ver —, olhar sereno, expressão de frieza, aproximou-se de sua peça, posicionou-a e mirou demoradamente. Uma forte detonação explodiu, à qual se misturaram os "hurras" da tripulação.

Um projétil atingiu o alvo, acertou no animal, mas de maneira inusitada, pois, resvalando em sua superfície abaulada, foi perder-se a duas milhas no mar.

— E essa agora! — vociferou o velho canhoneiro. — O sacripanta é blindado com placas de dois metros!

— Maldição! — exclamou o comandante Farragut.

A caçada recomeçou, e Farragut, acercando-se de mim, confidenciou:

— Perseguirei o animal até minha fragata explodir!

— Sim — respondi —, e vencerá!

Era de se esperar que o animal se exaurisse, que não fosse indiferente à fadiga, como um motor a vapor, mas não foi o que aconteceu. As horas se passavam sem que desse sinal de esgotamento.

Ainda assim, cumpre dizer em favor da *Abraham Lincoln*, ela lutou com incansável tenacidade. Não estimo em menos de quinhentos quilômetros a distância percorrida durante aquela fatídica jornada de 6 de novembro![43] Mas a noite chegou e envolveu na penumbra o oceano revolto.

Naquele instante julguei que nossa expedição terminara e que nunca mais voltaríamos a nos deparar com o fantástico animal. Eu me enganava.

Às dez e cinquenta da noite, a emanação elétrica ressurgiu, a três milhas a sotavento da fragata, tão clara e intensa como na véspera.

O narval parecia imóvel. Dormiria, vencido pelo cansaço, embalado pelas marés? O comandante Farragut resolveu aproveitar a oportunidade e deu ordens para que a *Abraham Lincoln* avançasse prudentemente a fim de não acordar o adversário. Não é raro encontrar em pleno oceano baleias profundamente adormecidas, que então são atacadas com sucesso, e Ned Land arpoara mais de uma durante o sono. O canadense voltou a ocupar seu posto no cabresto do gurupés.

A fragata aproximou-se sorrateiramente e parou a quatrocentos metros do animal, passando a avançar impulsionada unicamente pelas marés. Ninguém respirava a bordo. Um silêncio profundo reinava na coberta. Estávamos a menos de trinta metros do foco luminoso, cujo brilho intensificava-se e ofuscava nossos olhos.

Debruçado no verdugo do castelo de proa, eu via abaixo de mim Ned Land, com uma das mãos agarrada no cabresto da bujarrona e com a outra brandindo seu terrível arpão. Apenas seis metros separavam-no do animal imóvel.

De repente, seu braço distendeu-se como um arco e o arpão foi lançado. Ouvi o impacto sonoro da arma, que pareceu haver golpeado um corpo rijo.

O clarão elétrico apagou-se subitamente, e duas enormes trombas-d'água abateram-se sobre o convés da fragata, correndo da proa à popa feito uma torrente, derrubando homens, rompendo as trincas dos beques.

Um choque terrível se produziu e, lançado por cima do verdugo, sem ter tempo de me agarrar, fui atirado ao mar.

---

43. "aquela fatídica jornada de 6 de novembro": na verdade, de 5 de novembro. Com efeito, o "narval" é avistado por Ned Land na tarde de 4 de novembro. A perseguição começa na manhã seguinte e termina "por volta das onze horas da noite" com a colisão entre o *Náutilus* e a *Abraham Lincoln* – continuamos portanto em 5 de novembro.

7. *Uma baleia de espécie desconhecida*

Embora surpreendido pela queda inesperada, nem por isso deixei de guardar uma lembrança muito clara de minhas sensações.

Fui logo arrastado a uma profundidade de aproximadamente seis metros. Sem pretender equiparar-me a Byron e Poe,[44] que são mestres, sou bom nadador e o mergulho não me assustou. Dois vigorosos impulsos com o calcanhar trouxeram-me de volta à superfície.

Minha primeira reação foi procurar a fragata com os olhos. A tripulação teria se dado conta de meu desaparecimento? A *Abraham Lincoln* alteraria seu curso? O comandante Farragut lançaria um escaler ao mar? Eu poderia alimentar a esperança de ser salvo?

As trevas eram profundas. Percebi a leste um vulto escuro desaparecendo, cujos sinalizadores apagaram-se com a distância. Era a fragata. Julguei-me perdido.

— Socorro! Socorro! — eu gritava, nadando na direção da *Abraham Lincoln* e balançando um braço desesperadamente.

A água colara as roupas no meu corpo, e elas viraram um estorvo, engessando meus movimentos. Eu afundava! Não respirava!

— Socorro!

Foi o último grito que lancei. Minha boca encheu-se de água e comecei a me debater, arrastado para o abismo...

Subitamente, uma mão vigorosa agarrou minhas roupas, senti-me violentamente reconduzido à tona, e ouvi, sim, ouvi estas palavras pronunciadas ao meu ouvido:

44. O poeta romântico George Gordon Byron, ou Lord Byron (1788-1824), ficou célebre por sua travessia a nado do Helesponto (estreito dos Dardanelos, na Grécia) em 1810. Quanto a Edgar Allan Poe (1809-49), Baudelaire assinala em seu verbete biográfico "Edgar Poe, sua vida e suas obras", publicado em 1856 à guisa de prefácio à sua tradução das *Histórias extraordinárias*, que o escritor americano era, em sua juventude, um nadador "fora do comum".

— Se o patrão fizer a extrema gentileza de apoiar-se no meu ombro, o patrão nadará bem mais à vontade.

— Você! — eu disse. — Você!

— Eu mesmo — respondeu Conselho —, e às ordens do patrão.

— Foi atirado ao mar junto comigo?

— De forma alguma. Mas, estando a seu serviço, segui o patrão.

O valoroso rapaz achava isso absolutamente normal!

— E a fragata? — perguntei.

— A fragata! — respondeu Conselho, voltando-se para trás. — Acho que o patrão fará bem não contando muito com ela!

— O que disse?

— Disse que, no momento em que me jogava ao mar, ouvi os homens do timão gritarem: "A hélice e o timão estão rachados..."

— Rachados?

— Sim! Rachados pelo dente do monstro. Penso ter sido a única avaria sofrida pela *Abraham Lincoln*. Porém, circunstância adversa para nós, ela está ingovernável.

— Então estamos perdidos!

— Talvez — respondeu tranquilamente Conselho. — Por outro lado, ainda temos algumas horas à nossa frente, e em algumas horas fazemos muita coisa!

O imperturbável sangue-frio de Conselho injetou-me ânimo. Nadei mais vigorosamente, porém, atrapalhado pelas roupas, que me comprimiam como uma placa de chumbo, tive extrema dificuldade para me manter à tona. Conselho se apercebeu disso.

— Que o patrão me permita fazer-lhe uma incisão — disse ele.

E, enfiando uma faca aberta sob minhas roupas, rasgou-as de alto a baixo num golpe certeiro. Em seguida, desvencilhou-me delas com desenvoltura, enquanto eu nadava pelos dois.

Foi a minha vez de prestar o mesmo favor a Conselho, e continuamos a "navegar" um próximo ao outro.

Nem por isso a situação era menos terrível. Talvez nosso desaparecimento não houvesse sido notado, e ainda que não tivesse passado em branco, a fragata, desfalcada do leme, achava-se impossibilitada de fazer meia-volta. Logo, nossa única esperança eram os escaleres.

Conselho raciocinou friamente em cima dessa hipótese e fez seu plano de modo condizente. Espantosa natureza! O fleugmático rapaz parecia sentir-se em casa!

Decidimos, portanto, visto que nossa única chance de salvação era sermos resgatados pelos escaleres da *Abraham Lincoln*, nos organizar de maneira a poder esperá-los o máximo de tempo possível. Nesse sentido, julguei por bem revezar nossas forças a fim de não esgotá-las simultaneamente, e eis o que combinamos: enquanto um de nós, deitado de barriga para cima, permaneceria imóvel, de braços cruzados, pernas esticadas, o outro nadaria puxando-o para a frente. Essa função de rebocador não deveria durar mais de dez minutos, e, assim nos revezando, poderíamos boiar algumas horas, quiçá até o raiar do dia.

Probabilidade ínfima, mas a esperança é coisa por demais arraigada no coração do homem! Além disso, éramos dois. Enfim, afirmo-o — embora pareça improvável — que se tentasse destruir em mim toda ilusão, se quisesse me "desesperar", eu não o conseguiria!

A colisão entre a fragata e o cetáceo dera-se em torno das onze horas da noite. Eu calculava mais oito horas de nado até o nascer do sol. Operação perfeitamente exequível, revezando-nos. O mar, brando, pouco nos cansava. Às vezes eu me aventurava a perscrutar as trevas espessas, rompidas unicamente pela fosforescência provocada por nossos movimentos. Observava as ondas luminosas desfazendo-se na minha mão, com seu tapete reluzente entremeado de placas lívidas. A sensação era a de estarmos imergidos num banho de mercúrio.

Em torno de uma hora da manhã, minhas forças chegaram ao fim e a dormência alastrou-se pelos meus membros, fisgados por violentas câimbras. Conselho foi obrigado a me amparar, e a responsabilidade por nossa flutuação repousou exclusivamente em seus ombros. Logo ouvi o pobre rapaz ofegar e sua respiração vacilar. Percebi que não aguentaria por muito tempo.

— Solte-me! Solte-me! — ordenei.

— Abandonar o patrão!? Jamais! Espero inclusive afogar-me antes dele! — foi a resposta que obtive.

Nesse momento, a lua apareceu através das franjas de uma grande nuvem que o vento arrastava para leste. A superfície do mar cintilou sob seus raios, luar benfazejo que revigorou nossas forças. Minha cabeça aprumou-se. Meu olhar varreu o horizonte. Avistei a fragata. Estava a cinco milhas de distância e não formava mais senão um vulto escuro, quase invisível. De escaleres, porém, nem sinal!

Quis gritar. Para quê, a tal distância! Meus lábios inchados obstruíram a passagem de todo e qualquer som. Conselho articulou algumas palavras, e ouvi-o por várias vezes repetir:

— Socorro! Socorro!

Interrompendo nossos movimentos por um instante, escutamos. Embora pudesse ser um desses zumbidos com que o sangue opresso ataca a audição, tive a impressão de que um grito respondia ao grito de Conselho.

— Ouviu? — murmurei.

— Sim! Sim!

E Conselho lançou aos ares um novo apelo desesperado.

Dessa vez, não havia engano possível! Uma voz humana respondia à nossa! Seria a voz de algum desgraçado, abandonado no meio do oceano, alguma outra vítima da colisão sofrida pelo navio? Ou um escaler da fragata sinalizando na penumbra?

Conselho fez um esforço supremo e, apoiando-se no meu ombro enquanto eu extraía forças de um último espasmo, soergueu meio corpo fora d'água e voltou a cair esgotado.

— O que viu?

— Vi... — ele murmurava — vi... mas não falemos... Guardemos o que nos resta de forças!

O que ele vira? Então, não sei por quê, a imagem do monstro despontou-me na mente pela primeira vez! Mas... e aquela voz? Já se fora o tempo que os Jonas[45] refugiavam-se no ventre das baleias!

Enquanto isso, Conselho continuava a me rebocar. Às vezes levantava a cabeça, olhava à frente e chamava com um grito, ao qual respondia uma voz cada vez mais próxima. Eu mal a ouvia. Minhas forças estavam no fim; meus dedos se abriam; minha mão não me fornecia mais ponto de apoio; minha boca, convulsivamente aberta, regurgitava água salgada; o frio me paralisava. Levantei a cabeça uma última vez, então afundei...

Nesse instante, um corpo duro colidiu comigo e agarrei-me a ele. Senti então que me puxavam, que me traziam à superfície da água, que meu peito desinflava, e desmaiei...

Recuperei prontamente os sentidos, graças às vigorosas massagens que fizeram em meu corpo. Entreabri os olhos...

— Conselho! — murmurei.

— O patrão chamou? — respondeu Conselho.

Nesse momento, sob os últimos fulgores do luar que se extinguia no horizonte, percebi uma fisionomia que não era a de Conselho e que reconheci sem pestanejar.

— Ned! — exclamei.

— Em pessoa, professor, e correndo atrás da recompensa! — respondeu o canadense.

— Também foi atirado ao mar pela colisão?

— Fui, professor; porém, com mais sorte do que o senhor, logo assentei o pé sobre um recife flutuante.

— Um recife?

— Ou, caso prefira, sobre o nosso narval gigante.

— Explique-se, Ned.

— Isto é, compreendi na hora por que o meu arpão não foi capaz de rasgá-lo e se esborrachou sobre sua pele.

— Por quê, Ned, por quê?

45. Personagem bíblico do Antigo Testamento (2 Reis, 14-25), Jonas, negando-se a aceitar Deus, é engolido por um peixe, de cujo ventre consegue escapar após três dias.

— Porque esse animal, professor, é feito de chapas de aço.

Nesse ponto, preciso me recobrar, reavivar minhas lembranças, controlar minhas afirmações.

As últimas palavras do canadense haviam produzido uma reviravolta súbita no meu cérebro. Icei-me rapidamente até o topo da criatura ou objeto semi-imerso que nos servia de refúgio e senti-o com o pé. Era evidentemente um corpo rijo, impenetrável, e não aquela substância mole que forma a massa dos grandes mamíferos marinhos.

Mas aquele corpo rijo poderia ser uma carapaça óssea, semelhante à dos animais antediluvianos, e eu já me inclinava a classificá-lo entre os répteis anfíbios, como as tartarugas ou crocodilos.

Pois bem, não! O dorso escuro que me amparava era liso, polido, não enrugado. Conferia ao toque uma sonoridade metálica e, por incrível que pareça — o que digo! —, era feito com placas rebitadas.

Não restavam mais dúvidas! O animal, o monstro, o fenômeno da natureza que intrigara o mundo científico inteiro, excitara e acendera a imaginação dos marinheiros dos dois hemisférios, não havia como negá-lo, era um fenômeno ainda mais espantoso, um fenômeno da mão do homem.

A descoberta da existência da criatura mais fabulosa, mais mitológica, não teria assombrado minha razão em tão alto grau. Que o prodigioso advém do Criador, isso é ponto pacífico. Mas encontrar de surpresa, diante de si, o impossível, misteriosa e humanamente realizado, é bastante para embaralhar as ideias!

Hesitações, porém, não mais se justificavam. Estávamos deitados sobre o dorso de uma espécie de embarcação submarina, que apresentava, na medida em que me era possível julgar, a forma de um imenso peixe de aço. A opinião de Ned Land estava formada quanto a esse ponto. Só nos restava, a Conselho e a mim, assentir.

— Mas então — raciocinei — haveria no bojo de tal aparelho um mecanismo de locomoção e uma tripulação para manobrá-lo?

— É o que tudo indica, embora faça três horas que habito essa ilha flutuante e ela não tenha dado sinal de vida — respondeu o arpoador.

— Ela não avançou?

— Não, professor Aronnax. Deixa-se embalar pelas ondas, mas mexer não se mexe.

— Em todo caso, sabemos que é capaz de alcançar grandes velocidades. Logo, daí concluo, visto ser necessário um motor a produzir tal velocidade e um maquinista a operá-lo, que estamos salvos.

— Hum! — fez Ned Land, num tom reservado.

Nesse instante, e como para dar razão aos meus argumentos, produziu-se um turbilhão na proa do estranho aparelho, cujo propulsor era eviden-

Estávamos sobre o dorso de uma embarcação submarina.

temente uma hélice, e ele pôs-se em movimento. Só tivemos tempo de nos agarrar à sua plataforma, que emergia uns oitenta centímetros. Por sorte, sua velocidade não era excessiva.

— Enquanto ele navegar horizontalmente — murmurou Ned Land —, nada tenho a dizer. Mas se lhe der na veneta mergulhar, não dou um dólar pela minha pele.

Menos que isso, poderia ter dito o canadense. Era então urgente nos comunicarmos com os seres fechados naquela máquina. Procurei uma abertura em sua superfície, um alçapão, "um buraco de marujo", para empregar o jargão marinheiro, mas as linhas de parafusos rebitados na junção das chapas eram contínuas e uniformes.

A lua despediu-se naquele momento, deixando-nos na escuridão profunda. Era preciso esperar o dia para atinar com um meio de penetrar o interior da embarcação submarina.

Nossa salvação, portanto, dependia unicamente do capricho dos misteriosos timoneiros que governavam aquele aparelho. Se decidissem submergir, estaríamos perdidos! Excetuando-se tal hipótese, eu não duvidava da possibilidade de travar relações com eles. Afinal, se não produziam ar de forma autônoma, cumpria obrigatoriamente que retornassem de tempos em tempos à superfície do oceano para renovar suas provisões de moléculas respiráveis. Ou seja, era imprescindível uma passagem que pusesse o interior da embarcação em comunicação com a atmosfera.

Quanto à esperança de sermos resgatados pelo comandante Farragut, o melhor era descartá-la de vez. Estávamos sendo arrastados para oeste, e estimei nossa velocidade, relativamente moderada, em torno de doze milhas por hora. A hélice rasgava as ondas com uma regularidade matemática, de tempos em tempos emergindo e esguichando água fosforescente a grandes alturas.

Por volta das quatro horas, o aparelho ganhou velocidade. Resistíamos com dificuldade ao vertiginoso arrasto, durante o qual as ondas nos batiam de cheio. Felizmente, Ned encontrou às apalpadelas um grande arganéu na parte superior do dorso da chapa metálica, e conseguimos nos agarrar a ele com firmeza.

Chegou ao fim a longa noite, da qual minhas lembranças, embaralhadas, não me permitem retraçar todas as impressões. Recordo-me de um único detalhe. Em várias oportunidades, durante certas calmarias de mar e de vento, julguei ouvir sons difusos, uma espécie de harmonia fugaz produzida por acordes distantes. Qual seria o mistério daquela navegação submarina cuja explicação o mundo inteiro procurava em vão? Que tipo de criatura vivia naquele estranho navio? Que agente mecânico permitia-lhe deslocar-se a velocidade tão prodigiosa?

O dia raiou. A neblina da manhã que nos envolvia não demorou a se dissipar. Eu me preparava para proceder a uma inspeção mais apurada do casco, cuja coberta formava uma espécie de plataforma horizontal, quando senti-o afundar gradualmente.

— Com mil diabos! — exclamou Ned Land, batendo com o pé na chapa sonora. — Abram, seus meliantes!

Mas era difícil fazer-se ouvir em meio ao estrépito ensurdecedor da hélice. Felizmente, o movimento de imersão foi interrompido.

Subitamente, um barulho de ferragens empurradas com violência produziu-se no interior da embarcação. Uma placa foi erguida, um homem surgiu, emitiu um grito estranho e desapareceu logo em seguida.

Instantes depois, oito homens corpulentos, usando máscaras, apareceram silenciosamente e nos arrastaram para as entranhas de sua máquina transcendental.

8. *Mobilis in mobile*

Aquele rapto, tão brutalmente executado, consumara-se num piscar de olhos, e meus companheiros e eu perdemos todas as referências. Ignoro o que eles sentiram ao ser introduzidos naquela prisão flutuante, sei apenas que um sinistro calafrio percorreu minha epiderme. Com quem lidávamos? Provavelmente com piratas de uma nova espécie, que exploravam o mar à sua maneira.

Mal o estreito alçapão fechou-se sobre mim, vi-me envolto numa escuridão profunda. Meus olhos, impregnados da luz externa, não discerniam nada, apenas senti meus pés descalços em contato com as barras de uma escada de ferro. Ned Land e Conselho, vigorosamente imobilizados, vinham atrás de mim. Ao pé da escada, uma porta se abriu e voltou a se fechar às nossas costas, com um estrondo.

Estávamos sozinhos. Onde? Eu não poderia dizer, menos ainda imaginar. O breu era completo, um breu tão denso que após alguns minutos meus olhos ainda não haviam captado nenhuma daquelas cintilações indefinidas que flutuam nas noites mais fechadas.

Nesse ínterim, Ned Land, furioso com aqueles maus modos, dava livre curso à sua indignação.

— Com mil diabos! — exclamava. — Aí está uma gente que poderia dar aulas de hospitalidade aos caledônios![46] Só falta serem antropófagos! Isso não me admiraria, mas declaro que não me comerão sem que eu proteste!

— Acalme-se, amigo Ned, acalme-se — respondeu tranquilamente Conselho. — Ainda não estamos no espeto!

---

46. Referência aos habitantes da Nova Caledônia, arquipélago da Oceania, cujos primeiros habitantes (c.5.000 anos atrás) praticavam o canibalismo.

— No espeto, não — retrucou o canadense —, mas no forno, com certeza! Que breu. Felizmente, não larguei minha *bowie-knife*,[47] e continuo a enxergar o suficiente para usá-la. O primeiro bandido que me encostar a mão...

— Não se exalte, Ned — recomendei ao arpoador —, e não nos comprometa com violências inúteis. Quem sabe não estão a nos escutar! Melhor tentarmos descobrir onde estamos!

Eu caminhava tateando. Dei cinco passos, topei com uma divisória de ferro, feita com placas rebitadas. Em seguida, voltando-me, esbarrei numa mesa de madeira, junto à qual estavam alinhados vários banquinhos. O assoalho dessa prisão dissimulava-se sob uma grossa camada de fórmio,[48] que abafava os passos. As divisórias uniformes não sugeriam nenhum indício de porta ou janela. Conselho, dando uma volta no sentido oposto, juntou-se a mim, e retornamos ao centro da cabine, que devia ter uns seis metros de comprimento por três de largura. Quanto ao pé-direito, Ned Land, com toda sua altura, não conseguiu medi-lo.

Meia hora já se passara sem que a situação se alterasse, quando subitamente, da treva mais absoluta, nossos olhos passaram à luz mais lancinante. Nossa prisão iluminou-se de chofre, ou melhor, encheu-se de uma matéria luminosa de tal forma intensa que, no início, não pude suportar seu reflexo. Por sua alvura e intensidade, verifiquei tratar-se da mesma iluminação elétrica que produzia o magnífico fenômeno fosforescente em torno da embarcação submarina. Após ter involuntariamente fechado os olhos, reabri-os, e vi que o agente luminoso emanava da metade fosca de um globo, embutido no teto da cabine.

— Finalmente! Luz! — exclamou Ned Land, que, sem largar a faca, permanecia na defensiva.

— Sim — respondi, arriscando a antítese —, mas nem por isso a situação é menos tenebrosa.

— Que o patrão arranje um pouco de paciência — manifestou-se o impassível Conselho.

A brusca iluminação da cabine permitia-me examiná-la em seus menores detalhes. Seu mobiliário resumia-se à mesa e aos cinco banquinhos altos. A porta invisível devia estar hermeticamente fechada. Nenhum ruído chegava aos nossos ouvidos. Tudo parecia morto no interior da embarcação. Avançava, mantinha-se na superfície do oceano, penetrava em suas profundezas? Eu não fazia ideia.

---

47. Faca de defesa e caça, rústica e de grandes proporções (geralmente lâminas largas e longas, acima de 25 centímetros), com cabo não cilíndrico, arma muito usada pelos desbravadores dos Estados Unidos a partir de meados do séc.XVIII.

48. Fórmio: planta da família das formiáceas, nativas da Nova Zelândia e das ilhas Norfolk, cultivadas como ornamentais e, devido à resistência de suas fibras, usadas na confecção de fazendas, cordames e redes.

Nossa prisão iluminou-se subitamente.

Entretanto, o globo luminoso não se acendera sem motivo, e eu esperava que os homens da tripulação aparecessem de uma hora para outra. Quando queremos esquecer as pessoas, não iluminamos suas masmorras.

Eu não me enganara. Ouvimos um ferrolho, a porta se abriu, surgiram dois homens.

Um deles era de baixa estatura, atarracado, ombros largos, membros robustos, cabeça volumosa, cabeleira abundante e negra, bigode cheio, olhar agudo e penetrante, personalidade marcada pela vivacidade meridional que na França caracteriza as populações provençais. Diderot afirmou muito pertinentemente que o gestual do homem é metafórico,[49] e aquele homenzinho era certamente a prova viva disso. Percebia-se que em seu linguajar corriqueiro devia prodigalizar prosopopeias, metonímias e hipálages. O que, aliás, nunca estive em condições de verificar, pois na minha presença ele continuou a usar um idioma extravagante e absolutamente incompreensível.

O segundo desconhecido merece uma descrição mais detalhada. Um discípulo de Gratiolet ou Engel[50] teria lido sua fisionomia como um livro aberto. Reconheci incontinenti suas características predominantes: a autoconfiança, pois a cabeça destacava-se nobremente sobre o arco formado pela linha dos ombros e os olhos pretos olhavam com fria segurança; a calma, pois a pele, mais pálida que rosada, sugeria a tranquilidade do sangue; a energia, demonstrada pela rápida contração dos músculos superciliares; enfim, a coragem, pois a vasta respiração denotava grande expansão vital.

Eu acrescentaria que era orgulhoso, que seu olhar firme e calmo parecia refletir pensamentos elevados, e que, desse conjunto, da homogeneidade das expressões nos gestos corporais e faciais, a crer na opinião dos fisionomistas, resultava uma indiscutível franqueza.

Senti-me "involuntariamente" tranquilizado em sua presença, e tive um bom presságio com relação a nossa entrevista.

O personagem poderia ter trinta e cinco ou cinquenta anos, eu não saberia precisar. Era alto, testa larga, nariz aquilino, a boca desenhada com nitidez, dentes magníficos, mãos finas e esguias, eminentemente "psíquicas", para empregar uma palavra da quiroscopia,[51] isto é, dignas de servir a uma alma elevada e apaixonada. Aquele homem decerto configurava o mais admirável tipo com que eu já me deparara. Detalhe singular, seus olhos, um pouco afastados um do outro, podiam abraçar simultaneamente cerca de um quarto do horizonte. Tal faculdade — verifiquei mais tarde — era duplicada por um poder de visão superior até mesmo ao de Ned Land. Quando o desconhecido concentrava-se num objeto, a linha de seus supercílios franzia-se,

49. Denis Diderot (1713-84), escritor e enciclopedista francês. A expressão acha-se na *Carta sobre os surdos-mudos*: "Observe como é metafórica a língua dos gestos."

50. Louis-Pierre Gratiolet (1815-65), fisiologista, especialista em anatomia comparada e em fisiologia do cérebro, ensinou no Museu de História Natural e na Sorbonne. Joseph Engel (1816-74), anatomista austríaco, escreveu *Pesquisas sobre a forma do crânio* e *Armação óssea da face humana* (1850). A fisiognomonia, ciência fundada por Johann Kasper Lavater (1704-1801), que define o caráter pela interpretação dos traços do rosto, continuou em voga durante todo o séc.XIX.

51. A quiroscopia se interessa pelas relações entre a mão e o caráter. Jules Verne conhecia o capitão Casimir Stanislav d'Arpentigny (1798-?), perito em quiroscopia, o qual, por sua vez, apresentara-o a Alexandre Dumas.

suas grandes pálpebras aproximavam-se de maneira a circunscrever a pupila e a estreitar assim a extensão do campo visual, e ele olhava! Que olhar! Como ampliava os objetos apequenados pela distância! Como lhes penetrava a alma! Como atravessava as camadas de água, tão opacas aos nossos olhos, e como lia nas ermas profundezas dos mares!

Os dois desconhecidos, trazendo nas cabeças boinas confeccionadas em pele de lontra marinha e calçando botas em pele de foca, usavam trajes num tecido especial, que liberavam a cintura e proporcionavam grande liberdade de movimentos.

O mais alto dos dois — visivelmente o chefe a bordo — nos examinou detidamente, sem pronunciar uma palavra. Em seguida, voltando-se para seu companheiro, conferenciou com ele numa língua que não pude identificar. Era um idioma sonoro, harmonioso, flexível, cujas vogais pareciam submetidas a uma acentuação muito variada.

O outro respondeu com um meneio da cabeça e acrescentou duas ou três palavras completamente incompreensíveis. Depois, com o olhar, pareceu interrogar-me diretamente.

Respondi, em bom francês, que não entendia uma vírgula daquela língua, mas ele pareceu não me compreender e a situação ficou assaz embaraçosa.

— Que o patrão continue a contar nossa história — incentivou-me Conselho. — Esses senhores talvez captem algumas palavras!

Recomecei o relato de nossas aventuras, articulando nitidamente todas as sílabas e sem omitir um único detalhe. Declinei nossos nomes e características e, em seguida, apresentei formalmente o professor Aronnax, seu criado Conselho e mestre Ned Land, arpoador.

O homem de olhos meigos e calmos me escutou serenamente, polidamente até, e com uma atenção digna de nota. Mas nada em sua fisionomia indicava que houvesse compreendido minha história. Quando terminei, não pronunciou uma única palavra.

Restava ainda a alternativa de falar inglês. Talvez nos fizéssemos entender nessa língua, praticamente universal. Eu a conhecia até certo ponto, bem como a língua alemã, para lê-la sem tropeços. Ora, no nosso caso, o que importava era fazer-se compreender.

— Vamos, é sua vez — disse eu ao arpoador. — Agora é com você, mestre Land, saque da algibeira o melhor inglês jamais falado por um anglo-saxão e trate de ter mais sorte do que eu.

Ned não se fez de rogado e recomeçou meu relato, que mal compreendi. O teor foi o mesmo, mas a forma divergiu. O canadense, inflamado por temperamento, injetou-lhe vida. Queixava-se violentamente de ter sido aprisionado, num flagrante desrespeito aos direitos das pessoas, indagou em virtude de que lei o retinham daquela forma, invocou o *habeas corpus*,[52] ameaçou perseguir aqueles que o sequestravam indevidamente, sacudiu-se, gesticulou, gritou e, finalmente, sinalizou, mediante um expressivo gesto, que estávamos mortos de fome.

O que era pura verdade e de que nos havíamos esquecido completamente.

Para sua grande estupefação, o arpoador pareceu não ter sido mais inteligível do que eu. Nossos anfitriões não piscaram. Era evidente que não compreendiam nem a língua de Arago nem a de Faraday.[53]

Bastante confuso, após em vão ter esgotado nossos recursos filológicos, eu não sabia mais que atitude tomar, quando Conselho sugeriu:

— Se o patrão me autorizar, contarei a coisa em alemão.

— Como assim? Sabe alemão? — exclamei.

— Como um flamengo, que o patrão me desculpe.

— Ao contrário, isso me agrada. Adiante, meu rapaz.

E Conselho, com sua voz tranquila, contou pela terceira vez as diversas peripécias de nossa história. Porém, apesar das elegantes imagens e da bela entonação do narrador, a língua alemã tampouco obteve sucesso.

Enfim, esgotado, reuni tudo que me restava de meus tenros estudos e aventurei-me a narrar nossas aventuras em latim. Cícero teria tapado os ouvidos e me escorraçado para a cozinha, mas, ainda assim, arrisquei. Mesmo resultado negativo.

Definitivamente abortada essa última tentativa, os dois desconhecidos trocaram algumas palavras em sua língua incompreensível e se retiraram, sem sequer nos dirigir um dos muitos gestos reconfortantes vigentes em todos os países do mundo. A porta voltou a se fechar.

— É um acinte! — vociferou Ned Land, que explodiu pela vigésima vez. — Essa é muito boa! Falamos com esses bandidos em francês, inglês, alemão e latim, e não há um suficientemente educado para responder.

— Acalme-se, Ned! — supliquei ao esquentado arpoador. — A fúria não leva a nada.

— Por acaso não se dá conta — voltou à carga nosso irascível companheiro — de que podemos morrer de fome nesta gaiola de ferro!

— Não dramatize! — reagiu Conselho, filosoficamente. — Ainda podemos resistir por muito tempo!

---

52. O *habeas corpus* foi o princípio que norteou a lei, promulgada na Inglaterra em 1679, a qual garantia a liberdade individual e impedia detenções arbitrárias.

53. Michael Faraday (1791-1867): físico e químico britânico conhecido por seus trabalhos em eletromagnetismo e eletroquímica; sobre Arago, ver nota 38. Note-se que o professor Aronnax menciona dois cientistas, e não poetas ou romancistas, como representantes das línguas francesa e inglesa.

— Amigos — eu disse —, melhor não desesperar, pois estamos em péssimos lençóis. Por favor, esperem para formar uma opinião acerca do comandante da tripulação deste navio.

— A minha está formada — retorquiu Ned Land. — São uns bandidos…

— Muito bem! E de que país?

— Do país dos bandidos!

— Meu caro Ned, esse país ainda não foi assinalado com precisão no mapa-múndi, mas admito que é difícil determinar a nacionalidade desses dois desconhecidos! Nem ingleses, nem franceses, nem alemães, eis tudo que podemos asseverar. Mesmo assim, sinto-me tentado a afirmar que o comandante e seu imediato nasceram em baixas latitudes. Há algo neles de meridional. Em todo caso, espanhóis, turcos, árabes ou indianos, eis o que seu tipo físico não permite discernir. Quanto à língua, é absolutamente incompreensível.

— Eis o inconveniente de não saber todas as línguas — interveio Conselho —, ou a desvantagem de não ter uma língua única!

— Que de nada adiantaria! — observou Ned Land. — Não veem que esses indivíduos têm uma língua própria, uma língua inventada para tirar do sério as pessoas honestas que pedem o que comer! Abrir a boca, mexer os maxilares, engolir com dentes e lábios não significa a mesma coisa em todos os países da Terra? Será que isso não quer dizer, em Québec e em Pomotu, em Paris e nos antípodas: Estou com fome! Deem-me comida…!

— Oh! O que não falta neste mundo é gente ignorante…! — ironizou Conselho.

Justamente quando dizia essas palavras, a porta se abriu e um comissário entrou. Trazia-nos roupas, agasalhos e culotes marinhos, confeccionados numa fazenda cuja natureza não identifiquei. Apressei-me em vesti-los, e meus companheiros me imitaram.

Durante esse tempo, o comissário — mudo, surdo talvez — armara a mesa e pusera talheres para três pessoas.

— Finalmente algo sério! — comentou Conselho. — E promissor!

— Vá acreditando! — respondeu o rabugento arpoador. — Que diabos imagina que vamos comer aqui? Fígado de tartaruga, filé de tubarão, bife de cação!

— É o que veremos! — disse Conselho.

As travessas, cobertas por uma campânula de prata, foram simetricamente dispostas sobre a toalha e tomamos nossos lugares à mesa. Definitivamente, lidávamos com pessoas civilizadas e, sem a luz elétrica que nos circundava, eu teria me julgado no refeitório do Hotel Adelphi, em Liverpool, ou do Grand-Hôtel, em Paris. Todavia devo dizer que, de pão e vinho, nem sinal. A água era fresca e cristalina, mas era água — o que não foi do agrado de Ned Land. Em alguns dos pratos servidos, reconheci diversos peixes delicadamente preparados, mas, a respeito de outros, excelentes por sinal, não fui capaz de me pronunciar e sequer teria sabido dizer a que reino, vegetal ou animal, sua substância pertencia. Quanto ao serviço de mesa, era elegante e de muito bom gosto. Cada utensílio, colher, garfo, faca, prato, estampava uma letra encimada por uma divisa em epígrafe, e cujo fac-símile exato era:

MOBILIS IN MOBILE

N

Móvel no elemento movente! A divisa caía como uma luva naquele aparelho submarino, com a condição de traduzirmos a preposição *in* por "no" e não por "sobre". A letra N sem dúvida indicava a inicial do nome do enigmático personagem que reinava no fundo do mar!

Ned e Conselho não faziam tantas reflexões. Devoravam a refeição, e não demorei a imitá-los. Eu já me sentia aliviado a respeito de nossa sorte, parecendo-me evidente que nossos anfitriões não pretendiam matar-nos de inanição.

Mas tudo termina neste mundo, tudo passa, até a fome de pessoas que não comem há quinze horas. Saciado nosso apetite, a necessidade de sono surgiu, imperiosa. Reação mais que natural, após a interminável noite em que lutáramos contra a morte.

— Ou muito me engano ou dormirei bastante bem — disse Conselho.

— Eu já estou dormindo! — respondeu Ned Land.

Meus dois companheiros deitaram-se no carpete da cabine e dali a pouco mergulharam num sono profundo.

Quanto a mim, cedi com menos facilidade à incoercível necessidade de dormir. Demasiados pensamentos acumulavam-se em minha mente, demasiadas perguntas insolúveis espremiam-se dentro dela, demasiadas imagens mantinham minhas pálpebras entreabertas! Onde estávamos? Que força estranha nos carregava? Eu sentia — ou melhor, julgava sentir — o aparelho descendo às entranhas do mar. Tive pesadelos horríveis. Eu vislumbrava naqueles misteriosos covis todo um mundo de animais desconhecidos, congêneres daquela embarcação submarina, viva, em movimento, extraordinária! Então meu cérebro recobrou-se, minha imaginação diluiu-se numa vaga sonolência, e logo mergulhei num sono sepulcral.

9. *A fúria de Ned Land*

Qual foi a duração desse sono, ignoro, mas deve ter sido longa, pois nos recuperamos completamente de nossa prostração. Fui o primeiro a despertar. Meus companheiros ainda não haviam se mexido, permanecendo estirados em seu canto qual massas inertes.

Bastou eu me levantar daquele colchão consideravelmente duro para sentir o cérebro livre, a mente clara. Fiz então uma nova e minuciosa inspeção em nossa cela.

Nada se alterara em suas disposições internas. A prisão continuava prisão, e os prisioneiros, prisioneiros. O comissário, porém, aproveitando-se de nosso sono, tirara a mesa. Logo, nada a curto prazo sugeria uma mudança na situação, e eu me indagava seriamente se estávamos destinados a viver indefinidamente naquela cela.

A perspectiva pareceu-me ainda mais indigesta na medida em que, malgrado estar com o cérebro livre das obsessões da véspera, sentia o peito singularmente opresso. Eu tinha dificuldade em respirar. O ar pesado já não era suficiente para o funcionamento dos meus pulmões. Embora a cela fosse espaçosa, era evidente que havíamos consumido grande parte do oxigênio nela contido. Com efeito, em uma hora um homem consome o oxigênio contido em cem litros de ar, e esse ar, contaminado por uma quantidade quase igual de gás carbônico, torna-se irrespirável.

Urgia portanto renovar a atmosfera de nossa prisão e, por certo, também a atmosfera daquela embarcação submarina.

Quanto a esse ponto, uma questão me intrigava. Como procedia o comandante daquela morada flutuante? Obtinha o ar por meios químicos, liberando pelo calor o oxigênio contido no clorato de potássio e diluindo o gás carbônico por meio do potássio cáustico? Nesse caso, certamente mantinha algum tipo de laço com os continentes que lhe permitia conseguir as substâncias necessárias a tal operação. Limitava-se a estocar o ar sob altas pressões em reservatórios, depois a distribuí-lo segundo as necessidades de sua tripulação? Talvez. Ou, procedimento mais cômodo, mais econômico e, por conseguinte, mais provável, contentava-se em ascender à superfície para respirar, como um cetáceo, e renovar sua provisão de atmosfera por vinte e quatro horas? Em todo caso, e independentemente de seu método, parecia-me sensato aplicá-lo sem demora.

De fato, eu já me debatia, multiplicando minhas inspirações para extrair da cela o pouco de oxigênio que ela encerrava, quando, subitamente, senti o frescor de uma corrente de ar puro e impregnado de emanações salinas. Era efetivamente a brisa marinha, vivificante e carregada de iodo! Abri a boca o quanto pude, e meus pulmões saturaram-se de frescas moléculas. Ao mesmo tempo, senti um balanço, uma instabilidade de amplitude desprezível, mas claramente perceptível. A embarcação, o monstro de ferro, decerto acabava de voltar à tona para respirar à maneira das baleias. O método de ventilação do navio, por conseguinte, já era de meu pleno conhecimento.

Após sorver avidamente aquele ar puro, procurei o duto, o "aerífero", se preferirem, que permitia que o benfazejo eflúvio chegasse até nós, e não demorei a encontrá-lo. Acima da porta abria-se um respiradouro que deixava passar uma coluna de ar frio, renovando assim a atmosfera rarefeita da cela.

Eu estava nesse ponto de minhas observações quando Ned e Conselho acordaram quase ao mesmo tempo, sob a influência daquele arejamento revigorante. Esfregaram os olhos, esticaram os braços e puseram-se de pé num instante.

— O patrão dormiu bem? — Conselho me perguntou, com o interesse de sempre.

— Otimamente, meu bom rapaz — respondi. — E você, mestre Ned Land?

— Feito pedra, professor. Mas estou sonhando ou respiro um ar de maresia?

Um marujo não iria equivocar-se, e contei ao canadense o que acontecera enquanto ele dormia.

— Ah! — exclamou. — Isso explica de uma vez por todas os mugidos que ouvíamos quando o pretenso narval achava-se à vista da *Abraham Lincoln*!

— Exatamente, mestre Land, era a respiração!

— De toda forma, professor Aronnax, não faço ideia das horas, a menos que seja hora do jantar...

— Hora do jantar, meu caro arpoador? Diga, pelo menos, hora do almoço, pois certamente já não estamos mais no dia de ontem.

— O que demonstra — completou Conselho — que dormimos vinte e quatro horas.

— É a minha opinião — respondi.

— Não o contradigo em absoluto — replicou Ned Land. — Mas, jantar ou almoço, o mordomo será bem-vindo, trazendo um ou outro.

— Um e outro — disse Conselho.

— É justo — concordou o canadense —, temos direito a duas refeições, e, se depender de mim, atacarei ambas.

— Um pouquinho de paciência — pedi. — É evidente que esses desconhecidos não têm a intenção de nos deixar morrer à míngua, pois, nesse caso, o jantar de ontem não faria qualquer sentido.

— A menos que estejam nos engordando! — retorquiu Ned.

— Protesto! — exaltei-me. — Não caímos nas mãos de canibais!

— Uma vez não é sempre — argumentou seriamente o canadense. — Quem sabe essas pessoas não estão há longo tempo privadas de carne fresca... Se assim for, três indivíduos saudáveis e bem-fornidos como o professor, seu criado e eu...

— Afaste essas ideias, mestre Land — roguei ao arpoador —, e, por favor, não se baseie nesse pressuposto para vituperar nossos anfitriões, o que só agravaria a situação.

— Em todo caso — insistiu o arpoador —, estou com uma fome dos diabos, e, jantar ou almoço, a comida não chega!

— Mestre Land — terminei por sugerir —, temos de nos adaptar ao regulamento de bordo, e suponho que nosso estômago esteja adiantado com relação ao relógio do mestre-cuca.

— Pois bem, vamos acertá-lo! — propôs tranquilamente Conselho.

— Eu não esperava outro comentário de sua parte, amigo Conselho — disse então Ned Land. — Você usa pouco sua bile e seus nervos! Sempre calmo! Seria capaz de agradecer a Deus pela refeição antes de ser servido e de morrer de fome sem reclamar!

— E de que adiantaria reclamar? — perguntou Conselho.

— Ora, protestar sempre vale a pena. E se esses piratas, digo piratas por educação e para não contrariar o ilustre professor, que me proíbe xingá-los de canibais, e se esses piratas pensam que vão me manter nessa gaiola irrespirável ignorando os palavrões com que tempero meus furores, estão muito enganados! Vejamos, professor Aronnax, fale com franqueza. Acha que mofaremos por muito tempo nessa lata de ferro?

— Para falar a verdade, sei tanto quanto você, amigo Land.

— Mas, afinal, o que supõe?

— Suponho que o acaso nos fez sabedores de um importante segredo. Ora, se a tripulação dessa embarcação submarina tiver interesse em guardá-lo, e esse interesse verificar-se mais premente do que a vida de três homens, julgo nossas existências bastante comprometidas. Se isto não se verificar, na primeira oportunidade o monstro que nos engoliu nos devolverá ao mundo habitado por nossos semelhantes.

— A menos que nos aliste em sua tripulação — disse Conselho —, e assim nos conserve.

— Até que alguma fragata — acrescentou Ned Land —, mais ágil e veloz que a *Abraham Lincoln*, tome de assalto este covil de patifes e mande sua tripulação, e nós junto com ela, dar o último suspiro na ponta de sua grande verga.

— Bem pensado, mestre Land — admiti. — Porém, como ainda não fizeram, ao que eu saiba, proposta nesse sentido, inútil discutir a atitude a ser tomada, caso a oportunidade se apresente. Repito, esperemos, estudemos as circunstâncias e não façamos nada, uma vez que nada há a fazer.

— Ao contrário, professor! — rebateu o arpoador, que não queria dar o braço a torcer —, temos de fazer alguma coisa.

— E fazer o quê, mestre Land?

— Fugir.

— Fugir de uma prisão "terrestre" já é difícil, de uma prisão submarina parece-me absolutamente impraticável.

— E então, amigo Ned — insistiu Conselho —, o que responde ao argumento do patrão? Custa-me crer que um canadense tenha esgotado suas réplicas!

O arpoador, visivelmente embaraçado, calava-se. Uma fuga, nas condições em que o acaso nos lançara, era absolutamente impossível. Mas um canadense é meio francês, e mestre Land deixou isso claro em sua resposta.

— Quer dizer, professor Aronnax — ele insistiu, após matutar por alguns instantes —, que não faz ideia do que devem fazer as pessoas impedidas de fugir da prisão?

— Não, meu amigo.

— É muito simples, dar um jeito de continuarem dentro dela.

— Por Deus! — exclamou Conselho. — É melhor estar em seu interior do que em cima ou embaixo.

— Mas depois de enxotar carcereiros, chaveiros e guardas — acrescentou Ned Land.

— O quê, Ned? Pensaria seriamente em apropriar-se desta embarcação?

— Muito seriamente — respondeu o canadense.

— Impossível.

— E por quê, professor? Pode surgir uma oportunidade favorável, e não vejo o que poderia nos impedir de aproveitá-la. Se não passarem de duas dezenas os homens a bordo desta máquina, suponho que não farão recuar dois franceses e um canadense!

Era preferível admitir a sugestão do arpoador a discuti-la. Assim, contentei-me em responder:

— Aguardemos as circunstâncias, mestre Land, e veremos. Mas, até lá, por favor, contenha sua impaciência. Temos de agir com astúcia, e não é exaltando-se que engendrará oportunidades favoráveis. Prometa-me então aceitar a situação sem exceder-se.

— Tem minha palavra, professor — aquiesceu Ned Land, num tom pouco tranquilizador. — Nenhum termo violento sairá de minha boca, nenhum gesto brutal me trairá, a despeito de o serviço de mesa não cumprir-se com toda a regularidade desejável.

— Tenho sua palavra, Ned — respondi ao canadense.

A conversa interrompeu-se e cada um ficou a refletir em seu canto. De minha parte, confesso que, apesar do otimismo do arpoador, não alimentava ilusões e não acreditava naquelas oportunidades favoráveis de que Ned Land falara. Para ser manobrada com aquela precisão, a embarcação submarina requeria uma tripulação numerosa, e, consequentemente, em caso de luta, enfrentaríamos um forte oponente. Para isso, vale lembrar, era essencial estar em liberdade, e não estávamos. Não me ocorria sequer uma ideia para fugir daquela cela metálica tão hermeticamente fechada. Além disso — o que parecia no mínimo provável —, se o comandante daquele barco tinha um segredo a guardar, não nos permitiria agir livremente a bordo. Mas iria livrar-se de nós mediante violência ou nos abandonar um dia em algum canto de terra? Isso era ignorado. Todas essas hipóteses pareciam-me extremamente plausíveis, e só mesmo um arpoador para sonhar com a liberdade.

A propósito, percebi que as ideias de Ned Land azedavam-se com as reflexões que se apoderavam de seu cérebro. Aos poucos eu ouvia palavrões rugirem no fundo de sua garganta e via seus gestos voltarem a ficar ameaçadores. Ele se levantava, rodopiava como uma fera na jaula, dava chutes e socos nas paredes. Enquanto isso, o tempo passava, a fome torturava cruelmente, e nada prenunciava a chegada do comissário. Isso era esquecer além da conta nossa posição de náufragos, se é que realmente alimentavam boas intenções a nosso respeito.

Atormentado pelos dilaceramentos de seu exigente estômago, Ned Land irritava-se cada vez mais. A despeito de ter obtido sua palavra, eu temia uma explosão quando ele se visse em presença de um dos homens de bordo.

Durante duas horas ainda, Ned Land deu vazão à sua raiva. O canadense chamava, gritava, mas em vão. As divisórias de aço eram surdas. Eu não ouvia qualquer ruído dentro da embarcação, que parecia morta. Ela não se mexia, pois sem dúvida eu teria sentido as trepidações de seu casco sob o impulso da hélice. Decerto submersa no abismo das águas, não pertencia mais à terra. O silêncio era melancólico e assustador.

Eu não ousava estimar a duração de nosso abandono, de nosso isolamento no fundo daquela cela. As esperanças que eu concebera após nossa entrevista com o comandante de bordo morriam de pouco em pouco. A meiguice do olhar daquele homem, a expressão generosa de sua fisionomia, a nobreza de seu porte, tudo se apagava de minha lembrança. Eu voltava a ver aquele enigmático personagem tal como devia ser, necessariamente impiedoso e cruel. Sentia-o fora da humanidade, inacessível a qualquer sentimento de

O canadense atirou-se sobre o infeliz.

compaixão, implacável inimigo de seus semelhantes, contra os quais decerto alimentava um ódio imperecível!

Mas aquele homem nos deixaria então morrer de inanição, confinados naquela prisão exígua, entregues às horríveis tentações às quais impele a fome bestial? A força de tão terrível suposição, reforçada pela imaginação, mergulhou-me num pavor inaudito. Conselho permanecia calmo. Ned Land resmungava.

Nesse momento, ouvimos um barulho do lado de fora. Passos ressoaram no assoalho metálico. As fechaduras giraram, a porta se abriu, o comissário reapareceu.

Antes que eu esboçasse um gesto para impedi-lo, o canadense atirou-se sobre o infeliz, derrubou-o e deu-lhe uma gravata. O comissário sufocava sob a força de sua mão.

Conselho já procurava desvencilhar das mãos do arpoador sua vítima quase esganada, e eu ia juntar meus esforços aos seus, quando, subitamente, fui pregado no lugar por estas palavras, pronunciadas em francês:

— Acalme-se, mestre Land, e o senhor, professor, faça o favor de me escutar!

10. *O homem das águas*

Era o comandante de bordo que falava assim.

A essas palavras, Ned Land levantou-se de um pulo. O comissário, mais morto do que vivo, saiu vacilando a um sinal de seu chefe, porém, era tamanha a ascendência do comandante a bordo que nenhum gesto traiu a raiva que ele devia sentir pelo canadense. Conselho, envolvido a contragosto, e eu, estupefato, aguardávamos em silêncio o desenlace da cena.

O comandante, recostado na quina da mesa, de braços cruzados, observava-nos com profunda atenção. Hesitava em falar? Arrependia-se das palavras que acabava de pronunciar em francês? Nada mais plausível.

Após instantes de um silêncio que nenhum de nós se atreveu a interromper, ele proferiu, num tom de voz sereno e penetrante:

— Cavalheiros, falo indiferentemente francês, inglês, alemão e latim. Poderia, portanto, ter respondido desde a nossa primeira entrevista, mas desejava conhecê-los primeiro, refletir em seguida. Seu quádruplo relato, absolutamente similar no fundo, revelou-me a identidade de suas pessoas. Agora sei que o acaso pôs em minha presença o senhor Pierre Aronnax, professor de história natural no Museu de Paris, líder de uma missão científica no estrangeiro, Conselho, seu criado, e Ned Land, de origem canadense, arpoador a bordo da fragata *Abraham Lincoln*, da marinha nacional dos Estados Unidos da América.

Inclinei-me em sinal de assentimento. Não era uma pergunta que me fazia o comandante, não havia resposta a dar. Aquele homem exprimia-se com inteira desenvoltura, sem nenhum sotaque. A frase era límpida, as palavras, corretas, a facilidade de elocução, notável. E, não obstante, eu não "sentia" nele um compatriota.

Prosseguiu nos seguintes termos:

— Julgou provavelmente, cavalheiro, que demorei a fazer-lhes esta segunda visita. Fato é que, reveladas suas identidades, quis pesar

O comissário saiu vacilando.

maduramente o partido a tomar com relação aos senhores. Hesitei muito. As mais aborrecidas circunstâncias colocaram-nos diante de um homem que rompeu com a humanidade. Os cavalheiros vieram perturbar minha existência.

— Involuntariamente — objetei.

— Involuntariamente? — reagiu o desconhecido, alteando um pouco a voz. — Então é involuntariamente que a *Abraham Lincoln* me caça por todos os mares? Foi involuntariamente que o senhor embarcou a bordo dessa fragata? Foi involuntariamente que seus projéteis ricochetearam no casco do meu navio? Foi involuntariamente que mestre Ned Land me golpeou com seu arpão?

Percebi uma irritação represada em suas palavras. Mas para tais recriminações eu tinha uma resposta absolutamente natural a dar, e foi a que dei.

— Cavalheiro — declarei —, sem dúvida ignora as discussões que suscitou na América e na Europa. Desconhece que diversos acidentes, provocados pelo impacto de seu aparelho submarino, incendiaram a opinião pública nos dois continentes. Poupo-lhe as hipóteses sem fim pelas quais procurávamos explicar o inexplicável fenômeno de cujo segredo o senhor era o único detentor. Mas saiba que, perseguindo-o até os altos-mares do Pacífico, a *Abraham Lincoln* julgava caçar algum poderoso monstro marinho do qual cumpria a todo preço libertar o oceano.

Um meio sorriso distendeu os lábios do comandante, que, num tom mais calmo, respondeu:

— Professor Aronnax, ousaria afirmar que sua fragata não teria perseguido e canhoneado uma embarcação submarina da mesma forma que a um monstro?

A pergunta me confundiu, pois decerto o comandante Farragut não teria hesitado, julgando seu dever destruir um aparelho daquele gênero tanto quanto um narval gigantesco.

— Compreenda, portanto, cavalheiro — continuou o desconhecido —, que tenho todo o direito de tratá-los como inimigos.

Não respondi nada, e por todos os motivos. Para que discutir uma asserção daquele tipo quando a força pode destruir os melhores argumentos?

— Hesitei longamente — continuou o comandante. — Nada me obrigava a dar-lhes hospitalidade. Devia me separar dos senhores? Não tinha nenhum interesse em revê-los... Bastava-me colocá-los de volta sobre a plataforma deste navio, no qual se refugiaram, submergir e esquecer que os senhores haviam existido um dia. Não era meu direito?

— Talvez fosse o direito de um selvagem — respondi —, não o de um homem civilizado.

— Professor — replicou vivamente o comandante —, não sou o que chama de um homem civilizado! Rompi com a sociedade inteira por razões que só eu tenho o direito de apreciar. Portanto, não obedeço em absoluto às suas regras e intimo-o a jamais invocá-las em minha presença.

Isso foi dito com todas as letras. Uma centelha de furor e desdém acendera os olhos do desconhecido, e na vida daquele homem vislumbrei um passado extraordinário. Não somente instalara-se fora das leis humanas, como fizera-se independente, livre na mais rigorosa acepção da palavra, fora de todo alcance! Quem ousaria persegui-lo no fundo dos mares, uma vez que, em sua superfície, esquivava-se dos ataques desfechados contra ele? Que navio resistiria ao choque de seu *monitor* submarino? Que couraça, por mais espessa que fosse, suportaria os golpes de seu esporão? Ninguém, entre os homens, podia pedir-lhe satisfação por seus atos. Deus, se ele acreditasse nisso, sua consciência, se ele tivesse uma, eram os únicos juízes a que respondia.

Enquanto eu era assaltado por essas fugazes reflexões, o estranho personagem mantinha-se em silêncio, absorto e como que ensimesmado. Eu o considerava com um misto de pavor e interesse, sem dúvida como Édipo considerava a Esfinge.[54]

Após um longo silêncio, o comandante retomou a palavra:

— Como eu ia dizendo, hesitei, mas julguei possível conciliar meu interesse com a piedade natural a que todo ser humano faz jus. Os senhores permanecerão a bordo, uma vez que a fatalidade lançou-os aqui. Serão livres e, em troca dessa liberdade, relativa por sinal, não lhes imporei senão uma única condição. E basta-me a palavra dos senhores de que irão cumpri-la.

— Fale, cavalheiro — respondi —, imagino que tal condição seja daquelas que um homem honesto pode aceitar...

— Sim, professor, e aqui está ela. É possível que alguns acontecimentos imprevistos me obriguem a confiná-los em suas cabines por algumas horas ou dias, conforme o caso. Desejando jamais empregar a violência, espero dos senhores, nessa circunstância, mais ainda que em outras quaisquer, uma obediência passiva. Agindo assim, eximo-os completamente de suas responsabilidades, já que dessa forma cabe a mim colocá-los na impossibilidade de ver o que não deve ser visto. Aceitam esta condição?

Ora, então aconteciam a bordo coisas no mínimo singulares, as quais não deviam ser vistas por pessoas que não se haviam instalado à margem das leis sociais! Dentre as surpresas que o futuro me reservava, esta não seria a menor.

— Aceitamos — respondi. — Entretanto, eu lhe pediria, cavalheiro, autorização para lhe dirigir uma última pergunta.

— Fale, cavalheiro.

— O senhor disse que seríamos livres a bordo?

— Plenamente.

— Eu então lhe perguntaria o que entende por essa liberdade.

54. Na tragédia *Édipo rei*, de Sófocles (496-406 a.C.), Édipo, logo após matar o pai, Laio, depara-se com a Esfinge, monstro geralmente representado com corpo de leoa e cabeça e busto de mulher, que lhe propõe o seguinte enigma: "Qual é a criatura que anda com quatro pernas de manhã, duas ao meio-dia e três à noite?". A resposta de Édipo, bem-sucedida, é: "O homem", que, criança, engatinha com os quatro membros, adulto, caminha com ambas as pernas, e, na velhice, apoia-se num bastão. A solução do enigma representou o fim da peste que devastava a cidade de Tebas.

— Resumindo, a liberdade de ir e vir, de ver, até mesmo observar tudo que acontece aqui, salvo em algumas raras circunstâncias; a liberdade, enfim, de que nós mesmos gozamos, meus companheiros e eu.

Estava claro que não nos entendíamos.

— Perdão, cavalheiro — insisti —, mas essa liberdade é igual à que todo prisioneiro tem de percorrer sua prisão! Ela não pode nos bastar.

— Mas terá de lhes bastar!

— O quê! Devemos desistir para sempre de rever nossa pátria, nossos amigos, nossa família!

— Exatamente. Em compensação, desistir de regressar ao insuportável jugo da terra, que os homens acreditam ser a liberdade, talvez não seja tão penoso quanto imagina!

— De minha parte, não conte com a minha palavra — exclamou Ned Land — de não tentar a fuga!

— Não estou pedindo sua palavra, senhor Land — respondeu friamente o comandante.

— Cavalheiro — respondi, exaltado a contragosto —, o senhor abusa de sua posição! Isso é crueldade!

— Não, cavalheiro, é clemência! Os senhores são meus prisioneiros de guerra! O que faço é preservá-los, já que uma palavra minha poderia sepultá-los nos abismos do oceano! Os senhores me atacaram! Vieram surpreender um segredo que homem nenhum no mundo deve desvendar, o segredo de toda a minha existência! E pensam que vou devolvê-los a essa terra que não deve mais me conhecer! Nunca! Retendo-os, não é aos senhores que preservo, mas a mim mesmo!

Estas palavras indicavam da parte do comandante um pressuposto contra o qual nenhum argumento prevaleceria.

— Quer dizer, cavalheiro — repliquei —, que a escolha que nos dá é pura e simplesmente entre a vida ou a morte?

— Pura e simplesmente.

— Amigos — eu disse —, não existe resposta a pergunta formulada nesses termos. Mas nenhum juramento prende-nos ao chefe de bordo.

— Nenhum, cavalheiro — respondeu o desconhecido.

Então, num tom mais afável, prosseguiu:

— Agora permitam que eu conclua o que tenho a lhes dizer. Conheço-o, senhor Aronnax. O senhor, não falo de seus companheiros, talvez não tenha tanto do que se queixar ao acaso que o liga a meu destino. Encontrará entre os livros que servem aos meus estudos favoritos a obra que publicou sobre as grandes profundezas do mar. Li-o muitas vezes. O senhor levou sua obra tão longe quanto lhe permitia a ciência terrestre. Mas não sabe tudo, não viu tudo. Permita-me então dizer-lhe, professor, que não se arrependerá do tempo que vier a passar a bordo. Viajará pelo país das maravilhas. O espanto e a estupefação serão provavelmente seu estado de espírito cotidiano. Não se cansará com facilidade do espetáculo incessantemente oferecido aos seus olhos. Estou prestes a iniciar uma nova visita, em um novo périplo pelo mundo submarino — quem sabe? o último talvez... —, a tudo que me foi dado estudar no fundo desses mares tantas vezes percorridos, e o senhor será meu companheiro de estudos. A partir de hoje, o senhor entra num novo elemento, verá o que nenhum homem ainda viu — pois eu e meus companheiros já não contamos —, e nosso planeta, graças a mim, lhe entregará seus últimos segredos.

Não posso negar que as palavras do comandante causaram-me grande impressão. Ele tocara no meu ponto fraco, e por um instante esqueci que a contemplação daquelas coisas sublimes não compensava a liberdade perdida. Aliás, eu contava com o futuro para dirimir essa grave questão. Assim, limitei-me a responder:

— Cavalheiro, apesar de rompido com a humanidade, quero crer que não tenha renegado todo sentimento humano. Somos náufragos caridosamente recebidos em sua embarcação, não esqueceremos. De minha parte, não ignoro que, se o interesse da ciência pudesse abdicar da necessidade de liberdade, o que augura nosso encontro me ofereceria grandes compensações.

Eu achava que o comandante estenderia a mão para selar nosso tratado. Não foi o que aconteceu. Lamentei por ele.

— Uma última pergunta — eu disse, no momento em que aquele ser inexplicável fazia menção de retirar-se.

— Fale, professor.

— Por qual nome devo chamá-lo?

— Cavalheiro — respondeu o comandante —, para os senhores sou simplesmente o capitão Nemo, e para mim os senhores são simplesmente os passageiros do *Náutilus*.[55]

O capitão Nemo apertou um botão. O comissário apareceu. O capitão deu-lhe suas ordens naquela língua estranha que não me era possível identificar. Depois, voltando-se para o canadense e Conselho, disse:

— Uma refeição espera-os em sua cabine. Queiram seguir este homem.

— Um convite irrecusável! — respondeu o arpoador.

Conselho e ele finalmente deixaram a cela na qual se achavam confinados havia mais de trinta horas.

55. Jules Verne dá à embarcação do capitão Nemo o nome do primeiro submarino da história da navegação, o *Náutilus* de Robert Fulton (1800). O autor chegou a visitar, em 1858, um submarino homônimo da marinha francesa exposto em Paris. Derivado do grego *nauta* ("marinheiro"), por intermédio do latim científico, o termo evoca ao mesmo tempo a qualidade essencial do submersível (embarcação *marítima* por excelência) e o molusco denominado "náutilo" ou "argonauta".

— E agora, professor Aronnax, nosso almoço está servido. Permita-me precedê-lo.

— Às suas ordens, capitão.

Segui o capitão Nemo e, atravessando uma porta, entrei numa espécie de corredor iluminado eletricamente, semelhante às coxias de um navio. Após um percurso de uma dezena de metros, uma segunda porta abriu-se à minha frente.

Cheguei então a um refeitório, decorado e mobiliado com um gosto severo. Altos aparadores de carvalho, incrustados com ornamentos em ébano, elevavam-se nas duas extremidades da sala, e sobre suas prateleiras de linhas onduladas cintilavam faianças, porcelanas, cristais de um preço inestimável. A louça plana refletia os raios despejados por um teto luminoso, cujo brilho era amenizado e filtrado por delicadas pinturas.

Uma mesa fartamente servida ocupava o centro da sala e o capitão Nemo apontou-me o lugar que eu deveria ocupar.

— Sente-se — ele me disse —, e almoce como deve fazer um homem morrendo de fome.

O almoço compunha-se de um certo número de pratos cujos ingredientes provinham exclusivamente do mar e de alguns outros cuja natureza e origem eu desconhecia. Apesar do gosto peculiar, ao qual me acostumei com facilidade, reconheço que estava saboroso. Aqueles diversos alimentos pareceram-me ricos em fósforo, o que me levou a atribuir-lhes procedência marinha.

O capitão Nemo me observava. Sem que eu nada lhe perguntasse, adivinhou meus pensamentos e respondeu por iniciativa própria às perguntas que eu ardia por fazer.

— Ainda que a maioria desses pratos lhe seja desconhecida — ele me disse —, sirva-se sem temor. São saudáveis e nutritivos. Há muito tempo renunciei aos alimentos terrenos, e passo muito bem. Minha vigorosa tripulação não se alimenta de outra forma.

— Então — eu disse — todos esses alimentos são produtos do mar?

— Sim, professor, o mar dá conta de todas as minhas necessidades. Ora jogo minhas redes de arrastão e as recolho abarrotadas, ora caço em meio a esse elemento que parece inacessível ao homem e persigo a caça resguardada em minhas florestas submarinas. Meus rebanhos, como os do velho pastor de Netuno,[56] pastam sem receio nas imensas pradarias do oceano, onde possuo uma vasta propriedade que eu mesmo exploro e que é sempre germinada pela mão do Criador de todas as coisas.

56. Trata-se de Proteu, deus da mitologia grega, encarregado de pastorear os rebanhos de animais marinhos pertencentes a Poseidon (cujo equivalente latino é Netuno). Proteu caracterizava-se também pelo dom de adotar a forma de qualquer criatura viva ou mesmo de qualquer elemento, donde o adjetivo "proteico".

Encarei o capitão Nemo com certo espanto, e respondi:

— Compreendo perfeitamente, senhor, que suas redes forneçam excelentes peixes à sua mesa; compreendo menos o fato de perseguir sua caça aquática em florestas submarinas; o que definitivamente não compreendo é o fato de incluir em seu cardápio uma parcela de carne, ainda que ínfima.

— Da mesma forma, professor — respondeu-me o capitão Nemo —, nunca faço uso da carne dos animais terrestres.

— E isto, o que é? — inquiri, apontando uma travessa na qual ainda restavam alguns pedaços de carne.

— O que julga ser carne, professor, não passa de filé de tartaruga marinha. Eis igualmente fígados de delfim, que o senhor tomaria por um guisado de porco. Meu cozinheiro é um excelente profissional, inigualável na arte de conservar esses variados produtos do oceano. Prove esses pratos. Eis uma compota de holotúrias, que um malaio declararia sem rival no mundo; eis um creme cujo leite foi fornecido pela mama dos cetáceos, e o açúcar pelos grandes fucos do mar do Norte; depois, permita-me oferecer-lhe doces de anêmonas, que nada ficam a dever às frutas mais saborosas.

E eu degustava, na verdade curioso como um *gourmet*, enquanto o capitão Nemo me encantava com suas histórias inverossímeis.

— Mas esse mar, professor Aronnax — ele continuou —, esse viveiro prodigioso, inesgotável, não apenas me alimenta, como me veste. Os panos que o cobrem são tecidos com o bisso de certas conchas, tingidos na púrpura dos antigos e matizados com tons roxos, que extraio das aplísias do Mediterrâneo. Os perfumes que encontrará no toalete de sua cabine resultam da destilação de plantas marinhas. Seu colchão é feito com a mais macia zostera do oceano. Sua caneta será uma barbela de baleia, sua tinta, o nanquim secretado pela lula ou o calamar. Tudo agora me vem do mar, como um dia tudo voltará para ele!

— O senhor ama o mar, capitão.

— Sim, amo-o! O mar é tudo! Cobre sete décimos do globo terrestre. Seu bafejo é puro e saudável. É o imenso deserto onde o homem nunca está só, pois sente a vida efervescer a seu lado. O mar não apenas é o veículo de uma sobrenatural e prodigiosa existência, não apenas é movimento, é amor, é o infinito vivo, como disse um de seus poetas. E, com efeito, professor, nele a natureza manifesta-se mediante seus três reinos, mineral, vegetal e animal. Este último é amplamente representado pelos quatro grupos de zoófitos, por três classes dos articulados, por cinco classes dos moluscos e por três classes dos vertebrados: os mamíferos, os répteis e essas inumeráveis legiões de peixes, ordem infinita de animais que inclui mais de trinta mil espécies, das quais apenas um décimo vive na água doce. O mar é o grande manancial da natureza. Foi pelo mar que o globo começou, e quem sabe não terminará! Aqui reina a suprema tranquilidade. O mar não pertence aos déspotas. Talvez em sua superfície eles ainda possam exercer direitos iníquos, engalfinhar-se, entredevorar-se, estendendo-lhe todos os horrores terrenos. A dez metros de profundidade, contudo, seu poder cessa, sua influência se extingue, sua força desaparece! Ah, professor, viva, viva no seio dos mares! Só nele existe independência. Nele, não reconheço senhores! Nele, sou livre!

O capitão Nemo calou-se, subitamente, em meio a seu entusiasmo transbordante. Teria ido além do que lhe permitia a reserva habitual? Falara demais? Por alguns instantes, vagueou, muito agitado. Então seus nervos se acalmaram, sua fisionomia recuperou a frieza de costume e, voltando-se para mim, declarou:

— Agora, professor, caso deseje visitar o *Náutilus*, estou às suas ordens.

11. *O Náutilus*

O capitão Nemo levantou-se. Segui-o. Disposta nos fundos da sala, uma porta dupla se abriu, e entrei num aposento com as mesmas dimensões daquele de onde acabava de sair.

Era uma biblioteca. Contornando a sala, estantes altas em jacarandá escuro, incrustadas com peças de cobre, abrigavam um grande número de livros, uniformemente encadernados sobre compridas prateleiras, terminando na base em amplos e confortáveis divãs estofados em couro marrom. Leves carteiras móveis, aproximando-se e afastando-se à vontade, permitiam descansar o livro a ser lido. No centro, uma grande mesa, coberta de publicações, entre as quais sobressaíam alguns periódicos já amarelecidos. A luz elétrica inundava todo aquele harmonioso conjunto, tombando de quatro globos foscos parcialmente embutidos nas volutas do teto. Sem acreditar no que via, eu contemplava com genuína admiração aquele aposento tão inteligentemente planejado.

— Capitão Nemo — eu disse ao meu anfitrião, que acabava de se acomodar num divã —, eis uma biblioteca que honraria mais de um palácio dos continentes. E pensar que ela pode acompanhá-lo às mais ermas profundezas...

— Onde encontraríamos maior solidão, maior silêncio, professor? — respondeu o capitão Nemo. — Seu gabinete do museu oferecelhe tranquilidade tão absoluta?

— Não, capitão, e devo acrescentar que é bem modesto comparado ao seu. O senhor tem aqui seis ou sete mil volumes...

— Doze, professor Aronnax. São os únicos laços que me prendem à terra. Mas o mundo terminou para mim no dia em que o meu *Náutilus* imergiu pela primeira vez. Nesse dia, comprei meus últimos volumes, meus últimos jornais, meus últimos periódicos... desde então, quero crer que a humanidade parou de pensar e escrever. Aliás, professor, esses livros encontram-se à sua disposição, podendo utilizá-los como julgar conveniente.

Agradeci ao capitão Nemo e me aproximei das prateleiras das estantes. Livros de ciência, moral e literatura, escritos em todas as línguas, abundavam ali, mas não vi uma única obra de economia política, matéria que parecia severamente proscrita a bordo. Detalhe curioso, os livros enfileiravam-se de maneira aleatória, independentemente da língua em que estivessem escritos, e essa mistura provava que o capitão do *Náutilus* devia ler assiduamente os volumes, que sua mão pegava ao acaso.

Entre esses livros, vi as obras-primas dos mestres antigos e modernos, isto é, tudo que a humanidade produziu de mais sublime em história, poesia, romances e ciência; de Homero a Victor Hugo, de Xenofonte a Michelet, de Rabelais à sra. Sand.[57] Mas a ciência, sem sombra de dúvida, era o foco principal da biblioteca — com os livros de mecânica, balística, hidrografia, meteorologia, geografia, geologia etc. —, ocupando nela um espaço não menos relevante que os livros de história natural, e compreendi que formavam o centro dos estudos do capitão. Vi ali todo o Humboldt, todo o Arago, os trabalhos de Foucault, Henry Sainte-Claire Deville, Chasles, de Milne-Edwards, Quatrefages, Tyndall, Faraday, Berthelot, o padre Secchi, Petermann, o comandante Maury, Agassiz etc.,[58] as atas da Academia de Ciências, os boletins das diversas sociedades de geografia etc., e, num lugar privilegiado, os dois tomos que talvez me houvessem valido aquela acolhida relativamente caridosa do capitão Nemo. Entre as obras de Joseph Bertrand,[59] seu livro intitulado *Os fundadores da astronomia* forneceu-me inclusive uma data precisa: sabendo

57. A biblioteca do *Náutilus* abrange a literatura greco-latina e francesa das origens até meados do séc.XIX em seus três gêneros principais: poesia ("de Homero a Victor Hugo"), história ("de Xenofonte a Michelet") e romance ("de Rabelais a George Sand"). Os três escritores franceses citados, contemporâneos e amigos do autor, foram inspiradores diretos de *20 mil léguas submarinas*: Hugo com seu romance *Os trabalhadores do mar*, Michelet com sua grande ode a *O mar* e George Sand, que teria sugerido a Jules Verne a ideia de seu romance.

58. Eminentes cientistas contemporâneos de Jules Verne: o naturalista e explorador Alexandre Humboldt (1769-1859), o cartógrafo Auguste Petermann (1822-78), os físicos François Arago (1786-1853) e Leon Foucault (1819-68), o astrônomo e físico François Faraday, o físico John Tyndall (1820, 93), os químicos Sainte-Claire Deville (1818-81) e Berthelot (1827-1907), o matemático Michel Chasles (1793-1880), o especialista em crustáceos Henri Milne-Edwards (1800-85), o ictiólogo e geólogo Louis Agassiz (1807-73), o biólogo e zoólogo Armand de Quatrefages (1810-92) e o jesuíta e astrônomo italiano Angelo Secchi (1818-78). Matthew Fontaine Maury (1806-73) foi um oficial da marinha dos Estados Unidos que influenciou imensamente a astronomia, a oceanografia, a meteorologia e a geologia modernas, graças às suas observações e a sua participação em diversos organismos internacionais. Jules Verne faz constantes alusões a Maury neste romance.

59. Joseph Bertrand (1822-1900) ensinou matemática na Escola Politécnica, na Escola Normal Superior, no Collège de France e na Sorbonne. Foi eleito para a Academia francesa em 1884.

que fora publicado durante o ano de 1865, pude concluir que a fabricação do *Náutilus* não remontava a época posterior. Por conseguinte, fazia três anos, no máximo, que o capitão Nemo começara sua existência submarina. Cogitei haver obras ainda mais recentes que me permitissem situar exatamente a época, mas eu teria tempo para fazer essa pesquisa, e não quis adiar nosso passeio pelas maravilhas do *Náutilus*.

— Cavalheiro — eu disse ao capitão —, agradeço por ter colocado sua biblioteca à minha disposição. Nela, há tesouros da ciência, dos quais certamente tirarei proveito.

— Esta sala não é apenas uma biblioteca — corrigiu o capitão Nemo —, é também um *fumoir*.[60]

— Um *fumoir*? — exclamei. — Fuma-se então a bordo?

— Sem dúvida.

— Sou então forçado a crer que não rompeu relações com Havana.

— Nada disso — respondeu o capitão. — Aceite este charuto, senhor Aronnax, e, embora não seja de Havana, ficará satisfeito com ele, se for um conhecedor.

Peguei o charuto que me era oferecido e cuja forma lembrava a do *londrès*,[61] embora parecesse enrolado em folhas de ouro. Acendi num pequeno braseiro assentado sobre um elegante pé de bronze, e dei as primeiras baforadas com a volúpia de um aficcionado que não fumava há dois dias.

— Excelente — comentei —, mas não é tabaco.

— Não — explicou o capitão —, esse fumo não vem nem de Havana nem do Oriente. É uma espécie de alga, rica em nicotina, que o mar me fornece não sem alguma parcimônia. Sente saudades dos *londrès*, professor?

— Desprezo-os a partir deste dia, capitão.

— Fume então quanto quiser, e sem discutir a origem dos charutos. Não são controlados por nenhum monopólio,[62] mas nem por isso são piores, imagino.

— Ao contrário.

Nesse momento, o capitão Nemo abriu uma porta frontal àquela pela qual eu entrara na biblioteca, e passei a um salão imenso, esplendidamente iluminado.

Era um vasto quadrilátero facetado, com dez metros de comprimento, seis de largura, cinco de altura. Um teto luminoso, decorado com sutis arabescos, distribuía um dia claro e suave por sobre todas as maravilhas acumu-

60. *Fumoir*: aposento de uma residência ou navio destinado aos fumantes.

61. Charuto fabricado em Havana especialmente para ser exportado para a Inglaterra.

62. Itens de exportação altamente cobiçados, os charutos cubanos eram objeto de um monopólio decretado pela Espanha em 1717.

Passei a um salão imenso, esplendidamente iluminado.

ladas naquele museu. Pois era realmente um museu, no qual uma mão inteligente e pródiga reunira todos os tesouros da natureza e da arte, com aquela desordem artística que distingue um ateliê de pintor.

Cerca de trinta quadros de mestres, com molduras padronizadas, separados por reluzentes armaduras, decoravam divisórias cobertas por reposteiros de um desenho severo. Vi ali telas valiosíssimas, as quais, em grande parte, admirara em coleções particulares da Europa e exposições de pintura. As diversas escolas dos mestres antigos estavam representadas por uma madona de Rafael, uma virgem de Leonardo da Vinci, uma ninfa de Corrège, uma mulher de Ticiano, uma adoração de Veronese, uma assunção de Murillo, um retrato de Holbein, um monge de Velásquez, um mártir de Ribera, uma quermesse de Rubens, duas paisagens flamengas de Teniers, três pequenos quadros de gênero de Gérard Dew, Metsu e Paul Potter, duas telas de Géricault e Prudhon, diversas marinhas de Backuysen e Vernet. Entre as obras da pintura moderna, havia quadros assinados por Delacroix, Ingres, Decamp, Troyon, Meissonnier, Daubigny etc., e algumas admiráveis miniaturas de estátuas de mármore ou bronze, cópias dos mais belos modelos da Antiguidade, erigiam-se sobre pedestais nos recantos do magnífico museu. O assombro que me vaticinara o comandante do *Náutilus* já começava a me contagiar.

— Professor — disse então aquele homem estranho —, peço desculpas pela displicência com que o recebo e pela desordem que reina neste salão.

— Cavalheiro — respondi —, sem procurar saber quem é o senhor, ser-me-á permitido reconhecê-lo um artista?

— No máximo um diletante, cavalheiro. Em outros tempos, eu gostava de colecionar as belas obras criadas pela mão do homem. Era um explorador ávido, um antiquário incansável, e pude reunir objetos inestimáveis. São minhas últimas lembranças dessa terra que morreu para mim. Aos meus olhos, seus artistas modernos passaram a ser antigos; eles têm dois ou três mil anos de existência e os confundo em minha mente. Os mestres não têm idade.

— E esses músicos? — eu disse, apontando para partituras de Weber, Rossini, Mozart, Beethoven, Haydn, Meyerbeer, Hérold, Wagner, Auber, Gounod e muitos outros, espalhadas sobre um órgão de grande porte que ocupava uma das abas do salão.

— Esses músicos — respondeu-me o capitão Nemo — são contemporâneos de Orfeu,[63] pois as diferenças cronológicas apagam-se na memória dos mortos, e estou morto, professor, tão morto quanto seus amigos que descansam seis pés abaixo da terra!

O capitão Nemo calou-se e pareceu perdido num devaneio profundo. Fitei-o com intensa emoção, analisando em silêncio as singularidades de sua fisionomia. Com o cotovelo apoiado na quina de uma preciosa mesa de mosaico, ele não me via mais, esquecia-se de minha presença.

Respeitei aquele recolhimento e continuei a passar em revista as curiosidades que decoravam o salão.

Junto às obras de arte, as raridades naturais ocupavam um lugar de destaque. Consistiam principalmente em plantas, conchas e outros espécimes do

---

63. Orfeu: poeta mitológico, às vezes considerado filho de Apolo e Calíope. Tocava sua lira com tanto enlevo que até as feras eram seduzidas por sua música. Participou da expedição dos argonautas em busca do Velocino de Ouro e, com seu canto, ajudou-os a resistir à tentação das sereias.

oceano, que deviam ser achados pessoais do capitão Nemo. No meio do salão, a água de um chafariz, eletricamente iluminado, caía num tanque esculpido a partir de uma única tridacna. Essa concha, fornecida pelo maior dos moluscos acéfalos, media em seus contornos, delicadamente festonados, uma circunferência de aproximadamente seis metros, ultrapassando portanto em tamanho os mais belos tridacnídeos com que a república de Veneza presenteou Francisco I, e dos quais a igreja Saint-Sulpice, em Paris, fez duas gigantescas pias de água benta.[64]

Ao redor do tanque, sob elegantes vitrines fixadas por trilhos de cobre, estavam classificados e etiquetados os mais preciosos espécimes marinhos jamais expostos ao olhar de um naturalista. Concebe-se minha alegria de professor.

O ramo dos zoófitos oferecia curiosíssimos espécimes de seus dois grupos de pólipos e equinodermos. No primeiro, tubiporídeos, górgonas dispostas em leque, esponjas macias da Síria, isídideos das Molucas, penátulas, uma admirável alga virgulária dos mares da Noruega, umbelíferas variadas, alcionários, toda uma série de madréporas, que meu professor Milne-Edwards classificou com tanta perspicácia em seções e entre as quais notei adoráveis flabeliformes, oculiformes da ilha Bourbon, o "carro-de-netuno" das Antilhas, soberbas variedades de corais, enfim, todas as espécies desses curiosos polipeiros, cujo amálgama forma ilhas inteiras que um dia virão a ser continentes. Nos equinodermos, notáveis por seu invólucro espinhento, as astérias, as estrelas-do-mar, os pentácrinos, as comátulas, os asterófonos, os ouriços, as holotúrias etc. representavam a coleção completa dos indivíduos desse grupo.

Um conquiliólogo um pouco nervoso certamente teria um acesso diante de outras vitrines mais diversificadas, onde estavam classificados os espécimes do ramo dos moluscos. Dessa coleção de valor inestimável, e que não teria tempo de descrever integralmente, cito, de memória, os seguintes espécimes: a elegante ostra-real do oceano Índico, cujas manchas brancas e regulares contrastavam vivamente com seu fundo vermelho e marrom; um espôndilo-imperial, em tons vistosos e com espinhos eriçados, espécie rara nos museus europeus e cujo valor estimei em vinte mil francos; um espôndilo comum dos mares da Nova Holanda,[65] de difícil aquisição; exóticos berbigões do Senegal, frágeis conchas brancas bivalves, que um sopro teria estourado como bolhas de sabão; diversas variedades de "regadores-de-java", espécie de tubos calcários bordados por reentrâncias serrilhadas

---

64. Francisco I (1494-1574), rei francês que firmou uma série de acordos com Veneza. As conchas que compõem as pias de água benta da igreja de Saint-Sulpice, em Paris, estão instaladas sobre grandes pedestais de mármore esculpidos por Jean-Baptiste Pigalle (1714-85).

65. Nova Holanda: antigo nome do continente australiano.

e bastante disputados pelos colecionadores; uma série inteira de troquídeos, alguns amarelo-esverdeados, pescados nos mares da América, outros num marrom-ruivo, amigos das águas da Nova Holanda, estes, oriundos do golfo do México e notáveis por sua concha imbricada, aqueles, das estelárias encontradas nos mares austrais, e, por fim, o mais raro de todos, o magnífico esporão da Nova Zelândia. Depois, admiráveis conquilhas sulfuradas; preciosas espécies de citéreas e vênus; a concha trançada das costas de Tranquebar;[66] um bulbo marmorizado em madrepérola reluzente, os "periquitos-verdes" dos mares da China; um *conus* quase desconhecido do gênero *Coenodulli*; todas as variedades de porcelanas que servem de moeda na Índia e na África; "a Glória do Mar", a mais preciosa concha das Índias orientais. E ainda, litorinas, delfínulas, turritelas, jantinas, óvulos, volutas, olivas, mitras, capacetes, púrpuras, bucinos, harpas, rochedos, tritões, ceritas, fusos, estrombos, pteróceros, patelas, híalas, cleodoros, conchas delicadas e frágeis, que a ciência batizou com os nomes mais sedutores...

Em separado, e em compartimentos especiais, desfilavam rosários de pérolas deslumbrantes, que a luz elétrica espetava com pontas de fogo; pérolas rosadas, arrancadas das pinas do mar Vermelho; pérolas verdes de haliotídeos íris; pérolas amarelas, azuis, negras, curiosos produtos dos diversos moluscos de todos os oceanos e alguns mariscos dos cursos d'água do Norte; bem como vários espécimes de preço incalculável, que haviam sido destilados pelas mais raras *pinctada*. Algumas dessas pérolas ultrapassavam em volume um ovo de pomba, valendo o mesmo, ou mais, que a vendida pelo viajante Tavernier[67] por três milhões ao xá da Pérsia, e ofuscando inclusive a pérola do imã de Mascate,[68] que eu julgava sem rival no mundo.

Teria sido impossível estimar o preço de tal coleção. O capitão Nemo decerto gastara milhões para adquirir seus espécimes, e eu me perguntava em que fonte ele se abastecia, para saciar as fantasias de colecionador, quando fui interrompido por estas palavras:

— Vejo que se interessa por minhas conchas, professor. Com efeito, elas podem interessar a um naturalista, mas, para mim, têm um encanto adicional, pois colhi-as todas com as minhas mãos, e não há um mar do globo que se haja furtado às minhas buscas.

— Compreendo, capitão, compreendo seu prazer em passear em meio a tais riquezas. O senhor é daqueles que formam pessoalmente seus tesouros. Museu algum da Europa possui semelhante coleção de espécimes do oceano.

66. Tranquebar: cidade indiana, ex-colônia dinamarquesa e britânica, próxima ao delta do rio Kaveri.

67. Jean-Louis Tavernier (1605-89): viajante francês e pioneiro no comércio com a Índia e a Pérsia.

68. Mascate: ex-colônia portuguesa no golfo de Omã, é a capital do sultanato de Omã.

O quarto do capitão Nemo tinha um aspecto austero, quase monástico.

No entanto, caso minha admiração se esgote com ela, o que me restará para o navio que a carrega! Não desejo imiscuir-me em segredos que são seus! Por outro lado, confesso que este *Náutilus*, a força motriz nele embutida, os aparelhos que permitem manobrá-lo, o agente tão poderoso que lhe dá vida, tudo isso excita minha curiosidade. Vejo pendurados nas paredes deste salão instrumentos cuja destinação desconheço. Posso saber...?

— Professor Aronnax — respondeu-me o capitão Nemo —, eu disse que seria livre a bordo. Por conseguinte, terá acesso a todas as partes do *Náutilus*, estando autorizado a visitá-lo detidamente, e seria um prazer ciceroneá-lo.

— Não sei como agradecer, capitão, mas não abusarei de sua boa vontade. Apenas lhe indagaria para que servem esses instrumentos de física...

— Professor, há exemplares desses instrumentos em meu quarto, e é lá que terei o prazer de lhe explicar seu uso. Mas antes venha visitar a cabine que lhe reservamos. Está na hora de saber como ficará instalado a bordo do *Náutilus*.

Segui o capitão Nemo, que, por uma das portas abertas em cada lanço facetado do salão, fez-me entrar nas coxias do navio. Fui conduzido até a popa, e lá encontrei não uma cabine, mas um quarto elegante, com cama, toucador e muitos outros móveis.

A mim cabia apenas agradecer ao meu anfitrião.

— Nossos quartos são contíguos — ele me disse, abrindo uma porta —, e o meu dá para o salão que acabamos de deixar.

Entrei no quarto do capitão. Tinha um aspecto austero, quase monástico. Uma caminha de ferro, uma mesa de trabalho, alguns móveis de toalete. O conjunto, iluminado à meia-luz. Nada que lembrasse conforto. Apenas o estritamente necessário.

— Queira sentar-se — disse-me o capitão Nemo, apontando uma cadeira.

Sentei-me, e ele tomou a palavra nos termos que seguem.

12. *Tudo pela eletricidade*

— Professor, eis os aparelhos que fazem o *Náutilus* navegar — disse o capitão Nemo, apresentando-me os instrumentos pendurados nas paredes do quarto. — Aqui, como no salão, tenho-os sempre diante dos olhos, e eles me indicam minha situação e curso exatos no meio do oceano. Alguns o senhor conhece, como o termômetro, que fornece a temperatura interna do *Náutilus*; o barômetro, que mede a pressão do ar e faz a previsão do tempo; o higrômetro, que marca o grau de secura da atmosfera; o *storm-glass*,[69] cuja mistura, ao se decompor, anuncia a chegada das tempestades; a bússola, que orienta minha rota; o sextante, que pela altura do sol me informa a latitude; os cronômetros, que me permitem calcular minha longitude; e, por fim, binóculos diurnos e noturnos, que utilizo para estudar todos os pontos do horizonte, quando o *Náutilus* sobe à superfície das águas.

— Estes são os instrumentos de praxe do navegador — respondi —, e conheço seu uso. Mas aqui estão outros que por certo correspondem a exigências específicas do *Náutilus*. Aquele quadrante à minha frente, percorrido por um ponteiro móvel, não seria um manômetro?

— É um manômetro, de fato. Além de indicar a pressão externa, quando em comunicação com a água aponta a profundidade em que meu aparelho se encontra.

— E esse novo tipo de sonda?

— São sondas termométricas, que registram a temperatura dos diversos níveis de profundidade.

— E esses instrumentos, cujo uso não consigo imaginar?

69. *Storm-glass*: recipiente de vidro fechado contendo uma mistura especial que permitia, observando-se sua aparência, prever o tempo. Esse preparado foi descoberto pelo almirante Robert FitzRoy e utilizado durante sua viagem com Charles Darwin a bordo do *Beagle*.

— Neste ponto, professor, sou obrigado a dar-lhe certas explicações — disse o capitão Nemo. — Peço-lhe que me escute.

Manteve-se em silêncio por alguns instantes, para então prosseguir:

— É um agente poderoso, obediente, rápido, fácil, que se adapta a todos os usos e reina soberano a bordo. Tudo é feito por ele. Ele me ilumina, me aquece, é a alma dos meus aparelhos mecânicos. Esse agente é a eletricidade.

— A eletricidade! — exclamei, boquiaberto.

— Sim, senhor.

— Mas, capitão, o senhor se locomove a uma velocidade inédita, o que não condiz com o poder da eletricidade. Até o momento, a força dinâmica que ela possui permanece limitadíssima, gerando apenas uma energia desprezível!

— Professor — explicou-me o capitão Nemo —, minha eletricidade não é a de todo mundo, e isto é tudo que me permitirá dizer-lhe sobre o assunto.

— Não insisto, capitão, e satisfaço-me com meu estupor diante dos resultados. Uma única pergunta, entretanto, à qual não deve responder se for indiscreta. Os elementos que emprega para produzir esse maravilhoso agente devem desgastar-se rapidamente. O zinco, por exemplo, como o substitui, uma vez que não mantém nenhuma comunicação com terra firme?

— Sua curiosidade será saciada — respondeu. — Em primeiro lugar, fique sabendo que no fundo dos mares há jazidas de zinco, ferro, prata, ouro, cuja exploração seria perfeitamente exequível. Mas não empreguei nenhum desses metais terrestres, quis pedir exclusivamente ao próprio mar os meios de produzir minha eletricidade.

— Ao mar?

— Sim, professor, não me faltavam recursos para isso. Por exemplo, instalando um circuito entre diversos fios mergulhados em diferentes profundidades, eu poderia obter eletricidade pela variação de temperaturas que afetasse cada circuito. Mas preferi recorrer a um sistema mais prático.

— E qual foi?

— O senhor conhece a composição da água do mar. Em mil gramas encontramos noventa e seis centésimos e meio de água, além de dois centésimos e dois terços, aproximadamente, de cloreto de sódio; depois, em pequena quantidade, cloretos de magnésio e potássio, brometo de magnésio, sulfato de magnésio, sulfato e carbonato de cal. Como vê, o cloreto de sódio representa uma proporção considerável dessa água. Ora, é esse sódio que extraio da água do mar e com o qual componho meus elementos.

— Sódio?

— Sim, professor. Misturado com mercúrio, ele forma um amálgama que substitui o zinco nos elementos Bunsen. O mercúrio jamais se desgasta. Apenas o sódio se dilui, e este o próprio mar me fornece. Acrescento que as pilhas de sódio devem ser consideradas mais potentes e que sua força eletromotriz é o dobro da força das pilhas de zinco.

— Compreendo perfeitamente, capitão, a excelência do sódio nas condições de que o senhor desfruta. O mar o contém. Admito. Mesmo assim, ainda se faz necessário fabricá-lo, extraí-lo, em suma. E como faz? Suas pilhas poderiam evidentemente ser empregadas nessa extração, mas ou muito me engano ou o consumo de sódio requerido pelos aparelhos elétricos superaria a quantidade extraída. Daí resultaria que, para produzi-lo, o senhor o consumiria mais do que produziria!

— Daí, professor, eu não extraí-lo por meio da pilha, empregando pura e simplesmente o calor do carvão mineral.

— Mineral? — insisti.

— Marinho, caso prefira — respondeu o capitão Nemo.

— E consegue explorar jazidas submarinas de hulha?

— Professor Aronnax, o senhor me verá em ação. Peço-lhe apenas um pouco de paciência, uma vez que dispõe de tempo para ser paciente. Lembre-se apenas de que devo tudo ao oceano: ele produz a eletricidade, e a eletricidade fornece ao *Náutilus* calor, luz e movimento, resumindo, a vida.

— Mas não o ar que respira...

— Oh, eu poderia fabricar o ar necessário ao meu consumo, mas seria inútil, uma vez que subo à superfície quando bem me apraz. Ainda assim, embora não me forneça ar respirável, a eletricidade impulsiona válvulas poderosas, estocando-o em reservatórios especiais, o que me permite prolongar, em caso de necessidade, e pelo tempo que me aprouver, minha permanência nas grandes profundezas.

— Capitão — respondi —, contento-me em admirar. O senhor evidentemente descobriu o que os homens sem dúvida descobrirão um dia, a verdadeira força dinâmica da eletricidade.

— Não sei se a descobrirão — respondeu friamente o capitão Nemo. — Seja como for, já conhece a primeira aplicação que dei a esse precioso agente. É ele que nos ilumina, com uma uniformidade e continuidade que a luz do sol não possui. Agora olhe esse relógio, é elétrico e funciona com uma regularidade comparável à dos melhores cronômetros. Dividi-o em vinte e quatro horas, como os relógios italianos, pois, para mim, não existe noite, nem dia, nem sol, nem lua, mas apenas essa luz artificial que arrasto até as profundezas marinhas! Veja, neste momento, são dez horas da manhã.

— Em ponto.

— Outra aplicação da eletricidade. Esse mostrador, pendurado diante de seus olhos, serve para indicar a velocidade do *Náutilus*. Um fio elétrico conecta-o à hélice da barquilha, e seu ponteiro me fornece o deslocamento real do aparelho. Veja, neste momento navegamos a uma velocidade moderada, quinze milhas por hora.

— É maravilhoso — respondi —, e, a meu ver, capitão, fez muito bem em empregar esse agente, que está destinado a substituir o vento, a água e o vapor.

— Não terminamos, professor Aronnax — disse o capitão Nemo, levantando-se —, e, se fizer a gentileza de me seguir, visitaremos a popa do *Náutilus.*

Com efeito, eu já conhecia toda a parte frontal daquela embarcação submarina, cujo plano exato apresento, indo do centro para o esporão: o refeitório, de cinco metros, separado da biblioteca por uma divisória estanque, isto é, à prova d'água; a biblioteca, cinco metros; o grande salão, dez metros, separado do quarto do capitão por uma segunda divisória estanque; o mencionado quarto do capitão, cinco metros; o meu, dois metros e cinquenta; e, por fim, um reservatório de ar com sete metros e cinquenta, que se estendia até o castelo de proa. Total, trinta e cinco metros de comprimento. As divisórias estanques eram atravessadas por portas que se fechavam hermeticamente por meio de arremates de borracha, proporcionando toda a segurança a bordo do *Náutilus*, para o caso de uma infiltração.

Segui o capitão Nemo através dos corredores situados no costado e cheguei ao centro da embarcação, onde havia uma espécie de poço que se abria entre duas divisórias estanques. Uma escada de ferro, fixada na parede, conduzia à sua extremidade superior. Perguntei ao capitão para que servia aquela escada.

— Ela dá acesso ao escaler — respondeu.

— O quê! Há um escaler? — espantei-me.

— Exatamente. Uma excelente embarcação, leve e insubmersível, destinada aos passeios e à pesca.

— Mas então é obrigado a subir à tona, quando deseja embarcar?

— De forma alguma. O escaler encaixa-se na parte superior do casco do *Náutilus*, ocupando uma cavidade disposta para recebê-lo. Consiste numa plataforma inteiriça, absolutamente impermeável, e rematada por sólidos rebites. Essa escada conduz a uma passagem vazada no casco do *Náutilus*, que corresponde a uma passagem idêntica no flanco do escaler. É por essa dupla abertura que me introduzo na embarcação. A tripulação fecha uma delas, a do *Náutilus*; eu fecho a outra, a do escaler, por meio de parafusos de pressão; solto os rebites e a embarcação sobe com uma rapidez prodigiosa à superfície. Abro então a escotilha da plataforma, absolutamente vedada até então, mastreio, iço minha vela ou pego meus remos, e passeio.

— Mas como retorna a bordo?

— Não retorno, professor Aronnax, é o *Náutilus* que retorna.

— A um comando seu!

— A um comando meu. Um fio elétrico está conectado ao submarino. Passo um telegrama, é o suficiente.

— Com efeito — eu disse, inebriado por aquelas maravilhas —, nada mais simples.

Após atravessar o saguão do elevador que conduzia à plataforma, vi uma cabine com dois metros de comprimento, na qual Conselho e Ned Land, deslumbrados com a comida, tratavam de devorá-la vorazmente. A seguir, uma porta se abriu para a cozinha, com três metros de comprimento, situada entre as vastas despensas de bordo.

Ali, a eletricidade, mais poderosa e obediente que o próprio gás, dava suporte às atividades culinárias. Os fios, chegando sob os fornos, transmitiam a esponjas de platina um calor que se distribuía e mantinha-se num nível uniforme. Este aquecia igualmente aparelhos destilatórios, que, por meio da vaporização, produziam uma excelente água potável. Contíguo a essa cozinha havia um banheiro, bastante confortável e cujas torneiras forneciam água fria ou quente à vontade.

À cozinha, sucediam-se as dependências da tripulação, com cinco metros de comprimento. Mas sua porta estava fechada e não pude ver seu aspecto, o que talvez me houvesse esclarecido a respeito do número de homens necessário para manobrar o *Náutilus*.

Ao fundo, erguia-se uma quarta divisória estanque, que separava essa dependência da casa de máquinas. Uma porta se abriu e me vi no compartimento onde o capitão Nemo — seguramente um engenheiro de primeira linha — instalara seus aparelhos de locomoção.

A casa de máquinas, intensamente iluminada, não media menos de vinte metros de comprimento e dividia-se em duas partes: a primeira abrigava os elementos que produziam a eletricidade, a segunda, o mecanismo que transmitia movimento à hélice.

O que logo me chamou a atenção foi o cheiro *sui generis* que impregnava esse compartimento. O capitão Nemo percebeu minha reação.

— São — explicou — emanações de gás produzidas pelo uso do sódio, mas é um mero e pequeno inconveniente. Todas as manhãs, por sinal, procedemos a uma purificação, arejando o *Náutilus* com ar fresco.

Enquanto isso, eu examinava com um interesse facilmente concebível o motor do submarino.

— Como vê — disse o capitão Nemo —, uso elementos Bunsen, e não elementos Ruhmkorff.[70] Estes não forneceriam potência suficiente. Os elementos Bunsen são pouco numerosos, porém resistentes e maiores, o que, pelos meus testes, dá melhores resultados. A eletricidade produzida dirige-se

70. Robert Wilhelm Bunsen (1811-99), físico alemão, inventor de uma pilha elétrica à base de ácido nítrico (1841). Utilizando uma bateria de 44 elementos, Bunsen mostrou como seria possível obter uma luz equivalente a 1.171,3 velas consumindo apenas uma libra de zinco por hora e gerando, segundo ele, "um brilho que dificilmente os olhos podem suportar". Heinrich Daniel Ruhmkorff (1803-77), engenheiro e eletricista alemão, inventou a bobina de indução que leva seu nome, a princípio usada com fins medicinais, e, mais tarde, como gerador de corrente de alta tensão. Radicou-se em Paris em 1855, onde abriu uma loja de aparelhos elétricos.

A casa de máquinas não media menos de vinte metros de comprimento.

para a popa, onde, por intermédio de eletroímãs de grandes dimensões, age sobre um sistema especial de alavancas e engrenagens que transmitem o movimento ao eixo da hélice. Este, cujo diâmetro é de seis metros e o passo de sete metros e cinquenta, pode alcançar vinte giros por segundo.

— Gerando então…?

— Uma velocidade de cinquenta milhas por hora.

Havia um mistério naquilo tudo, mas não insisti em conhecê-lo. Como era possível a eletricidade atuar com aquela potência? Qual a origem daquela força quase ilimitada? Seria sua fantástica pressão, obtida por bobinas de um novo tipo? Ou seu poder de transmissão, que um sistema de alavancas desconhecidas[71] era capaz de aumentar infinitamente? Era o que não me entrava na cabeça.

— Capitão Nemo — declarei —, constato os resultados e não procuro explicá-los. Vi o *Náutilus* manobrar diante da *Abraham Lincoln* e sei a que me ater sobre sua velocidade. Mas avançar não basta. Tem de saber aonde vai! Tem de poder dirigir para a direita, para a esquerda, para cima, para baixo! Como alcança as grandes profundidades, onde enfrenta uma resistência crescente, estimada em centenas de atmosferas? Como sobe à superfície do oceano? Enfim, como permanece no meio que lhe convém? Eu estaria sendo indiscreto com essas perguntas?

— De forma alguma, professor — respondeu-me o capitão, após ligeira hesitação —, uma vez que nunca mais deixará esta embarcação submarina. Passemos ao salão. É o nosso verdadeiro gabinete de trabalho, e, lá, saberá tudo que deve saber sobre o *Náutilus*!

---

71. E, muito a propósito, fala-se de uma descoberta desse gênero na qual um novo jogo de alavancas produz forças consideráveis. Por acaso seu inventor teria conhecido o capitão Nemo? J.V. (Nota do autor.)

13. *Alguns números*

Um instante depois, estávamos sentados num divã do salão, charutos na boca. O capitão pôs sob meus olhos uma planta que fornecia plano, corte e elevação do *Náutilus*, e começou sua descrição nestes termos:

— Eis, professor Aronnax, as diversas dimensões da embarcação que o transporta. Consiste num cilindro esticado, com as pontas cônicas, tendo portanto a forma de um charuto, forma já adotada em Londres para várias construções do mesmo gênero. O comprimento desse cilindro, de uma extremidade à outra, mede exatamente setenta metros, e seu vão, em sua maior largura, oito metros. Logo, não é construído inteiramente na base decimal, como os vapores de longo curso, mas suas linhas são suficientemente esguias e a curvatura de sua carena suficientemente delgada para que a água deslocada flua facilmente e não oponha nenhum obstáculo ao seu avanço.

"Essas dimensões permitem-lhe, mediante um simples cálculo, deduzir a superfície e o volume do *Náutilus*. Sua superfície compreende mil e onze metros quadrados e quarenta e cinco centésimos; seu volume, mil e quinhentos metros cúbicos e dois décimos — o que significa dizer que, inteiramente submerso, desloca ou pesa mil e quinhentos metros cúbicos, ou toneladas.

"Quando projetei esse navio, destinado à navegação submarina, pretendi que, em equilíbrio na água, ele mergulhasse nove décimos e emergisse apenas um. Nessas condições, por conseguinte, não devia deslocar senão os nove décimos de seu volume, ou seja mil trezentos e cinquenta e seis metros cúbicos e quarenta e oito centésimos, isto é, não pesar mais do que esse número de toneladas. Logo, fui obrigado a não ultrapassar esse peso, construindo-o segundo as dimensões supracitadas.

"Essas dimensões permitem-lhe deduzir a superfície e o volume do Náutilus."

"O *Náutilus* compõe-se de dois cascos, um interno, outro externo, reunidos entre si por barras de ferro em T, que lhe conferem extrema rigidez. Graças a essa disposição celular, ele resiste como um bloco, como se fosse maciço. Suas juntas não cedem, ajustando-se por si mesmas e não pela pressão de rebites, e a homogeneidade de sua construção, decorrente do amálgama perfeito dos materiais, permite-lhe desafiar os mares mais violentos.

"Esses dois cascos são fabricados com chapas de aço, cuja densidade em relação à água é de sete, oito décimos. O primeiro não tem mais de cinco centímetros de espessura, e pesa trezentas e noventa e quatro toneladas e noventa e seis centésimos. O segundo invólucro, a quilha, com cinquenta centímetros de altura e vinte e cinco de largura, pesa, sozinho, sessenta e duas toneladas; o motor, o lastro, os diversos acessórios e instalações, as divisórias e estroncas internas têm um peso de novecentas e sessenta e uma toneladas e sessenta e dois centésimos, que, acrescentadas às trezentas e noventa e quatro toneladas e noventa e seis centésimos, formam o total requerido de mil trezentas e cinquenta e seis toneladas e quarenta e oito centésimos. Entendido?"

— Entendido — respondi.

— Logo — prosseguiu o capitão —, quando o *Náutilus* encontra-se flutuando nessas condições, ele emerge um décimo. Ora, caso eu disponha de reservatórios com uma capacidade igual a esse décimo, ou seja, com uma continência de cento e cinquenta toneladas e setenta e dois centésimos, e os encha com água, a embarcação, deslocando então mil quinhentas e sete toneladas, ou pesando-as, imergirá completamente. É o que acontece, professor. Esses reservatórios situam-se no calado, nas partes inferiores do *Náutilus*. Abro torneiras, eles se enchem, e, afundando um pouco, a embarcação aflora à superfície das águas.

— Bem, capitão, agora chegamos à verdadeira dificuldade. Que o senhor possa aflorar à superfície do oceano, compreendo. Contudo, mais embaixo, mergulhando além dessa superfície, seu aparelho submarino não irá encontrar uma pressão e, por conseguinte, sofrer um impulso de baixo para cima, que deve ser estimado em uma atmosfera para cada dez metros de água, ou seja, aproximadamente um quilograma por centímetro quadrado?

— Exatamente, professor.

— Portanto, a menos que encha completamente o *Náutilus*, não vejo como possa movê-lo em meio às massas líquidas.

— Professor — respondeu o capitão Nemo —, não convém confundir estática com dinâmica, caso não queira expor-se a graves erros. Dispendemos pouquíssimo trabalho para alcançar as baixas regiões do oceano, pois os corpos tendem a tornar-se "abissais". Acompanhe o meu raciocínio.

— Pois não.

— Quando calculei o peso suplementar a ser acrescentado ao *Náutilus* a fim de imergi-lo, minha única preocupação foi com a redução de volume sofrida pela água do mar à medida que suas camadas vão ficando mais profundas.

— Naturalmente — respondi.

— Ora, se é verdade que a água não é absolutamente incompressível, nem por isso deixa de ser muito pouco compressível. Com efeito, segundo os cálculos mais recentes, essa redução não passa de quatrocentos e trinta e seis milésimos por atmosfera, ou para cada dez metros de profundidade. Vamos supor que eu tenha de descer a mil metros. Levarei em conta então a redução do volume sob uma pressão equivalente à de uma coluna d'água de mil metros, isto é, sob uma pressão de cem atmosferas. Essa redução será então de quatrocentos e trinta e seis milésimos. Logo, devo aumentar o peso de maneira a pesar mil e quinhentas toneladas e setenta e sete centésimos, em vez de mil e quinhentas toneladas e dois décimos. Ou seja, o aumento será de meras seis toneladas e cinquenta e sete centésimos.

— Só?

— Só, professor Aronnax, e é uma conta fácil de fazer. Meus reservatórios suplementares têm uma capacidade de cem toneladas, o que significa que posso descer a profundidades consideráveis. Ora, se me aprouver subir e aflorar novamente à superfície, fazendo o *Náutilus* emergir um décimo de sua capacidade total, basta-me escoar essa água e esvaziar completamente todos os reservatórios.

A tais raciocínios fundamentados em números, eu nada tinha a objetar.

— Aceito seus cálculos, capitão — respondi —, contestá-los seria dar prova de má vontade, uma vez que diariamente a experiência lhe dá razão. Mas pressinto uma dificuldade real à frente.

— Qual seria, professor?

— Quando o *Náutilus* encontra-se a mil metros de profundidade, suas paredes suportam uma pressão de cem atmosferas. Se nesse momento desejar esvaziar os reservatórios suplementares para tornar sua embarcação mais leve e subir à superfície, as válvulas terão de vencer essa pressão de cem atmosferas, a qual é de cem quilogramas por centímetro quadrado. Donde uma força…

— Que apenas a eletricidade é capaz de me fornecer — apressou-se em dizer o capitão Nemo. — Repito, professor, a força dinâmica de meus motores é praticamente infinita. As válvulas do *Náutilus* possuem uma força prodigiosa, e o senhor deve ter visto, quando suas colunas d'água precipitaram-se como uma torrente sobre a *Abraham Lincoln*. A propósito, para poupar meus aparelhos, não recorro aos meus reservatórios suplementares senão quando preciso alcançar profundidades médias de mil e quinhentos a dois mil metros. Assim, quando me apraz visitar as profundezas do oceano a duas ou três léguas abaixo de sua superfície, emprego manobras mais demoradas, porém não menos infalíveis.

— Quais, capitão? — perguntei.

— Isso evidentemente significa revelar como manobramos o *Náutilus*.

— Estou impaciente para saber.

— Para dirigir esta embarcação para estibordo, para bombordo, para evoluir, em suma, seguindo um plano horizontal, faço uso de um leme comum com açafrão amplo, fixado na traseira do cadaste, impulsionado por uma roda e um sistema de polias. Mas posso igualmente mover o *Náutilus* de baixo para cima e de cima para baixo, isto é, num plano vertical, fazendo uso de dois planos inclinados, fixados em seus flancos no centro de flutuação, planos móveis, capazes de trabalhar em qualquer posição e que são manobrados internamente por meio de alavancas poderosas. Esses planos são mantidos paralelos à embarcação, esta move-se horizontalmente. Quando inclinados, o *Náutilus*, sob o empuxo de sua hélice, ou imerge ou emerge, conforme o grau dessa inclinação e descrevendo a diagonal pretendida. Se porventura eu quiser regressar um pouco mais rapidamente à superfície, basta-me engrenar a hélice para a pressão das águas fazer com que o *Náutilus* suba como um balão que, inflado pelo hidrogênio, ascendesse rapidamente aos céus.

— Bravo, capitão! — exclamei. — Mas como o timoneiro no meio das águas pode seguir a rota que o senhor lhe determina?

— O timoneiro fica instalado numa cabine envidraçada, que se projeta na parte superior do casco do *Náutilus* e é equipada com vidros lenticulares.

— Vidros capazes de resistir a tais pressões?

— Exatamente. O cristal, apesar de frágil ao choque, oferece uma resistência considerável. Em experimentos de pesca com luz elétrica efetuados em 1864, nos altos-mares do Norte, vimos placas dessa matéria, com uma espessura de apenas sete milímetros, resistirem a uma pressão de dezesseis atmosferas, ao mesmo tempo em que deixavam passar poderosos raios caloríficos que lhes distribuíam desigualmente o calor. Ora, os vidros de que me sirvo não têm menos de vinte e um centímetros em seu centro, isto é, trinta vezes essa espessura.

— Admito, capitão Nemo. Mas, para enxergar, é preciso que a luz expulse as trevas, e me pergunto como, em meio à escuridão das águas...

— Atrás do compartimento do timoneiro acha-se instalado um poderoso refletor elétrico, cujos raios iluminam o mar a meia milha de distância.

— Ah, bravo, três vezes bravo, capitão! Agora entendo a fosforescência do pretenso narval, que tanto intrigou os cientistas! A esse propósito, eu lhe perguntaria se o abalroamento entre o *Náutilus* e o *Scotia*, que tanta celeuma causou, foi um mero acidente...?

— Precisamente, cavalheiro. Eu navegava dois metros abaixo da superfície das águas quando o choque se produziu. Por sinal, vim a saber que não resultou em nenhuma avaria grave.

— Nenhuma, cavalheiro. Mas e quanto ao seu encontro com a *Abraham Lincoln*?

— Professor, senti grande pesar por um dos melhores navios da brava marinha americana, mas estava sendo atacado e tive de me defender! Contentei-me, todavia, em deixar a fragata fora de combate. Ela não terá dificuldade em reparar suas avarias no porto mais próximo.

— Ah, comandante! — exclamei com convicção. — É realmente uma embarcação maravilhosa o seu *Náutilus*!

— Sim, professor — respondeu com genuína emoção o capitão Nemo —, e amo-o como a carne de minha carne! Se tudo é perigo a bordo de um de seus navios submetidos aos caprichos do oceano, se, nesse mar, a primeira impressão é a sensação do abismo, como disse tão bem o holandês Jansen,[72] abaixo dele e a bordo do *Náutilus* o coração do homem não tem mais nada a temer. Nenhuma deformação a recear, pois o duplo casco da embarcação possui a rigidez do ferro; nenhum massame que se fatigue pelo balanço ou a adernação; nenhuma vela a ser carregada pelo vento; nenhuma caldeira a ser rachada pelo vapor; nenhum incêndio a temer, uma vez que este aparelho é fabricado a partir de chapas metálicas, e não madeira; nenhum carvão que se esgote, uma vez que a eletricidade é seu agente mecânico; nenhum encontro a recear, uma vez que é o único a navegar em águas profundas; nenhuma tempestade a enfrentar, uma vez que desfruta, alguns metros abaixo da superfície, da tranquilidade absoluta! Eis, professor, o navio por excelência! E, se é verdade que o engenheiro confia mais na embarcação que o construtor, e o construtor mais que o próprio capitão, imagine então a confiança que deposito no *Náutilus*, uma vez que dele sou ao mesmo tempo capitão, construtor e engenheiro!

O capitão Nemo falava com uma eloquência arrebatadora. O fogo de seu olhar e a paixão de seu gesto transfiguravam-no. Sim! Ele amava seu navio como um pai ama o filho!

Mas uma pergunta, talvez indiscreta, apresentava-se naturalmente, e não pude me conter.

— Quer dizer que é engenheiro, capitão Nemo?

— Sim, professor — ele me respondeu. — Estudei em Londres, Paris e Nova York, na época em que era um habitante dos continentes da Terra.

— Mas como pôde construir, em segredo, este admirável *Náutilus*?

— Cada uma de suas peças, professor Aronnax, veio de um ponto diferente do globo e para uma destinação disfarçada. Sua quilha foi forjada no Creusot, o eixo de sua hélice na Pen e Cia., de Londres, as placas de ferro de seu casco na Leard, de Liverpool, sua hélice na Scott, de Glasgow. Seus reservatórios foram fabricados pela Cail e Cia., de Paris, seu motor pela Krupp, na Prússia, seu esporão nas oficinas de Motala, na Suécia, seus instrumentos de precisão nos Irmãos Hart, de Nova York etc., e cada um desses fornecedores recebeu meus planos sob nomes diversos.

— Mas — insisti — era preciso montar, encaixar as peças fabricadas dessa forma...

72. Provavelmente Henri Jansen (1741-1812), que traduziu para o francês vários livros de história natural e relatos de viagem.

— Professor, instalei minhas oficinas num rochedo deserto no meio do oceano. Ali, eu e meus operários, isto é, meus bravos companheiros, a quem instruí e formei, realizamos o nosso *Náutilus*. Em seguida, concluída a operação, o fogo destruiu todos os vestígios de nossa passagem por esse rochedo, que eu teria explodido, se pudesse!

— Devo então acreditar que esta embarcação custou uma fortuna?

— Professor, um navio de ferro custa mil cento e vinte e cinco francos a tonelada. Ora, o *Náutilus* tem uma tonelagem de mil e quinhentas. O que dá um milhão quatrocentos e vinte e sete mil francos, arredondando, dois milhões se incluirmos suas instalações, arredondando mais um pouco, quatro ou cinco milhões com as obras de arte e coleções de seu acervo.

— Uma última pergunta, capitão Nemo.

— Faça, professor.

— Quer dizer que é rico?

— Rico ao infinito, professor, e poderia, sem me constranger, pagar os dez bilhões da dívida da França![73]

Fitei demoradamente o extravagante personagem que me falava daquela forma. Estaria zombando de minha credulidade? O futuro me diria.

73. Este era o montante da dívida pública da França no fim do Segundo Império. Os leitores da edição de *20 mil léguas submarinas* publicada após a Guerra Franco-Prussiana, no entanto, interpretaram a passagem como uma menção à indenização de cinco bilhões que a França foi obrigada a pagar à Alemanha após a derrota de 1871.

14. *A corrente Rio Negro*

Estima-se a área do globo terrestre ocupada pelas águas em três milhões oitocentos e trinta dois mil quinhentos e cinquenta e oito miriâmetros quadrados, ou seja, mais de trinta e oito milhões de hectares. Essa massa líquida compreende dois bilhões duzentos e cinquenta milhões de milhas cúbicas, e formaria uma esfera com um diâmetro de sessenta léguas, cujo peso seria de três quintilhões de toneladas. Para termos noção desse número, não podemos esquecer que o quintilhão está para o bilhão assim como o bilhão está para a unidade, isto é, que há tantos bilhões no quintilhão quanto unidades no bilhão.

Durante as eras geológicas, à idade do fogo sucedeu-se a idade da água. A princípio, o oceano foi universal. Em seguida, gradativamente, durante as eras silurianas, picos de montanhas surgiram, ilhas emergiram, desapareceram sob dilúvios parciais, despontaram novamente, soldaram-se, formaram continentes, e, por fim, as terras assentaram-se geograficamente tais como as vemos. O sólido tomara do líquido uma área de trinta e sete milhões seiscentos e cinquenta e sete milhas quadradas, ou seja, doze bilhões novecentos e dezesseis milhões de hectares.

A configuração dos continentes permite dividir as águas em cinco grandes oceanos: o Glacial Ártico, o Glacial Antártico, o Índico, o Atlântico e o Pacífico.

O oceano Pacífico estende-se de norte a sul entre os dois círculos polares e de oeste a leste entre a Ásia e a América, por uma extensão de quarenta e cinco graus de longitude. É o mais tranquilo dos mares; suas correntes são largas e lentas, suas marés, fracas, suas chuvas, abundantes. Assim era o oceano que o destino me fadava a percorrer nas circunstâncias mais estranhas.

— Professor — disse-me o capitão Nemo —, se for de seu agrado, mediremos nossa posição exata e estabeleceremos o ponto de partida desta viagem. Faltam quinze minutos para o meio-dia. Vamos à superfície.

O capitão apertou três vezes o botão de uma campainha elétrica. As válvulas começaram a expulsar a água dos reservatórios; o ponteiro do manômetro acompanhou, pelas diferentes pressões, o movimento ascensional do *Náutilus* até ele se imobilizar.

— Chegamos — disse o capitão.

Dirigi-me à escada central que desemboca na plataforma, escalei os degraus metálicos e, pelas escotilhas abertas, alcancei o teto do *Náutilus*.

A plataforma emergia apenas oitenta centímetros fora d'água. A popa e a proa do *Náutilus* apresentavam aquela disposição fusiforme que o tornava comparável a um longo charuto. Observei que suas placas de ferro, ligeiramente imbricadas, assemelhavam-se às escamas que revestem o corpo dos grandes répteis terrestres. Estava então explicado por que, mesmo com os melhores binóculos, aquela embarcação sempre fora considerada um animal marinho.

Próximo ao centro da plataforma, o escaler, semiembutido no casco da embarcação, formava uma ligeira protuberância. Na proa e na popa erguiam-se duas cabines de pouca altura, com as paredes inclinadas e parcialmente fechadas por grossos vidros lenticulares: uma, destinada ao timoneiro que dirigia o *Náutilus*, a outra, onde se alojava o poderoso farol elétrico que iluminava sua rota.

O mar estava magnífico; o céu, imaculado. O longo veículo mal sentia as amplas oscilações do oceano. Um vento leste enrugava a superfície das águas. O horizonte, livre das nuvens, prestava-se às melhores observações.

Nada tínhamos à vista. Nenhum escolho, nenhum recife. A *Abraham Lincoln* sumira. Restava apenas a imensidão deserta.

Equipado com seu sextante, o capitão Nemo mediu a altura do sol para determinar sua latitude. Esperou alguns minutos até que o astro viesse aflorar a franja do horizonte. Enquanto observava, nenhum músculo seu estremecia e o instrumento não teria ficado mais imóvel num punho de mármore.

— Meio-dia — disse ele. — Professor, quando quiser…

Lancei um último olhar para aquele mar amarelado pelos aterros japoneses e desci novamente ao grande salão.

Ali, o capitão estabeleceu o prumo e calculou cronometricamente sua longitude, que controlou por precedentes observações de ângulos horários.

— Professor Aronnax — comunicou —, estamos a cento e trinta e sete graus e quinze minutos de longitude a oeste…

— De que meridiano? — perguntei de pronto, esperando que a resposta do capitão talvez me esclarecesse acerca de sua nacionalidade.

— Professor, tenho diversos cronômetros, acertados pelos meridianos de Paris, Greenwich e Washington. Porém, em sua homenagem, usarei o de Paris.

Resposta que não me disse nada. Inclinei-me e o comandante prosseguiu:

O capitão Nemo mediu a altura do sol.

— Trinta e sete graus e quinze minutos de longitude, a oeste do meridiano de Paris, e trinta graus e sete minutos de latitude norte, isto é, a aproximadamente trezentas milhas das costas do Japão. Estamos em 8 de novembro, e ao meio-dia largaremos para nossa viagem de exploração submarina.

— Deus nos proteja! — respondi.

— E agora, professor — acrescentou o capitão —, deixo-o com seus estudos. Dei ordens para seguirmos para nordeste a uma profundidade de cinquenta metros. Aqui estão mapas de grande escala, onde poderá acompanhar a rota. O salão está à sua disposição e peço-lhe licença para me retirar.

O capitão Nemo cumprimentou-me. Fiquei a sós, absorto em meus pensamentos, todos eles relativos ao comandante do *Náutilus*. Saberia eu um dia a nação a que pertencia aquele homem estranho, que se vangloriava de não pertencer a nação nenhuma? Quem teria provocado o ódio que ele votara à humanidade, ódio que talvez buscasse vinganças terríveis? Seria ele um daqueles cientistas obscuros, um daqueles gênios "maltratados", segundo a expressão de Conselho, um Galileu moderno, ou um homem de ciência como o americano Maury, que teve a carreira ceifada por revoluções políticas?[74] Ainda não podia dizê-lo. O acaso acabava de me lançar a bordo de sua embarcação, ele tinha minha vida nas mãos e me recebia fria, mas hospitaleiramente. Por outro lado, nunca aceitou a mão que eu lhe estendia. Nunca me estendera a sua.

Permaneci uma hora inteira mergulhado nessas reflexões, tentando desvendar aquele mistério que tanto interesse tinha para mim. Em seguida concentrei-me no vasto planisfério aberto sobre a mesa e pousei o dedo exatamente no ponto onde se cruzavam a longitude e a latitude observadas.

O mar, como os continentes, tem seus rios. São correntes singulares, detectáveis por sua temperatura e cor, e das quais a mais notável é conhecida como a corrente do Golfo. A ciência identificou a rota de cinco correntes principais no globo: uma, no Atlântico norte, uma segunda no Atlântico sul, uma terceira no Pacífico norte, uma quarta no Pacífico sul e uma quinta no oceano Índico sul. É inclusive provável ter existido uma sexta corrente no oceano Índico norte, quando os mares Cáspio e Aral, reunidos aos grandes lagos da Ásia, formavam apenas uma única e mesma extensão de água.

Pois justamente no ponto indicado no planisfério passava uma dessas correntes, a Kuro Scivo dos japoneses, a Rio Negro, que, partindo do golfo de Bengala, onde é aquecida pelos raios perpendiculares do sol dos trópicos, atravessa o estreito de Malaca, percorre a costa da Ásia e faz uma curva no Pacífico norte até as ilhas Aleutas, carreando troncos de canforeiros, além de outros produtos nativos, e contrastando nitidamente, pelo índigo de suas águas quentes, com as ondas do oceano. Era nessa corrente que o *Náutilus* entraria. Percorri-a com o olhar, vi que se perdia na imensidão do Pacífico, arrastando-me junto com ela, quando Ned Land e Conselho apareceram à porta do salão.

Meus dois bons companheiros não acreditavam nas maravilhas acumuladas à sua frente.

74. Sobre Maury, ver nota 58.

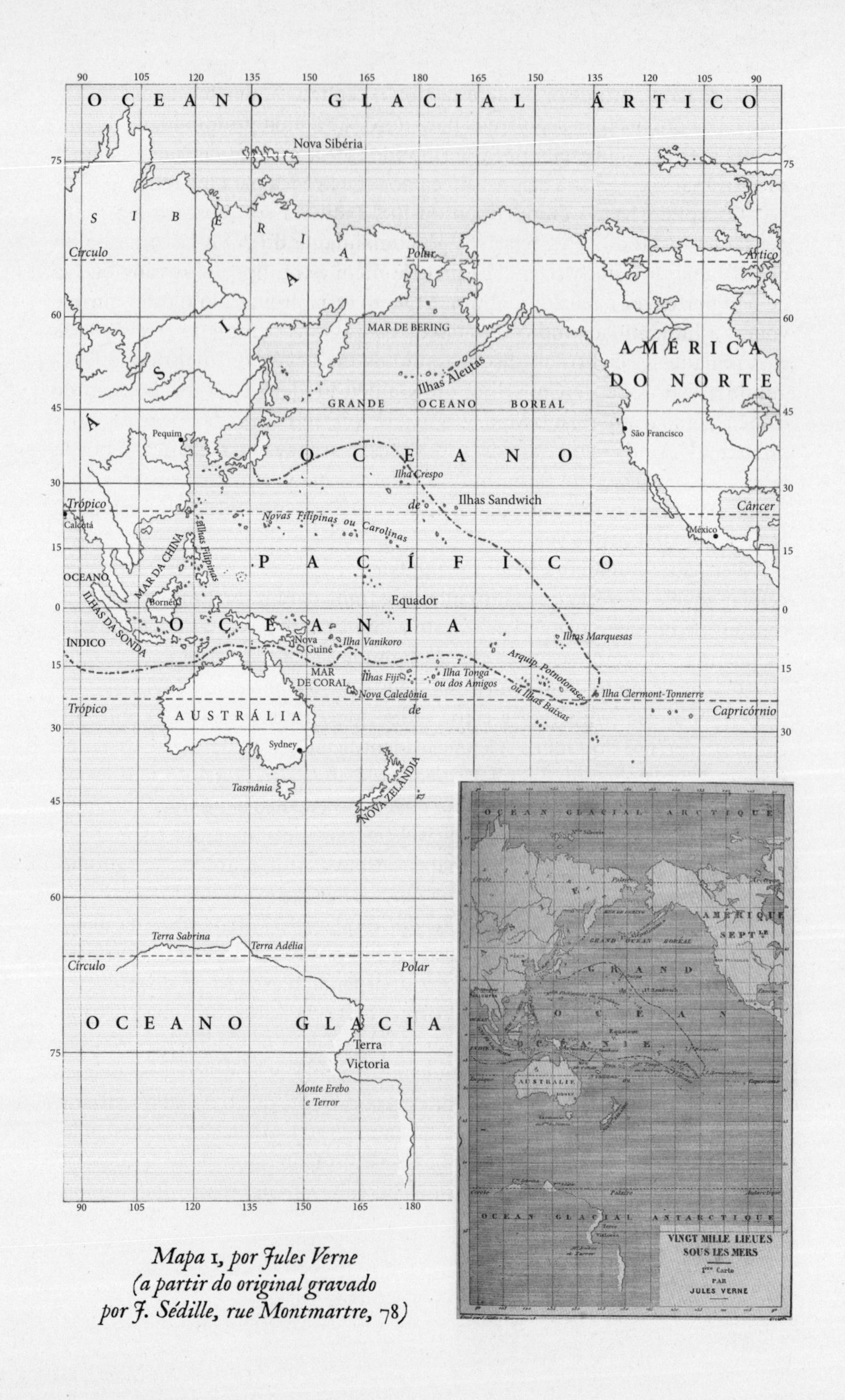

Mapa 1, por Jules Verne (a partir do original gravado por J. Sédille, rue Montmartre, 78)

— Onde estamos? Onde estamos? — exclamou o canadense. — No Museu de Québec?

— Com a licença do patrão — replicou Conselho —, parece o palácio de Sommerard![75]

— Amigos — respondi, fazendo um sinal para que entrassem —, vocês não estão nem no Canadá nem na França, mas a bordo do *Náutilus*, e a cinquenta metros abaixo do nível do mar.

— Sou obrigado a acreditar no patrão, uma vez que o patrão afirma, mas, francamente, este salão é feito para assombrar até mesmo um flamengo como eu.

— Assombre-se então, amigo, e preste atenção, pois o que não falta aqui é trabalho para um classificador do seu calibre.

Conselho não precisava de meu estímulo. O bom rapaz, debruçado sobre as vitrines, já murmurava palavras da língua dos naturalistas: classe dos gastrópodes, família dos bucinídeos, gênero das Porcelanas, espécie *Cypræa madagascariensis* etc.

Enquanto isso, Ned Land, nem um pouco conquiliólogo, interrogava-me sobre minha entrevista com o capitão Nemo. Eu descobrira quem ele era, de onde vinha, aonde ia, a que profundezas nos arrastava? Enfim, mil perguntas que não me deixavam tempo de responder.

Contei-lhe tudo que sabia, ou melhor, tudo que não sabia, e perguntei o que ele ouvira ou vira, por sua vez.

— Não ouvi nada, não vi nada! — respondeu o canadense. — Nem sequer percebi a tripulação deste navio. Por acaso seria elétrica também?

— Elétrica?

— Com mil arpões! Não é o que parece? Mas e o senhor, professor Aronnax — insistiu Ned Land, que não recuava com facilidade —, consegue me dizer quantos homens há a bordo? Dez, vinte, cinquenta, cem?

— Não saberia responder, mestre Land. Mas, creia-me, abandone temporariamente a ideia de apoderar-se ou fugir do *Náutilus*. Esta embarcação é uma das obras-primas da indústria moderna, e eu lamentaria não tê-la conhecido! Muita gente aceitaria a situação que nos é proporcionada, nem que fosse para passear em meio a essas maravilhas. Portanto, modere-se, e tratemos de ver o que acontece à nossa volta.

— Ver! — exclamou o arpoador. — Mas não vemos nada, não veremos nada aqui nesta prisão de aço! Avançamos, navegamos às cegas…

75. O "palácio de Sommerard", atual Museu de Cluny, em Paris, deve este nome a Alexandre du Sommerard (1799-1842), arqueólogo e colecionador, que ali reunira um grande acervo de obras de arte da Idade Média e do Renascimento. Em 1843, o palácio foi adquirido pelo Estado e transformado em museu.

Ned Land não terminara de pronunciar essas palavras quando fomos subitamente mergulhados na escuridão, uma escuridão total. O teto luminoso se apagou, e de forma tão abrupta que meus olhos sentiram uma espécie de dor, análoga à produzida pela passagem contrária, das profundas trevas à luz mais ofuscante.

Emudecemos, paralisados, sem cogitar a surpresa, agradável ou desagradável, que nos aguardava. Escotilhas corriam nos flancos do *Náutilus*.

— É o fim do fim! — disse Ned Land.

— Ordem das hidromedusas! — murmurou Conselho.

Subitamente, o dia voltou a adentrar o salão através de duas aberturas oblongas, revelando as massas líquidas intensamente iluminadas pelas irradiações elétricas. Duas placas de cristal nos separavam do mar. Tremi ao pensar que a frágil parede pudesse rachar, mas esta era arrimada por robustas armações de cobre, que lhe davam uma resistência praticamente infinita.

O mar oferecia uma visibilidade perfeita, num raio de uma milha em torno do *Náutilus*. Que espetáculo! Quem poderia descrevê-lo! Quem seria capaz de pintar os efeitos da luz através daqueles tapetes translúcidos, ou a delicadeza de suas gradações sucessivas, até as camadas inferiores e superiores do oceano!

Conhecemos o aspecto diáfano do mar. Sabemos que sua cristalinidade é maior que a da água de mina. As substâncias minerais e orgânicas, que ele mantém em suspensão, chegam inclusive a aumentar sua transparência. Em certas partes do oceano, nas Antilhas, vê-se com surpreendente nitidez o leito de areia cento e quarenta e cinco metros abaixo da linha-d'água, e a força de penetração dos raios solares parece deter-se a uma profundidade de apenas trezentos metros. Porém, no meio fluido percorrido pelo *Náutilus*, a cintilação elétrica produzia-se no seio das próprias ondas. Não era mais água luminosa, mas luz líquida.

A admitirmos a hipótese de Ehrenberg,[76] que acredita numa iluminação fosforescente dos fundos submarinos, a natureza certamente reservou para os habitantes do mar um de seus mais prodigiosos espetáculos, o qual me era dado contemplar pelos mil jogos de luz. De ambos os lados, eu dispunha de uma janela aberta para esses abismos inexplorados. O salão escuro realçava a claridade externa, e observávamos como se aquele puro cristal fosse o vidro de um imenso aquário.

O *Náutilus* parecia imóvel, pois faltavam-nos pontos de referência. Às vezes, entretanto, as linhas-d'água, rasgadas por seu beque, corriam diante de nossos olhares a uma velocidade inaudita.

---

76. Christian-Gottfried Ehrenberg (1795-1876), naturalista alemão e autor de um tratado sobre *A fosforescência do mar*, no qual atribui tal fenômeno à atuação de animálculos marinhos.

Maravilhados diante daquelas vitrines, nenhum de nós rompia o silêncio de estupefação, quando Conselho saiu-se com esta:

— Não queria ver, amigo Ned? Pois bem, está vendo!

— Curioso! Curioso! — reagia o canadense, que, esquecendo-se dos rompantes e dos planos de evasão, quedava-se embasbacado. — E viria gente de longe admirar o espetáculo!

— Ah — exclamei —, compreendo a vida desse homem! Ele criou um mundo à parte, monopolizando para seu regalo as mais assombrosas maravilhas!

— Mas e os peixes? — observou o canadense. — Não vejo peixes!

— Que diferença isso faz para você, amigo Ned? — desafiou Conselho. — Você não os conhece mesmo!

— Eu! Um pescador! — indignou-se Ned Land.

E uma discussão sobre o assunto teve início entre os dois amigos, pois, se ambos eram versados em peixes, cada um o era à sua maneira bem peculiar.

Todo mundo sabe que os peixes formam a quarta e última classe do ramo dos vertebrados. Foram definidos bastante razoavelmente: "Vertebrados com circulação dupla e sangue frio, que respiram por brânquias e vivem na água." Compõem duas séries distintas: a série dos peixes ósseos, isto é, aqueles cuja espinha dorsal é feita de vértebras ósseas, e os peixes cartilaginosos, isto é, aqueles cuja espinha dorsal é formada por vértebras cartilaginosas.

O canadense talvez conhecesse essa distinção, mas Conselho sabia muito mais que isso e, agora que era amigo de Ned, julgava inadmissível que este fosse menos instruído do que ele. Disse-lhe então:

— Amigo Ned, você é um matador de peixes, um pescador fora de série. Apesar de ter fisgado inúmeros desses interessantes animais, aposto que não saberia como classificá-los.

— Pois sei — respondeu seriamente o arpoador. — Os peixes são classificados em peixes comestíveis e não comestíveis!

— Eis a distinção típica do glutão — respondeu Conselho. — Mas saberia me dizer a diferença que há entre peixes ósseos e cartilaginosos?

— Até aí eu vou...

— E quanto à subdivisão dessas duas grandes classes?

— Nem desconfio — respondeu o canadense.

— Pois bem, amigo Ned, escute e decore! Os peixes ósseos subdividem-se em seis ordens: *Primo*, os acantopterígios, cuja maxila superior é completa e móvel, e cujas brânquias ostentam a forma de um pente. Essa ordem compreende quinze famílias, isto é, três quartos dos peixes conhecidos. Exemplo: a perca comum.

— Uma iguaria — respondeu Ned Land.

— *Secundo* — prosseguiu Conselho —, os abdominais, que têm as nadadeiras ventrais penduradas sob o abdome e atrás das peitorais, em vez

Observávamos como se aquele puro cristal fosse o vidro de um imenso aquário.

de soldadas aos ossos da espádua, ordem que se divide em cinco famílias e que compreende a maior parte dos peixes de água doce. Exemplos: a carpa e o lúcio.

— Grande coisa! — desdenhou o canadense. — Peixes de água doce!

— *Tertio* — disse Conselho —, os sub-braquiais, cujas nadadeiras ventrais despontam das peitorais, juntando-se logo em seguida aos ossos da espádua. Essa ordem engloba quatro famílias. Exemplos: patruças, rodovalhos, linguados, barbos, solhas etc.

— Excelente! Excelente! — exclamava o arpoador, que não queria considerar os peixes senão do ponto de vista culinário.

— *Quarto* — prosseguiu Conselho, sem desarmar-se —, os ápodos, com o corpo alongado, desprovidos de nadadeiras ventrais, e recobertos por uma pele grossa e quase sempre viscosa; ordem que compreende uma única família. Exemplos: a enguia e o gimnoto.

— Medíocre! Medíocre! — respondeu Ned Land.

— *Quinto* — disse Conselho —, os lofobrânquios, que têm maxilas completas e livres, mas cujas brânquias são formadas por pequenos pompons, dispostos aos pares ao longo dos arcos branquiais. Essa ordem compreende apenas uma família. Tipos: os hipocampos ou cavalos-marinhos e os pégasos-dragões.

— Mau! Mau! — replicou o arpoador.

— *Sexto*, enfim — disse Conselho —, os plectógnatos, cujo osso maxilar solda-se no flanco da intermaxila que forma a mandíbula, e cuja arcada palatina encaixa-se por sutura com o crânio, o que a torna imóvel, ordem que carece de autênticas nadadeiras ventrais e se compõe de duas famílias. Exemplos: os tetrodontes e os peixes-luas.

— Bons para estragarem uma caldeirada! — exclamou o canadense.

— Entendeu, amigo Ned? — perguntou o sábio Conselho.

— Nadinha de nada, amigo Conselho — respondeu o arpoador. — Mas continue, pois você é deveras interessante.

— Quanto aos peixes cartilaginosos — prosseguiu imperturbavelmente Conselho —, compreendem apenas três ordens.

— Melhor assim — fez Ned.

— *Primo*, os ciclóstomos, cujas maxilas cravam-se num aro móvel e cujas brânquias respiram através de numerosos orifícios. Essa ordem compreende uma única família. Exemplo: a lampreia.

— Melhor ser amigo dela — recomendou Ned Land.

— *Secundo*, os seláquios, com brânquias semelhantes às dos ciclóstomos, mas cuja maxila inferior é móvel. Essa ordem, que é a mais importante da classe, compreende duas famílias. Tipos: a raia e os esqualos.

— O quê! — exclamou Ned. — Raias e tubarões na mesma ordem! Pois bem, amigo Conselho, no interesse das raias, não o aconselho a colocá-los juntos no mesmo aquário!

— *Tertio* — respondeu Conselho —, os estuarinos, cujas brânquias são abertas, quase sempre, por uma única fenda dotada de um opérculo, ordem que compreende quatro gêneros: Tipo: o esturjão.

— Ah, amigo Conselho, você guardou o melhor para o fim, pelo menos do meu ponto de vista. E isso é tudo?

— Sim, caro Ned — respondeu Conselho mas veja que, sabendo isso, ainda não sabemos nada, pois as famílias subdividem-se em gêneros, subgêneros, espécies, variedades…

— Veja, amigo Conselho — disse o arpoador, debruçando-se sobre o vidro da escotilha —, um desfile de raridades!

— Sim, peixes! — exclamou Conselho. — É como se estivéssemos admirando um aquário!

— Não — discordei —, pois um aquário não passa de uma gaiola, e esses peixes são livres como um passarinho nos ares.

— Pois bem, amigo Conselho, os nomes, os nomes! — pedia Ned Land.

— Disso — respondeu Conselho — não sou capaz! É da alçada do patrão!

E, com efeito, o bom rapaz, classificador maníaco, não era um naturalista, e não sei se teria distinguido um atum de uma cavala. Resumindo, o oposto do canadense, que nomeava todos aqueles peixes sem titubear.

— Um peixe-porco — eu dizia.

— E um peixe-porco chinês! — acrescentava Ned Land.

— Gênero dos balistas, família dos esclerodérmicos, ordem dos plectógnatos — murmurava Conselho.

Creiam-me, juntando os dois, Ned e Conselho teriam dado um eminente naturalista.

O canadense não se enganara. Um cardume de peixes-porcos, com o corpo estufado, pele granulosa, equipados com um esporão na barbatana dorsal, brincava em torno do *Náutilus*, agitando as quatro fileiras de espinhos que se eriçam de ambos os lados de sua cauda. Nada mais admirável que seu revestimento, cinzento por cima, branco por baixo, cujas manchas douradas tremeluziam no escuro remanso das ondas. Entre eles, bailavam raias, como toalhas ao vento, e, para minha grande alegria, entre elas identifiquei a raia-chinesa, amarelada em cima, rosa-claro no ventre, dotada de três esporões atrás do olho; espécie rara e mesmo questionável no tempo de Lacépède,[77] que nunca a vira senão numa coletânea de desenhos japoneses.

Durante duas horas, o *Náutilus* foi escoltado por um infindável exército aquático. Em meio às suas brincadeiras e piruetas, enquanto rivalizavam em beleza, brilho e velocidade, distingui o bodião-verde; o salmonete-da-vasa, marcado por uma dupla risca preta; o góbio-eleotrídeo, com a cauda arredondada, branco com uma mancha roxa nas costas; a escômbrida-japonesa, admirável alcoviteira desses mares, com o corpo azul e a cabeça prateada; reluzentes azulinos, cujo nome dispensa qualquer descrição; esparídeos listrados, com nadadeiras alternadas em azul e amarelo, esparídeos agaloados, condecorados com uma faixa preta na caudal; outros, igualmente espartilha-

77. Sobre Lacépède, ver nota 2.

Raias, aracanas, balistas, escarídeos, cavalas, triglídeos, tainhas, salamandras-do-japão, moreias…

dos, com seis cinturões; aulóstomos, verdadeiras bocas em bisel, ou galinholas marinhas, dos quais alguns espécimes alcançavam um metro de comprimento; salamandras-do-japão, moreias equinoides; serpentes de dois metros, olhos inquietos e pequenos, dentes serrilhados etc.

Nosso assombro não tinha limites. Nossas interjeições não se esgotavam. Ned nomeava os peixes, Conselho classificava-os, e eu, eu me extasiava diante da graciosidade de seus meneios e da beleza de suas formas. Jamais me fora dado flagrar aqueles animais vivos, e livres, em seu elemento natural.

Não citarei todas as variedades que passaram assim diante de nossos olhos deslumbrados, a imensa coleção dos mares do Japão e da China. Mais numerosos que as aves no ar e decerto atraídos pela irradiação elétrica, todos aqueles peixes vinham nos visitar.

Subitamente, as escotilhas metálicas se fecharam e o dia raiou no salão, pondo fim à encantadora visão. Ainda assim, continuei a sonhar, até o momento em que meus olhares detiveram-se nos instrumentos pendurados nas paredes. A bússola continuava a apontar para nor-nordeste, o manômetro indicava uma pressão de cinco atmosferas, o que correspondia a uma profundidade de cinquenta metros, e a barquilha elétrica registrava um avanço de quinze milhas por hora.

Eu esperava o capitão Nemo, mas ele não apareceu.

O relógio marcava cinco horas.

Ned Land e Conselho retornaram à sua cabine e eu ao meu quarto, onde encontrei o jantar servido. Constava de sopa de tartaruga feita com as mais delicadas tartarugas-de-pente, um salmonete de carne branca, rija e folheada, cujo fígado, preparado à parte, resultou num manjar delicioso, e filés de carne de peixe-anjo-real, mais saborosa, a meu ver, que a do salmão.

Passei a noite a ler, escrever, pensar. Logo, vencido pelo sono, deitei em meu colchão de zostera e dormi profundamente, enquanto o *Náutilus* deslizava através da rápida corrente Rio Negro.

15. Um convite por carta

Quando acordei no dia seguinte, 9 de novembro, havia dormido um longo sono de doze horas. Como de costume, Conselho apresentou-se para saber "como o patrão passara a noite" e oferecer-lhe seus serviços. Deixara seu amigo canadense dormindo como um homem que jamais tivesse feito outra coisa na vida.

Permiti que o bom rapaz tagarelasse à vontade, mas não falei muito. Preocupava-me a ausência do capitão Nemo durante nossa sessão da véspera, e eu esperava revê-lo aquele dia.

Vesti novamente meus trajes de bisso, matéria-prima que voltou a suscitar reflexões de Conselho. Informei-lhe que aquela roupa era confeccionada com os filamentos lustrosos e sedosos com que se prendem aos rochedos os *jambonneaux*, espécie de conchas muito abundantes nas praias do Mediterrâneo. Antigamente faziam-se com eles belas fazendas, meias, luvas, pois, além de macios, aqueciam. A tripulação do *Náutilus* podia então vestir-se por uma pechincha, sem nada pedir nem aos algodoeiros, nem aos carneiros, nem aos bichos-da-seda terrestres.

Depois de me vestir, fui até o grande salão, que encontrei deserto.

Mergulhei no estudo dos tesouros de conquiliologia expostos sob as vitrines. Percorri também vastos herbários, abarrotados com raríssimas plantas marinhas, as quais, embora secas, conservavam suas cores admiráveis. Em meio àquelas valiosas hidrófitas, notei cladóstefos verticilados, padinas-pavônicas, ulvas com folhas de parreira, calitâmnios granívoros, delicados cerâmios com matizes escarlate, semelhantes a chapéus de cogumelos bem achatados e por muito tempo classificados entre os zoófitos, além de uma bela amostra de sargaços.

O dia transcorreu sem que eu tivesse a honra da visita do capitão Nemo. As escotilhas do salão permaneceram fechadas. Talvez não quisessem nos saturar com aquelas maravilhas.

O curso do *Náutilus* foi mantido em lés-nordeste; a velocidade, a doze milhas; a profundidade, entre cinquenta e sessenta metros.

No dia seguinte, 10 de novembro, mesmo abandono, mesma solidão. Não vi ninguém da tripulação. Ned e Conselho passaram a maior parte do dia comigo, igualmente intrigados com a inexplicável ausência do capitão. Aquele homem singular estaria doente? Pretenderia alterar seus planos a nosso respeito?

Por outro lado, lembrava Conselho, gozávamos de inteira liberdade e éramos educada e generosamente alimentados. Nosso anfitrião respeitava os termos de seu tratado. Não podíamos nos queixar, sem falar que a própria singularidade de nosso destino reservava-nos tão belas compensações que ainda não tínhamos o direito de renegá-lo.

Naquele dia iniciei o diário de minhas aventuras, o que me permitiu narrá-las com escrupulosa precisão, e, detalhe curioso, escrevi-o num papel fabricado com zostera-do-mar.

Na madrugada do dia seguinte, 11 de novembro, o ar fresco injetado no *Náutilus* indicou-me que havíamos emergido a fim de renovar as provisões de oxigênio. Dirigi-me à escada central e subi até a plataforma.

Eram seis horas. Encontrei o tempo nublado e o mar escuro, mas calmo, quase liso. O capitão Nemo, como eu desejava, apareceria? Não vi senão o timoneiro, aprisionado em sua casinhola de vidro. Instalado na protuberância formada pelo casco do escaler, aspirei deliciado as emanações da maresia.

Pouco a pouco, a neblina se desfez sob a ação dos raios solares. O astro radioso despontava do horizonte oriental. Sob seu olhar, o mar inflamou-se como um rastilho de pólvora. As nuvens, espalhadas nas alturas, ganharam tonalidades vivas, repletas de sutilezas, e várias "línguas de gato"[78] anunciaram vento para todo o dia.

Mas qual era o poder do vento diante do *Náutilus*, que mesmo as tempestades eram incapazes de assustar!

Achava-me eu, portanto, a admirar a aurora esplêndida tão alegre e revigorante, quando ouvi alguém subir à plataforma.

Já me preparava para saudar o capitão Nemo, mas foi seu imediato — a quem eu vira durante a primeira visita do capitão — que apareceu. Caminhou pela plataforma, ignorando minha presença, e com um poderoso binóculo esquadrinhou o horizonte minuciosamente. Feito isso, aproximou-se do alçapão e pronunciou uma frase cujos termos apresento-lhes a seguir. Decorei-a, pois a cada manhã ela era repetida em condições idênticas. Era assim concebida:

78. Pequenas nuvens brancas e leves, serrilhadas nas bordas. (Nota do autor.)

— *Nautron respoc lorni virch.*[79]

Depois de pronunciar estas palavras, o imediato tornou a descer. Julgando que o *Náutilus* continuaria sua viagem submarina, dirigi-me ao alçapão e voltei à minha cabine pelas coxias.

Assim passaram-se cinco dias, sem que a situação se alterasse. Todas as manhãs, eu subia até a plataforma. A mesma frase era pronunciada pelo mesmo indivíduo. O capitão Nemo não aparecia.

Estava resignado a não tornar a vê-lo, quando, em 16 de novembro, ao entrar no meu quarto com Ned e Conselho, encontrei sobre a mesa um bilhete a mim dirigido.

Abri-o com mão impaciente. Estava escrito numa letra franca e clara, mas com arabescos góticos que lembravam caracteres alemães.

O bilhete fora escrito nos seguintes termos:

Senhor professor Aronnax,
a bordo do *Náutilus*
16 de novembro de 1867

O capitão Nemo convida o professor Aronnax para uma caçada a ser realizada amanhã de manhã em suas florestas da ilha Crespo. Ele espera que nada impeça o ilustre professor de comparecer, e verá com prazer seus companheiros juntarem-se a ele.

O comandante do *Náutilus*,
Capitão Nemo

— Uma caçada! — exclamou Ned.

— E nas florestas da ilha Crespo! — acrescentou Conselho.

— Quer dizer que esse indivíduo pisa em terra firme? — alfinetou Ned Land.

— Isso me parece inquestionável — disse eu, relendo o bilhete.

— Nesse caso, temos de aceitar — replicou o canadense. — Quando pisarmos em terra firme, veremos o que fazer. Aliás, não será nada mal comer uns nacos de caça fresca.

Sem procurar equacionar o que havia de contraditório entre o horror manifesto do capitão Nemo pelos continentes e ilhas e seu convite para uma caçada florestal, limitei-me a responder:

79. Único exemplo no romance da "língua incompreensível" utilizada pelo capitão Nemo e a tripulação do *Náutilus*. Ainda assim é possível observar que *nautron* tem a mesma raiz de *Náutilus* e que *respoc* é um anagrama do nome da ilha Crespo, onde os passageiros do *Náutilus* em breve participarão de uma caçada.

— Vejamos primeiro em que consiste a ilha Crespo.

Consultei o planisfério e, a 32°40' de latitude norte e 167°50' de longitude oeste, identifiquei um recife avistado em 1801 pelo capitão Crespo, o qual os antigos mapas espanhóis denominavam Rocca de la Plata, isto é, "Rocha de Prata".[80] Estávamos então a cerca de mil e oitocentas milhas de nosso ponto de partida, e o curso ligeiramente alterado do *Náutilus* empurrava-o para sudeste.

Mostrei aos meus companheiros aquele rochedo perdido no meio do Pacífico norte.

— Se o capitão Nemo às vezes se arrisca a ir a terra — comentei —, pelo menos escolhe ilhas literalmente desertas!

Ned Land balançou a cabeça sem responder e, em seguida, Conselho e ele saíram. Após o jantar, servido por um comissário mudo e impassível, adormeci, não sem certa preocupação.

No dia seguinte, 17 de novembro, ao despertar, percebendo que o *Náutilus* achava-se completamente imóvel, me vesti às pressas e entrei no grande salão, onde o capitão Nemo estava à minha espera. Levantou-se, cumprimentou e convidou-me a acompanhá-lo.

Como não fez nenhuma alusão à sua ausência durante aquela semana, abstive-me de comentar o fato, respondendo simplesmente que eu e meus companheiros estávamos prontos.

— Contudo, capitão — acrescentei —, eu me permitiria fazer-lhe uma pergunta.

— Faça, professor Aronnax, e, se puder respondê-la, responderei.

— Muito bem, capitão, o que leva o senhor, que cortou todas as relações com a terra, a possuir florestas na ilha Crespo?

— Professor — respondeu o capitão —, as florestas que possuo não requerem do sol nem seu calor nem sua luz. Nem os leões, nem os tigres, nem as panteras, nem qualquer outro quadrúpede as frequentam. Só eu as conheço. Para crescerem, elas precisam de minha intervenção. Não são florestas terrestres, são florestas submarinas.

— Florestas submarinas! — exclamei.

— Sim, professor.

— E pretende levar-me até lá?

— Precisamente.

— A pé?

— E sem se molhar.

— Caçando?

— Caçando.

— Fuzil em punho?

80. A ilha Crespo de fato constava dos mapas dos sécs.XVI e XVII, sendo em vão procurada por navegadores e exploradores, incluindo o capitão James Cook.

— Fuzil em punho.

Fitei o comandante do *Náutilus* com uma expressão nada lisonjeira para sua pessoa.

"É inegável, ele não está regulando", pensei. "A crise durou uma semana e persiste. Pena! Preferia-o excêntrico a louco!"

Esse pensamento estava escrito em meu semblante, mas o capitão Nemo limitou-se a fazer um sinal para que eu o seguisse, o que fiz como homem resignado.

Chegamos ao refeitório, onde o almoço estava servido.

— Professor Aronnax — voltou o capitão —, peço-lhe que não faça cerimônia. Conversaremos durante a refeição. A propósito, se lhe ofereci um passeio na floresta, não afirmei que havia um restaurante lá. Almoce então, sabendo que provavelmente só jantará bem tarde.

Não me fiz de rogado. Os pratos compunham-se de diversos peixes e rodelas de holotúrias, excelentes zoófitos, guarnecidos por apetitosas algas, como a *Porphyria lacianata* e a *Laurentia pinnatifida*. A bebida consistia numa água cristalina, à qual acrescentei algumas gotas de um licor fermentado, extraído, segundo o método do Kamtchak, da alga conhecida como rodimênia-espalmada.

O capitão Nemo, depois de uns instantes de silêncio, continuou:

— Professor, quando o convidei para caçar em minhas florestas de Crespo, o senhor julgou-me contraditório. Quando lhe disse tratar-se de florestas submarinas, julgou-me louco. Professor, nunca devemos julgar os homens levianamente.

— Mas capitão, creia-me...

— Escute-me e veja se pode me acusar de loucura ou contradição.

— Estou escutando.

— Professor, o senhor sabe tão bem quanto eu que o homem pode viver sob a água com a condição de carregar consigo sua provisão de ar respirável. Nas obras submarinas, o operário, protegido por um traje impermeável e com a cabeça aprisionada numa cápsula de metal, recebe o ar do exterior por meio de válvulas compressoras e reguladores de vazão.

— É o mecanismo dos escafandros — eu disse.

— Com efeito. Porém, em tais condições, o homem perde a liberdade. Está conectado à válvula que lhe envia o ar por um tubo de borracha, verdadeira corrente que prende o homem à terra. Se nos víssemos dependentes do *Náutilus* dessa forma, não iríamos longe.

— E como permanecer livre? — perguntei.

— Adotando o aparelho Rouquayrol-Denayrouze,[81] imaginado por dois compatriotas seus, mas que aperfeiçoei para uso pessoal e que lhe permitirá

81. O engenheiro de minas Benoît Rouquayrol (1826-75) e o engenheiro e poeta Louis Denayrouze (1848-1910) patentearam diversos modelos de escafandro.

Não me fiz de rogado.

arriscar-se, nessas novas condições fisiológicas, sem que seus órgãos se vejam afetados. Compõe-se de um reservatório de metal bem grosso, no qual armazeno ar a uma pressão de cinquenta atmosferas. Esse reservatório prende-se às costas por meio de suspensórios, como uma mochila de soldado. Sua parte superior forma uma caixa, da qual o ar, mantido por um mecanismo de fole, só escapa em sua pressão normal. No dispositivo Rouquayrol, tal como é geralmente empregado, dois tubos de borracha, partindo dessa caixa, desembocam numa espécie de pavilhão que aprisiona o nariz e a boca do mergulhador; um serve para a introdução do ar inspirado, o outro para a saída do ar expirado, e é a língua que veda um ou outro, conforme as necessidades da respiração. Todavia, como enfrento pressões consideráveis no fundo dos mares, fui obrigado a adotar uma esfera de cobre para a cabeça, como nos escafandros, e é nessa esfera que saem os dois tubos inspiradores e expiradores.

— Perfeitamente, capitão Nemo, mas o ar que o senhor armazena deve esgotar-se muito rápido, e, uma vez que ele não contém mais de quinze por cento de oxigênio, acaba por se tornar irrespirável.

— Sem dúvida, mas como lhe disse, professor Aronnax, as válvulas do *Náutilus* permitem-me armazená-lo a uma pressão considerável, e, nessas condições, o reservatório do aparelho está apto a fornecer ar respirável por nove ou dez horas.

— Não tenho mais nenhuma objeção a fazer — respondi. — Minha única pergunta, capitão, é: como consegue iluminar sua rota no fundo do oceano?

— Com o dispositivo Ruhmkorff, professor. Enquanto o primeiro é usado nas costas, o segundo é preso ao cinto. Compõe-se de uma pilha de Bunsen que aciono não com bicromato de potássio, mas com sódio. Uma bobina de indução recolhe a eletricidade produzida e a dirige para uma lanterna dotada de uma engrenagem especial, isto é, uma serpentina de vidro contendo apenas um resíduo de gás carbônico. Quando o aparelho está ligado, o gás torna-se luminoso, fornecendo uma luz fria e contínua. Assim equipado, respiro e vejo.

— Capitão Nemo, o senhor dá respostas tão esmagadoras às minhas objeções que não ouso mais duvidar. Ainda assim, embora naturalmente obrigado a aceitar os dispositivos Rouquayrol e Ruhmkorff, ainda alimento certas reservas quanto ao fuzil com que pretende nos armar.

— Observo que não é um fuzil a pólvora — respondeu o capitão.

— Seria por acaso um fuzil a ar?

— Naturalmente. Como quer que eu fabrique pólvora a bordo, sem salitre, enxofre ou carvão?

— Além disso — acrescentei —, para atirar sob a água, num meio oitocentas e cinquenta vezes mais denso que o ar, seria preciso vencer uma resistência considerável.

— Esta não seria uma razão. Existem certos canos, aperfeiçoados depois de Fulton pelos ingleses Philippe Coles e Burley, pelo francês Furcy e o italiano Landi,[82] dotados de um sistema particular de vedação e, portanto, capazes de

82. Robert Fulton (1767-1815), americano considerado o inventor do barco a vapor, também foi um pioneiro na construção de submarinos (ver também nota 55); Philippe Coles, na realidade Cowper Phipps Coles (1819-70), capitão da Royal Navy, introduziu torres de canhão giratórias nos navios. Burley, Furcy e Landi são referências obscuras.

atirar sob tais condições. Mas repito, sem pólvora; substituí-a por ar altamente comprimido, que as válvulas do *Náutilus* me fornecem em abundância.

— Mas esse ar deve esgotar-se muito rápido.

— Sim, mas tenho meu reservatório Rouquayrol, capaz de fornecê-lo em caso de necessidade. Basta para isso uma torneira especial. Aliás, professor Aronnax, verá com seus próprios olhos que, durante essas caçadas submarinas, não fazemos grande consumo nem de ar nem de balas.

— Parece-me, porém, que nessa semiescuridão, em meio a esse líquido excessivamente denso com relação à atmosfera, o alcance do disparo não deve ser grande, e este, dificilmente mortífero...

— Professor, com esse fuzil, ao contrário, todo disparo é mortífero, e, quando o animal é atingido, por mais levemente que seja, cai fulminado.

— Por quê?

— Porque não são balas comuns que esse fuzil dispara, mas pequenas cápsulas de vidro, inventadas pelo químico austríaco Leniebrock,[83] das quais possuo um estoque considerável. Essas cápsulas, revestidas por uma grade de aço, e tornando-se mais pesadas com uma pitada de chumbo, são autênticas garrafas de Leyde em miniatura, dentro das quais a eletricidade é submetida a uma pressão elevadíssima. Implodem ao menor toque, e o animal, por mais robusto que seja, cai morto. Acrescento que essas cápsulas são de pequeno calibre e que a carga de um fuzil comum poderia conter até dez.

— Não discuto mais — respondi, saindo da mesa —, e só me resta pegar meu fuzil. Aliás, aonde o senhor for, irei.

O capitão Nemo conduziu-me até a popa do *Náutilus*, e, ao passar em frente à cabine de Ned e Conselho, chamei meus dois companheiros, que nos seguiram imediatamente.

Chegamos a um compartimento localizado no costado, perto da casa de máquinas, onde deveríamos vestir nossos trajes de passeio.

83. Nome de procedência e grafia duvidosas, provavelmente copiado por Jules Verne de alguma revista científica.

16. *Passeio na planície*

A rigor, aquele compartimento era o arsenal e vestiário do *Náutilus*. Uma dúzia de aparelhos e escafandros, pendurados na parede, aguardava os exploradores.

Bastou ver aquela parafernália para Ned Land dar para trás.

— Que beleza! — exclamou o arpoador desapontado, que via se evaporarem seus sonhos de carne fresca. — E o senhor, professor Aronnax, vai se meter nessas roupas?

— É imprescindível, mestre Land.

— Faça como quiser — respondeu o arpoador, dando de ombros —, mas eu, a menos que me obriguem, jamais entrarei numa coisa dessas.

— Ninguém irá obrigá-lo, mestre Ned — interveio o capitão Nemo.

— E Conselho, arrisca-se? — indagou Ned.

— Seguirei o patrão aonde o patrão for — respondeu Conselho.

A um chamado do capitão, dois marujos vieram nos ajudar a vestir aqueles pesados trajes impermeáveis, feitos em borracha sem costura e preparados de maneira a suportar pressões consideráveis. Como se fora uma armadura ao mesmo tempo maleável e resistente, compunha-se de duas peças. A inferior terminava em calçados grossos, dotados de pesadas solas de chumbo. A superior tinha o tecido reforçado por lâminas de cobre que formavam uma couraça no peito, protegendo-o contra a força das águas e permitindo que os pulmões funcionassem livremente; suas mangas terminavam em forma de luvas flexíveis, que não atrapalhavam os movimentos da mão.

Como vemos, esses escafandros aperfeiçoados estavam longe dos trajes rudimentares — como as couraças de cortiça, as sobrevestes, as roupas submarinas, os cofres etc. — inventados e apregoados no século XVIII.

O capitão Nemo, um de seus companheiros — espécie de Hércules, que devia ter uma força prodigiosa —, Conselho e eu logo nos vimos dentro dos escafandros. Embora não nos restasse alternativa senão enfiar nossa cabeça na calota metálica, antes de proceder a essa operação pedi autorização ao capitão Nemo para examinar os fuzis a nós destinados.

Um dos homens do *Náutilus* mostrou-me um fuzil simples, que se destacava pelas dimensões da coronha, a qual, oca e de aço, servia de reservatório para o ar comprimido, o qual uma válvula, disparada por um gatilho, fazia atravessar o cano de metal. Uma caixa de projéteis, embutida na culatra, continha cerca de vinte balas elétricas, as quais, por meio de uma mola, acomodavam-se automaticamente no cano do fuzil. Assim que um tiro era disparado, outro estava pronto para partir.

— Capitão Nemo — interpelei-o —, vejo que é uma arma perfeita, fácil de manejar e estou ansioso para testá-la. Mas como chegaremos ao fundo do mar?

— Neste momento, professor, o *Náutilus* está pousado a dez metros de profundidade, e só nos resta partir.

— Mas como sairemos?

— O senhor verá.

O capitão Nemo introduziu a cabeça na calota esférica. Conselho e eu fizemos o mesmo, não sem ter ouvido o canadense nos desejar um "boa caçada" irônico. A parte superior de nosso traje terminava num aro de cobre no qual o capacete metálico era aparafusado. Três orifícios, vedados por vidros espessos, proporcionavam uma visão periférica, bastando girar a cabeça dentro da calota. Assim que esta foi atarraxada, os dispositivos Rouquayrol, instalados em nossas costas, começaram a funcionar, e pelo menos eu respirei normalmente.

Com a lanterna Ruhmkorff pendurada na cintura, fuzil em punho, eu estava pronto para partir; mas, para ser franco, aprisionado naquelas roupas pesadas e cravado no chão por minhas solas de chumbo, era-me impossível dar um passo.

Esse fato, porém, estava previsto, pois senti que me empurravam para um pequeno compartimento contíguo ao vestiário. Meus companheiros, igualmente rebocados, me seguiam. Uma porta, equipada com arremates de borracha, fechou-se atrás de nós e nos vimos envoltos em profunda escuridão.

Após alguns minutos, ouvi um silvo agudo e fui percorrido por uma sensação de frio dos pés até o tórax. Evidentemente, do interior da embarcação, por meio de uma torneira, alguém havia liberado a entrada de água, que invadia e enchia toda a câmara. Abriu-se uma segunda porta, no flanco do *Náutilus*, e uma luz difusa nos iluminou. Um instante depois, nossos pés tocavam o fundo do mar.

E agora, como retraçar as impressões que me deixou aquele passeio sob as águas? Onde encontrar palavras para descrever tais maravilhas!? Quando

Eu estava pronto para partir.

o próprio pincel não dá conta das sutilezas do elemento líquido, como a pena seria capaz de reproduzi-las?

O capitão Nemo encabeçava a marcha, seu companheiro nos seguia mais atrás. Conselho e eu permanecíamos próximos um do outro, como se um diálogo fosse possível através de nossas carapaças metálicas. Quanto a mim, já não sentia mais o peso das roupas, dos calçados, do reservatório de ar, nem tampouco o da grossa calota onde minha cabeça chacoalhava como uma noz na casca. Mergulhados na água, todos esses objetos perdiam uma parte de seu peso igual à do líquido deslocado, e eu usava a meu favor essa lei da física percebida por Arquimedes. Eu deixara de ser uma massa inerte, passando a gozar de uma liberdade de movimentos bastante satisfatória.

A luminosidade, que clareava o solo até nove metros abaixo da superfície, surpreendeu-me pela intensidade. Os raios solares, atravessando com facilidade a manta aquosa, dissipavam sua coloração e eu enxergava nitidamente a uma distância de cem metros. Para além dessa distância, os fundos desmanchavam-se em finas gradações ultramarinas, para depois adquirirem tons azuis na obscuridade e apagarem-se como sombras. Na verdade, a água que me cercava não passava de uma espécie de ar, mais densa que a atmosfera terrestre, porém quase igualmente diáfana. Acima de mim, pairava a linha serena do mar.

Caminhávamos por uma areia fina, uniforme, não enrugada como a das praias que conservam a marca da rebentação. Aquele tapete deslumbrante, verdadeiro refletor, rechaçava os raios do sol com surpreendente intensidade, provocando uma forte reverberação que impregnava todas as moléculas líquidas. Acreditarão em mim se eu afirmar que, àquela profundidade de dez metros, enxergava-se como se num dia claro?

Avançamos durante quinze minutos pela areia luminosa, coberta por um tênue pó de conchinhas. O casco do *Náutilus*, delineando-se como um longo escolho, desaparecia aos poucos, mas seu farol, quando anoitecesse sob as águas, facilitaria nosso retorno a bordo, projetando um facho de luz. Efeito difícil de compreender para quem não viu senão em terra extensões brancas tão ofuscantes. Enquanto lá o pó que satura o ar lhes confere o aspecto de uma névoa luminosa, sobre o mar e sob o mar essas fagulhas elétricas alastram-se com incomparável pureza.

Continuávamos a avançar, e aquela vasta planície de areia parecia não ter limites. Com a mão, eu abria as cortinas líquidas que se fechavam atrás de mim, e minhas pegadas apagavam-se subitamente sob a pressão da água.

De repente, algumas formas de objetos, apenas rabiscadas na distância, desenharam-se diante de meus olhos e reconheci magníficos primeiros planos de rochedos, atapetados por uma belíssima gama de zoófitos. Logo me senti arrebatado pelo especial efeito que aquele ambiente causava.

Eram dez horas da manhã. Os raios solares incidiam na superfície das águas num ângulo extremamente oblíquo, e, ao contato de sua luz decomposta pela refração como se através de um prisma, flores, rochedos, plântulas, conchas e pólipos tinham seus contornos irisados pelas sete cores do espectro. A interpenetração das cores era um deleite e uma festa para os olhos, verdadeira caleidoscopia de verde, amarelo, laranja, violeta, anil, azul, em suma, toda a paleta de um colorista desvairado! E não poder comunicar a Conselho as vivas sensações que me impregnavam e rivalizar com ele em interjeições admirativas! Afinal, eu não sabia, como o capitão Nemo e seu companheiro, transmitir pensamentos por meio de sinais codificados! Portanto, à falta de melhor interlocução, falava sozinho, gritava dentro da caixa de cobre que cobria minha cabeça, desperdiçando talvez em palavras vãs mais ar do que seria recomendável.

Diante daquele incrível espetáculo, Conselho assombrava-se, e eu não menos. Obviamente, o bom rapaz, deparando-se com a incrível variedade de espécimes de zoófitos e moluscos, classificava e tornava a classificar. Pólipos e equinodermos abundavam no solo. Ísis variadas, corniculáceas solitárias, moitas de oculinas virgens, outrora denominadas "coral-branco", fungos eriçados em forma de cogumelos, anêmonas unidas por seus discos musculares, tudo evocava um canteiro de flores, com porpitas exibindo seu colar de tentáculos azulados, estrelas-do-mar constelando a areia, e asterófitos verrugosos, finos rendados bordados pelas náiades, cujos festões esvoaçavam com as tênues ondulações provocadas por nossa marcha. Doía-me pisotear aqueles notáveis espécimes de moluscos que juncavam o solo aos milhares, os pentes concêntricos, os martelos, as donácias, autênticas conchas saltadoras, os troquídeos, os capacetes-vermelhos, os búzios asa-de-anjo, as aplísias e tantas outras criações do inesgotável oceano. Mas éramos obrigados a avançar, a seguir adiante, enquanto vagavam por cima de nossas cabeças cardumes de fisálias, arrastando atrás de si seus tentáculos ultramarinos e serpenteantes no rastro de espuma, medusas, cuja umbrela opalina ou rosa-claro, ornamentada com uma grinalda lápis-lazúli, nos protegia dos raios solares, e pelágias panópiras que, na escuridão, teriam semeado nosso caminho com centelhas fosforescentes!

Eu vislumbrava todas essas maravilhas num perímetro de quinhentos metros, praticamente sem me deter e seguindo o capitão Nemo, que me chamava com gestos. Bruscamente, a natureza do solo se alterou, e à planície arenosa sucedeu uma camada de lodo viscoso que os americanos chamam de *ooze*, composta exclusivamente de conchas sílicas ou calcárias. Atravessamos então um campo de algas e plantas pelágicas luxuriantes, ainda não arrancadas pelas águas, relvados de trama cerrada, macios ao toque do pé, que teriam rivalizado com os felpudos tapetes tecidos pela mão humana. Porém, ao mesmo tempo que se alastrava sob nossos passos, a vegetação não deixara de nos acompanhar por sobre nossas cabeças. Um fino dossel de plantas marinhas, classificadas na exuberante família das algas, de que conhecemos mais de duas mil espécies, entrelaçava-se na superfície das águas. Entre elas, eu via flutuar compridas fitas de sargaços, alguns globulosos, outros tubulares, laurências, cladóstefas, com a folhagem finíssima, rodimênias-espalmadas, lembrando leques de cacto. Observei que as plantas verdes mantinham-se mais próximas à superfície, enquanto as vermelhas ocupavam uma profundidade mediana, com as hidrófitas negras ou marrons encarregadas de formar os jardins e canteiros das camadas remotas do oceano.

Essas algas são efetivamente um prodígio da criação, uma das maravilhas da flora universal, constituindo uma família que produz os menores e os maiores vegetais do globo. Pois, assim como se contam quarenta mil dessas imperceptíveis plântulas num espaço de cinco milímetros quadrados, é possível colher sargaços com mais de quinhentos metros de comprimento.

Fazia aproximadamente uma hora e meia que havíamos deixado o *Náutilus*. Pela perpendicularidade dos raios solares, que não se refratavam mais, calculei ser meio-dia. A magia das cores foi pouco a pouco desaparecendo, e os tons da esmeralda e da safira apagaram-se de nosso firmamento. Caminhávamos num passo regular, que ressoava no solo com uma intensidade espantosa. Os mais ínfimos ruídos propagavam-se a uma velocidade à qual o ouvido humano não está habituado em terra. Com efeito, a água é um veículo bem melhor para o som do que o ar, e nela este se propaga quatro vezes mais rápido.

O solo começou a descer num pronunciado declive e a luz ganhou um tom uniforme. Embora já estivéssemos a cem metros de profundidade, sofrendo portanto uma pressão de dez atmosferas, meu escafandro estabilizara-se e eu nada sentia, salvo um certo incômodo nas articulações dos dedos, e mesmo esse mal-estar não tardou a desaparecer. Até o cansaço, presumível após uma caminhada de duas horas sob uma parafernália à qual eu estava tão pouco acostumado, era nulo. Aliás, enxergávamos o suficiente para seguir adiante, não se fazendo ainda necessário acionar os dispositivos Ruhmkorff.

Nesse momento, o capitão Nemo parou, esperou por mim, e com o dedo apontou algumas escuras silhuetas que se destacavam na penumbra a curta distância.

"É a floresta da ilha Crespo", pensei, e não estava enganado.

17. *Uma floresta submarina*

Havíamos por certo chegado à orla da floresta, certamente uma das mais luxuriantes do imenso domínio do capitão Nemo, que a considerava sua e sobre ela atribuía-se os mesmos direitos dos primeiros homens nos primeiros dias do mundo. Aliás, quem lhe teria disputado a posse daquela propriedade submarina!? Que outro pioneiro, ainda mais temerário, teria vindo desbravar suas matas escuras a golpes de machado?

A floresta, em si, compunha-se de grandes plantas arborescentes, e, tão logo penetramos sob suas vastas arcadas, meu olhar foi atraído pela singular disposição das ramagens — disposição que nunca antes me fora dado ver.

Nenhuma das plantas que atapetavam o solo, nenhum dos galhos espetados nos arbustos rastejava, ou se curvava, ou se estendia no plano horizontal. Todas cresciam em direção à superfície do oceano. Não havia um filamento, uma fita, por mais fina que fosse, que não se mantivesse ereto como uma haste de ferro. Sargaços e cipós desenvolviam-se numa linha rigorosa, perpendicular, regida pela densidade do elemento que os produzira. Imóveis quando eu os desviava com a mão, logo voltavam à posição original. Era o império da verticalidade.

Logo me acostumei àquela disposição extravagante, bem como à relativa escuridão que nos envolvia. O solo da floresta estava coberto por elementos pontiagudos, difíceis de evitar. A flora submarina pareceu-me ali bastante completa, mais exuberante até do que seria nas regiões árticas ou tropicais, onde os espécimes são menos numerosos. Durante alguns minutos, porém, confundi involuntariamente os reinos, tomando zoófitos por hidrófitos, animais por plantas. E quem não se teria enganado? Fauna e flora tocam-se tão de perto no mundo submarino!

Observei que todos aqueles espécimes do reino vegetal aderiam ao solo apenas por uma argamassa superficial. Destituídos de raízes, indiferentes ao corpo sólido, areia, concha, carapaça ou cascalho que os suporta, dele extraem apenas um ponto de apoio, não a vitalidade. Essas plantas desenvolvem-se autonomamente, e o princípio de sua existência reside na água que as sustenta e alimenta. Em sua grande maioria, em vez de folhas, germinavam lâminas de formas caprichosas, circunscritas numa gama restrita de cores, abrangendo apenas o cor-de-rosa, o carmim, o verde, o oliva, o laranja e o marrom. Revi ali, não mais secas como os espécimes do *Náutilus*, padinas-pavônicas desdobradas em leques que pareciam rogar por um vento, cerâmios escarlate, laminares alongando seus jovens brotos comestíveis, nereocistes filiformes e sinuosas, que desabrochavam a uma altura de quinze metros, buquês de acetábulos, cujos caules cresciam a partir do topo, e várias outras plantas pelágicas, todas desprovidas de flores. "Curiosa anomalia, singular elemento", disse um naturalista espirituoso, "onde o reino animal floresce e o reino vegetal, não!"[84]

Entre esses diversos arbustos, cuja altura nada ficava a dever à das zonas temperadas, e sob sua sombra úmida, espremiam-se touceiras de flores vivas, sebes de zoófitos, sobre as quais germinavam meandrinas zebradas com sulcos tortuosos, cariofilas amareladas com tentáculos diáfanos, tufos relvados de zoantários — e para completar a ilusão —, os peixes-moscas voavam de galho em galho, como uma revoada de colibris, enquanto amarelos lepisacantos, com as maxilas eriçadas e escamas aguçadas, dactilópteros e monocentros levantavam-se sob nossos passos qual um cardume de narcejas. Em torno de uma hora, o capitão Nemo sinalizou para que parássemos. De minha parte, fiquei bastante satisfeito com isso e nos deitamos sob um dossel de alariáceas, cujas longas tiras afiladas apontavam como flechas.

Aquele momento de repouso me pareceu delicioso. Não nos faltava senão o prazer da conversa. Mas impossível falar, impossível responder. Pude apenas aproximar minha cabeça de cobre da cabeça de Conselho. Vi seus olhos brilharem de contentamento. Em sinal de alegria, o bom rapaz agitou-se em sua carapaça do jeito mais cômico do mundo.

Após quatro horas de marcha, fiquei admirado de não estar morrendo de fome. A que se devia tal disposição do estômago, eu não saberia dizer.

84. Trata-se de uma citação do médico e botânico francês Alfred Fredol, pseudônimo de Horace Bénédict Alfred Moquin-Tandon (1804-63), em *O mundo do mar*. Além de cientista, Moquin-Tandon era escritor, na realidade um mestre em trapaças literárias, segundo seu contemporâneo Amedée Dechambre (1812-66): "Não se contentou em *simular* um manuscrito do começo do séc.XIV, em *inventá-lo* em língua romana..., para enganar mais ainda a clarividência dos críticos experientes, fez uma tiragem de apenas cinquenta exemplares de sua obra. Numerou-os, acrescentou-lhes um fac-símile supostamente original do manuscrito e pessoalmente litografou, dourou e coloriu esses cinquenta exemplares."

Fisálias, pelágias, medusas, algas, corais, actínias, oculinas, estrelas-do-mar…

Em compensação, porém, sentia uma irreprimível vontade de dormir, como acontece com todos os mergulhadores, e meus olhos não demoraram a se fechar atrás do espesso vidro. Fui então vencido por uma sonolência irresistível, combatida até aquele momento apenas pelo movimento da marcha. O capitão Nemo e seu robusto companheiro, deitados sobre o cristal transparente, davam-nos o exemplo, dormindo a sono solto.

Não saberia dizer quanto tempo permaneci mergulhado naquele torpor, porém, ao despertar, pareceu-me que o sol já se punha. O capitão Nemo já se levantara e eu começava a esticar os membros, quando uma aparição inesperada me fez levantar bruscamente.

A poucos passos de distância, uma monstruosa aranha-do-mar, com um metro de altura, me encarava com seus olhos oblíquos, prestes a saltar sobre mim. Embora meu escafandro fosse suficientemente grosso para me defender contra as mordidas do animal, não pude reprimir um gesto de horror. Conselho e o marujo do *Náutilus* despertaram nesse momento. O capitão Nemo apontou o hediondo crustáceo para o seu companheiro, que com uma coronhada abateu-o sumariamente, e vi as medonhas patas do monstro retorcerem-se em convulsões horríveis.

Esse encontro me sugeriu que outras criaturas, mais temíveis, deviam assombrar aqueles fundos escuros, e que meu escafandro não me protegeria de seus ataques. Tal pensamento ainda não me ocorrera, e resolvi me pôr de sobreaviso. Supunha, aliás, que aquela parada representasse o fim de nosso passeio, mas me enganava. E, em vez de retornar ao *Náutilus*, o capitão Nemo prosseguiu sua audaciosa incursão.

A descida continuava, cada vez mais íngreme, conduzindo-nos a maiores profundidades. Devia ser por volta das três horas quando chegamos a um estreito vale, escavado entre altos paredões escarpados e situado a uns cento e cinquenta metros de profundidade. Graças à perfeição de nossos aparelhos, ultrapassáramos assim em noventa metros o limite até aquele momento imposto às explorações submarinas do homem.

Digo cento e cinquenta metros, embora nenhum instrumento permitisse medir essa profundidade. Mas eu sabia que, mesmo nos mares mais límpidos, os raios solares não penetravam mais do que isso. Ora, justamente, a escuridão se adensou. Nenhum objeto era visível a mais de dez passos. Eu caminhava, portanto, às apalpadelas, quando subitamente vi brilhar uma luz fria de grande intensidade. O capitão Nemo acabava de ligar sua lanterna elétrica. Seu companheiro imitou-o. Conselho e eu seguimos seu exemplo. Girando um parafuso, estabeleci a comunicação entre a bobina e a serpentina de vidro, e o mar, iluminado por nossas quatro lanternas, tornou-se visível num raio de vinte e cinco metros.

O capitão Nemo continuou a embrenhar-se na mata escura, cujos arbustos rareavam aos poucos. Observei que ali a vida vegetal desaparecia mais

Uma monstruosa aranha-do-mar.

rapidamente que a vida animal. Enquanto as plantas pelágicas desapareciam do solo, agora árido, um número prodigioso de animais, zoófitos, articulados, moluscos e peixes ainda pululava sobre ele.

Enquanto avançava, ocorria-me que a luz de nossos dispositivos Ruhmkorff devia necessariamente atrair alguns habitantes daquelas águas escuras. Porém, embora houvessem se aproximado, mantiveram uma distância mínima, inglória para caçadores. Por várias vezes, vi o capitão Nemo deter-se, assestar seu fuzil e, após alguns instantes de observação, reaprumar-se e retomar sua marcha.

A maravilhosa excursão chegou ao fim por volta das quatro horas. Um muro de rochedos soberbos e de massa imponente ergueu-se à nossa frente, um aglomerado de blocos gigantescos, imenso penhasco de granito, atravessado por cavernas escuras, mas sem nenhum acesso aparente. Eram os bancos de areia da ilha Crespo. Era a terra.

O capitão Nemo deteve-se repentinamente e, com um gesto, nos fez estacar. Por mais ansioso que eu estivesse para transpor aquela muralha, fui obrigado a parar. Naquele ponto terminavam os domínios do capitão Nemo, e ele não queria expandi-los. Do outro lado, era aquela porção do globo que ele jurara nunca mais pisar.

Pondo-se à frente de sua pequena tropa e orientando-se com convicção, o capitão Nemo fez meia-volta. Julguei perceber que não trilhávamos o mesmo caminho para voltar ao *Náutilus*, e o novo trajeto, muito íngreme, e por conseguinte mais difícil, aproximou-nos rapidamente da superfície. Ainda assim, esse retorno às camadas superiores não foi sentido a ponto de provocar uma descompressão súbita, o que poderia ter causado graves distúrbios em nosso organismo e determinar as lesões internas tão fatais aos mergulhadores. A luz reapareceu, mais forte, e, com o sol já se pondo no horizonte, a refração coroou novamente os diversos elementos com um aro espectral.

A dez metros de profundidade, caminhávamos em meio a uma coluna de pequenos peixes de todos os tipos, mais numerosos que as aves nos ares, mais ágeis também, porém nenhuma caça aquática digna de um tiro de fuzil ainda se oferecera aos nossos olhos.

De súbito, vi a arma do capitão, nervosamente apontada, acompanhar alguma coisa em movimento por entre os arbustos. O tiro partiu, ouviu-se um silvo débil, e um animal caiu fulminado a alguns passos.

Era uma magnífica lontra marinha, uma *enhydra*, único quadrúpede exclusivamente marinho. O animal, com um metro e meio de comprimento, era um achado. Sua pele, castanho-escura na parte superior e prateada na inferior, era admirável e valeria muito dinheiro nos mercados russos e chineses; o requinte e o lustro de seu pelo garantiam-lhe um preço mínimo de dois mil francos. Extasiei-me diante daquele curioso mamífero de cabeça arredondada, orelhas curtas, olhos redondos, bigodes brancos, semelhantes aos do gato, pés espalmados, com membranas entre os dedos, e cauda felpuda. Esse precioso carnívoro, caçado e perseguido pelos pescadores, tornou-se extremamente raro, passando a encontrar refúgio nas zonas boreais do Pacífico, onde tudo sugere que sua espécie não tardará a se extinguir.

O companheiro do capitão Nemo recolheu o animal, colocou-o no ombro e seguimos adiante.

Durante uma hora desenrolou-se à nossa frente uma planície de areia que às vezes subia a menos de dois metros da superfície, e eu via então nossa imagem, nitidamente refletida, desenhar-se em sentido inverso e, acima de nós, um cardume idêntico reproduzindo nossos movimentos e gestos com exatidão, salvo que caminhava com a cabeça para baixo e os pés para o alto.

Outro efeito digno de registro era a passagem de grossas nuvens que se formavam e desfaziam num piscar de olhos. Prestando mais atenção, porém, compreendi que eram simplesmente provocadas pela espessura variável das longas ondas submarinas, e percebi inclusive "carneiros" de espuma, multiplicados na superfície pela rebentação das cristas. Tampouco deixei de observar, acima de nossas cabeças, a silhueta das grandes aves resvalando fugazmente na superfície.

Nessa ocasião fui testemunha de um dos mais belos tiros de fuzil dos que já fizeram vibrar as fibras de um caçador. Uma grande ave, de ampla envergadura e nitidamente visível, aproximava-se planando. Quando se achava a apenas poucos metros da tona, o companheiro do capitão Nemo apontou e atirou. O animal desabou fulminado, vindo cair ao alcance do exímio caçador, que o recolheu. Era um galhardo albatroz, admirável espécime das aves pelágicas.

O incidente não interrompeu nossa marcha. Durante duas horas, percorremos ora planícies arenosas, ora campos de sargaços, que atravessávamos com dificuldade. Na realidade, eu já não me aguentava, quando percebi uma luminosidade difusa quebrando a escuridão das águas a meia milha de distância. Era o farol do *Náutilus*. Mais vinte minutos e estaríamos a bordo e lá eu respiraria à vontade, pois algo me dizia que meu reservatório já não me fornecia senão um ar escasso em oxigênio. Mas eu não contava com um encontro inesperado, que atrasaria um pouco a nossa chegada.

Seguia eu uns vinte passos atrás do capitão Nemo quando o vi voltar-se bruscamente para mim. Com sua vigorosa mão, curvou-me ao chão, enquanto seu companheiro fazia o mesmo com Conselho. Sem saber o que pensar daquela súbita agressão, só me tranquilizei quando vi o capitão Nemo deitar-se ao meu lado e permanecer imóvel.

Estava então estendido no solo, protegido por uma moita de sargaços, quando, ao erguer a cabeça, percebi vultos imensos passando ruidosamente e lançando faíscas fosforescentes.

Meu sangue congelou dentro das veias! Eram esqualos gigantes que nos ameaçavam, um par de tintureiras, tubarões terríveis, com cauda imponente, olhar baço e vítreo, que destilam uma substância fosforescente pelos orifícios do focinho. Besouros monstruosos, cujas maxilas de ferro trituravam um homem inteiro! Ignoro se Conselho ocupava-se em classificá-los; quanto a mim, de um ponto de vista pouco científico, mais na condição de vítima do que na de naturalista, observava seus ventres prateados e suas bocarras eriçadas de dentes.

Por sorte, os vorazes animais não enxergavam direito e passaram sem tomar conhecimento de nossa presença, roçando-nos com suas nadadeiras acastanhadas. Assim, escapamos milagrosamente daquele perigo, decerto maior que um encontro com um tigre em plena floresta.

Meia hora depois, guiados pelo rastilho elétrico, alcançávamos o *Náutilus*, cuja porta externa permanecera aberta. O capitão Nemo fechou-a assim que entramos no primeiro compartimento e apertou um botão. Ouvi as válvulas manobrarem dentro da embarcação e senti a água baixar à minha volta. Em poucos instantes, o compartimento foi inteiramente esvaziado. A porta interna então se abriu e passamos ao vestiário. Ali, nossos escafandros foram retirados, não sem dificuldade, e, completamente esgotado, caindo de inanição e sono, fui para o meu quarto, fascinado com aquela insólita expedição ao fundo dos mares.

18. *Quatro mil léguas sob o Pacífico*

Na manhã do dia seguinte, 18 de novembro, acordei completamente restabelecido do cansaço da véspera e subi à plataforma no momento em que o imediato do *Náutilus* pronunciava sua frase cotidiana. Ocorreu-me então que ela se referia às condições do mar, ou melhor, que significava: "Nada à vista."

E, com efeito, o oceano estava deserto. Nenhuma vela no horizonte. A ilha Crespo havia desaparecido durante a noite. O mar tragava as cores do prisma, à exceção dos raios azuis, que refletiam em todas as direções, revestindo-o com um belo anil. Sobre as águas pairava uma tela imprecisa e listrada.

Eu admirava aquele magnífico aspecto do oceano, quando o capitão Nemo surgiu e, parecendo não notar minha presença, começou uma série de observações astronômicas. Terminada a operação, recostou-se na caixa do farol e ficou a contemplar as águas.

Nesse ínterim, aproximadamente vinte marinheiros do *Náutilus*, todos indivíduos fortes e espadaúdos, haviam subido à plataforma para recolher as redes do arrastão noturno. De nacionalidades nitidamente diversas, o tipo europeu era pronunciado em todos. Reconheci, sem possibilidade de engano, irlandeses, franceses, alguns eslavos, um grego ou candiota.[85] Seja como for, eram econômicos nas palavras, não utilizando para se comunicar senão aquele estranho idioma de cuja origem eu sequer conseguia suspeitar. Desisti, portanto, de interrogá-los.

As redes foram içadas a bordo. Eram uma espécie de redes de cerco, semelhantes às das costas normandas, grandes bolsas que uma verga flutuante e uma corrente trincafiada nas malhas inferiores manti-

85. Nativo de Cândia, antigo nome da ilha de Creta.

nham entreabertas. Essas bolsas, assim arrastadas por aletas de ferro, varriam o fundo do oceano, recolhendo tudo à sua passagem. Naquele dia, trouxeram curiosos espécimes daquelas paragens piscíferas: lofos, cujos movimentos cômicos os fizeram ser apelidados de histriões, comersões negros dotados de antenas, balistas ondulados cingidos por faixas vermelhas, tetrodontídeos-balões, cujo veneno é extremamente sutil, algumas lampreias azeitonadas, macrorrincos revestidos de escamas prateadas, triquiuros, cuja força elétrica é igual à do gimnoto e da raia-elétrica, notópteros escamosos com faixas marrons e transversais, gadiformes esverdeados, diversos gobídeos etc. No fim, um ou outro peixe mais avantajado, um carangídeo de cabeça proeminente, com um metro de comprimento, várias e belas escômbridas-sardas, pintalgadas nas tonalidades azul e prata, e três magníficos atuns, cuja agilidade não fora o bastante para salvá-los da rede.

Calculei o butim daquele arrastão em mais de meia tonelada de peixes. Era uma bela pescaria, mas nada surpreendente, pois, com efeito, essas redes — rebocadas durante várias horas — encerram em sua prisão de malhas todo um mundo aquático. Logo, não nos faltariam víveres de excelente qualidade, que a rapidez do *Náutilus* e a atração de sua luz elétrica tornavam inesgotáveis.

Esses diversos produtos do mar foram imediatamente transferidos para as despensas através do alçapão, uns destinados a serem comidos frescos, outros a serem defumados.

Terminada a pescaria e renovada a provisão de ar, eu achava que o *Náutilus* retomaria sua excursão submarina, quando, voltando-se para mim, o capitão Nemo falou intempestivamente:

— Veja este oceano, professor, não é dotado de vida real? Não tem seus rompantes de furor e ternura? Ontem, adormeceu como nós, e ei-lo despertando após uma noite serena!

Nem bom-dia, nem boa-noite! Não parecia que o estranho personagem continuava uma conversa já iniciada?

— Observe — prosseguiu —, ele desperta sob as carícias do sol! Vai ressuscitar em sua existência diurna! É fascinante estudar o funcionamento de seu organismo. Tem pulso, artérias, espasmos, e dou razão a Maury, que nele detectou uma circulação tão real quanto a circulação sanguínea nos animais.

Era visível que o capitão Nemo não esperava resposta de minha parte, e pareceu-me inútil prodigalizar-lhe os "Evidentemente", "Com toda a certeza" e "O senhor tem razão". Falava antes consigo mesmo, fazendo longas pausas entre cada frase. Era uma meditação em voz alta.

— Sim — disse ele —, o oceano possui uma verdadeira circulação e, para ativá-la, bastou ao Criador de todas as coisas multiplicar nele o calórico, o sal e os animálculos. O calórico, com efeito, cria densidades diferentes, que geram as correntes e contracorrentes. A evaporação, nula nas regiões hiperbóreas, mas presente nas equatoriais, consiste numa troca permanente entre águas tropicais e polares. Além disso, surpreendi correntes ascensionais e descensionais, que constituem a mola da respiração oceânica. Vi a molécula da água do mar, aquecida na superfície, descer às profundezas, alcançar seu máximo de densidade a dois graus abaixo de zero, depois, resfriando-se ainda mais, perder o peso e subir novamente. O senhor terá oportunidade de ver, nos polos, as consequências desse fenômeno, e compreenderá por que, em decorrência dessa lei da previdente natureza, o congelamento só pode produzir-se na superfície das águas.

Enquanto o capitão Nemo terminava sua frase, eu me dizia: "O polo! Pretenderia o audaz personagem nos conduzir até lá?!"

Nesse ínterim, o capitão se calara e observava aquele elemento tão completa e incessantemente estudado por ele. Passado um tempo, prosseguiu:

— Os sais estão presentes em quantidade considerável no mar, professor, e se extraísse em solução todos os que ele contém, o senhor teria uma massa de dezoito milhões de quilômetros cúbicos, que, espalhada sobre o globo, formaria uma camada de mais de dez metros de altura. E não pense que a presença desses sais deva-se a um capricho da natureza. Não. Eles tornam as águas marinhas menos evaporáveis, impedindo os ventos de lhes roubar uma quantidade excessiva de vapores, que, alastrando-se, submergiriam sob as zonas temperadas. Papel imenso, papel de ponderador na economia geral do globo!

O capitão Nemo interrompeu-se, levantou-se, deu alguns passos sobre a plataforma e voltou na minha direção:

— Quanto aos infusórios — continuou —, quanto a esses bilhões de animálculos que existem aos milhões numa gotícula e dos quais precisamos de oitocentos mil para que pesem um miligrama, seu papel não é menos importante. Eles absorvem os sais marinhos, assimilam os elementos sólidos da água e, verdadeiros usineiros de continentes calcários, fabricam corais e madréporas! E então a gota d'água, privada do alimento mineral, torna-se mais leve, sobe à superfície, lá absorve os sais abandonados pelas evaporações, readquire peso, volta a descer e leva aos animálculos novos elementos para serem absorvidos. Daí uma dupla corrente ascendente e descendente, e sempre o movimento, sempre a vida! A vida, mais intensa que sobre os continentes, mais exuberante, mais infinita, desabrochando em todas as partes desse oceano, elemento mortífero para o homem, já disseram, elemento vital para miríades de animais. E para mim!

Quando o capitão Nemo punha-se a falar como tal, transfigurava-se e provocava em mim uma emoção extraordinária.

— É aqui, portanto — acrescentou —, que está a verdadeira vida! Eu poderia conceber a fundação de cidades náuticas, conglomerados de casas submarinas, que, como o *Náutilus*, viriam respirar todas as manhãs na superfície dos mares, cidades livres, se existissem, cidades-Estado. Mas e se depois algum déspota...

O capitão Nemo concluiu a frase com um gesto violento. Em seguida, voltando-se bruscamente para mim e como se para expulsar um pensamento funesto, perguntou:

— Sabe qual é a profundidade do oceano, professor Aronnax?

— Sei basicamente, capitão, o que as principais sondagens nos informam.

— Seria capaz de citá-las, a fim de que eu faça uma retificação em caso de necessidade?

— Eis algumas — respondi — que me ocorrem no momento. Salvo engano, encontramos uma profundidade média de oito mil e duzentos metros no Atlântico norte e dois mil e quinhentos metros no Mediterrâneo. As melhores sondagens foram realizadas no Atlântico sul, próximo ao trigésimo quinto grau, e elas apontaram doze mil metros, catorze mil e noventa e um metros, e mil quinhentos e quarenta e nove metros. Em suma, estima-se que, se o fundo do mar fosse nivelado, sua profundidade média seria de aproximadamente sete quilômetros.[86]

— Bem, professor — respondeu o capitão Nemo —, nós lhe mostraremos coisa melhor do que isso, espero. Quanto à profundidade média dessa parte do Pacífico, informo-o de que é de apenas quatro mil metros.

Dito isto, o capitão Nemo dirigiu-se ao alçapão e desapareceu pela escada. Segui-o e voltei ao grande salão. A hélice pôs-se imediatamente em movimento, e a barquilha acusou uma velocidade de vinte milhas por hora.

Durante os dias e semanas seguintes, o capitão Nemo mostrou-se parcimonioso em suas visitas e só o vi em raras ocasiões. Seu imediato examinava nossa posição regularmente, assinalando-a no mapa, de modo que podia acompanhar passo a passo a rota do *Náutilus*.

Conselho e Land passavam longas horas comigo. Conselho contara ao amigo as maravilhas do nosso passeio e o canadense lastimava-se por não nos ter acompanhado. Quanto a mim, esperava nova oportunidade de visitar as florestas oceânicas.

Quase diariamente, as escotilhas do salão se abriam durante algumas horas e nossos olhos não se cansavam de admirar os mistérios do mundo submarino.

O curso geral do *Náutilus* era sudeste e ele mantinha-se a cem ou cento e cinquenta metros de profundidade. Um dia, entretanto, não sei por que

---

86. Sabemos hoje que a profundidade do Atlântico sul não vai além de 6 mil metros. Quanto à profundidade média dos oceanos, não é de sete quilômetros como julgava Jules Verne, mas de apenas a metade disso.

capricho, impelido diagonalmente por seus planos inclinados, desceu a dois mil metros. O termômetro indicava 4,25 graus centígrados, temperatura que, em tais profundidades, parece comum a todas as latitudes.

No dia 26 de novembro, às três horas da manhã, o *Náutilus* atravessou o trópico de Câncer, a 172° de longitude. No dia seguinte, passou ao largo das Sandwich, onde o ilustre Cook encontrou a morte em 14 de fevereiro de 1779. Havíamos percorrido quatro mil oitocentas e sessenta léguas, desde o nosso ponto de partida. De manhã, na plataforma, percebi, a duas milhas a sotavento, Havaí, a ilha mais importante desse arquipélago. Distingui nitidamente sua orla arborizada, as diversas cadeias de montanhas correndo paralelamente à costa, e seus vulcões dominados pelo Muna Rea, com uma altitude de cinco mil metros acima do nível do mar. Entre outros espécimes dessas paragens, as redes traziam flabelárias pavônicas, pólipos comprimidos de forma graciosa e só encontrados naquela região do oceano.

Sem desviar-se de seu curso, em 1º de dezembro o submarino atravessou o equador, a 142° de longitude, e, no dia 4 do mesmo mês, após uma travessia rápida realizada sem incidentes, avistamos as ilhas Marquesas. A três milhas de distância, a 8°57' de latitude sul e 139°32' de longitude oeste, percebi a ponta Martin de Nuka Hiva, principal ilha do arquipélago, que pertence à França. Como o capitão Nemo não gostava de acercar-se da terra, só pude avistar suas montanhas arborizadas. Ali, as redes trouxeram belos espécimes de peixes, corifenídeos com as nadadeiras azuladas e a cauda dourada, cuja carne não tem rival no mundo; hologimnosos praticamente desprovidos de escamas, mas de sabor refinado; ostorrincos com maxilar ósseo; barracudas amareladas parecidas com cavalas — todos eles peixes dignos de ser classificados pelo cozinheiro de bordo.

Entre 4 e 11 de dezembro, após ter deixado aquelas encantadoras ilhas protegidas pelo pavilhão francês, o *Náutilus* avançou cerca de duas mil milhas. O percurso foi marcado pelo encontro de um imenso cardume de calamares, moluscos curiosos, muito próximos da lula. Os pescadores franceses designam-nos como *encornets*, e eles pertencem à classe dos cefalópodes e à família dos dibranquiais, que compreende além deles as lulas e os argonautas. Foram particularmente estudados pelos naturalistas da Antiguidade e forneceram um leque de metáforas aos oradores da ágora, sendo ao mesmo tempo um prato excelente à mesa dos cidadãos ricos, a acreditarmos em Ateneu, médico grego, que viveu antes de Galeno.[87]

Foi durante a noite de 9 para 10 de dezembro que o *Náutilus* deparou-se com um exército de milhões de moluscos de vida essencialmente

87. Jules Verne confunde Ateneu, médico grego que viveu em Roma no séc.I, com Ateneu de Náucratis, retórico e gramático grego do séc.II. Este último é autor do *Banquete dos sábios*, de onde possivelmente procede o comentário.

noturna, que migrava dos mares temperados para as zonas mais quentes, seguindo o itinerário dos arenques e sardinhas. Através dos grossos vidros de cristal do *Náutilus*, nós os observávamos, nadando para trás com extrema rapidez, movendo-se por meio de seu canal locomotor, perseguindo peixes e moluscos, comendo os pequenos, sendo comidos pelos grandes, e agitando numa confusão indescritível as dez patas que a natureza lhes implantara na cabeça como uma cabeleira de serpentes pneumáticas. O *Náutilus*, a despeito de sua velocidade, navegou horas a fio em meio àquele cardume, e suas redes apanharam uma quantidade inumerável de exemplares, nos quais reconheci as nove espécies do oceano Pacífico classificadas por d'Orbigny.[88]

Como se vê, durante essa travessia o mar prodigalizava incessantes e maravilhosos espetáculos. Diversificando-os ao infinito, mudava o cenário e a encenação para deleite de nossos olhos, estimulando-nos não apenas a contemplar as ordens do Criador em meio ao elemento líquido, como também a desvendar os mais temerários mistérios do oceano.

No dia 11 de dezembro, eu lia no grande salão, enquanto Ned Land e Conselho observavam as águas luminosas pelas escotilhas entreabertas. O *Náutilus* estava imóvel e, com seus reservatórios abastecidos, mantinha-se a uma profundidade de mil metros, numa região erma dos oceanos, onde apenas peixes de grande porte faziam raras aparições.

Deleitava-me com um livro encantador de Jean Macé,[89] *Os escravos do estômago*, saboreando suas engenhosas lições, quando Conselho interrompeu minha leitura.

— O patrão quer vir um instante? — chamou com uma voz singular.

— O que houve, Conselho?

— Que o patrão veja.

Levantei, acomodei-me diante do vidro e olhei.

Em meio ao halo elétrico, uma vultosa massa escura e imóvel levitava nas águas. Observei atentamente, procurando identificar a natureza do gigantesco cetáceo, quando me ocorreu uma ideia súbita.

— Um navio! — exclamei.

— Sim — respondeu o canadense —, uma embarcação desamparada que foi a pique!

88. Alcide d'Orbigny (1802-57), viajante, naturalista e professor no Museu de História Natural de Paris — como Pierre Aronnax — que deixou numerosos tratados de paleontologia e zoologia. É possível que se trate também de seu irmão Charles d'Orbigny (1806-76), idealizador de um *Dicionário universal de história natural*, em 16 volumes (1839-49), que Jules Verne consultou para escrever seu romance.

89. Jean Macé (1815-94), professor num colégio feminino da Alsácia e colega de escola do editor Hetzel, foi um dos criadores do *Magasin d'Éducation et de Récréation*, publicação destinada à juventude na qual Jules Verne lançou grande parte de suas *Viagens extraordinárias*.

O naufrágio se dera há no máximo algumas horas.

Ned Land não estava enganado. Estávamos diante de um navio, cujos ovéns cortados ainda pendiam de seus cadeados. Seu casco parecia em bom estado, e o naufrágio se dera há no máximo algumas horas. Três tocos de mastros, destroçados dois pés acima do convés, indicavam que a embarcação, comprometida, vira-se obrigada a sacrificar a mastreação. Deitada de lado, porém, fora invadida pela água, dando os costados para bombordo. Triste espetáculo o daquela carcaça perdida sob as águas, mas ainda mais triste a visão de sua coberta, onde ainda jaziam alguns cadáveres amarrados por cordas! Contei quatro — quatro homens, um dos quais mantinha-se de pé, no leme —, depois uma mulher, com o corpo saindo pela claraboia da coberta e segurando uma criança no colo. Era jovem e, iluminada pelas luzes do *Náutilus*, pude ver suas feições, que a água ainda não decompusera. Num supremo esforço, ela erguera o filho acima da cabeça, pobre criaturinha, cujos braços abraçavam o pescoço da mãe! A atitude dos quatro marinheiros pareceu-me assustadora, retorcidos em movimentos convulsivos e fazendo um último esforço para se libertar das cordas que os prendiam ao navio. Sozinho, mais calmo, semblante nítido e grave, cabelos grisalhos grudados na testa, as mãos crispadas na roda do leme, o timoneiro ainda parecia conduzir seu três mastros naufragado nas profundezas do oceano!

Que cena! Mudos, com o coração disparado diante daquele naufrágio quase ao vivo, era como se fotografássemos seu último suspiro! E eu já via avançar, olhos em fogo, enormes tubarões, atraídos por aquela isca de carne humana!

Enquanto isso, o *Náutilus*, evoluindo, contornou o navio submerso e, fugazmente, pude ler em seu quadro de proa:

Florida, Sunderland

19. *Vanikoro*

Esse terrível espetáculo inaugurava a série de catástrofes marítimas que o *Náutilus* viria a encontrar em sua rota. Desde que singrava mares mais frequentados, percebíamos diversos cascos naufragados terminando de apodrecer entre duas águas, ou, mais profundamente, canhões, projéteis, âncoras, correntes e mil outros objetos de ferro que a oxidação devorava.

Enquanto isso, sempre arrastados pelo *Náutilus*, onde vivíamos isolados, no dia 11 de dezembro avistamos as ilhas Pomotu, antigo "arquipélago perigoso" de Bougainville,[90] que se estende por uma superfície de quinhentas léguas de lés-sudeste a oés-nordeste, entre 13°30' e 23°50' de latitude sul e 125°30' de longitude oeste, desde a ilha Ducie até a ilha Lazareff. O arquipélago cobre uma superfície de nove mil quilômetros quadrados, e é formado por uns sessenta grupos de ilhas, entre as quais notamos o grupo Gambier, ao qual a França impôs o seu protetorado. São ilhas coralígenas. Um revolver lento, mas contínuo, provocado pelo trabalho dos pólipos, irá juntá-las um dia. Mais tarde, essa nova ilha se reunirá aos arquipélagos vizinhos, então um quinto continente se estenderá desde a Nova Zelândia e a Nova Caledônia até as Marquesas.

O dia em que desenvolvi essa teoria diante do capitão Nemo, ele me respondeu friamente:

— Não é de novos continentes que a terra precisa, mas de novos homens!

Os acasos da navegação haviam conduzido o *Náutilus* justamente à ilha Clermont-Tonnerre, uma das mais curiosas do arquipélago, des-

90. Louis Antoine de Bougainville (1729-1811), naturalista e explorador francês, é também autor de *Descrição de uma viagem ao redor do mundo*, na qual exalta as belezas da Polinésia francesa.

coberta em 1822 pelo capitão Bell, do *Minerve*. Pude então estudar o sistema madrepórico que forjou as ilhas daqueles mares.

As madréporas, que não devem ser confundidas com os corais, possuem um tecido revestido por uma sedimentação calcária, e as modificações de suas estruturas levaram o sr. Milne-Edwards, meu ilustre professor, a classificá-las em cinco seções. Aos bilhões, os pequenos animálculos que secretam esse polipeiro vivem no fundo de suas cavidades, e são seus depósitos calcários que se tornam rochedos, recifes, ilhotas e ilhas. Em certos pontos, formam um anel, cercando uma laguna, ou pequeno lago interno, que se comunica com o mar por fissuras. Em outros, lembram barreiras de recifes semelhantes às do litoral da Nova Caledônia e de diversas ilhas das Pomotu. Já em outras regiões, como na Reunião e nas Maurício, engendram recifes franjados, altas e escarpadas muralhas, em cujas imediações as profundezas do oceano são bastante consideráveis.

Percorrendo por algumas centenas de metros os açores da ilha Clermont-Tonnerre, admirei a gigantesca cidadela construída por esses operários microscópicos. As muralhas eram especialmente obra das madréporas designadas pelos nomes de corais-de-fogo, porites, astreias e meandrinas. Esses pólipos preferem se desenvolver nas águas agitadas da superfície, e, por conseguinte, é pela sua parte superior que começam esses alicerces, os quais afundam gradativamente com os detritos das secreções que as suportam. Tal é, pelo menos, a teoria do sr. Darwin,[91] que assim explica a formação dos atóis — teoria superior, no meu entender, à que sugere como base para as edificações madrepóricas picos de montanhas ou vulcões, imersos poucos metros abaixo do nível do mar.

Pude observar bem de perto essas curiosas muralhas, pois, na vertical, a sonda acusava mais de trezentos metros de profundidade, e nossas emanações elétricas faziam aquele brilhante calcário faiscar.

Conselho se assustou quando, respondendo a uma pergunta sua sobre o tempo que aquelas colossais barreiras levavam para crescer, eu lhe contei que os cientistas o calculavam em um oitavo de polegada por século.

— Então, para erguer essas muralhas — ele me disse —, foram necessários...?

— Cento e noventa e dois mil anos, meu bom Conselho, o que estende curiosamente os dias bíblicos. A propósito, a formação da hulha, isto é, a

91. Charles Robert Darwin (1809-82), biólogo inglês, autor de *A origem das espécies* (1859). Expôs o processo de formação dos atóis coralinos em *Os recifes de coral, sua estrutura e distribuição* (1842). Embora não aborde explicitamente a teoria da evolução das espécies, Jules Verne inclina-se sempre a concordar com Darwin, nas três menções que lhe faz em *20 mil léguas submarinas*.

mineralização das florestas chafurdadas pelos dilúvios, exigiu um tempo bem mais considerável. Mas acrescento que os dias da Bíblia equivalem a eras e não ao intervalo de tempo transcorrido entre duas alvoradas, pois, segundo a própria Bíblia, o sol não data do primeiro dia da Criação.

Quando o *Náutilus* retornou à superfície do oceano, descortinei em todo seu esplendor a ilha de Clermont-Tonnerre, baixa e arborizada, com suas rochas madrepóricas fertilizadas por aguaceiros e tempestades. Um dia, uma semente, carregada por um furacão para terras vizinhas, caiu sobre as camadas calcárias, que, misturadas a detritos decompostos de peixes e plantas marinhas, formaram o húmus vegetal. Uma semente de coqueiro, empurrada pelas marés, chegou a essa nova costa. O broto ganhou raízes. A árvore, ao crescer, reteve o vapor d'água. O riacho nasceu. A vegetação expandiu-se pouco a pouco. Alguns animálculos, vermes, insetos, chegaram sobre troncos arrancados das ilhas pelo vento. As tartarugas vieram botar seus ovos. As aves fizeram ninhos nas jovens árvores. Foi assim que a vida animal desenvolveu-se, até que, atraído pelo verdor e a fertilidade, o homem apareceu. Foi assim que se formaram essas ilhas, obras imensas de animais microscópicos.

No crepúsculo, Clermont-Tonnerre sumiu na distância, e o curso do *Náutilus* modificou-se perceptivelmente. Após ter tocado o trópico de Capricórnio a 135° de longitude, tomou o rumo oés-noroeste, percorrendo toda a zona intertropical. Embora o sol do verão fosse pródigo em seus raios, o calor não nos afetava em nada, pois a trinta ou quarenta metros abaixo da superfície a temperatura estabilizara-se entre dez e doze graus.

Em 15 de dezembro, deixamos a leste o sedutor arquipélago da Sociedade e a graciosa Taiti, rainha do Pacífico. Pela manhã, avistei, a algumas milhas a sotavento, os elevados cumes dessa ilha. Suas águas forneceram excelentes peixes às mesas de bordo, sardas, cavalas e albacoras, e variedades de uma serpente marinha denominada munerofe.

O *Náutilus* havia percorrido oito mil e cem milhas. Nove mil setecentas e vinte milhas foram assinaladas pela barquilha, quando ele passou entre o arquipélago de Tonga-Tabu, onde pereceram as tripulações do *Argos*, do *Port au Prince* e do *Duke of Portland*, e o arquipélago dos Navegadores, onde foi assassinado o capitão De Langle, amigo de La Pérouse. Passou então em frente ao arquipélago Viti,[92] onde os selvagens massacraram os marinheiros do *Union* e o capitão Bureau, de Nantes, comandante do *Aimable Joséphine*.

Esse arquipélago, que se prolonga por uma extensão de cem léguas de norte a sul, e noventa léguas de leste a oeste, situa-se entre 6° e 2° de latitude sul e 174° e 179° de longitude oeste. Compõe-se de um certo número de ilhas,

92. Antigo nome das ilhas Fiji.

ilhotas e recifes, entre os quais destacamos as ilhas de Titi Levu, Vanua Levu e Kandabon.

Foi Tasman quem as descobriu em 1643, mesmo ano em que Torricelli inventava o barômetro e Luís XIV subia ao trono. Deixo a critério do leitor qual desses fatos foi mais útil à humanidade. Em seguida, foi a vez de Cook em 1774, d'Entrecasteaux, em 1793, e finalmente Dumont d'Urville, em 1827, organizarem o caos geográfico desse arquipélago. O *Náutilus* aproximou-se da baía de Wailea, teatro das terríveis aventuras do capitão Dillon,[93] primeiro a esclarecer o mistério do naufrágio de La Pérouse.

Dragada em diversas ocasiões, essa enseada fornece abundantes e excelentes ostras. Comemos com apetite, após tê-las aberto diretamente sobre a mesa, conforme a recomendação de Sêneca.[94] Os moluscos pertenciam à espécie conhecida sob o nome *Ostrea lamellosa*, muito comum na Córsega. O viveiro de Wailea devia ser considerável, e certamente, se não fossem as múltiplas causas de destruição, aqueles conglomerados terminariam por aterrar as baías, uma vez que contamos até dois milhões de ovos num único indivíduo.

E se mestre Ned Land não teve motivos para se arrepender de sua gula naquela circunstância, foi porque a ostra é o único prato que nunca sacia. Com efeito, são necessários no mínimo dezesseis dúzias desses moluscos acéfalos para fornecer os trezentos e quinze gramas de substância azotada necessários à alimentação cotidiana de um único homem.

Em 25 de dezembro, o *Náutilus* navegava em meio ao arquipélago das Novas Hébridas, que Quiros descobriu em 1606, Bougainville explorou em 1768, e ao qual Cook deu seu nome atual em 1773. Esse grupo compõe-se basicamente de nove grandes ilhas, formando uma faixa de cento e vinte léguas de nor-noroeste a sul-sudeste, compreendida entre 15° e 2° de latitude sul, e entre 164° e 168° de longitude. Passamos rente à ilha de Auru, que, no horário das observações do meio-dia, aparentou-me ser uma massa de bosques verdes, dominada por um pico de grande altitude.

Era dia de Natal, e Ned Land parecia nostálgico da celebração do "Christmas", autêntica festa de família pela qual os protestantes são fanáticos.

Eu não via o capitão Nemo fazia uma semana, quando, na manhã do dia 27, ele adentrou o grande salão, sempre parecendo um homem que acaba

93. O capitão inglês Peter Dillon (1788-1847) foi o primeiro a esclarecer, em 1827, as circunstâncias do desaparecimento do oficial de marinha e explorador francês Jean-François de La Pérouse, ocorrido em 1788, nas imediações da ilha de Vanikoro. A tradução francesa do relato de Dillon, *Viagens às ilhas do mar do sul, em busca de La Pérouse*, foi publicada em 1836. O desaparecimento de La Pérouse provocou uma comoção nacional e foi abordado por diversos escritores do séc.XIX, entre eles Jules Verne e Alexandre Dumas.

94. Lúcio Sêneca (4 a.C.-65 d.C.), filósofo romano da escola estoica, faz a mencionada recomendação em *Cartas a Lucílio*, Livro IX, 78.

de se despedir há cinco minutos. Eu tentava descobrir a rota do *Náutilus* no planisfério. O capitão aproximou-se, colocou um dedo num ponto do mapa e pronunciou esta única palavra.

— Vanikoro.

Esse nome mágico era o nome das ilhotas nas quais vieram a se perder as naus de La Pérouse. Pus-me imediatamente de pé.

— O *Náutilus* nos leva a Vanikoro? — perguntei.

— Sim, professor — respondeu o capitão.

— E poderei visitar as célebres ilhas onde se espatifaram a *Boussole* e a *Astrolabe*?

— Se for de seu agrado — respondeu o capitão.

— E quando estaremos em Vanikoro?

— Já estamos, professor.

Seguido pelo capitão Nemo, subi à plataforma. De lá, meus olhares percorreram avidamente o horizonte.

A nordeste emergiam duas ilhas vulcânicas, de extensão desigual, cercadas por um recife de corais com um perímetro de quarenta milhas. Estávamos diante da ilha de Vanikoro propriamente dita, à qual Dumont d'Urville impôs o nome de ilha de La Recherche, e precisamente defronte da pequena enseada de Vanu, situada a 16°4' de latitude sul e 164°32' de longitude leste. As terras pareciam cobertas pela vegetação desde a praia até os cumes do interior, sobranceados pelo monte Kapogo, com novecentos e vinte e oito metros de altura.

O *Náutilus*, após atravessar o cinturão externo de rochas por uma garganta estreita, viu-se dentro dos abrolhos, onde o mar apresentava uma profundidade que ia de sessenta a oitenta braças. Sob a verdejante sombra dos manguezais, e assustadíssimos com a nossa aproximação, havia alguns selvagens. Não veriam naquele objeto escuro e comprido, avançando à flor da água, algum cetáceo inédito do qual devessem desconfiar?

Nesse momento, o capitão Nemo me perguntou o que eu sabia acerca do naufrágio de La Pérouse.

— O que todo mundo sabe, capitão — respondi-lhe.

— E poderia me informar o que todo mundo sabe? — ele me perguntou, levemente irônico.

— Muito facilmente.

Contei-lhe o que os recentes trabalhos de Dumont d'Urville haviam revelado, trabalhos cujo resumo, bem sucinto, segue abaixo.

Em 1785, La Pérouse e seu imediato, o capitão De Langle, foram encarregados por Luís XVI de realizar uma viagem de circum-navegação a bordo das corvetas *Boussole* e *Astrolabe*, que não regressaram.

Em 1791, o governo francês, preocupado com o destino das duas corvetas, equipou dois grandes veleiros, o *Recherche* e o *Espérance*, que deixaram

Brest em 28 de setembro, sob as ordens de Bruni d'Entrecasteaux. Dois meses depois, sabia-se pelo depoimento de um tal de Bowen, comandante do *Albermale*, que destroços de navios naufragados haviam sido avistados nas costas da Nova Geórgia.[95] D'Entrecasteaux, porém, ignorando esse comunicado — bastante duvidoso, aliás —, dirigiu-se para as ilhas do Almirantado, apontadas como local do naufrágio de La Pérouse num relatório do capitão Hunter.

Suas buscas foram vãs. O *Espérance* e o *Recherche* chegaram a passar por Vanikoro sem lá fundearem; resumindo, a viagem foi um desastre completo, pois custou a vida de d'Entrecasteaux, de dois imediatos e de vários marujos da tripulação.

Foi um velho frequentador do Pacífico, o capitão Dillon, o primeiro a encontrar indícios indiscutíveis dos náufragos. Em 15 de maio de 1824, seu navio, o *Saint Patrick*, passou rente à ilha de Tikopia, uma das Novas Hébridas. Ali, um lascar,[96] acercando-se numa canoa, vendeu-lhe um punho de espada de prata com caracteres gravados com um buril. Esse lascar declarava, além disso, que, seis anos antes, durante uma viagem a Vanikoro, vira dois europeus remanescentes de navios naufragados anos atrás nos recifes da ilha.

Dillon presumiu tratar-se dos navios de La Pérouse, cujo desaparecimento deixara o mundo inteiro em polvorosa, e planejou ir a Vanikoro, onde, segundo o lascar, achavam-se vários destroços do naufrágio. Mas foi impedido pelos ventos e as correntes.

Dillon voltou a Calcutá. Lá conseguiu despertar o interesse da Sociedade Asiática e da Companhia das Índias por sua descoberta. Um navio, batizado *Recherche*, foi colocado à sua disposição e ele partiu, em 23 de janeiro de 1827, acompanhado por um agente francês.

O *Recherche*, após ter feito escala em vários pontos do Pacífico, fundeou diante de Vanikoro, em 7 de julho de 1827, na mesma enseada de Vanu onde o *Náutilus* flutuava naquele momento.

Lá, recolheu vários destroços do naufrágio — utensílios de ferro, âncoras, estropos de polias, morteiros, um projétil de dezoito libras, pedaços de instrumentos astronômicos, um toco de canhão e um sino de bronze com os dizeres "Bazin me fabricou", marca da fundição do Arsenal de Brest por volta de 1785. Não era mais possível duvidar.

Dillon, a fim de completar suas averiguações, permaneceu no local do sinistro até o mês de outubro. Em seguida, partiu de Vanikoro, dirigiu-se à

95. Outra denominação para as ilhas Salomão.

96. Lascar: nome dado na Índia aos marujos pertencentes à classe dos párias.

Nova Zelândia, fundeou em Calcutá em 7 de abril de 1828 e regressou à França, onde foi amavelmente recebido por Carlos X.

Enquanto isso, porém, Dumont d'Urville, ignorando os avanços de Dillon, já partira para procurar o teatro do naufrágio em outras paragens. Com efeito, soubera-se, pelos relatos de um baleeiro, que nativos das Lusíadas[97] e da Nova Caledônia estavam de posse de medalhas e de uma cruz de São Luís.

Isso fez com que Dumont d'Urville, comandante da *Astrolabe*, se fizesse ao mar, vindo a fundear, exatamente dois meses após Dillon sair de Vanikoro, diante de Hobart Town. Lá, teve conhecimento dos resultados obtidos por Dillon e, além disso, soube que um certo James Hobbs, imediato do *Union*, de Calcutá, aportando numa ilha situada a 8°18' de latitude sul e 156°30' de longitude leste, observara que os nativos da região faziam uso de barras de ferro e panos vermelhos.

Dumont d'Urville, bastante perplexo e não sabendo se devia dar crédito a esses relatos propagados por jornais pouco dignos de confiança, decidiu, entretanto, seguir os rastros de Dillon.

Em 10 de fevereiro de 1828, a *Astrolabe* chegou a Tikopia, contratou como guia e intérprete um desertor estabelecido nessa ilha, fez velas rumo a Vanikoro, avistou-a em 12 de fevereiro, costeou seus recifes até o dia 14 e, apenas no dia 20, fundeou dentro da barreira, na enseada de Vanu.

No dia 23, vários oficiais percorreram a ilha, recolhendo alguns destroços pouco importantes. Os nativos, adotando um sistema de negativas e evasivas, recusavam-se a levá-los ao local do sinistro. Esse comportamento, bastante suspeito, deu a entender que haviam maltratado os náufragos e, com efeito, eles pareciam temer que Dumont d'Urville estivesse ali para vingar La Pérouse e seus desafortunados companheiros.

No dia 26, porém, aliciados com presentes e compreendendo que não tinham por que temer represálias, levaram o imediato, o sr. Jacquinot, ao local do naufrágio.

Ali, a três ou quatro braças de água entre os recifes Pacu e Vanu, jaziam âncoras, canhões e peças de ferro fundido e chumbo engastados nas concreções calcárias. A chalupa e a baleeira da *Astrolabe* foram despachadas para o local. Não sem muito custo, suas tripulações conseguiram puxar uma âncora pesando mil e oitocentas libras, um canhão de oito libras em ferro fundido, uma peça de chumbo e dois morteiros de cobre.

Ao interrogar os nativos, Dumont d'Urville soube também que La Pérouse, após ter perdido seus dois navios nos recifes das ilhas, construíra uma embarcação menor, que também naufragara... Onde? Não se sabia.

97. Arquipélago situado a sudeste de Nova Guiné, avistado por Bougainville em 1767.

O comandante da *Astrolabe* mandou então erigir, à sombra dos manguezais, um cenotáfio em memória do célebre navegador e seus companheiros. Era uma simples pirâmide quadrangular, assentada numa base de corais, e na qual não entrou nenhum metal capaz de atrair a ganância dos nativos.

Dumont d'Urville preparou-se então para partir, mas, como sua tripulação e ele mesmo achavam-se minados pelas febres daquela costa enfermiça, só conseguiu aparelhar em 17 de março.

Enquanto isso, o governo francês, temendo que Dumont d'Urville ignorasse os avanços de Dillon, despachara para Vanikoro a corveta *Bayonnaise*, comandada por Legoarant de Tromelin, que fazia uma escala na costa oeste dos Estados Unidos. A *Bayonnaise* fundeou diante de Vanikoro poucos meses depois da partida da *Astrolabe*. Embora sem encontrar qualquer documento novo, constatou que os selvagens haviam respeitado o mausoléu de La Pérouse.

Eis a substância do relato que fiz ao capitão Nemo.

— Quer dizer — ele indagou — que ninguém sabe aonde foi perecer a terceira embarcação, construída pelos náufragos na ilha de Vanikoro?

— Ninguém.

O capitão Nemo não respondeu nada, fazendo-me sinal para segui-lo até o grande salão. O *Náutilus* submergiu alguns metros e as escotilhas se abriram.

Precipitei-me para os vidros e, sob os engastes de corais — revestidos por fungos, sinófilos, alcíones e cariofílicos —, através das miríades de peixes encantadores — girelas, glifisidontes, ponferídeos, diácopos e holocentros —, avistei alguns destroços que as dragas não haviam conseguido remover, estribos de ferro, âncoras, canhões, projéteis, uma peça do cabrestante, um castelo de proa, todos objetos provenientes dos navios naufragados e agora atapetados por flores vivas.

Enquanto eu observava aqueles destroços desolados, o capitão Nemo dirigiu-se a mim com uma voz grave:

— O comandante La Pérouse partiu em 7 de dezembro de 1785 com seus navios *Boussole* e *Astrolabe*. Fundeou primeiro em Botany Bay, visitou o arquipélago dos Amigos, a Nova Caledônia, rumou para Santa Cruz e chegou a Nakuma, uma das ilhas Hapai. Em seguida seus navios alcançaram os recifes desconhecidos de Vanikoro. O *Boussole*, que capitaneava, encalhou na costa meridional. O *Astrolabe* veio em seu socorro e também soçobrou. O primeiro navio foi quase imediatamente destruído. O segundo, encalhado a sotavento, resistiu alguns dias. Os nativos deram excelente acolhida aos náufragos, que se instalaram na ilha e construíram uma ampla embarcação com os destroços das duas anteriores. Alguns marinheiros permaneceram voluntariamente em Vanikoro, os demais, alquebrados, doentes, partiram com La Pérouse para as

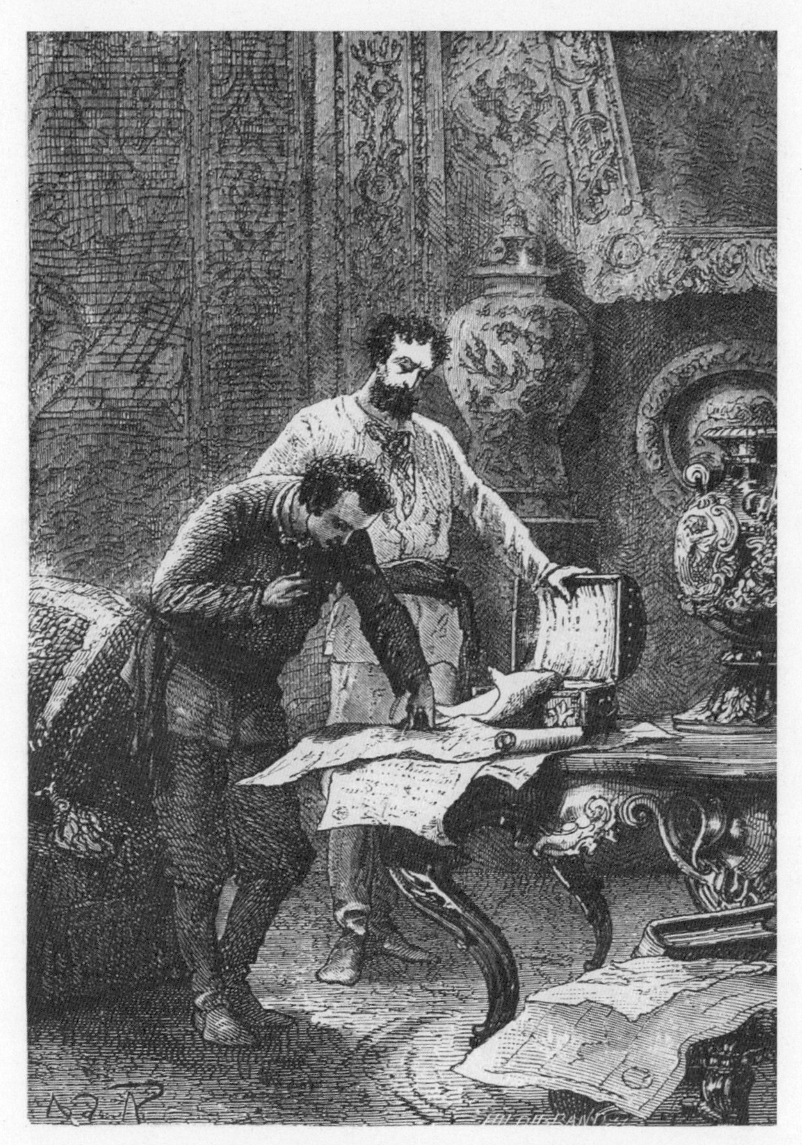

Um maço de papéis amarelecidos, mas ainda legíveis.

ilhas Salomão, onde todos pereceram na costa ocidental da ilha principal do arquipélago, entre os cabos Decepção e Satisfação!

— E como sabe tudo isso? — exclamei.

— Eis o que encontrei no local deste último naufrágio!

O capitão Nemo mostrou-me uma caixa de latão com as armas da França, toda corroída pelas águas salinas. Abrindo-a, vi um maço de papéis amarelecidos, mas ainda legíveis.

Eram as próprias instruções do ministro da Marinha ao comandante La Pérouse, anotadas na margem pelo punho de Luís XVI!

— Ah, que bela morte para um marinheiro, descansar numa sepultura de coral! — exclamou então o capitão Nemo. — Queiram os céus que meus companheiros e eu não tenhamos outra!

20. *O estreito de Torres*

Durante a noite de 27 para 28 de dezembro, o *Náutilus* abandonou a região de Vanikoro a toda velocidade. Dirigindo-se para sudoeste, em três dias atravessou as setecentas e cinquenta léguas que separam o arquipélago de La Pérouse da ponta sudeste da Papuásia.

Em 1º de janeiro de 1868, logo cedo pela manhã, Conselho veio ter comigo na plataforma.

— Patrão — interpelou-me o bom rapaz —, o senhor me permitiria desejar-lhe feliz ano-novo?

— Como não, Conselho, exatamente como se eu estivesse em Paris, no meu gabinete do Jardim Botânico! Aceito seus votos e agradeço. Perguntaria, contudo, o que entende por "feliz ano-novo" nas circunstâncias em que nos encontramos. Será este o ano que trará o fim de nosso confinamento, ou verá prolongar-se esta insólita viagem?

— Juro, patrão, que não sei bem o que lhe dizer — respondeu Conselho. — Decerto vemos coisas curiosas, e faz dois meses que não temos tempo de nos entediar. A maravilha mais recente é sempre a mais espantosa e, mantendo-se tal progressão, não sei como isso terminará. Minha opinião é que nunca voltaremos a ter uma oportunidade como esta.

— Nunca, Conselho.

— Além disso, o senhor Nemo, que justifica perfeitamente seu nome latino,[98] não incomoda mais do que se não existisse.

— É como você diz, Conselho.

— Logo, com todo respeito ao patrão, penso que um feliz ano-novo seria um ano que nos permitisse ver tudo...

— Ver tudo, Conselho? Talvez seja um exagero. Mas o que pensa Ned Land a respeito?

98. *Nemo*, em latim, significa "ninguém".

— Ned pensa exatamente o oposto de mim — respondeu Conselho. — É um espírito pragmático e um estômago intransigente. Não lhe basta observar os peixes e comê-los. A falta de vinho, pão e carne não convém a um digno saxão íntimo dos bifes e a quem o *brandy* ou o gim, consumidos com moderação, não assustam!

— Pois a mim, Conselho, não é esse lado que me aborrece, já que me adaptei perfeitamente ao regime de bordo.

— E eu também — disse Conselho. — Dito isto, inclino-me a ficar, da mesma forma que mestre Land inclina-se a fugir. Sendo assim, se o ano que agora começa não for bom para mim, será bom para ele, e vice-versa. Logo, haverá sempre alguém satisfeito. Enfim, para concluir, desejo ao patrão o que for do agrado do patrão.

— Obrigado, Conselho. Eu só lhe pediria que adiasse para mais tarde as questões pendentes e as substituísse provisoriamente por um bom aperto de mão. É tudo que tenho.

— O patrão nunca foi tão generoso — declarou Conselho.

E, com isso, o bom rapaz se foi.

No dia 2 de janeiro, já havíamos percorrido onze mil trezentas e quarenta milhas, ou seja, cinco mil duzentas e cinquenta léguas desde o nosso ponto de partida nos mares do Japão. À frente do esporão do *Náutilus* estendiam-se as perigosas paragens do mar de Coral, na costa nordeste da Austrália. Nossa embarcação acompanhava, a uma distância de poucas milhas, a temível muralha contra a qual os navios de Cook quase soçobraram em 10 de junho de 1770. O navio onde o próprio Cook estava colidiu com um rochedo. Porém não afundou, e foi graças a essa circunstância que o pedaço de coral, arrancado com o impacto, permaneceu cravado no casco.

Teria sido uma dádiva visitar esse recife com trezentas e sessenta léguas de comprimento, contra o qual o mar, sempre encapelado, quebrava com uma intensidade incrível, comparável ao ribombar do trovão, mas nesse momento os planos inclinados do *Náutilus* nos arrastaram para as profundezas. Sem nada poder ver das elevadas muralhas coralígenas, tive de me contentar com os diversos espécimes de peixes apanhados em nossas redes. Observei, entre outros, escombrídeos do tamanho de atuns, com as ilhargas azuladas e riscadas por faixas transversais que se apagam junto com a vida do animal. Esses peixes nos acompanhavam em cardumes e forneceram à nossa mesa uma carne delicadíssima. Recolhemos também um grande número de esparídeos, com meio decímetro de comprimento, cujo gosto lembrava o do dourado, e peixes-voadores, verdadeiras andorinhas submarinas, que, nas noites escuras, riscam alternadamente ares e águas com sua fosforescência. Dentre os moluscos e zoófitos, descobri nas malhas da rede diversas espécies de alcionários, ouriços-do-mar, martelos, esporões, solários, cerites, hialídeos. A flora era representada por belas algas flutuantes, laminárias e macrocistos, impregnados da mucilagem que brotava através de seus poros e entre os quais recolhi uma admirável *Nemastoma gelianiroide*, classificada entre as curiosidades naturais do Museu de Paris.

Dois dias após atravessar o mar de Coral, em 4 de janeiro, avistamos as costas da Papuásia. Nessa ocasião, o capitão Nemo limitou-se a me informar que sua intenção era alcançar o oceano Índico pelo estreito de Torres. Ned não escondeu a alegria ao observar que essa rota o aproximava dos mares europeus.

O estreito de Torres — que separa a Nova Holanda da grande ilha da Papuásia, também conhecida como Nova Guiné — é considerado perigoso não tanto pelos recifes traiçoeiros, mas pelos selvagens habitantes que vivem às suas margens.

A Papuásia tem mil e seiscentos quilômetros de comprimento por quinhentos e vinte de largura, e uma superfície de cento e sessenta mil quilômetros. Localiza-se na latitude entre 0°19' e 10°2' sul e na longitude entre 128°23' e 146°15'. Ao meio-dia, enquanto o imediato calculava a altura do sol, percebi os picos dos montes Arfak, escalonados por planos e terminados em agulhas.

Essa terra, descoberta em 1511 pelo português Francisco Serrano, foi visitada sucessivamente por dom José de Meneses em 1526, por Grijalva em 1527, pelo general espanhol Alvar de Saavedra em 1528, por Juigo Ortez em 1545, pelo holandês Shouten em 1616, por Nicolas Struick em 1753, por Tasman, Dampier, Fumel, Carteret, Edwards, Bougainville, Cook, Forrest, MacCluer, por Entrecasteaux em 1792, por Duperrey em 1823, e por Dumont d'Urville em 1827. "É a origem dos negros que ocupam toda a Malásia", disse o sr. De Rienzi,[99] e eu mal conseguia crer que aquele tortuoso périplo iria me colocar diante dos temíveis andamãos.[100]

O *Náutilus* encontrava-se, portanto, na entrada do mais perigoso estreito do globo, aquele que os mais temerários navegadores hesitam atravessar, o mesmo que Luís Paz de Torres enfrentou ao voltar dos mares do Sul para a Melanésia, e no qual, em 1840, as corvetas desgovernadas de Dumont d'Urville estiveram prestes a ir a pique. Não obstante, o próprio *Náutilus*, superior a todos os perigos do mar, iria deparar-se com os recifes coralinos.

O estreito de Torres possui cerca de cento e quarenta quilômetros de largura, mas é atravancado por uma inacreditável quantidade de ilhas, ilhotas, rochedos e recifes, o que torna quase impraticável sua navegação. O capitão Nemo, diante disso, tomou todas as precauções requeridas para atravessá-lo, e o *Náutilus*, flutuando na linha da superfície, avançava a uma velocidade

99. Grégoire Louis Domény de Rienzi (1789-1843), cientista e explorador, autor de um dicionário geográfico.

100. Os andamãos são nativos das ilhas Andamão, situadas no golfo de Bengala. No entanto, Jules Verne emprega esse termo para designar os papuas da Nova Guiné.

moderada. Sua hélice, como se fosse a cauda de um cetáceo, movia-se preguiçosamente.

Aproveitando-nos dessa circunstância, meus dois companheiros e eu havíamos nos instalado na sempre deserta plataforma. À nossa frente elevava-se a casinha do timoneiro, que, se não me engano, naquele momento era o capitão Nemo, conduzindo pessoalmente o *Náutilus*.

Eu tinha diante de mim os excelentes mapas do estreito de Torres levantados e elaborados pelo engenheiro-hidrógrafo Vincendon Dumoulin e o alferes naval Coupvent Desbois — agora almirante —, que integravam o estado-maior de Dumont d'Urville durante sua última viagem de circum-navegação. São, ao lado dos do capitão King, os melhores mapas para entender o emaranhado daquele estreito, e eu os consultava com escrupulosa atenção.

Em torno do *Náutilus*, o mar encrespava-se, furioso. A corrente marítima, que corria de sudeste para sudoeste a uma velocidade de duas milhas e meia, quebrava nos corais, cujas cristas afloravam aqui e ali.

— Isso é o que chamo de mar virado! — comentou Ned Land.

— Realmente, detestável — concordei —, nada propício para uma embarcação como o *Náutilus*.

— Espero que esse maldito capitão saiba o que está fazendo, pois vejo à frente barreiras de corais que não precisam mais que roçar seu casco para fazê-lo em mil pedaços — desafiou o canadense.

A situação era de fato perigosa, mas o *Náutilus* parecia esgueirar-se como que por encanto em meio aos furiosos abrolhos. Não seguia exatamente a rota da *Astrolabe* e da *Zélée*, fatal para Dumont d'Urville. Navegando mais ao norte, deixou para trás a ilha Murray e rumou para sudoeste, em direção à passagem de Cumberland. Por um momento pensei que fôssemos colidir, porém, subindo para noroeste, ele embicou, através de uma grande quantidade de ilhas e ilhotas pouco conhecidas, na direção da ilha Tound e do canal Mauvais.

Eu já me perguntava se o capitão Nemo, imprudente às raias da loucura, cogitava encaminhar seu navio para aquela garganta que pulverizara as duas corvetas de Dumont d'Urville, quando, alterando pela segunda vez seu curso e cortando direto para oeste, ele tomou o rumo da ilha Gueboroar.[101]

Eram três horas da tarde. A rebentação não dava trégua, a maré estava quase cheia. Já nos encontrávamos a menos de duas milhas da costa, que ainda vejo com seu notável colar de pandanos, quando me vi derrubado por um impacto súbito. O *Náutilus*, imobilizando-se e adernando ligeiramente para bombordo, acabara de abalroar um rochedo.

Quando me recobrei, vi o capitão Nemo e seu imediato na plataforma vistoriando a embarcação e trocando algumas palavras em seu incompreensível idioma.

101. Possivelmente a ilha Gabba, território australiano situado no estreito de Torres.

O Náutilus acabara de abalroar um rochedo.

Eis um resumo da situação. A duas milhas a estibordo, despontava a ilha Gueboroar, cuja costa descrevia um arco de norte para oeste, como um imenso braço. Ao sul e a leste já afloravam algumas cabeças de corais que a vazante descobria. Estávamos encalhados, e isto em meio a um desses mares em que as marés são ínfimas, o que representava um obstáculo à reflutuação do *Náutilus*. Se por um lado, graças à têmpera de seu casco, a embarcação nada sofrera, por outro, embora insubmersível e inexpugnável, corria o sério risco de ficar para sempre agarrada àqueles escolhos, e então adeus ao aparelho submarino do capitão Nemo.

Assim refletia eu quando o capitão, frio e calmo, sempre senhor de si, sem parecer abalado ou contrariado, aproximou-se.

— Um acidente? — indaguei.

— Não, um incidente — foi sua resposta.

— Mas um incidente — repliquei — que pode obrigá-lo a voltar a ser um morador dessas terras que tanto o afugentam!

O capitão Nemo fitou-me de modo singular e fez um sinal negativo, indicando com suficiente clareza que nada jamais o faria pisar novamente num continente. Disse então:

— O *Náutilus* não está perdido, senhor Aronnax, ele ainda o transportará em meio às maravilhas do oceano. Nossa viagem está apenas no começo, e não pretendo privar-me tão cedo da honra de sua companhia.

— No entanto, capitão Nemo — argumentei, ignorando a forma irônica de sua resposta —, o *Náutilus* soçobrou durante a preamar. Ora, as marés não são fortes no Pacífico e, se não conseguir desfazer-se de lastro — o que me parece impossível —, não vejo como voltará a flutuar.

— As marés não são fortes no Pacífico, tem razão, professor — respondeu o capitão Nemo —, porém, no estreito de Torres, ainda encontramos uma diferença de um metro e meio entre o nível da preamar e da vazante. Hoje é dia 4 de janeiro, dentro de cinco dias teremos lua cheia. Ora, eu muito me admiraria se esse generoso satélite não levantasse suficientemente essas massas de água e não me prestasse um favor que desejo dever apenas a ele.

Dito isto, o capitão Nemo, seguido pelo imediato, desceu ao interior do *Náutilus*, que permanecia completamente imóvel, como se já estivesse preso pelo indestrutível cimento dos pólipos coralinos.

— E então, professor? — indagou-me Ned Land, que viera se inteirar da situação após a saída do capitão.

— Pois bem, amigo Ned, esperaremos tranquilamente a maré do dia 9, pois, ao que parece, a lua fará o obséquio de nos devolver ao mar.

— Isso é tudo?

— Sim.

— Quer dizer que esse capitão não vai lançar suas âncoras ao largo, engrenar seu motor e fazer tudo para se soltar?

— Para quê, se a maré é o suficiente?! — respondeu Conselho.

O canadense fitou Conselho e deu de ombros. Era o marinheiro que falava dentro dele.

— Professor, acredite em mim, esse pedaço de ferro jamais voltará a navegar, nem por cima nem por baixo dos mares. Seu destino é o ferro-velho.

Assim sendo, creio ser chegado o momento de abdicar da companhia do capitão Nemo.

— Amigo Ned — respondi —, ao contrário de você, ainda não perdi as esperanças no valente *Náutilus*, e dentro de quatro dias saberemos a que nos ater quanto às marés do Pacífico. Além do mais, a ideia da fuga poderia ser oportuna se estivéssemos próximos ao litoral da Inglaterra ou da Provença, mas na Papuásia a coisa muda de figura. De todo modo, se o *Náutilus* não emergir, o que eu veria como um trágico acontecimento, não faltarão oportunidades para chegarmos a tais extremos.

— Mas não podemos nem ao menos fazer um reconhecimento do terreno? — Ned Land insistiu. — Eis uma ilha. Nessa ilha, há árvores. Sob essas árvores, animais terrestres, donos de costeletas e rosbifes nos quais eu não me negaria a dar algumas dentadas.

— Nesse ponto o amigo Ned tem razão — opinou Conselho —, e alinho-me a seu lado. O patrão não poderia obter de seu amigo capitão Nemo a gentileza de nos levar até a praia, nem que seja para não perdermos o hábito de pisar com o pé as partes sólidas de nosso planeta?

— Posso perguntar — me ofereci —, mas ele recusará.

— Arrisque-se, patrão — disse Conselho —, e saberemos até onde vai a amabilidade do capitão Nemo.

Para minha grande surpresa, o capitão Nemo concedeu-me a autorização que eu lhe pedia, e o fez com graça e solicitude, sem sequer me arrancar a promessa de voltar a bordo. Mas uma fuga através das terras da Nova Guiné teria sido muito arriscada, e eu não teria aconselhado Ned Land a tentá-la. Era preferível ser prisioneiro a bordo do *Náutilus* a cair nas mãos dos nativos da Papuásia.

O escaler foi colocado a nossa disposição para a manhã seguinte. Não procurei saber se o capitão Nemo estaria conosco, assim como dava por certo que nenhum homem da tripulação nos acompanharia, cabendo a Ned Land a tarefa de pilotar a embarcação. Além disso, como a terra se achava a duas milhas de distância no máximo, para o canadense era muito fácil conduzir a leve embarcação pelo meandro de recifes, tão desafiadores para naus de grande porte.

No dia seguinte, 5 de janeiro, o escaler foi retirado de seu alvéolo e lançado ao mar do alto da plataforma. Dois homens bastaram para essa operação. Os remos estavam a bordo e só nos restava acomodarmo-nos lá dentro.

Às oito horas, armados com fuzis e machados, desatracamos do *Náutilus*. O mar estava sossegado e soprava uma leve brisa da ilha. Conselho e eu remávamos vigorosamente, enquanto Ned guiava-nos por entre as estreitas gargantas que os recifes deixavam. O escaler tinha boa dirigibilidade e avançava rapidamente.

Ned Land não continha sua alegria. Era um prisioneiro evadido da prisão e retornar a ela era a última coisa que lhe passava na cabeça.

— Carne! — repetia. — Vamos comer carne, e que carne! Caça de verdade! Nada de pão, por exemplo! Não digo que peixe não seja uma coisa boa, mas exagerar nunca é aconselhável e uma caça fresca, grelhada na brasa, servirá para variarmos nossa dieta cotidiana.

— Guloso! — zombava Conselho. — Está me dando água na boca.

— Resta saber — eu disse — se as florestas são generosas e se o tamanho da caça não faz com que seja ela a caçar o caçador.

— Ora, professor Aronnax, se não houver outro quadrúpede nessa ilha comerei tigre, lombo de tigre! — respondeu o canadense, cujos dentes pareciam afiados como um gume de faca.

— O amigo Ned é preocupante — inquietou-se Conselho.

— Seja como for — insistiu Ned Land —, qualquer animal de quatro patas sem plumas, ou de duas patas com plumas, será cumprimentado com meu primeiro tiro de fuzil.

— Lá vem de novo mestre Land com suas imprudências! — foi o meu comentário.

— Não tenha medo, professor Aronnax — respondeu o canadense —, reme com vontade! Peço vinte e cinco minutos para lhe oferecer um prato à minha moda.

Às oito e meia, o escaler do *Náutilus* tocava suavemente uma ponta de areia, após vencer com sucesso o anel coralino que cingia a ilha Gueboroar.

21. *Alguns dias em terra*

Pisar em terra firme nos causou uma forte emoção. Ned Land revolvia o solo com o pé, como se para tomar posse dele. Contudo, nem dois meses haviam se passado desde que éramos, segundo a expressão do capitão Nemo, "passageiros do *Náutilus*", isto é, prisioneiros de seu comandante.

Em poucos minutos, estávamos a um disparo de fuzil da costa. O solo era quase integralmente madrepórico, mas alguns leitos secos, sedimentados com resíduos graníticos, demonstravam que a ilha era resultado de uma formação primordial. Todo o horizonte escondia-se atrás de uma cortina de florestas admiráveis. Árvores enormes, às vezes alcançando sessenta metros de altura, ligavam-se uma à outra por guirlandas de cipós, verdadeiras redes naturais, embaladas por uma brisa ligeira. Eram mimosas, fícus, casuarinas, tecas, hibiscos, vacuás, palmeiras, profusamente emaranhadas, e sob o abrigo de sua abóbada verdejante, ao pé de seus gigantescos caules, cresciam orquídeas, leguminosas e samambaias.

Ignorando todos esses belos espécimes da flora papuasiana, o canadense trocou o agradável pelo útil. Avistando um coqueiro, derrubou alguns cocos e quebrou-os. Bebemos sua água e comemos sua polpa com uma satisfação que protestava contra o cardápio do *Náutilus*.

— Excelente! — exclamava Ned Land.

— Delicioso! — acrescentava Conselho.

— E não creio — disse o canadense — que o seu capitão Nemo se oponha se levarmos uma carga de cocos a bordo…

— Não creio também — opinei —, mas ele não irá prová-los!

— Pior para ele! — decretou Conselho.

— E melhor para nós! — completou Ned Land. — Sobrará mais.

— Apenas um detalhe, mestre Land — eu disse ao arpoador, que já se dispunha a devastar outro coqueiro —, a ideia do coco é boa, mas, antes de abarrotarmos o escaler, parece-me sensato verificar se a ilha não produz alguma substância não menos útil. Legumes frescos seriam bem recebidos na despensa do *Náutilus*.

— O patrão está certo — concordou Conselho —, e proponho reservarmos três lugares em nossa embarcação, um para as frutas, um para os legumes e o terceiro para a caça, da qual, aliás, ainda não vislumbrei nenhum sinal.

— A esperança é a última que morre, Conselho — insistiu o canadense.

— Continuemos então nossa expedição — determinei —, mas sempre de olhos abertos. Embora pareça desabitada, ainda assim a ilha pode abrigar indivíduos menos exigentes do que nós em relação à natureza da caça!

— He, he! — divertiu-se Ned Land, com um movimento de maxilar bastante significativo.

— Ouviu bem, Ned? — alfinetou Conselho.

— E como não?— rebateu o canadense — Aliás, começo a compreender os encantos da antropofagia!

— Ned! Ned! O que você diz?! — reagiu Conselho. — Você, antropófago! Não me sentirei mais seguro dormindo na mesma cabine! E se um dia eu acordar e me faltar um pedaço?

— Gosto de você, amigo Conselho, mas não o suficiente para usá-lo como alimento sem necessidade.

— Não acredito nisso — encerrou Conselho. — Ao ataque! Ou abatemos alguma caça para saciar esse canibal, ou uma manhã dessas o patrão não encontra senão um esqueleto de criado para servi-lo.

Assim, enquanto conversávamos, penetramos sob as escuras abóbadas da floresta, da qual, durante duas horas, percorremos todas as direções.

O acaso nos proporcionou uma bela coleta de vegetais comestíveis e um dos produtos mais úteis das zonas tropicais, um alimento precioso e que faltava a bordo.

Refiro-me à fruta-pão, muito abundante na ilha Gueboroar, onde observei principalmente a variedade desprovida de sementes, que os malaios chamam de *rima*.

Essa árvore distinguia-se das demais pelo tronco reto e a altura de doze metros. Sua copa, graciosamente abaulada e formada por grandes folhas multilobadas, era o suficiente para um naturalista reconhecer o artocarpo, aclimatado com sucesso nas ilhas Mascarenhas. De sua massa de verdura destacam-se grandes frutas globulosas, com um decímetro de largura, cobertas externamente por rugosidades dispostas em forma de hexágono. Um vegetal útil com que a natureza presenteou as regiões carentes de trigo e que, sem exigir cultivo, dá fruta durante oito meses do ano.

Ned Land conhecia bem aquelas frutas, tendo-as provado em suas numerosas viagens — e sabia preparar sua substância comestível. Assim que as viu, não se conteve mais.

— Professor — implorou —, morro se não provar um pouco dessa massa de fruta-pão!

— Prove, amigo Ned, prove à vontade. Estamos aqui para realizar experimentos, vá em frente.

— É para já — respondeu o canadense.

E, fazendo uso de uma lente, acendeu um fogo de lenha seca que crepitou alegremente. Enquanto isso, Conselho e eu escolhíamos os melhores frutos do artocarpo. Alguns ainda não estavam suficientemente maduros, e sua grossa casca envolvia uma polpa branca mas um pouco fibrosa. Outros, em profusão, amarelados e gelatinosos, esperavam apenas a hora de ser colhidos.

Eram frutas sem caroço. Conselho levou uma dúzia para Ned Land, que, após cortá-las em fatias grossas, assou-as sobre um fogo de carvão. Enquanto cozinhava, não se cansava de repetir:

— Verá, professor, que delícia de pão!

— Ainda mais que não comemos pão há uma eternidade — disse Conselho.

— Não é nem mais pão — acrescentou o canadense. — É um manjar. Nunca provou, professor?

— Não, Ned.

— Pois bem, prepare-se para uma coisa suculenta. Se não gostar, não está mais aqui o rei dos arpoadores!

Ao final de alguns minutos, o punhado de frutas expostas ao fogo carbonizou completamente. Em seu cerne, apareceu uma massa branca, espécie de miolo macio, cujo sabor lembrava o da alcachofra.

Tenho de admitir, era um pão excelente, e comi-o deliciado.

— Infelizmente — observei —, não é possível conservar fresca essa massa, sendo inútil, portanto, levarmos uma provisão para bordo.

— Vamos com calma, professor! — exclamou Ned Land. — O senhor fala como naturalista, eu penso como padeiro. Conselho, colha algumas frutas para pegarmos na volta.

— E como irá prepará-las? — perguntei ao canadense.

— Fabricando com sua polpa uma massa fermentada que se conservará indefinidamente, sem estragar. Quando quiser usá-la, asso-a na cozinha de bordo e, apesar de seu sabor um pouco ácido, vai achá-la excelente.

— Então, mestre Ned, vejo que não falta nada a essa mistura...

— Sim, professor — respondeu o canadense —, faltam algumas frutas, ou pelo menos alguns legumes!

— Procuremos as frutas e legumes.

Terminada a colheita, pusemo-nos a caminho para preparar nosso jantar "terrestre".

Nossas buscas não tinham sido vãs, e por volta do meio-dia havíamos feito ampla provisão de bananas. Essas deliciosas frutas da zona tórrida amadurecem o ano inteiro, e os malaios, que lhes deram o nome de *pisang*, comem-nas cruas. Além das bananas, colhemos jacas enormes e de sabor intenso, mangas saborosas e abacaxis descomunais. E essa tarefa tomou grande parte de nosso tempo, mas, pensando bem, não tínhamos muito que reclamar.

Conselho não parava de observar Ned. O arpoador encabeçava a caminhada e, deambulando pela floresta, colhia com mão firme excelentes frutos para complementar sua provisão.

— E então, amigo Ned — perguntou Conselho —, ainda não terminou?

— Hum! — foi a resposta do canadense.

— Ora! Do que se queixa?

— Juntando todos esses vegetais não dá uma refeição — declarou Ned. — Isso é o final da refeição, é a sobremesa. Mas e a sopa? E o assado?

— De fato — concordei —, Ned prometeu costeletas que me parecem duvidosas.

— Professor — reagiu o canadense —, não apenas a caçada não terminou, como sequer começou. Um pouco de paciência! Acabaremos encontrando algum animal com penas ou com pelo; se não aqui, em outro lugar...

— E se não for hoje, será amanhã — acrescentou Conselho —, pois não é conveniente irmos muito longe. Sugiro inclusive que voltemos ao escaler.

— O quê! Já?! — exclamou Ned.

— Prometemos voltar antes do anoitecer — observei.

— Mas que horas são, por favor? — perguntou o canadense.

— Duas horas, pelo menos — respondeu Conselho.

— Como o tempo passa rápido em terra firme! — constatou mestre Ned Land, com um suspiro nostálgico.

— Em frente — disse Conselho.

Atravessamos então a floresta de volta e complementamos nossas provisões, atacando as nozes-de-areca, colhidas no topo das árvores, e um tipo de feijõezinhos — que reconheci como os *abru* dos malaios — e inhames de qualidade superior.

Apesar de abarrotados na chegada ao escaler, Ned ainda considerava insuficiente nosso estoque e, para sua felicidade, acabou descobrindo várias árvores, medindo entre oito e nove metros, pertencentes à família das palmeiras. Essas árvores, tão valiosas quanto o artocarpo, são merecidamente reconhecidas como um dos produtos mais úteis da Malásia.

Eram sagueiros, vegetais que crescem espontaneamente, reproduzindo-se, como as amoreiras, pelos brotos e sementes.

Ned Land sabia como tratar aquelas árvores, e manejando vigorosamente o machado não demorou a deitar ao solo duas ou três, visivelmente maduras a julgar pelo pó branco que revestia suas palmas.

Observei-o mais com olhos de naturalista que de homem faminto. Ned começou por retirar de cada tronco uma faixa de casca, com uma polegada de espessura, que cobria uma rede de fibras alongadas mas formando nós inextricáveis, espremidos numa espécie de farinha viscosa. Essa farinha é o sagu, substância comestível que constitui o principal alimento dos povos melanésios.

Ned Land contentou-se, naquele momento, em cortar algumas lascas, como se fosse lenha para queimar, deixando para mais tarde o trabalho de extrair a farinha, coá-la num pano, a fim de separá-la de seus ligamentos fibrosos, evaporar sua umidade ao sol e deixá-la endurecer em formas.

Finalmente, às cinco da tarde, carregando todas as nossas riquezas, deixávamos a praia da ilha e, meia hora depois, atracávamos no *Náutilus*. Ninguém nos esperava, o grande cilindro metálico parecia deserto. Embarcadas as provisões, desci ao meu quarto, encontrando lá uma ceia já posta. Comi e depois dormi.

No dia seguinte, 6 de janeiro, nada de novo a bordo. Nenhum barulho no interior, nenhum sinal de vida. O escaler permanecera atracado, no mesmo lugar onde o havíamos deixado. Resolvemos voltar à ilha Gueboroar. Ned Land esperava ter mais sorte do que na véspera, do ponto de vista do caçador, e desejava visitar a outra parte da floresta.

Partimos ao amanhecer. O escaler, impelido pela maré, não demorou a tocar em terra.

Ao desembarcarmos, julgando preferível confiar em seu instinto, seguimos Ned Land, cujas pernas compridas ameaçavam distanciar-se de nós.

Ned Land subiu o litoral na direção oeste, atravessou a vau alguns leitos de riacho e alcançou o planalto, que era cercado por admiráveis florestas. Alguns martins-pescadores rondavam o curso d'água, sem permitir aproximação. Tal recusa provou que aquelas aves sabiam o que esperar de bípedes de nossa espécie, levando-me a concluir que, se não era habitada, a ilha não deixava de ser frequentada por seres humanos.

Após atravessar uma extensa pradaria, chegamos à orla de um pequeno bosque, animado pelo canto e o voo de grande número de aves.

— São apenas passarinhos — disse Conselho.

— Mas alguns são comestíveis! — respondeu o arpoador.

— Está enganado, amigo Ned — replicou Conselho —, não vejo senão papagaios.

— Amigo Conselho — sentenciou gravemente Ned —, o papagaio é o faisão de quem não tem outra coisa para comer.

— E acrescento — opinei — que essa ave, preparada dentro das regras, merece a honra de uma garfada.

Com efeito, sob a densa folhagem da mata, uma miríade de papagaios voava de galho em galho, aguardando apenas uma educação mais esmerada para falar a língua humana. Enquanto isso, palravam na companhia de periquitos de todas as cores e de graves cacatuas, que pareciam meditar algum problema filosófico, enquanto loris de um vermelho explosivo passavam como um pedaço de estame carregado pelo vento, em meio aos calaus de voo ruidoso, papuas pintados nos mais sutis matizes do anil, e uma variedade imensa de aves encantadoras, mas basicamente pouco comestíveis.

Faltava na coleção, contudo, uma ave característica daquelas terras e que jamais ultrapassou o limite das ilhas de Arru e das Papuas. Mas a sorte me reservava a oportunidade de admirá-la muito em breve.

Após atravessar uma mata rala, desembocamos numa planície tomada por arbustos. Vi então alçarem voo pássaros magníficos, obrigados a lutar contra o vento pela disposição de suas longas e compridas penas. Seu voo ondulante, a graça de suas curvas etéreas, o furta-cor das penas atraíam e enfeitiçavam o olhar. Não foi difícil identificá-las.

— Aves-do-paraíso! — exclamei.

— Ordem dos passeriformes, seção dos clistómoros — acrescentou Conselho.

— Família das perdizes? — indagou Ned Land.

— Não creio, mestre Land. Em todo caso, conto com sua destreza para capturar um desses encantadores espécimes da natureza tropical!

— Podemos tentar, professor, embora eu me saia melhor com o arpão do que com o fuzil.

Para apanhá-las, os malaios — que vendem uma grande quantidade dessas aves para os chineses — dispõem de vários meios, todos impraticáveis naquele momento. Ora armam laços no cimo das árvores mais altas, local predileto dos paradiseídeos, ora capturam-nas com uma fortíssima cola paralisante ou chegam até a envenenar as nascentes onde essas aves costumam beber água. Só nos restava caçá-las enquanto voavam, o que nos dava poucas probabilidades de sucesso. E, com efeito, desperdiçamos à toa parte de nossa munição.

Às onze horas da manhã já havíamos transposto o primeiro plano das montanhas que formam o centro da ilha e ainda não matáramos nenhuma ave. A fome era atroz. O excesso de confiança frustrara nossa caçada. Por sorte Conselho, para sua própria surpresa, assegurou nosso almoço com um tiro duplo, abatendo um pombo branco e um torcaz, os quais, celeremente depenados e enfiados num espeto, crepitaram num fogo rutilante de lenha seca. Enquanto aqueles interessantes animais eram assados, Ned preparou as frutas do artocarpo. Devoramos o pombo e o torcaz até os ossos, achando-os excelentes. A noz-moscada, com que eles vivem a se fartar, perfuma-lhes a carne, transformando-a num manjar delicioso.

— É como se capões fossem engordados com trufas — disse Conselho.

— E agora, Ned, o que lhe falta? — perguntei ao canadense.

— Uma caça de quatro patas, professor Aronnax — respondeu Ned Land. — Todos esses pombos não passam de petiscos e tira-gostos! Enquanto não matar um animal com costeletas, não sossego!

Se não era habitada, a ilha não deixava de ser frequentada por seres humanos.

— Nem eu, Ned, se não capturar um paradiseídeo.

— Continuemos então a caçada — sugeriu Conselho —, mas retornando na direção do mar. Chegamos às primeiras escarpas, melhor voltarmos para a mata.

Era uma opinião sensata, e foi seguida. Após uma hora de caminhada, havíamos alcançado uma verdadeira floresta de sagueiros. Algumas cobras inofensivas fugiam à medida que avançávamos. As aves-do-paraíso esquivavam-se à nossa aproximação e eu já perdia a esperança de alcançá-las, quando Conselho, que encabeçava a marcha, abaixou-se subitamente, deu um grito de triunfo e veio na minha direção, trazendo um magnífico paradiseídeo.

— Bravo, Conselho! — exclamei.

— O patrão está exagerando... — respondeu Conselho.

— Em absoluto, meu rapaz. Foi um tiro de mestre. Capturar vivo um desses pássaros, e ainda por cima com a mão!

— Se o patrão se dispuser a examinar de perto, verá que não tive grande mérito.

— E por quê, Conselho?

— Porque esta ave está bêbada feito um gambá.

— Bêbada?

— Sim, patrão, bêbada da noz-moscada que ela estava devorando sob a moscadeira onde a peguei. Veja, amigo Ned, veja os monstruosos efeitos da embriaguez!

— Engraçadinho! — disse o canadense. — Pelo que bebi de gim nos últimos dois meses, não tenho por que ser recriminado.

Enquanto isso, eu examinava a curiosa ave. Conselho não se equivocara. O paradiseídeo, embriagado pelo sumo inebriante, vacilava, e, incapaz de voar, mal caminhava. Mas isso pouco me preocupou, e deixei-o digerir sua noz-moscada.

Aquele espécime pertencia à mais bela das oito variedades que encontramos na Papuásia e ilhas vizinhas. Era o paradiseídeo conhecido como esmeraldino, um dos mais raros. Media três decímetros de comprimento. A cabeça era relativamente pequena, os olhos, igualmente pequenos, acomodavam-se perto da abertura do bico. Exibia uma maravilhosa combinação de tons, amarelo no bico, marrom nas patas e unhas, as asas cor de avelã e púrpura nas pontas, amarelo-claro na cabeça e no dorso do pescoço, esmeralda no papo e castanho-escuro na barriga e no peito. Duas hastes córneas e flexíveis erguiam-se acima de sua cauda, prolongando-se em longas plumas levíssimas, de uma delicadeza admirável, o que dava o toque final nessa maravilhosa ave que os nativos apelidaram poeticamente de "ave do sol".

Tudo que eu queria era levar aquele soberbo espécime dos paradiseídeos para Paris, a fim de doá-lo ao Jardim Zoológico, que não possui nenhum vivo.

— Quer dizer que é muito raro? — perguntou o canadense, no tom do caçador que estima bem pouco a caça do ponto de vista da arte.

— Raríssimo, caro colega, e sobretudo dificílimo de ser capturado vivo. A propósito, mesmo mortas, essas aves continuam objeto de um intenso comércio. Daí os nativos terem passado a fabricá-las como fabricamos pérolas ou diamantes.

— O quê! — admirou-se Conselho. — Eles fabricam aves-do-paraíso falsas?

— Foi exatamente o que eu disse, Conselho.

— E o patrão conhece o procedimento dos indígenas?

— Perfeitamente. Na época das monções leste, os paradiseídeos perdem as magníficas plumas que ornamentam sua cauda, chamadas pelos especialistas de subalares. São essas plumas que os falsificadores de aves recolhem e enxertam com habilidade em alguma pobre maritaca previamente mutilada. Em seguida, tingem a sutura, envernizam a ave e expedem os produtos dessa peculiar indústria para os museus e colecionadores da Europa.

— Genial! — vibrou Ned Land. — Se não é a ave, não deixam de ser suas penas, e, contanto que o espantalho não se destine à mesa, não vejo nada de mal nisso!

Se eu satisfiz meu desejo com a posse daquele paradiseídeo, o mesmo não aconteceu com o canadense. Por sorte, lá pelas duas da tarde, Ned Land abateu um magnífico porco-do-mato, o bariutangue dos nativos, animal que veio muito bem a propósito; enfim, tínhamos carne de quadrúpede. Ned Land não cabia em si depois de seu tiro de fuzil, e o porco, de fato, atingido pela bala elétrica, caíra fulminado.

O canadense destrinchou-o e limpou-o, após ter retirado meia dúzia de costeletas para grelhar no jantar. Em seguida, prosseguimos com a caçada, em que não faltaram proezas da parte de Ned e Conselho.

Com efeito, ao procederem a uma batida nos arbustos, os dois amigos desentocaram um bando de cangurus, que fugiram saltando sobre suas patas elásticas, mas não rápido o suficiente para escapar da cápsula elétrica.

— Ah, professor — exclamou Ned Land, com toda a empolgação do caçador —, que peça maravilhosa, e imagine só, ela assada no vapor! Que banquete para o *Náutilus*! Dois! Três! Cinco no chão! E quando penso que devoraremos toda essa carne, que aqueles imbecis a bordo não terão sequer uma migalha!

Não duvido que, no excesso de sua alegria, se não falasse tanto, o canadense teria massacrado todo o bando. Mas ele contentou-se com uma dúzia desses interessantes marsupiais, que formam a primeira ordem dos mamíferos aplacentários, como nos ensinou Conselho.

Os animais eram de pequeno porte, de uma espécie conhecida como cangurus-coelhos, que se entocam geralmente no oco das árvores e são extremamente velozes. Entretanto, se por um lado são de um tamanho desprezível, por outro fornecem uma carne extraordinariamente boa.

Ficamos bastante satisfeitos com os resultados da caçada, e o felizardo Ned já planejava voltar no dia seguinte à ilha encantada, da qual pretendia extinguir todos os quadrúpedes comestíveis. Mas não sabia o que o esperava.

Às seis horas da tarde, estávamos de volta à praia. O escaler continuava no lugar. O *Náutilus*, qual um comprido destroço, flutuava por entre os recifes a duas milhas da praia.

Ned Land se contentou com uma dúzia de cangurus.

Ned Land, exímio cozinheiro, concentrou-se imediatamente na grande questão do jantar. As costeletas de bariutangue, grelhadas na brasa, logo espalharam um aroma delicioso, perfumando a atmosfera!

Agora percebo que me deixei arrebatar, como o canadense. Eis-me em êxtase diante de um porco grelhado! Que os leitores me perdoem, como perdoei a mestre Land pelos mesmos motivos!

Resumindo, o jantar foi excelente. Dois torcazes completaram o extravagante cardápio. A massa de sagu, a fruta-pão, mangas, meia dúzia de abacaxis e a água de coco fermentada fizeram nossa alegria. Acho inclusive que as ideias de meus dignos companheiros já não apresentavam toda a clareza desejável.

— E se não retornássemos ao *Náutilus* esta noite? — sugeriu Conselho.

— E se não voltássemos nunca mais? — acrescentou Ned Land.

Naquele momento uma pedra caiu aos nossos pés, ceifando pela raiz a ousadia do arpoador.

22. *O relâmpago do capitão Nemo*

Sem nos levantarmos, voltamos nossos olhos para a mata. Enquanto eu levava minha mão à boca, a de Ned Land já chegara à dele.

— Uma pedra não cai do céu — disse Conselho —, ou então merece o nome de aerólito.

Uma segunda pedra, perfeitamente redonda, arrancou uma saborosa coxa de torcaz da mão de Conselho, dando ainda mais peso àquela observação.

Levantamo-nos os três e, com os fuzis nos ombros, nos preparamos para responder a um eventual ataque.

— Serão macacos? — perguntou Ned Land.

— Quase — respondeu Conselho —, são selvagens.

— Ao escaler! — bradei, correndo para o mar.

De fato, só nos restava bater em retirada, já que cerca de vinte nativos, armados com arcos e fundas, apareciam a apenas cem metros na orla da mata, que escondia o horizonte do lado direito.

O escaler encontrava-se encalhado a vinte metros de onde estávamos.

Os selvagens aproximavam-se lentamente, embora esbanjassem as demonstrações mais hostis. Choviam pedras e flechas.

Ned Land recusara-se a abandonar suas provisões e, apesar da iminência do perigo, conseguiu fugir com certa rapidez, sobraçando o porco de um lado e o canguru do outro.

Levamos dois minutos para chegar à praia. Carregar o escaler com as provisões e as armas, empurrá-lo para o mar, montar os remos, foi tudo uma questão de instantes. Não havíamos percorrido quatrocentos metros, quando cem selvagens, berrando e gesticulando, entraram na água até a cintura. Esperei que aquela aparição atraísse alguns homens do *Náutilus* à plataforma. Mas não; a imponente embarcação, deitada ao largo, permanecia absolutamente deserta.

Vinte minutos depois, subíamos a bordo. Os alçapões estavam abertos e, após atracar o escaler, vimo-nos dentro do *Náutilus*.

Desci ao salão, onde ressoavam alguns acordes. O capitão Nemo, curvado sobre o órgão, achava-se mergulhado num êxtase musical.

— Capitão! — interpelei-o.

Ele não me ouviu.

— Capitão! — repeti, tocando-o com a mão.

Assustado, ele se voltou e respondeu:

— Ah, é o senhor, professor? Bons ventos o trazem! Fez boa caçada, herborizou com sucesso?

— Sim, capitão — admiti —, mas infelizmente trouxemos junto conosco um inquietante bando de bípedes.

— Que tipo de bípedes?

— Selvagens.

— Selvagens! — respondeu o capitão Nemo, num tom irônico. — Então o professor se espanta de encontrar selvagens numa parte qualquer deste globo? Onde é que não há selvagens? E, a propósito, estes que chama de selvagens, serão eles piores que os demais?

— Mas, capitão...

— Pois eu, professor, encontrei-os em toda parte.

— Entendo — repliquei —, mas se não quiser recebê-los a bordo do *Náutilus*, acho bom tomar certas precauções.

— Tranquilize-se professor, não há nada com que se preocupar.

— Mas eles são muitos.

— Quantos contou?

— Pelo menos cem.

— Professor Aronnax — disse o capitão Nemo, cujos dedos haviam retornado às teclas do órgão —, ainda que todos os nativos da Papuásia estivessem reunidos nessa praia, o *Náutilus* nada teria a temer de seus ataques.

Os dedos do capitão percorreram o teclado do instrumento, e notei que ele só feria as teclas pretas, o que dava uma cor essencialmente escocesa às suas melodias. Dali a pouco se esqueceu de minha presença e mergulhou num devaneio que procurei não mais dissipar.

Subi à plataforma. Já era noite, pois nas baixas latitudes o sol se põe rapidamente e sem crepúsculo. Eu via a ilha Gueboroar apenas confusamente, mas as fogueiras acesas diziam que os nativos não planejavam deixar a praia.

Assim fiquei por muito tempo, pensando ora naqueles nativos — sem mais temê-los, pois a imperturbável confiança do capitão me confortava —, ora esquecendo-os para admirar os esplendores daquela noite dos trópicos. Minhas recordações voavam para a França, no rastro daquelas estrelas zodiacais que a iluminariam dentro de poucas horas. A lua brilhava em meio às constelações do zênite, o que me fez pensar que, dali a dois dias, o fiel e benevolente satélite ressurgiria naquele mesmo lugar para levantar as marés e arrancar o *Náutilus* de seu leito de corais. Em torno da meia-noite, vendo que estava tudo tranquilo nas águas escuras e sob as árvores da praia, voltei à minha cabine e dormi pesadamente.

A noite transcorreu sem incidentes. Com certeza, a visão do monstro encalhado na baía assustava os papuas, pois os alçapões, que permaneciam abertos, constituíam um acesso fácil ao interior do *Náutilus*.

Às seis da manhã do dia 8 de janeiro, subi à plataforma. As sombras da madrugada se erguiam e a ilha logo surgiu através da bruma dissipada; primeiro suas praias, em seguida seus cumes.

Os nativos continuavam lá, mais numerosos do que na véspera — talvez quinhentos ou seiscentos deles. Alguns, aproveitando a maré vazante, tinham avançado até as cabeças de corais, a menos de quatrocentos metros do *Náutilus*, e pude distingui-los com facilidade. Eram de fato genuínos papuas, de compleição atlética, homens de raça esbelta, fronte larga e alta, narizes grossos, mas não achatados, dentes brancos. Sua carapinha, tingida de vermelho, contrastava com um corpo negro e luzidio como o dos núbios. Do lobo de suas orelhas, bífidas e repuxadas, pendiam fieiras de ossinhos. Nus em sua maioria, entre eles percebi algumas mulheres, vestidas, dos quadris até os joelhos, com uma verdadeira anquinha de plantas presa num cinto vegetal. Alguns chefes enfeitavam o pescoço com um crescente e colares com penduricalhos vermelhos e brancos. Quase todos, armados com arcos, flechas e escudos, carregavam no ombro uma espécie de rede, contendo pedras redondas que suas fundas arremessavam com destreza.

Um desses chefes, bem próximo do *Náutilus*, examinava-o detidamente. Devia ser um *mado* da alta hierarquia, pois vestia uma tanga de folhas de bananeira, denteada nas extremidades e pintada em cores chamativas.

Não me seria difícil abater aquele nativo, que se achava a pouca distância, mas preferi aguardar demonstrações efetivamente hostis. Entre europeus e selvagens, os europeus devem reagir, e não atacar.

Durante todo o tempo da maré vazante, os nativos rondaram o *Náutilus*. Embora não fizessem muito alarido, ouvi-os repetir várias vezes a palavra *asse*, e, pelos seus gestos, compreendi que me convidavam a ir a terra, convite que julguei por bem declinar.

Nesse dia, portanto, o escaler não deixou seu alvéolo, para grande contrariedade de mestre Land, que não pôde completar seus estoques. O habilidoso canadense então empregava seu tempo preparando as carnes e farinhas que trouxera da ilha Gueboroar. Quanto aos selvagens, voltaram para a praia em torno das onze da manhã, tão logo as cabeças de coral começaram a desaparecer sob o fluxo da preamar. Como seu número crescera consideravelmente, tudo indicava que viessem das ilhas vizinhas, ou da Papuásia propriamente dita. Entretanto, não percebi uma única piroga indígena.

Eram de fato genuínos papuas.

Não tendo nada melhor a fazer, imaginei dragar aquelas belas águas límpidas, que revelavam uma profusão de conchas, zoófitos e plantas pelágicas. Era o último dia do *Náutilus* naquelas paragens, isto é, se desencalhasse no dia seguinte, conforme a promessa do capitão Nemo.

Chamei então Conselho, que me trouxe uma draga pequena e leve, quase igual às usadas para pescar ostras.

— E os selvagens? — ele me perguntou. — Que o patrão me perdoe, mas não me parecem tão maus assim!

— Em compensação, são antropófagos, meu rapaz.

— É possível ser antropófago e um homem direito — respondeu Conselho —, assim como ser guloso e honesto. Uma coisa não exclui a outra.

— Está bem, Conselho, admito que são antropófagos honestos e que devoram honestamente seus prisioneiros. Entretanto, como não faço questão de ser devorado, nem mesmo honestamente, vou ficar de sobreaviso, pois o comandante do *Náutilus* parece não tomar nenhuma precaução. E agora, mãos à obra.

Pescamos ininterruptamente durante duas horas, mas sem apanhar nenhuma raridade. A draga enchia-se de orelhas-de-midas, harpas, melânias e, principalmente, dos mais belos martelos que eu já vira até então. Também pescamos algumas holotúrias, ostras perlíferas e uma dúzia de pequenas tartarugas, que foram separadas para a despensa de bordo.

Contudo, quando eu menos esperava, capturei uma maravilha, melhor dizendo, uma deformidade natural, raríssima de encontrar. Conselho acabava de acionar a draga e o aparelho subia, carregado com uma profusão de conchas bastante comuns, quando, subitamente, ele me viu meter o braço dentro da rede, retirar uma concha e soltar um grito de conquiliólogo, isto é, o grito mais lancinante que a garganta humana pode produzir.

— O que houve, patrão? — assustou-se Conselho. — Foi mordido?

— Não, meu rapaz, e, no entanto, de bom grado eu teria pago com um dedo a minha descoberta!

— Que descoberta?

— Essa concha — eu disse, mostrando o objeto de meu triunfo.

— Mas é simplesmente uma oliva-porfíria, gênero das olívias, ordem dos pectinibrânquios, classe dos gastrópodes, ramo dos moluscos...

— Sim, Conselho, mas em vez de suas volutas rodarem da direita para a esquerda, nessa oliva elas vão da esquerda para a direita!

— Será possível? — exclamou Conselho.

— Sim, meu rapaz, é uma concha sinistrógira!

— Uma concha sinistrógira! — admirou-se Conselho, com o coração palpitando.

— Observe a espiral!

— Ah, patrão, creia-me — disse Conselho, pegando a preciosa concha com a mão trêmula —, nunca senti emoção igual!

E não faltavam motivos para isso! Sabemos, com efeito, como observaram os naturalistas, que o destrismo é uma lei da natureza. Os astros e seus satélites, em seu movimento de translação e rotação, movem-se da direita para a esquerda. O homem usa mais a mão direita do que a esquerda, e, consequentemente, seus instrumentos e aparelhos, escadas, fechaduras, cordas de relógio etc. são articulados de modo a ser operados da direita para a esquerda. Ora, a natureza em geral obedece a essa lei ao espiralar suas conchas. Todas são destras, com raras exceções. Quando por uma eventualidade qualquer sua espiral é canhota, os colecionadores pagam seu peso em ouro.

Estávamos absortos na contemplação de nosso tesouro, e eu me prometia enriquecer o museu com ele, quando uma pedra, desastradamente lançada por um nativo, veio quebrar o precioso exemplar na mão de Conselho.

Dei um grito de desespero! Conselho agarrou meu fuzil e apontou para um selvagem, que balançava sua funda a dez metros de distância. Fiz menção de detê-lo, mas o tiro partiu e destroçou a pulseira de amuletos pendurada no braço do indígena.

— Conselho — gritei. — Conselho!

— O quê! O patrão não viu que foi o canibal que começou?

— Uma concha não vale a vida de um homem! — afirmei.

— Ah, desgraçado! — exclamou Conselho. — Eu teria preferido que ele me quebrasse o ombro!

Conselho estava sendo sincero, mas não pude concordar com ele. Enquanto isso, o cenário se alterara sem que o percebêssemos. Cerca de vinte pirogas cercaram o *Náutilus*. As embarcações, esculpidas em troncos de árvore, compridas, estreitas e bem balanceadas para um ataque, equilibravam-se por meio de uma dupla maroma de bambu, que boiava na superfície da água. Eram manobradas por exímios remadores seminus, e eu não via seu avanço sem preocupação.

Era evidente que aqueles papuas já haviam tido contato com europeus e conheciam seus navios. Mas o que pensavam daquele cilindro de ferro espichado na enseada, sem mastros e sem chaminé? Nada de bom, pois, se a princípio haviam mantido uma distância respeitosa, ao vê-lo imóvel recuperavam pouco a pouco a confiança e procuravam se familiarizar com ele. Ora, precisamente essa familiaridade é que era preciso impedir. Nossas armas, que não produziam detonação, não impressionavam nem um pouco os indígenas, que só mostram respeito por trabucos barulhentos. O raio, sem os estrondos do trovão, pouco assustaria os homens, embora o perigo esteja na descarga elétrica e não no barulho.

Nesse momento, as pirogas aproximaram-se do *Náutilus*, alvejando-o com uma nuvem de flechas.

— Diabos! Uma saraivada! — assustou-se Conselho. — E talvez de flechas envenenadas!

— Temos que avisar o capitão Nemo — eu disse, entrando pelo alçapão.

Não vendo ninguém no salão, ousei bater na porta do quarto do capitão.

— Entre — foi sua resposta.

Obedeci e encontrei o capitão Nemo às voltas com uma equação em que não faltavam *x* e outros sinais algébricos.

— Atrapalho? — eu disse, por polidez.

— De fato, professor Aronnax — respondeu o capitão —, mas suponho que tem sérias razões para esta visita…

— Das mais sérias. Estamos cercados pelas pirogas dos nativos, e dentro de poucos minutos seremos atacados por centenas de selvagens.

— Ah! — reagiu tranquilamente o capitão Nemo. — Eles vieram com as pirogas?

— Sim, senhor.

— Nesse caso, basta fechar os alçapões.

— Exatamente, e eu vinha lhe dizer…

— Nada mais fácil… — disse o capitão Nemo.

E, apertando um botão elétrico, transmitiu uma ordem ao posto da tripulação.

— Tudo em ordem, professor — comunicou-me, após alguns instantes. — O escaler está no lugar e os alçapões foram fechados. Imagino que não receie que esses cavalheiros destruam muralhas que os projéteis de sua fragata não conseguiram trespassar…

— Não, capitão, mas existe outro perigo.

— E qual seria, professor?

— É que amanhã, nesse horário, teremos de reabrir os alçapões para renovar o ar do *Náutilus*.

— Não posso contradizê-lo, professor, uma vez que nossa embarcação respira à maneira dos cetáceos.

— Ora, se nesse momento os papuas ocuparem a plataforma, não vejo como impedi-los de entrar.

— Então supõe que eles subirão a bordo?

— Tenho certeza disso.

— Muito bem, professor, pois que subam. Não vejo nenhuma razão para impedi-los. No fundo, esses papuas são uns pobres-diabos, e não quero que minha visita à ilha Gueboroar custe a vida de um único deles!

Eu ia me retirar, mas o capitão Nemo me reteve e convidou para sentar ao seu lado. Interrogou-me com interesse sobre nossas expedições em terra, sobre nossas caçadas, parecendo não compreender aquela necessidade de carne que atormentava o canadense. Em seguida, vários assuntos afloraram na conversa, e, sem por isso tornar-se mais comunicativo, o capitão Nemo mostrou-se mais amável.

Entre outras coisas, acabamos por comentar a situação do *Náutilus*, encalhado precisamente no estreito no qual Dumont d'Urville esteve prestes a naufragar, e o capitão pronunciou-se a respeito:

— Esse d'Urville foi um grande marinheiro de vocês, um navegador dos mais inteligentes, o capitão Cook dos franceses! Pobre cientista! Desafiar as geleiras do polo sul, os corais da Oceania, os canibais do Pacífico, para vir a perecer miseramente num vagão de trem![102] Se porventura esse homem enérgico refletiu durante os últimos segundos de sua existência, imagine quais não devem ter sido seus supremos pensamentos!

Expressando-se dessa forma, o capitão Nemo demonstrava emoção, o que melhorou o conceito que eu tinha dele.

Em seguida, com o mapa nas mãos, recapitulamos os feitos do navegador francês, suas viagens de circum-navegação, sua dupla incursão ao polo sul, que resultou na descoberta das terras Adélia e Luís Filipe, e, por fim, seus levantamentos hidrográficos das principais ilhas da Oceania.

— O que d'Urville fez na superfície dos mares — declarou o capitão Nemo — eu fiz no seio do oceano, e mais fácil e completamente do que ele. A *Astrolabe* e a *Zélée*, varridas sem descanso pelos furacões, não chegavam aos pés do *Náutilus*, tranquilo gabinete de trabalho, um verdadeiro sedentário no meio das águas!

— Em contrapartida, capitão — retruquei —, há um ponto de convergência entre as corvetas de Dumont d'Urville e o *Náutilus*.

— Qual, professor?

— É que o *Náutilus* encalhou como elas!

— O *Náutilus* não encalhou, professor — respondeu-me friamente o capitão Nemo. — O *Náutilus* é feito para repousar sobre o leito dos mares, e não terei que empreender os penosos trabalhos e manobras a que d'Urville se viu obrigado para desencalhar suas corvetas. A *Astrolabe* e a *Zélée* quase pereceram, mas meu *Náutilus* não corre qualquer perigo. Amanhã, no dia estipulado, no horário estipulado, a maré irá içá-lo mansamente e ele retomará sua navegação através dos mares.

— Capitão — eu disse —, não duvido…

— Amanhã — acrescentou o capitão Nemo, levantando-se —, às duas horas e quarenta minutos da tarde, o *Náutilus* flutuará e deixará, incólume, o estreito de Torres.

Pronunciando estas palavras num tom lacônico, o capitão inclinou-se ligeiramente. Era uma despedida, e voltei a meu quarto.

Lá encontrei Conselho, ansioso por saber o resultado de minha entrevista.

— Meu rapaz — respondi —, quando sugeri ao capitão que o *Náutilus* estava ameaçado pelos nativos da Papuásia, ele me respondeu com uma ironia mordaz. Logo, só posso lhe dizer uma coisa: confie nele e durma com os anjos.

— O patrão não necessita de meus serviços?

— Não, meu amigo. O que faz Ned Land?

---

102. Dumont d'Urville e sua família morreram no desastre ferroviário de Bellevue, o primeiro na Europa, que fez 55 vítimas em 8 de maio de 1842.

— O patrão me dê licença — respondeu Conselho —, mas o amigo Ned está às voltas com um patê de canguru muito promissor!

Enfim a sós, me deitei e dormi muito mal, pois ouvia o barulho dos selvagens pisoteando a plataforma e emitindo gritos ensurdecedores. A noite transcorreu dessa forma, sem que a tripulação saísse da inércia habitual. Preocupavam-se tanto com a presença daqueles canibais quanto os soldados de um forte inexpugnável com formigas percorrendo sua blindagem.

Às seis horas da manhã, eu estava de pé. Como os alçapões não haviam sido abertos, o ar do interior não fora renovado. Os reservatórios, porém, abastecidos para qualquer eventualidade, funcionaram adequadamente e lançaram alguns metros cúbicos de oxigênio na rarefeita atmosfera do *Náutilus*.

Trabalhei no meu quarto até o meio-dia, sem ter visto o capitão Nemo um instante sequer. A bordo não se percebia nenhum preparativo para partirmos.

Esperei mais um pouco e me dirigi ao grande salão. O relógio de pêndulo marcava duas e meia. Dali a dez minutos a maré atingiria seu nível máximo de altura e, se a promessa do capitão Nemo não fosse pura presunção, o *Náutilus* se libertaria imediatamente. Caso contrário, muitos meses se passariam antes que pudesse deixar seu leito de coral.

Nesse ínterim, sentimos um leve e auspicioso tremor no casco da embarcação. Sobre seu costado, ouvi rangerem as asperezas calcárias do fundo coralino.

Às duas e trinta e cinco, o capitão Nemo apareceu no salão.

— Vamos partir — anunciou.

— Ah… — foi minha reação.

— Dei ordens para que abrissem os alçapões.

— E os papuas?

— Os papuas? — respondeu o capitão Nemo, dando ligeiramente de ombros.

— Não invadirão o *Náutilus*?

— E de que maneira?

— Atravessando os alçapões que o senhor mandou abrir.

— Professor Aronnax — respondeu tranquilamente o capitão Nemo —, ninguém entra assim pelos alçapões do *Náutilus*, mesmo quando estão abertos.

Olhei para o capitão.

— Não compreende? — insistiu.

— De forma alguma.

— Muito bem, venha e verá!

Dirigi-me à escada central. Lá, Ned Land e Conselho, intrigados, observavam alguns homens da tripulação abrindo os alçapões, enquanto do lado de fora ressoavam gritos furiosos e vociferações medonhas.

Outros dez lhe sucederam e tiveram a mesma sorte.

Os portalós foram abertos para fora. Vinte figuras horrendas apareceram. Porém, o primeiro indígena a encostar a mão no corrimão da escada, lançado para trás por não sei que força invisível, desapareceu dando gritos pavorosos e pulando feito louco.

Outros dez lhe sucederam e tiveram a mesma sorte.

Conselho estava em êxtase. Ned Land, obedecendo a seu temperamento, correu para a escada, mas, assim que agarrou o corrimão, também foi derrubado.

— Com mil demônios! — exclamou. — Levei um choque!

Essa palavra explicou tudo. Não era mais um corrimão, passara a ser um cabo metálico, carregado de eletricidade, que chegava na plataforma. Qualquer um que o tocava era sacudido por tremores — e esses tremores teriam sido fatais se o capitão Nemo houvesse lançado nesse condutor toda a corrente de seus motores! Não seria exagero afirmar que, entre os invasores e ele, estendera-se uma rede elétrica inexpugnável.

Apavorados, os papuas bateram em retirada, enquanto, rindo, consolávamos e massageávamos o azarado Ned Land, que praguejava feito um possesso.

Nesse momento, porém, o *Náutilus*, soerguido pelas últimas ondulações da maré e naquele quadragésimo rigoroso minuto estipulado pelo capitão, deixou seu leito de coral. Sua hélice fustigou as águas com uma lentidão majestosa, sua velocidade aumentou gradualmente, rasgando a superfície do oceano, e ele escapou são e salvo das perigosas gargantas do estreito de Torres.

23. *Ægri somnia*[103]

No dia seguinte, 10 de janeiro, o *Náutilus* continuou a evoluir sob as águas, mas a uma velocidade indescritível, que não pude estimar em menos de trinta e cinco milhas por hora. A velocidade de sua hélice era tão grande que tornava impossível acompanhar seus giros, ou contá-los.

Devaneando sobre aquele maravilhoso agente elétrico que, além de fornecer movimento, calor e luz ao *Náutilus*, também o protegia contra os ataques externos, transformando-o num aro sagrado no qual nenhum profanador tocava sem ser fulminado, minha admiração não conhecia limites e logo veio a estender-se ao engenheiro que o criara.

Avançávamos em linha reta para oeste e, em 11 de janeiro, dobramos o cabo Wessel, situado a 135° de longitude e 10° de latitude norte, que forma a ponta leste do golfo de Carpentária. Os recifes ainda eram numerosos, mas agora, espalhados e consignados no mapa com extrema precisão, não foram obstáculo para o *Náutilus*, que evitou com facilidade os abrolhos de Money a bombordo e os recifes Victoria a estibordo, situados a 130° de longitude naquele mesmo décimo paralelo que percorríamos obsessivamente.

Em 13 de janeiro, o capitão Nemo, tendo chegado ao mar do Timor, avistara a ilha homônima a 122° de longitude. Essa ilha, cuja superfície estende-se por trinta e nove mil quilômetros quadrados, é governada pelos rajás, príncipes que se declaram filhos de crocodilos, isto é, oriundos da mais elevada estirpe à qual um ser humano pode aspirar. Essa é a causa de seus ancestrais escamosos pulularem nos rios da ilha, sendo objeto de uma veneração especial. São protegidos, in-

103. Em latim no original: "Os sonhos de um doente". Citação do poeta latino Quinto Horácio Flaco (65-8 a.C.), *Arte poética*, verso 7.

censados, adulados, alimentados, recebem virgens em oferenda, e infeliz é o estrangeiro que erguer a mão para os lagartos sagrados.

Mas o *Náutilus* não entrou em conflito com os vis animais. Timor apareceu apenas por um instante, ao meio-dia, enquanto o imediato verificava nossa posição. Da mesma forma, apenas vislumbrei a pequena ilha Rotti, que fazia parte do arquipélago e cujas mulheres gozam de sólida reputação de beleza nos mercados malaios.

A partir desse ponto, o curso do *Náutilus*, em latitude, voltou-se para sudoeste, tomando a direção do oceano Índico. Para onde nos arrastaria a fantasia do capitão Nemo? Subiria para o litoral da Ásia ou para as praias da Europa? Hipóteses pouco prováveis por parte de um homem que fugia dos continentes habitados. Desceria então para o sul? Dobraria o cabo da Boa Esperança, depois o cabo Horn, para investir rumo ao polo antártico? Ou retornaria para os mares do Pacífico, onde seu *Náutilus* encontrava uma navegação fácil e independente? O futuro nos diria.

Após vencer os recifes de Cartier, Hibernia, Seingapatam e Scott, últimos esforços do elemento sólido contra o elemento líquido, em 14 de janeiro estávamos distantes de quaisquer terras. A velocidade do *Náutilus* viu-se singularmente reduzida, e ele, movendo-se aleatoriamente, ora avançava em meio às águas, ora flutuava em sua superfície.

Nessa fase da viagem, o capitão Nemo realizou interessantes experimentos sobre a diversidade das temperaturas nas várias camadas marítimas. Em condições normais, esses levantamentos são feitos por instrumentos bastante complexos, que fornecem dados no mínimo duvidosos, seja por sondas termométricas, cujos vidros racham com frequência sob a pressão das águas, seja por aparelhos que se baseiam na variação de resistência dos metais às correntes elétricas. Os resultados assim obtidos não são verificáveis. Já o capitão Nemo media pessoalmente a temperatura nas profundezas do mar, e seu termômetro, em contato com as diversas camadas líquidas, fornecia-lhe de maneira instantânea e precisa o grau procurado.

Dessa forma, ora enchendo seus reservatórios, ora descendo obliquamente por meio de seus planos inclinados, o *Náutilus* alcançou sucessivamente profundidades de três, quatro, cinco, sete, nove e dez mil metros, e a conclusão definitiva desses testes foi que, a uma profundidade de mil metros, o mar apresentava uma temperatura constante de quatro graus e meio sob todas as latitudes.

Eu acompanhava aqueles experimentos com o mais vivo interesse. O capitão Nemo dedicava-lhes uma verdadeira paixão. Frequentemente, perguntei-me o objetivo daqueles testes. Seria em benefício de seus semelhantes? Pouco provável, uma vez que, cedo ou tarde, seus estudos viriam a perecer junto com ele em algum mar ignorado! A menos que destinasse a mim o resultado de seus experimentos. Mas isso era admitir que minha estranha viagem teria um fim, o qual eu ainda não vislumbrava.

De toda forma, o capitão Nemo apresentou-me números obtidos que determinavam a relação das densidades da água nos principais mares do globo. Dessa exposição, tirei uma lição pessoal que nada tinha de científico.

Foi durante a manhã de 15 de janeiro. O capitão, em cuja companhia eu passeava sobre a plataforma, perguntou-me se eu conhecia as diferentes densidades da água do mar. Respondi negativamente, e acrescentei que a ciência carecia de observações rigorosas a esse respeito.

— Fiz essas observações — assegurou-me —, e posso comprová-las.

— Bem — arrisquei —, mas o *Náutilus* é um mundo à parte, e os segredos de seus cientistas não chegam aos continentes.

— Tem razão, professor — ele concordou, após alguns instantes de silêncio. — É um mundo à parte, tão estranho à terra firme quanto os planetas que acompanham o globo em torno do sol, e jamais conheceremos os trabalhos dos cientistas de Saturno ou Júpiter. Porém, uma vez que o acaso ligou nossas duas existências, posso comunicar-lhe o resultado de minhas observações.

— Terei prazer em ouvi-lo, capitão.

— Como sabe, professor, a água do mar é mais densa que a água doce, mas essa densidade não é uniforme. Com efeito, se represento por *um* a densidade da água doce, encontro vinte e oito milésimos para as águas do Atlântico, vinte e seis milésimos para as águas do Pacífico, trinta milésimos para as águas do Mediterrâneo...

"Ah!" pensei. "Por acaso irá aventurar-se no Mediterrâneo?"

— Dezoito milésimos para as águas do mar Jônico e vinte e nove milésimos para as águas do Adriático.

Decididamente, o *Náutilus* não fugia dos movimentados mares da Europa, o que me permitiu concluir que nos levaria — talvez muito em breve — a continentes mais civilizados. Ned Land receberia essa curiosa notícia com um pulo de satisfação.

Durante vários dias, nossas jornadas transcorriam em meio a experimentos de todo tipo, sobre os graus de salinidade das águas em diferentes profundidades, sua eletrificação, coloração e transparência. E em todas as circunstâncias, o capitão Nemo usou de engenhosidade somente comparável à sua boa disposição a meu respeito. Mas então fiquei sem vê-lo por vários dias e isolei-me novamente a bordo.

No dia 16 de janeiro, o *Náutilus* parecia adormecido poucos metros abaixo da superfície. Seus motores elétricos achavam-se desligados, e sua hélice, imóvel, deixava-o vagar ao sabor das correntes. Presumi que a tripulação fazia reparos internos, requeridos pela violência dos movimentos mecânicos da máquina.

Meus companheiros e eu fomos então testemunhas de um curioso espetáculo. As escotilhas do salão estavam descerradas e, como o farol do *Náutilus* achava-se desativado, uma vaga penumbra reinava em meio às águas. O céu tempestuoso e coberto por grossas nuvens iluminava precariamente as camadas superiores do oceano.

Eu observava o estado do mar nessas condições, com os maiores peixes parecendo apenas sombras meramente esboçadas, quando de súbito uma luz intensa iluminou o *Náutilus*. A princípio julguei que haviam ligado o farol e que seu facho elétrico contaminava a massa líquida. Eu estava enganado, porém, e, após uma rápida observação, percebi o meu erro.

O *Náutilus* flutuava em meio a uma camada fosforescente que, na escuridão, chegava a cegar. Era produzida por miríades de animálculos luminosos, cujo brilho aumentava quando eles resvalavam no casco metálico do aparelho. Eu surpreendia faíscas em meio às mantas de luz, como se fossem originadas por chumbo derretido numa fornalha ardente, ou por massas metálicas levadas à incandescência, e isso de tal maneira que, em contraste, alguns conglomerados luminosos faziam sombra nesse meio ígneo que não admitia a obscuridade. Não! Não era mais a calma irradiação de nossa iluminação comum! Havia nela uma vitalidade e movimento únicos! Era uma luz viva!

Tratava-se, com efeito, de uma aglomeração infinita de infusórios pelágicos, noctículos miliares, verdadeiros glóbulos de gelatina diáfana, dotados de um tentáculo filiforme, e dos quais contamos até vinte e cinco mil em trinta centímetros cúbicos de água. E sua luz ainda era intensificada pelas irradiações típicas das medusas, astérias, aurélias, fólades-dáctilas e outros zoófitos fosforescentes, impregnados da gordura das matérias orgânicas decompostas pelo mar, e talvez do muco secretado pelos peixes.

Durante várias horas, o *Náutilus* flutuou em meio àquelas águas luminescentes, e nosso deslumbre só fez aumentar quando vimos os grandes animais marinhos evoluírem como salamandras. Pude observar, em meio a um fogo que não ardia, botos elegantes e rápidos, incansáveis palhaços dos mares, e marlins com três metros de comprimento, inteligentes detectores de furacões, cujo temível gládio às vezes fustigava o vidro do salão. Depois vieram peixes menores, balistas variados, atuns-saltadores, peixes-lobos e centenas de outros, riscando a atmosfera luminosa.

O inenarrável espetáculo nos hipnotizava! Seria a intensidade do fenômeno aumentada por alguma condição atmosférica? Ou devia-se a alguma tempestade desencadeada na superfície das águas? Poucos metros abaixo, porém, o *Náutilus* não sentia sua fúria, oscilando serenamente em meio a águas tranquilas.

Assim íamos avançando, sempre extasiados diante de alguma nova maravilha. Conselho observava e classificava seus zoófitos, seus articulados, seus moluscos, seus peixes. Os dias transcorriam rapidamente e eu não os contava mais. Ned, fiel à sua rotina, tentava diversificar a dieta de bordo. Verdadeiros caracóis, acostumáramos à nossa concha, e afirmo ser muito fácil virar um verdadeiro caracol.

A vida, portanto, parecia-nos tranquila, natural, e sequer imaginávamos existir outra maneira de vivê-la na superfície do globo terrestre, quando um incidente veio lembrar-nos a estranheza de nossa situação.

Em 18 de janeiro, o *Náutilus* achava-se 105° de longitude e 15° de latitude meridional. O tempo estava ameaçador, o mar difícil e encapelado. O vento soprava do leste com força e o barômetro, que baixara nos últimos dias, anunciava uma iminente explosão dos elementos.

Subi à plataforma no momento em que o imediato media nossa posição. Esperava, como sempre, que a frase cotidiana fosse pronunciada, porém, naquele dia, ela foi substituída por outra não menos incompreensível. Quase que imediatamente, vi aparecer o capitão Nemo, cujos olhos, cravados numa luneta, miravam o horizonte.

O capitão manteve-se imóvel por alguns minutos, concentrado no campo da lente. Em seguida, abaixou a luneta e trocou um punhado de palavras com seu imediato. Este parecia às voltas com uma perturbação que, em vão, ansiava reprimir. O capitão Nemo, mais senhor de si, permanecia indiferente. Quer dizer, parecia fazer algumas objeções, às quais o imediato respondia com afirmações categóricas. Pelo menos assim o compreendi, pela diferença entre seu tom e seus gestos.

Quanto a mim, havia olhado cuidadosamente na direção observada, sem nada perceber. O céu e a água confundiam-se numa linha do horizonte perfeitamente nítida.

Enquanto isso o capitão Nemo ia de uma ponta a outra da plataforma, sem dirigir-se a mim, talvez sem dar pela minha presença. Seu passo era firme, porém menos regular que de costume. Parava às vezes e, de braços cruzados no peito, observava o mar. O que procuraria naquela imensidão? O *Náutilus* achava-se então a centenas de milhas da costa mais próxima!

O imediato pegara outra vez o binóculo e interrogava obstinadamente o horizonte, indo e vindo, batendo com o pé, contrastando com seu chefe pela agitação nervosa.

O mistério não tardaria a ser esclarecido, pois, a uma ordem do capitão Nemo, o motor, aumentando sua força propulsora, imprimiu uma rotação mais rápida à hélice.

Nesse momento, o imediato fez um novo sinal para o capitão, que interrompeu o passeio e apontou a luneta para o ponto indicado, observando-o longamente. De minha parte, bastante intrigado, desci ao salão e voltei com a poderosa luneta telescópica que costumava usar. Em seguida, apoiando-a sobre a caixa do farol que formava uma protuberância na frente da plataforma, dispus-me a percorrer com a vista toda a linha do céu e do mar.

Meu olho, porém, ainda não se ajustara à ocular, quando o instrumento foi impetuosamente arrancado de minhas mãos.

Virei-me. O capitão Nemo estava à minha frente, mas não o reconheci. Sua fisionomia estava transfigurada. Seus olhos, alimentando um fogo escuro, furtavam-se sob a sobrancelha franzida, e ele mostrava um pouco os dentes. Seu corpo hirto, seus punhos fechados, sua cabeça enfiada nos ombros atestavam o ódio violento que transpirava de toda sua pessoa. Ele não se mexia. Minha luneta, que caíra de sua mão, rolara aos seus pés.

Teria sido eu então, sem querer, a provocar aquele rompante de cólera? Passaria pela cabeça do incompreensível personagem que eu surpreendera algum segredo vedado aos hóspedes do *Náutilus*?

Não! Não era eu o objeto daquele ódio, pois ele sequer me via, com seu olhar obstinadamente voltado para o impenetrável ponto no horizonte.

Por fim, o capitão Nemo recuperou o autocontrole, e sua fisionomia, tão profundamente alterada, voltou à calma de sempre. Após dirigir algumas palavras numa língua estranha ao imediato, interpelou-me.

— Professor Aronnax — disse-me, num tom imperioso —, cumpre-me exigir do senhor que observe um dos compromissos que o prendem a mim.

— Do que se trata, capitão?

— Deve assentir em ser confinado junto com seus companheiros até o momento em que eu julgar conveniente devolver-lhes a liberdade.

— O senhor é soberano — respondi-lhe, olhando-o fixamente. — Mas permite que eu lhe faça uma pergunta?

— Nenhuma, cavalheiro.

Diante de tal resposta, não me cabia discutir e sim obedecer, uma vez que qualquer tipo de resistência teria sido inglória.

Desci à cabine ocupada por Ned Land e Conselho e comuniquei-lhes a resolução do capitão. Omito qual foi a reação do canadense a essa notícia. Aliás, não houve tempo para qualquer explicação. Quatro homens da tripulação esperavam à porta e fomos conduzidos para a mesma cela onde havíamos passado nossa primeira noite a bordo do *Náutilus*.

Ned Land fez menção de protestar mas, em resposta, a porta se fechou em sua cara.

— O senhor pode me explicar o que isso significa? — perguntou Conselho.

Contei o ocorrido a meus companheiros, que ficaram tão perplexos como eu, mas igualmente intrigados.

Enquanto isso, eu mergulhara num abismo de reflexões, e o insólito relance que eu dera na fisionomia do capitão Nemo não me saía da cabeça. Incapaz de juntar duas ideias lógicas, perdendo-me nas hipóteses mais absurdas, fui arrancado de minha circunspecção por estas palavras de Ned Land:

— Viva! O almoço está servido!

Com efeito, a mesa estava posta. Era evidente que o capitão Nemo dera aquela ordem ao mesmo tempo em que mandara acelerar o *Náutilus*.

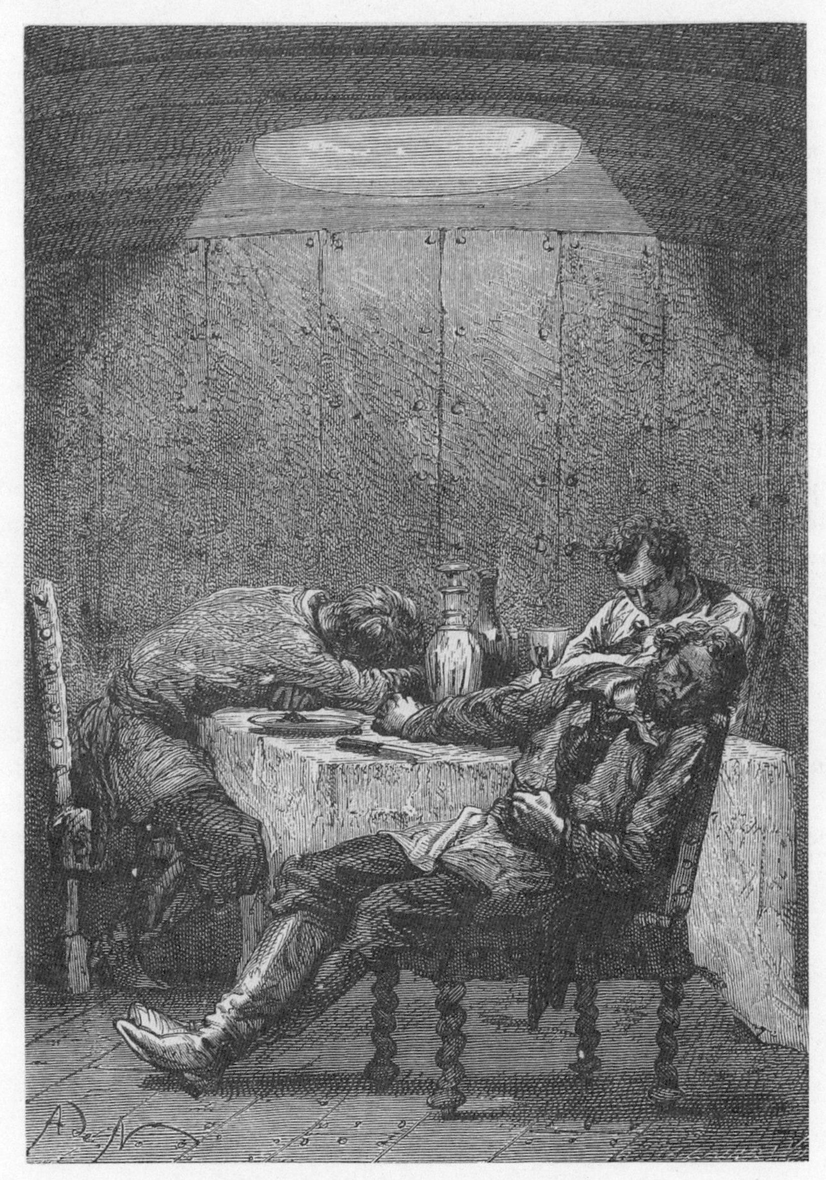

Cada um de nós recostou-se num canto.

— O patrão me permite um aparte?

— Sim, meu rapaz — respondi.

— Pois bem! Almoce, patrão. É prudente, não sabemos o que vem por aí.

— Tem razão, Conselho.

— Infelizmente — comentou Ned Land —, trouxeram-nos apenas o cardápio de bordo.

— Amigo Ned — replicou Conselho —, o que diria se nem isso tivéssemos!

Esse argumento calou as recriminações do arpoador.

Pusemo-nos à mesa. A refeição transcorreu em silêncio. Comi pouco, Conselho, obviamente por prudência, "forçou-se", e Ned Land, apesar de tudo, com grande apetite. Terminado o almoço, cada um de nós recostou-se num canto.

Naquele momento, o globo luminoso que iluminava a cela se apagou, deixando-nos na mais completa escuridão. Ned Land não demorou a pregar os olhos, e, o que me admirou, Conselho também se entregou a um pesado torpor. Eu me perguntava o que pudera provocar-lhes aquela imperiosa necessidade de sono, quando senti meu cérebro invadido por uma nuvem densa. Meus olhos, que eu queria manter abertos, fecharam-se à minha revelia, e fui tomado por uma alucinação dolorosa. Claro! Haviam misturado substâncias soporíficas nos alimentos que acabávamos de consumir! Quer dizer que não bastava a prisão para nos ocultar os planos do capitão Nemo, era ainda preciso o sono!

Foi quando ouvi os alçapões se fecharem. As ondulações do mar, que faziam a embarcação jogar um pouco, cessaram. Deixaria o *Náutilus* a superfície do oceano? Retornaria à estabilidade das águas profundas?

Fiz de tudo para resistir ao sono, em vão. Minha respiração falhava. Senti um frio mortal enregelar os membros, pesados e como que paralisados. Minhas pálpebras, verdadeiras placas de chumbo, caíram sobre meus olhos e não consegui reerguê-las. Um sono mórbido, povoado de alucinações, apoderou-se de todo meu ser. Em seguida, as visões evanesceram, e caí, inerte, completamente aniquilado.

24. *O reino do coral*

Curiosamente, acordei um novo homem no dia seguinte. Para minha grande surpresa, encontrava-me no meu quarto. Meus companheiros, provavelmente, haviam sido levados de volta à sua cabine, sem que tivessem se apercebido disso mais do que eu. Talvez, assim como eu, ignorassem o que acontecera durante a noite, e, para desvendar esse mistério, eu só contava com os acasos do futuro.

Pensei então em sair do quarto. Estaria outra vez livre ou ainda prisioneiro? Completamente livre. Abri a porta, atravessei as coxias, subi a escada central. Os alçapões, fechados na véspera, estavam abertos. Fui até a plataforma.

Lá, interroguei Ned Land e Conselho, que me aguardavam. Nada sabiam. Mergulhados num sono pesado que não lhes deixara nenhuma lembrança, tinham ficado perplexos ao acordarem em sua cabine.

Quanto ao *Náutilus*, pareceu-nos tranquilo e misterioso como sempre, flutuando na superfície a uma velocidade moderada. Nada sugeria qualquer mudança a bordo.

Os olhos penetrantes de Ned Land varreram o mar. Estava deserto. Nada de novo no horizonte, nem vela nem terra, foi assinalado pelo canadense. Um vento oeste soprava ruidosamente, e sentíamos o aparelho jogar em meio a ondas compridas, encrespadas pelo vento.

Renovado seu oxigênio, o *Náutilus* manteve-se a uma profundidade média de quinze metros, de maneira a poder retornar prontamente à superfície das águas, operação que, fugindo à rotina, foi executada diversas vezes durante a jornada de 19 de janeiro. O imediato subia então à plataforma, e a indefectível frase ecoava no bojo da embarcação.

Quanto ao capitão Nemo, nenhum sinal dele. Da tripulação de bordo, vi apenas o impassível comissário, que me atendeu com a exatidão e o mutismo de sempre.

Por volta das duas horas da tarde, achava-me eu no salão, absorto em organizar minhas anotações, quando o capitão abriu a porta e apareceu. Cumprimentei-o, sendo retribuído com uma saudação silenciosa e quase imperceptível. Voltei ao trabalho, na expectativa de que me desse explicações sobre as peripécias que haviam sacudido a noite da véspera. Mas qual! Fitei-o. Seu rosto me pareceu cansado; seus olhos, vermelhos, não haviam se desanuviado com o sono; sua fisionomia exprimia uma tristeza profunda, um sofrimento real. Ia e vinha, sentava-se e logo tornava a erguer-se, pegava um livro ao acaso, abandonava-o imediatamente, consultava seus instrumentos sem fazer as anotações de costume, enfim, não parava quieto no lugar.

Finalmente, veio a mim e perguntou:

— É médico, professor Aronnax?

Julguei a pergunta tão inesperada que a considerei por um tempo sem responder.

— É médico? — repetiu. — Vários colegas seus fizeram estudos de medicina, Gratiolet, Moquin-Tandon[104] e outros.

— Realmente — assenti —, sou médico, e professor num hospital público. Cliniquei durante vários anos antes de ingressar no museu.

— Ótimo, professor.

Minha resposta visivelmente satisfizera o capitão Nemo. Porém, sem saber aonde ele pretendia chegar, ouvi novas perguntas, reservando-me o direito de responder conforme as circunstâncias.

— Professor Aronnax — indagou o capitão —, consentiria em dispensar seus cuidados a um de meus homens?

— Tem um doente?

— Sim.

— Estou pronto para acompanhá-lo.

— Venha.

Confesso que me assustei. Não sei por quê, via certa conexão entre aquela doença de um homem da tripulação e os acontecimentos da véspera, e esse mistério me preocupava no mínimo tanto quanto o enfermo.

O capitão Nemo conduziu-me à popa do *Náutilus* e fez-me entrar numa cabine junto à sala dos marujos.

Um homem de uns quarenta anos, rosto enérgico, um autêntico anglo-saxão, repousava em um leito.

Debrucei-me sobre ele. Não era apenas um doente, mais do que isso, era um ferido. Sua cabeça, enfaixada em panos ensanguentados, descansava sobre um travesseiro duplo. Soltei os panos, e o ferido, encarando-me com olhos esbugalhados, me deixou agir, sem proferir uma queixa.

104. Sobre Gratiolet e Moquin-Tandon, ver respectivamente notas 50 e 84.

O ferimento era horrível. O crânio, rasgado por um instrumento contundente, achava-se exposto, e a substância cerebral afundara. Pedras sanguíneas haviam se formado na massa difluente, a qual exibia uma cor de borra de vinho. Tratava-se ao mesmo tempo de uma lesão e de uma comoção cerebral. A respiração do paciente era lenta, e movimentos espasmódicos dos músculos agitavam sua face. A flegmasia cerebral era absoluta, resultando na suspensão dos movimentos e da sensação.

Tomei o pulso do ferido. Estava intermitente. As extremidades do corpo já esfriavam, e percebi que a morte se aproximava, sem que me parecesse possível evitá-la. Depois de fazer um curativo no infeliz, apliquei novamente os panos em sua cabeça e me dirigi ao capitão Nemo.

— O que provocou esse ferimento? — perguntei.

— O que importa? — respondeu evasivamente o capitão. — Uma colisão do *Náutilus* arrancou uma das alavancas do motor, que atingiu esse homem. Mas e sua opinião sobre o seu estado?

Eu hesitava em me pronunciar.

— Pode falar — autorizou o capitão —, esse homem não entende francês.

Olhei uma última vez para o ferido, em seguida respondi:

— Esse homem morrerá dentro de duas horas.

— Nada pode salvá-lo?

— Nada.

A mão do capitão Nemo estremeceu e algumas lágrimas escorreram de seus olhos, que eu não julgava feitos para chorar.

Durante alguns instantes, fiquei a observar o moribundo, cuja vida consumia-se lentamente. A claridade elétrica que irrigava seu leito de morte acentuava ainda mais sua palidez. Eu contemplava sua cabeça inteligente, sulcada por rugas prematuras, que o infortúnio, talvez a miséria, havia longamente escavado. Procurava desvendar o segredo de sua vida nas últimas palavras expelidas por seus lábios!

— Pode retirar-se, professor Aronnax — ordenou o capitão Nemo.

Transtornado com aquela cena, deixei o capitão na cabine do moribundo e voltei ao quarto. Durante o dia inteiro, fui assaltado por sinistros pressentimentos. Tive uma péssima noite e, entre meus sonhos frequentemente interrompidos, julguei ouvir suspiros distantes e como que um cântico fúnebre. Seria a prece dos mortos, murmurada naquela língua incompreensível para mim?

Na manhã seguinte, subi à plataforma. O capitão Nemo já se encontrava lá. Assim que me viu, dirigiu-se a mim.

— Professor — foram suas palavras —, gostaria de empreender uma excursão submarina ao longo do dia?

— Com meus companheiros? — perguntei.

— Se eles aceitarem o convite…

— Estamos às suas ordens, capitão.

— Então queiram, por favor, vestir seus escafandros.

A respeito do moribundo ou do morto, nenhuma palavra. Fui ao encontro de Ned Land e Conselho e lhes transmiti o convite do capitão Nemo. Conselho aceitou sem piscar e, dessa vez, o canadense mostrou-se disposto a nos acompanhar.

Eram oito horas da manhã. Às oito e meia, equipados com dois aparelhos — de iluminação e respiração —, estávamos prontos para o novo passeio. A porta dupla foi aberta. E, escoltados pelo capitão Nemo, seguido por uma dúzia de homens da tripulação, pisávamos a uma profundidade de dez metros, sobre o solo firme onde o *Náutilus* repousava.

Um ligeiro declive conduzia a um fundo acidentado, a cerca de quinze braças de profundidade, completamente diferente do que eu visitara durante minha primeira excursão sob as águas do Pacífico. Agora, nem sinal de areia fina, de pradarias submarinas, ou de florestas pelágicas. Reconheci imediatamente aqueles domínios fabulosos, cujas honras, naquele dia, nos eram feitas pelo capitão Nemo. Era o reino do coral.

No ramo dos zoófitos e na classe dos alcionários, observa-se a ordem das gorgonáceas, que encerra os três grupos dos gorgônios, isídios e coralinas. É a este último que pertence o coral, substância curiosa, por sua vez classificada nos reinos mineral, vegetal e animal. Remédio para os antigos, joia para os modernos, foi apenas em 1694 que o marselhês Peyssonel[105] o incluiu definitivamente no reino animal.

O coral é um conjunto de animálculos, aglomerados num polipeiro de natureza quebradiça e pétrea. Esses pólipos possuem um único genitor, que os produz por brotamento, e eles têm existência própria, embora participando da vida comum. Trata-se, portanto, de uma espécie de socialismo natural. Eu conhecia os últimos trabalhos realizados a respeito desse extravagante zoófito, que se mineraliza à medida que se arboriza, segundo a perspicaz observação dos naturalistas, e nada podia ser mais interessante para mim do que visitar uma dessas florestas petrificadas que a natureza plantou no fundo dos mares.

Ligamos os aparelhos Ruhmkorff e seguimos um banco de coral em vias de gestação que, com o trabalho do tempo, um dia fechará aquela zona do oceano Índico. A trilha era cercada por arbustos inextricáveis, formados pelo emaranhamento de touceiras cobertas de florzinhas estreladas com raios brancos. Entretanto, ao contrário das plantas terrenas, aquelas arborizações, agarradas nas pedras do fundo, cresciam de cima para baixo.

105. Jules Verne confunde a data de nascimento do cirurgião de marinha marselhês Jean-André Peyssonel (1694-1759) com a da publicação de suas obras. Foi em 1750 que Peyssonel classificou o coral entre os zoantários.

Brincando em meio àquelas ramagens tão vistosamente coloridas, a luz produzia mil efeitos encantadores. Parecia-me ver os tubos membranosos e cilíndricos dançarem sob a ondulação das águas. Sentia-me tentado a colher suas viçosas corolas enfeitadas com delicados tentáculos, umas recém-desabrochadas, outras em vias de brotar, enquanto ligeiros peixes, com rápidas nadadeiras, roçavam por elas, passando como revoadas de pássaros. Porém, quando minha mão aproximava-se daquelas flores vivas, daquelas sensitivas animadas, a colônia disparava imediatamente o alarme. As corolas brancas recolhiam-se em seus estojos vermelhos, as flores evanesciam diante de meus olhos e o arbusto transformava-se num bloco de mamilos de pedra.

O acaso colocara-me na presença dos mais valiosos espécimes desse zoófito. Aquele coral era similar ao pescado no Mediterrâneo, nas costas da França, da Itália e da Berbéria, e seus tons chamativos justificavam os nomes poéticos de "flor-de-sangue" e "espuma-de-sangue" com os quais o comércio apelida seus mais belos exemplares. O coral é vendido por até quinhentos francos o quilograma, e, ali, as camadas líquidas superavam a fortuna de todos os catadores de coral do mundo. A preciosa substância, esparsamente misturada com outros polipeiros, formava então conjuntos compactos e emaranhados chamados *macciota*, e em cujo topo observei admiráveis espécimes de coral-rosa.

Mas logo os arbustos atrofiaram-se e as arborizações expandiram-se. Verdadeiras florestas de pedra e grandes vigas de uma arquitetura imaginosa descortinaram-se à nossa frente. O capitão Nemo embrenhou-se sob uma escura galeria em declive, levando-nos a uma profundidade de cem metros. Às vezes, a luz de nossas serpentinas produzia efeitos mirabolantes, agarrando-se às rugosas asperezas das arcadas naturais e aos pingentes em forma de luminárias, que ela espetava como pontas de fogo. Entre os arbustos coralinos, observei outros pólipos não menos curiosos, melitas, íris com ramificações articuladas, depois alguns tufos de coralinas, umas verdes, outras vermelhas, autênticas algas incrustadas em sais calcários, que os naturalistas, após longas discussões, classificaram definitivamente no reino vegetal — embora, nas palavras de um filósofo, "este talvez seja o ponto real onde a vida obscuramente levanta-se de seu sono de pedra, sem ainda emancipar-se de seu rude ponto de partida".[106]

Finalmente, após duas horas de marcha, alcançamos uma profundidade de aproximadamente trezentos metros, isto é, o limite extremo no qual o coral começa a se formar. Mas agora não eram mais moitas isoladas ou matas ralas e baixas. Era a floresta imensa, as grandes vegetações minerais, as imensas árvores petrificadas, reunidas por guirlandas de elegantes plumárias, cipós dos mares exuberantes em cores e reflexos. Passávamos livremente sob sua alta ramagem, perdida na penumbra da superfície das águas, enquanto

106. Trata-se na verdade do historiador francês Jules Michelet (1798-1874), que enalteceu o Mediterrâneo em seu *O mar*.

a nossos pés tubíparos, meandrinas, astreias, fongites e cariófilos formavam um tapete de flores, salpicado com gemas deslumbrantes.

Que espetáculo indescritível! Ah, não poder comunicar nossas sensações! Por que estávamos aprisionados sob aquela máscara de metal e vidro? Por que as conversas nos eram proibidas? Por que não vivíamos, quem dera, a vida dos peixes, que povoam o elemento líquido, ou, melhor ainda, dos anfíbios, que, por horas a fio, são capazes de percorrer, ao sabor de seu capricho, o duplo domínio da terra e das águas!

Nesse momento, o capitão Nemo detivera-se. Meus companheiros e eu interrompemos nossa marcha e, ao me voltar, vi que os homens formavam um semicírculo ao redor de seu superior. Observando com mais atenção, percebi que quatro deles carregavam nos ombros um objeto de forma oblonga.

Ocupávamos, naquele ponto, o centro de uma vasta clareira, cercada pelas grandes árvores da floresta submarina. Nossas lanternas projetavam sobre esse espaço uma claridade crepuscular que conferia um volume incomum às sombras acima do solo. No limiar da clareira, a escuridão voltava a se adensar, refletindo apenas pequenas faíscas capturadas pelas arestas vivas do coral.

Ned Land e Conselho estavam ao meu lado. Observávamos, e pressenti que assistiria a uma cena estranha. Olhando para o solo, percebi que este se achava estufado em certos pontos por pequenas tumefações incrustadas de sedimentos calcários e dispostas com uma regularidade que traía a mão do homem.

No meio da clareira, sobre um pedestal de rochas grosseiramente empilhadas, erguia-se uma cruz de coral com braços compridos, que se diriam feitos de sangue petrificado.

A um sinal do capitão Nemo, um de seus homens avançou e, a menos de um metro da cruz, começou a escavar um buraco com uma pá, que soltara de seu cinto.

Compreendi tudo! A clareira era um cemitério; o buraco, um túmulo; o objeto oblongo, o corpo do homem morto durante a noite! O capitão Nemo e sua tripulação acabavam de enterrar o companheiro naquela morada comum, no fundo do inacessível oceano!

Não! Jamais experimentei sensação igual! Jamais ideias mais mirabolantes invadiram meu cérebro! Eu não queria ver o que meus olhos viam!

Enquanto isso, a cova era lentamente escavada. Os peixes fugiam aqui e ali de sua conturbada toca. Eu ouvia ressoar, sobre o solo calcário, o ferro da picareta que às vezes soltava fagulhas ao se chocar com algum sílex perdido no fundo das águas. A cova abria-se, alargava-se, logo adquirindo uma profundidade suficiente para receber o corpo.

Então os carregadores se aproximaram. O corpo, envolto num pano de bisso branco, desceu a seu humilde túmulo. O capitão Nemo, com os braços cruzados no peito, e todos os amigos do defunto ajoelharam-se em oração. Meus dois companheiros e eu inclinamo-nos religiosamente.

A clareira era um cemitério; o buraco, um túmulo.

O túmulo foi então coberto com detritos arrancados do solo, os quais formaram uma leve protuberância.

Feito isto, o capitão Nemo e seus homens puseram-se de pé, aproximaram-se do túmulo, dobraram novamente o joelho e estenderam as mãos em sinal de supremo adeus…

O cortejo fúnebre retomou o caminho do *Náutilus*, voltando a atravessar as arcadas da floresta, desbravando a mata, seguindo os arbustos de coral, mas sempre subindo.

Afinal, avistamos as luzes de bordo, cujo rastro luminoso nos guiou até o *Náutilus*. À uma hora estávamos de volta.

Troquei de roupa, subi à plataforma e, ensimesmado, fui sentar-me próximo ao farol.

O capitão Nemo dirigiu-se a mim. Levantei-me e disse-lhe:

— Presumo que aquele homem morreu esta noite…

— Sim, professor Aronnax — respondeu o capitão Nemo.

— E agora repousa junto a seus companheiros naquele cemitério de coral…

— Sim, esquecidos por todos, mas não por nós! Demos-lhe um túmulo, e os pólipos encarregam-se de guardar nossos mortos para todo o sempre!

Então, escondendo com um gesto brusco o rosto em suas mãos trêmulas, o capitão tentou inutilmente conter um soluço. E acrescentou:

— É lá que fica o nosso sereno cemitério, centenas de metros abaixo da superfície das ondas!

— Pelo menos lá seus mortos dormem tranquilos, capitão, fora do alcance dos tubarões!

— Sim, professor — concordou gravemente o capitão Nemo —, dos tubarões e dos homens!

SEGUNDA PARTE

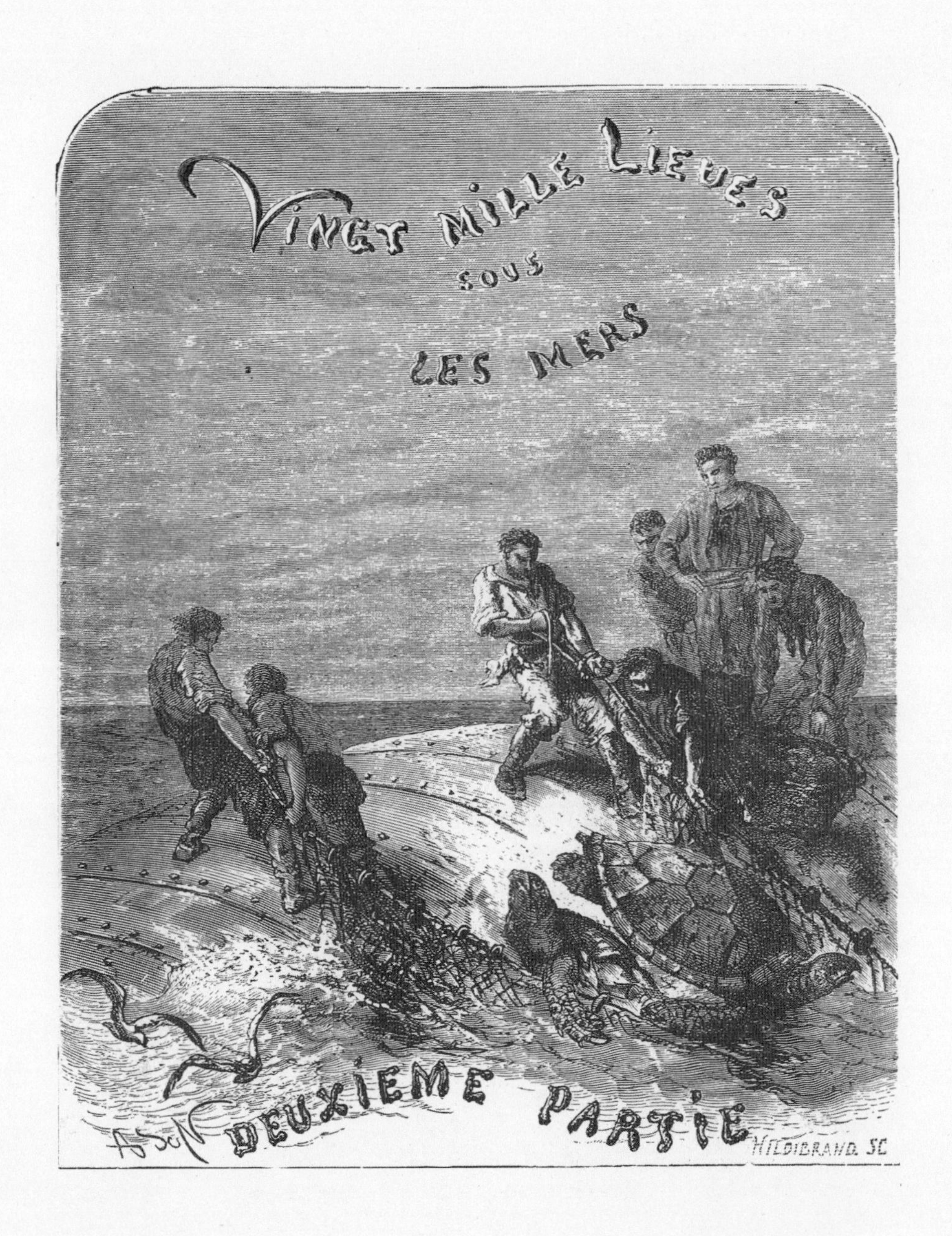

1. *O oceano Índico*

Começa aqui a segunda parte desta viagem submarina. A primeira terminou com a cena comovente do cemitério de coral, que me deixou uma impressão profunda. Na redoma das águas, a vida do capitão Nemo desdobrava-se plenamente, e não era impossível que até o seu túmulo houvesse sido preparado por ele no mais impenetrável dos abismos. Lá, nenhum monstro do oceano viria perturbar o derradeiro sono daqueles hóspedes do *Náutilus*, daqueles amigos agrilhoados uns aos outros, na morte e na vida! "E nenhum homem, tampouco!" acrescentara o capitão Nemo.

Sempre a mesma desconfiança, feroz e implacável, com relação às sociedades humanas!

No que me dizia respeito, não me contentava mais com as hipóteses levantadas por Conselho. O digno rapaz insistia em ver no comandante do *Náutilus* um cientista relegado à obscuridade, que despreza a humanidade por mera indiferença. Para ele, Nemo era um gênio incompreendido, o qual, cansado das decepções terrenas, refugiara-se naquele meio inacessível onde seus instintos fluíam livremente. Contudo, minha opinião é que tal hipótese explicava apenas uma das facetas do capitão Nemo.

Com efeito, o mistério daquela última noite durante a qual havíamos sido acorrentados na prisão e no sono, a veemente precaução tomada pelo capitão de arrancar de minhas mãos a luneta prestes a percorrer o horizonte, o ferimento mortal daquele homem devido a um choque inexplicável do *Náutilus*, tudo isso me abria os olhos. Não! O capitão Nemo não se limitava a fugir dos homens! Seu insólito aparelho servia não apenas a seus instintos de liberdade, mas talvez também aos interesses de não sei que terríveis represálias.

No presente momento, nada é evidente para mim, nessas trevas não vislumbro senão fulgores, devendo limitar-me a escrever, por assim dizer, sob o ditame dos acontecimentos.

Ademais, nada nos prende ao capitão Nemo. Ele sabe que é impossível escapar do *Náutilus*. Não somos sequer prisioneiros de nossa palavra. Nenhum compromisso de honra nos prende. Não passamos de cativos, de prisioneiros disfarçados sob o nome de hóspedes por uma questão de cortesia. Ned, entretanto, não perdeu as esperanças de recuperar a liberdade. Não tenho dúvida de que aproveitará a primeira oportunidade que o acaso lhe oferecer. Eu, provavelmente, farei como ele. E, não obstante, não será sem uma espécie de remorso que levarei comigo o que a generosidade do capitão nos houver permitido entrever dos mistérios do *Náutilus*! Afinal, devemos odiar ou admirar esse homem? Será uma vítima ou um carrasco? Para ser franco, acrescento que muito me agradaria completar esta volta ao mundo submarina, cujo início afigurou-se tão auspicioso. Quem me dera observar a série completa das maravilhas acumuladas sob os mares do globo! Quem me dera ver o que ainda homem nenhum viu, mesmo que tivesse de pagar com a vida essa insaciável vontade de saber! O que descobri até aqui? Nada, ou quase nada, uma vez que percorremos apenas seis mil léguas através do Pacífico!

Por outro lado, sei perfeitamente que o *Náutilus* aproxima-se de terras habitadas e que, se porventura surgisse uma oportunidade de salvação, seria cruel sacrificar meus companheiros por amor ao desconhecido. Serei obrigado a segui-los, talvez até mesmo a guiá-los. Mas essa oportunidade surgirá? Com ela sonha o homem confiscado de seu livre-arbítrio, mas o cientista, o curioso, recua.

Nesse dia, 21 de janeiro de 1868, ao meio-dia, o imediato foi verificar a altura do sol. Subi à plataforma, acendi um charuto e acompanhei a operação. Pareceu-me evidente que aquele homem não entendia francês, já que em diversas ocasiões eu fizera reflexões em voz alta que deveriam ter-lhe arrancado algum sinal involuntário de atenção, caso as houvesse compreendido, mas ele permaneceu impassível e mudo.

Enquanto ele operava o sextante, um dos marujos do *Náutilus* — o homem forte que nos acompanhara durante nossa primeira excursão submarina à ilha Crespo — veio limpar os vidros do farol. Pude então observar o engenho do aparelho, cuja potência era centuplicada por aros lenticulares, dispostos como os de faróis, que mantinham sua luz no plano útil. A lâmpada elétrica era disposta de maneira a se aproveitar ao máximo sua capacidade de iluminação, e a luz gerada, com efeito, produzia-se no vácuo, o que assegurava ao mesmo tempo sua regularidade e intensidade. Esse vácuo economizava também as pontas de grafite entre as quais se desenvolve o arco luminoso, economia significativa para o capitão Nemo, que não podia renová-las com facilidade. Naquelas condições, porém, seu desgaste era quase imperceptível.

Quando o *Náutilus* preparou-se para retomar seu périplo submarino, desci novamente ao salão. As escotilhas voltaram a se fechar e a embarcação embicou para oeste.

Singrávamos então as águas do oceano Índico, vasta planície líquida com uma capacidade de cinquenta milhões de hectares e cujas águas são tão cristalinas que causam vertigem a quem se debruça sobre sua superfície. O *Náutilus* avançava oscilando entre cem e duzentos metros de profundidade. Assim foi durante alguns dias. Para outro qualquer que não eu, um apaixonado pelos mares, as horas decerto teriam parecido longas e monótonas, mas aqueles passeios diários sobre a plataforma, quando eu me renovava no ar vivificante do oceano, o espetáculo daquelas águas exuberantes através dos vidros do salão, a leitura dos livros da biblioteca e a redação de minhas memórias tomavam todo o meu tempo, e em nenhum momento eu me sentia cansado ou entediado.

A saúde de todos nós mantinha-se num estado bastante satisfatório. Adaptamo-nos perfeitamente ao regime de bordo, e de minha parte dispensaria tranquilamente as variações que, só para ser do contra, Ned Land volta e meia sugeria. Além do mais, naquela temperatura constante, sequer um resfriado nos ameaçava. Em último caso, a madrépora *Denfrophilea*, conhecida na Provença pelo nome de "funcho-do-mar", e da qual havia certo estoque a bordo, teria fornecido, com sua polpa viscosa, um excelente expectorante.

Durante alguns dias avistamos uma grande quantidade de aves aquáticas, palmípedes, gaivotas e alcatrazes. Sem dificuldade, algumas foram mortas e, preparadas conforme determinada receita, revelaram-se uma caça bem aceitável. Entre as grandes aves, arrastadas para longe de quaisquer terras e que repousam sobre as águas das fadigas do voo, gritos dissonantes como zurros de asno atraíram meu olhar para magníficos albatrozes, pertencentes à família dos longipenes. A família dos totipalmados era representada por fragatas velozes, que pescavam agilmente peixes da superfície, e por numerosos faetontes, entre eles o de barbatanas vermelhas, gordo como um pombo e cuja plumagem branca é matizada por tons róseos, que valorizam a cor negra das asas.

As redes do *Náutilus* trouxeram várias espécies de tartarugas marinhas, do gênero *caret*, com dorso abaulado e cuja carapaça é alvo de furiosa cobiça. Ótimos mergulhadores, esses répteis conseguem manter-se por um longo tempo submersos vedando a válvula carnuda situada no orifício externo de seu canal nasal. Algumas dessas *carets*, quando as capturamos, ainda dormiam dentro de suas carapaças, fora do alcance dos animais marinhos. Sua carne era geralmente modesta, mas seus ovos proviam um excelente prato.

Quanto aos peixes, continuavam a despertar nossa admiração, quando, através das escotilhas abertas, surpreendíamos os segredos de sua vida aquática. Vi diversas espécies inéditas para mim.

Cito principalmente o baiacu-cofre, típico do mar Vermelho e do mar das Índias, bem como daquela parte do oceano que banha as costas da América equinocial. Esses peixes, como as tartarugas, tatus, ouriços e crustáceos, são protegidos por uma couraça que não é nem gretada, nem pétrea, mas efetivamente óssea, exibindo ora a forma de um triângulo sólido, ora a de um sólido quadrilátero. Entre os triangulares, observei alguns medindo meio decímetro de comprimento, de carne salubre e gosto sutil, marrons na cauda, amarelos nas nadadeiras e cuja aclimatação recomendo inclusive em águas doces, às quais, por sinal, um certo número de peixes do mar adapta-se com facilidade. Citarei também baiacus quadrangulares com a cauda encimada por quatro grossos tubérculos; baiacus polvilhados com pintinhas brancas no ventre, domesticáveis como passarinhos; trigônios, dotados de agulhões formados pelo prolongamento de sua crosta óssea, aos quais o singular grunhido rendeu o apelido de "porcos-do-mar"; por fim, peixes-dromedários, com grandes corcovas em forma de cone, carne dura e fibrosa.

Também destaco, dos apontamentos diários feitos por mestre Conselho, certos peixes do gênero tetrodontídeo, exclusivos desses mares, espenglérios, de dorso vermelho e peito branco, identificáveis pelas três carreiras longitudinais de filamentos, e peixes-elétricos, com dezessete centímetros de comprimento, enfeitados com as cores mais chamativas. Vi igualmente, como amostra de outros gêneros, ovoides — semelhantes a um ovo castanho-escuro — percorridos por riscas brancas e finas e desprovidos de cauda; *diodons*, autênticos porcos-espinhos do mar, dotados de espinhos e capazes de inchar de maneira a formar uma pelota de dardos; hipocampos comuns a todos os oceanos; pégasos, com o focinho afunilado, aos quais as nadadeiras peitorais alongadas e dispostas em forma de asas permitem, se não voar, pelo menos lançar-se aos ares; pombos espatulados, com a cauda revestida por numerosos anéis escamosos; macrognatas com maxilar protuberante, excelentes peixes com vinte e cinco centímetros de comprimento rebrilhando nas cores mais vistosas; caliomoros lívidos, com a cabeça enrugada; miríades de blênios-saltadores, listrados de preto — e com compridas nadadeiras peitorais — deslizando vertiginosamente na superfície das águas; deliciosos velíferos, capazes de alçar as barbatanas como velas desfraldadas nas correntes favoráveis; *kurtes* esplêndidos, para os quais a natureza não poupou amarelos e azuis-celestes, além de prata e ouro; tricópteros, cujas asas são formadas por filamentos; alcabozes, sempre manchados de limão, que parecem sussurrar; triglas, cujo fígado é considerado veneno; bodiões, que têm nos olhos uma espécie de toldo; e, para terminar, peixes-cachimbos, de focinho comprido e tubuloso, verdadeiros góbios-moscas do oceano, armados com um fuzil não previsto nem pelos Chassepot nem pelos Remington,[107] que matam os insetos golpeando-os com uma simples gota d'água.

107. O fuzil Chassepot entrou em uso no exército francês em 1866; o fuzil Remington, com sistema de rotação retrógrada, passou a equipar o exército americano em 1867.

No octogésimo nono gênero dos peixes classificados por Lacépède,[108] que pertence à segunda subclasse dos ósseos, caracterizados por um opérculo e uma membrana branquial, observei uma escorpena, cuja cabeça é dotada de espinhos e que possui uma única nadadeira dorsal; esses animais são ou não revestidos por pequenas escamas, dependendo do subgênero a que pertencem. O segundo subgênero exibia amostras de didáctilos com três a quatro decímetros de comprimento, listrados de amarelo e com uma cabeça fantástica. No primeiro subgênero, identifiquei diversos espécimes de um curioso peixe pertinentemente apelidado de "sapo-marinho", o qual tinha a cabeça grande, ora carcomida por sínus profundos, ora estufada por protuberâncias. Coberto de espinhos e com tubérculos espalhados, possuía cornos irregulares e hediondos, além do corpo e da cauda calejados. Repugnante e horrível, seus espinhos causam os mais perigosos ferimentos.

De 21 a 23 de janeiro, o *Náutilus* avançou à razão de duzentas e cinquenta léguas por dia, isto é, quinhentas e quarenta milhas, ou vinte e duas milhas por hora. O que tornava possível identificar essas diversas variedades de peixes era sua atração pela luminosidade elétrica. Muitos deles tentavam nos acompanhar, porém, vencidos pela velocidade, deixavam-se ficar para trás; mas havia alguns que conseguiam se manter durante um certo tempo entre as águas do *Náutilus*.

Na manhã do dia 24, a 12°5' de latitude sul e 94°33' de longitude, avistamos a ilha Keeling, sedimentação madrepórica tomada por coqueiros e que foi visitada pelo sr. Darwin e o capitão FitzRoy.[109] O *Náutilus* contornou a pouca distância os açores dessa ilha deserta e suas dragas coletaram diversos espécimes de pólipos e equinodermos, bem como curiosas calotas do ramo dos moluscos. Alguns preciosos exemplares da família dos delfínulos aumentaram o acervo do capitão Nemo, ao qual juntei uma astreia punctífera, espécie de polipeiro parasita que vive agarrado a uma concha.

Dali a pouco a ilha Keeling desapareceu sob o horizonte. Tomou-se uma rota a noroeste, em direção à ponta da península Índica.

— Terras civilizadas — comentou Ned Land nesse dia. — Melhor que aquelas ilhas da Papuásia, onde encontramos mais selvagens que cabritos! Nessa terra indiana, professor, há estradas, ferrovias, cidades inglesas, francesas e hindus. Ninguém anda vinte quilômetros sem topar com um compatriota. O que me diz? Não é hora de escapar das garras do capitão Nemo?

— Não, Ned, não — respondi num tom determinado. — Deixemos as águas correrem, como dizem vocês marujos. O *Náutilus* aproxima-se dos con-

---

108. Sobre Lacépède, ver nota 2.

109. Robert FitzRoy (1805-65), hidrógrafo e meteorologista inglês, foi o capitão do *Beagle* durante a viagem de Charles Darwin.

tinentes habitados, está retornando à Europa, que nos conduza até lá. Uma vez em nossos mares, veremos o que a prudência nos aconselhará a arriscar. Aliás, não imagino que o capitão Nemo nos autorize a caçar nas costas do Malabar ou de Coromandel, como aconteceu nas florestas da Nova Guiné.

— Ora, professor, não podemos dispensar tal autorização?

Não respondi ao canadense, pois não queria discutir. No fundo, estava louco para explorar até o fim os acasos do destino que me lançaram a bordo do *Náutilus*.

A partir da ilha Keeling, nosso curso pareceu tornar-se mais aleatório e inconstante, arrastando-nos frequentemente para grandes profundidades. Por diversas vezes os planos inclinados foram acionados, mediante alavancas internas capazes de posicionar o *Náutilus* obliquamente à linha de flutuação. Mergulhamos assim a dois e três quilômetros, mas sem jamais atingir o fundo daquele mar indiano que sondas de treze mil metros não foram capazes de alcançar. Quanto à temperatura das mantas profundas, o termômetro continuou a marcar invariavelmente quatro graus abaixo de zero. Entretanto, observei que, nas camadas superiores, a água era sempre mais fria nas grandes profundezas do que em alto-mar.

Em 25 de janeiro, estando o oceano absolutamente deserto, o *Náutilus* passou o dia inteiro na superfície, fustigando as águas com sua poderosa hélice e fazendo-as esguichar a uma grande altura. Como, em tais condições, não tomá-lo por um gigantesco cetáceo? Passei praticamente o dia todo sobre a plataforma, perscrutando o mar. Nada no horizonte, exceto, às quatro da tarde, um vapor longo e veloz na direção oeste com os costados voltados para nós. Enquanto avistamos sua mastreação por um instante, ele não podia perceber o *Náutilus*, que se encontrava muito rente à água. Imaginei que aquele vapor pertencia à linha peninsular e oriental que faz o trajeto entre a ilha do Ceilão e Sydney, costeando o cabo do Rei George e Melbourne.

Às cinco horas, antes do rápido crepúsculo que liga o dia à noite nas zonas tropicais, Conselho e eu nos maravilhamos com um curioso espetáculo.

Segundo os antigos, existe um encantador animal cujo encontro pressagia momentos felizes. Aristóteles, Ateneu, Plínio e Opiano haviam estudado suas aptidões e esgotado a seu respeito toda a poética dos cientistas da Grécia e da Itália.[110] Deram-lhe os nomes de "náutilo" e "pompílio", mas a ciência moderna não ratificou essa denominação, e hoje esse molusco é conhecido pelo nome de argonauta.

Se houvéssemos consultado Conselho, teríamos aprendido desse honesto rapaz que o ramo dos moluscos divide-se em cinco classes; que a primeira clas-

110. Aristóteles (384-322 a.C.) em *História dos animais*, Ateneu (sécs.I-II) em *Os deipnosofistas*, Plínio o Velho (23-79) em *História natural*, Opiano (séc.III) em *Os haliêuticos*, poema sobre a pesca do séc.II.

se, a dos cefalópodes, cujos indivíduos apresentam-se ora nus, ora testáceos,[111] compreende duas famílias, as dos dibranquiais e dos tetrabranquiais, que se distinguem pelo número de suas ramificações; que a família dos dibranquiais possui três gêneros, o argonauta, o calamar e a lula, e a dos tetrabranquiais um único, o náutilo. O espírito rebelde que, após essa nomenclatura, vier a confundir o argonauta, que é acetabulífero, isto é, detentor de ventosas, com o náutilo, que é tentaculífero, isto é, detentor de tentáculos, não poderá mais ser desculpado.

Ora, era um cardume desses argonautas que viajava naquele momento à flor do oceano, e podíamos contar várias centenas deles, todos pertencentes à espécie dos argonautas tuberculados, somente encontrada nos mares da Índia.

Os graciosos moluscos moviam-se de costas por meio de seu canal locomotor, expelindo por esse canal a água que haviam aspirado. De seus oito tentáculos, seis — alongados e afilados — flutuavam sobre a água, enquanto os outros dois — espalmados e abaulados — desfraldavam-se ao vento como uma tênue vela. Eu via perfeitamente sua concha espirálica e ondulada, que Cuvier compara com propriedade a uma elegante chalupa. Um barco de verdade, com efeito, transportando o animal que o secretou, sem que o animal nele se incruste.

— O argonauta é livre para deixar sua concha — ensinei a Conselho —, mas nunca faz isso.

— Tal qual o capitão Nemo — observou argutamente Conselho. — E não sei por que ele não chamou sua embarcação de *Argonauta*.

Durante cerca de uma hora, o submarino flutuou em meio àquele cardume de moluscos, até que, não sei por qual razão, eles se assustaram. Como se reconhecendo um sinal, todas as velas foram subitamente recolhidas, os tentáculos se dobraram, os corpos se contraíram e, com as conchas se esbarrando e alterando seu centro de gravidade, toda a flotilha desapareceu sob as águas. Foi instantâneo, e nunca navios de uma esquadra manobraram com maior entrosamento.

Num piscar de olhos anoiteceu, e as marolas, apenas soerguidas pela brisa, estiraram-se calmamente sob as cintas do *Náutilus*.

No dia seguinte, 26 de janeiro, cortávamos o equador no octogésimo segundo meridiano, e retornávamos ao hemisfério boreal.

Ao longo desse dia, fomos escoltados por um cardume espetacular de esqualos, terríveis animais que pululam nesses mares, tornando-os perigosíssimos. Eram tubarões-philipps de dorso marrom e ventre esbranquiçado, dotados de onze fileiras de dentes; tubarões-olhudos, com o pescoço marcado

111. Termo da biologia que designa os animais revestidos por uma concha.

por uma grande mancha preta que, aureolada de branco, parece um olho; tubarões-isabelle, com o focinho abaulado e pintalgado de pontos escuros. Volta e meia os poderosos animais precipitavam-se contra a vidraça do salão com uma violência pouco tranquilizadora, o que deixava Ned Land indócil. Queria subir à superfície das águas e arpoar os monstros, principalmente os tubarões-lixas, com seus dentes dispostos em mosaico, e os grandes tubarões-tigres, com cinco metros de comprimento, que o provocavam com uma insistência intrigante. Mas logo o *Náutilus*, ganhando velocidade, deixou facilmente para trás os mais rápidos daqueles tubarões.

Em 27 de janeiro, ao largo do vasto golfo de Bengala, nos deparamos em várias ocasiões — espetáculo sinistro! — com cadáveres boiando na superfície das águas. Eram mortos das cidades indianas, carregados pelo rio Ganges até alto-mar, que os abutres, únicos coveiros do país, não tinham terminado de devorar. Mas não faltavam tubarões para ajudá-los em sua fúnebre tarefa.

Por volta das sete da noite, o *Náutilus* navegou semi-imerso em meio a um mar de leite. O oceano parecia um creme à nossa volta. Seria efeito dos raios lunares? Não, pois a lua, naquela fase, ainda se perdia no horizonte, abaixo dos raios do sol. O céu, embora iluminado pela radiação sideral, parecia escuro pelo contraste com a alvura das águas.

Conselho não acreditava em seus olhos e me interrogou a respeito das causas daquele singular fenômeno. Por sorte, eu estava em condições de lhe responder.

— Isso é conhecido como mar de leite — expliquei —, uma vasta extensão de ondas brancas que vemos frequentemente nas costas de Amboine[112] e aqui nestas paragens.

— Entendo — respondeu Conselho. — Mas o patrão poderia me dizer a causa que produz tal efeito, pois suponho que a água não se transformou em leite!

— Não, meu rapaz, e essa alvura que o surpreende é mero resultado da presença de miríades de animálculos infusórios, espécie de pequenas larvas luminosas, com um aspecto gelatinoso e incolor, da espessura de um fio de cabelo e cujo comprimento não vai além de um quinto de milímetro. Algumas dessas bestiolas amalgamam-se ao longo de um espaço de várias léguas.

— Várias léguas! — exclamou Conselho.

— Sim, meu rapaz, e não tente calcular o número desses infusórios! Não conseguiria, pois, se não me engano, houve navegadores que singraram mares de leite por mais de quarenta milhas.

112. Iha do arquipélago das Molucas, hoje Pulau Ambon.

Deparamos com cadáveres boiando na superfície das águas.

Não sei se Conselho levou em conta minha recomendação, mas pareceu mergulhar em reflexões profundas, procurando decerto estimar quantos quintos de milímetro cabem dentro de quarenta milhas quadradas. Quanto a mim, continuei a observar o fenômeno. Durante várias horas, o esporão do *Náutilus* rasgou o tal leite, e notei que deslizava sem ruído sobre aquela água saponácea, como teria flutuado nos turbilhões de espuma que as correntes e contracorrentes da baía deixavam algumas vezes entre si.

Perto da meia-noite, o mar recuperou subitamente sua cor normal, mas, atrás de nós, até os limites do horizonte, o céu refletia a alvura das ondas, parecendo por muito tempo impregnado dos difusos fulgores de uma aurora boreal.

2. *Novo convite do capitão Nemo*

No dia 28 de fevereiro,[113] quando ao meio-dia o *Náutilus* retornou à superfície, a 9°4' de latitude norte, achava-se à vista de uma terra distante oito milhas a oeste. A princípio observei uma aglomeração de montanhas, com mais ou menos setecentos metros de altitude e formas caprichosamente modeladas. Verificada a altura do sol, voltei ao salão e, quando nossa localização foi registrada no mapa, constatei que estávamos diante da ilha do Ceilão — pérola que pende do lobo interno da península Índica.

Fui procurar na biblioteca algum livro relativo a essa ilha, uma das mais férteis do globo. Encontrei justamente um volume de H.C. Sirr, *esq.*,[114] intitulado *Ceylan and the Cingalese*. Ao retornar ao salão, a primeira coisa que fiz foi inteirar-me das coordenadas do Ceilão, ao qual os antigos atribuíram diversas denominações. Localizava-se entre 5°55' e 9°49' de latitude norte, e entre 79°42' e 82°4' de longitude, a leste do meridiano de Greenwich; seu comprimento era de quatrocentos e trinta quilômetros e sua largura máxima de duzentos e trinta; a circunferência, de cento e trinta quilômetros; e a superfície, de sessenta e cinco quilômetros quadrados, isto é, um pouco inferior à da Irlanda.

O capitão Nemo e seu imediato apareceram naquele momento.

O capitão deu uma espiada no mapa e voltou-se para mim:

— A ilha do Ceilão — disse ele —, terra célebre pelos bancos de pérolas. Seria de seu agrado, professor Aronnax, visitar um desses bancos?

113. Lapso cronológico do autor. Trata-se na realidade de 28 de janeiro, uma vez que o fim do capítulo precedente se passa em 27 de janeiro. A cronologia correta irá restabelecer-se no início do capítulo 4, quando voltaremos a 29 de janeiro.

114. Trata-se da obra do diplomata inglês Henry Charles Sirr (1807-72), *Ceylon and the Cingalese* (Londres, 1850, 2 vols.); *esq.*: abreviatura de *esquire*, título que designava ingleses de classes altas.

— Sem dúvida alguma, capitão.

— Será. Visitaremos os viveiros, mas não veremos os pescadores, pois a pesca anual ainda não começou. Pouco importa. Darei ordens para rumarmos ao golfo de Manaar, aonde chegaremos à noite.

O capitão disse algumas palavras a seu imediato, que saiu na mesma hora. Pouco depois o *Náutilus* retornava plenamente a seu elemento líquido, com o manômetro indicando uma profundidade de dez metros.

Com o mapa diante dos olhos, procurei então o golfo de Manaar. Encontrei-o no nono paralelo, na costa noroeste do Ceilão. Era formado por uma linha que partia da pequena ilha de Manaar e, para alcançá-lo, tínhamos que subir toda a costa ocidental do Ceilão.

— Professor — disse-me o capitão Nemo —, embora haja pescaria de pérolas no golfo de Bengala, no mar das Índias, nos mares da China e do Japão, nos mares do sul da América, no golfo do Panamá, no golfo da Califórnia, é no Ceilão que essa pesca consegue os melhores resultados. Chegamos um pouco cedo, talvez. Os pescadores reúnem-se durante o mês de março no golfo de Manaar, e ali, durante trinta dias, trezentas embarcações dedicam-se à lucrativa exploração dos tesouros do mar. Cada embarcação é tripulada por dez remadores e dez pescadores. Estes, divididos em dois grupos, mergulham alternadamente e descem a uma profundidade de doze metros, usando uma pedra pesada presa entre os pés e uma corda amarrada no barco.

— Quer dizer — indaguei — que esse procedimento primitivo ainda é adotado?

— Ainda — respondeu o capitão Nemo —, embora o fruto dessas pescarias pertença ao povo mais industrioso do globo, aos ingleses, a quem foram cedidas pelo tratado de Amiens em 1802.[115]

— Parece-me, porém, que seu escafandro seria de grande utilidade nesse tipo de operação.

— Sim, pois esses pobres pescadores aparentemente não se mantêm muito tempo debaixo d'água. O inglês Percival,[116] em sua viagem ao Ceilão, observou efetivamente um cafre[117] que permanecia cinco minutos sem subir à superfície, mas o fato não me parece digno de crédito. Sei que alguns mergulhadores chegam a cinquenta e sete segundos, e os melhores deles a oitenta e sete; todavia estes são raros e, ao voltar a bordo, os infelizes expelem água cor de sangue pelo nariz e os ouvidos. Creio que a média de tempo que os pescadores podem suportar é de trinta segundos, durante os quais se esfalfam

115. A Paz de Amiens, firmada em 25 de março de 1802, pôs fim às hostilidades entre a Inglaterra e a França napoleônica durante as chamadas Guerras Revolucionárias Francesas.

116. Robert Percival (1765-1827), autor de *Descrição do Ceilão* (1803).

117. Originariamente, o termo designava o nativo da Cafraria (região em algum ponto da África Austral), ganhando mais tarde, por parte dos colonizadores, o sentido de "infiel".

para juntar numa pequena rede todas as ostras perlíferas que arrancam. Via de regra, porém, esses pescadores têm vida curta: sua vista se debilita, surgem ulcerações nos olhos, feridas formam-se em seus corpos e não é raro serem acometidos por uma apoplexia no fundo do mar.

— Sim — concordei —, é uma triste profissão, servindo apenas à satisfação de alguns caprichos. Mas diga-me, capitão, quantas ostras uma embarcação dessas pesca por dia?

— Entre quarenta e cinquenta mil. Dizem até que em 1814, durante uma pescaria patrocinada pelo governo inglês, os mergulhadores trouxeram setenta e seis milhões de ostras em vinte dias de trabalho.

— Pelo menos esses pescadores são bem remunerados? — perguntei.

— Miseramente, professor. No Panamá, ganham apenas um dólar por semana, mas em geral recebem um centavo por cada ostra com pérola, e quantas não coletam que não contêm nenhuma!

— Um centavo para uma gente humilde que enriquece os patrões! É odioso.

— Dito isto, professor — declarou o capitão Nemo —, seus companheiros e o senhor visitarão o banco de ostras de Manaar. Se, porventura, algum pescador já se encontrar por lá, ótimo, acompanharemos seu trabalho.

— Combinado.

— A propósito, professor Aronnax, tem medo de tubarões?

— De tubarões?

A pergunta pareceu-me, no mínimo, ociosa.

— E então? — insistiu o capitão Nemo.

— Admito, capitão, que ainda não estou muito familiarizado com esse gênero de peixes.

— Pois nós estamos acostumados com eles — replicou o capitão Nemo —; com o tempo, também se acostumará. Aliás, estaremos armados, e no caminho talvez possamos caçar algum esqualo. É uma caçada interessante. Sendo assim, até amanhã, professor, e bem cedo.

Dizendo isso num tom displicente, o capitão Nemo deixou o salão.

Se o convidassem para caçar ursos nas montanhas da Suíça, o leitor diria: "Ótimo! Amanhã iremos caçar ursos!" Se o convidassem para caçar leões nas planícies do Atlas ou tigres nas selvas da Índia, você diria: "Ih! Parece que vamos caçar tigres ou leões!" Mas se o convidassem para caçar tubarões em seu elemento natural, é possível que o leitor pedisse para refletir antes de aceitar o convite.

Passei a mão na testa, de onde brotavam algumas gotas de suor frio.

"Pensemos", ruminei, "e ganhemos tempo. Caçar lontras nas florestas submarinas, como fizéramos nas florestas da ilha Crespo, vá lá; mas percorrer o fundo dos mares quando estamos praticamente certos de lá encontrar tubarões é bem diferente! Claro que sei que em determinados países, nas ilhas

Andamão em especial, os negros não hesitam em atacar o tubarão, punhal numa das mãos e laço na outra, mas sei também que muitos dos que enfrentam esses formidáveis animais não voltam vivos! Ademais, não sou negro, e, ainda que o fosse, penso que uma ligeira hesitação de minha parte não seria descabida nesse caso."

E eis-me divagando a respeito de tubarões, sonhando com aquelas vastas mandíbulas dotadas de múltiplas carreiras de dentes e capazes de cortar um homem ao meio. Já sentia certa dor em torno dos rins. Depois, não podia digerir a naturalidade com que o capitão fizera aquele deplorável convite! Parecia até que se tratava de desentocar uma inofensiva raposinha!

"Bom!" pensei. "Conselho não vai querer vir de jeito nenhum, o que me dispensará de acompanhar o capitão."

Quanto a Ned Land, confesso que não tinha tanta certeza de sua sensatez. Um perigo, por maior que fosse, sempre tivera uma atração para sua natureza belicosa.

Retomei a leitura do livro de Sirr, mas folheava-o mecanicamente, vendo mandíbulas escancaradas nas entrelinhas.

Naquele momento, Conselho e o canadense entraram com os semblantes serenos e até mesmo alegres. Não sabiam o que os esperava.

— Por Deus, professor — anunciou Ned Land —, seu capitão Nemo, que o diabo o carregue!, acaba de nos fazer um amável convite.

— Ah — disse eu —, vocês sabem…

— Que o patrão me perdoe — interveio Conselho —, mas o comandante do *Náutilus* nos convidou para visitar amanhã, na companhia do patrão, os magníficos viveiros de ostras do Ceilão. Fez isso em termos excelentes e comportou-se como um perfeito cavalheiro.

— Não falou mais nada?

— Nada, patrão — respondeu o canadense —, a não ser que já lhe havia feito o mesmo convite.

— De fato — respondi. — E não lhes deu nenhum pormenor sobre…

— Nenhum, senhor naturalista. Irá conosco, certo?

— Eu… sem dúvida! Vejo que gostou da ideia, mestre Land.

— Sim, é curioso, muito curioso.

— Perigoso, talvez! — acrescentei num tom insinuante.

— Perigoso — respondeu Ned Land —, uma simples excursão a um viveiro de ostras!

Decididamente, o capitão Nemo julgara inútil suscitar imagens de tubarões na mente de meus companheiros. Eu, por minha vez, olhava para eles pesaroso e como se já lhes faltasse algum membro. Devia preveni-los? Sim, sem dúvida, mas não sabia como agir.

— Patrão — me disse Conselho —, poderia nos dar alguns detalhes sobre a pesca das pérolas?

— Sobre a pesca em si ou sobre os incidentes que…

— Sobre a pesca — respondeu o canadense. — Antes de pisar o terreno, é melhor conhecê-lo.

— Pois bem! Sentem-se, amigos, que vou lhes ensinar tudo o que o inglês Sirr acaba de ensinar a mim mesmo.

Ned e Conselho acomodaram-se num sofá, e a primeira pergunta do canadense foi:

— Professor, o que é uma pérola?

— Caro Ned — respondi —, para o poeta a pérola é uma lágrima do mar; para os orientais, é uma gota de orvalho solidificada; para as damas, uma joia de forma oblonga, com um brilho hialino, de uma substância nacarada que elas carregam no dedo, no pescoço ou na orelha; para o químico, trata-se de uma mistura de fosfato e carbonato de cal com um pouco de gelatina; e, por fim, para os naturalistas, não passa de uma secreção doentia do órgão que produz a madrepérola em certos bivalves.

— Ramo dos moluscos — acrescentou Conselho —, classe dos acéfalos, ordem dos testáceos.

— Precisamente, sábio Conselho. Ora, entre esses testáceos, a orelha-do-mar-íris, os pregados, as tridacnas, as pinhas marinhas, em suma, todos os que secretam a madrepérola, isto é, a substância azul, azulada, roxa ou branca que reveste o interior de suas valvas, são suscetíveis de produzir pérolas.

— Os mexilhões também? — perguntou o canadense.

— Mas claro! Os mexilhões de certos cursos d'água da Escócia, do País de Gales, da Irlanda, da Saxônia, da Boêmia, da França…

— Ótimo! Prestaremos atenção de agora em diante — atalhou o canadense.

— Porém — continuei —, o molusco por excelência que destila a pérola é a ostra perlífera, a *Meleagrina margaritifera*, a preciosa pintadina. A pérola em si não passa de uma concreção nacarada configurada numa forma globular. Ou ela adere à concha da ostra ou se incrusta nos interstícios do animal. Sobre as valvas, a pérola é aderente; sobre as carnes, é livre. Mas tem sempre como núcleo um pequeno corpo duro, seja um óvulo estéril, seja um grão de areia, em torno do qual a matéria nacarada sedimenta-se ao longo de vários anos, sucessivamente e por camadas finas e concêntricas.

— É possível encontrar mais de uma pérola numa única ostra? — perguntou Conselho.

— Sim, meu rapaz. Existem determinadas pintadinas que são autênticos porta-joias. Houve inclusive quem mencionasse uma ostra — mas permito-me duvidar do fato — com não menos de cento e cinquenta tubarões…

— Cento e cinquenta tubarões! — exclamou Ned Land.

— Eu falei tubarões? — reagi prontamente. — Quer dizer, cento e cinquenta pérolas. Tubarões não faria nenhum sentido.

— De fato — concordou Conselho —, mas agora nos ensine como essas pérolas são extraídas.

— Os pescadores procedem de várias maneiras, até mesmo arrancando-as com alicates, quando as pérolas aderem às valvas. Mas em geral estendem as pintadinas sobre esteiras na praia, onde, ao ar livre, elas morrem. Dez dias depois, já num satisfatório estado de putrefação, elas são mergulhadas em vastos reservatórios de água do mar e, em seguida, abertas e lavadas. É nesse momento que começa o duplo trabalho dos exímios pescadores. Primeiro, eles separam as placas de madrepérola conhecidas no comércio pelos nomes de argêntea-prateada, bastarda-branca e bastarda-negra, que são expedidas em caixas de cento e vinte e cinco a cento e cinquenta quilogramas. Em seguida, retiram o parênquima da ostra, fervem-no e coam-no a fim de não perderem nem a mais ínfima das pérolas.

— O preço das pérolas varia de acordo com o tamanho? — perguntou Conselho.

— Não somente de acordo com o tamanho — respondi —, mas também com a forma, com a "água", isto é, sua cor, e com o oriente, isto é, o aspecto irisado e cintilante que as torna tão encantadoras. As pérolas mais bonitas são denominadas pérolas-virgens, pois se engendram por si mesmas no tecido do molusco; são brancas, geralmente opacas, mas às vezes de uma transparência opalina, e em geral esféricas ou piriformes. Com as esféricas, fazem-se braceletes; com as piriformes, balangandãs, e como estas valem mais, são vendidas por unidade. As outras pérolas aderem à concha da ostra. Mais irregulares, são vendidas a peso. Finalmente, numa ordem inferior, classificam-se as pérolas menores, conhecidas como "sementes", as quais são vendidas a metro e destinadas exclusivamente aos bordados dos paramentos eclesiásticos.

— Mas esse trabalho, que consiste em separar as pérolas pelo tamanho, deve ser demorado e difícil — observou o canadense.

— Nada disso, meu amigo. Esse trabalho é feito por meio de onze peneiras ou crivos perfurados com um número variável de orifícios. As pérolas que permanecem nas peneiras que possuem de vinte a oitenta orifícios são de primeira linha. As que não escapam das peneiras com cem a oitocentos orifícios são de segunda. Por fim, constituem a semente as pérolas para as quais se usam as peneiras com novecentos a mil orifícios.

— Muito engenhoso — opinou Conselho —, e percebo que a divisão, a classificação das pérolas, é operada mecanicamente. E o patrão pode nos dizer quanto rende a exploração dos bancos de ostras perlíferas?

— Segundo o livro de Sirr — respondi —, os viveiros do Ceilão são arrendados anualmente pela soma de três milhões de tubarões.

— Francos! — consertou Conselho.

— Sim, francos! Três milhões de francos — corrigi. — Mas acho que esses viveiros deixaram de produzir o que produziam antes. O mesmo acontece com os viveiros americanos, que, sob o reinado de Carlos V, produziam quatro milhões de francos, atualmente reduzidos a dois terços. Em suma, podemos estimar em nove milhões de francos o faturamento geral com a extração das pérolas.

— A propósito — indagou Conselho —, não existem pérolas famosas, cotadas a um preço altíssimo?

— Sim, meu rapaz. Dizem que César presenteou Servília com uma pérola[118] avaliada em cento e vinte mil francos.

— Também ouvi uma história segundo a qual uma certa dama antiga bebia pérolas no vinagre — disse o canadense.

— Cleópatra! — esclareceu Conselho.

— Devia ser má — acrescentou Ned Land.

— Detestável, amigo Ned — respondeu Conselho. — Mas um copinho de vinagre que custa cento e cinquenta mil francos é uma bela iguaria.

— Lamento não ter esposado essa dama — disse o canadense, agitando o braço com uma cara pouco tranquilizadora.

— Ned Land, marido de Cleópatra! — exclamou Conselho.

— Já estive para me casar, Conselho — respondeu seriamente o canadense —, e não é culpa minha se a coisa não foi adiante. Eu tinha inclusive comprado um colar de pérolas para Kat Tender, minha noiva, que, por sinal, casou-se com outro sujeito. Pois bem, esse colar não me custou mais de um dólar e meio, e, ainda assim, o senhor professor queira acreditar em mim, suas pérolas não teriam passado pela peneira de vinte buracos.

— Meu caro Ned — expliquei, rindo —, eram pérolas artificiais, simples glóbulos de vidro besuntados por dentro com essência do Oriente.

— Então essa essência do Oriente — respondeu o canadense — deve custar os olhos da cara.

— O mesmo que nada! Não passa da substância prateada da escama do alburnete, recolhida na água e conservada no amoníaco. Não tem valor algum.

— Talvez tenha sido por isso que Kat Tender se casou com outro sujeito — retrucou filosoficamente mestre Land.

— Mas, voltando às pérolas valiosas — eu disse —, não creio que jamais soberano algum tenha possuído uma superior à do capitão Nemo.

— Esta? — perguntou Conselho, apontando para a magnífica joia exposta sob o vidro.

— Certamente não me engano atribuindo-lhe um valor de dois milhões de…

---

118. Servília, mãe de Brutus, um dos assassinos de Júlio César. Foi este presente, segundo Suetônio na *Vida dos doze Césares*, que alimentou o rumor de que Brutus era filho ilegítimo de César.

— Francos! — adiantou-se Conselho.

— Sim — concordei —, dois milhões de francos. Mas provavelmente custou ao capitão o simples trabalho de recolhê-la.

— Ei! — exclamou Ned Land. — Quem sabe amanhã, durante nosso passeio, não encontramos uma gêmea.

— Está brincando! — espantou-se Conselho.

— E por que não?

— De que nos serviriam milhões a bordo do *Náutilus*?

— A bordo, não — recuou Ned Land —, mas... em outras latitudes.

— Oh, outras latitudes! — duvidou Conselho.

— O que mestre Land disse não deixa de fazer sentido — ponderei. — E se um dia levássemos para a Europa, ou para a América, uma pérola de alguns milhões, isso daria no mínimo uma grande autenticidade e, ao mesmo tempo, grande valor ao relato de nossas aventuras.

— Exatamente — animou-se o canadense.

— Mas — insistiu Conselho, que sempre encarava as coisas do lado prático — será que essa pesca das pérolas é perigosa?

— Não — respondi intempestivamente —, sobretudo se tomarmos certas precauções.

— Qual seria o risco? — escarneceu Ned Land. — Engolir uns goles de água do mar!

— Acho que sim, Ned. A propósito, meu caro — eu disse, tentando imitar o tom displicente do capitão Nemo —, por acaso tem medo de tubarões?

— Eu — respondeu o canadense —, um arpoador profissional! É minha profissão zombar deles!

— Não se trata — expliquei — de pescá-los com um esmerilhão, içá-los ao convés de um navio, cortar sua cauda com um machado, abrir sua barriga, arrancar-lhe o coração e lançá-lo ao mar!

— Trata-se então de...?

— Sim, precisamente.

— Na água?

— Na água.

— Por Deus, com um bom arpão! Saiba, professor, esses tubarões são bichos desajeitados. Eles precisam ficar de barriga para cima para abocanhá-lo, e nesse ínterim...

Ned Land tinha uma maneira de pronunciar a palavra "abocanhar" que dava calafrios na espinha.

— Muito bem, e você, Conselho, o que acha desses esqualos?

— Pois serei franco com o patrão — disse Conselho.

"Já estava na hora", pensei.

— Se o patrão vai enfrentar tubarões — disse Conselho —, não vejo por que seu fiel criado não os enfrentaria também!

3. *Uma pérola de dez milhões*

Anoiteceu. Deitei-me. Dormi pessimamente. Tive sonhos povoados por tubarões, e achei muito apropriada, e ao mesmo tempo imprópria, a etimologia que fazia a palavra tubarão derivar de "réquiem".[119]

No dia seguinte, às quatro horas da manhã, fui despertado pelo comissário que o capitão Nemo colocara especialmente à minha disposição. Levantei-me rapidamente, vesti-me e passei ao salão, onde o dono do *Náutilus* já me aguardava.

— Está pronto, professor?

— Estou.

— Queira então me seguir.

— E meus companheiros, capitão?

— Estão cientes e nos aguardam.

— Não vamos vestir nossos escafandros? — perguntei.

— Ainda não. Não permiti que o *Náutilus* se aproximasse muito do litoral, mas, embora ainda estejamos ao largo do banco de Manaar, mandei preparar o escaler, que nos conduzirá ao local preciso de desembarque e nos poupará um tempo precioso. Nele irão nossos aparelhos de mergulho, que vestiremos quando dermos início à exploração submarina.

O capitão Nemo conduziu-me até a escada central, cujos degraus levavam à plataforma, onde Ned e Conselho estavam à nossa espera, alvoroçados com o "entretenimento" programado. Cinco marujos do *Náutilus*, com os remos a postos, aguardavam no escaler, encostado na amurada.

A noite continuava escura. Placas de nuvens cobriam o céu, não nos permitindo ver senão raras estrelas. Voltei os olhos para o lado da terra, mas vi apenas uma linha difusa fechando três quartos do hori-

119. O autor refere-se à etimologia da palavra francesa *requin* (tubarão).

zonte do sudoeste ao noroeste. O *Náutilus*, após subir a costa ocidental do Ceilão durante a noite, achava-se a oeste da baía, ou melhor, do golfo entre essa terra e a ilha de Manaar. Ali, sob águas escuras, estendia-se o viveiro de pintadinas, inesgotável campo perlífero com mais de cem quilômetros de comprimento.

O capitão Nemo, Conselho, Ned Land e eu nos acomodamos na proa do escaler; o piloto instalou-se ao leme; seus quatro companheiros apoiaram os remos; soltas as amarras, partimos.

O escaler dirigiu-se para o sul. Os remadores não mostravam pressa, e observei que suas remadas, vigorosas pancadas na água, sucediam-se apenas de dez em dez segundos, método geralmente usado nas marinhas de guerra. Enquanto a embarcação avançava nesse ritmo, gotículas fustigavam o fundo escuro das ondas como rebarbas de chumbo derretido. Uma pequena marola vinda do alto-mar imprimia ao bote um ligeiro balanço, e algumas cristas espumavam à sua frente.

Íamos calados. Em que pensava o capitão Nemo? Talvez naquela terra que se aproximava em demasia, o que se chocava com o ponto de vista do canadense, para quem ela parecia inatingível. Quanto a Conselho, estava ali como simples curioso.

Às cinco e meia, as primeiras luzes do horizonte acusaram mais nitidamente a linha superior da costa. Bastante plana a leste, acidentava-se um pouco ao sul. Cinco milhas ainda nos separavam da praia, que se confundia com as águas brumosas. O mar à nossa frente estava deserto. Nenhuma embarcação, nenhum mergulhador. Uma solidão profunda reinava naquele ponto de encontro dos pescadores de pérolas. Como observara o capitão Nemo, chegávamos ali com um mês de antecedência.

Às seis horas, amanheceu subitamente, com a rapidez peculiar das regiões tropicais, que não conhecem aurora nem crepúsculo. Os raios solares penetraram a cortina de nuvens amontoadas no horizonte oriental, e o astro surgiu rapidamente.

Avistei a praia com nitidez, algumas árvores espalhadas aqui e ali.

O escaler avançou na direção da ilha de Manaar, que se arredondava ao sul. O capitão Nemo levantara-se de seu banco e observava o mar.

A um sinal dele, a âncora foi lançada. A corrente, no entanto, mal correu, pois naquele trecho o fundo não ia além de um metro, formando um dos pontos mais elevados do viveiro das pintadinas. O escaler deslizou imediatamente sob o impulso da maré vazante que levava ao largo.

— Pronto, chegamos, professor Aronnax — disse o capitão Nemo. — Observe essa baía estreita. Dentro de um mês, aqui irão se reunir os incontáveis pesqueiros dos empresários, e são essas águas que seus mergulhadores vasculharão audaciosamente. A configuração da baía é perfeita para esse tipo de pescaria. Protegida dos ventos mais fortes, o mar aqui nunca fica muito

Uma solidão profunda reinava naquele ponto de encontro dos pescadores de pérolas.

encapelado, circunstância que favorece sobremaneira o trabalho dos mergulhadores. Vamos agora vestir nossos escafandros e dar início à nossa excursão.

Não respondi nada, e, observando aquelas águas suspeitas, comecei a vestir meu pesado traje submarino, auxiliado pelos marujos da tripulação. O capitão Nemo e meus dois companheiros também se vestiam. Nenhum homem do *Náutilus* deveria nos acompanhar.

Logo nos vimos aprisionados até o pescoço dentro da roupa de borracha, com suspensórios prendendo os aparelhos de ar em nossas costas. Quanto aos aparelhos Ruhmkorff, nem sinal deles, e, antes de introduzir minha cabeça na cápsula de cobre, comentei o fato com o capitão.

— Esses aparelhos seriam inúteis — respondeu o capitão. — Não alcançaremos grandes profundidades, de modo que os raios solares iluminarão nossa marcha. Aliás, seria imprudente carregar uma lanterna elétrica sob essas águas, pois seu facho poderia inopinadamente atrair algum perigoso morador local.

Enquanto o capitão Nemo pronunciava estas palavras, voltei-me para Conselho e Ned Land. Mas meus dois amigos já haviam encaixado a cabeça na calota metálica e não podiam ouvir nem responder.

Ainda me restava uma pergunta a fazer ao capitão Nemo:

— E nossas armas — perguntei —, nossos fuzis?

— Fuzis? Para quê? Seus montanheses não atacam o urso com um punhal na mão? O aço não é mais confiável que o chumbo? Aqui está uma lâmina sólida. Ponha-a na cintura e vamos.

Olhei para os meus companheiros e vi que estavam armados da mesma forma. Como se não bastasse, Ned Land brandia um enorme arpão que ele guardara no escaler antes de sair do *Náutilus*.

Imitando o capitão, deixei-me cobrir pela pesada esfera de cobre. Nossos reservatórios de ar foram imediatamente acionados.

Os marujos então nos desembarcaram um a um. Pisamos uma areia lisa a um metro e meio de profundidade. O capitão Nemo fez um sinal com a mão. Fomos atrás dele e desaparecemos sob as águas em um suave declive.

As ideias que obcecavam meu cérebro me abandonaram ali e, surpreendentemente, recuperei a tranquilidade. A desenvoltura com que eu me movia aumentou minha confiança, e a estranheza do espetáculo arrebatou minha imaginação.

O sol já produzia uma claridade suficiente sob as águas. Os mais ínfimos objetos tornavam-se perceptíveis. Após dez minutos de caminhada, estávamos a cinco metros de profundidade e o terreno tornava-se quase plano.

A cada passo que dávamos erguia-se, como bandos de galinholas num pântano, uma profusão de curiosos peixes do gênero dos monópteros, cujos espécimes possuem apenas a nadadeira caudal. Entre eles, identifiquei o javanês, verdadeira serpente com oito decímetros, de barriga branca, facilmente confundível com um côngruo sem as riscas douradas dos flancos. No gênero dos estromáteos, cujo corpo é compacto e oval, observei peixes-frades deslumbrantemente coloridos, portando sua nadadeira dorsal como uma foice, peixes comestíveis que, secos e marinados, compõem um excelente prato conhecido como *karawade*. Depois vi *tranquebars*, pertencentes ao gênero dos aspidoforoides, cujo corpo é revestido por uma couraça escamosa com oito abas longitudinais.

A elevação progressiva do sol iluminava cada vez mais a massa das águas e o solo modificava-se aos poucos. À areia fina sucedia uma verdadeira calçada de seixos arredondados, forrados por um tapete de moluscos e zoófitos. Entre os espécimes desses dois ramos, observei placenos com valvas finas e desiguais; ostráceos exclusivos do mar Vermelho e do oceano Índico; lucinídeos alaranjados com a concha orbicular; terebelas afiladas; púrpuras-pérsicas de grande raridade, que forneciam ao *Náutilus* uma tintura admirável; rochedos em riste, com quinze centímetros de comprimento, que se erguiam sob as águas como mãos prontas a agarrar; turbinelas cornígeras cobertas de espinhos; língulas bífidas; anatinas, conchas comestíveis que abastecem os mercados do Hindustão; pelágias panópiras, sutilmente luminosas; e, por fim, admiráveis oculinas flabeliformes, magníficos leques que formam uma das mais exuberantes arborizações daqueles mares.

Em meio a essas plantas vivas e sob dosséis de hidrófitos, corriam desajeitadas legiões de articulados, especialmente raninas dentadas, cuja carapaça representa um triângulo levemente abaulado, paguros exclusivos daquelas paragens, partênopes horrendas, cujo aspecto repugnava à vista. Um animal não menos hediondo com que várias vezes me deparei foi o enorme caranguejo observado pelo sr. Darwin, ao qual a natureza deu instinto e força necessários para que se alimente de cocos; ele escala as árvores da praia, derruba o coco, que racha na queda, e o abre com suas poderosas pinças. Ali, sob aquelas águas claras, o animal corria com uma agilidade ímpar, enquanto quelônios-francos, espécie que frequenta as costas do Malabar, deslocavam-se lentamente por entre as rochas oscilantes.

Era por volta das sete horas quando chegamos ao viveiro das pintadinas, onde as ostras perlíferas reproduzem-se aos milhões. Esses moluscos preciosos vivem agarrados aos rochedos, cimentados por uma espécie de bisso de cor castanha que não lhes permite deslocar-se — o que faz com que sejam inferiores aos próprios mexilhões, aos quais a natureza não recusou toda a faculdade de locomoção.

A pintadina-melagrina, a pérola-máter, cujas valvas são praticamente iguais, apresenta-se sob a forma de uma concha arredondada, com paredes grossas, cheia de rugas na face externa. Algumas dessas conchas eram foliculadas e sulcadas por faixas esverdeadas que irradiavam de seu topo, o que denotava juventude; as demais, com a superfície áspera e escura, já tinham dez anos ou mais, medindo até quinze centímetros de largura.

O capitão Nemo apontou para aquela aglomeração prodigiosa de pintadinas e compreendi que a jazida era de fato inesgotável, que a força criadora da natureza prevalece sobre o instinto destrutivo do homem. Ned Land, fiel a tal instinto, não titubeava em encher com os mais belos moluscos uma rede que trazia pendurada no flanco.

Mas não podíamos parar. Tínhamos de seguir o capitão, que parecia enveredar por trilhas só por ele conhecidas. O solo subia perceptivelmente e, às vezes, erguendo meu braço, este ultrapassava a superfície do mar. Adiante, o nível do banco começou a descer de modo súbito e passamos a contornar rochedos elevados em forma de pirâmide, de cujas escuras anfractuosidades robustos crustáceos — espetados sobre suas patas como máquinas de guerra — nos observavam com olhos parados. Sob nossos pés rastejavam mirianas, glicérios, arícias e anelídeos, espichando suas antenas e cirros tentaculares.

Abriu-se então à nossa frente uma imensa gruta, vazada num pitoresco conglomerado de rochedos revestidos por todo tipo de algas da flora submarina. A princípio, a gruta pareceu-me completamente às escuras, os raios solares perdendo gradativamente força em seu interior. A vaga transparência reinante não passava de luz afogada.

O capitão Nemo entrou na gruta e nós o seguimos. Meus olhos logo se acostumaram àquelas trevas relativas. Distingui as curvas tão caprichosamente dispostas da abóbada, suportada por pilares naturais assentados sobre uma base granítica, como as pesadas colunas da arquitetura toscana. Por que razão nosso incompreensível guia nos arrastava para o fundo daquela cripta submarina? A resposta nos seria dada em breve.

Após descermos um declive bastante íngreme, nossos pés pisaram o fundo de uma espécie de poço circular. Ali, o capitão Nemo parou e, com a mão, indicou-nos um objeto que eu ainda não percebera.

Era uma ostra de dimensões extraordinárias, uma tridacna gigantesca, uma pia com capacidade para um lago de água benta, um tanque cuja largura ultrapassava dois metros, consequentemente maior do que a que decorava o salão do *Náutilus*.

Aproximei-me daquele molusco sem igual, cimentado pelo bisso a uma mesa de granito, onde desenvolvia-se isoladamente nas águas calmas da gruta. Estimei o peso da tridacna em trezentos quilogramas. Ora, aquela ostra continha quinze quilos de carne, e seria preciso o estômago de um Gargântua[120] para absorver algumas dúzias delas.

O capitão Nemo, naturalmente, sabia da existência daquele bivalve, não sendo a primeira vez que o visitava. Cheguei a pensar que, ao nos conduzir até ali, pretendesse nos mostrar uma mera curiosidade natural. Eu estava enganado. O capitão Nemo tinha um interesse específico para verificar o estado atual da tridacna.

120. Gargântua: personagem glutão do romance homônimo de François Rabelais (?-1553), que fará par com *Pantagruel*, escrito posteriormente.

Uma tridacna gigantesca, uma pia com capacidade para um lago de água benta...

Para isso, aproximou-se das duas valvas entreabertas do molusco e introduziu seu punhal entre as conchas para impedir que se fechassem. Em seguida, com a mão, ergueu nas bordas a túnica membranosa e franjada que formava o manto do animal.

Ali, entre as dobras foliculadas, vi uma pérola do tamanho de um coco. Sua forma globular, sua cristalinidade e seu oriente fora do comum sugeriam uma joia de preço incalculável. Arrebatado pela curiosidade, eu estendia a mão para agarrá-la, sopesá-la, apalpá-la! Mas o capitão me deteve, fez um sinal negativo e, puxando o punhal com um movimento rápido, deixou as duas valvas fecharem-se bruscamente.

Compreendi então quais eram os desígnios do capitão Nemo. Ao deixar aquela pérola encravada sob o manto da tridacna, permitia-lhe crescer imperceptivelmente, já que todos os anos a secreção do molusco acrescentava-lhe uma camada concêntrica. Apenas o capitão tinha conhecimento da gruta onde "amadurecia" aquele admirável fruto da natureza; apenas ele o criava, por assim dizer, a fim de um dia transportá-lo para o seu valioso museu. Talvez até, seguindo o exemplo dos chineses e indianos, houvesse desencadeado a produção daquela pérola, inserindo, sob as dobras do molusco, algum pedaço de vidro e metal que, pouco a pouco, fora coberto pela substância nacarada. Seja como for, comparando aquela pérola às que eu já conhecia, às que reluziam no acervo do capitão, estimei seu valor, por baixo, em dez milhões de francos. Tratava-se de uma soberba curiosidade natural e não de uma joia de luxo, pois não conheço orelhas femininas capazes de carregá-la.

A visita à opulenta tridacna terminara. O capitão Nemo deixou a gruta e retornamos ao viveiro das pintadinas, em meio àquelas águas claras, ainda não conturbadas pelo trabalho dos mergulhadores.

Caminhávamos dispersamente, como verdadeiros andarilhos, cada um se detendo ou se afastando a seu bel-prazer. De minha parte, esquecera os perigos tão ridiculamente exagerados pela minha imaginação. O fundo aproximava-se nitidamente da superfície do mar, e poucos passos adiante minha cabeça ultrapassou a linha da água. Conselho juntou-se a mim e, colando sua grande carapaça à minha, acenou-me com os olhos amistosamente. Porém, aquele platô elevado estendia-se por apenas alguns metros, e logo retornamos ao nosso elemento. Julgo ter o direito de qualificá-lo dessa forma.

Dez minutos depois, o capitão Nemo estacou. Julguei que fazia alto para regressarmos. Não. Com um gesto, ordenou que nos refugiássemos ao seu lado no fundo de uma ampla anfractuosidade. Sua mão dirigiu-se para um ponto da massa líquida, para o qual olhei atentamente.

A cinco metros de distância, surgiu uma sombra, que desceu até o solo e me fez tornar a pensar nos tubarões. Mas era um alarme falso, e dessa vez tampouco era com os monstros do oceano que estávamos às voltas.

Tratava-se de um homem, um homem vivo, um indiano, um negro, um pescador, um pobre-diabo, sem dúvida, que vinha fazer uma triagem antes da colheita. Eu percebia o fundo de sua canoa ancorada a alguns pés acima de sua cabeça. Ele imergia e emergia sucessivamente. Para descer com rapidez ao fundo do mar, seu equipamento resumia-se a uma pedra, escura como um pão de açúcar, que ele apertava com os pés, enquanto uma corda o prendia ao seu barco. Ao chegar ao solo, a aproximadamente cinco metros de profundidade, ajoelhava-se e enchia sua bolsa com pintadinas apanhadas ao acaso. Então subia, esvaziava a bolsa, puxava a pedra e recomeçava a operação, que não durava mais de trinta segundos.

O mergulhador não nos via, uma vez que a sombra dos rochedos nos protegia de seus olhares. Aliás, como aquele pobre indiano poderia supor que homens, seus semelhantes, estivessem ali, sob as águas, espiando seus movimentos, sem perder um detalhe de sua pescaria!

Por várias vezes, ele subiu e voltou a mergulhar. Não trazia mais que uma dezena de pintadinas a cada mergulho, pois precisava arrancá-las do banco ao qual elas se agarram com seu poderoso bisso. E quantas não eram as ostras privadas de pérolas pelas quais ele arriscava a vida!

Eu o observava com uma atenção profunda. Ele manobrava com regularidade, e durante meia hora nenhum perigo pareceu ameaçá-lo. Eu ia me familiarizando com o espetáculo da interessante pescaria quando, de repente, num momento em que o indiano estava ajoelhado sobre o solo, vi-o fazer um gesto de pavor, reerguer-se e tomar impulso para subir à tona.

Compreendi seu terror. Uma sombra gigante surgia acima do desafortunado mergulhador. Era um tubarão de grande porte que avançava na diagonal; olho ígneo, mandíbulas abertas!

Emudeci de horror, incapaz de fazer um movimento.

O voraz animal, com um vigoroso impulso das barbatanas, lançou-se no encalço do indiano, que se esquivou de lado e evitou sua mordida, mas não a batida de sua cauda, que, atingindo-o no peito, derrubou-o no solo.

A cena durara apenas alguns segundos. O tubarão voltou à carga e, virando-se de dorso, preparava-se para rasgar ao meio o indiano, quando senti o capitão Nemo — que se achava junto de mim — levantar-se subitamente e, punhal na mão, caminhar decidido em direção ao monstro, disposto a enfrentá-lo no corpo a corpo.

No instante em que ia abocanhar o infeliz pescador, o tubarão percebeu seu novo adversário. Reposicionando-se com a barriga para cima, arremeteu contra ele.

Ainda vejo a postura do capitão Nemo. Agachado, esperava com admirável sangue-frio o formidável esqualo e, quando este se precipitou sobre ele, o capitão, esquivando-se de lado num átimo, evitou o choque e enfiou o punhal em sua barriga. Mas a coisa não parou por aí; teve início um terrível combate.

O tubarão rugiu, por assim dizer. Com o sangue esguichando de seus ferimentos, o mar tingiu-se de vermelho e, através daquele líquido opaco, não vi mais nada.

Mais nada até o momento em que, num relance, pude ver o audacioso capitão agarrado a uma das barbatanas do animal, lutando em contato direto com o monstro e dilacerando com punhaladas o ventre do inimigo, sem todavia desferir o golpe fatal, isto é, atingi-lo no centro do coração. O esqualo, ao se debater, agitava furiosamente a massa das águas, e um turbilhão ameaçava me derrubar.

Bem que eu quis correr em auxílio do capitão, porém, paralisado pelo horror, não consegui me mexer.

Com os olhos arregalados, observei. Vi as fases da luta se sucederem. O capitão foi ao chão, derrubado pela massa enorme que pesava sobre ele. Em seguida, as maxilas do tubarão escancararam-se como uma guilhotina industrial, e já não existiria capitão Nemo se, rápido como o pensamento, Ned Land não houvesse acorrido e golpeado o animal com a terrível ponta de seu arpão.

As águas tingiram-se novamente de sangue, agitadas pelos movimentos do tubarão, que as chicoteava com indescritível furor. Ned Land não errara o alvo. Eram os últimos estertores do monstro. Atingido no coração, ele se debatia em espasmos medonhos, cujas propagações na água derrubaram Conselho.

Enquanto isso, Ned Land libertara o capitão, o qual, de pé e ileso, lançou-se na direção do indiano, cortou com agilidade a corda que o amarrava na pedra usada para auxiliá-lo no mergulho, tomou-o nos braços e, com um vigoroso impulso de calcanhar, subiu à superfície.

Nós três os seguimos. Dali a poucos instantes, milagrosamente salvos, alcançamos a embarcação do pescador.

A primeira providência do capitão Nemo foi tentar reanimar o infeliz indiano. Tarefa difícil mas não impossível, pois a pobre criatura não permanecera muito tempo debaixo d'água. A estocada do tubarão é que poderia tê-lo golpeado mortalmente.

Felizmente, com as vigorosas massagens de Conselho e do capitão, vi, pouco a pouco, o afogado recuperar os sentidos e abrir os olhos. Qual não terá sido sua surpresa, seu pavor, ao ver quatro cabeçorras de cobre debruçando-se sobre ele!

E, principalmente, o que deve ter pensado quando o capitão colocou em sua mão um saquinho de pérolas que tirara de um bolso do escafandro? A magnífica esmola do homem das águas ao pobre indiano do Ceilão foi recebida por este com mão trêmula, embora seus olhos desvairados indicassem que não sabia a que criaturas sobre-humanas devia ao mesmo tempo a fortuna e a vida.

A um sinal do capitão, retornamos ao viveiro das pintadinas. Seguindo pelo caminho já percorrido, após meia hora de marcha encontramos a âncora que prendia o escaler do *Náutilus* ao solo.

Embarcados, cada um de nós, auxiliado pelos marujos, livrou-se de sua pesada carapaça de cobre.

O tubarão viu seu novo adversário, e teve início um terrível combate.

A primeira palavra do capitão Nemo foi para o canadense.

— Obrigado, mestre Land.

— Estamos quites, capitão — respondeu Ned Land. — Eu lhe devia essa.

Um pálido sorriso roçou os lábios de Nemo, e isso foi tudo. Ele disse apenas:

— Ao *Náutilus*.

O escaler voou sobre as águas e, alguns minutos mais tarde, encontrávamos o cadáver do tubarão boiando.

Pela cor negra que caracteriza a ponta de suas barbatanas, reconheci o terrível melanóptero do mar das Índias, da espécie dos tubarões propriamente ditos. Tinha mais de sete metros e meio de comprimento e sua bocarra ocupava um terço do corpo. Era um adulto, o que se via pelas seis carreiras de dentes em forma de triângulos isósceles na maxila superior.

Conselho observava-o com um interesse sumamente científico, e tenho certeza de que o classificava, não sem razão, na classe dos cartilaginosos, ordem dos condropterígios de brânquias fixas, família dos seláquios, gênero dos esqualos.

Subitamente, enquanto eu considerava aquela massa inerte, recebemos a visita de uma dúzia desses vorazes melanópteros, os quais, sem se preocuparem conosco, lançaram-se sobre o cadáver e disputaram seus despojos em torno da embarcação.

Às oito e meia, estávamos de volta a bordo do *Náutilus*.

Pus-me então a refletir sobre os incidentes de nossa excursão ao banco de ostras de Manaar, o que me fez chegar a duas conclusões irrefutáveis. Uma, relativa à audácia sem igual do capitão Nemo; a outra, a seu devotamento por um ser humano, por um dos representantes daquela raça que ele tanto evitava sob os mares. Independentemente do que dissessem, aquele estranho homem ainda não fora capaz de matar seu coração por inteiro.

Quando lhe fiz essa observação, ele me respondeu num tom ligeiramente comovido:

— Esse indiano, professor, é um habitante do país dos oprimidos, e ainda sou, e serei até o último suspiro, desse país!

4. *O mar Vermelho*

Durante o dia 29 de janeiro, a ilha do Ceilão desapareceu no horizonte e o *Náutilus*, a uma velocidade de vinte milhas por hora, deslizou pelo labirinto de canais que separam as ilhas Maldivas das Laquedivas e passou rente à ilha Kittan — terra de origem madrepórica, descoberta por Vasco da Gama[121] em 1499 e uma das dezenove principais ilhas do arquipélago das Laquedivas, situado entre 10° e 14°30' de latitude norte e 69° e 50°72' de longitude leste.

Havíamos percorrido então dezesseis mil duzentas e vinte milhas, ou sete mil e quinhentas léguas, desde o nosso ponto de partida nos mares do Japão.

No dia seguinte, 30 de janeiro, quando o *Náutilus* subiu à superfície do oceano, não havia mais nenhuma terra à vista. Sua direção era nor-noroeste, rumo ao mar de Omã, encaixado entre a Arábia e a península Índica, onde desemboca o golfo Pérsico.

Era evidentemente um beco sem saída. Aonde nos levava o capitão Nemo? Eu não saberia dizê-lo, o que não satisfez o canadense, que, naquele dia, indagou-me acerca de nosso destino.

— Estamos indo, mestre Ned, aonde nos leva a fantasia do capitão.

— Essa fantasia — respondeu o canadense — não nos levará muito longe. O golfo Pérsico não tem saída e, caso nos aventuremos por ele, o único jeito será dar marcha a ré.

— Pois então daremos marcha a ré, mestre Land! E se, depois do golfo Pérsico, o *Náutilus* quiser visitar o mar Vermelho, o estreito de Bab-el-Mandeb está lá para lhe abrir caminho.

— Não vou lhe ensinar, professor — respondeu Ned Land —, que o mar Vermelho é tão fechado como o golfo, uma vez que o istmo de

---

121. Vasco da Gama (1469?-1524), navegador português que descobriu o caminho marítimo para as Índias.

Suez ainda não foi aberto,[122] e, ainda que tivesse sido, uma embarcação misteriosa como a nossa não se arriscaria em seus canais escalonados por eclusas. Logo, o mar Vermelho ainda não é o atalho que nos levará à Europa.

— Mas eu não disse que voltaríamos à Europa.

— O que supõe então?

— Suponho que, após ter visitado as curiosas paragens da Arábia e do Egito, o *Náutilus* voltará a descer o oceano Índico, talvez pelo canal de Moçambique, ao largo das Mascarenhas, de maneira a alcançar o cabo da Boa Esperança.

— E uma vez no cabo da Boa Esperança? — perguntou o canadense, com uma insistência toda especial.

— Muito bem, penetraremos nesse Atlântico que ainda não conhecemos. Não me diga, amigo Ned, que está cansado de nossa viagem pelo fundo do mar! Que menospreza o espetáculo infinitamente variado das maravilhas submarinas! De minha parte, verei com extrema decepção o fim de um périplo que pouquíssimos homens tiveram o ensejo de realizar.

— Observo, professor Aronnax — lembrou o canadense —, que já se vão três meses que estamos aprisionados a bordo do *Náutilus*.

— Não importa, não quero saber, não conto nem os dias nem as horas.

— Mas e o desfecho?

— O desfecho virá a seu tempo. Estamos de mãos atadas, e essa discussão é inútil. Se viesse me dizer, caro Ned, "Temos uma chance de fuga", eu a discutiria com você, mas não é este o caso e, para falar francamente, não creio que o capitão Nemo venha a se aventurar um dia por mares europeus.

Por este curto diálogo, vê-se que, fanático pelo *Náutilus*, eu assimilara seu comandante.

Quanto a Ned Land, encerrou a conversa nos seguintes termos, em forma de monólogo:

— Tudo isso é muito bonito, mas, para mim, não existe prazer sob coação.

Durante quatro dias, até 3 de fevereiro, o *Náutilus* visitou o mar de Omã, a diversas velocidades e profundidades. Parecia avançar ao acaso, como se hesitasse na rota a seguir. No entanto, não atravessou o trópico de Câncer nenhuma vez.

Ao deixarmos esse mar, vislumbramos Mascate, a cidade mais importante do país de Omã. Admirei seu aspecto bizarro, em meio aos negros rochedos que a cercam e contra os quais se destacam casas e fortes caiados de branco. Vi o domo abaulado de suas mesquitas, a ponta elegante de

122. O canal de Suez viria a ser inaugurado em 17 de novembro de 1869, um ano depois da ação do presente capítulo. Na época, portanto, esse trecho do romance deveria provocar um forte efeito de verossimilhança histórica.

seus minaretes, seus frescos e verdejantes terraços. Mas foi apenas um relance, e o *Náutilus* logo voltou a se embrenhar sob as águas escuras daquelas paragens.

Em seguida acompanhamos, a uma distância de seis milhas, as costas arábicas do Mahrah e do Hadramut com sua linha sinuosa de montanhas, das quais despontavam algumas ruínas antigas. Em 5 de fevereiro, alcançamos finalmente o golfo de Aden, verdadeiro funil introduzido no gargalo de Bab-el-Mandeb, que bombeia águas indianas para o mar Vermelho.

Em 6 de fevereiro, o *Náutilus* flutuava à vista de Aden, cidade encarapitada sobre um promontório que um istmo estreito uniu ao continente, espécie de Gibraltar inacessível, cujas fortificações foram restauradas pelos ingleses, após delas se haverem apoderado em 1839. Entrevi seus minaretes octogonais, outrora o entreposto mais rico e mercantil da costa, nas palavras do historiador Edrisi.[123]

Eu de fato acreditava que o capitão Nemo, atingindo aquele ponto, daria meia-volta, mas estava enganado. Para minha grande surpresa, não foi isso que aconteceu.

No dia seguinte, 7 de fevereiro, rasgamos com a proa o estreito de Bab-el Mandeb, cujo nome significa, em árabe, "a porta das lágrimas". Com mais de cem quilômetros de largura, ele tem apenas cinquenta e dois de comprimento, e para o *Náutilus* atravessá-lo — lançado a toda velocidade — foi questão de uma hora. Mas não vi nada, nem sequer a ilha de Perim, com que o governo britânico fortificou a posição de Aden. Muitos vapores ingleses e franceses, que faziam a linha Suez-Bombaim, Calcutá, Melbourne, Bourbon ou Maurício, utilizavam aquela estreita passagem, para que o *Náutilus* arriscasse aparecer. Assim, ele se manteve prudentemente entre duas águas.

Finalmente, ao meio-dia, navegávamos nas águas do mar Vermelho.

Mar Vermelho, célebre lago das tradições bíblicas, que as chuvas não refrescam, que nenhum rio importante rega, que uma evaporação excessiva suga incessantemente e que perde anualmente uma fatia líquida de um metro e meio de altura! Golfo singular, que, fechado e nas condições de um lago, talvez fosse inteiramente seco; inferior nesse aspecto a seus vizinhos, o Cáspio ou o Asfaltite,[124] cujo nível baixou apenas até o ponto em que a evaporação igualou precisamente a soma das águas recebidas em seu bojo.

O mar Vermelho tem dois mil e seiscentos quilômetros de comprimento, por uma largura média de duzentos e quarenta. No tempo dos Ptolomeus e dos imperadores romanos, foi a grande artéria comercial do mundo. A abertura do istmo irá restituir-lhe a antiga proeminência, que os *railways* de Suez em parte já lhe devolveram.

123. Al-Edrisi ou Idrisi (séc.XII), geógrafo árabe, autor de *Entretenimento para aquele que deseja percorrer o mundo.*

124. Antigo nome do mar Morto.

Não procurei compreender que capricho do capitão Nemo o arrastava para aquele golfo, mas apreciei sem reservas o *Náutilus* ter entrado ali. Como ele adotou uma velocidade média, ora mantendo-se na superfície, ora mergulhando para evitar algum navio, pude observar assim o interior e a superfície desse mar tão curioso.

Em 8 de fevereiro, desde as primeiras horas do dia, Moka surgiu à nossa frente, cidade agora em ruínas, cujas muralhas esfarelam-se ao simples fragor do canhão e que abrigam, aqui e ali, algumas viçosas tamareiras. Cidade importante antigamente, abrigando oito mercados populares, vinte e seis mesquitas, e cujos muros, defendidos por catorze fortes, formavam um cinturão de três quilômetros.

Em seguida o *Náutilus* aproximou-se das praias africanas, onde a profundidade do mar é mais acentuada. Ali, entre duas águas cristalinas, pelas escotilhas abertas, ele nos permitiu contemplar admiráveis arbustos de corais cintilantes e vastos lanços de rochedos revestidos por um esplêndido feltro de algas e fucos. Que indescritível espetáculo, que variedade de sítios e paisagens à flor daqueles escolhos e ilhotas vulcânicas, que confinam a costa líbia! Mas onde essas arborizações revelaram-se em toda sua beleza foi na região das praias orientais, que o *Náutilus* não demorou a alcançar. Nas costas do Tehama, pois na época este manancial de zoófitos não apenas florescia abaixo do nível do mar, como formava emaranhados pitorescos, que se desenrolavam dez braças acima; estes, mais caprichosos, porém não menos coloridos que aqueles cujo frescor era propiciado pela vitalidade úmida das águas.

Quantas horas encantadoras não passei diante da vidraça do salão! Quantas espécies desconhecidas da flora e da fauna submarina não admirei à luz do facho de nosso farol elétrico! Fungos agariciformes, actínias cor de ardósia, entre outras a *Thalassianthus aster*, tubíporas dispostas como flautas e aguardando apenas o sopro do deus Pã, conchas que proliferam apenas naquele mar, acomodadas nas concavidades madrepóricas e cujas bases são torneadas em curta espiral, e, por fim, mil espécimes de um polipeiro que eu ainda não observara, a vulgar esponja.

A classe dos espongiários, primeira do grupo dos pólipos, foi precisamente criada por esse produto curioso e de incontestável utilidade. A esponja não é um vegetal, como ainda aceitam alguns naturalistas, e sim um animal da última ordem, um polipeiro inferior ao do coral. Sua animalidade é inquestionável, e sequer devemos considerar a opinião dos antigos, que a viam como uma criatura intermediária entre a planta e o animal. Em todo caso, devo acrescentar que os naturalistas não chegaram a um acordo quanto ao modo de organização da esponja. Para alguns, é um polipeiro; para outros, como Milne-Edwards,[125] um indivíduo isolado e único.

125. Sobre Milne-Edwards, ver nota 58.

A classe dos espongiários inclui aproximadamente trezentas espécies, encontradas nos mares mais variados e mesmo em certos cursos d'água, onde receberam o nome de "fluviáteis". Suas águas de predileção, porém, são as do Mediterrâneo, das ilhas gregas, da costa da Síria e do mar Vermelho. Nelas, reproduzem-se e desenvolvem-se esponjas delicadas e macias, cujo valor monta a cento e cinquenta francos; a esponja-loura da Síria, a esponja-dura da Berbéria etc. E, já que não pude estudar esses zoófitos nas Escalas do Levante,[126] das quais estávamos separados pelo intransponível istmo de Suez, contentei-me em observá-los nas águas do mar Vermelho.

Chamei então Conselho para junto de mim, enquanto o *Náutilus*, a uma profundidade média de oito a nove metros, avançava lentamente por entre todos aqueles belos rochedos da costa oriental.

Ali cresciam esponjas de todas as formas — pediculadas, foliculadas, globulares, digitiformes. Seu aspecto justificava os nomes de corbelhas, cálices, rocas, chifre-de-alce, pata-de-leão, cauda-de-pavão, luva-de-netuno, que lhes foram atribuídos pelos pescadores, mais afeitos à poesia que os cientistas. De seu tecido fibroso, besuntado por uma substância gelatinosa, escapavam incessantemente pequenos filetes de água, que, após terem levado vida a cada célula, delas eram expulsos mediante um movimento contrátil. A substância gelatinosa desaparece após a morte do pólipo e, ao apodrecer, libera amoníaco, deixando subsistir apenas as fibras córneas ou também gelatinosas de que se compõe a esponja doméstica, a qual exibe uma cor avermelhada e tem diversos usos, segundo seu grau de elasticidade, permeabilidade ou resistência ao atrito.

Os polipeiros aderiam aos rochedos, às conchas dos moluscos e mesmo aos caules de hidrófitos, ocupando as menores anfractuosidades, uns esparramando-se, outros aprumando-se ou pendendo como excrescências coralígenas. Ensinei a Conselho que aquelas esponjas eram pescadas de duas maneiras, ou por meio da draga ou manualmente. Este último método, que requer o uso de mergulhadores, é preferível, pois, preservando o tecido do polipeiro, garante-lhe um valor bem superior.

Os demais zoófitos que pululavam junto aos espongiários consistiam principalmente em medusas de uma espécie muito elegante; os moluscos eram representados por variedades de calamares, que, segundo d'Orbigny,[127] são exclusivos do mar Vermelho, e os répteis por tartarugas *virgata*, pertencentes ao gênero dos quelônios, que forneceram um prato saudável e delicado à nossa mesa.

---

126. Chamavam-se "Escalas do Levante" os portos das costas da Grécia e da Turquia em que os navios europeus faziam escala.

127. Sobre d'Orbigny, ver nota 88.

Ali cresciam esponjas – pediculares, foliculadas, globulares, digitiformes.

Quanto aos peixes, eram numerosos e quase sempre espetaculares. Eis alguns daqueles que as redes do *Náutilus* capturavam em maior quantidade: raias, entre as quais as limas, de forma oval, cor de tijolo, corpo semeado por manchas azuis desiguais, e identificáveis por seu duplo esporão rendado; peixes-fantasmas com o dorso prateado; raias com espinhos e a cauda pontilhada, bem como *bockats*, vastos mantos com dois metros de comprimento que ondulavam entre as águas; aodontes, absolutamente desprovidos de dentes, espécies de cartilaginosos aparentados ao esqualo; ostrações-dromedárias cuja corcova termina num agulhão curvo, com meio metro de comprimento; ofídios, autênticas moreias de cauda prateada, dorso azulado, peitorais marrons debruados de cinza; "gordinhos", da família dos estromáteos, zebrados com estreitas listras douradas e paramentados com as três cores da França; blênios-*gahrmut*, com quatro decímetros de comprimento; soberbos aracimboras, decorados com sete faixas transversais de um belo negro, exibindo barbatanas azuis e amarelas e escamas douradas e prateadas; centrópodes; sargos auriflamantes de cabeça amarela; peixes-papagaios, bodiões, balistas, gobídeos etc., além de mil outros peixes presentes nos oceanos que já havíamos percorrido.

Em 9 de fevereiro, o *Náutilus* flutuava na parte mais larga do mar Vermelho, compreendida entre Suakin, na costa oeste, e Quonfodah, na costa leste, num perímetro de cento e noventa milhas.

Ao meio-dia, após a medição, o capitão Nemo subiu à plataforma, onde eu já me encontrava. Jurei a mim mesmo não permitir que ele descesse sem ao menos sondá-lo acerca de seus planos futuros. Tão logo me viu, ele se dirigiu a mim, ofereceu-me graciosamente um charuto e entabulou conversa:

— E então, professor, agrada-lhe esse mar Vermelho? Já observou suficientemente as maravilhas que ele encerra, seus peixes e zoófitos, seus canteiros de esponjas e suas florestas de coral? Avistou as cidades projetadas em suas margens?

— Sim, capitão Nemo — respondi —, e o *Náutilus* prestou-se maravilhosamente bem a todo esse estudo. Ah, que embarcação inteligente!

— Concordo, professor, inteligente, audaciosa e invulnerável! Não teme nem as terríveis tempestades do mar Vermelho, nem suas correntes, nem seus escolhos.

— Com efeito — admiti —, esse mar é citado entre os piores e, se não me engano, na época dos antigos, tinha péssima reputação.

— Péssima, professor Aronnax. Os historiadores gregos e latinos não falam a seu favor, e Estrabão[128] assinala que é particularmente endemoniado na época dos ventos etésios[129] e da temporada das chuvas. O árabe Edrisi, que o descreve sob o nome de golfo de Colzum, conta que os navios pereciam em grande número em seus bancos de areia, e que ninguém se aventurava a navegá-lo à noite. É, afirma ele, um mar sujeito a terríveis furacões, enxameado de ilhas inóspitas e "que não oferece nada de bom" nem em suas profundezas

128. Estrabão (séc.I), historiador e geógrafo grego, autor de uma célebre *Geografia*, em 17 tomos.

129. Ventos do norte, que sopram periodicamente no Mediterrâneo na época de maior calor.

nem em sua superfície. E, de fato, tal opinião é encontrada em Arrão, Agatarco e Artemidoro.[130]

— Vê-se claramente — repliquei — que esses viajantes não navegaram a bordo do *Náutilus*.

— É verdade — concordou, sorrindo, o capitão —, e nesse aspecto os modernos não avançaram mais que os antigos. Foram necessários séculos para se descobrir a força mecânica do vapor! Quem sabe dentro de cem anos não veremos um segundo *Náutilus*! O progresso é lento, professor Aronnax.

— É verdade — concordei —, sua embarcação está um século à frente, vários talvez, de sua época. Pena que esse segredo deva morrer com seu inventor!

O capitão Nemo não me respondeu. Após alguns minutos de silêncio, retomou a palavra:

— O senhor me falava da opinião dos antigos historiadores sobre os riscos que há em se aventurar no mar Vermelho...

— Exatamente — respondi —, mas não seriam temores exagerados?

— Sim e não, professor Aronnax — respondeu-me o capitão Nemo, que me pareceu conhecer a fundo o "seu" mar Vermelho. — O que deixou de ser perigoso para um navio moderno, bem-equipado, solidamente construído, senhor de seu destino graças ao obediente vapor, oferecia perigos de todo tipo às naus dos antigos. Imagine esses pioneiros aventurando-se em balsas feitas de tábuas costuradas com cordas de palmeira, calafetadas com resina socada e besuntadas com banha de tubarão. Não dispunham sequer de instrumentos de localização, e avançavam ao deus-dará em meio a correntes que mal conheciam. Nessas condições, os naufrágios eram e tinham de ser numerosos. Mas atualmente os vapores que fazem a linha entre Suez e os mares do Sul nada mais têm a temer das iras desse golfo, a despeito das moções contrárias. Seus capitães e passageiros não se preparam para partir com sacrifícios propiciatórios e, na volta, não vão mais, enfeitados com guirlandas e faixas douradas, agradecer aos deuses no templo mais próximo.

— Concordo — eu disse —, e penso que de certa maneira o vapor matou o senso de localização no coração dos marinheiros. Mas, a propósito, capitão, uma vez que parece ter estudado esse mar com afinco, poderia me informar a origem de seu nome?

— Existem várias explicações a esse respeito, professor Aronnax. Quer conhecer a opinião de um cronista do século XIV?

---

130. Arrão (séc.II), historiador da expedição de Alexandre e autor de uma obra sobre a Índia; Agatarco de Cnido (fim do séc.II), historiador e geógrafo grego, autor de uma obra sobre o mar Eritreu; Artemidoro de Éfeso (fim do séc.II), geógrafo grego, autor de uma cartografia do mundo antigo; sobre Edrisi, ver nota 123.

— Com prazer.

— O lunático afirmava que ele recebeu esse nome após a travessia dos israelitas, quando o faraó pereceu nas águas, que se fecharam ao ouvir a voz de Moisés.

> Refletindo aquela maravilha,
> O mar ficou vermelho.
> Não souberam denominá-lo
> Senão como mar Vermelho.

— Explicação de poeta, capitão Nemo — respondi —, e que não me satisfaz. Gostaria de ouvir sua opinião.

— Ei-la. A meu ver, professor Aronnax, cumpre notar nessa designação de mar Vermelho uma tradução da palavra hebraica *edrom*, e, se os antigos atribuíram-lhe tal nome, foi devido à coloração peculiar de suas águas.

— Até agora, porém, vi apenas águas cristalinas, sem nada de especial na tonalidade.

— Decerto, porém, quando alcançarmos o fundo do golfo, observará esse aspecto singular. Lembro-me de ter visto a baía de Tor toda vermelha, qual um lago de sangue.

— E atribui essa cor à presença de algas microscópicas?

— Sim, é uma substância mucilaginosa púrpura produzida por um tipo de mirradas plântulas, conhecidas pelo nome de *trichodesmias*, das quais são necessárias quarenta mil para ocupar o espaço de um milímetro quadrado. Talvez encontre algumas quando estivermos em Tor.

— Quer dizer, capitão, que não é a primeira vez que atravessa o mar Vermelho a bordo do *Náutilus*?

— Exatamente, professor.

— Visto que abordou o tema da travessia dos israelitas e da catástrofe dos egípcios, eu lhe perguntaria se detectou vestígios submarinos desse grande evento histórico.

— Não, professor, e isso por uma excelente razão.

— E qual seria?

— É que o lugar exato por onde Moisés passou com todo o seu povo acha-se de tal maneira assoreado atualmente que os camelos mal conseguem lavar as pernas. Sendo assim, o meu *Náutilus* não teria água suficiente para navegar.

— E esse lugar...?

— Esse lugar situa-se um pouco acima de Suez, num braço que antigamente formava um estuário profundo, quando o mar Vermelho estendia-se até os lagos salobros. Contudo, seja ou não milagrosa essa passagem, os israelitas nem por isso deixaram de atravessá-la para alcançar a Terra Prometida, e o exército do faraó pereceu precisamente naquele local. Logo, penso que escavações empreendidas naquelas areias revelariam uma grande quantidade de armas e instrumentos de origem egípcia.

— Isso é evidente — concordei —, e temos de torcer para que os arqueólogos deem início a essas buscas, pois novas cidades irão assentar-se sobre esse istmo com a abertura do canal de Suez. Um canal absolutamente inútil para uma embarcação como o *Náutilus*!

— Sem dúvida, mas útil para o mundo inteiro — disse o capitão Nemo. — Os antigos perceberam claramente a utilidade comercial de estabelecer uma comunicação entre o mar Vermelho e o Mediterrâneo, mas não cogitaram escavar um canal direto, e adotaram o Nilo como intermediário. Muito provavelmente, o canal que unia o Nilo ao mar Vermelho foi iniciado sob Sesóstris,[131] a crermos na tradição. O que é certo é que, 615 anos antes de Jesus Cristo, Neco[132] realizou obras planejando um canal alimentado pelas águas do Nilo, através da planície do Egito que contempla a Arábia. Esse canal era percorrido em quatro dias, e sua largura permitia que duas trirremes pudessem atravessá-lo de frente. Foi continuado por Dario, filho de Histapo, e provavelmente concluído por Ptolomeu II.[133] Estrabão viu-o dedicado à navegação, mas o suave declive entre seu ponto de partida, próximo a Bubaste, e o mar Vermelho só o tornava navegável durante alguns meses do ano. Esse canal serviu ao comércio até o século dos Antoninos; abandonado, assoreado, depois reformado por ordens do califa Omar, foi definitivamente vedado em 761 ou 762 pelo califa Al-Mansur,[134] que assim quis impedir a chegada de víveres a Mohammed ben-Abdallah, amotinado contra ele.[135] Durante a expedição do Egito, seu conterrâneo general Bonaparte encontrou vestígios dessas obras no deserto de Suez.[136] Surpreendido pela maré, quase pereceu

131. Sesóstris: provavelmente Sesóstris III (1878-43 a.C.), lendário faraó da vigésima dinastia egípcia.

132. Neco: faraó da vigésima sexta dinastia, governou entre 609 e 593 a.C. e recrutou fenícios para uma expedição que pode ter realizado uma circum-navegação da África.

133. Dario I (c.558-486 a.C.), rei da Pérsia, derrotado pelos gregos na batalha de Maratona em 490 a.C.; Histapo (?-?), sátrapa da Pártia; Ptolomeu II (c.308-246 a.C.), faraó do Egito, casado com a irmã, Arsinoé.

134. Os Antoninos eram os imperadores romanos Antonino Pio (86-161) e Marco Aurélio Antonino (121-80); o califa Omar ibn al-Khattab (c.586-644) expandiu o império muçulmano e provavelmente instituiu a peregrinação a Meca.

135. Parece ter sido de fato em 775 que o califa Abu Jaafer Abdullah al-Mansur (712?-775) abriu o canal; Mohammed ben-Abdallah (?- 764) era tio de al-Mansur e governou a Síria.

136. Napoleão Bonaparte (1769-1821), imperador da França entre 1804 e 1815, reformou a administração francesa e conquistou quase toda a Europa. Em 1799, durante sua campanha no Egito, encomendou o projeto de um canal que ligasse o Mediterrâneo ao mar Vermelho. Em virtude de uma estimativa equivocada, que presumia uma diferença de nível entre os dois mares maior do que a real, o projeto foi abandonado.

horas antes de alcançar Hadjaroth, justamente onde Moisés acampara três mil e trezentos anos antes dele.[137]

— Pois bem, capitão, o que os antigos não fizeram, uma junção entre os dois mares que abreviará em nove mil quilômetros a rota de Cádiz às Índias, o sr. de Lesseps fez, e sem contratempos, transformando a África numa imensa ilha.

— Sim, professor Aronnax, e tem o direito de se orgulhar de seu compatriota. É um homem que honra mais uma nação do que os maiores capitães! Como tantos outros, no início foi ironizado e desdenhado, mas terminou por triunfar, pois tinha força de vontade. E é triste pensar que essa obra, que deveria ter sido uma obra internacional, que teria bastado para ilustrar um reino, foi bem-sucedida graças à energia de um único homem. Portanto, viva o sr. de Lesseps![138]

— Sim, viva esse grande cidadão — respondi, pasmo diante do tom com que o capitão Nemo acabava de falar.

— Infelizmente — ele continuou —, não posso conduzi-lo através do canal de Suez, mas poderá ver os compridos píeres de Porto Said depois de amanhã, quando estivermos no Mediterrâneo.

— No Mediterrâneo! — exclamei.

— Sim, professor. Admirado?

— O que me admira é pensar que estaremos lá depois de amanhã.

— Sério?

— Sim, capitão, embora eu já devesse estar acostumado a não me admirar com mais nada desde que estou a bordo do *Náutilus*!

— Mas qual o motivo de tamanha surpresa?

— O motivo é a velocidade estonteante que o senhor será obrigado a imprimir ao submarino, caso ele deva estar em pleno Mediterrâneo depois de amanhã, tendo contornado a África e dobrado o cabo da Boa Esperança!

— E quem fala em contornar a África, professor? E quem fala em dobrar o cabo da Boa Esperança?

— Entretanto, a menos que o *Náutilus* navegue em terra firme e passe por cima do istmo...

— Ou por baixo, professor Aronnax.

— Por baixo?

137. Jules Verne escreve "Hadjaroth", ao passo que no Êxodo (14:2) Moisés conclama: "... venham acampar diante de *Fiairot*, entre Magdalum e o mar."

138. O autor exprime aqui sua gratidão a Ferdinand de Lesseps (1805-94), fundador da Companhia do Canal de Suez, que, fervoroso leitor de Jules Verne, solicitara para ele a Legião de Honra, em fevereiro de 1870. O decreto foi assinado pela imperatriz em agosto, dias antes da queda do Império.

— Sem dúvida — respondeu tranquilamente o capitão Nemo. — Há muito tempo a natureza fez sob essa língua de terra o que os homens hoje fazem em sua superfície.

— O quê! Existe uma passagem!

— Sim, uma passagem subterrânea que denominei Túnel das Arábias, que passa sob Suez e desemboca no golfo de Pelusa.

— Mas esse istmo é formado de areias movediças…

— Até certa profundidade. A apenas cinquenta metros topamos com uma inexpugnável base rochosa.

— E foi por acaso que descobriu essa passagem? — perguntei, cada vez mais admirado.

— Acaso e raciocínio, professor, eu diria mais raciocínio que acaso.

— Capitão, meus ouvidos não acreditam no que estão ouvindo.

— Ah, cavalheiro! O ditado *Aures habent et non audient*[139] é sempre verdadeiro. Não apenas essa passagem existe, como já a utilizei várias vezes. Sem isso, não teria me aventurado hoje nesse beco sem saída que é o mar Vermelho.

— Seria indiscreto perguntar como descobriu o túnel?

— Professor — respondeu o capitão —, não pode haver segredo entre pessoas que não devem mais separar-se.

Ignorei a indireta e aguardei os esclarecimentos do capitão Nemo.

— Professor, um simples raciocínio de naturalista levou-me a descobrir essa passagem, que sou o único a conhecer. Eu já observara que no mar Vermelho e no Mediterrâneo vivia um certo número de peixes de espécies absolutamente idênticas, ofídios, estrômatos, bodiões, percas, peixes-reis e peixes-voadores. Ciente desse fato, indaguei-me se existia uma comunicação entre os dois mares. Se existia, a corrente subterrânea devia obrigatoriamente correr do mar Vermelho para o Mediterrâneo, tão somente pelo efeito da diferença dos níveis. Pesquei então um grande número de peixes nas imediações de Suez. Prendi-lhes na cauda um aro de cobre, e os devolvi ao mar. Meses mais tarde, nas costas da Síria, pesquei novamente alguns espécimes de meus peixes enfeitados com sua anilha identificadora. A comunicação entre os dois estava então demonstrada para mim. Procurei com o meu *Náutilus*, descobri-a, aventurei-me nela e, daqui a pouco, professor, o senhor também terá percorrido o meu Túnel das Arábias!

139. "[Tendo olhos, não vedes]; tendo ouvidos, não ouvis" (Marcos, 8:18).

5. *O Túnel das Arábias*

Naquele mesmo dia, contei parte da conversa que tivera a Conselho e a Ned Land, diretamente interessados. Quando mencionei que, dali a dois dias, estaríamos nas águas do Mediterrâneo, Conselho bateu palmas, enquanto o canadense demonstrou incredulidade:

— Um túnel submarino! Uma comunicação entre os dois mares! Quem poderia imaginar uma coisa dessas?

— Amigo Ned — respondeu Conselho —, já tinha ouvido falar do *Náutilus*? Não! Mesmo assim, ele existe. Logo, não desconfie tão levianamente e não repudie as coisas a pretexto de que nunca ouviu falar delas.

— Esperemos! — replicou Ned Land, balançando a cabeça. — Afinal de contas, quero muito acreditar nessa passagem, e Deus queira que o capitão Nemo realmente nos conduza ao Mediterrâneo.

Naquela mesma noite, a 21°30' de latitude norte, o *Náutilus*, flutuando na linha do mar, aproximou-se da costa árabe. Avistei Djeddah, importante entreposto do Egito, da Síria, da Turquia e das Índias. Distingui nitidamente sua arquitetura, os navios atracados ao longo dos cais e aqueles cujo calado obrigava a fundear na baía. O sol, que já ia baixo no horizonte, golpeava em cheio as casas da cidade, realçando sua alvura. Do lado de fora, alguns casebres de madeira ou bambu indicavam o bairro habitado pelos beduínos.

Logo Djeddah apagou-se nas sombras da noite, e o *Náutilus* retornou a águas ligeiramente fosforescentes.

No dia seguinte, 10 de fevereiro, avistamos diversos navios avançando em nossa direção, o que fez com que o *Náutilus* retomasse sua navegação submarina. Ao meio-dia, porém, na hora da medição, estando deserto o mar, ele tornou a subir até a linha de flutuação.

Acompanhado por Ned e Conselho, vim sentar-me na plataforma. Mal se via a costa a leste, perdida em meio à névoa úmida.

Recostados nos flancos do escaler, conversávamos banalidades, quando Ned Land, apontando para o mar, perguntou:

— Vê alguma coisa, professor?

— Não, Ned — respondi —, mas bem sabe que não tenho olhos como os seus.

— Olhe direito — insistiu Ned —, lá, a estibordo. À nossa frente, mais ou menos na altura do farol! Não vê a massa líquida turbilhonando?

— Com efeito — eu disse, após uma atenta observação —, e vejo uma espécie de corpo escuro e comprido na superfície.

— Outro *Náutilus*? — zombou Conselho.

— Não — respondeu o canadense —, ou muito me engano ou se trata de um animal marinho.

— Há baleias no mar Vermelho? — perguntou Conselho.

— Sim, meu rapaz — respondi —, às vezes aparecem algumas.

— Não é uma baleia — continuou Ned Land, que não desgrudava os olhos do objeto assinalado. — Eu e as baleias somos velhos conhecidos, e eu não me enganaria diante de uma.

— Esperemos — disse Conselho. — O *Náutilus* dirige-se para aquele lado, e daqui a pouco saberemos com o que lidamos.

E, de fato, dali a pouco o vulto negro achava-se a apenas uma milha de distância. Parecia um grande escolho à deriva no meio do mar. O que era? Eu não saberia dizer.

— Ei, está se mexendo! Mergulhou! — exclamou Ned Land. — Com mil diabos! Que animal é aquele? Não tem a cauda bifurcada como as baleias ou cachalotes, e suas nadadeiras parecem membros amputados.

— Mas então... — hesitei.

— Vejam — continuou o canadense —, ei-lo de costas, levantando os úberes!

— É uma sereia — exclamou Conselho —, uma verdadeira sereia, que o patrão me perdoe.

Aquele substantivo, sereia, me deu uma pista, e compreendi que o animal pertencia àquela ordem dos seres marinhos que a fábula metamorfoseou em sereias, metade mulheres, metade peixes.

— Não — disse a Conselho —, não é uma sereia, mas uma curiosa criatura de que restam apenas alguns espécimes no mar Vermelho. É um dugongo.

— Ordem dos sirenídeos, grupo dos pisciformes, subclasse dos eutérios, classe dos mamíferos, ramo dos vertebrados — discorreu Conselho.

E quando Conselho falava assim não havia o que discutir.

Enquanto isso, Ned Land continuava a observar. Indócil, seus olhos relampejavam diante da visão do animal, sua mão desenhava o arremesso do arpão. Dir-se-ia que ele esperava o momento de arrojar-se ao mar para atacá-lo em seu elemento.

Vê alguma coisa, professor?

— Oh, professor — declarou com uma voz trêmula de emoção —, nunca matei "uma coisa dessas".

Esta frase resumia o arpoador.

Naquele instante, o capitão Nemo apareceu na plataforma e avistou o dugongo. Ao ver o estado do canadense, foi direto ao assunto:

— Se estivesse empunhando um arpão, mestre Land, não sentiria a mão queimando?

— Não fui eu quem o disse, capitão.

— E não gostaria de retomar por um dia sua profissão de pescador e acrescentar esse cetáceo à lista dos que já eliminou?

— E como!

— Pois bem, pode tentar.

— Obrigado, senhor — respondeu Ned Land, cujos olhos chisparam fogo.

— Entretanto — observou o capitão —, intimo-o a não perder o animal, e digo isto em seu próprio interesse.

— Por acaso é perigoso atacar um dugongo? — perguntei, apesar do desdém do canadense.

— Às vezes — respondeu o capitão. — Esse animal costuma investir contra seus agressores e virar sua embarcação, perigo que não deve assustar mestre Land. Mas ele tem um golpe de vista certeiro, sua nadadeira dorsal é implacável. Se o aconselho a não perder este dugongo é por ser ele justamente considerado uma carne requintada, e sei que mestre Land não despreza iguarias.

— Ah! — fez o canadense. — A criatura também se dá ao luxo de ser saborosa?

— Sim, mestre Land. Sua carne, autêntico manjar, é muito apreciada. Controlada em toda a Malásia, é digna da mesa de príncipes. Isso significa que caçam esse excelente animal tão encarniçadamente que, assim como o peixe-mulher, seu congênere, ele vai se tornando cada vez mais raro.

— Então, senhor capitão — disse Conselho, em tom sério —, se porventura este fosse o último de sua raça, não conviria poupá-lo, no interesse da ciência?

— Talvez — replicou o canadense —, mas no interesse da culinária talvez fosse preferível caçá-lo.

— Vá em frente, mestre Land — foi a resposta do capitão Nemo.

Nesse momento, sete homens da tripulação, mudos e impassíveis como sempre, subiram à plataforma. Um trazia um arpão e uma linha parecida com as usadas pelos pescadores de baleias. O escaler foi arrancado de sua cavidade e lançado ao mar. Seis remadores tomaram lugar nos bancos, o timoneiro, ao leme. Ned, Conselho e eu nos instalamos na popa.

— Não vem, capitão? — perguntei.

— Não, professor, mas desejo-lhe boa caçada.

O escaler desatracou e, impulsionado pelos seis remos, investiu rapidamente na direção do dugongo, que boiava então a duas milhas do *Náutilus*.

A algumas centenas de metros do cetáceo, o escaler reduziu a velocidade e os remos mergulharam silenciosamente nas águas tranquilas. Ned Land, de pé na proa, assestava o arpão. O arpão usado na caça à baleia é comumente preso a uma corda bem comprida, que se desenrola com facilidade quando o animal ferido a arrasta consigo, mas naquela circunstância a corda media apenas uma dezena de braças, achando-se presa simplesmente a um barrilete, cuja flutuação devia indicar o trajeto do dugongo sobre as águas.

De pé, eu observava detidamente o adversário do canadense. O dugongo, que também atende pelo nome de *halicore*, lembrava muito o peixe-mulher. Seu corpo oblongo terminava numa cauda bastante prolongada; suas nadadeiras laterais, em autênticos dedos. A diferença para o peixe-mulher residia em que sua maxila superior era dotada de dois dentes compridos e pontiagudos, formando cerdas divergentes.

O dugongo que Ned Land se preparava para atacar era de dimensões colossais, com pelo menos sete metros de comprimento. Não se mexia, parecendo dormir na superfície das águas, circunstância que facilitava sua captura.

O escaler aproximou-se prudentemente a três braças do animal. Os remos permaneciam suspensos em seus estribos. Levantei-me novamente. Ned Land, com o corpo vergado para trás, agitava o arpão com sua mão calejada.

Ouvimos então um silvo e o dugongo desapareceu. O arpão, vigorosamente arremessado, decerto atingira apenas a água.

— Com mil diabos! — exclamou o canadense, furioso. — Errei!

— Não — eu disse —, o animal está ferido, veja o sangue se espalhando, mas sua geringonça não prendeu no corpo dele.

— Meu arpão! Meu arpão! — berrava o canadense.

Os marujos puseram-se a remar, e o piloto dirigiu a embarcação para o barril flutuante. Recuperado o arpão, o escaler deu início à perseguição do animal.

De tempos em tempos, este voltava à superfície para respirar. O ferimento não o enfraquecera, pois ele avançava feito uma bala. O escaler, impelido por braços vigorosos, voava no seu rastro de espuma. Por várias vezes aproximou-se a poucas braças, com o canadense na posição do disparo, mas o dugongo sumia com um mergulho inesperado, o que tornava impossível atingi-lo.

A raiva que fervilhava no impaciente Ned Land podia ser medida pelas enérgicas palavras da língua inglesa que ele dirigia ao animal. De minha parte, o que mais me decepcionava era ver o dugongo driblar todas as nossas arapucas.

Nós o perseguimos sem trégua durante uma hora. Eu começava a achar que seria muito difícil apanhá-lo, quando ocorreu ao animal uma inoportuna ideia de vingança — da qual logo viria a se arrepender —, e ele fez a volta em direção ao escaler e preparou-se para atacá-lo.

A manobra não escapou ao canadense.

— Cuidado! — advertiu.

O timoneiro pronunciou algumas palavras em sua estranha língua, decerto para deixar os homens de sobreaviso.

O dugongo, a não mais que sessenta metros do bote, fez uma pausa, aspirou bruscamente o ar com suas ventas descomunais, vazadas não na ponta, mas na parte superior do focinho, e, tomando impulso, fendeu as águas em nossa direção.

O escaler não conseguiu evitar o impacto. Adernado, foi invadido por um ou dois tonéis de água, que tivemos de retirar, porém, graças à perícia do timoneiro, abalroado de viés e não de cheio, não virou. Ned Land, agarrado no castelo de proa, fustigava com arpoadas o gigantesco animal, que, com os dentes cravados na amurada, levantava a embarcação para fora d'água como um leão faz com um cabrito. Estávamos caídos uns sobre os outros, e não sei como teria terminado a aventura se o canadense, ainda às voltas com a fera, não lhe houvesse finalmente acertado o coração.

O dugongo rilhou os dentes no metal e desapareceu, arrastando o arpão consigo. Dali a pouco o barril voltou à superfície, e o corpo do animal ressurgiu, boiando de costas. O escaler aproximou-se, amarrou-o no reboque e dirigiu-se para o *Náutilus*.

Foram necessárias roldanas de grande força para içar o dugongo até a plataforma, pois ele pesava cinco toneladas. Foi destrinchado à vista do canadense, que fez questão de acompanhar todos os detalhes da operação. No jantar, o comissário serviu algumas fatias daquela carne, engenhosamente preparada pelo cozinheiro de bordo. Julguei-a excelente, superior até à da vitela, quando não à de vaca.

No dia seguinte, 11 de fevereiro, a despensa do *Náutilus* aprimorou-se com mais uma peça delicada. Um bando de andorinhas-do-mar pousou sobre o *Náutilus*. Era uma espécie, *Sterna nilotica*, exclusiva do Egito, de bico preto, cabeça cinzenta e pontilhada, olho circundado por pontinhos brancos, dorso, asas e cauda acinzentados, ventre e papo brancos, patas vermelhas. Pegamos também algumas dúzias de patos-do-nilo, aves selvagens muito saborosas, cujo pescoço e parte inferior da cabeça são brancos e mosqueados de preto.

A velocidade do *Náutilus* era moderada naquele momento, avançávamos como se a passeio. Observei que a água do mar Vermelho perdia gradativamente a salinidade à medida que nos aproximávamos de Suez.

Por volta das cinco da tarde, avistamos ao norte o cabo de Ras Mohammed, que forma a ponta da Arábia Pétrea, compreendida entre o golfo de Suez e o golfo de Acabah.

O *Náutilus* penetrou no estreito de Jubal, que leva ao golfo de Suez. Percebi nitidamente uma alta montanha, dominando o estreito de Mohammed, entre os dois golfos. Era o monte Horeb, o Sinai, em cujo cume Moisés viu Deus face a face e que a imaginação humana sempre desenha aureolado por línguas de fogo.

O gigantesco animal levantava a embarcação para fora d'água.

Às seis horas, o *Náutilus*, ora flutuando, ora submergindo, passava ao largo de Tor, cidade assentada no fundo de uma baía, cujas águas pareciam tingidas de vermelho, observação já feita pelo capitão Nemo. Então anoiteceu, em meio a um pesado silêncio, às vezes rompido pelo pio do pelicano e de algumas aves noturnas, ou pelo barulho da rebentação, irritada contra os rochedos, ou pelo gemido distante de um vapor fustigando sonoramente as águas do golfo com suas pás.

Das oito horas às nove, o *Náutilus* permaneceu a uma profundidade de poucos metros. Pelo meu cálculo, devíamos estar nas imediações de Suez. Através das escotilhas do salão, eu via um fundo de mar enxameado de rochedos intensamente iluminados pela luz elétrica. Parecia-me que o estreito afunilava cada vez mais.

Às nove e quinze, tendo a embarcação retornado à superfície, subi à plataforma. Impaciente para atravessar o túnel do capitão Nemo, eu não parava quieto e aspirava sofregamente o ar fresco da noite.

Dali a pouco, na penumbra, percebi um fogo pálido, meio desbotado pela bruma, luzindo a uma milha de distância.

— Um farol flutuante — disseram perto de mim.

Voltei-me e reconheci o capitão.

— É o farol flutuante de Suez — ele continuou. — Logo chegaremos à boca do túnel.

— Não deve ser fácil entrar…

— Justamente, professor. Daí eu ter por hábito permanecer no compartimento do timoneiro para dirigir pessoalmente a manobra. E agora, se quiser fazer a gentileza de descer, professor Aronnax, o *Náutilus* romperá as águas e só voltará à superfície após haver atravessado o Túnel das Arábias.

Segui o capitão Nemo. A escotilha se fechou, os reservatórios de água se encheram e o aparelho desceu uma dezena de metros.

No momento em que me dispunha a voltar ao meu quarto, o capitão me deteve.

— Gostaria de me acompanhar à casa do piloto?

— Faltou-me coragem para lhe pedir — admiti.

— Pois venha. Assim verá tudo que é possível ver durante essa navegação subterrânea e, ao mesmo tempo, submarina.

O capitão Nemo conduziu-me à escada central. No meio do corrimão, abriu uma porta, atravessando as coxias superiores e chegando à casa do piloto, que, como vimos, localizava-se na ponta da plataforma.

Era um compartimento com quatro metros quadrados, lembrando um pouco os dos pilotos dos vapores do Mississippi ou do Hudson. No centro, manobrava-se uma roda disposta verticalmente e articulada às troças do leme, as quais corriam até a popa do *Náutilus*. Quatro escotilhas com vidros lenticulares, vazadas nas paredes do compartimento, permitiam ao homem da barra observar em todas as direções.

A cabine estava na penumbra, mas logo minha vista acostumou-se àquela escuridão e percebi o piloto, um rapagão com as mãos apoiadas nos aros da roda. Do lado de fora, o mar surgia iluminado pelo farol que irradiava por trás da cabine, na outra ponta da plataforma.

— Agora — disse o capitão —, procuremos nossa passagem.

Fios elétricos conectavam a casa do timoneiro à sala das máquinas, de onde o capitão podia comunicar ao *Náutilus* sua direção e movimentação. Bastou ele apertar um botão metálico para instantaneamente a velocidade da hélice ver-se reduzida.

Eu observava em silêncio o paredão escarpado que margeávamos naquele momento, base inabalável do maciço arenoso da costa, o qual acompanhamos por cerca de uma hora, a poucos metros de distância. O capitão Nemo não desgrudava os olhos da bússola pendurada na cabine, com seus dois círculos concêntricos. A um simples gesto seu, o timoneiro ajustava o curso do *Náutilus*.

Eu me instalara na escotilha de bombordo, de onde contemplava magníficas substruções de corais, zoófitos e algas, bem como crustáceos a agitar suas patas compridas, projetadas para fora das anfractuosidades da rocha.

Às dez e quinze, o capitão assumiu pessoalmente o leme. Uma ampla galeria, escura e profunda, abria-se à nossa frente, e por ela o *Náutilus* enveredou temerariamente. Ouvíamos um estranho e inusitado marulhar em seus flancos. Eram as águas do mar Vermelho, que o declive do túnel escoava para o Mediterrâneo. O *Náutilus* descia a torrente, rápido como uma flecha, a despeito dos esforços do motor, que, para resistir, revolvia as águas em contra-hélice.

Nos paredões da estreita passagem, eu via somente traços cintilantes, linhas retas, sulcos de fogo riscados pela velocidade sob o brilho da luz elétrica Meu coração palpitava e eu o comprimia com a mão.

Às dez e trinta e cinco, o capitão Nemo abandonou a roda do leme e, voltando-se para mim, bradou:

— O Mediterrâneo!

O *Náutilus*, arrastado pela correnteza, acabava de atravessar o istmo de Suez em vinte minutos.

6. *O arquipélago grego*

Ao raiar do dia seguinte, 12 de fevereiro, o *Náutilus* subiu novamente à superfície. A três milhas ao sul desenhava-se a silhueta enevoada de Pelusa. Uma torrente nos carregara de um mar para outro. Aquele túnel, porém, fácil de descer, parecia impossível de subir.

Por volta das sete horas, Ned e Conselho juntaram-se a mim. Os dois inseparáveis companheiros haviam pegado no sono, esquecendo-se completamente das façanhas do *Náutilus*.

— E então, senhor naturalista — perguntou o canadense, num tom levemente zombeteiro —, e o tal do Mediterrâneo?

— Estamos flutuando em sua superfície, amigo Ned.

— Hein! — reagiu Conselho. — Quer dizer que ontem à noite...?

— Sim, ontem à noite, em poucos minutos, atravessamos o istmo intransponível.

— Não acredito — insistiu o canadense.

— E está errado, mestre Land — declarei. — Aquela costa baixa, que se arredonda em direção ao sul, é a costa egípcia.

— Conte outra, professor — teimou o canadense cabeça-dura.

— Ora, uma vez que o patrão afirma — reiterou Conselho —, cumpre acreditar no patrão.

— Inclusive, Ned, o capitão Nemo fez-me as honras de seu túnel, e eu estava ao seu lado, na casa do timoneiro, quando ele próprio pilotava o *Náutilus* através da estreita passagem.

— Está ouvindo, Ned? — alfinetou Conselho.

— E você, Ned, que tem a vista tão boa — acrescentei —, pode ver daqui, projetando-se no mar, os píeres de Porto Said.

O canadense observou atentamente.

— É mesmo — admitiu —, tem razão, professor, e seu capitão é um ás. Estamos no Mediterrâneo. Ótimo. Tratemos então de conversar sobre nossos modestos assuntos, mas de maneira a que ninguém nos possa ouvir.

Percebi claramente aonde o canadense queria chegar, mas achei melhor aceitar seu convite, uma vez que ele assim o desejava. Fomos os três nos reunir junto ao farol, onde ficávamos menos expostos à maresia.

— Agora, Ned, pode falar — eu comecei. — O que tem a nos dizer?

— É muito simples — respondeu o canadense. — Estamos na Europa; antes que as excentricidades de Nemo nos arrastem para o fundo dos mares polares ou nos levem de volta à Oceania, peço que deixemos o *Náutilus*.

Para ser sincero, aquela conversa com Ned sempre me deixava constrangido. Longe de mim querer cercear a liberdade de meus companheiros, mas tampouco me sentia propenso a abandonar o capitão Nemo. Graças a ele, graças a seu aparelho, eu aprimorava diariamente meus estudos submarinos, refazendo *in loco* meu livro sobre as grandes profundezas. Voltaria a ter oportunidade igual de observar as maravilhas do oceano? Obviamente que não! Logo, não me passava pela cabeça deixar o *Náutilus* antes de encerrado nosso ciclo de estudos.

— Amigo Ned — perguntei —, responda-me francamente. Por acaso entedia-se a bordo? Lamenta que o destino o tenha lançado nas garras de Nemo?

O canadense permaneceu calado por uns instantes. Por fim, cruzando os braços, disse:

— Para ser sincero, não me arrependo de nossa viagem submarina. Ficarei satisfeito depois; mas, para isso, ela precisa terminar. Eis o meu ponto de vista.

— Ela terminará, Ned.

— Onde e quando?

— Onde? Não faço ideia. Quando? Não posso dizê-lo, ou melhor, suponho que terminará quando esses mares não tiverem mais nada a nos ensinar. Neste mundo, tudo que começa tem um fim inexorável.

— Penso como o patrão — interveio Conselho —, e não é impossível que, após ter percorrido todos os mares do globo, o capitão Nemo nos devolva a liberdade.

— A liberdade! — exclamou o canadense.

— Não exagere, mestre Land — eu disse. — Nada temos a temer do capitão, mas tampouco partilho as ideias de Conselho. Somos senhores dos segredos do *Náutilus*, e duvido que seu comandante, se porventura nos restituísse a liberdade, aceitasse vê-los correr o mundo conosco.

— Mas então o que espera? — forçou o canadense.

— Uma oportunidade clara, seja dentro de seis meses, seja agora.

— Essa é boa! Mas, por favor, onde estaremos daqui a seis meses, senhor naturalista?

— Talvez aqui, talvez na China, você sabe que o *Náutilus* é um excelente velocista. Atravessa os oceanos como uma andorinha atravessa os ares, ou um trem expresso os continentes. Não receia os mares frequentados. Quem nos diz que não apontará para o litoral da França, da Inglaterra ou dos Estados Unidos, onde poderemos tentar a fuga com maior probabilidade de sucesso?

— Professor Aronnax — respondeu o canadense —, seus argumentos pecam na base. O senhor fala no futuro: "Estaremos ali! Estaremos aqui!" Eu falo no presente: "Estamos aqui e temos de nos aproveitar disso."

Eu estava pressionado pela lógica de Ned Land, e me sentia derrotado nesse terreno. Não sabia mais que argumentos apresentar a meu favor.

— Professor — volveu ele —, suponhamos, o que é impossível, que o capitão lhe ofereça a liberdade hoje mesmo. Aceitaria?

— Não sei — respondi.

— E aceitaria caso ele acrescentasse que não voltaria a renovar a oferta?

Não respondi.

— E o que pensa o amigo Conselho? — perguntou Ned Land.

— O amigo Conselho — respondeu tranquilamente o digno rapaz —, o amigo Conselho nada tem a dizer. Está completamente desinteressado pela questão. Assim como seu patrão, assim como seu colega Ned, ele é solteiro. Nem mulher, nem pais, nem filhos o esperam em seu país. Acha-se a serviço do patrão, pensa como o patrão, fala como o patrão e, para sua grande lástima, não devem contar com ele para formar a maioria. Apenas duas pessoas se acham em confronto: o patrão de um lado, Ned Land do outro. Dito isto, o amigo Conselho escuta e está preparado para marcar os pontos.

Não pude me abster de sorrir vendo Conselho aniquilar sua personalidade tão por completo. No fundo, o canadense devia regozijar-se por não tê-lo como rival.

— Então, professor — voltou à carga Ned Land —, uma vez que Conselho não existe, continuemos nós dois. Argumentei e o senhor ouviu. O que tem a responder?

Convinha naturalmente concluir, subterfúgios não eram coisa do meu feitio.

— Amigo Ned — curvei-me —, eis a minha resposta. A razão está do seu lado, e meus argumentos não resistem aos seus. Não devemos contar com a boa vontade do capitão Nemo. A prudência mais elementar impede-o de nos pôr em liberdade. E a prudência manda também que abracemos a primeira oportunidade de escapar do *Náutilus*.

— Muito bem, professor Aronnax, assim é que se fala.

— Faço uma única observação, uma só — ressalvei. — A oportunidade deve ser clara, temos de ter sucesso na primeira tentativa, pois, se ela abortar, não poderemos repeti-la e Nemo não nos perdoará.

— Tudo isso faz sentido — respondeu o canadense. — Mas sua observação aplica-se a toda e qualquer tentativa de fuga, dê-se ela dentro de dois anos ou dois dias. Logo, a questão subsiste: caso surja uma oportunidade favorável, temos de agarrá-la.

— De acordo. E agora pode me dizer, Ned, o que entende por oportunidade favorável?

— Aquela que, por uma noite escura, levasse o *Náutilus* a uma razoável distância da costa europeia.

— E tentaria evadir-se a nado?

— Sim, se estivéssemos suficientemente próximos de uma praia com a embarcação flutuando na superfície. Não, se estivéssemos distantes e submersos.

— Nesse caso…

— Nesse caso, eu tentaria me apoderar do escaler. Sei como manobrá-lo. Entraríamos nele e, retirados os êmbolos, subiríamos à superfície. Nem o timoneiro, instalado na popa, daria pela fuga.

— Pois bem, Ned, fique então à espreita dessa oportunidade, mas não se esqueça de que um fracasso seria nossa perdição.

— Não me esquecerei, professor.

— E agora, Ned, quer saber minha opinião sobre o seu plano?

— Com prazer, professor Aronnax.

— Pois muito bem, penso, não digo que espero, penso que essa oportunidade favorável não surgirá.

— E por que não?

— Porque o capitão decerto está ciente de que não perdemos a esperança de recuperar a liberdade, e ficará alerta, principalmente nos mares à vista das costas europeias.

— Sou da opinião do patrão — disse Conselho.

— Veremos — respondeu Ned Land, que balançava a cabeça com a expressão determinada.

— E agora, Ned Land — encerrei —, paremos por aqui. Nenhuma palavra sobre tudo isso. Quando estiver pronto, avise-nos e o seguiremos.

E assim terminou essa conversa, que mais tarde deveria ter tão graves consequências. Devo agora dizer que os fatos pareceram confirmar minhas previsões, para grande desconsolo do canadense. O capitão Nemo desconfiava de nós naqueles mares movimentados ou queria apenas ocultar-se à vista dos incontáveis navios de todas as nações que singram o Mediterrâneo? Ignoro-o, mas, mantendo-se praticamente o tempo todo entre duas águas e ao largo do litoral, o *Náutilus* ora emergia, aflorando apenas a casa do timoneiro, ora mergulhava para as grandes profundezas, uma vez que, entre o arquipélago grego e a Ásia Menor, não encontrávamos o fundo sequer a dois mil metros.

Por conseguinte, só ouvi falar da ilha de Cárpatos, uma das Espórades, por estes versos de Virgílio, que o capitão Nemo citou, pousando o dedo sobre um ponto do planisfério:

Est in Carpathio Neptuni gurgite vates
Cœruleus Proteus...[140]

Era de fato a antiga morada de Proteu, o velho pastor dos rebanhos de Netuno, agora ilha de Escarpanto, situada entre Rodes e Creta, da qual, através do vidro do salão, vi apenas as protuberâncias graníticas.

No dia seguinte, 14 de fevereiro,[141] resolvi dedicar algumas horas ao estudo dos peixes do arquipélago, mas, por um motivo qualquer, as escotilhas permaneceram cerradas. Verificando a posição do *Náutilus*, constatei que ele avançava na direção de Cândia, a antiga ilha de Creta. Na época em que eu embarcara na fragata *Abraham Lincoln*, essa ilha acabava de insurgir-se contra o despotismo turco, mas qual fora o desdobramento dessa insurreição desde então, eu ignorava completamente,[142] e não seria o capitão Nemo, privado de qualquer comunicação com a terra, que poderia me informar.

Portanto, não fiz nenhuma alusão ao episódio, quando, à noite, vi-me a sós com ele no salão. A propósito, o capitão me pareceu taciturno, preocupado. Contrariando seus hábitos, ordenou que abrissem as duas escotilhas do salão e, indo de uma a outra, observou atentamente a massa das águas. Com que objetivo? Eu não saberia dizer. De minha parte, passava o tempo estudando os peixes que desfilavam à nossa frente.

Entre outros, observei os góbios afísios, citados por Aristóteles, e vulgarmente conhecidos pelo nome de "cabozes-marinhos", que são encontrados especialmente nas águas salgadas próximas ao delta do Nilo. Perto deles, desenrolavam-se pargos semifosforescentes, esparídeos que os egípcios classificavam entre os animais sagrados, cuja chegada às águas do rio, para anunciar a cheia, era celebrada com cerimônias religiosas. Notei igualmente quilinas com três decímetros de comprimento, peixes ósseos com escamas transparentes, cuja cor lívida é entremeada por manchas vermelhas; grandes devoradoras de vegetais marinhos, o que lhes dá um sabor sofisticado, eram muito apreciadas pelos gourmets da Roma antiga, e suas vísceras, acompanhadas por ovas de moreias, cérebros de pavões e línguas de fenicópteros, compunham o divino prato que deliciava Vitélio.[143]

140. Citação das *Geórgicas*, IV, 387-388: "Há no golfo de Cárpatos, reino de Netuno, um adivinho, o deus cerúleo Proteu." Sobre Proteu, ver nota 56.

141. "No dia seguinte, 14 de fevereiro": na verdade, 13.

142. Em 1867, Creta ainda fazia parte do Império Otomano. Um levante reivindicando a partida dos turcos e a anexação à Grécia eclodira em 1866 e prosseguiu até 1869, quando negociadores encontraram-se para conversações em Paris. A saída dos turcos da Grécia só se daria efetivamente em 1913.

143. Aulo Vitélio (15-69) foi imperador romano por meros oito meses, durante o "ano dos quatro imperadores" (69).

Outro morador daqueles mares chamou minha atenção, trazendo-me à mente todos os ensinamentos da Antiguidade: a rêmora, que viaja agarrada na barriga dos tubarões. Segundo os antigos, esse peixinho, incrustado na quilha de um navio, era capaz de detê-lo em sua marcha, e um deles, paralisando a nau de Marco Antônio durante a batalha de Áctio, facilitou assim a vitória de Augusto.[144] Do que depende o destino das nações! Observei igualmente admiráveis anthias, que pertencem à ordem dos lutjanídeos, peixes sagrados para os gregos, que lhes atribuíam o poder de expulsar os monstros marinhos das águas que frequentavam; seu nome significa "flor", e eles o justificavam por suas cores sedutoras, todas na gama do vermelho — desde a delicadeza do cor-de-rosa até a rutilância do rubi — e pelos fugazes reflexos que riscavam sua nadadeira dorsal. Eu estava inteiramente concentrado naquelas maravilhas do mar quando fui surpreendido por uma inesperada e repentina aparição.

No meio das águas, surgiu um homem, um mergulhador carregando em seu cinturão uma bolsa de couro. Não era um corpo entregue às águas. Era um homem vivo, nadando vigorosamente, desaparecendo de quando em quando para ir respirar na superfície e imergindo em seguida.

Voltei-me para o capitão Nemo e, com uma voz emocionada, exclamei:

— Um homem! Um náufrago! Temos de salvá-lo a todo custo!

O capitão não respondeu e veio apoiar-se na vidraça.

O homem aproximara-se e, com a face colada na escotilha, nos observava.

Para minha grande estupefação, o capitão Nemo fez-lhe um sinal. O mergulhador respondeu-lhe com a mão, subiu imediatamente à superfície do mar e não voltou a reaparecer.

— Não se preocupe — disse-me o capitão. — É Nicolau, do cabo Matapan, vulgo "Pesce",[145] figura conhecida em todas as Cíclades.[146] Que mergulhador audaz! A água é seu elemento, e ele vive mais tempo nela do que sobre a terra, indo incessantemente de uma ilha para outra, até Creta.

— Conhece-o, capitão?

— Por que não conheceria, professor Aronnax?

Dito isto, o capitão Nemo dirigiu-se a um móvel instalado junto à escotilha esquerda do salão. Próximo a esse móvel, vi um cofre rebitado, cuja

144. Otaviano (63-14 a.C.), primeiro imperador romano, alcunhado Augusto e coroado em 27 a.C., após a derrota de Marco Antônio (c.83-30 a.C.) e Cleópatra (70-30 a.C.) na batalha de Áctio, na Grécia, em 31 a.C.

145. O cabo Matapan, ao sul do Peloponeso, na extremidade da península de Mani; "*pesce*", peixe em italiano.

146. As Cíclades são um grupo de ilhas localizadas no sul do mar Egeu, as quais formam um círculo (daí seu nome) ao redor da ilha sagrada de Delos.

"Um homem! Um náufrago! Temos de salvá-lo!"

tampa exibia, sobre uma placa de cobre, o emblema do *Náutilus* e sua divisa: *Mobilis in mobile.*

Nesse momento, o capitão, ignorando a minha presença, abriu o móvel, espécie de cofre-forte que guardava um grande número de lingotes.

Eram lingotes de ouro. De onde vinha aquele metal precioso, que representava uma soma enorme? De onde o capitão extraía aquele ouro, e o que faria com ele?

Não pronunciei uma palavra. Observei. O capitão Nemo pegou os lingotes um a um e guardou-os metodicamente no cofre, enchendo-o completamente. Estimei o butim em mais de uma tonelada de ouro, isto é, perto de cinco milhões de francos.

Após fechar cuidadosamente o cofre, o capitão escreveu sobre sua tampa o nome de um destinatário em caracteres que me pareceram grego moderno. Feito isto, apertou um botão cujo fio conectava-se com o posto da tripulação. Apareceram quatro homens que, não sem dificuldade, empurraram o cofre para fora do salão. Em seguida, ouvi que o içavam por meio de roldanas por sobre a escada de ferro.

Nesse momento, o capitão Nemo voltou-se para mim e perguntou:

— O senhor dizia, professor...?

— Eu não dizia nada, capitão.

— Então, permita-me lhe desejar boa noite.

E, com estas palavras, deixou o salão.

Intrigadíssimo, como é possível conceber, voltei ao meu quarto. Tentei em vão dormir. Procurei um elo entre o surgimento daquele mergulhador e o cofre abarrotado de ouro. Dali a pouco percebi, devido a um certo jogo e adernação do *Náutilus*, que, deixando as camadas inferiores, ele retornava à superfície.

Em seguida, ouvi barulho de passos na plataforma. Compreendi que soltavam o escaler e o lançavam ao mar. Após um leve choque no costado do *Náutilus*, todo barulho cessou.

Duas horas depois, repetiam-se o mesmo barulho, as mesmas idas e vindas. O escaler, içado a bordo, foi encaixado em seu alvéolo, e o *Náutilus* voltou a mergulhar.

Isso significava que os milhões haviam sido entregues a seu destinatário. Em que ponto do continente? Quem era o contato do capitão Nemo?

No dia seguinte, relatei a Conselho e ao canadense os episódios daquela noite, que inflamavam minha curiosidade no mais alto grau. Meus companheiros não ficaram menos admirados do que eu.

— Mas onde ele arrebanha esses milhões? — perguntou Ned Land.

Para isso, não havia resposta possível. Após almoçar, fui para o salão e mergulhei no trabalho. Até as cinco da tarde, redigi minhas anotações. Nesse momento (deveria atribuir o fato a uma predisposição natural?), senti um calor intenso e fui obrigado a me desfazer de meus trajes de bisso. Efeito incompreensível, pois não estávamos em altas latitudes e, nunca é demais repetir, imerso, o *Náutilus* não deveria sofrer elevação de temperatura. Consultei o manômetro. Marcava uma profundidade de vinte metros, a qual o calor atmosférico era incapaz de alcançar.

Continuei meu trabalho, mas a temperatura subiu a ponto de se tornar intolerável.

De onde o capitão extraía aquele ouro, e o que faria com ele?

"Seria um incêndio a bordo?" especulei.

Ia deixar o salão quando o capitão Nemo entrou. Aproximou-se do termômetro, consultou-o e disse:

— Quarenta e dois graus.

— Estou sentindo, capitão — respondi —, e, se esse calor aumentar, não poderemos suportá-lo.

— Oh, professor, esse calor só aumentará se assim quisermos.

— Pode então controlá-lo a seu bel-prazer?

— Não, mas posso me afastar do foco que o produz.

— Quer dizer que ele vem de fora?

— Sem dúvida. Navegamos em meio a uma corrente de água em ebulição.

— E isso é possível? — exclamei.

— Veja.

As escotilhas se abriram, e vi um mar inteiramente branco em torno do *Náutilus*. Uma fumaça de vapores sulfúricos desenrolava-se em meio às águas que ferviam como num caldeirão. Encostei minha mão num dos vidros, mas o calor era de tal ordem que fui obrigado a retirá-la.

— Onde estamos? — perguntei.

— Nas proximidades da ilha Santorim, professor — respondeu-me o capitão —, e precisamente no canal que separa Nea Kameni de Palea Kameni. Quis proporcionar-lhe o curioso espetáculo de uma erupção submarina.

— Eu pensava — disse — que a formação dessas novas ilhas tinha terminado.

— Nada nunca termina nessas zonas vulcânicas — respondeu o capitão Nemo —, o solo é ininterruptamente trabalhado pelo fogo subterrâneo. Segundo Cassiodoro e Plínio,[147] no ano 19 de nossa era, uma nova ilha, Teia, a divina, surgiu no mesmo lugar onde recentemente essas ilhotas se formaram. Mais tarde afundou sob as águas, para reemergir no ano 69 e afundar novamente. Desde essa época até nossos dias, a ação plutônica acha-se interrompida. Porém, em 3 de fevereiro de 1866, uma nova ilhota, denominada rochedo de George, emergiu em meio aos vapores sulfúricos, perto de Nea Kameni, e ali se consolidou, no dia 6 do mesmo mês. Sete dias depois, em 13 de fevereiro, nasceu o rochedo Afroessa, deixando entre Nea Kameni e ele um canal de dez metros. Eu me encontrava por esses mares quando o fenômeno se produziu e pude observar todas as suas fases. Afroessa, de forma arredondada, media mil metros de diâmetro por cem de altura. Compunha-se de lavas negras e vítreas, misturadas a fragmentos feldspáticos. Finalmente, em 10 de março, uma ilhota menor, chamada Reka, emergiu próximo a Nea Kameni e, desde então, esses três rochedos, amalgamados, formam apenas uma única e mesma ilha.

— E o canal que percorremos neste momento? — perguntei.

— Ei-lo — respondeu o capitão Nemo, mostrando-me um mapa do arquipélago. — Pode notar que lhe acrescentei novas ilhas.

— Mas ele vai se fechar um dia?

— É provável, professor Aronnax, pois, desde 1866, oito pequenas ilhotas de lava surgiram em frente ao porto São Nicolau de Palea Kameni. Logo,

147. Flávio Cassiodoro Magno (490-585), questor, cônsul e historiador romano; sobre Plínio, ver nota 8.

é evidente que Nea e Palea se unirão num tempo não muito distante. Se no meio do Pacífico são os infusórios que formam os continentes, aqui são os fenômenos eruptivos. Veja, professor, veja o trabalho realizado sob essas águas.

Voltei à vidraça. O *Náutilus* parara de avançar. O calor tornava-se intolerável. De branco que era, o mar passava a vermelho, coloração produzida pela presença de um sal ferruginoso. A despeito do salão hermético, um odor sulfuroso insuportável infiltrava-se, e eu via labaredas escarlate, cuja incandescência matava o brilho da eletricidade.

Eu estava suando em bicas, sufocava, morreria assado. Sim, era isso, sentia-me assado!

— Não podemos nos demorar mais nessa água fervente — eu disse ao capitão.

— Não, não seria prudente — respondeu o impassível Nemo.

Foi dada uma ordem. Virando de bordo, o *Náutilus* afastou-se daquela fornalha, que ele não podia desafiar impunemente, e quinze minutos depois respirávamos na superfície das águas.

Ocorreu-me então que, se Ned Land tivesse escolhido aquela zona para efetuarmos nossa fuga, não teríamos saído vivos daquele mar de fogo.

No dia seguinte, 16 de fevereiro, deixávamos a fossa que, entre Rodes e Alexandria, apresenta profundidades de três mil metros. Então o *Náutilus*, passando ao largo de Cerigo,[148] abandonava o arquipélago grego, após ter dobrado o cabo Matapan.

---

148. Cerigo, nome com que, na Idade Média, os venezianos designavam Citera, ilha situada entre o Peloponeso e Creta.

7. *O Mediterrâneo em quarenta e oito horas*

O Mediterrâneo, o mar azul por excelência, "o grande mar" dos hebreus, o "mar" dos gregos, o *mare nostrum* dos romanos, com suas margens repletas de laranjeiras, aloés, cactos e pinheiros-marítimos, embalsamado pela fragrância dos mirtos, emoldurado por rudes montanhas, saturado por um ar puro e transparente, porém incessantemente erodido pelos fogos da terra, é um verdadeiro campo de batalha, onde Netuno e Plutão ainda se digladiam pelo império do mundo. Segundo Michelet, é nele, em suas praias e águas, que o homem se revigora num dos climas mais pujantes do planeta.

Porém, por mais bela que fosse, não pude senão relancear aquela bacia, cuja superfície cobre dois milhões de quilômetros quadrados. Senti falta dos conhecimentos pessoais do capitão Nemo, uma vez que o enigmático personagem não apareceu uma única vez durante aquela travessia desenfreada. Estimo em aproximadamente seiscentas léguas o trajeto que o *Náutilus* percorreu sob as águas desse mar, tendo realizado a viagem em dois estirões de vinte e quatro horas. Após deixarmos as paragens da Grécia na manhã de 16 de fevereiro, no dia 18, ao raiar do sol, atravessamos o estreito de Gibraltar.

Ficou evidente para mim que aquele Mediterrâneo, espremido entre as terras de que ele pretendia fugir, desagradava ao capitão Nemo. Suas águas e brisas traziam-lhe uma enxurrada de lembranças, quando não de nostalgia. Nele, não exercia mais aquela desenvoltura, aquela independência de manobras que os oceanos lhe propiciavam, e o *Náutilus* sentia-se desajeitado entre aquelas praias tão próximas da África e da Europa.

Nossa velocidade era de vinte e cinco milhas por hora, ou seja, doze léguas de quatro quilômetros. Desnecessário dizer que Ned Land, para seu grande pesar, viu-se obrigado a desistir de seus planos de fuga, pois, arrastado à razão de doze a treze metros por segundo, não havia como fazer uso do escaler. Deixar o *Náutilus* em tais condições seria o mesmo que pular de um trem em movimento na mesma velocidade, manobra imprudente caso tentada. Além do mais, nosso aparelho não subia à superfície senão à noite, a fim de renovar sua provisão de ar, orientando-se exclusivamente pelas indicações da bússola e as marcações da barquilha.

Só vi, portanto, das águas do Mediterrâneo, o que o viajante de um trem vê da paisagem que lhe foge diante dos olhos, isto é, apenas os horizontes distantes, e não os primeiros planos, que passam qual um relâmpago. Ainda assim, Conselho e eu pudemos observar alguns peixes mediterrânicos, que a força das nadadeiras mantinha por alguns instantes nas águas do *Náutilus*. Permanecíamos à espreita diante das vidraças, e nossos apontamentos permitem-me refazer em poucas palavras a ictiologia daquele mar.

Da multidão de peixes que o habitam, vi uns, entrevi outros, e perdi os que a velocidade do *Náutilus* furtou aos meus olhos. Que me seja então permitido encaixá-los numa classificação imaginosa. Ela reproduzirá melhor minhas rápidas observações.

Em meio à massa líquida feericamente iluminada pelas mantas elétricas, serpenteavam algumas lampreias com um metro de comprimento, presentes em quase todos os climas. Oxirrincos, espécies de raias com dois metros de largura, ventre branco, dorso cor de borralho e manchado, desdobravam-se como grandes xales carregados pelas correntes. Outras raias passavam tão depressa que não me era possível saber se mereciam o apelido de "águias" que lhes foi dado pelos gregos ou os de "rato", "sapo" e "morcego" com que os pescadores modernos as identificaram. Tubarões-lixas, com quatro metros de comprimento e especialmente temidos pelos pescadores, apostavam corrida entre si. Raposas marinhas, com dois metros e meio de comprimento, dotadas de um faro sensível, surgiam do nada como vastas sombras azuladas. Douradas, da ordem dos esparídeos, algumas das quais medindo até treze decímetros, exibiam túnicas em prata e azul emolduradas por faixas, contrastando com o tom escuro de suas nadadeiras; peixes consagrados a Vênus, cujo olho é embutido num supercílio de ouro, essa espécie preciosa, amiga de todas as águas, doces ou salgadas, habitando rios, lagos e oceanos, vivendo sob todos os climas, suportando todas as temperaturas e cuja raça, que remonta às épocas geológicas da terra, preservou toda sua beleza dos primeiros dias. Esturjões magníficos, com nove a dez metros de comprimento, animais turbulentos, que batiam com uma cauda poderosa na vidraça das escotilhas, revelando-nos seus dorsos azulados com manchinhas marrons; semelhantes aos tubarões, cuja força evidentemente não emulam, são encontrados em todos os mares. Na primavera, gostam de subir os grandes rios, lutar contra as correntes do Volga, do Danúbio, do Pó, do Reno, do Loire e do Oder, e se alimentam de arenques, cavalas, salmões e bacalhaus. Embora pertençam à classe dos cartilaginosos, são delicados, e, comidos frescos, secos, marinados ou salgados, eram levados triunfalmente à mesa de Lúculo.[149] Porém, de todos os habitantes do Mediterrâneo, os que pude observar com mais vagar, quando o *Náutilus* aproximava-se da superfície, pertenciam ao sexagésimo terceiro gênero dos peixes ósseos. Eram atuns, escombrídeos de dorso azul e preto, ventre couraçado de prata, com raios dorsais que refletem fagulhas douradas. Têm a reputação de acompanhar a rota dos navios, cuja sombra fresca procuram sob o fogo do céu tropical, fato que não desmentiram ao escoltar o *Náutilus* como outrora escoltaram as naus de La Pérouse. Durante longas horas, apostaram corrida com nosso aparelho. Eu não me cansava de admirar aquelas criaturas, esculpidas especificamente para a corrida, cabeça pequena, corpo liso e fusiforme, que em alguns superava três metros, peitorais robustos e caudas bífidas. Nadavam em triângulo, como certas revoadas de aves, cuja rapidez igualavam e que fazia os antigos dizerem que eram íntimos da geometria e da estratégia. A despeito disso, porém, não escapam às perseguições dos provençais, que os estimam como os estimavam os habitantes da Propôntida[150] e da Itália, e é às cegas, como que atordoados, que esses preciosos animais se lançam e perecem aos milhares nas almadravas marselhesas.

Citarei, de memória, alguns dos peixes mediterrânicos que Conselho e eu vislumbramos. Eram gimnotos-carapós esbranquiçados, que passavam como intangíveis vapores; moreias-congros, serpentes de três a quatro metros raiadas de verde, azul e amarelo; pescadas-bacalhaus, com três pés de comprimento, cujo fígado compunha um prato delicado; cépolas-tênias, que flutuavam como finas algas; triglas, que os poetas chamam de peixes-liras e os marujos de peixes-assobiadores, cujo focinho é enfeitado com duas lâminas triangulares e rendadas figurando o instrumento do velho Homero; triglas-andorinhas, nadando com a rapidez do pássaro do qual tomaram o nome; holocentros-garoupas, de cabeça vermelha e cuja nadadeira dorsal é dotada de filamentos, sáveis pintalgados com manchas pretas, cinzentas, marrons, azuis, amarelas e verdes, sensíveis à voz argentina das campainhas; esplêndidos pregados; esses faisões do mar, espécies de losangos com barbatanas amareladas, pontilhados de marrom, cujo lado superior, o esquerdo, é geralmente marmorizado em marrom e amarelo; e por fim cardumes de admiráveis ruivos, verdadeiros paradiseídeos do oceano, pelos quais os romanos pagavam até dez mil sestércios a unidade e que faziam morrer sobre a mesa, a fim de acompanhar com um olho cruel suas mudanças de cor desde o vermelho-cinábrio da vida até o branco pálido da morte.

149. Lúcio Licínio Lúculo (110?-56?), membro de uma família nobre romana. Depois de participar de campanhas militares na África, aposentou-se e passou a receber poetas em sua famosa biblioteca, onde oferecia jantares requintados e extravagantes.

150. Propôntida, antigo nome do mar de Mármara, grande lago que separa o mar Negro do Egeu.

E se não me foi dado ver peixes-raias, balistas, tetrodontídeos, hipocampos, acarás-joia, centriscos, blênios, salmonetes, peixes-espinhos, anchovas, voadores, pargos, bogas e orfas, nem tampouco os principais representantes da ordem dos pleuronectos, solhas, linguados e rodovalhos, presentes no Atlântico e no Mediterrâneo, a culpa disso foi a vertiginosa velocidade que arrastava o *Náutilus* através daquelas opulentas águas.

No que se refere aos mamíferos marinhos, julgo ter reconhecido, nas imediações do Adriático, dois ou três cachalotes, dotados de uma nadadeira dorsal, do gênero dos fisetérios; alguns delfins do gênero dos globicéfalos, exclusivos do Mediterrâneo e cuja parte anterior da cabeça é zebrada por pequenas linhas claras; além de uma dúzia de focas de barriga branca e pelagem preta, conhecidas como "monges", por terem efetivamente o aspecto de dominicanos com três metros de comprimento.

Conselho, por sua vez, julgou ter avistado uma tartaruga com dois metros de largura, ornamentada por três arestas salientes e longitudinais. Lamentei não ter visto esse réptil, pois, pela descrição que Conselho me fez, julguei reconhecer o alaúde, que é uma espécie raríssima. De minha parte, discerni algumas tartarugas-amarelas com a carapaça alongada.

Quanto aos zoófitos, pude admirar fugazmente uma impressionante galeolária alaranjada, que se agarrou à vidraça do painel de bombordo. Era um longo e tênue filamento, arborizando-se em ramos infinitos e terminando na mais fina renda jamais tecida pelas rivais de Aracne.[151] Infelizmente, não pude pescar aquele admirável exemplar, e por certo nenhum outro zoófito mediterrânico teria se oferecido à minha vista se o *Náutilus*, curiosamente, na tarde do dia 16, não houvesse reduzido sua velocidade. Eis em que circunstâncias.

Passávamos entre a Sicília e a costa de Túnis. Nesse espaço apertado entre o cabo Bom e o estreito de Messina, o fundo do mar sobe quase subitamente, formando uma verdadeira crista, sobre a qual restam apenas dezessete metros de água, ao passo que de ambos os lados a profundidade é de cento e setenta metros. O *Náutilus* foi então obrigado a manobrar cautelosamente, a fim de não colidir com a barreira submarina.

Mostrei a Conselho, no mapa do Mediterrâneo, o lugar ocupado por esse comprido recife.

— Que o patrão me perdoe — observou Conselho —, mas é como se fosse um istmo que unisse a Europa à África.

— Sim, meu rapaz — respondi —, ele fecha integralmente o estreito da Líbia, e as sondagens de Smith comprovaram que antigamente os continentes tocavam-se entre o cabo Boco e o cabo Furina.

---

151. Na mitologia grega, Aracne é uma exímia bordadeira da Lídia, tão habilidosa que desafia a própria Palas-Atena para uma competição. Com a vitória da deusa, Aracne se suicida, mas Palas apieda-se e a transforma em aranha.

— Acredito piamente — disse Conselho.

— Devo acrescentar — continuei — que uma barreira semelhante existe entre Gibraltar e Ceuta. Esta, nos tempos geológicos, fechava completamente o Mediterrâneo.

— E se um dia algum impulso vulcânico levantasse essas duas barreiras acima das águas! — exclamou Conselho.

— A probabilidade é ínfima.

— Se esse fenômeno acontecesse, aliás, seria um revés para o sr. de Lesseps, que tanto peleja para furar seu istmo!

— Concordo, mas repito que esse fenômeno não acontecerá. A violência das forças subterrâneas diminui gradativamente. Os vulcões, tão numerosos nos primeiros dias do mundo, extinguem-se pouco a pouco. O calor interno se reduz, a temperatura das camadas inferiores do globo cai drasticamente a cada século, e tudo isso com prejuízos para o nosso globo, pois esse calor é sua vida.

— Ora, o sol…

— O sol é insuficiente, Conselho. Você seria capaz de devolver calor a um cadáver?

— Não que seja de meu conhecimento.

— Pois bem, meu amigo, um dia a Terra será esse cadáver frio. Tornar-se-á inabitável e será desabitada como a lua, que há muito perdeu seu calor vital.

— Dentro de quantos séculos? — perguntou Conselho.

— Dentro de algumas centenas de mil anos, meu rapaz.

— Então — rematou Conselho —, temos tempo de terminar nossa viagem, quer dizer, desde que Ned Land não se intrometa!

E Conselho, reconfortado, voltou a estudar o fundo submarino, que desfilava rente ao *Náutilus* em uma velocidade moderada.

Ali, sob um solo rochoso e vulcânico, desabrochava uma flora exuberante: esponjas, holotúrias, cidípias hialinas ornamentadas com cirros avermelhados que emitiam uma ligeira fosforescência; beróis, vulgarmente conhecidos como pepinos-do-mar e banhados no lusco-fusco de um espectro solar; comátulas ambulantes, com um metro de largura, cuja púrpura avermelhava as águas; euríalos arborescentes de grande beleza; pavonáceas com caules compridos; um grande número de ouriços comestíveis de espécies variadas; bem como actínias verdes com o tronco acinzentado e o disco marrom, que se perdiam em sua oliva cabeleira de tentáculos.

Conselho empenhava-se especialmente em observar os moluscos ou articulados, e, embora sua nomenclatura seja um pouco árida, não quero desmerecer esse bravo rapaz omitindo suas observações pessoais.

No ramo dos moluscos, ele citou numerosos petúnculos pectiniformes; espôndilos na forma de casco de burro, que se amontoavam uns sobre os outros; donáceas triangulares; híalas tridentadas, com as barbatanas amarelas e as conchas transparentes; pleurobrânquios alaranjados; ouriços pontilhados ou semeados de pontos esverdeados; aplísias, também conhecidas como lebres-do-mar; dolabelas, áceros carnudos e umbrelas endêmicas do Mediterrâneo; orelhas-do-mar, cuja concha produz a cobiçada madrepérola; petúnculos flamulados, anomias que os nativos do Languedoc, dizem, preferem às ostras e mexilhões, tão caros aos marselheses; verrucosas-de-vênus duplas, brancas e gordurosas, moluscos que abundam nas costas da América do Norte e muito consumidos em Nova York; vieiras operculares de cores variadas; mexilhões-tâmara metidos em suas tocas, por cujo sabor apimentado eu tinha uma queda; venericárdias estriadas, cuja concha com o topo abaulado apresentava vértebras salientes; cíntias cobertas por tubérculos escarlate; carniárias com a ponta em curva e semelhantes às ligeiras gôndolas; férulas coroadas; atlantes com as conchas espiraliformes; tétis cinzentas, manchadas de branco e revestidas por uma mantilha franjada; eolidídeos, semelhantes a pequenas lesmas; cavolinas rastejando sobre o dorso; aurículas, com destaque para a aurícula miosótis, de concha oval; peixes-anjos ocres, litorinas, iantinas, cinerárias, petrícolas, lamelares, cabochões, pandoras etc.

Quanto aos articulados, Conselho, em seus apontamentos, dividiu-os conscienciosamente em seis classes, das quais três pertencentes ao mundo marinho. São as classes dos crustáceos, dos cirrípedes e dos anelídeos.

Os crustáceos subdividem-se em nove ordens, a primeira delas compreendendo os decápodes, isto é, animas cuja cabeça e tórax são geralmente ligados entre si, cujo aparelho bucal é composto de vários pares de membros, e que possuem quatro, cinco ou seis pares de patas torácicas ou ambulatórias. Conselho seguira o método de nosso professor Milne-Edwards, que estabelece três seções de decápodes: os braquiúros, os macruros e os anomuros (nomes um tanto bárbaros, mas corretos e precisos). Entre os braquiúros, Conselho citou amatias, cuja fronte é dotada de duas grandes pontas divergentes; o escorpião, que — não sei por quê — simbolizava a sabedoria entre os gregos; lampreias-massena e lampreias-spinimana, provavelmente perdidas por ali, pois em geral vivem em grandes profundidades; xantos, pilunas, romboides, calapídeos granulosos — facílimos de digerir, observa Conselho em suas notas —, coristos desdentados, ebálias, cimopólias, doripas lanosas etc. Entre os macruros, subdivididos em cinco famílias, os couraçados, os escavadores, os ástacos, os salicoques e os oquizópodes, ele cita lagostas comuns, a carne da fêmea sendo a mais estimada; gansos cilarídeos ou cigarras-do-mar; pitus ribeirinhos e todo tipo de espécies comestíveis. Omite, porém, a subdivisão dos ástacos, que compreende as lagostas, pois as lagostas-vermelhas são as únicas lagostas do Mediterrâneo. Enfim, entre os anomuros, ele registrou drômias comuns, abrigadas atrás da concha abandonada da qual elas se apropriam, além de hômolos, com a testa coberta de espinhos, bernardos-eremitas, porcelanas etc.

O trabalho de Conselho interrompia-se nesse ponto. Faltara-lhe tempo para completar a classe dos crustáceos, mediante o exame dos estomatópodes, dos anfípodes, dos homópodes, dos isópodes, dos trilobitos, dos branquiápodes, dos ostracódeos e dos entomostráceos. E, para encerrar o estudo dos articulados marinhos, ele deveria ter citado a classe dos cirrípedes, que inclui os ciclopes, as cracas, e a classe dos anelídeos, que ele não teria deixado de dividir em tubículos e dorsibrânquios. O *Náutilus*, porém, tendo ultrapassado a fossa do estreito da Líbia, retomou sua velocidade costumeira em águas profundas. A partir desse momento, sumiram moluscos, articulados e zoófitos. Apenas alguns peixes de grande porte passavam como sombras.

Durante a noite de 16 para 17 de fevereiro, havíamos entrado na segunda bacia mediterrânica, cujas maiores profundidades situam-se a três mil metros.[152] O *Náutilus*, impelido por sua hélice e recorrendo a seus planos inclinados, embrenhou-se nas últimas camadas do mar.

Ali, em lugar de maravilhas naturais, a massa das águas ofereceu cenas tumultuosas e terríveis à minha visão. De fato, atravessávamos naquele momento uma zona do Mediterrâneo fecunda em sinistros marítimos. Do lado argelino até as praias da Provença, quantos navios não naufragaram, quantos não desapareceram! Comparado às vastas planícies líquidas do Pacífico, o Mediterrâneo não passa de um lago, mas um lago caprichoso, de águas traiçoeiras: hoje, benevolente e carinhoso com a franzina tartana,[153] que parece flutuar entre o duplo anil das águas e do céu; amanhã, irascível, tormentoso, açoitado pelos ventos, despedaçando os navios mais robustos com o incansável chicote de suas ondas.

Durante aquela rápida incursão às profundezas, quantos destroços não vi abandonados no fundo, uns já incrustados de corais, outros cobertos por uma camada de ferrugem: âncoras, canhões, projéteis, guarnições de ferro, pás de hélice, peças de máquinas, cilindros quebrados, caldeiras erodidas, bem como cascos flutuando entre duas águas, uns de pé, outros emborcados.

Entre aqueles navios naufragados, uns haviam perecido em consequência de um abalroamento, outros, por se haverem chocado com algum escolho de granito. Alguns tinham ido a pique com a mastreação ereta — os cordames enrijecidos pela água — e pareciam fundeados numa grande enseada, à espera do momento da partida. Quando o *Náutilus* passou por eles e os envolveu com seu halo elétrico, achamos que iam saudá-lo com sua bandeira e transmitir-lhe seu número de matrícula! Mas não, nada senão silêncio e morte naquele cemitério de catástrofes!

152. Cálculos hidrográficos mais recentes apontam uma profundidade máxima de 5.150 metros.

153. Pequena embarcação típica do Mediterrâneo; movida a remos, possui apenas um mastro com uma vela latina, ou seja, em forma de triângulo, permitindo navegar contra o vento.

O número de fúnebres destroços só fazia aumentar.

Observei que o número de fúnebres destroços naqueles fundos mediterrânicos só fazia aumentar à medida que o *Náutilus* se aproximava do estreito de Gibraltar. Os litorais da África e da Europa convergiam naquele ponto, provocando desastres sem conta. Vi uma série de quilhas de ferro, ruínas fantásticas de vapores, uns deitados, outros de pé, qual animais informes. Uma dessas embarcações, com os flancos abertos, a chaminé tombada, rodas de que não restava senão a estrutura, o leme separado do cadaste e ainda preso por uma corrente de ferro, o emblema da popa corroído pelos sais marinhos, apresentava-se sob um aspecto terrível! Quantas vidas ceifadas naquele naufrágio! Quantas vítimas arrastadas para o fundo das águas! Algum marujo teria sobrevivido para contar aquele terrível acidente, ou o mar ainda guardava consigo o segredo do desastre? Não sei por quê, ocorreu-me que aquele barco afundado podia ser o *Atlas*, desaparecido vinte anos atrás e do qual nunca mais se ouviu falar! Ah, que história macabra não daria a das profundezas mediterrânicas, com seu vasto ossuário onde tantas riquezas se perderam, onde tantas vítimas encontraram a morte!

Indiferente e célere, o *Náutilus* deslizava a toda força em meio àquelas ruínas. E, em 18 de fevereiro, por volta das três da manhã, apresentou-se ao início do estreito de Gibraltar.

Deparamo-nos então com duas correntes: uma superior, de há muito detectada, que leva as águas do oceano até a bacia do Mediterrâneo; e uma inferior, cuja existência acha-se atualmente demonstrada por dedução. Com efeito, a soma das águas do Mediterrâneo, incessantemente alimentada pelas águas do Atlântico e pelos rios que nele se lançam, deveria elevar anualmente o nível desse mar, uma vez que sua evaporação é insuficiente para restabelecer o equilíbrio. Ora, se não é isso que acontece, somos obrigados a aceitar a existência de uma corrente inferior, que, através do estreito de Gibraltar, despeja na bacia do Atlântico o excedente do Mediterrâneo.

Isto efetivamente se comprovou, pois foi dessa contracorrente que o *Náutilus* se beneficiou para passar como um raio pela estreita passagem. Por um instante, pude entrever as admiráveis ruínas do templo de Hércules, submergido, segundo Plínio e Avieno,[154] junto com a ilha onde se assentava. Minutos depois, seguimos evoluindo sob as águas do Atlântico.

---

154. Rufo Festo Avieno (séc.IV), autor de uma *Ode marítima*, coletânea de relatos geográficos gregos traduzidos para o latim; sobre Plínio, ver nota 8.

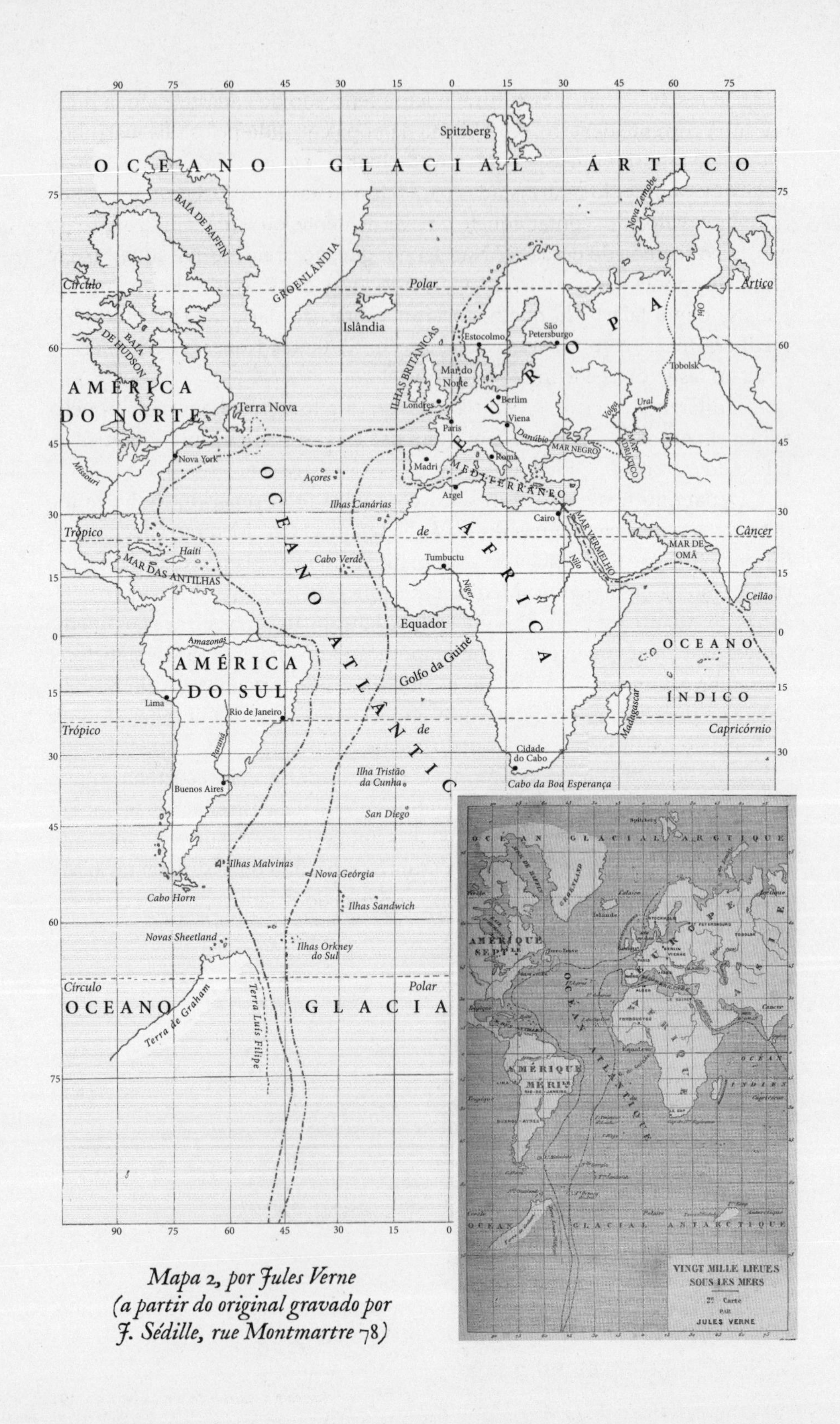

Mapa 2, por Jules Verne (a partir do original gravado por J. Sédille, rue Montmartre 78)

8. *A baía de Vigo*

O Atlântico! Vasta extensão de água cuja superfície cobre vinte e cinco milhões de milhas quadradas, com um comprimento de nove mil milhas e uma largura média de duas mil e setecentas. Mar importante, praticamente ignorado por parte dos antigos, exceto talvez pelos cartagineses, esses holandeses da Antiguidade, que em suas peregrinações comerciais margeavam a costa oeste da Europa e da África! Oceano cujas praias sinuosas e paralelas abraçam um perímetro imenso, regado pelos maiores rios do mundo, o São Lourenço, o Mississippi, o Amazonas, o Prata, o Orinoco, o Níger, o Senegal, o Elba, o Loire, o Reno, que lhe trazem as águas dos países mais civilizados e das regiões mais selvagens! Magnífica planície, incessantemente varrida por navios de todas as nações, vigiada por todas as bandeiras do mundo e que termina em duas pontas terríveis e temidas pelos navegantes, o cabo Horn e o cabo das Tormentas!

O *Náutilus* rasgava as águas com o gume de seu esporão, após ter feito cerca de dez mil léguas em três meses e meio, extensão superior a um dos círculos máximos da Terra. Qual era o nosso destino? O que nos reservava o futuro?

Já fora do estreito de Gibraltar, o *Náutilus* pusera-se ao largo. De volta à superfície, retomamos nossos passeios diários sobre a plataforma.

Não demorei a subir, seguido por Ned Land e Conselho. A doze milhas de distância avistamos difusamente o cabo São Vicente, que forma a ponta sudoeste da península hispânica. Soprava uma forte ventania do sul. O mar estava cheio, encrespado, balançando o *Náutilus* com violência. Era quase impossível permanecer na plataforma, pois imensos vagalhões rebentavam a cada instante, e resolvemos descer após umas boas golfadas de ar.

Voltei a meu quarto e Conselho a sua cabine. O canadense, cenho preocupado, me seguiu. Nossa travessia relâmpago do Mediterrâneo desmontara seus planos, e ele mal dissimulava seu desapontamento.

Fechada a porta do quarto, ele sentou numa cadeira e me encarou.

— Amigo Ned — disse-lhe eu —, compreendo sua decepção, mas não tem por que recriminar-se. Nas condições em que o *Náutilus* navegava, teria sido loucura pensar em fugir.

Ned Land não respondeu. Os lábios cerrados e a testa franzida indicavam nele a violenta obsessão de uma ideia fixa.

— Mas veja — continuei —, nem tudo está perdido. Estamos no litoral português, nas proximidades da França e da Inglaterra, onde não seria difícil encontrar guarida. Se o *Náutilus*, quando saiu do estreito de Gibraltar, houvesse rumado para o sul e nos arrastado para regiões sem continentes, eu partilharia suas inquietudes. Mas agora sabemos que o capitão Nemo não foge dos mares civilizados. Dentro de poucos dias, penso que você poderá agir com certa segurança.

Ned Land me encarou ainda mais fixamente e, enfim descerrando os lábios, anunciou:

— É para esta noite.

Ergui-me de um pulo. Estava, confesso, pouco preparado para aquela notícia. Quis responder ao canadense, mas não me vieram palavras.

— Nosso trato era aguardar uma circunstância favorável — argumentou Ned Land. — Pois bem, ei-la que surge. Hoje à noite ficaremos a poucas milhas da costa espanhola. A noite está um breu. O vento sopra do largo. Tenho sua palavra, professor Aronnax, e conto com ela.

Como eu permanecia calado, o canadense pôs-se de pé e, aproximando-se de mim, decretou:

— Hoje à noite, às nove horas. Já preveni Conselho. A essa hora, o capitão Nemo estará trancado em seu quarto, provavelmente deitado. Nem os maquinistas, nem os homens da tripulação poderão nos ver. Conselho e eu iremos até a escada central. O senhor, professor Aronnax, permanecerá na biblioteca a dois passos de nós, à espera de um sinal meu. Os remos, o mastro e a vela estão no escaler. Já levei alguns víveres para lá. Arranjei uma chave inglesa para desaparafusar as tarraxas que prendem o escaler ao casco do *Náutilus*. Quer dizer, está tudo pronto. Para esta noite.

— O mar está bravo — alertei.

— De fato — concordou o canadense —, mas temos que arriscar. A liberdade vale o que pagamos por ela. Além disso, a embarcação é sólida e algumas milhas com vento forte não representam empecilho. Quem sabe amanhã não estaremos a cem léguas daqui? Se as circunstâncias colaborarem, entre dez e onze horas teremos desembarcado em alguma ponta de terra firme, ou estaremos mortos. Portanto, confiemos na misericórdia de Deus e até a noite!

Com estas palavras, o canadense foi embora, deixando-me pregado no chão. Eu imaginara que, se a ocasião se apresentasse, teria tempo de refletir, debater, mas meu amigo cabeça-dura não me permitia isso. E, depois, o que lhe teria dito? Ned Land tinha mil vezes razão. Era uma chance boa, por que desperdiçá-la? Por que descumprir minha palavra e comprometer o futuro de meus companheiros em nome de um interesse puramente pessoal? Amanhã o capitão Nemo não poderia nos arrastar para um ponto distante de uma terra qualquer?

Nesse instante, um silvo estridente me advertiu que os reservatórios estavam abastecidos, e o *Náutilus* submergiu nas águas do Atlântico.

Permaneci no quarto. Queria evitar o capitão para esconder-lhe a emoção que me dominava. Triste dia, vivido entre o desejo de recuperar o livre-arbítrio e o arrependimento de abandonar aquele maravilhoso *Náutilus*, deixando inacabados meus estudos submarinos! Abandonar aquele oceano, "o meu Atlântico", como eu brincava, sem ter observado suas últimas camadas, sem lhe haver roubado os segredos a mim revelados pelos mares da Índia ou do Pacífico! O romance me caía das mãos no primeiro volume, meu sonho se interrompia no mais belo momento! Quantas horas desagradáveis escoaram-se assim, ora eu me vendo em segurança, em terra, junto a meus companheiros, ora desejando, a despeito da razão, que alguma circunstância imprevista impedisse a execução dos planos de Ned Land.

Por duas vezes fui ao salão consultar a bússola, a fim de verificar se o curso do *Náutilus* de fato nos aproximava do litoral, ou se dele nos afastava. Mas não, continuávamos em águas portuguesas, subindo em direção ao norte e margeando as praias oceânicas.

Impunha-se então que eu me decidisse e preparasse para a fuga. Meus pertences não pesavam muito, eram meus apontamentos e nada mais.

Quanto ao capitão Nemo, perguntei-me o que pensaria de nossa evasão, que inquietudes, que prejuízos lhe acarretaria, e o que faria caso fosse descoberta ou malograsse! Eu não tinha motivos para me queixar dele, ao contrário. Nunca houve hospitalidade tão franca como a sua. Por outro lado, ao deixá-lo, eu não podia ser tachado de ingrato. Nenhum juramento prendia-nos a ele. Ele contava apenas com a força das circunstâncias e não com a nossa palavra para nos manter ali. Mas a intenção manifesta de nos conservar eternamente prisioneiros a bordo justificava todas as tentativas.

Eu não via o capitão desde a nossa visita à ilha de Santorim. O acaso viria a me colocar em sua presença antes de nossa partida? Era o que eu desejava e temia ao mesmo tempo. Apurei os ouvidos para tentar ouvir seus passos no quarto contíguo ao meu. Nada. Aquele quarto devia estar deserto.

Cheguei então a me perguntar se o excêntrico personagem estava a bordo. Desde a noite em que o escaler deixara o *Náutilus* para um expediente misterioso, minhas ideias sobre o capitão haviam se modificado ligeiramente. A despeito do que dizia Nemo, eu ainda acreditava que ele mantinha algum tipo de contato com a terra. Não sairia nunca do *Náutilus*? Semanas inteiras haviam se passado sem nos esbarrarmos. O que fazia aquele tempo todo, e, enquanto eu o julgava às voltas com acessos de misantropia, não executava ele, distante dali, alguma ação secreta cuja natureza me escapava até o momento?

Todas essas ideias, e mil outras, me assaltaram ao mesmo tempo. O campo das conjeturas não podia senão ser infinito na estranha situação em que nos encontrávamos. Meu mal-estar ia num crescendo insuportável. A expectativa eternizava o dia e as horas se arrastavam ao ritmo de minha impaciência.

Como sempre, serviram-me o jantar no quarto. Preocupado, mal toquei no meu prato e deixei a mesa às sete horas. Cento e vinte minutos — eu contava — ainda me separavam do momento em que devia encontrar Ned Land. Minha agitação aumentava. Meu pulso latejava. Irrequieto, andava de um lado para outro, esperando atenuar a ansiedade com o movimento. Em todo caso, a ideia de sucumbir em nossa temerária iniciativa era a menos aflitiva de minhas preocupações. Ante a possibilidade de ver nosso plano descoberto ainda no *Náutilus* e ser conduzido perante um capitão Nemo irritado, ou, o que seria pior, entristecido com a minha fuga, meu coração disparava.

Quis visitar o salão pela última vez. Atravessei as coxias e penetrei no museu onde passara tantas horas agradáveis e frutíferas. Olhei para todas aquelas riquezas e tesouros como um homem às vésperas de um exílio perpétuo. Aquelas maravilhas da natureza e obras de arte, em meio às quais há tantos dias se concentrava minha vida, eu iria abandoná-las para sempre. De boa vontade contemplaria as águas do Atlântico pelas vidraças do salão, mas as escotilhas estavam fechadas e uma cortina de ferro me separava daquele oceano que eu ainda não conhecia.

Atravessando o salão, cheguei à porta vazada no lanço que dava para o quarto do capitão. Para minha grande surpresa, estava entreaberta. Recuei involuntariamente. Se o capitão Nemo permanecia em seu quarto, podia me ver. Entretanto, como não ouvi nenhum ruído, me aproximei. Não havia ninguém. Empurrei a porta e entrei. Sempre o mesmo aspecto severo e monástico.

Impressionaram-me então algumas águas-fortes penduradas na parede e que eu não observara durante minha primeira visita. Eram retratos dos grandes homens da história, cuja existência resumiu-se a uma perpétua dedicação a uma grande ideia humana, Kosciuszko, o herói tombado ao grito de "*Finis Polloniae*"; Botzaris, o Leônidas da Grécia moderna; O'Connell, o defensor da Irlanda; Washington, o fundador da União americana; Manin, o patriota italiano; Lincoln, morto pela bala de um escravagista; e, finalmente, o mártir da libertação da raça negra, John Brown, pendurado na forca, tal como o desenhou o lápis de Victor Hugo, terrivelmente.[155]

Que laço existiria entre essas almas heroicas e o capitão Nemo? Seria possível enfim, a partir desse conjunto de retratos, desvendar o mistério de sua existência? Seria ele o paladino dos povos oprimidos, o libertador dos povos escravos? Participara das últimas revoluções políticas ou sociais do século? Haveria sido um dos heróis da terrível guerra americana, guerra lamentável e para sempre gloriosa…?

Subitamente o relógio deu oito horas. A batida da primeira martelada no timbre arrancou-me de meu devaneio. Estremeci como se um olho invisível houvesse mergulhado no mais recôndito de meus pensamentos, e precipitei-me para fora do quarto.

Consultei a bússola. Nossa direção ainda era o norte. A barquilha indicava uma velocidade moderada, o manômetro, uma profundidade de aproximadamente vinte metros. As circunstâncias, portanto, jogavam a favor dos planos do canadense.

Voltei ao quarto e vesti roupas quentes, botas de mar, gorro de lontra, agasalho de bisso forrado com pelo de foca. Estava pronto. Esperei. Somente a trepidação da hélice perturbava o silêncio profundo que reinava a bordo. Eu estava alerta, atento. Algum fragmento de conversa, inopinadamente, me revelaria que Ned Land acabava de ser flagrado em seus planos de evasão? Tomado por uma inquietude mortal, tentei em vão recuperar o sangue-frio.

Faltando poucos minutos para as nove, colei o ouvido na porta do capitão. Nada. Deixei o quarto e voltei ao salão, que se achava mergulhado na semipenumbra, mas deserto. Abri a porta que se comunicava com a biblioteca. Mesma claridade incipiente, mesma solidão. Fui postar-me junto à porta que dava para o saguão da escadaria central. Esperei o sinal de Ned Land.

---

155. Tadeusz Kosciuszko (1746-1817), líder da insurreição polonesa contra a Rússia em 1794, foi derrotado e ferido, após feitos heroicos, na batalha de Maciejowice (outubro de 1794), quando teria dado o célebre grito de desespero "*Finis Poloniae*" (fim da Polônia); participou também da guerra da independência americana. Markos Botzaris (c.1789-1823), um dos líderes da guerra de independência grega, morreu combatendo os turcos na batalha de Karpenisi. Daniel O'Connell (1775-1847), patriota irlandês, fundou em 1823 a Associação Católica e lutou pela emancipação de seu país. George Washington (1732-99), líder da guerra de independência e primeiro presidente dos Estados Unidos. Abraham Lincoln (1809-65), também presidente americano e artífice da abolição da escravatura nos Estados Unidos (1863), acabava de ser assassinado no momento em que Jules Verne consolidou o primeiro plano de *20 mil léguas submarinas*. Daniele Manin (1804-57), patriota italiano do Risorgimento, expulsou os austríacos de Veneza em março de 1848 e cogitou implantar uma república federativa na Itália; defendeu sua cidade contra o retorno dos austríacos, mas foi obrigado a capitular em agosto de 1849, morrendo no exílio em Paris. John Brown (1800-59), militante antiescravagista, foi condenado à morte e enforcado na Virgínia em 2 de dezembro de 1859, por ter incitado os escravos à revolta. Victor Hugo (1802-85) deixou três desenhos representando o cadafalso de John Brown.

Naquele momento, a trepidação da hélice diminuíra perceptivelmente, depois cessara por completo. Por que o *Náutilus* alterara sua velocidade? Se aquela pausa favorecia ou atrapalhava os desígnios de Ned Land, eu não poderia dizê-lo.

O silêncio era perturbado apenas pelas batidas do meu coração.

De repente, uma leve colisão. Compreendi que o *Náutilus* acabava de pousar no fundo do oceano. Minha preocupação duplicou. O sinal do canadense não chegava. Eu queria juntar-me a Ned Land para intimá-lo a adiar sua tentativa. Sentia que nossa navegação não se dava mais sob condições normais…

Foi quando a porta do grande salão se abriu e o capitão Nemo apareceu. Viu-me e, sem preâmbulos mas num tom amável, interpelou-me:

— Ah, professor, estava mesmo atrás do senhor. Conhece a história da Espanha?

Ainda que alguém soubesse a fundo a história de seu próprio país, nas circunstâncias em que eu me encontrava, a mente confusa, a cabeça tumultuada, seria incapaz de emitir uma palavra sobre ela.

— E então? — insistiu o capitão Nemo. — Ouviu minha pergunta? Conhece a história da Espanha?

— Muito mal — respondi.

— Eis como são os sábios — disse o capitão —, eles não sabem. Então, sente-se — acrescentou —, que vou lhe contar um curioso episódio dessa história.

O capitão estendeu-se sobre um divã e, mecanicamente, ocupei um lugar junto a ele, na penumbra.

— Professor — ele me disse —, preste bem atenção. Vai se interessar pela história, pois responderá a uma pergunta que tudo indica o senhor não conseguiu resolver.

— Escuto-o, capitão — aquiesci, sem saber aonde meu interlocutor pretendia chegar e me perguntando se aquele incidente tinha alguma relação com nossos planos de fuga.

— Professor — continuou o capitão —, se não lhe for incômodo, voltaremos a 1702. O senhor não ignora que, nessa época, seu rei Luís XIV, julgando bastar um gesto de potentado para conquistar os Pireneus, impusera o duque d'Anjou, seu neto, aos espanhóis. Esse príncipe, que reinou relativamente mal sob o nome de Filipe V, viu-se às voltas com graves questões externas.[156]

"Pois veja, no ano precedente, em Haia, as casas reais da Holanda, da Áustria e da Inglaterra haviam firmado um tratado de aliança com o objetivo

156. Luís XIV (1638-1715), o rei-sol, reinou entre 1643 e 1715; o duque d'Anjou (1683-1746) reinou na Espanha como Filipe V entre 1700 e 1746.

de arrancar a coroa da Espanha de Filipe V, a fim de colocá-la na cabeça de um arquiduque, ao qual deram prematuramente o nome de Carlos III.

"A Espanha, obrigada a resistir a essa coalizão, achava-se praticamente desprovida de soldados e marinheiros. Por outro lado, não lhe faltava dinheiro, com a condição todavia de que seus galeões, carregados com o ouro e a prata da América, atracassem em seus portos. Ora, no fim de 1702, ela esperava um opulento comboio, que a França escoltava com uma frota de vinte e três naus, comandadas pelo almirante de Château-Renaud,[157] pois as marinhas coligadas percorriam então o Atlântico.

"Esse comboio devia dirigir-se a Cádiz, mas o almirante, após saber que a frota inglesa encontrava-se naquela região, decidiu rumar para um porto da França.

"Os comandantes espanhóis do comboio protestaram contra tal decisão. Queriam ser levados a um porto espanhol e, sendo Cádiz impossível, impuseram a baía de Vigo, situada na costa noroeste da Espanha, a qual não se achava bloqueada.

"O almirante de Château-Renaud teve a fraqueza de ceder à coação, e os galeões entraram na baía de Vigo.

"Inoportunamente, essa baía forma uma enseada aberta, impossível de ser defendida. Convinha então apressar-se para descarregar os galeões antes da chegada das frotas coligadas, e tempo é o que não teria faltado para tal desembarque se uma mísera questão de rivalidade não houvesse inesperadamente aflorado.

"Está acompanhando o encadeamento dos fatos?" — perguntou o capitão Nemo.

— Perfeitamente — eu disse, sem saber ainda a que propósito eu recebia aquela aula de história.

— Prossigo. Eis o que aconteceu. Os comerciantes de Cádiz beneficiavam-se de uma concessão que lhes outorgava receber todas as mercadorias provenientes das Índias ocidentais. Ora, desembarcar os lingotes dos galeões no porto de Vigo significava atentar contra esse direito. Eles então queixaram-se a Madri, obtendo do fraco Filipe V a ordem para que o comboio, sem proceder ao desembarque, permanecesse sob custódia na enseada de Vigo, até que as frotas inimigas se afastassem.

"Ora, enquanto tal decisão era tomada, em 22 de outubro de 1702, os navios ingleses chegavam à baía de Vigo. O almirante de Château-Renaud, apesar de suas forças inferiores, lutou bravamente, porém, ao ver as riquezas do comboio na iminência de cair em mãos inimigas, incendiou e abriu furos nos galeões, que afundaram com seus imensos tesouros."

157. François-Louis de Rousselet de Château-Renaud (1637-1716).

O capitão Nemo calou-se. Confesso que ainda não via naquela história nada que pudesse me interessar.

— E o que mais? — indaguei.

— Pois bem, professor Aronnax — respondeu o capitão Nemo —, estamos na baía de Vigo e só depende do senhor querer desvendar seus mistérios.

O capitão levantou-se e me pediu que o seguisse. Recobrado, obedeci. O salão estava às escuras, mas através dos vidros transparentes o mar rebrilhava. Observei.

Num raio de meia milha em torno do *Náutilus*, as águas pareciam carregadas de luz elétrica. Via-se perfeitamente o fundo claro e arenoso. Em meio a destroços ainda encardidos, homens da tripulação, vestindo escafandros, esvaziavam tonéis em avançado estado de apodrecimento e baús dilacerados. Desses baús e tonéis escapavam lingotes de ouro e prata, montes de piastras e joias cobriam a areia. Em seguida, carregando aquele valioso butim, os homens regressavam ao *Náutilus*, onde deixavam seus fardos, para então darem meia-volta e recomeçarem sua inesgotável pescaria de prata e ouro.

Compreendi. Estávamos no teatro da batalha de 22 de outubro de 1702, no local preciso onde haviam ido a pique os galeões abarrotados que se destinavam ao governo espanhol. Ali o capitão Nemo recolhia, conforme suas necessidades, os milhões com que lastreava o *Náutilus*. Havia sido para ele, apenas para ele, que a América fornecera seus valiosos metais. Ele era o herdeiro direto e único dos tesouros confiscados dos incas e dos vencidos de Hernán Cortez![158]

— Sabia, professor — ele me perguntou sorrindo —, que o mar continha tantas riquezas?

— Sabia — respondi — que se estima em dois milhões de toneladas a prata mantida em suspensão sob essas águas.

— Sem dúvida, mas, para extrair tanta prata, as despesas ultrapassariam o lucro. Aqui, ao contrário, basta-me recolher o que os homens perderam, e não apenas nessa baía de Vigo, como também em mil cenários de naufrágios, cujas posições tenho assinaladas em meu mapa submarino. Compreende agora que sou bilionário?

— Compreendo, capitão. Observo, porém, que, explorando precisamente esta baía de Vigo, o senhor não faz senão antecipar-se a uma empresa rival.

— E qual?

— A empresa que recebeu do governo espanhol a concessão para explorar os galeões afundados. Os acionistas foram atraídos pelo chamariz de um lucro imenso, já que o valor dessas riquezas é estimado em quinhentos milhões.

158. Hernán Cortez (1485-1547), explorador espanhol que dizimou os astecas.

O almirante incendiou seus galeões, que afundaram com imensos tesouros.

— Quinhentos milhões! — exclamou o capitão Nemo. — Eles estavam lá, porém não estão mais.

— Com efeito — eu disse. — Nesse caso, um aviso a esses acionistas seria um ato de caridade. Quem sabe não seria bem recebido... O que os jogadores em geral mais lamentam é menos a perda de seu dinheiro e mais suas loucas esperanças. No fim, tenho menos pena deles do que dos milhares de infelizes que poderiam ter usufruído essas riquezas bem distribuídas, ao passo que aqui permanecerão estéreis.

Tão logo exprimi esse pesar, senti haver insultado o capitão Nemo.

— Estéreis! — respondeu ele, exaltando-se. — Acha então, professor, que essas riquezas são desperdiçadas quando sou eu quem as recolhe? Acha que é por mim que me dou ao trabalho de me apoderar desses tesouros? Quem lhe disse que não faço bom uso dele? Pensa que ignoro a existência de criaturas sofredoras, de raças oprimidas sobre a terra, miseráveis pedindo consolo, vítimas pedindo vingança? Não compreende...?

O capitão Nemo deteve-se nestas últimas palavras, talvez arrependido de sua loquacidade. Mas eu adivinhara. Quaisquer que fossem os motivos que o haviam obrigado a buscar a independência sob os mares, ele nunca deixara de ser um homem! Seu coração ainda palpitava pelos sofrimentos da humanidade e sua imensa caridade destinava-se tanto aos povos escravizados quanto aos indivíduos!

E compreendi então a quem se destinavam aqueles milhões expedidos pelo capitão Nemo quando o *Náutilus* navegava nas águas de Creta amotinada!

9. Um continente desaparecido

Na manhã do dia seguinte, 19 de fevereiro, vi o canadense entrar no meu quarto. Eu já esperava por sua visita. Ned parecia bastante desapontado.

— E então, professor? — perguntou.

— Pois bem, Ned, ontem o acaso conspirou contra nós.

— É verdade! Esse maldito capitão tinha que parar bem na hora em que íamos fugir de seu barco!

— Pois é, Ned, ele tinha uma reunião com seu banqueiro.

— Seu banqueiro!

— Quer dizer, seu banco. Refiro-me a este oceano, onde as riquezas acham-se mais seguras do que nos cofres de um Estado.

Contei então ao canadense os incidentes da véspera, na secreta esperança de induzi-lo a não abandonar o capitão, mas meu relato não teve outro resultado a não ser o desconsolo manifesto de Ned por não ter participado da excursão ao campo de batalha de Vigo.

— Enfim — disse ele —, nem tudo está perdido! Foi apenas uma arpoada em falso! Triunfaremos numa outra oportunidade, quem sabe hoje à noite mesmo…

— Qual é o curso do *Náutilus*? — perguntei.

— Ignoro — respondeu Ned.

— Pois bem! Ao meio-dia saberemos nossa posição.

O canadense retornou para junto de Conselho. Assim que me vesti, passei ao salão. A bússola não me tranquilizou. A rota do *Náutilus* era sul-sudoeste. Dávamos as costas para a Europa.

Esperei com certa impaciência que nossa posição fosse levantada no mapa. Por volta das onze e meia, os reservatórios se esvaziaram e nosso aparelho subiu novamente à superfície do oceano. Corri até a plataforma, onde encontrei Ned Land.

Não se via terra. Era tudo o imenso mar. Algumas velas no horizonte, daquelas que provavelmente vão até o cabo São Roque buscar os ventos propícios para dobrar o cabo da Boa Esperança. O céu estava nublado. Armava-se uma ventania.

Ned, vociferando, tentava perscrutar o horizonte enevoado, na esperança de que, por trás de todas aquelas nuvens, se estendesse a terra tão desejada.

Ao meio-dia, o sol mostrou-se por um instante e o imediato aproveitou a estiagem para medir sua altura. Em seguida, com o mar encrespando-se, descemos novamente e a escotilha foi fechada.

Uma hora depois, verifiquei que a posição do *Náutilus* no mapa era 16°17' de longitude e 33°22' de latitude, a cento e cinquenta léguas da costa mais próxima. Não havia como pensar em fugir, e permito-me passar em branco os furores do canadense quando lhe comuniquei nossa situação.

De minha parte, não lamentava muito. Aliviado do fardo que me pesava, pude voltar aos meus estudos rotineiros com uma espécie de calma relativa.

À noite, em torno das onze horas, recebi a visita bastante inesperada do capitão Nemo, que perguntou se eu estava cansado pela noite insone. Respondi negativamente.

— Já que é assim, professor Aronnax, proponho-lhe uma curiosa excursão.

— Proponha, capitão.

— O senhor só visitou o fundo submarino de dia e sob a claridade do sol. Gostaria de vê-lo numa noite escura?

— Seria esplêndido.

— Aviso-lhe que o passeio será cansativo. A caminhada é longa e temos de escalar uma montanha. As trilhas não se encontram muito bem preservadas.

— As palavras do capitão redobram minha curiosidade. Estou pronto a segui-lo.

— Venha então, professor, vamos vestir nossos escafandros.

Ao chegar ao vestiário, percebi que nem meus companheiros, nem nenhum homem da tripulação iriam nos acompanhar na excursão. O capitão Nemo sequer me sugerira convidar Ned ou Conselho.

Em poucos instantes, vestimos nossos aparelhos e instalamos nas costas os reservatórios de ar. Não vendo as lanternas elétricas, interpelei o capitão.

— Elas seriam inúteis — foi sua resposta.

Julguei ter escutado mal, mas não pude reiterar minha observação, pois a cabeça do capitão já desaparecera dentro de sua cápsula metálica. Terminei de me equipar, senti que punham em minha mão um cajado rebitado e, dali a poucos minutos, após a manobra de praxe, pisávamos o fundo do Atlântico a uma profundidade de trezentos metros.

Aproximava-se a meia-noite. As águas estavam profundamente escuras, mas o capitão Nemo apontou-me ao longe um ponto avermelhado, um intenso fulgor, que brilhava a aproximadamente duas milhas do *Náutilus*. O que era aquele fogo? Que substâncias o alimentavam? Por que e como se revigorava na massa líquida? Eu não poderia dizê-lo. Em todo caso, iluminava-nos, vagamente é verdade, mas logo me acostumei àquelas trevas peculiares e compreendi, então, a inutilidade dos aparelhos Ruhmkorff.

O capitão Nemo e eu caminhávamos um próximo ao outro, em direção à luz. O solo plano subia imperceptivelmente. Dávamos largas passadas, com o auxílio dos cajados, mas a marcha ainda assim era muito lenta, já que nossos pés volta e meia atolavam numa espécie de limo mineralizado que se misturava a pedras escorregadias.

Enquanto avançava, eu ouvia uma espécie de chiado acima de minha cabeça, um barulho que às vezes aumentava e produzia como que uma crepitação contínua. Logo compreendi a causa. Era a chuva que caía violentamente, tamborilando na superfície das águas. Instintivamente, temi ficar ensopado! Pela água, no meio da água! Não pude deixar de rir diante daquela ideia estapafúrdia. Explico sucintamente: sob o espesso escafandro não sentíamos mais o elemento líquido e nos julgávamos em meio a uma atmosfera um pouco mais densa que a atmosfera terrestre, só isso.

Após meia hora de caminhada, o solo tornou-se áspero. Medusas, crustáceos microscópicos e penátulas iluminavam-no em parte, com sua luminosidade fosforescente, e eu entrevia conglomerados de pedras cobertos por milhões de zoófitos e algas. Eu não parava de escorregar nos viscosos tapetes de sargaços e, sem meu cajado rebitado, teria caído mais de uma vez. Ao me voltar, avistei ao longe o farol esbranquiçado do *Náutilus*, começando a empalidecer na distância.

Os blocos minerais que acabo de mencionar distribuíam-se no fundo oceânico segundo certa regularidade que eu não conseguia explicar. O que eu via eram gigantescos sulcos perdendo-se na escuridão remota e cujo comprimento furtava-se a qualquer estimativa. Surgiam outras particularidades, pouco admissíveis. Parecia-me que minhas pesadas solas de chumbo trituravam e rachavam uma camada de ossadas. O que era então a vasta planície que eu percorria daquela forma? Tive ímpetos de interrogar o capitão, mas sua linguagem de sinais, que lhe permitia conversar com os colegas quando estes o acompanhavam em excursões submarinas, continuava incompreensível para mim.

Enquanto isso, a luz avermelhada que nos servia de guia aumentava, inflamando o horizonte. A presença daquele foco de luz sob as águas me intrigava mais do que tudo. Seria alguma influência elétrica que se manifestava? Estaria eu indo ao encontro de um fenômeno natural ainda desconhecido dos cientistas da terra? Ou porventura — pois esse pensamento passou pela minha cabeça — a mão do homem teria algum papel naquela fulgurância? Seria ela que insuflava aquele incêndio? Iria eu encontrar, sob as camadas profundas, companheiros, amigos do capitão Nemo, vivendo como ele uma existência estranha, e a quem ele ia fazer uma visita? Encontraria lá uma colônia inteira de exilados, que, cansados das misérias da terra, haviam procurado e descoberto a independência nos abismos do oceano? Todas essas ideias loucas e inadmissíveis me atormentavam e, nessa disposição de espírito, incessantemente superexcitado pela série de maravilhas que passavam à minha frente, eu não teria me admirado de encontrar, no fundo do mar, uma daquelas cidades submarinas sonhadas pelo capitão Nemo!

Nossa trilha ia se tornando cada vez mais clara. A luz alvejante irradiava do topo de uma montanha com cerca de dois mil e quinhentos metros de altitude. Mas o que eu via não passava de uma simples reverberação desenvolvida pelo cristal das camadas de água. O foco, origem da inexplicável claridade, ocupava a vertente oposta da montanha.

Em meio aos pedregosos dédalos que sulcavam o fundo do Atlântico, o capitão Nemo avançava sem hesitação. Conhecia aquela trilha escura, percorrera-a diversas vezes, jamais se perderia. Eu o seguia com uma confiança inabalável. Via-o como um dos gênios do mar, enquanto ele caminhava à minha frente, e admirava-lhe a alta estatura, decupada em negro contra o fundo luminoso do horizonte.

Era uma hora da manhã. Vislumbrávamos as primeiras rampas da montanha, mas, para alcançá-las, faltava-nos vencer trilhas difíceis através de uma extensa mata.

Sim! Uma floresta de árvores mortas, sem folhas, sem seiva, árvores mineralizadas sob a ação das águas, dominadas aqui e ali por pinheiros gigantes. Era como uma hulheira ainda de pé, agarrando-se com suas raízes ao solo desmoronado e cuja ramagem, qual finos recortes de papel-carbono, desenhava-se nitidamente no teto das águas. Imaginem uma floresta de Hartz,[159] agarrada aos flancos de uma montanha, mas uma floresta submersa. As trilhas estavam atulhadas de algas e fucos, entre os quais fervilhava um mundo de crustáceos. Eu ia escalando as rochas, passando por cima dos troncos estendidos, arrebentando os cipós marinhos que balançavam de uma árvore para outra, assustando os peixes que voavam de galho em galho. Extasiado, não sentia mais o cansaço e acompanhava o meu guia, que não se cansava.

Que espetáculo! Como reproduzi-lo? Como pintar o aspecto daqueles bosques e rochedos imersos no meio líquido, suas bases escuras e ferozes, seus dosséis em tons vermelhos, sob uma claridade que duplicava a força reverberante das águas? Escalávamos rochedos que, em seguida, esboroavam-se por lanços inteiros com um surdo rugido de avalanche. À direita e à esquerda, rasgavam-se tenebrosas galerias por onde o olhar se perdia. Mais adiante,

159. A floresta de Hartz localiza-se no centro-norte da Alemanha, sendo considerada uma relíquia da floresta "pré-histórica" da Europa.

abriam-se vastas clareiras que pareciam esculpidas pela mão do homem. Cheguei a me perguntar se algum habitante daquelas regiões submarinas não apareceria de surpresa à minha frente.

Mas o capitão Nemo continuava a subir, e eu não queria ficar para trás. Seguia-o então com audácia, fazendo uso de meu cajado. Um passo em falso teria sido perigoso naquelas estreitas gargantas vazadas nos flancos dos abismos, mas eu as atravessava com os pés firmes e sem sentir a ebriedade da vertigem. Ora eu saltava uma fenda cuja profundidade teria feito com que eu recuasse a meados da era glacial, ora me aventurava sobre o tronco vacilante de uma árvore lançada de um abismo a outro, sem olhar para baixo, só tendo olhos para admirar os sítios selvagens da região. Ali, rochas monumentais, debruçando-se sobre suas bases irregularmente recortadas, pareciam desafiar as leis do equilíbrio. Entre seus joelhos de pedra, cresciam árvores sob uma pressão inaudita, as quais sustentavam as que por sua vez as sustentavam. Vi também torres naturais, com amplos lanços esculpidos verticalmente, feito cortinas, inclinando-se num ângulo que as leis da gravitação não teriam autorizado na superfície das regiões terrestres.

Eu mesmo não sentia a diferença resultante da poderosa densidade da água e, a despeito dos trajes pesados, da cabeça de cobre e das solas metálicas, vencia escarpas proibitivas, transpondo-as, por assim dizer, com a leveza de uma camurça ou de um cabrito!

Pelo relato que faço dessa excursão sob as águas, percebo claramente que não soarei verossímil! Sou o historiador de coisas aparentemente impossíveis e, não obstante, reais, incontestáveis. Não sonhei; vi e senti!

Duas horas após deixarmos o *Náutilus*, atravessamos a linha das árvores e, a trezentos metros acima de nossas cabeças, surgiu o pico, cuja silhueta projetava-se na ofuscante irradiação da vertente oposta. Alguns arbustos petrificados corriam aqui e ali em zigue-zagues pronunciados. Uma profusão de peixes levantava-se sob nossos passos, como aves surpreendidas no capinzal. A massa rochosa continha anfractuosidades impenetráveis, grutas profundas, tocas insondáveis, em cujo fundo eu ouvia revolverem-se coisas terríveis. O sangue voltava a bombear meu coração, quando eu me deparava com alguma antena descomunal obstruindo a passagem, ou com alguma pinça assustadora fechando-se ruidosamente na sombra das cavidades! Milhares de pontos luminosos brilhavam em meio às trevas. Eram olhos de crustáceos gigantes, encolhidos em seu antro, lagostas imponentes, apontando como alabardas e remexendo as patas com um retinir de ferragem, caranguejos titânicos, apontados como canhões sobre sua base, e polvos assustadores, entrelaçando seus tentáculos como uma touceira viva de serpentes.

Que mundo exorbitante era aquele que eu não conhecia? A que ordem pertenciam tais articulados sobre os quais a rocha formava uma espécie de segunda carapaça? Onde a natureza descobrira o segredo de sua existência vegetativa e há quantos séculos viviam assim, nas últimas camadas do oceano?

Mas eu não podia parar. O capitão Nemo, familiarizado com os terríveis animais, simplesmente ignorava-os. Chegáramos a um primeiro platô, onde outras surpresas nos aguardavam. Desenhavam-se ali pitorescas ruínas, que denunciavam a mão do homem, e não mais a do Criador. Eram vastos blocos de pedras em meio aos quais era possível distinguir formas difusas de castelos e templos, revestidos por um mundo de zoófitos em flor, cujo espesso manto vegetal era formado, em vez de hera, por algas e fucos.

Mas que porção do globo engolida pelos cataclismos era aquela? Quem dispusera aquelas rochas e pedras como dolmens dos tempos pré-históricos? Onde eu estava, para onde me arrastara a fantasia do capitão Nemo?

Queria interrogá-lo. Não podendo fazê-lo, parei e agarrei-lhe o braço. Mas ele, sacudindo a cabeça e apontando para o último pico da montanha, pareceu me dizer:

— Venha! Continue! Continue!

Segui-o num último esforço. Em poucos minutos, escalei o pico que dominava toda aquela massa rochosa de uns dez metros de altura.

Observei o lado que acabávamos de atravessar. A montanha erguia-se apenas dois mil ou dois mil e quinhentos metros acima da planície, mas sua vertente oposta, de uma altura duas vezes maior, sobranceava o fundo em contraplano daquela porção do Atlântico. Meus olhares estendiam-se ao longe e abraçavam um vasto espaço iluminado por uma fulguração explosiva. Aquela montanha era um vulcão. Cento e cinquenta metros abaixo do pico, em meio a uma chuva de pedras e escórias, uma larga cratera vomitava torrentes de lava que se dispersavam em cachoeira de fogo no seio da massa líquida. Descansando em sua base como um imenso archote, aquele vulcão iluminava a planície inferior até os últimos limites do horizonte.

Eu disse que a cratera submarina expelia lava, não chamas. As chamas requerem o oxigênio do ar, sendo incapazes de se desenvolver sob as águas, mas as torrentes de lava, que têm em si o princípio de sua incandescência, podem atingi-la, lutar vitoriosamente contra o elemento líquido e se vaporizar a seu contato. Rápidas corredeiras arrastavam todos aqueles gases em difusão, e as torrentes de magma deslizavam até o pé da montanha, como as dejeções do Vesúvio sobre outra torre del Greco.[160]

Com efeito, ali, diante de meus olhos — em ruínas, erodida, desmoronada —, surgia uma cidade morta, com seus telhados desabados, seus templos tombados, seus arcos desarticulados, suas colunas jazendo no solo, onde ainda era possível perceber as sólidas proporções de uma espécie de arquitetura tos-

160. Torre del Greco: um porto ao pé do monte Vesúvio, destruído várias vezes e seriamente avariado pelo terremoto de 1857.

cana. Mais adiante, resquícios de um aqueduto monumental; em seguida, uma acrópole de pé, com as formas oscilantes de um Partenon; ao longe, vestígios de cais, como se um antigo porto houvesse abrigado naus mercantes e trirremes de guerra às margens de um oceano desaparecido; ainda mais além, compridas linhas de muralhas desmoronadas, largas ruas desertas, toda uma Pompeia afogada nas águas e que o capitão Nemo ressuscitava diante de meus olhos.[161]

Onde eu estava? Onde? Queria a todo custo saber, queria falar, arrancar a esfera de cobre que aprisionava minha cabeça!

Mas o capitão Nemo veio em minha direção e me deteve com um gesto. Em seguida, recolhendo um fragmento de greda, foi até uma rocha de basalto escura e escreveu esta única palavra:

ATLÂNTIDA

Senti-me fulminado por um raio! A Atlântida, a antiga Merópida de Teopompo,[162] a Atlântida de Platão, continente negado por Orígenes, Porfírio, Jâmblico, D'Anville, Malte-Brun, Humboldt,[163] os quais colocavam esse desaparecimento no rol das lendas, admitido por Posidônio, Plínio, Ammien-Marcellin, Tertuliano, Engel, Sherer, Tournefort, Buffon, D'Avezac[164] — eu a tinha ali sob os olhos, manifestando ainda os irrefutáveis testemunhos de sua catástrofe! Era então naquela região submersa fora da Europa, da Ásia, da Líbia, para além das colunas de Hércules, que vivia o poderoso povo dos atlantes, contra o qual foram travadas as primeiras guerras da Grécia antiga!

---

161. Pompeia, balneário romano no sopé do monte Vesúvio, nas proximidades da atual Nápoles, foi destruída por uma erupção vulcânica no ano 79 e redescoberta em 1749.

162. Teopompo de Quíos (séc.IV), historiador grego, fala dos méropos como de um povo lendário do norte da Europa.

163. Orígenes (séc.III), grego cristão do Egito, comentador das Escrituras; Porfírio e Jâmblico (séc.III), filósofos neoplatônicos; J.-B. Bourguignon d'Anville (1697-1782), autor de tratados de história e de mapas do mundo mediterrânico; Conrad Malte-Brun (1775-1826), jornalista e geógrafo de origem dinamarquesa, autor de um *Compêndio de geografia universal* (é possível também que se trate de seu filho Victor-Adolphe (1816-89), igualmente geógrafo); Alexandre von Humboldt (1769-1859), famoso naturalista e viajante alemão, autor de *Cosmo ou Descrição física do mundo*.

164. Posidônio (sécs.I-II), filósofo grego estoico; sobre Plínio o Velho, ver nota 8; Ammien-Marcellin (séc.IV), historiador latino; Tertuliano (sécs.II-III), escritor latino cristão; sobre Engel, ver nota 50; Sherer, possivelmente Jean-Frédéric Schérer (séc.XVIII), orientalista estrasburguês do séc.XVIII, autor de um tratado *De diluviis veterum* (*Do dilúvio entre os antigos*); Joseph Pitton de Tournefort (1656-1708), viajante, botânico e médico, foi professor no Museu Natural de Paris e no Collège de France; Jean-Louis Leclerc de Buffon (1707-88), célebre naturalista francês, discorreu sobre a Atlântida em *As épocas da natureza*; Marie-Armand Pascal d'Avezac (1799-1875), historiador, geógrafo e erudito, deixou diversos estudos sobre a geografia da África e do Atlântico.

O historiador que consignou em seus escritos os altos feitos desses tempos heroicos foi o próprio Platão.[165] Seu diálogo entre Timeu e Crítias foi, por assim dizer, delineado sob inspiração de Sólon, poeta e legislador.

Um dia, Sólon palestrava com alguns veneráveis eruditos de Sais, cidade já com oitocentos anos de vida, como atestavam os anais gravados no muro sagrado de seus templos, e um dos anciãos presentes contou a história de outra cidade, mil anos mais velha. Essa primeira cidade-Estado ateniense, de novecentos séculos, fora invadida e em parte destruída pelos atlantes, os quais, dizia ele, ocupavam um imenso continente, maior que a África e a Ásia juntas, cobrindo uma superfície que ia do décimo segundo grau de latitude ao quadragésimo grau norte. Sua hegemonia estendia-se até o Egito. Quiseram impor-se à Grécia, mas viram-se obrigados a debandar face à indomável resistência dos helenos. Séculos se passaram. Houve um cataclismo, inundações, terremotos. Um dia e uma noite bastaram para destruir a Atlântida, cujos picos mais altos, Madeira, Açores, Canárias, Cabo Verde, ainda estão à vista.

Eram estas as recordações históricas que o marco do capitão Nemo fazia palpitar em meu espírito. Assim, portanto, arrastado pelo mais insondável destino, eu pisava o solo de uma das montanhas daquele continente! Tocava com a mão aquelas ruínas mil vezes seculares e contemporâneas das eras geológicas! Caminhava exatamente por onde haviam caminhado os contemporâneos do primeiro homem! Esmagava sob minhas pesadas solas esqueletos de animais dos tempos fabulosos que as árvores, agora mineralizadas, outrora cobriam com sua sombra!

Ah, se houvesse tempo, teria descido os declives abruptos daquela montanha, percorrido por inteiro aquele continente imenso que sem dúvida ligava a África à América, e visitado as grandes cidades antediluvianas. Ali, talvez, à minha vista, estendiam-se Makhimos, a guerreira, e Eusébia, a piedosa, cujos moradores gigantes viviam séculos inteiros e a quem não faltavam forças para empilhar megálitos que ainda resistiam à ação das águas. Um dia, talvez, algum fenômeno eruptivo devolva aquelas ruínas afogadas à superfície das águas! Foram assinalados diversos vulcões submarinos naquela zona do oceano, e não foram poucos os navios que sentiram abalos incomuns ao passarem sobre fundos tão tormentosos. Uns ouviram roncos surdos anunciando a luta profunda dos elementos; outros recolheram cinzas vulcânicas expelidas do mar. Todo esse solo, até o equador, continua a ser trabalhado pelas forças plutônicas. E quem sabe se, numa época remota, avolumados pelas dejeções vulcânicas e pelas camadas ignívomas, não surgirão cumes de montanhas na superfície do Atlântico?

165. A Atlântida é mencionada por Platão nos diálogos *Timeu* e, sobretudo, no *Crítias*. Jules Verne irá resumir o início do *Crítias*.

Onde eu estava? Para onde me arrastava a fantasia do capitão Nemo?

Enquanto eu assim sonhava, enquanto procurava gravar na lembrança todos os detalhes daquela grandiosa paisagem, o capitão Nemo, com os cotovelos apoiados numa estela coberta de limo, permanecia imóvel e como que petrificado, num êxtase mudo. Estaria pensando naquelas gerações desaparecidas, perguntando-lhes o segredo do destino humano? Era então ali que aquele homem estranho imergia nas recordações da história e revivia a vida arcaica, ele que não queria saber da vida moderna? O que não teria dado para conhecer seus pensamentos, partilhá-los, compreendê-los!

Ficamos ali uma hora inteira, a contemplar a vasta planície sob o brilho da lava, que às vezes adquiria uma intensidade surpreendente. As ebulições internas faziam a crosta da montanha estremecer com intermitência. Estrépitos profundos, nitidamente transmitidos por aquele meio líquido, repercutiam com majestosa amplidão.

Naquele momento, a lua mostrou-se por um instante através da massa líquida, lançando alguns pálidos raios sobre o continente tragado. Foi apenas um relâmpago, mas de um efeito indescritível. O capitão pôs-se de pé, dirigiu um último olhar para aquela imensa planície e, depois, com a mão, fez-me sinal para segui-lo.

Descemos rapidamente a montanha. Uma vez percorrida a floresta mineral, avistei o farol do *Náutilus* reluzindo como uma estrela. O capitão seguiu em linha reta até ele e voltamos a bordo quando os primeiros tons da aurora alvejavam a superfície do oceano.

10. *As minas de carvão submarinas*

No dia seguinte, 20 de fevereiro, acordei bem tarde. O cansaço da noite havia prolongado meu sono até as onze horas. Vesti-me apressadamente, pois estava ansioso para conhecer a direção do *Náutilus*. Os instrumentos indicaram-me que continuava a avançar para o sul, a uma velocidade de vinte milhas por hora e uma profundidade de cem metros.

Conselho entrou. Contei-lhe nossa excursão noturna e, com as escotilhas abertas, ele pôde vislumbrar parte do continente submerso.

Com efeito, o *Náutilus* deslizava a apenas dez metros da planície da Atlântida. Corria acima dos campos terrestres como um balão carregado pelo vento, mas melhor seria dizer que nos sentíamos naquele salão como se nos vagões de um trem expresso. Os primeiros planos que passavam diante de nossa vista eram rochas fantasticamente recortadas, florestas de árvores que haviam passado do reino vegetal ao reino animal e cuja imóvel silhueta dançava sob as águas. Havia também blocos pétreos cobertos por um tapete de ascídias e anêmonas, com longos hidrófitos em riste, depois blocos de lava esculpidos com uma extravagância que atestava toda a fúria das expansões plutônicas.

Enquanto aqueles sítios barrocos resplandeciam sob nossas luzes elétricas, eu narrava a Conselho a história daqueles atlantes que, de um ponto de vista puramente imaginário, inspiraram a Bailly[166] tantas e sedutoras páginas. Discorri sobre as guerras daqueles povos heroicos. Discuti a questão da Atlântida como homem que não goza mais do benefício da dúvida. Conselho, porém, distraído, não prestava atenção, e sua indiferença por minha digressão histórica logo foi explicada.

---

166. Jean-Sylvain Bailly (1736-93), cientista e político, levanta a hipótese de um povo "antediluviano", uma civilização avançada que teria desaparecido num cataclismo, não sem legar às épocas posteriores parte de seus conhecimentos e costumes. Bailly foi prefeito de Paris até 1791 e morreu guilhotinado sob o Terror.

Com efeito, uma série infinita de peixes atraía seus olhares, e quando se tratava de peixes, Conselho, arrebatado pelos abismos da classificação, saía do mundo real. Em situações como aquela, só me restava acompanhá-lo e mergulhar junto com ele nos estudos ictiológicos.

Em todo caso, os peixes do Atlântico não diferiam muito dos que havíamos observado até aquele momento. Eram raias descomunais, com cinco metros de comprimento e dotadas de grande força muscular, que lhes permitia arrojar-se acima das águas; esqualos de diversas espécies, entre eles um glauco de cinco metros, com dentes triangulares e agudos, que por sua transparência deambulava quase invisível nas águas; sargos marrons, lixas em forma de prismas e couraçados por uma pele tuberculosa; esturjões, semelhantes a seus congêneres do Mediterrâneo; síngnatos-trombetas com meio metro de comprimento, acastanhados e dotados de pequenas barbatanas cinza, sem dentes nem língua, e que desfilavam como finas e flexíveis serpentes.

Dentre os peixes ósseos, Conselho observou marlins escuros, de três metros de comprimento e com uma espada pontiaguda na maxila superior, ágeis, vistosos, conhecidos na época de Aristóteles pelo nome de dragões-marinhos e dificílimos de capturar, devido aos espinhos que têm no dorso; corifenídeos, com o dorso marrom riscado por listrinhas azuis e emoldurado por uma cercadura de ouro; belas douradas e peixes-luas, discos com reflexos anil, que, iluminados na parte superior pelos raios solares, formavam manchas prateadas; e por fim xífias-espadas, com oito metros, avançando aos cardumes, com barbatanas amareladas esculpidas em foice e longos gládios de dois metros, intrépidos animais, antes herbívoros que piscívoros, os quais obedeciam ao menor sinal de suas fêmeas como maridos ensinados.

Porém, enquanto observava aqueles diversos espécimes da fauna marinha, eu não deixava de contemplar as extensas planícies da Atlântida. Às vezes, caprichosos acidentes do solo obrigavam o *Náutilus* a reduzir a velocidade, e ele passava a esgueirar-se com a destreza de um cetáceo pelos estreitos desfiladeiros. Quando o labirinto se emaranhava demais, o aparelho elevava-se como um aeróstato e, transposto o obstáculo, retomava sua célere carreira alguns metros acima do fundo. Navegação admirável e prazerosa, que lembrava as manobras de um passeio aerostático, com a ressalva de que o *Náutilus* obedecia passivamente à mão de seu timoneiro.

Já eram quatro horas da tarde quando o terreno, até ali composto por um lodo espesso e entremeado por galhos mineralizados, modificou-se pouco a pouco, tornando-se mais rochoso e formando vários conglomerados de tufos basálticos, com algumas solidificações de lava e obsidianas sulfurosas. Imaginei que regiões montanhosas logo sucederiam às longas planícies, e, com efeito, durante certas evoluções do *Náutilus*, percebi o horizonte meridional obstruído por uma muralha tão alta que parecia vedar toda saída. Seu cume certamente ultrapassava o nível do oceano. Devia ser um continente, no mínimo uma ilha,

Tetrodontes, cavalos-marinhos, esturjões, peixes-lua, síngnatos, linguados, peixes-espada, triglas, bodiões, peixes-porco, bonitos...

quer uma das Canárias, quer uma das ilhas de Cabo Verde. Como ainda não haviam medido nossa posição — talvez propositalmente —, eu ignorava onde estávamos. Em todo caso, a meu ver, aquela muralha assinalava o fim da Atlântida, da qual não percorrêramos senão uma parte ínfima.

A noite não interrompeu minhas observações. Eu estava sozinho, pois Conselho voltara à sua cabine. O *Náutilus*, reduzindo a velocidade, voava sobre as massas confusas do solo, ora roçando nelas como se quisesse pousar, ora subindo caprichosamente à superfície. Eu entrevia então algumas constelações, luzindo através do cristal das águas; mais precisamente, cinco ou seis das estrelas zodiacais que se arrastam na cauda de Órion.

Eu teria ficado ali por muito tempo ainda, admirando as belezas do mar e do céu, quando as escotilhas se fecharam. O *Náutilus* chegara ao paredão da alta muralha. Como manobraria, eu não podia presumir. Voltei a meu quarto. O *Náutilus* estava imóvel. Dormi com a firme intenção de acordar após algumas horas de sono.

Porém, no dia seguinte, eram oito horas quando retornei ao salão. Consultei o manômetro e soube que o *Náutilus* flutuava na superfície. Embora fosse possível ouvir passos na plataforma, nenhum balanço traía a ondulação das correntes superiores.

Subi até o alçapão, que estava aberto. Porém, em vez da intensa luminosidade que eu esperava, vi-me cercado por uma escuridão profunda. Onde estávamos? Teria me enganado? Ainda era noite? Não! Nenhuma estrela brilhava, e não existe noite absoluta.

Eu não sabia o que pensar, quando uma voz falou:

— É o senhor, professor?

— Ah, capitão Nemo! — respondi. — Onde estamos?

— Debaixo da terra, professor.

— Debaixo da terra? — exclamei. — E o *Náutilus* continua flutuando?

— Continua.

— Mas não compreendo…

— Espere, daqui a pouco acenderemos o farol e, se o senhor gosta das situações mais claras, ficará satisfeito.

Pus um dos pés sobre a plataforma e esperei. A escuridão era tão completa que eu não via sequer o capitão Nemo. Entretanto, observando o zênite, exatamente acima de minha cabeça, julguei perceber um fulgor indeciso, uma espécie de meia-luz ocupando um buraco circular. O farol brilhou subitamente, e seu brilho vivo pôs fim à luz difusa.

Depois de fechar por um instante os olhos, ofuscados pelo jato elétrico, olhei. O *Náutilus* achava-se imóvel. Flutuava junto a uma praia disposta como um cais. O mar que o sustentava naquele momento era um lago aprisionado num círculo de muralhas com dez quilômetros de diâmetro, ou trinta de circunferência. Seu nível — o manômetro indicava — só podia ser o exterior, pois existia necessariamente uma comunicação entre o lago e o mar. As altas paredes, inclinadas sobre sua base, abaulavam-se em cúpula e pareciam um imenso funil invertido, com quinhentos ou seiscentos metros de altura. No topo, abria-se um orifício circular pelo qual eu surpreendera aquela leve claridade, evidentemente resultado da radiação diurna.

Antes de examinar mais atentamente as disposições internas daquela enorme caverna, antes de me perguntar se era obra da natureza ou do homem, dirigi-me ao capitão Nemo.

— Onde estamos? — indaguei.

— Exatamente no centro de um vulcão extinto — explicou o capitão —, um vulcão cujo bojo foi invadido pelo mar em consequência de alguma convulsão tectônica. Enquanto o senhor dormia, professor, o *Náutilus* penetrou nessa laguna por um canal natural, aberto a dez metros abaixo da superfície do oceano. É aqui seu porto afetivo, um porto seguro, confortável, misterioso, protegido de todos os tipos de vento! Aponte-me, no litoral de seus continentes ou ilhas, uma enseada equivalente a esse refúgio amuralhado contra a ira dos furacões.

— Com efeito — assenti —, aqui o senhor está em segurança, capitão Nemo. Quem poderia alcançá-lo no âmago de um vulcão? Mas eu não teria visto uma abertura no cume?

— Sim, a cratera, uma cratera que já foi ocupada por vapores e chamas e que agora dá passagem ao ar revigorante que respiramos.

— Que montanha vulcânica é esta? — perguntei.

— Ela pertence a uma das inumeráveis ilhotas de que o mar está cheio. Mero escolho para os navios, para nós, caverna imensa. O acaso me fez descobri-la e, desse ponto de vista, o acaso me foi de grande utilidade.

— Mas não seria possível descer pela abertura que forma a cratera do vulcão?

— Não. Assim como eu não poderia subir. Até cerca de trezentos metros, a base interna da montanha é acessível, mas, acima disso, os paredões predominam e seria impossível atravessá-los.

— Vejo, capitão, que a natureza sempre se adapta ao senhor, que está em segurança nesse lago e que mais ninguém pode visitar suas águas. Mas para que esse refúgio? O *Náutilus* não carece de porto.

— Não, professor, mas carece de eletricidade para se mover, de elementos para produzir sua eletricidade, de sódio para alimentar seus elementos, de carvão para fazer seu sódio, e de minas de carvão para extrair seu carvão. Ora, precisamente aqui o mar cobre florestas inteiras que submergiram nas eras geológicas; agora mineralizadas e transformadas em hulha, são uma mina inesgotável para mim.

— Então aqui seus homens exercem a profissão de mineiros, capitão?

— Exatamente. Essas minas estendem-se sob as águas do mar como as minas de carvão de Newcastle. Aqui, de escafandro, empunhando pá e picareta, meus homens extraem o carvão, que sequer pedi às minas da terra. Quando queimo esse combustível para fabricar o sódio, a fumaça que escapa pela cratera da montanha lhe dá o aspecto de um vulcão em atividade.

— E veremos seus companheiros em ação?

— Não, não dessa vez, pois urge prosseguir com nossa volta ao mundo submarina. Portanto, irei apenas abastecer-me nas reservas de sódio que possuo. É só o tempo de fazer o carregamento, isto é, um dia, e retomaremos nossa viagem. Portanto, se deseja percorrer a caverna e visitar a laguna, aproveite o dia, professor Aronnax.

Agradeci ao capitão e fui chamar meus dois companheiros, que ainda não haviam deixado sua cabine. Convidei-os a me seguir sem lhes dizer onde se achavam.

Subiram à plataforma. Conselho, que não se admirava com nada, viu como uma coisa muito natural acordar debaixo de uma montanha após ter dormido debaixo das águas. Já o único pensamento de Ned Land era averiguar se a caverna oferecia alguma saída.

Depois do almoço, por volta das dez horas, descíamos à praia.

— Aqui estamos nós, mais uma vez sobre a terra — disse Conselho.

— Não chamo isso de "terra" — replicou o canadense. — E, aliás, não estamos sobre, mas sob.

Entre o sopé dos paredões e as águas do lago estendia-se uma praia de areia fina, que, em sua largura maior, media um quilômetro e meio. Por essa praia, era possível contornar o lago com facilidade. Mas a base dos altos paredões formava um solo atormentado, sobre o qual jaziam, numa pitoresca superposição, blocos vulcânicos e enormes pedras-pomes. Todas aquelas massas desagregadas, revestidas por um esmalte envernizado pela ação do magma, resplandeciam em contato com o facho elétrico do farol. A areia de mica da praia, que nossos passos revolviam, levantava como uma nuvem de fagulhas.

O solo elevava-se perceptivelmente, afastando-se do vaivém das ondas, e logo chegamos a rampas longas e sinuosas, verdadeiras encostas que permitiam subir gradualmente. Ainda assim, era preciso caminhar com cautela em meio àqueles aglomerados que nenhuma argamassa ligava, e nossos pés escorregavam sobre traquitos vitrificados, compostos de cristais de feldspato e quartzo.

A natureza vulcânica daquela imensa escavação revelava-se por toda parte e comentei o fato com meus colegas:

— Conseguem imaginar o que devia ser esse funil quando se enchia com lava em ebulição e o nível desse líquido incandescente subia até a abertura da montanha, como ferro fundido nas paredes de um forno?

— Imagino perfeitamente — respondeu Conselho. — Mas gostaria que o patrão me explicasse por que o grão-ferreiro suspendeu essa operação e como foi possível substituir a fornalha pelas águas tranquilas de um lago...

— Muito provavelmente, Conselho, porque alguma convulsão abaixo da superfície do oceano produziu a abertura que serviu de passagem para o *Náutilus*. As águas do Atlântico precipitaram-se no interior da montanha. Houve uma luta terrível entre os dois elementos, luta que terminou com vantagem para Netuno. Mas muitos séculos se passaram desde essa época, e o vulcão submerso transformou-se em uma plácida caverna.

— Muito bem — pronunciou-se Ned Land. — Aceito a explicação, mas, no nosso interesse, lamento que a abertura mencionada pelo professor não tenha se produzido acima do nível do mar.

— Mas, amigo Ned — ponderou Conselho —, se essa passagem não fosse submarina o *Náutilus* não poderia penetrar nela!

— E acrescento, mestre Land, que as águas não teriam se precipitado sob a montanha e o vulcão teria permanecido vulcão. Logo, sua reclamação é supérflua.

Continuamos nossa escalada. As rampas tornavam-se cada vez mais íngremes e estreitas, cortadas por abismos profundos, que tínhamos de transpor. Diante de imponentes blocos de pedra, deslizávamos de joelhos, rastejávamos de bruços. Porém, com a destreza de Conselho e a força do canadense, foram superados todos os obstáculos.

A uma altura de aproximadamente trinta metros, a natureza do terreno modificou-se, sem que por isso se tornasse mais fácil. Aos aglomerados e traquitos sucederam-se basaltos escuros, uns estendidos como toalhas ásperas e estufadas, outros formando prismas regulares, dispostos como uma colunata que suportasse os arcos daquela imensa abóbada, admirável exemplo da arquitetura natural. Mais adiante, por entre os basaltos, serpenteavam compridas torrentes de lava resfriada, estriada por listras betuminosas, e, aqui e ali, vastos tapetes de enxofre. Uma luz mais forte, entrando pela cratera superior, irrigava com uma vaga claridade todo aquele magma vulcânico, para sempre sepultado no seio da montanha extinta.

A uma altura de cerca de setecentos e cinquenta metros, porém, nossa marcha ascensional viu-se subitamente diante de obstáculos intransponíveis. A lateral interna voltava a dar para o vazio, e a montanha transformou-se numa calçada circular. Naquele último plano, o reino vegetal começava a lutar contra o mineral, com arbustos, e mesmo algumas árvores, germinando nas anfractuosidades da parede. Reconheci eufórbios a expelir seu suco cáustico. Heliótropos, cuja incompetência não fazia jus a seu nome,[167] uma vez

167. Heliótropo significa "voltado para o sol".

que os raios solares nunca chegavam até eles, debruçavam tristemente seus cachos de flores de cores e aromas evanescentes. Aqui e ali, tímidos crisântemos cresciam ao pé de aloés, com longas folhas tristes e enfermiças. Mesmo assim, entre os rios de lava, percebi minúsculas violetas ainda perfumadas por um leve aroma, e confesso que as aspirava deliciado. O perfume é a alma da flor, e as flores do mar, hidrófitos esplêndidos, não têm alma!

Chegáramos ao pé de um conjunto de robustos dragoeiros, que rasgavam as rochas com a força de suas musculosas raízes, quando Ned Land exclamou:

— Oh, professor, uma colmeia!

— Uma colmeia! — repeti, fazendo um gesto de total incredulidade.

— Sim, uma colmeia! E abelhas zumbindo ao redor.

Aproximei-me e fui obrigado a render-me à evidência. No buraco de uma toca aberta no tronco de um dragoeiro, voejavam alguns milhares desses engenhosos insetos, tão comuns em todas as Canárias e cujos produtos são tão estimados por lá.

Desnecessário mencionar que o canadense quis imediatamente fazer uma provisão de mel, e eu teria sido um desmancha-prazeres se o tivesse contrariado. Para isso, usou seu isqueiro, ateando fogo numa certa quantidade de folhas secas misturadas com enxofre, e começou a defumar as abelhas. Os zumbidos cessaram pouco a pouco e a colmeia, acuada, forneceu-lhe borbotões de um mel perfumado, com que Ned Land encheu seu embornal.

— Misturando esse mel com a massa do artocarpo — afirmou —, estarei em condições de lhes oferecer uma saborosa torta.

— Por Deus! — exclamou Conselho. — Teremos pão de mel.

— Nada a dizer quanto ao pão de mel — suspirei —, mas voltemos ao nosso interessante passeio.

Em certas curvas da trilha que percorríamos, o lago mostrava-se em toda a sua extensão. O farol iluminava por inteiro sua superfície serena, sem rugas nem ondulações. O *Náutilus* mantinha-se na mais completa imobilidade. Na plataforma e na praia, os homens da tripulação se agitavam, sombras escuras nitidamente recortadas na atmosfera luminosa.

Naquele momento contornamos a crista mais elevada dos primeiros planos de rochas que sustentavam a abóbada. Notei então que as abelhas não eram os únicos representantes do reino animal no interior do vulcão. Aves de rapina ora planavam e rodopiavam esparsamente na penumbra, ora deixavam seus ninhos empoleirados nas rochas pontiagudas. Eram gaviões de barriga branca e pio estridente. Nas escarpas, também se exibiam, com toda a rapidez de suas patas compridas, belas e gordas abetardas. Ignoro se a gula do canadense viu-se estimulada à visão daquela caça saborosa, ou se lamentou não dispor de um fuzil. Apenas sei que tentou substituir o chumbo por pedras, e que, após várias tentativas infrutíferas, conseguiu acertar uma magnífica ave. Dizer que arriscou vinte vezes a vida para capturá-la é a pura ver-

O mar se precipitava como uma torrente sobre nosso refúgio.

dade, mas no fim sua habilidade fez com que o animal se juntasse às pelotas de mel no embornal.

Fomos obrigados então a descer novamente até a praia, pois não havia mais como prosseguir a partir da crista. Acima de nós, a cratera escancarada parecia a boca de um poço. De lá, era possível distinguir o céu com grande nitidez, e observei a passagem de nuvens desgrenhadas pelo vento oeste, arrastando seus fiapos atrás de si até o cume da montanha — prova irrefutável de que aquelas nuvens achavam-se estacionadas a uma altura ínfima, considerando que o vulcão não se erguia a mais de dois mil e quinhentos metros acima do nível do mar.

Meia hora depois da última proeza do canadense, voltamos à praia interna. Ali, a flora era representada por vastos tapetes de perrexil-do-mar, pequena planta umbelífera ótima para conservas, que também recebe os nomes de fura-pedra e funcho-marinho, e da qual Conselho coletou alguns espécimes. Quanto à fauna, abrangia milhares de crustáceos de todos os tipos: lagostas, caranguejos, palemonídeos, misídios, opiliões, galateias e uma quantidade prodigiosa de conchas, porcelanas, rochedos e lapas.

Naquele local abria-se uma magnífica gruta. Meus companheiros e eu não nos furtamos ao prazer de deitar sobre sua areia fina. O fogo envernizara suas paredes esmaltadas e reluzentes, salpicando-as com pó de mica, e Ned Land as apalpava, sondando sua espessura. Não pude deixar de sorrir. A conversa passou então aos eternos planos de evasão, e julguei poder, sem me estender muito, dar-lhe alguma esperança, já que o capitão Nemo descera para o sul a fim de renovar seu estoque de sódio. Eu presumia, portanto, que rumaria para as costas da Europa e da América, o que permitiria ao canadense tentar novamente.

Fazia uma hora que estávamos deitados no interior daquela encantadora gruta. A conversa, animada no início, agora morria, e fomos tomados por uma certa sonolência. Não vendo nenhuma razão para resistir, entreguei-me a um sono profundo. Sonhei — ninguém escolhe seus sonhos — que minha existência limitava-se à vida vegetativa de um simples molusco e que aquela gruta formava a dupla valva de minha concha...

Fui despertado bruscamente pela voz de Conselho.

— Alerta! Alerta! — gritava o digno rapaz.

— O que há? — perguntei, soerguendo-me.

— Está entrando água!

Levantei-me. O mar precipitava-se como uma torrente dentro de nosso refúgio, e, definitivamente, uma vez que não éramos moluscos, tínhamos de fugir.

Em poucos instantes, achamo-nos em segurança no topo da própria gruta.

— Mas afinal o que está acontecendo? — perguntou Conselho. — Algum fenômeno desconhecido?

— Nada disso, amigos! — respondi. — É a maré, apenas a maré, que quase nos surpreende como ao herói de Walter Scott![168] O oceano cresce do

---

168. Em *O antiquário*, de Walter Scott (1771-1832), os personagens Sir Arthur Wardour e sua filha, Miss Isabelle, são surpreendidos pela maré e devem sua salvação exclusivamente à intervenção do mendigo Edie Ochiltrie e de um jovem estrangeiro, Lovel.

lado de fora e, obedecendo a uma lei absolutamente natural de equilíbrio, o nível do lago eleva-se proporcionalmente. Banho, já tomamos. Vamos trocar de roupa no *Náutilus*.

Quarenta e cinco minutos depois, demos por concluído nosso passeio circular e regressamos a bordo. Os homens da tripulação terminavam de embarcar as provisões de sódio e o *Náutilus* estava pronto para partir.

Entretanto, o capitão Nemo não deu nenhuma ordem. Pretendia esperar o anoitecer e sair secretamente pela passagem submarina? Talvez.

Indiferente a tudo, o *Náutilus*, deixando seu porto seguro no dia seguinte, navegou distante de qualquer pedaço de terra e a poucos metros abaixo das ondas do Atlântico.

11. *O mar de Sargaços*

O curso do *Náutilus* não se modificara, o que nos obrigava a abandonar momentaneamente qualquer esperança de retornar aos mares europeus. O capitão Nemo mantinha o rumo sul. Para onde nos arrastava? Não me atrevia a especular.

Nesse dia, o *Náutilus* atravessou uma singular região do oceano Atlântico. Ninguém ignora a existência da grande corrente de água quente conhecida pelo nome de corrente do Golfo, a qual, partindo dos canais da Flórida, alcança Spitzberg.[169] Porém, antes de penetrar no golfo do México, nas imediações do quadragésimo quarto grau de latitude norte, essa corrente divide-se em dois braços: o principal corre na direção das costas da Irlanda e da Noruega, ao passo que o segundo inflete para o sul na altura dos Açores. Em seguida, fustigando as praias africanas e descrevendo uma curva oval e alongada, retorna às Antilhas.

Ora, esse segundo braço — é antes um colar que um braço — circunda com seus anéis de água quente uma zona fria do oceano, calma, praticamente imóvel, denominada mar de Sargaços. Verdadeiro lago em pleno Atlântico, as águas da grande corrente não levam menos de três anos para dar essa volta.

O mar de Sargaços propriamente dito cobre toda a parte submersa da Atlântida. Alguns autores chegaram a admitir que o viçoso capinzal que nele cresce foi arrancado das planícies do antigo continente. Contudo, o mais provável é que essa relva, algas e fucos — roubados das praias da Europa e da América — tenham sido arrastados até lá pela corrente do Golfo. Aliás, foi esta uma das razões que levaram Colombo a supor a existência de um novo mundo. Quando as naus desse temerário explorador chegaram ao mar de Sargaços,

169. Spitzberg: ilha situada no arquipélago de Svalbard, pertencente à Noruega.

navegaram com dificuldade em meio àquele capinzal, que lhes detinha o curso, para grande pavor da tripulação, e desperdiçaram três longas semanas para atravessá-lo.

Era esta a região que o *Náutilus* visitava naquele momento, verdadeira campina, um denso tapete de algas, fucos e uvas do trópico, tão espesso, tão compacto, que a roda de proa de um navio não o venceria sem dificuldade. O capitão Nemo, portanto, não querendo comprometer a hélice naquela massa vegetal, manteve-se alguns metros de profundidade abaixo da superfície das águas.

O nome "Sargaços" vem da palavra espanhola *sargazzo*, planta que é o principal elemento desse imenso viveiro. Eis por que, segundo Maury,[170] autor da *Geografia física do globo*, esses hidrófitos aglomeram-se nessa sossegada bacia do Atlântico:

"A explicação que podemos dar", afirma ele, "parece-me resultar de um experimento conhecido de todos. Se colocarmos num recipiente pedaços de rolhas, ou qualquer tipo de corpos flutuantes, e imprimirmos à água desse recipiente um movimento circular, veremos os fragmentos dispersos confluírem para o centro da superfície líquida, isto é, para o ponto menos agitado. No fenômeno que nos ocupa, o recipiente é o Atlântico, a corrente do Golfo é a corrente circular e o mar de Sargaços, o ponto central onde vêm reunir-se os corpos flutuantes."

Sou da opinião de Maury, e pude estudar o fenômeno naquele meio ambiente único onde os navios raramente penetram. Acima de nós flutuavam corpos de todas as origens, convergidos para o centro daquela vegetação marrom; troncos de árvores, arrancados dos Andes ou das Montanhas Rochosas e carreados pelo Amazonas ou o Mississippi, incontáveis destroços, pedaços de quilhas, carenas, costados estraçalhados, tudo de tal forma engastado por conchas e cracas que não conseguiam subir à superfície. E um dia o tempo justificará outro ponto de vista de Maury, segundo o qual essas matérias, acumuladas durante séculos, irão mineralizar-se sob a ação das águas, formando então inesgotáveis minas de carvão. Depósito valioso forjado pela precavida natureza para o momento em que os homens tiverem exaurido as minas continentais.

Em meio a esse inextricável tecido de algas e fucos, observei encantadores alcíones estrelados, de tons róseos; actínias arrastando sua longa cabeleira de tentáculos; medusas verdes, vermelhas, azuis e, principalmente, os grandes rizóstomos de Cuvier, cuja umbrela azulada é aureolada por um festão roxo.

Passamos o dia 22 de fevereiro no mar de Sargaços, onde os peixes, amantes das plantas marinhas e dos crustáceos, encontram abundante alimentação. No dia seguinte, o oceano recuperara o aspecto de sempre.

---

170. Sobre Maury, ver nota 58.

Desde então, durante dezenove dias, de 23 de fevereiro a 12 de março, o *Náutilus*, mantendo-se no meio do Atlântico, transportou-nos a uma velocidade constante de cem léguas por dia. Evidentemente, o capitão pretendia cumprir seu programa submarino, e eu não duvidava de que cogitasse, após dobrar o cabo Horn, voltar aos mares austrais do Pacífico.

Ned Land, portanto, tinha todos os motivos para ficar temeroso. Naqueles vastos mares, privados de ilhas, não convinha mais tentar a fuga, muito menos opor-se às vontades do capitão Nemo. A única alternativa era curvar-se. Mas o que não podíamos mais esperar obter pela força ou a astúcia, eu ainda achava ser possível obter por meio da persuasão. Terminada a viagem, o capitão Nemo não consentiria em nos restituir a liberdade sob o juramento de jamais revelar sua existência? Juramento de honra que não teríamos cumprido. Mas era imperioso tocar na delicada questão com Nemo. Ora, seria eu bem recebido quando fosse reivindicar a liberdade? Ele mesmo não declarara, desde o início e de maneira categórica, que o segredo de sua vida exigia nosso confinamento perpétuo a bordo do *Náutilus*? Meu silêncio de quatro meses não lhe devia parecer uma aceitação tácita da situação? Voltar ao assunto não teria como resultado gerar suspeitas capazes de prejudicar nossos planos, caso alguma circunstância favorável se apresentasse mais tarde? Eu avaliava todas essas razões, revirava-as na cabeça, submetia-as a Conselho, não menos confuso do que eu. Em suma, a despeito de minha confiança, eu percebia que a probabilidade de rever meus semelhantes diminuía dia a dia, o que se comprovava naquele preciso momento, quando Nemo avançava temerariamente para o sul do Atlântico!

Durante os dezenove dias acima mencionados, nenhum incidente especial marcou nossa viagem. Pouco vi o capitão. Trabalhava. Na biblioteca, volta e meia encontrava livros que ele deixava entreabertos, principalmente de história natural. Minha obra sobre as profundezas submarinas, folheada por ele, estava coberta de notas nas margens, as quais por vezes contradiziam minhas teorias e sistemas. Mas o capitão limitava-se a aprimorar minha obra, e era raro discutir comigo. Às vezes eu ouvia reverberar o melancólico som do órgão, que ele tocava com expressividade, mas apenas à noite, em meio à mais secreta escuridão, quando o *Náutilus* adormecia nos desertos do oceano.

Durante essa parte da viagem, navegamos dias inteiros na superfície das águas. O mar parecia deserto, a não ser por alguns veleiros, com carga para as Índias, que seguiam em direção ao cabo da Boa Esperança. Certo dia, fomos perseguidos pelos botes de um baleeiro que sem dúvida nos tomou por alguma enorme e valiosa baleia. Mas o capitão Nemo não queria fazer aquelas honestas pessoas perderem seu tempo e sua labuta e, mergulhando sob as águas, pôs fim à caçada. Esse incidente pareceu despertar grande interesse em Ned Land. Não creio enganar-me dizendo que o canadense lamentou nosso cetáceo de metal não poder ser mortalmente atravessado pelo arpão dos pescadores.

Eu ouvia o melancólico som do órgão, que ele tocava apenas à noite, em meio à mais secreta escuridão.

Os peixes observados por Conselho e por mim durante esse período pouco diferiam dos que já havíamos estudado sob outras latitudes. Sobressaíam alguns espécimes do terrível gênero dos cartilaginosos, dividido em três subgêneros, que compreendem não menos de trinta e duas espécies: esqualos agaloados, com cinco metros de comprimento, cabeça achatada e mais larga que o corpo, barbatana caudal abaulada, o dorso exibindo sete grandes listras pretas paralelas e longitudinais, e esqualos perolados, cor de borralho, dotados de sete orifícios branquiais e uma única barbatana dorsal, instalada mais ou menos no meio do corpo.

Passavam também grandes cães-do-mar, peixes extremamente vorazes. Temos o direito de não acreditar em histórias de pescadores, mas um deles conta ter encontrado uma cabeça de búfalo e um bezerro inteiro no corpo de um desses animais; num outro, dois atuns e um marinheiro fardado; num outro, um soldado com seu sabre; num outro, por fim, um cavalo com seu cavaleiro. Tudo isso, verdade seja dita, não é artigo de fé. O fato é que nenhum desses animais deixou-se capturar pelas redes do *Náutilus*, o que me impediu de verificar sua voracidade.

Cardumes elegantes e brincalhões de golfinhos nos acompanharam durante dois dias. Avançavam em bandos de cinco ou seis, caçando em matilha como lobos nas estepes — por sinal tão vorazes quanto os cães-do-mar, a crer num professor de Copenhague, que retirou do estômago de um deles treze marsuínos e quinze focas. Era, é verdade, uma orca, pertencente à maior espécie conhecida, e cujo comprimento às vezes ultrapassa dois metros e setenta. Essa família dos delfinídeos compreende dez gêneros, e os espécimes que vi eram do gênero dos delfinorrincos, identificáveis pelo focinho afunilado e quatro vezes o tamanho do crânio. Seus corpos, medindo três metros, eram escuros na parte superior e, na inferior, de um branco-rosado com manchas peculiares.

Citarei também, desses mares, curiosos peixes da ordem dos acantopterígios e da família dos cienídeos. Alguns autores — mais poetas que naturalistas — afirmam que esses peixes cantam melodiosamente e que suas vozes, reunidas, proporcionam um concerto que um coro de vozes humanas seria incapaz de igualar. Não digo que não, mas os que vimos não fizeram nenhuma serenata à nossa passagem, algo a se lamentar.

Para concluir, Conselho classificou uma grande quantidade de peixes-voadores. Nada mais curioso do que ver a precisão com que os golfinhos os caçavam. Independentemente do alcance de seu voo e da trajetória que descrevesse, mesmo por cima do *Náutilus*, o desafortunado peixe encontrava sempre a boca do golfinho aberta para recebê-lo. Eram triglídeos, com a boca luminosa, que, durante a noite, após desenhar riscas de fogo na atmosfera, mergulhavam nas águas escuras como estrelas cadentes.

Nossa navegação prosseguiu nessas condições até 13 de março, quando o *Náutilus* passou a fazer testes de sondagens que me interessavam particularmente.

Havíamos percorrido então cerca de treze mil léguas desde a nossa partida dos altos mares do Pacífico. Medida nossa posição, estávamos a 45°37' de latitude e 37°53' de longitude oeste, região onde o capitão Denham,[171] do

171. O capitão Sir Henry Mangles Denham (1800-87), mais tarde almirante, elaborou mapas bastante acurados das ilhas Fiji.

Herald, desdobrou catorze mil metros de sonda sem encontrar o fundo. Ali também, o tenente Parcker, da fragata americana *Congress*, não atingira o solo submarino a quinze mil cento e quarenta metros.[172]

O capitão Nemo resolveu dirigir o *Náutilus* à profundidade máxima, de modo a comprovar aquelas diferentes sondagens. Preparei-me para anotar todos os resultados do teste. As escotilhas do salão foram descerradas e tiveram início manobras com vistas a alcançar as remotas camadas.

Algo sugeria que os reservatórios não seriam usados naquela imersão. Talvez não fossem capazes de aumentar suficientemente o peso específico do *Náutilus*. Aliás, para subir, seria preciso expulsar a sobrecarga de água, e as bombas não eram suficientemente poderosas para vencer a pressão externa.

Para alcançar o fundo oceânico, o capitão Nemo optou por uma diagonal aberta, fazendo uso de seus planos laterais, que foram dispostos num ângulo de quarenta e cinco graus em relação à linha-d'água do *Náutilus*. Em seguida, a hélice foi propelida ao máximo de sua velocidade e suas quatro pás passaram a fustigar a água com indescritível violência.

Com esse poderoso impulso, a estrutura do *Náutilus* vibrou como uma corda sonora e fendeu as águas. O capitão e eu, a postos no salão, acompanhávamos o ponteiro do manômetro, que derivava rapidamente. Logo ultrapassamos as zonas habitáveis e, se alguns animais não conseguem sobreviver senão na superfície dos mares ou rios, outros, menos numerosos, mostram-se à vontade nas regiões abissais. Entre estes últimos, observei o albafar, espécie de tubarão dotado de seis ventas respiratórias; o telescópio, com olhos enormes; o bacamarte, com barbatanas cinzentas, peitorais pretos, protegidos por um jabô de placas ósseas vermelho-claras; e, por fim, o granadeiro, que, vivendo a mil e duzentos metros de profundidade, resistia a uma pressão de cento e vinte atmosferas.

Perguntei ao capitão Nemo se ele observara peixes a profundidades mais abissais.

— Peixes? — ele me respondeu. — Raramente. Mas no estado atual da ciência, o que é presumido e o que é sabido?

— Vejamos, capitão. É sabido que, ao nos aproximarmos das camadas baixas do oceano, a vida vegetal desaparece mais depressa que a vida animal; que, lá onde ainda se encontram criaturas com vida, não vegeta mais um único hidrófito; que vieiras e ostras sobrevivem a dois mil metros de profundidade e que Mac Clintock,[173] o herói dos mares polares, coletou uma estrela-do-mar viva à profundidade de dois mil e quinhentos metros. Também é sabido

172. A respeito do ponto mais profundo dos oceanos, ver nota 23.

173. Francis Leopold Mac Clintock (1819-1907), navegador inglês que explorou os mares árticos.

que a tripulação do *Bull Dog*, da Marinha Real, coletou uma astéria a duas mil seiscentas e vinte braças, ou seja, mais de uma légua de profundidade. Mas talvez o capitão Nemo me diga que ninguém sabe coisa alguma…

— Não, professor — surpreendeu-me o capitão —, não cometerei tal indelicadeza. Mas pergunto-lhe como explica o fato de criaturas viverem em tamanhas profundidades?

— Explico por duas razões — respondi. — Em primeiro lugar, porque as correntes verticais, produzidas pelas diferenças na salinidade e densidade das águas, geram um movimento suficiente para manter a vida rudimentar dos crinoides e das astérias.

— Correto — aprovou o capitão.

— Em segundo lugar, porque, sendo oxigênio a base da vida, seu volume dissolvido na água do mar aumenta com a profundidade, em lugar de diminuir, e a pressão das camadas baixas contribui para comprimi-lo.

— Ah, isso é conhecido? — exclamou o capitão Nemo, num tom ligeiramente perplexo. — Pois bem, professor, e esse fato é pertinente, pois é verdadeiro. Eu acrescentaria que, quando pescados na superfície das águas, a bexiga natatória desses peixes contém mais nitrogênio que oxigênio e, inversamente, mais oxigênio que nitrogênio quando apanhados nas grandes profundezas, o que corrobora tal sistema. Mas continuemos nossas observações.

Verifiquei o manômetro. O instrumento indicava uma profundidade de seis mil metros. Nossa imersão já durava uma hora. O *Náutilus*, deslizando através de seus planos inclinados, continuava a descer. As águas desertas eram admiravelmente transparentes e de um diáfano que nada poderia descrever. Uma hora depois, estávamos a treze mil metros — cerca de três léguas e um quarto —, e nem sinal do fundo do oceano.

Entretanto, a catorze mil metros, percebi picos enegrecidos surgindo em meio às águas, picos que podiam pertencer a altas cordilheiras, como a do Himalaia ou a do Mont Blanc, mais altos até. E a profundidade daqueles abismos permanecia incalculável.

O *Náutilus* continuou a descer, apesar das poderosas pressões que sofria. Eu sentia suas placas metálicas tremerem sob a juntura dos rebites; as vigas abaulavam-se; as paredes gemiam; os vidros do salão pareciam estufar sob a pressão das águas. E o sólido aparelho provavelmente teria cedido se, como dissera seu capitão, não fosse capaz de resistir como um bloco compacto.

Roçando pelos declives daquelas rochas perdidas sob as águas, eu ainda percebia conchas, sérpulas, *spirorbis* vivas, e alguns espécimes de astérias.

Mas logo estes últimos representantes da vida animal desapareceram e, abaixo de três léguas, o *Náutilus* ultrapassou os limites da existência submarina, como faz o balão que se eleva nos ares acima das zonas respiráveis. Havíamos atingido uma profundidade de dezesseis mil metros — quatro léguas —, e os flancos do *Náutilus* suportavam então uma pressão de mil e seiscentas atmosferas, isto é, mil e seiscentos quilogramas para cada centímetro quadrado de sua superfície!

— Que situação! — exclamei. — Percorrer regiões profundas que o homem jamais alcançou! Veja, capitão, veja essas magníficas rochas, essas grutas desabitadas, esses últimos receptáculos do globo, onde a vida não é mais possível! Por que somos obrigados a recolher apenas a lembrança dessas regiões desconhecidas?

— Gostaria — perguntou o capitão Nemo — de levar mais que a lembrança?

— O que sugere com tais palavras?

— Que nada mais fácil que bater um instantâneo fotográfico desta região submarina!

Eu não tivera tempo de exprimir a surpresa que me causava essa nova proposta quando, a um chamado do capitão Nemo, alguém trouxe uma câmera para o salão. Pelas escotilhas descerradas, o meio líquido eletricamente iluminado distribuía-se com uma claridade perfeita, sem as sombras ou gradações de nossa luz artificial. O sol não teria sido melhor aliado numa operação daquela natureza. O *Náutilus*, sob o empuxo de sua hélice, controlado pela inclinação de seus planos, permanecia imóvel. O dispositivo foi apontado para o fundo oceânico e, em poucos segundos, obtínhamos um negativo de alta qualidade.

Descrevo-o aqui como prova material. Nele vemos rochas primordiais que nunca conheceram a luz dos céus, granitos inferiores que formam o poderoso alicerce do globo, grotões vazados na massa rochosa, perfis de incomparável nitidez e cujo remate destaca-se em preto, como se produzido pelo pincel de certos artistas flamengos. Mais adiante, um horizonte de montanhas, em admirável linha ondulada, compunha o segundo plano da paisagem. Impossível descrever esse conjunto de rochas lisas, escuras, envernizadas, sem um musgo, uma mancha, formas curiosamente recortadas e solidamente estabelecidas naquele tapete de areia que brilhava à luz da eletricidade.

Terminada a operação, o capitão Nemo me chamou:

— Vamos subir, professor. Não devemos abusar dessa situação nem expor em demasia o *Náutilus* a tamanhas pressões.

— Vamos! — respondi.

— Segure-se.

Não tive tempo de compreender por que o capitão me fazia essa recomendação, quando caí no chão.

Engrenada a hélice a um sinal do capitão, erguidos os planos na vertical, o *Náutilus*, carregado como um balão nos ares, subiu impetuosamente, rasgando a massa das águas com um frêmito sonoro. Não era possível ver mais nada. Em quatro minutos, ele atravessara as quatro léguas que o separavam da superfície e, após ter emergido como um peixe-voador, tornou a cair, projetando as ondas a uma altura fabulosa.

12. *Cachalotes e baleias*

Durante a noite de 13 para 14 de março, o *Náutilus* retomou seu curso para o sul. Embora eu pensasse que na altura do cabo Horn ele fosse desviar para oeste a fim de se dirigir aos mares do Pacífico e terminar sua volta ao mundo, não fez nada disso, continuando a rumar para as regiões austrais. Aonde então pretendia ir? Ao polo? Não fazia sentido. Comecei a crer que as temeridades do capitão justificavam plenamente as apreensões de Ned Land.

O canadense, ultimamente, não comentava mais seus planos de fuga. Tornara-se menos comunicativo, quase silencioso. Era visível que aquele confinamento prolongado lhe pesava, que o ódio fermentava dentro dele. Quando se via diante do capitão, seus olhos acendiam um fogo escuro, e eu começava a temer que sua índole violenta o fizesse perder a cabeça.

Naquele dia, 14 de março, Conselho e ele foram me procurar em meu quarto. Indaguei-lhes a razão da visita.

— É só uma pergunta, professor — disse o canadense.

— Fale, Ned.

— Quantos homens acha que há a bordo do *Náutilus*?

— Difícil dizer, amigo.

— Não parece requerer uma tripulação numerosa — raciocinou Ned Land.

— É verdade — concordei —, nas condições em que se encontra, dez homens bastariam para manobrá-lo.

— Exatamente — disse o canadense —, por que haveria mais?

— Por quê? — repeti.

Encarei Ned Land, cujas intenções eram fáceis de adivinhar.

— Porque — continuei — se meus pressentimentos se confirmarem, e se bem compreendi a existência do capitão, o *Náutilus* não é apenas um submarino, mas também um local de refúgio para aqueles que, como seu comandante, romperam todo relacionamento com a terra.

— Não duvido — atalhou Conselho —, mas, enfim, se o *Náutilus* pode conter apenas um certo número de homens, o patrão não consegue estimar essa capacidade máxima?

— Como, Conselho?

— Pelo cálculo. Dada a capacidade do navio, que o patrão conhece, e por decorrência a quantidade de ar que ele encerra; ou por outro lado, sabendo quanto cada homem consome no ato da respiração, interpretando esse número à luz da necessidade que o *Náutilus* tem de subir a cada vinte e quatro horas...

A frase de Conselho não terminava, mas eu via claramente aonde ele queria chegar.

— Já entendi — falei. — Mas esse cálculo, de fácil execução, aliás, não pode fornecer senão um número muito impreciso.

— Não importa — insistiu Ned Land.

— Vamos a ele — resignei-me. — Cada homem leva uma hora para consumir o oxigênio de cem litros de ar, ou seja, em vinte e quatro horas o oxigênio contido em dois mil e quatrocentos litros. Logo, temos de saber quantas vezes o *Náutilus* contém dois mil e quatrocentos litros de ar.

— Precisamente — acompanhou Conselho.

— Ora — prossegui —, dado que a capacidade do *Náutilus* é de mil e quinhentas toneladas, e a da tonelada é de mil litros, o *Náutilus* encerra um milhão e quinhentos mil litros de ar, que, divididos por dois mil e quatrocentos...

Fiz uma conta rápida no lápis:

— ... resultam num quociente de seiscentos e vinte e cinco. O que significa que, a rigor, o ar contido no *Náutilus* poderia bastar para seiscentos e vinte e cinco homens durante vinte e quatro horas.

— Seiscentos e vinte e cinco!

— Mas esteja certo de que, sejam eles passageiros ou marinheiros ou oficiais, formamos todos apenas a décima parte desse número.

— Ainda é muito para três homens! — lamentou Conselho.

— Portanto, meu caro Ned, só posso lhe recomendar paciência.

— Mais que paciência, resignação — acrescentou Conselho.

Conselho empregara a palavra certa.

— Mas o capitão não pode ir a vida toda para o sul! — consolou-o Conselho. — Ele tem de parar, nem que seja por causa da geleira, e retornar a mares mais civilizados! Aí, sim, será hora de retomar os planos de Ned Land.

O canadense balançou a cabeça e passou a mão na testa. Sem responder, se retirou.

— Que o patrão me permita uma observação — analisou então Conselho. — Esse desventurado Ned vive pensando no que não pode ter. Tudo de sua vida passada retorna-lhe à mente. Tudo que nos é proibido parece-lhe maravilhoso. As antigas lembranças o oprimem e seu coração está prestes a explodir. É compreensível. O que ele tem para fazer aqui? Nada. Não é um cientista como o patrão, não poderia sentir o prazer que sentimos nas coisas admiráveis do mar. Arriscaria tudo para poder entrar numa taberna de seu país!

De fato a monotonia a bordo devia parecer insuportável ao canadense, acostumado a uma vida livre e dinâmica. Contudo, embora raramente se mostrasse animado, justo naquele dia um incidente veio lembrar-lhe seus belos dias de arpoador.

Por volta das onze da manhã, navegando na superfície do oceano, o *Náutilus* deparou-se com um cardume de baleias. Encontro que não me surpreendeu, pois eu sabia que aquelas criaturas, caçadas à exaustão, haviam se refugiado nas bacias das altas latitudes.

É significativo o papel desempenhado pela baleia no mundo marinho, bem como sua influência sobre as descobertas geográficas. Foi ela que, arrastando em suas andanças primeiro os bascos, depois os asturianos, ingleses e holandeses, empederniu-os contra os perigos do oceano, guiando-os de uma extremidade à outra da Terra. As baleias gostam de circular pelos mares austrais e boreais, daí sugerirem as lendas antigas que esses cetáceos levaram os pescadores a apenas trinta quilômetros do polo norte. Se o fato não é verdadeiro, um dia o será, e isso há de acontecer provavelmente assim: expulsando as baleias para regiões árticas ou antárticas os homens alcançarão esses pontos desconhecidos do globo.

Estávamos sentados na plataforma; o mar, sereno. O mês de outubro naquelas latitudes proporcionava belos dias de outono. Foi o canadense — nisso ele não se enganava — que assinalou uma baleia no horizonte, a leste. Observando atentamente, víamos seu dorso escuro subir e descer nas águas, a cinco milhas do *Náutilus*.

— Ah — exclamou Ned Land —, se eu estivesse a bordo de uma baleeira, eis um encontro que me daria prazer! Que criatura descomunal! Veja a força de suas ventas expelindo colunas de ar e vapor! Com mil demônios! Por que fui parar dentro desta casca de ferro?!

— Quer dizer, Ned — questionei-o —, ainda não desistiu da velha atividade pesqueira?

— E um pescador de baleias esquece o ofício, professor? É possível enfastiar-se de uma caça desse tipo?

— Nunca pescou nestes mares, Ned?

— Nunca, professor. Somente nos mares boreais, tanto no estreito de Bering como no de Davis.

O Náutilus deparou-se com um cardume de baleias.

— Então ainda não conhece a baleia-austral. Foi a baleia-franca que você pescou até aqui, e ela não ousaria atravessar as águas quentes do equador.

— Ouvi direito, professor? — exclamou o canadense, num tom incrédulo.

— É a pura verdade.

— E essa agora! Aconteceu em 1865. Logo, já se vão dois anos e meio que capturei, próximo à Groenlândia, uma baleia que ainda levava no flanco um arpão espetado por um baleeiro de Bering. Ora, pergunto-lhe eu: como, após ter sido golpeado no oeste da América, o animal teria vindo morrer no leste, senão dobrando o cabo Horn ou o cabo da Boa Esperança, depois de atravessar o equador?

— Penso igual ao amigo Ned — manifestou-se Conselho —, e aguardo a resposta do patrão.

— A resposta do patrão, amigos, é que as baleias se estabelecem, segundo as espécies, em mares demarcados, dos quais não se arredam. E, se uma criatura dessas saiu do estreito de Bering e foi parar no de Davis, é simplesmente porque existe uma passagem de um mar para o outro,[174] seja nas costas da América, seja nas da Ásia.

— Devo acreditar no senhor? — perguntou o canadense, fechando um olho.

— Deve acreditar no patrão — recomendou Conselho.

— Está querendo dizer — ignorou-o o canadense — que, se nunca pesquei nessa região, não conheço as baleias que a frequentam?

— Digo e repito, Ned.

— Razão a mais para uma apresentação formal — sugeriu Conselho.

— Vejam! Vejam! — exclamou o canadense, com a voz transtornada. — Aproxima-se. Vem em nossa direção! Ri da minha cara! Sabe que nada posso contra ela!

Ned batia com os pés. A mão, brandindo um arpão imaginário, tremia.

— Esses cetáceos — perguntou — são do tamanho dos cetáceos dos mares boreais?

— Quase do mesmo tamanho, Ned.

— É que já vi baleias grandes, professor, baleias que mediam trinta metros de comprimento. Ouvi falar que a Hullamock e a Umgallick, das ilhas Aleutas, tinham mais de quarenta e cinco metros.

— Isso me parece exagero — opinei. — Esses animais não passam de baleinópteros,[175] dotados de nadadeiras dorsais, e, assim como os cachalotes, são geralmente menores que a baleia-franca.

— Ei — avisou o canadense, sem desgrudar os olhos do oceano —, está chegando perto, vem para águas do *Náutilus*!

Fez uma pausa e continuou:

— O senhor trata o cachalote como se este fosse um bichinho! Pois fala-se em cachalotes gigantescos. São cetáceos inteligentes. Parece que alguns ficam cobertos de algas e fucos, sendo confundidos com recifes. É possível acampar em cima deles, instalar-se, fazer uma fogueira…

— Construir casas — troçou Conselho.

174. Sobre a passagem do Noroeste, ver nota 26.

175. Ou "baleia alada", do grego *pteron*, "asa".

— Está bem, piadista — suspirou Ned Land. — Para um belo dia o animal mergulhar e carregar todos os seus habitantes para o fundo do abismo.

— Como nas viagens de Simbad, o marujo![176] — lembrei, rindo. — Ah, mestre Land, vejo que tem gosto por histórias extraordinárias! Que cachalotes os seus! Espero que não acredite nisso!

— Senhor naturalista — disse seriamente o canadense —, devemos acreditar em tudo quando se trata de baleias! Como esta avança! Como se esquiva! Há quem diga que esses animais podem dar a volta ao mundo em quinze dias.

— Não digo o contrário.

— Mas o que provavelmente não sabe, professor Aronnax, é que no começo do mundo as baleias eram mais velozes ainda.

— De verdade, Ned? E qual seria a causa disso?

— Porque naquela época possuíam a cauda atravessada como os peixes, o que significa que, achatada verticalmente, ela batia na água da esquerda para a direita e da direita para a esquerda. Mas o Criador, julgando aquela velocidade excessiva, torceu-lhes a referida cauda, e desde esses tempos, elas batem nas águas de cima para baixo, perdendo velocidade.

— Muito bem, Ned — eu disse, usando uma expressão típica do canadense —, e devemos acreditar em você?

— Não muito — respondeu Land —, do mesmo modo que se lhes contasse que existem baleias com cem metros de comprimento, pesando quinhentas toneladas.

— Impensável, de fato — concordei. — Nem por isso deixo de admitir a hipótese de determinados cetáceos poderem alcançar um desenvolvimento considerável, uma vez que chegam a fornecer até cento e vinte toneladas de óleo.

— Quanto a isso, vi com meus olhos — afirmou o canadense.

— Acredito piamente, Ned, como acredito que o volume de certas baleias equivale ao de cem elefantes. Imagine os efeitos produzidos por tal massa lançada a toda velocidade!

— É verdade que elas podem afundar navios? — perguntou Conselho.

— Navios, não acredito — sentenciei. — Contam, porém, que em 1820, exatamente nestes mares do sul, uma baleia atacou o *Essex*, obrigando-o a recuar a uma velocidade de quatro metros por segundo. Com a proa fazendo água, o *Essex* soçobrou quase instantaneamente.

Ned dirigiu-me um olhar desconfiado.

---

176. Referência à primeira viagem de Simbad em *As mil e uma noites*, quando ele e seus companheiros fazem escala numa ilha de vegetação exuberante, que acaba por se revelar um enorme animal marinho encalhado há tanto tempo que a areia o cobriu, transformando-o numa ilha onde crescem árvores desde a noite dos tempos. Sentindo o calor das fogueiras acesas pelos marinheiros desembarcados, o animal põe-se mar adentro.

— Na minha história — ele disse —, levei uma rabanada de baleia, dentro do meu bote, obviamente. Meus companheiros e eu fomos lançados a uma altura de seis metros. Mas, comparada à baleia do senhor professor, a minha não passava de um baleiote.

— E esses animais vivem muito tempo? — perguntou Conselho.

— Mil anos — respondeu o canadense sem piscar.

— Como sabe disso, Ned?

— Porque dizem.

— E por que dizem?

— Porque sabem.

— Não, Ned, não sabem, supõem, e eis o raciocínio em que se baseia tal suposição. Há quatrocentos anos, quando os pescadores caçaram baleias pela primeira vez, esses animais apresentavam dimensões superiores às que exibem atualmente. Supõe-se, portanto, com muita lógica, que a inferioridade das baleias atuais resulta de que não tiveram tempo de atingir seu completo desenvolvimento. É o que faz Buffon declarar que esses cetáceos podiam e deviam mesmo viver mil anos. Está escutando?

Ned Land não escutava, nem prestava mais atenção. A baleia continuava se aproximando e ele a devorava com os olhos.

— Ah! — exclamou. — Não é mais uma baleia, são dez, são vinte, é um rebanho inteiro! E não posso fazer nada! De pés e mãos atados!

— Mas, amigo Ned — sugeriu Conselho —, por que não pede ao capitão Nemo autorização para caçar...?

Conselho mal terminara sua frase e Ned já escorregava pelo alçapão à procura de Nemo. Alguns instantes depois, ambos reapareciam na plataforma.

O capitão observou o cardume de cetáceos brincando nas águas a uma milha do *Náutilus*.

— São baleias-austrais — constatou. — A sorte grande para uma frota de baleeiras.

— Justamente, senhor — rogou o canadense —, eu não poderia tentar caçá-las, nem que fosse para não esquecer minha antiga profissão de arpoador?

— Para quê? — rebateu o capitão Nemo. — Caçar apenas para destruir! Temos com que preparar óleo de baleia a bordo.

— Mas, capitão — desafiou o canadense —, o senhor nos autorizou a perseguir um dogongo no mar Vermelho.

— Naquela circunstância, a finalidade era providenciar carne fresca para a tripulação. Agora, seria matar por matar. Sei muito bem que este é um privilégio reservado ao homem, mas não aceito entretenimentos homicidas. Destruindo a baleia-austral ou a baleia-franca, criaturas inofensivas e boas, seus semelhantes, mestre Land, cometem uma ação censurável. Agindo assim, despovoaram toda a baía de Baffin e levarão à extinção uma classe muito útil de animais.

Deixe em paz os infelizes cetáceos. Eles já têm problemas suficientes com seus inimigos naturais — cachalotes, espadas e serras — sem a sua intromissão.

Cabe ao leitor imaginar a cara do canadense durante essa aula de moral. Expor tais argumentos a um caçador era perda de tempo. Ned Land observava o capitão Nemo e visivelmente não compreendia o que ele queria dizer. Entretanto, o capitão tinha razão: um dia, a obsessão bárbara e inconsequente dos pescadores irá extinguir a última baleia dos oceanos.

Ned Land assobiou entre os dentes seu "Yankee Doodle",[177] meteu as mãos nos bolsos e virou as costas a todos nós.

Nesse ínterim, o capitão Nemo observava o cardume de cetáceos. Dirigindo-se a mim, declarou:

— Não menti ao afirmar que, além do homem, as baleias têm inúmeros outros inimigos naturais. Em breve esses animais enfrentarão um duro desafio. Percebe, professor Aronnax, aqueles pontos escuros movendo-se a oito milhas a sotavento?

— Sim, capitão — respondi.

— São cachalotes, animais terríveis que já encontrei em cardumes de duzentos ou trezentos! Estes, sim, animais cruéis e predadores, temos motivos para exterminar.

O canadense voltou-se ansiosamente ao ouvir estas últimas palavras.

— Se é assim, capitão — intervim —, ainda é tempo, no próprio interesse das baleias...

— Inútil expor-se, professor. O *Náutilus* basta para dispersar os cachalotes. Está armado com um esporão de aço tão eficiente quanto o arpão de mestre Land, imagino.

Esquecendo os bons modos, o canadense fez um muxoxo. Atacar aqueles cetáceos a golpes de esporão! Quem já ouvira falar de tal coisa?

— Espere, professor Aronnax — disse o capitão. — Vai assistir a uma caçada que ainda não conhece. Impossível sentir compaixão por esses ferozes cetáceos. Eles são todos boca e dentes!

Boca e dentes! Impossível descrever melhor o cachalote macrocéfalo, cujo comprimento às vezes ultrapassa vinte e cinco metros. Sua cabeça, impressionante, ocupa aproximadamente um terço do corpo. Mais bem equipado que a baleia, cuja maxila superior é dotada apenas de barbelas, é munido de vinte e cinco volumosos dentes, com vinte e cinco centímetros de altura, cilíndricos e cônicos no topo, pesando um quilo cada um. Na parte superior dessa enorme cabeça, e em grandes cavidades separadas por cartilagens, encontram-se armazenados entre trezentos e quatrocentos quilogramas da preciosa banha conhecida como "espermacete de baleia". O cachalote é um

177. Canção que os ingleses entoavam para zombar dos colonos norte-americanos. Em *Da Terra à Lua*, Jules Verne descreve "Yankee Doodle" como o "hino nacional" americano, comparando-o à *Marselhesa*.

Eles são todos boca e dentes!

animal feio, mais embrião que peixe, segundo a observação de Frédol.[178] É um pouco disforme, tendo por assim dizer "perdido" toda a parte esquerda de sua estrutura. A propósito, vê apenas com o olho direito.

178. Referência a *O mundo do mar*. Sobre Frédol, ver nota 84.

Nesse ínterim, a monstruosa manada continuava se aproximando. Avistara as baleias e preparava-se para atacá-las. Podíamos presumir antecipadamente a vitória dos cachalotes, não apenas porque são mais bem constituídos para o ataque que seus inofensivos adversários, mas também porque podem permanecer mais tempo sob as águas, sem necessidade de subir à superfície para respirar.

Urgia socorrer as baleias. O *Náutilus* posicionou-se ligeiramente abaixo da linha do mar. Conselho, Ned e eu nos acomodamos diante da vidraça do salão. O capitão Nemo foi juntar-se ao timoneiro, a fim de operar o submarino como uma máquina mortífera. Dali a pouco senti as batidas da hélice acelerarem e nossa velocidade aumentar.

O combate entre cachalotes e baleias já começara quando o *Náutilus* chegou e manobrou de maneira a isolar o cardume dos macrocéfalos. Estes, no início, não se abalaram muito à visão do novo monstro que se imiscuía na batalha. Mas não demorou muito para que tivessem de se defender de seus golpes.

Que luta! O próprio Ned Land, subitamente animado, terminou por aplaudir. Projetado à frente pela destreza de seu capitão, o *Náutilus* transformara-se num arpão assassino, lançando-se contra aquelas massas carnudas e atravessando-as de lado a lado, deixando após sua passagem duas fervilhantes metades de animal. Os contundentes golpes que fustigavam seus flancos sequer eram sentidos. Os choques que ele próprio causava, tampouco. Exterminado um cachalote, o submarino corria para outro, girava em seu eixo para não perder sua presa, avançando, recuando, dócil ao timão, mergulhando quando o cetáceo imergia nas profundezas, subindo com ele quando voltava à superfície, golpeando-o de cheio ou de lado, cortando-o, rasgando-o e, em todas as direções e velocidades, perfurando-o com seu terrível esporão.

Que carnificina! Que polvorosa na superfície das águas! Que silvos agudos e que roncos, típicos desses animais quando apavorados! Em meio a camadas normalmente tão serenas, suas caudas geravam verdadeiros vagalhões.

O homérico massacre, do qual os macrocéfalos não podiam fugir, estendeu-se por uma hora. Em diversas oportunidades, dez ou doze deles, coordenados, tentaram esmagar o *Náutilus* sob sua massa. Pela vidraça, víamos suas bocarras denteadas, seus olhos ciclópicos. Ned Land, que perdera o controle, ameaçava-os, xingava-os. Sentíamos que se aferravam ao nosso aparelho como cães a um osso. O *Náutilus*, porém, forçando sua hélice, ora os carregava, ora os arrastava, ora os reconduzia ao nível superior das águas, indiferente tanto a seu peso enorme quanto a suas presas poderosas.

Enfim a massa dos cachalotes se dispersou. As águas se acalmaram. Percebi que ganhávamos novamente a superfície. O alçapão foi aberto e acorremos à plataforma.

O mar estava coberto de cadáveres mutilados. Uma explosão devastadora não teria dividido, rasgado ou despedaçado mais violentamente aquelas massas de carne. Flutuávamos em meio a corpos descomunais, azulados no dorso, esbranquiçados no ventre e com enormes protuberâncias formando corcovas. Alguns cachalotes apavorados fugiam no horizonte. Com as águas tingidas de vermelho num espaço de várias milhas, o *Náutilus* flutuava em meio a um mar de sangue.

O capitão Nemo juntou-se a nós.

— O que me diz, mestre Land? — perguntou.

— Digo, senhor — respondeu o canadense, cujo entusiasmo arrefecera —, que é de fato um espetáculo medonho. Mas não sou açougueiro, sou caçador, e isso não passa de um matadouro.

— Um abate de animais malignos — emendou o capitão —; o *Náutilus* não é um facão de açougueiro.

— Prefiro meu arpão — insinuou o canadense.

— Cada um com sua arma — concluiu o capitão, encarando fixamente Ned Land.

Meu temor era que o arpoador se deixasse arrebatar por algum impulso de consequências catastróficas. Mas, naquele momento, sua raiva foi desviada pela visão de uma baleia se aproximando do *Náutilus*.

O animal não conseguira escapar do dente dos cachalotes. Reconheci a baleia-austral pela cabeça achatada, inteiramente preta. Anatomicamente, distingue-se da baleia-branca e da *nord-caper* pela solda das sete vértebras verticais, além de possuir duas costelas a mais que suas congêneres. O desventurado cetáceo, deitado de lado, o ventre esburacado pelas mordidas, estava morto. Na ponta da nadadeira mutilada agarrava-se ainda um pequeno filhote, que ela não conseguira salvar do massacre. De sua boca aberta — e através das barbelas — vazava água, furiosa como uma ressaca.

O capitão Nemo conduziu o *Náutilus* para junto do cadáver do animal. Dois de seus homens subiram no flanco da baleia e, não sem espanto, vi que retiravam de seus úberes todo o leite que continham, isto é, o equivalente a dois ou três tonéis.

O capitão me ofereceu uma xícara desse leite ainda morno. Embora eu não houvesse deixado de demonstrar minha repugnância, ele me garantiu tratar-se de um leite excelente, praticamente igual ao de vaca.

Provei e tive de concordar. Significava, portanto, para nós, uma útil aquisição, pois, sob forma de manteiga salgada ou queijo, aquele leite serviria para variar um pouco nosso cardápio.

Desse dia em diante, observei preocupado que a aversão de Ned Land ao capitão Nemo só fazia aumentar, e resolvi vigiar de perto o comportamento do canadense.

13. *A banquisa*

O *Náutilus* retomara seu imperturbável curso para o sul, acompanhando o quinquagésimo meridiano a uma velocidade considerável. Pretendia alcançar o polo? Eu sequer considerava tal hipótese, pois até aquela data haviam fracassado todas as tentativas de se chegar àquele ponto do globo. A estação climática, aliás, já ia muito adiantada, uma vez que o 13 de março das terras antárticas corresponde ao 13 de setembro das regiões boreais, que dá início ao período equinocial.

Em 14 de março, avistei blocos de gelo flutuando a 55° de latitude; simples detritos lívidos de quarenta metros, formando escolhos contra os quais o mar quebrava. O *Náutilus* mantinha-se na superfície do oceano. Ned Land, já tendo pescado nos mares árticos, estava familiarizado com o espetáculo dos *icebergs*. Conselho e eu o admirávamos pela primeira vez.

Na atmosfera, no horizonte sul, estendia-se uma deslumbrante faixa branca, denominada *iceblink*[179] pelos baleeiros ingleses. Por mais espessas que sejam as nuvens, elas não conseguem escurecê-la. Ela anuncia um *pack*, isto é, um banco de gelo.

Com efeito, logo surgiram blocos maiores, cujo brilho alterava-se conforme os caprichos da bruma. Alguns deles exibiam veios esverdeados, como se o sulfato de cobre neles houvesse desenhado linhas onduladas. Outros, semelhantes a enormes ametistas, deixavam-se penetrar pela luz, reverberando a claridade do dia nas mil facetas de seus cristais. Outros ainda, matizados pelos intensos reflexos do calcário, teriam bastado para a construção de uma cidade de mármore.

179. *Iceblink*: do inglês *ice*, "gelo", e *blink*, "piscar". É um fenômeno de óptica decorrente do reflexo da luz solar, que se apresenta sob a forma de uma coluna brilhante apontada para o céu.

Quanto mais descíamos para o sul, mais aquelas ilhas flutuantes aumentavam em número e imponência, abrigando milhares de ninhos de aves polares. Eram petréis, pardelas e grazinas, que nos ensurdeciam com seus gritos. Algumas, tomando o *Náutilus* pelo cadáver de uma baleia, vinham descansar em cima dele e bicavam seu sonoro revestimento metálico.

Durante a navegação em meio aos blocos de gelo, o capitão Nemo praticamente não deixou a plataforma, examinando com atenção aquelas regiões inóspitas. Por vezes seu olhar sereno parecia ganhar vida. Julgaria ele que, nas águas polares, proibidas ao homem, podia se considerar em casa, soberano dos espaços intransponíveis? Talvez, embora não falasse. Imóvel, atuava apenas quando seus instintos de piloto prevaleciam. Dominando o *Náutilus* com uma perícia a toda prova, evitava habilmente o impacto daqueles blocos, alguns dos quais tinham de comprimento vários quilômetros e de altura algo entre setenta e oitenta metros. O horizonte fechava-se de tempos em tempos. Na altura do sexagésimo grau de latitude, nosso caminho parecia bloqueado. Mas o capitão, procurando atentamente, logo descobria uma estreita abertura, pela qual se esgueirava com audácia, sabendo muito bem, entretanto, que ela voltaria a se fechar atrás dele.

O *Náutilus*, portanto, guiado por aquela mão sagaz, venceu todos os blocos de gelo, tradicionalmente classificados, segundo sua forma ou tamanho, com uma precisão que deslumbrava Conselho: *icebergs* ou montanhas, *icefields* ou campos uniformes e sem limites, *driftice* ou blocos flutuantes, *packs* ou bancos rachados, denominados *palchs* quando circulares e *streams* quando formam fragmentos alongados.

A temperatura caíra bruscamente. O termômetro, exposto ao ar externo, marcava entre dois e três graus abaixo de zero. Estávamos bem agasalhados com peles, pelas quais focas e ursos marinhos haviam, literalmente, dado o sangue. O interior do *Náutilus*, aquecido por seus aparelhos elétricos, desafiava o frio mais intenso. Aliás, teria bastado que ele imergisse poucos metros abaixo das águas para encontrar uma temperatura mais razoável.

Dois meses mais cedo teríamos desfrutado de um dia perpétuo sob aquela latitude, mas a noite já se fazia presente por três ou quatro horas, e, mais tarde, viria a lançar seis meses de penumbra sobre aquelas regiões circumpolares.

Em 15 de março, a latitude das ilhas New Shetland e Orkney do Sul foi ultrapassada. Antigamente, segundo o relato do capitão, numerosas tribos de focas habitavam aqueles mares, mas os baleeiros ingleses e americanos, em sua fúria de destruição, massacrando adultos e fêmeas prenhes — nas quais já vibrava o sopro da vida —, haviam deixado em seu rastro o silêncio da morte.

No dia seguinte, às oito da manhã, o *Náutilus*, acompanhando o quinquagésimo quinto meridiano, cortou o círculo polar antártico. Blocos de gelo nos cercavam de todos os lados, obstruindo o horizonte. Imperturbável, o capitão Nemo avançava de passagem em passagem e continuava a subir.

— Mas aonde ele vai? — perguntei.

— Em frente — afirmou Conselho. — No fim, quando não puder seguir adiante, vai parar.

— Eu não apostaria nisso! — duvidei.

Para ser franco, admito que aquela temerária excursão não me desagradava. Impossível descrever o quanto me pareciam maravilhosas as belezas daquelas novas regiões. Os blocos de gelo ganhavam aspectos soberbos. Aqui, seu conjunto formava uma cidade oriental, com incontáveis mesquitas e minaretes. Ali, uma cidade em ruínas, como que derrubada por uma convulsão do solo. Aspectos incessantemente retocados pelos raios solares oblíquos ou perdidos nas brumas cinzentas, em meio aos turbilhões de neve. De todos os lados, estouros, desmoronamentos, colisões de *icebergs*, mudando o cenário como a paisagem de um diorama.[180]

Quando o *Náutilus* estava imerso e aqueles equilíbrios se rompiam, o estrondo propagava-se sob as águas com uma intensidade assustadora, e as avalanches geravam temíveis turbilhões, que iam até as camadas profundas do oceano. O *Náutilus* jogava e adernava como um navio entregue à fúria dos elementos.

Em certos instantes, eu não via mais nenhuma saída, julgando-nos presos para sempre. Porém, orientado pelo instinto, ao menor indício o capitão Nemo descobria novas passagens. Nunca se enganava diante dos finos filetes de água azulada que sulcavam os *icefields*, o que me deu a certeza de que já aventurara o *Náutilus* por águas antárticas.

No dia 16 de março, contudo, os campos de gelo obstruíram completamente nossa rota. Ainda não era a banquisa, mas vastos *icefields* cimentados pelo frio. O obstáculo não podia deter o capitão Nemo, que se lançou furiosamente contra aquele estorvo. O *Náutilus* entrou como uma cunha no bloco friável,[181] dividindo-o com rachaduras terríveis. Era o antigo aríete impelido por uma força infinita. Pedaços de gelo, projetados para cima, caíam como granizo à nossa volta. Movido exclusivamente pela força de impulsão, nosso aparelho abria um canal particular. Algumas vezes, estilingado pelo próprio movimento, o submarino montava no campo de gelo e o esmagava com seu

180. Inventado por Louis Daguerre (1787-1851) em 1832, o diorama consistia numa tela transparente e plana, sobre a qual eram pintadas paisagens, vistas de cidades ou cenas diversas. Conforme a iluminação projetada, a cena passava do dia à noite, variava as cores e dava ilusão de movimento. Daguerre também ficou conhecido como o criador do daguerreótipo, precursor da fotografia.

181. Diz-se, em geologia, de um bloco mineral passível de esfarelar-se.

peso; outras, enfurnado sob o *icefield*, dividia-o com uma simples adernada que produzia largas fendas.

Ao longo desses dias, fomos atingidos por várias tempestades e o nevoeiro era tão denso que numa ponta da plataforma não conseguíamos ver ninguém na extremidade oposta. O vento zunia, vindo de todos os quadrantes. A neve se acumulava, em camadas tão duras que era necessário quebrá-la a golpes de picareta. Sob uma temperatura de cinco graus abaixo de zero, todas as partes externas do *Náutilus* cobriram-se de placas de gelo. Uma enxárcia não teria facilitado a manobra, pois todas as boças emperrariam na garganta das roldanas. Apenas uma embarcação sem velas e movida por um motor elétrico, que dispensasse o uso do carvão, seria capaz de enfrentar latitudes tão altas.

Sob tais condições, o barômetro indicava queda constante, chegando a marcar 73,5cm.[182] A bússola perdera a confiabilidade e seus ponteiros, enlouquecidos, apontavam direções contraditórias, aproximando-se do polo magnético meridional, o qual não corresponde ao sul do globo. Com efeito, segundo Hansteen, o polo situa-se a aproximadamente 70° de latitude e 130° de longitude, e, pelas medições de Duperrey,[183] a 135° de longitude e 70°30' de latitude. Urgia, portanto, fazer reiteradas observações nas bússolas instaladas em diferentes setores da embarcação e tirar uma média. Mas, em geral, baseávamo-nos numa estimativa para retraçar a rota percorrida, método pouco satisfatório em meio a gargantas sinuosas cujas referências mudam incessantemente.

Por fim, em 18 de março, após vinte tentativas infrutíferas, o *Náutilus* viu-se definitivamente bloqueado. Não eram mais *streams*, nem *palchs*, nem *icefields*, mas uma interminável e imóvel barreira formada por montanhas soldadas entre si.

— A banquisa! — exclamou o canadense.

Compreendi que, para Ned Land e todos os navegadores que o haviam precedido, tratava-se de um obstáculo inexpugnável. Por uma fugaz aparição do sol em torno do meio-dia, o capitão Nemo obteve uma medição bastante precisa, que mostrava nossa situação em 51°30' de longitude e 67°39' de latitude meridional. Já era um ponto avançado das regiões antárticas.

Não havia mais sinal de mar ou superfície líquida. Sob o esporão do *Náutilus* estendia-se uma vasta planície atormentada, atravancada por blocos acavalados, com toda a balbúrdia caprichosa que caracteriza a superfície de

182. Ou seja, abaixo do nível do mar, uma vez que a pressão atmosférica no nível do mar corresponde a 76 centímetros (de mercúrio numa coluna de 100 centímetros).

183. Christophe Hansteen (1784-1873), astrônomo norueguês, autor de *Pesquisas sobre o magnetismo terrestre* (1819); Louis Isidore Duperrey (1786-1865), marinheiro e cientista, membro da Academia de Ciências francesa, elaborou diversos mapas do Pacífico e do Atlântico sul.

um rio um pouco antes do degelo, mas em proporções gigantescas. Aqui e ali, picos agudos, agulhas finíssimas com seiscentos metros de altitude; mais adiante, uma série de penhascos íngremes em gamas de cinza, vastos espelhos que refletiam tênues raios de sol afogados nas brumas. Sobre aquela natureza desolada, pairava um silêncio feroz, rompido apenas pelo batimento das asas dos petréis ou papagaios-do-mar. Tudo, até o som, virava gelo.

O *Náutilus* foi obrigado a interromper sua temerária investida contra os campos congelados.

— Professor — interpelou-me Ned Land aquele dia —, não me diga que o seu capitão pretende avançar!

— Não acredita?

— Só se for um titã.

— Por quê, Ned?

— Porque a banquisa é intransponível. Seu capitão é poderoso, mas, com mil diabos!, não mais que a natureza, e ali onde ela estabeleceu limites somos obrigados a parar, por bem ou por mal.

— Concordo, Ned, mas ainda assim eu gostaria de saber o que há atrás dessa banquisa! Um muro, eis o que mais me irrita!

— O patrão tem razão — interveio Conselho. — Muros só foram inventados para exasperar os cientistas. Não deveria haver muros em lugar nenhum.

— Ora! — fez o canadense. — Sabemos exatamente o que existe atrás dessa banquisa.

— O quê, por favor? — perguntei.

— Gelo, e depois mais gelo!

— Você tem certeza disso, Ned — repliquei —, mas eu não. Daí minha curiosidade.

— Pois bem, professor — recomendou o canadense —, desista da ideia. Dê-se por satisfeito: chegou à banquisa, mas não irá mais longe, nem o seu capitão Nemo, nem o seu *Náutilus*. E, queira ele ou não, voltaremos para o norte, que é lugar de gente direita.

E de fato, apesar de seus esforços e dos poderosos meios empregados para fragmentar os blocos de gelo, o *Náutilus* estacou. Ora, normalmente, quem não pode seguir adiante deve retroceder, mas, visto que os desfiladeiros haviam se fechado atrás de nós, retroceder ali era tão impossível quanto avançar, e, ainda que nosso aparelho permanecesse estacionário, não tardaria a ficar bloqueado. Foi justamente o que aconteceu às duas da tarde, quando um gelo novo começou a se formar sobre seus flancos com espantosa rapidez. Fui obrigado a admitir que o comportamento do capitão Nemo era mais do que imprudente.

Eu estava na plataforma naquele momento. O capitão, que analisava a situação havia alguns instantes, interrogou-me:

O Náutilus estava bloqueado.

— E então, professor, o que acha?

— Acho que estamos presos, capitão.

— Presos! E o que entende por isso?

— Que não podemos ir nem para a frente nem para trás, nem para lado algum. É, creio, a acepção de "presos", pelo menos nos continentes habitados.

— Quer dizer, professor Aronnax, que supõe que o *Náutilus* não conseguirá libertar-se?

— Dificilmente, capitão, pois a estação já vai muito adiantada para contarmos com o degelo.

— Ah, professor — ironizou o capitão Nemo —, o senhor continua o mesmo! Não vê nada a não ser empecilhos e obstáculos! Pois lhe assevero que não apenas o *Náutilus* se libertará, como continuará a avançar!

— Mais para o sul? — perguntei, observando o capitão.

— Sim, professor, ele irá ao polo.

— Ao polo! — exclamei, incapaz de reprimir um arroubo de entusiasmo.

— Sim! — respondeu friamente o capitão. — Ao polo antártico, a esse ponto desconhecido onde se cruzam todos os meridianos do globo. O senhor sabe que faço o que quero com o *Náutilus*.

Sim, eu sabia! Sabia ser aquele homem audaz até a temeridade! Mas vencer os espinhosos obstáculos do polo sul — mais inacessível que o polo norte, ainda não alcançado pelos mais intrépidos navegadores — era uma empreitada insensata, concebível apenas no cérebro de um louco!

Ocorreu-me então a ideia de perguntar ao capitão Nemo se ele já havia descoberto aquele polo jamais pisado por um pé humano.

— Não, professor — foi sua resposta —, o descobriremos juntos. Ali onde outros fracassaram, não fracassarei. Nunca passeei com o meu *Náutilus* tão longe nos mares austrais, mas, repito, ele continuará a avançar.

— Quero crer no senhor, capitão — foi minha vez de ironizar. — Acredito no senhor! Vamos em frente! Não existem obstáculos para nós! Arrebentemos essa banquisa! Vamos explodi-la ou, caso ela resista, daremos asas ao *Náutilus* a fim de que ele possa passar por cima!

— Por cima, professor? — respondeu tranquilamente o capitão Nemo. — Por cima, não, por baixo.

— Por baixo! — exclamei.

Uma súbita revelação dos planos do capitão acabava de iluminar meu espírito. Eu havia compreendido. As maravilhosas qualidades do *Náutilus* iam servi-lo mais uma vez numa empreitada sobre-humana!

— Vejo que começamos a nos entender, professor — disse o capitão, com um meio sorriso. — Já vislumbra a possibilidade, eu diria o sucesso, dessa tentativa. O que é impraticável para um navio normal torna-se fácil para o *Náutilus*. Se um continente emergir no polo, ele se deterá diante desse continente. Mas se, ao contrário, for o mar livre a banhá-lo, alcançará o próprio polo!

— Com efeito — concordei, arrebatado pelo raciocínio do capitão —, se a superfície do mar é solidificada pelos blocos de gelo, suas camadas inferiores permanecem livres, pela razão providencial que colocou num grau superior ao do congelamento o máximo de densidade da água do mar. E, se não me engano, a parte submersa dessa geleira está para a parte emersa na proporção de quatro para um…

— Aproximadamente, professor. Para trinta e três centímetros que um *iceberg* aflora acima do mar, há cerca de um metro abaixo dele. Ora, uma vez que essas montanhas de gelo não ultrapassam cem metros de altitude, elas afundam a apenas trezentos. E o que são trezentos metros para o *Náutilus*?

— Nada, capitão.

— Ele poderá inclusive procurar a uma profundidade maior a temperatura uniforme dessas águas marinhas, e lá desafiaremos impunemente os trinta ou quarenta graus de frio da superfície.

— Correto, capitão, corretíssimo — respondi, me animando.

— A única dificuldade — prosseguiu o capitão Nemo — será permanecermos submersos dias a fio sem renovar nossa provisão de ar.

— Só isso? — argumentei. — Os reservatórios do *Náutilus* são imensos, basta enchê-los e eles nos fornecerão todo o oxigênio de que precisamos.

— Bem imaginado, professor Aronnax — respondeu sorrindo o capitão. — Mas, para depois não ser acusado de temeridade, submeto-lhe antecipadamente todas as minhas objeções.

— E ainda tem alguma?

— Uma única. Se porventura viermos a encontrar mar no polo sul, é possível que ele esteja bloqueado, o que impediria nosso regresso à superfície.

— Ora, capitão, se esqueceu de que o *Náutilus* é dotado de um temível esporão? Não poderemos lançá-lo diagonalmente contra esses campos de gelo, rasgando-os com o impacto?

— Hoje o senhor está um poço de ideias, professor!

— Aliás, capitão — acrescentei, definitivamente entusiasmado —, por que não encontraríamos mar livre no polo sul como no polo norte? Os polos do frio e os polos da terra não se confundem nem no hemisfério austral nem no boreal, e, até que provem o contrário, devemos supor ou um continente ou um oceano livre do gelo nesses dois pontos do globo.

— Também penso dessa forma, professor Aronnax — concordou o capitão Nemo. — Chamo apenas sua atenção para o fato de que, após emitir tantas objeções contra o meu plano, agora o senhor me esmaga com argumentos a favor.

O capitão Nemo dizia a verdade. Consegui vencê-lo em audácia! Era eu quem o arrastava para o polo! Tomava sua dianteira, deixava-o para trás... Vã ilusão, mente insensata! O capitão Nemo conhecia melhor que você os prós e contras da situação e divertia-se vendo-o arrebatado pelas divagações do impossível!

Enquanto isso, sem perder um segundo, ele chamou e um imediato apareceu. Os dois homens conversaram rapidamente em sua incompreensível linguagem, e, ou porque o imediato já estava previamente avisado ou porque achasse o plano exequível, não deixou transparecer nenhuma surpresa.

Porém, por mais impassível que estivesse, não demonstrou impassibilidade mais completa do que Conselho quando comuniquei ao digno rapaz nossa intenção de investir até o polo sul. Um "o patrão é quem manda" recebeu minha comunicação, e tive de me contentar com isso. Quanto a Ned Land, nunca vi muxoxo mais incrédulo que o do canadense.

— Ouça, professor — disse ele —, o senhor e o capitão Nemo me dão pena!

— Iremos ao polo, mestre Land.

— É possível, voltar é que eu quero ver!

E Ned dirigiu-se à sua cabine, "para não fazer uma besteira", em suas palavras.

Enquanto isso, tinham início os preparativos para a intrépida aventura. As poderosas válvulas do *Náutilus* bombeavam ar para o interior dos reservatórios e o armazenavam a alta pressão. Por volta das quatro horas, o capitão Nemo me avisou que os alçapões da plataforma iam ser fechados. Lancei um último olhar para a colossal geleira que nos esperava. Tínhamos céu claro, ar puro, vento constante e doze graus abaixo de zero, mas, com o vento amainando, a temperatura não parecia demasiado intolerável.

Dez homens subiram nos flancos do *Náutilus*, e, com picaretas, quebraram o gelo em torno da quilha, que logo se desvencilhou. Operação realizada com presteza, pois o gelo, recente, ainda estava fino. Voltamos todos para o interior. Os tanques foram abastecidos com aquela água liberada. O *Náutilus* não demorou a descer.

Instalei-me no salão com Conselho. Pela escotilha, observávamos as camadas inferiores do oceano austral. O termômetro subia. O ponteiro do manômetro divergia no mostrador.

A trezentos metros, como previra o capitão Nemo, flutuávamos sob a superfície ondulada da banquisa e o *Náutilus* continuava a descer, atingindo oitocentos metros de profundidade. A temperatura da água, de doze graus na superfície, não passava de onze ali. Dois graus já haviam sido ganhos. Desnecessário dizer que a temperatura dentro do *Náutilus*, elevada por seus aparelhos de calefação, era bem mais alta. Todas as manobras realizavam-se com extraordinária precisão.

— Passaremos, o patrão tenha paciência — disse-me Conselho.

— É o que espero! — respondi cheio de convicção.

Sob aquele mar livre, o *Náutilus* apontara diretamente para o polo, sem se afastar do quinquagésimo segundo meridiano. De 67°30' a 90°, restavam percorrer vinte e dois graus e meio em latitude, isto é, pouco mais de quinhentas léguas. O *Náutilus* estabilizou-se numa velocidade média de vinte e seis milhas por hora, ou seja, a velocidade de uma locomotiva. Se a mantivesse, bastariam quarenta horas para alcançar o polo.

Durante parte da noite, a novidade da situação fez com que Conselho e eu não desgrudássemos da vidraça do salão. A luz do farol iluminava o mar deserto. Os peixes não habitavam aquelas águas prisioneiras, vendo nelas so-

O capitão Nemo apareceu.

mente uma passagem para irem do oceano antártico ao mar livre do polo. Avançávamos rapidamente, sentindo a velocidade pelas trepidações no comprido casco de aço.

Por volta das duas da manhã, fui tirar umas horas de repouso, e Conselho fez o mesmo. Atravessando as coxias, não encontrei o capitão Nemo. Imaginei que permanecia na casinhola do timoneiro.

No dia seguinte, 19 de março, às cinco da manhã, reassumi meu posto no salão. A barquilha elétrica indicou que a velocidade do *Náutilus* havia se reduzido. Ele agora subia à superfície, mas, prudentemente, esvaziando lentamente seus reservatórios.

Eu estava tenso. Iríamos emergir e reencontrar a atmosfera livre do polo?

Não. Um impacto sinalizou que o *Náutilus* colidira com a superfície inferior da banquisa, ainda espessa em demasia, a julgar pela pancada seca. Com efeito, havíamos "tocado", para usar a expressão submarina, mas no sentido inverso e a trezentos metros de profundidade. O que significava cerca de novecentos de gelo acima de nós, dos quais trezentos emergiam. A banquisa apresentava então uma altura superior à que registráramos a bordo. Circunstância pouco tranquilizadora.

Durante aquele dia, o *Náutilus* repetiu várias vezes a mesma experiência, e em todas elas veio chocar-se contra a muralha que o asfixiava. Em certas ocasiões, encontrou-a a novecentos metros, o que acusava mil e duzentos metros de espessura, dos quais trezentos elevavam-se acima da superfície. Era o dobro de sua altura no momento em que o *Náutilus* imergira.

Anotei cuidadosamente aquelas diversas profundidades, obtendo dessa forma o perfil submarino da cordilheira que se desenvolvia sob as águas.

À noite, nada de novo. Sempre o gelo entre quatrocentos e quinhentos metros de profundidade. Redução evidente, mas que muralha ainda entre nós e a superfície do oceano!

Eram oito horas. Pela rotina diária de bordo, já fazia quatro horas que o ar deveria ter sido renovado no interior do *Náutilus*. Apesar disso, e de o capitão ainda não ter solicitado o oxigênio extra de seus tanques, eu não me afligia muito.

Dormi mal aquela noite. Esperança e medo fustigavam-me alternadamente. Levantei-me várias vezes. As tentativas do *Náutilus* continuavam. Em torno das três da manhã, observei que a superfície inferior da banquisa encontrava-se a apenas cinquenta metros de profundidade. Logo, quinhentos metros nos separavam da superfície das águas. A banquisa voltava a ser gradativamente *icefield*. A montanha fazia-se planície.

Meus olhos não desgrudavam do manômetro. Continuávamos a subir, numa diagonal, rumo à superfície resplandecente que cintilava por cima e por baixo em rampas alongadas. A banquisa afinava-se a cada milha percorrida.

Finalmente, às seis da manhã daquele memorável 19 de março, a porta do salão se abriu e o capitão Nemo apareceu e anunciou:

— Mar livre!

14. *O polo sul*

Corri à plataforma. Sim! Mar livre, a não ser por alguns blocos esparsos, *icebergs* à deriva. Ao longe, um mar extenso; um mundo de aves nos ares e de peixes sob as águas, os quais, acompanhando o tom dos fundos, variavam do azul-escuro ao verde-oliva. O termômetro marcava três graus centígrados acima de zero. Era como uma primavera relativa encerrada atrás daquela banquisa, cujas massas distantes perfilavam-se no horizonte norte.

— Estamos no polo? — perguntei alvoroçado ao capitão.

— Ignoro — foi sua resposta. — Ao meio-dia levantaremos nossa posição.

— Mas o sol aparecerá através dessas brumas? — indaguei, notando o cinza do céu.

— Se aparecer um instante que seja, será o suficiente — disse o capitão.

Dez milhas ao sul do *Náutilus*, certa ilhota solitária erguia-se a uma altitude de duzentos metros. Avançávamos em sua direção, mas com cautela, a fim de evitar colisões.

Levamos uma hora para abordá-la e mais duas para contorná-la. Media quatro a cinco milhas de circunferência e um estreito canal a separava de uma extensão de terra, talvez um continente, cujos limites não nos era dado perceber. A existência daquela extensão de terra parecia dar razão às hipóteses de Maury. Com efeito, o engenhoso americano percebeu que, entre o polo sul e o paralelo 60, o mar é juncado de imensos blocos de gelo flutuantes, o que não acontece no Atlântico norte. Desse fato, e levando em conta que *icebergs* não se formam em alto-mar mas apenas em litorais, deduziu que o círculo antártico contém terras consideráveis. Segundo seus cálculos, a massa dos blocos de gelo que povoam o polo austral forma uma vasta calota, cuja largura deve perfazer quatro mil quilômetros.

Enquanto isso, o *Náutilus*, receando encalhar, detivera-se a seiscentos metros de uma praia dominada por um soberbo conglomerado de rochas. O escaler foi lançado ao mar e o capitão, com dois de seus homens carregando os instrumentos, além de Conselho e de mim, embarcou. Eram dez horas da manhã. Eu não vira Ned Land. O canadense, provavelmente, não queria retratar-se na presença do polo sul.

Algumas remadas levaram o escaler até a costa, onde ele encalhou. Quando Conselho se preparava para desembarcar, retive-o.

— Capitão — eu disse —, cabe ao senhor ser o primeiro a pisar nesta terra.

— Sim, professor — respondeu o capitão, saltando com leveza em terra firme —, e, se não hesito em pisar este chão do polo, é porque até hoje ser humano algum deixou aqui vestígio de seus passos.

Pronunciadas estas palavras, sob forte emoção, escalou um rochedo que terminava num mirante sobre um pequeno promontório e ali, de braços cruzados, olhar ardente, imóvel, mudo, pareceu tomar posse das regiões austrais. Depois de cinco minutos naquele êxtase, voltou-se para nós.

— Quando quiser, professor — gritou na minha direção.

Desembarquei, seguido por Conselho e deixando os dois homens no escaler.

Numa longa extensão, o solo era revestido por um pó fino e vermelho, como se fosse tijolo moído. Escórias, chapas de lava e pedra-pomes o recobriam. Impossível ignorar sua origem vulcânica. Em certos lugares, algumas leves fumarolas, expelindo um cheiro sulfuroso, atestavam que o fogo ainda conservava seu poder expansivo. Curiosamente, depois de escalar uma alta escarpa, não vi nenhum vulcão num raio de várias milhas. É sabido que, nas regiões antárticas, James Ross[184] encontrou as crateras do Érebo e do Terror em plena atividade, no meridiano 167 e a 77°32' de latitude.

A vegetação daquele continente desolado pareceu-me bastante limitada. Compunham a escassa flora da região alguns liquens da espécie *Usnea melanoxantha*, que revestiam rochas escuras, plântulas microscópicas, diatomeias rudimentares, espécies de células dispostas entre duas conchas quártzicas, e compridos fucos púrpura e carmim, sustentados por pequenas bexigas natatórias e que o jogo das águas lançava no litoral.

A praia estava tomada por moluscos, pequenos mariscos, lapas, búzios lisos em forma de coração e, em especial, por clios de corpo oblongo e membranoso, cuja cabeça é formada por dois lobos abaulados. Vi também incontáveis clios-boreais, com três centímetros de comprimento, dos quais as

184. James Ross (1800-62), navegador inglês, explorador das águas polares, realizou diversas expedições ao polo sul entre 1839 a 1843. Deu o nome de seus navios, *Erebo* e *Terror*, a dois vulcões descobertos em 1841 no continente antártico.

baleias engolem um mundo a cada mordida. Esses encantadores pterópodes, autênticas borboletas do mar, animavam as águas livres na orla da praia.

Entre outros zoófitos, surgiam nas profundezas algumas arborescências coralígenas, que, segundo as observações de James Ross, vivem nos mares antárticos até mil metros de profundidade; em seguida, pequenos corais-moles pertencentes à espécie *Procellaria pelagica*; bem como um grande número de astérias exclusivas desses climas e estrelas-do-mar constelando o solo.

Mas onde a vida fervilhava era nos ares, onde voavam e planavam aos milhares aves das mais variadas espécies, que nos ensurdeciam com seus gritos. Outras ocupavam as rochas, olhando-nos passar sem medo e correndo atrás de nós com familiaridade. Eram pinguins, tão ágeis e flexíveis na água, onde chegaram a ser confundidos com rápidos bonitos, quanto desajeitados e pesadões em terra firme. Emitiam gritos singulares e reuniam-se em concorridas assembleias, sóbrias de gestos, mas pródigas em clamores.

Dentre as aves, observei a pomba-antártica, da família dos pernaltas, do tamanho de pombos comuns, branca, bico curto e cônico, olho aureolado por um círculo vermelho. Conselho delas fez um estoque, pois essas aves, preparadas convenientemente, dão um saboroso prato. Pelos ares passavam albatrozes fuliginosos com uma envergadura de quatro metros, que faziam jus ao apelido de abutres do oceano; petréis gigantescos, entre os quais *quebrante-huesos*,[185] com as asas arqueadas e grandes comedores de focas; pombos-do-cabo, um tipo de patinhos cuja parte inferior do corpo é preta e branca; por fim, toda uma série de petréis, uns esbranquiçados, com as asas rajadas de marrom, outros azuis e exclusivos dos mares antárticos, estes últimos "tão oleosos", eu disse a Conselho, "que os moradores das ilhas Faroe[186] limitam-se a lhes adaptar uma mecha antes de acendê-los".

— Mais um pouco — foi o comentário de Conselho —, seriam lâmpadas perfeitas! Só faltava querer que a natureza os tivesse criado com uma mecha!

Meia milha adiante, vimos uma infinidade de ninhos escavados no solo, possivelmente tocas construídas para a postura de ovos, e dos quais escapava uma série de aves. O capitão Nemo mandou caçar algumas mais tarde, pois sua carne escura é bastante apreciável. Zurrando como asnos, aqueles animais, do tamanho de um ganso, o corpo ardósia, brancos embaixo e com uma gravata debruada em limão, deixavam-se matar a pedradas sem sequer esboçar a fuga.

Mas o nevoeiro não se desfazia e, às onze horas, o sol ainda não aparecera, ausência que não deixava de me preocupar. Sem ele, era impossível saber nossa posição. Como então determinar se havíamos alcançado o polo?

185. Em espanhol, "quebra-ossos", assim chamado devido à robustez de seu bico e da força de suas asas.

186. Grupo de ilhas situado entre a Inglaterra e a Islândia.

Milhares de aves nos ensurdeciam com seus gritos.

Quando me juntei ao capitão Nemo, encontrei-o silenciosamente apoiado num bloco rochoso, observando o céu. Parecia impaciente, contrariado, mas o que fazer quanto a isso? Aquele homem intrépido e poderoso não comandava o sol como comandava o mar.

Meio-dia chegou sem que o astro do dia desse o ar da graça. Impossível saber sequer onde se encontrava detrás da cortina de bruma, a qual logo veio a se dissolver em neve.

— Veremos amanhã — limitou-se a dizer o capitão, e voltamos ao *Náutilus* em meio aos turbilhões da atmosfera.

Durante nossa ausência, as redes haviam sido jogadas, e observei com interesse os peixes que acabavam de içar a bordo. Os mares antárticos são refúgio de um grande contingente de migrantes, em fuga das tormentas das zonas menos elevadas, para, é verdade, cair nas presas dos marsuínos e das focas. Registrei alguns cotídeos austrais, com um decímetro de comprimento, espécie de cartilaginosos esbranquiçados atravessados por faixas lívidas e dotados de espinhos, bem como quimeras antárticas, com um metro de comprimento, o corpo afilado, a pele branca, prateada e uniforme, a cabeça arredondada, o dorso equipado com nadadeiras, o focinho terminado numa tromba curvada na direção da boca. Provei de sua carne, mas julguei-a insípida, a despeito da opinião de Conselho, que não se fez de rogado.

A nevasca durou até o dia seguinte, o que impossibilitou o uso da plataforma. Do salão, onde registrava os incidentes daquela excursão ao continente polar, eu ouvia os gritos dos petréis e albatrozes brincando na tormenta. O *Náutilus* não permaneceu imóvel e, na linha da costa, avançou dez milhas para o sul, para o centro da semiclaridade que o sol deixava ao resvalar nas bordas do horizonte.

No dia seguinte, 20 de março, parou de nevar e o frio se acentuou, com o termômetro marcando dois graus abaixo de zero. A neblina subiu e torci para que nossa observação pudesse ser efetuada ao longo do dia.

Como o capitão Nemo ainda não aparecera, Conselho e eu embarcamos no escaler, que nos deixou em terra. A natureza do solo era a mesma, vulcânica. Por toda parte, vestígios de lavas, escórias, basaltos, sem que eu percebesse a cratera que os expelira. Aqui e ali, miríades de animais animavam essa parte do continente polar, império que partilhavam com vastos rebanhos de mamíferos marinhos, os quais nos observavam com olhos meigos. Eram focas de espécies diversas, umas se espreguiçando no solo, outras deitadas sobre blocos de gelo à deriva ou saindo do mar ou para ele retornando. Jamais tendo lidado com o homem, não fugiam quando nos aproximávamos, e eu imaginava que ali havia carne suficiente para abastecer centenas de navios.

— Confesso que estou feliz por Ned Land não ter vindo! — exclamou Conselho.

— E pode me explicar por quê?

— Porque o caçador desvairado teria promovido um extermínio.

— Que exagero! Mas, pensando bem, acho que não conseguiríamos impedir o nosso amigo canadense de arpoar alguns desses magníficos mamíferos. O que teria irritado o capitão Nemo, que não derrama sangue de animais inofensivos à toa.

— No que tem toda a razão.

— Não há o que discutir, Conselho. Mas, conte-me, já classificou esses soberbos espécimes da fauna marinha?

— O patrão sabe muito bem — respondeu Conselho — que a prática não é o meu forte. Quando me houver ensinado o nome desses animais...

— São focas e morsas.

— Dois gêneros, pertencentes à família dos pinípedes — apressou-se a esclarecer o meu infalível Conselho —, ordem dos carnívoros, grupo dos unguiculados, subclasse dos eutérios, classe dos mamíferos, ramo dos vertebrados.

— Parabéns, Conselho — aprovei —, mas esses dois gêneros, focas e morsas, dividem-se em espécies, e, ou muito me engano, ou teremos oportunidade de observá-las. Adiante.

Eram oito horas da madrugada, restando-nos quatro para desfrutar até o momento em que o sol pudesse ser observado de modo conveniente. Dirigi nossos passos para uma vasta baía recortada no penhasco granítico da praia.

Ali, creiam-me, a perder de vista e em todas as direções, as terras e os blocos de gelo estavam tomados por mamíferos marinhos, e eu procurava involuntariamente o velho Proteu, o mitológico pastor que guardava aqueles imensos rebanhos de Netuno. Focas em sua maioria, formavam grupos distintos, machos e fêmeas, o pai cuidando da família, a mãe amamentando as crias, algumas das quais, jovens, desenvolvidas, emancipavam-se após uma curta caminhada. Quando queriam se deslocar, avançavam por meio de pequenos saltos gerados pela contração do corpo, ajudando-se desajeitadamente com a imperfeita nadadeira, que, no peixe-mulher, seu congênere, forma um verdadeiro antebraço. Devo dizer que, na água, seu elemento por excelência, esses animais de espinha dorsal móvel, bacia estreita, pelo curto e cerrado e patas espalmadas nadam admiravelmente. Em repouso e em terra, exibem atitudes extremamente graciosas, o que fez com que os antigos, observando sua fisionomia dócil e olhar expressivo, como não seria o mais belo olhar de mulher, seus olhos aveludados e límpidos, suas posições encantadoras, e poetizando-os à sua maneira, metamorfoseassem os machos em tritões e as fêmeas em sereias.

Chamei a atenção de Conselho para a hipertrofia dos lobos cerebrais naquelas inteligentes criaturas. Nenhum mamífero, à exceção do homem, tem matéria cerebral mais rica. As focas, por exemplo, facilmente domesticáveis, conseguem receber certa educação, e acredito — do mesmo modo que outros naturalistas — que, convenientemente amestradas, poderiam prestar grandes serviços como cães de pesca.

A maioria delas dormia sobre os rochedos ou na areia. Entre as focas propriamente ditas, que não têm orelhas externas — diferindo nesse aspecto das otárias, cuja orelha é saliente —, observei diversas variedades de pinípedes, medindo cerca de três metros de comprimento e identificáveis pelo branco do pelo e a cabeça de buldogue, munidos de dez dentes em cada mandíbula, quatro incisivos em cima e embaixo e dois grandes caninos recortados em forma de flor-de-lis. Entre eles deslizavam elefantes-marinhos, um tipo de foca com tromba curta e móvel, gigantes da espécie, que, para uma circunferência de seis metros, mediam dez de comprimento. Não esboçavam nenhuma reação à nossa aproximação.

— Não são animais perigosos? — perguntou-me Conselho.

— Não — respondi —, a menos que atacados. Quando uma foca defende a cria, sua fúria é terrível, e não é raro estraçalhar o pesqueiro.

— Está no seu direito — julgou Conselho.

— Não digo que não.

Duas milhas adiante fomos detidos pelo promontório, que protegia a baía contra os ventos do sul e caía aprumado sobre o mar, espumando com a rebentação. Do outro lado, ressoavam mugidos ensurdecedores, dignos de uma manada de ruminantes.

— Ora, mas seria um concerto de touros? — arriscou Conselho.

— Não — expliquei —, um concerto de morsas.

— Estão brigando?

— Brigando ou brincando.

— Que o patrão me perdoe, mas temos de ver isso.

— E sem demora, Conselho.

E lá fomos nós, vencendo as rochas escuras, em meio a avalanches inesperadas e sobre pedras que o gelo deixava como sabão. Mais de uma vez, escorreguei, sentindo as costelas doloridas. Conselho, mais prudente, ou mais sólido, não esmorecia, erguendo-me e dizendo:

— Se o patrão se dispusesse a arquear as pernas, o patrão se equilibraria melhor.

Ao chegarmos à aresta superior do promontório, percebi uma vasta planície branca, coberta de morsas. Os animais brincavam entre si. Eram grunhidos de alegria, não de raiva.

As morsas, embora semelhantes às focas pela forma do corpo e a disposição dos membros, apresentam a mandíbula inferior sem caninos ou incisivos, e, quanto aos caninos superiores, consistem em duas cerdas com quatro centímetros de comprimento, cujo alvéolo mede trinta e três de circunferência. Esses dentes, feitos de um marfim compacto e sem estrias, mais duro que o dos elefantes e menos propenso a amarelecer, são muito cobiçados. Assim resulta que as morsas são objeto de uma caça ensandecida, que em breve irá exterminá-las, considerando que os caçadores, ao massacrar indistintamente as fêmeas prenhes e as jovens, eliminam mais de quatro mil destes animais por ano.

Passando rente àqueles curiosos e imperturbáveis animais, pude examiná-los à vontade. Sua pele era grossa e enrugada, num tom fulvo, tendendo ao ruivo; seu pelo, curto e ralo. Alguns tinham quatro metros de comprimento. Mais tranquilos e menos amedrontados que seus congêneres do norte, não delegavam a sentinelas escolhidas a tarefa de vigiar as fronteiras daquele assentamento.

Depois de percorrer a cidade das morsas, cogitei voltar. Eram onze horas, e, se o capitão Nemo tivesse encontrado condições propícias para calcular nossa posição, eu queria estar presente. Em todo caso, não acreditava que o sol fosse aparecer. Nuvens compactas no horizonte furtavam-no à nossa vista. Parecia que o astro cioso não queria revelar a seres humanos aquele ponto inabordável do globo.

De toda forma, minha ideia era regressar ao *Náutilus*. Seguimos uma trilha estreita que corria no topo do penhasco. Às onze e meia, chegamos ao ponto de desembarque. O escaler deixara o capitão em terra e avistei-o de pé sobre um bloco de basalto, com os instrumentos ao seu alcance. Seu olhar fixava-se no horizonte norte, onde o sol então descrevia sua alongada curva.

Instalei-me junto a ele e esperei calado. Meio-dia chegou, mas, assim como na véspera, nem sinal de sol.

Era uma fatalidade. Ainda não tínhamos nossa posição. Se no dia seguinte a situação persistisse, teríamos de desistir definitivamente de calcular nossas coordenadas.

Com efeito, estávamos precisamente no dia 20 de março. No dia seguinte, 21, dia do equinócio, descontando a refração, o sol desapareceria sob o horizonte por seis meses, e aquele retraimento daria início à longa noite polar. A contar do equinócio de setembro, ele despontara do horizonte setentrional, elevando-se por espirais alongadas até 21 de dezembro. Por essa época, solstício de verão nas regiões boreais, recomeçara a descer, e no dia seguinte deveria dardejar-lhes seus últimos raios.

Comuniquei minhas observações e temores ao capitão Nemo.

— Tem razão, professor Aronnax — ele concordou —, se amanhã eu não obtiver a altura do sol, não poderei repetir a operação antes de seis meses. Ao mesmo tempo, porém, justamente porque os acasos de minha navegação me trouxeram, em 21 de março, a estes mares, levantarei minha posição com facilidade se, ao meio-dia, o sol dignar-se a aparecer.

— Por quê, capitão?

— Porque, quando o astro do dia descreve espirais tão alongadas, é difícil medir exatamente sua altura acima do horizonte, havendo risco de os instrumentos serem induzidos a graves erros.

— Como fará então?

— Usarei apenas o cronômetro — respondeu o capitão Nemo. — Se ao meio-dia de amanhã, 21 de março, o disco do sol, considerando a refração, for cortado exatamente pelo horizonte norte, é que estou no polo sul.

— É verdade — concordei. — Por outro lado, tal asserção carece de rigor matemático, uma vez que o equinócio não coincide necessariamente com o meio-dia.

— Sem dúvida, professor, mas a margem de erro é de apenas cem metros, o que é desprezível. Até amanhã, então.

O capitão Nemo voltou a bordo, enquanto Conselho e eu permanecemos na praia até as cinco horas, observando e estudando. Não coletei nenhum objeto curioso, a não ser um ovo de pinguim, notável pelo tamanho, e pelo qual um colecionador teria oferecido mais de mil francos. Sua cor amarelecida, as listras e caracteres que o enfeitavam, como hieróglifos, faziam dele um raro bibelô. Coloquei-o de volta nas mãos de Conselho e o prudente rapaz, pisando firme, segurando-o como se fosse valiosa porcelana chinesa, levou-o intacto até o *Náutilus*.

Guardei o ovo raro sob uma das vitrines do museu. Jantei com apetite um delicioso naco de fígado de foca, cujo sabor lembrava o da carne de porco. Depois me deitei, não sem ter invocado, como um hindu, a magnanimidade do astro radioso.

No dia seguinte, 21 de março, às cinco horas da manhã, subi à plataforma, onde encontrei o capitão Nemo.

— O tempo está abrindo — ele me comunicou. — A expectativa é boa. Depois do almoço, iremos a terra escolher um posto de observação.

Isso decidido, fui ao encontro de Ned Land. Queria levá-lo comigo. O teimoso canadense recusou, e vi claramente que seu ar taciturno, assim como seu abominável humor, aumentava dia a dia. Naquela circunstância, não tentei vencer sua teimosia. Realmente era um mundo de focas, e não convinha submeter o indócil pescador àquela tentação.

Terminado o almoço, fui ao continente. O *Náutilus* avançara algumas milhas durante a noite, estacionando ao largo, a uma boa légua do litoral dominado por uma agulha de quatrocentos a quinhentos metros. Além de mim, o escaler transportava o capitão Nemo, dois homens da tripulação e os instrumentos, isto é, um cronômetro, uma luneta e um barômetro.

Durante a travessia, vi inúmeras baleias, pertencentes às três espécies exclusivas dos mares austrais, a baleia-franca ou "a *right-whale*" dos ingleses, destituída de nadadeira dorsal; a *hump-back*, baleinóptero de ventre plissado, grandes nadadeiras esbranquiçadas, que, apesar do nome, não formam asas; e a *fing-back*, castanho-amarelada, o mais esperto desses cetáceos. O poderoso animal faz-se ouvir de longe, quando projeta a uma grande altitude suas colunas de ar e vapor, semelhantes a turbilhões de fumaça. Os diferentes mamíferos entretinham-se em cardumes nas águas tranquilas, e vi claramente que aquela bacia do polo antártico agora servia de refúgio para os cetáceos mais encarniçadamente perseguidos pelos caçadores.

Observei igualmente longos cordões esbranquiçados de salpas, um tipo de moluscos agregados, e medusas opulentas equilibrando-se no vaivém das ondas.

Às nove horas, atracamos. O céu ia clareando. As nuvens fugiam para o sul. A névoa abandonava a superfície fria das águas. O capitão Nemo dirigiu-se ao pico, onde decerto pretendia instalar seu observatório. Foi uma ascensão difícil em meio a lavas pontiagudas e púmices, numa atmosfera frequentemente saturada pelas emanações sulfúricas das fumarolas. O capitão, para um homem desacostumado a pisar em terra, escalava as escarpas mais íngremes com flexibilidade e agilidade que eu não podia igualar e que daria inveja a um caçador de cabritos-monteses.

Precisamos de duas horas para alcançar o cume daquele pico forjado em pórfiro e basalto. De lá descortinava-se um mar aberto, que, na direção norte, desenhava nitidamente sua linha de demarcação contra o fundo do céu. A nossos pés, campos ofuscantes de alvura. Sobre nossas cabeças, um azul-claro, livre da neblina. Ao norte, o disco do sol como uma bola de fogo já ceifada pelo gume do horizonte. Em feixes, do seio das águas, projetavam-se centenas de magníficos esguichos. Ao longe, o *Náutilus*, como um cetáceo adormecido. Atrás de nós, ao sul e a leste, uma terra imensa, um amontoamento caótico de rochas e blocos de gelo a perder de vista.

O capitão Nemo, ao chegar ao cume do pico, verificou cuidadosamente a altitude por intermédio do barômetro, pois devia levá-la em conta em sua observação.

Faltando quinze minutos para o meio-dia, o sol, percebido apenas por refração, mostrou-se como um disco dourado e espalhou seus últimos raios sobre aquele continente abandonado, aqueles mares nunca antes singrados pelo homem.

O capitão Nemo, equipado com uma luneta reticulada, a qual, mediante um espelho, corrigia a refração, observou o astro que se esgueirava sem pressa atrás do horizonte, seguindo uma diagonal bem alongada. Eu segurava o cronômetro. Meu coração batia descontroladamente. Se o desaparecimento do semidisco do sol coincidisse com o meio-dia do cronômetro, estávamos justamente no polo.

— Meio-dia! — exclamei.

— O polo sul! — respondeu o capitão Nemo com uma voz grave, entregando-me a luneta, que mostrava o astro do dia precisamente fatiado em duas porções iguais pelo horizonte.

Observei os últimos raios coroarem o pico e as sombras subirem pouco a pouco sobre suas encostas.

O capitão Nemo, apoiando a mão no meu ombro, declarou então:

— Professor, em 1600, o holandês Gheritk, arrastado por correntes e tempestades, alcançou 64° de latitude sul e descobriu as New Shetland. Em 1773, em 17 de janeiro, o ilustre Cook, acompanhando o trigésimo oitavo meridiano, chegou a 67°30' de latitude, e em 1774, em 30 de janeiro, no centésimo nono meridiano, atingiu 71°15' de latitude. Em 1819, o russo Bellinghausen viu-se no sexagésimo nono paralelo, e em 1821, no sexagésimo sexto a 111° de longitude oeste. Em 1820, o inglês Brunsfield deteve-se no sexagésimo quinto

"Adeus, sol! Que a noite de seis meses venha estender suas sombras sobre meu novo domínio!"

grau. No mesmo ano, um simples pescador de focas, o inglês Wedel, atingia 72°14' de latitude no trigésimo quinto meridiano e 74°15' no trigésimo sexto. Em 1829, o inglês Forster, comandando o *Chanticleer*, tomava posse do continente antártico a 63°26' de latitude e 66°26' de longitude. Em 1831, o inglês Biscoe, em 1º de fevereiro, descobria a terra de Enderby a 68°50' de latitude, em 1832, em 5 de fevereiro, a terra de Adelaide a 67° de latitude, e, em 21 de fevereiro, a terra de Graham a 64°45' de latitude. Em 1838, o francês Dumont-d'Urville, detido pela banquisa a 62°57' de latitude, avistava a terra Luís Filipe; dois anos mais tarde, numa nova ponta ao sul, batizava, a 66°30', em 21 de janeiro, a terra Adélia, e uma semana depois, a 64°40', a costa Clarie. Em 1838, o inglês Balleny descobria a terra Sabrina, no limite do círculo polar. Finalmente, em 1842, o inglês James Ross, escalando o Érebo e o Terror, em 12 de janeiro, a 76°56' de latitude e 171°7' de longitude leste, descobria a terra Victoria; em 23 do mesmo mês, tocava o septuagésimo quarto paralelo, o ponto extremo atingido até aquela data; no dia 27, estava a 76°8', no 28, a 77°32', em 2 de fevereiro, a 78°4', e em 1842, voltava ao septuagésimo primeiro grau, que não conseguiu vencer. Pois bem, eu, capitão Nemo, neste 21 de março de 1868, alcancei o polo sul no nonagésimo grau e tomo posse desta região do globo equivalente a um sexto dos continentes conhecidos.

— Em nome de quem, capitão?

— No meu, professor!

E, com estas palavras, o capitão Nemo desfraldou uma bandeira preta, estampando um N em ouro esquartelado sobre o tecido de lã. Em seguida, voltando-se para o astro do dia, cujos últimos raios lambiam o horizonte do mar, exclamou:

— Adeus, sol! Desapareça, astro radioso! Deite-se sob esse mar livre e permita que a noite de seis meses venha estender suas sombras sobre meu novo domínio!

15. *Acidente ou incidente?*

No dia seguinte, 22 de março, às seis horas da manhã, tiveram início os preparativos para a partida. As últimas luzes do crepúsculo dissolviam-se na noite gélida. As constelações reluziam com surpreendente intensidade. No zênite cintilava o admirável Cruzeiro do Sul, constelação polar das regiões antárticas.

O termômetro marcava doze graus abaixo de zero e, quando o vento soprava, fustigava como chicote. Blocos de gelo proliferavam na água livre. O mar tendia a congelar em toda parte. Incontáveis placas escuras, espalhadas sobre sua superfície, anunciavam a formação próxima do gelo jovem. Evidentemente a bacia austral, congelada durante os seis meses do inverno, era absolutamente inacessível. Para onde iam as baleias durante aquele período? Provavelmente para baixo da banquisa, em busca de mares mais navegáveis. Quanto às focas e morsas, acostumadas a viver sob climas mais rudes e dotadas do instinto de escavar buracos nos *icefields* e mantê-los sempre abertos, permaneciam naquelas paragens congeladas. Era por aqueles buracos que respiravam, quando as aves, afugentadas pelo frio, migravam para o norte, e aqueles mamíferos marinhos passavam a ser os únicos soberanos do continente polar.

Nesse ínterim, os tanques de água haviam se enchido e o *Náutilus* descia lentamente. A uma profundidade de trezentos metros, estabilizou-se. Sua hélice rasgou as águas e ele avançou em linha reta para o norte a uma velocidade de quinze milhas por hora. No fim do dia, já navegava sob a imensa carapaça congelada da banquisa.

Por prudência, as escotilhas do salão haviam sido fechadas, uma vez que o casco do *Náutilus* poderia esbarrar em algum bloco submerso, o que me fez ocupar aquele dia passando meus apontamentos a limpo. Sentia-me impregnado das recordações do polo. Havíamos atingido aquele ponto inacessível sem fadigas, sem riscos, como se o nosso vagão flutuante deslizasse sobre os trilhos de uma ferrovia. E agora começava de fato o regresso. Ainda me reservaria surpresas iguais? Eu imaginava que sim, dado o inesgotável número de maravilhas submarinas! Por outro lado, fazia cinco meses e meio que o acaso nos lançara a bordo, havíamos percorrido catorze mil léguas, e neste périplo, mais extenso que o equador terrestre, quantos incidentes curiosos ou terríveis não haviam colorido nossa viagem: a caçada nas florestas de Crespo, o encalhe no estreito de Torres, o cemitério de coral, as pescarias no Ceilão, o Túnel das Arábias, os vulcões de Santorim, os milhões da baía de Vigo, a Atlântida, o polo sul! À noite, todas essas recordações, passando de sonho em sonho, não deram trégua ao meu cérebro.

Fui despertado às três da madrugada por um impacto violento. Soerguera-me na cama e escutava em meio à escuridão quando fui precipitado bruscamente para o meio do quarto. Evidentemente, o *Náutilus* perdia o prumo após uma colisão.

Apoiei-me nas paredes e me arrastei pelas coxias até o salão iluminado. Os móveis estavam derrubados. Felizmente, os expositores, solidamente fixados no chão, haviam resistido. Os painéis de estibordo, devido ao deslocamento vertical, juntaram-se às tapeçarias, enquanto os de bombordo delas se distanciavam trinta centímetros por sua moldura inferior. O *Náutilus* estava deitado a estibordo e, como se não bastasse, absolutamente imóvel.

Ouvi barulho de passos e vozes confusas, mas o capitão Nemo não apareceu. Quando eu ia deixar o salão, Ned Land e Conselho entraram.

— O que está havendo? — perguntei imediatamente.

— É o que vim saber do patrão — respondeu Conselho.

— Com mil diabos! — exclamou o canadense. — E eu não sei!? O *Náutilus* colidiu. A julgar pela inclinação lateral, não creio que se safe como na primeira vez, no estreito de Torres.

— Mas pelo menos retornou à superfície? — perguntei.

— Ignoramos — respondeu Conselho.

— É fácil saber.

Consultei o manômetro. Para meu espanto, indicava uma profundidade de trezentos e sessenta metros.

— O que significa isso? — exclamei.

— A resposta está com o capitão Nemo — disse Conselho.

— Mas onde o encontramos? — perguntou Ned Land.

— Sigam-me — convoquei meus dois companheiros.

Deixamos o salão. Na biblioteca, ninguém. Na escadaria central, no posto da tripulação, ninguém. Imaginei que o capitão Nemo estivesse tomando providências na casinha do timoneiro. Melhor esperar. Voltamos os três ao salão.

Enfrentei silenciosamente as vociferações do canadense. Tinha razões de sobra para se exaltar. Deixei-o descarregar o mau humor a seu bel-prazer, sem retrucar.

Estávamos assim fazia vinte minutos, buscando flagrar os menores ruídos que se produzissem no interior do *Náutilus*, quando o capitão Nemo entrou. Pareceu não nos ver. Sua fisionomia, em geral tão impassível, revelava certa preocupação. Observou silenciosamente a bússola e o manômetro e veio pousar o dedo sobre um ponto do planisfério, na área que reproduz os mares austrais.

A princípio não quis interrompê-lo, contudo, decorridos alguns instantes, quando ele se voltou, interpelei-o da mesma forma que no estreito de Torres:

— Um incidente, capitão?

— Não, professor — foi a sua resposta —, um acidente dessa vez.

— Grave?

— Talvez.

— Há perigo iminente?

— Não.

— O *Náutilus* encalhou?

— Sim.

— E esse encalhe é resultado...?

— De um capricho da natureza, não de falha humana. Manobramos corretamente, mas é impossível lutar contra a lógica do equilíbrio. Podemos desafiar as leis humanas, não resistir às leis naturais.

Momento singular escolhido pelo capitão Nemo para entregar-se àquela reflexão filosófica. Resumindo, sua resposta não me esclareceu nada.

— Posso saber, capitão — perguntei —, a causa desse acidente?

— Um enorme bloco de gelo, uma montanha inteira desmoronou — ele explicou. — Quando os *icebergs* são minados em sua base por águas mais quentes ou impactos reiterados, seu centro de gravidade sobe, o que os desloca e provoca deslizamentos. Foi o que aconteceu. Um desses blocos, ao desmoronar, chocou-se com o *Náutilus*, que navegava submerso. Em seguida, escorregando sob seu casco e levantando-o com uma força irresistível, arrastou-o para camadas menos densas do oceano, onde ele se encontra deitado de lado.

— Mas não é possível libertar o *Náutilus* esvaziando os tanques, de maneira a reequilibrá-lo?

— É o que está sendo feito neste momento, professor. Pode ouvir as bombas funcionarem. Observe o ponteiro do manômetro. Indica que o *Náutilus* está subindo, mas o bloco de gelo está vindo junto com ele e, até que um obstáculo detenha esse movimento ascensional, nossa posição permanecerá inalterável.

Com efeito, o *Náutilus* continuava deitado a estibordo. Provavelmente se aprumaria, quando o bloco repousasse. Mas quem sabe se não esbarraria então na parte inferior da banquisa, deixando-nos pavorosamente entalados entre as duas superfícies geladas?

Eu refletia sobre todas as possíveis consequências da situação. O capitão Nemo não tirava os olhos do manômetro. O *Náutilus*, desde a queda do *iceberg*, subira aproximadamente cinquenta metros, mas fazia sempre o mesmo ângulo com a perpendicular.

Repentinamente, sentimos um débil movimento no casco. Tudo indicava que o *Náutilus* recobrava um pouco o prumo. Os objetos pendurados no salão voltaram perceptivelmente à sua posição normal. As paredes recuperavam a verticalidade. Nenhum de nós falava. Tensos, observávamos, sentíamo-nos novamente aprumados. O assoalho voltara à horizontal novamente. Dez minutos se passaram.

— Finalmente endireitamos! — exclamei.

— Sim — confirmou o capitão Nemo, dirigindo-se à porta do salão.

— E flutuaremos? — indaguei.

— Certamente — asseverou ele —, uma vez que os tanques ainda não estão vazios e que, uma vez esvaziados, o *Náutilus* deverá novamente alçar-se à superfície das águas.

Mal o capitão saiu, percebi, por suas ordens, que haviam detido o avanço ascensional do *Náutilus*. Com efeito, caso contrário ele não tardaria a colidir com a parte inferior da banquisa, sendo preferível mantê-lo entre duas águas.

— Por um triz! — foram então as palavras de Conselho.

— É verdade. Poderíamos ter ficado entalados entre esses blocos de gelo, ou, no mínimo, presos. E, sem condições de renovar o ar... Realmente, foi por um triz!

— Se é que acabou — murmurou Ned Land.

Não quis entrar numa discussão que não ia levar a lugar nenhum, e não respondi. Aliás, as escotilhas foram descerradas naquele momento e a luz externa irrompeu através da vidraça liberada.

Flutuávamos na água, repito. Porém, a uma distância de dez metros e de ambos os lados do *Náutilus*, deparávamo-nos com uma ofuscante chapa de gelo. Em cima e embaixo, a mesma chapa. Em cima, porque a superfície inferior da banquisa estendia-se como um imenso teto. Embaixo, porque o bloco deslocado, deslizando gradativamente, encontrara nos paredões laterais dois pontos de apoio que o conservavam naquela posição. O *Náutilus* estava preso num verdadeiro túnel de gelo, de aproximadamente vinte metros de largura, tomado por águas tranquilas. Era-lhe então fácil sair dali, avançando fosse para a frente, fosse para trás, e em seguida escapar, algumas centenas de metros mais abaixo, por uma passagem livre sob a banquisa.

O teto luminoso se apagara, mesmo assim o salão resplandecia intensamente. É que a poderosa reverberação das paredes de gelo refletia violentamente o facho do farol. Eu não saberia descrever o efeito dos raios voltaicos sobre aqueles blocos maciços caprichosamente decupados, dos quais cada ângulo, cada aresta, cada faceta irradiava uma luminosidade diferente, conforme a natureza dos veios que corriam no gelo. Mina deslumbrante de pedras preciosas, em especial safiras, que digladiavam seus jatos azuis com o verde das esmeraldas. Aqui e ali, matizes opalinos de uma delicadeza infinita corriam em meio a pontos ardentes como diamantes de fogo cujo brilho o olhar não aguentava. A intensidade do farol era centuplicada, como a de uma lanterna através das lâminas lenticulares de um potente holofote.

— Que beleza! Que beleza! — exclamava Conselho.

— É verdade, um espetáculo admirável! — acrescentei. — Não concorda, Ned?

— Com mil diabos, sim! — soltou-se Ned Land. — É soberbo! É triste ser obrigado a concordar. Nunca se viu nada igual. Mas esse espetáculo pode nos custar caro. E, já que é para dizer tudo, penso que vemos aqui coisas que Deus não queria que o homem visse!

Ned tinha razão. Era terrivelmente belo. De repente um grito de Conselho fez com que eu me voltasse.

— O que há? — perguntei.

— Que o patrão feche os olhos! Que o patrão não veja!

Dizendo isso, Conselho aplicava com força as mãos sobre as pálpebras.

— Mas o que há, meu rapaz?

— Estou ofuscado, cego!

Meus olhares dirigiram-se involuntariamente para a vidraça, mas não pude suportar o fogo que a devorava.

Compreendi o que acontecera. O *Náutilus* acabava de pôr-se em marcha a grande velocidade. Todos os tranquilos fragmentos das muralhas de gelo haviam então se transformado em raios fulgurantes. Os fogos daquelas miríades de diamantes se confundiam. O *Náutilus*, propelido por sua hélice, viajava dentro de um invólucro de raios.

As escotilhas do salão se fecharam. Conservamos as mãos nos olhos, impregnados daqueles fulgores concêntricos que flutuam na retina quando os raios solares a castigam em excesso. Precisamos esperar um pouco que a turvação de nossas vistas melhorasse.

Finalmente, baixamos as mãos.

— Por Deus, eu nunca teria acreditado — disse Conselho.

— E eu ainda não acredito! — reforçou o canadense.

— Quando voltarmos a terra — acrescentou Conselho —, cansados dessas maravilhas da natureza, o que pensaremos dos míseros continentes e das modestas obras forjadas pela mão dos homens! Não! O mundo habitado não é mais digno de nós!

Tais palavras na boca de um impassível flamengo mostram o grau de ebulição de nosso entusiasmo. Mas o canadense logo nos chamou à realidade:

— O mundo habitado! — disse, balançando a cabeça. — Esqueça, amigo Conselho, não voltaremos a pôr os pés nele.

Eram cinco horas da manhã. Naquele momento, sentimos um impacto na proa do *Náutilus*. Compreendi que seu esporão acabava de colidir com um bloco de gelo. Era possivelmente uma manobra equivocada, pois aquele túnel submarino, obstruído por blocos de gelo, não propiciava uma navegação fácil. Pensei então que o capitão Nemo, alterando sua rota, ou contornaria aqueles obstáculos ou acompanharia os meandros do túnel. Em todo caso, não havia mais como interromper seu avanço. Apesar disso, contrariando minha expectativa, o *Náutilus* adotou um movimento retrógrado bastante pronunciado.

— Estamos dando ré? — perguntou Conselho.

— Sim — respondi. — O túnel não deve ter saída por aquele lado.

— O que significa...?

— A manobra é bem simples. — expliquei. — Voltaremos por onde viemos e sairemos pela passagem ao sul. Só isso.

Assim falando, eu queria parecer mais tranquilo do que de fato estava. Enquanto isso, o movimento retrógrado do *Náutilus* se acelerava e, navegando a contra-hélice, arrastava-nos celeremente.

— Mais um atraso — reclamou Ned.

— O que importa algumas horas a mais ou a menos, contanto que saiamos?

— O que importa — arremedou Ned Land —, contanto que saiamos!

Fui até a biblioteca. Meus companheiros, sentados, estavam em silêncio. Logo me joguei num divã e peguei um livro, que meus olhos percorreram mecanicamente.

Um quarto de hora depois, Conselho, tendo se aproximado de mim, indagou:

— É muito interessante o que o patrão está lendo?

— Interessantíssimo — respondi.

— Acredito. É o livro do patrão que o patrão está lendo!

— Meu livro?

Com efeito, sem me dar conta, eu tinha na mão a obra sobre *As grandes profundezas submarinas*. Fechei-o e voltei ao meu vaivém. Ned e Conselho levantaram para retirar-se.

— Fiquem, amigos — eu disse, retendo-os. — Não nos dispersemos até sairmos desse beco.

— O patrão é quem manda — foi a resposta de Conselho.

Algumas horas se passaram. Consultei repetidamente os instrumentos pendurados na parede do salão. O manômetro indicava que o *Náutilus* mantinha-se a uma profundidade constante de trezentos metros; a bússola, que ele continuava a se dirigir para o sul; a barquilha, que avançava a uma velocidade de vinte milhas por hora, velocidade excessiva para espaço tão exíguo. Mas o capitão Nemo sabia que não podia se precipitar e que, naquele momento, minutos equivaliam a séculos.

Às oito e vinte e cinco sobreveio uma segunda colisão. Na popa, dessa vez. Empalideci. Meus companheiros haviam se aproximado. Eu agarrara a mão de Conselho. Nos interrogávamos com o olhar, mais diretamente do que se as palavras houvessem interpretado nosso pensamento.

Naquele instante, o capitão adentrou o salão. Fui até ele.

— A rota está obstruída ao sul? — perguntei.

— Sim, professor. Ao desmoronar, o *iceberg* vedou a saída.

— Estamos bloqueados?

— Sim.

16. *Falta de ar*

Assim, em torno do *Náutilus*, por cima e por baixo, havia um impenetrável muro de gelo. Éramos prisioneiros da banquisa! O canadense deu um sonoro soco na mesa. Conselho se calava. Olhei para o capitão, cuja fisionomia recobrara a impassibilidade costumeira. Cruzara os braços. Refletia. O *Náutilus* não se mexia.

O capitão tomou a palavra:

— Senhores — disse, com uma voz calma —, há duas maneiras de morrer nas condições em que nos encontramos.

O inexplicável personagem tinha ares de um professor de matemática fazendo uma demonstração para os alunos.

— A primeira — continuou — é morrermos esmagados. A segunda é morrermos asfixiados. Não menciono a possibilidade de morrermos de fome, uma vez que os víveres do *Náutilus* decerto irão durar mais do que nós. Assim sendo, atenhamo-nos às probabilidades de esmagamento ou asfixia.

— Quanto à asfixia, capitão — respondi —, não temos por que receá-la, considerando que os reservatórios estão cheios.

— É verdade — concordou o capitão Nemo —, mas representam apenas dois dias de ar. Ora, faz trinta e seis horas que estamos enfurnados sob as águas e a atmosfera pesada do *Náutilus* já exige renovação. Nossa reserva estará esgotada dentro de quarenta e oito horas.

— Nesse caso, capitão, temos de sair daqui antes de quarenta e oito horas!

— É o que tentaremos, perfurando o paredão que nos cerca.

— De que lado? — perguntei.

— É o que a sonda nos dirá. Vou estacionar o *Náutilus* no banco inferior, e meus homens, vestindo escafandros, atacarão o *iceberg* pelo paredão menos espesso.

— Podemos abrir as escotilhas do salão?

— Não vejo inconveniente, já que paramos de avançar.

O capitão Nemo saiu. Dali a pouco ouvi um silvo e constatei que os tanques estavam sendo abastecidos. O *Náutilus* desceu lentamente e pousou no fundo de gelo, a uma profundidade de trezentos e cinquenta metros, profundidade na qual estava submersa a banquisa inferior.

— Meus amigos — eu disse —, a situação é grave, conto com sua coragem e energia.

— Professor — prontificou-se o canadense —, não é agora que virei atrapalhar com minhas lamúrias. Estou disposto a tudo para o bem comum.

— Ótimo, Ned — agradeci, estendendo a mão ao canadense.

— Acrescento — ele emendou — que, exímio na picareta assim como no arpão, se puder ser útil ao capitão, ele pode dispor de mim.

— Ele não recusará sua ajuda. Venha, Ned.

Conduzi o canadense ao quarto onde os homens do *Náutilus* vestiam seus escafandros e comuniquei ao capitão a oferta de Ned, que foi aceita. O canadense envergou seus trajes de mar e ficou a postos junto com seus colegas de trabalho. Todos carregavam nas costas o aparelho Rouquayrol, abastecido com um vasto contingente de ar puro dos reservatórios. Empréstimo considerável, mas necessário, tomado da reserva do *Náutilus*. Quanto às lanternas Ruhmkorff, eram inúteis em meio àquelas águas luminosas e saturadas de raios elétricos.

Quando Ned se vestiu, voltei ao salão, cujas escotilhas estavam descerradas. Posicionando-me atrás de Conselho, examinei as camadas ambientes que suportavam o *Náutilus*.

Instantes depois, víamos uma dúzia de homens da tripulação tomar pé sobre um banco de gelo, entre eles Ned Land, identificável pela alta estatura. O capitão Nemo estava junto.

Antes de proceder à escavação das muralhas, ele determinou a realização de sondagens a fim de assegurar a direção correta dos trabalhos. Compridas sondas foram inseridas nos paredões laterais, mas, quinze metros adiante, elas continuavam agarradas na espessa muralha. Inútil atacar a superfície do teto, uma vez que se tratava da própria banquisa, a qual media mais de quatrocentos metros de altura. O capitão Nemo decidiu então investir contra a superfície inferior. Ali, dez metros de parede nos separavam da água, pois era esta a espessura daquele campo de gelo. O objetivo era recortar um pedaço igual em superfície à linha de flutuação do *Náutilus*. Eram cerca de seis mil e quinhentos metros cúbicos a romper, com a finalidade de abrir uma brecha para atravessarmos o campo de gelo.

O trabalho foi imediatamente iniciado e empreendido com incansável obstinação. Em vez de escavar em torno do *Náutilus*, o que traria maiores dificuldades, o capitão Nemo providenciou para que se desenhasse o contorno de um grande fosso a oito metros de sua alheta de bombordo. Em seguida, os homens o perfuraram simultaneamente em vários pontos de sua circunferência. A picareta não demorou a atacar vigorosamente aquela matéria compacta, e blocos volumosos soltaram-se do maciço. Por um curioso efeito de gravidade específica, esses blocos, menos pesados que a água, voavam por assim dizer na abóbada do túnel, a qual engordava em cima com o que emagrecia embaixo. Mas isso pouco importava, contanto que a parede inferior afinasse na mesma proporção.

Após duas horas de um trabalho enérgico, Ned Land retornou esgotado. Seus colegas e ele foram substituídos por novos operários, aos quais nos juntamos, Conselho e eu. O imediato do *Náutilus* nos supervisionava.

A água pareceu-me curiosamente fria, mas logo me aqueci manejando a picareta. Embora sob uma pressão de trinta atmosferas, eu conseguia me movimentar com desenvoltura.

Quando voltei, após meu turno de duas horas, para comer alguma coisa e descansar um pouco, encontrei uma notável diferença entre o fluido puro a mim fornecido pelo aparelho Rouquayrol e a atmosfera do *Náutilus*, já carregada de gás carbônico. O ar não era renovado havia quarenta e oito horas, e suas propriedades vivificantes estavam consideravelmente enfraquecidas. Além de tudo, num lapso de doze horas, não havíamos retirado da superfície desenhada senão uma fatia de gelo com um metro de espessura, ou seja, seiscentos metros cúbicos. Admitindo que o ritmo de trabalho se mantivesse doze horas seguidas, precisaríamos ainda de cinco noites e quatro dias para levar a cabo a empreitada.

— Cinco noites e quatro dias! — desabafei com meus companheiros. — E o ar nos reservatórios dá para apenas dois dias.

— Sem falar que — lembrou Ned — depois de sairmos dessa maldita prisão, continuaremos presos sob a banquisa e sem comunicação possível com a atmosfera!

Reflexão correta. Quem poderia prever o mínimo de tempo necessário à nossa libertação? A asfixia não nos sufocaria antes que o *Náutilus* conseguisse voltar à superfície? Seria seu destino perecer naquele túmulo de gelo com os passageiros que transportava? A situação parecia terrível, mas foi encarada de frente por todos, que se mostraram decididos a cumprir seu dever até o fim.

Confirmando minhas previsões, durante a noite uma nova fatia de um metro foi retirada do imenso alvéolo. Porém, de manhã, quando, depois de vestir o escafandro, percorri a massa líquida a uma temperatura de seis a sete graus abaixo de zero, notei que as muralhas laterais aproximavam-se gradativamente. As camadas de água distantes do fosso, que o trabalho dos homens e o jogo de ferramentas não aqueciam, tendiam a solidificar-se. Na presença do novo e iminente perigo, quais eram nossas probabilidades de salvação e como impedir a solidificação daquele meio líquido, que teria triturado como vidro as paredes do *Náutilus*?

As muralhas laterais aproximavam-se gradativamente.

Não revelei o novo perigo aos meus dois companheiros. Para que correr o risco de minar a energia que eles aplicavam no penoso trabalho de salvamento? Porém, de volta a bordo, chamei a atenção do capitão Nemo para aquela grave complicação.

— Sei disso — ele me falou naquele tom calmo que as mais terríveis conjunturas não eram capazes de alterar. — É um perigo a mais, e não vejo como enfrentá-lo. A única chance de salvação é ser mais rápido que a solidificação. Trata-se de chegar na frente. Simples.

Chegar na frente! Eu já deveria estar acostumado àquele jeito de falar.

Naquele dia, horas a fio, bati a picareta obstinadamente. O trabalho me dava certo alento. E mais, trabalhar era deixar o *Náutilus*, era respirar diretamente aquele ar puro bombeado dos tanques e fornecido pelos aparelhos, era abandonar uma atmosfera rarefeita e viciada.

À tardinha, o buraco avançara um metro. Quando retornei a bordo, quase fui asfixiado pelo gás carbônico que saturava o ar. Ah, pena não dispormos dos recursos químicos capazes de expulsar aquele gás deletério! Afinal, oxigênio era o que não faltava. Toda aquela água continha uma quantidade considerável e, decompondo-a com nossas poderosas pilhas, teríamos produzido o fluido da vida, mas para que tentá-lo, considerando que o gás carbônico, produto de nossa respiração, invadira todas as partes da embarcação? Para absorvê-lo, teria sido necessário encher recipientes de potássio cáustico e agitá-los incessantemente. Ora, faltava essa substância a bordo, e nada podia substituí-la.

Naquela noite, Nemo foi obrigado a abrir as torneiras dos tanques e injetar algumas colunas de ar puro no interior do *Náutilus*. Sem tal precaução, não teríamos acordado.

No dia seguinte, 26 de março, retomei meu trabalho de garimpeiro desbastando o quinto metro. As paredes laterais e a superfície inferior da banquisa engrossavam visivelmente. Era evidente que se juntariam antes que o *Náutilus* pudesse desvencilhar-se. Por um instante fui tomado pelo desespero e minha picareta quase me fugiu das mãos. Para que cavar, se no fim eu morreria sufocado, esmagado por aquela água que se petrificava, suplício que nem a ferocidade dos selvagens foi capaz de inventar. Sentia-me entre as vorazes mandíbulas de um monstro em irresistível aproximação.

Naquele momento, o capitão Nemo, que supervisionava as obras, sem deixar de trabalhar, passou ao meu lado. Toquei-o com a mão e mostrei-lhe os muros de nossa prisão. O paredão de estibordo projetara-se a menos de quatro metros do casco do *Náutilus*.

O capitão me compreendeu e fez sinal para que o seguisse. Voltamos a bordo. Retirado meu escafandro, acompanhei-o ao salão.

— Professor Aronnax — ouvi de sua boca —, precisamos tentar algum feito heroico ou seremos emparedados nessa água solidificada como cimento.

— Sim — assenti —, mas o que fazer?

— Se o meu *Náutilus* fosse forte o suficiente para aguentar a pressão sem ser esmagado!

— O que aconteceria? — perguntei, sem atinar com a ideia do capitão.

— Não percebe — ele continuou — que esse congelamento da água nos viria em auxílio? Não vê que, com sua solidificação, ela faria explodir esses campos de gelo que nos aprisionam, como faz, ao se congelar, explodir as pedras mais duras! Não concorda que ela seria um agente de salvação em vez de ser um agente de destruição!?

— Talvez, capitão, talvez. Mas, independentemente da força de resistência ao esmagamento detida pelo *Náutilus*, ele não poderia suportar essa pressão infernal e se achataria como uma folha de metal.

— Sei disso, professor. O que significa que não devemos contar com o socorro da natureza, mas apenas conosco. Precisamos opor-nos a essa solidificação. Não só as paredes laterais estão se fechando, como restam três metros e meio de água tanto à frente como atrás do *Náutilus*. O congelamento nos invade de todos os lados.

— Por quanto tempo o ar dos reservatórios ainda nos permitirá respirar a bordo?

O capitão me encarou.

— Depois de amanhã — declarou —, os reservatórios estarão vazios.

Comecei a suar frio. E, não obstante, deveria me admirar com tal resposta? Em 22 de março, o *Náutilus* mergulhara sob as águas livres do polo. Estávamos no dia 26. Fazia cinco dias que vivíamos com as reservas de bordo! O que restava de ar respirável, tínhamos de guardar para os operários. No momento em que escrevo, minha impressão ainda é tão viva que um terror involuntário apodera-se de todo o meu ser e parece faltar ar a meus pulmões!

Enquanto isso, o capitão Nemo refletia, silencioso, imóvel. Visivelmente, ocorria-lhe uma ideia, mas ele parecia rechaçá-la. Respondia negativamente a si mesmo. Por fim, estas palavras escaparam de seus lábios:

— Água fervendo! — murmurou.

— Água fervendo?! — exclamei.

— Sim, professor. Visto que estamos encerrados num espaço relativamente exíguo, será que jatos de água fervente, constantemente injetada pelas bombas do *Náutilus*, não elevariam a temperatura do ambiente e retardariam seu congelamento?

— Temos que tentar — disse eu resolutamente.

— Tentemos, professor.

O termômetro marcava então menos sete graus do lado de fora. O capitão Nemo escoltou-me até a cozinha, onde funcionavam vastos aparelhos destilatórios que forneciam água potável por evaporação. Estes foram carregados com água e todo o calor elétrico das pilhas foi lançado através das serpentinas banhadas pelo líquido. Em poucos minutos, a água atingira cem graus e fora injetada para as bombas, enquanto uma água nova a substituía concomitantemente. O calor desenvolvido pelas pilhas era tão intenso que bastava a água fria, recolhida no mar, ter atravessado os aparelhos para chegar em ebulição aos corpos de válvula.

O trabalho de injeção teve início. Três horas depois, o termômetro marcava seis graus abaixo de zero do lado de fora. Era um grau conquistado. Duas horas depois, marcava apenas quatro graus.

— Conseguiremos — incentivei o capitão, após ter acompanhado e verificado por diversas vezes os progressos da operação.

— Penso que sim — ele concordou. — Esmagados, não seremos. Temos apenas a asfixia a temer.

Durante a noite, a temperatura da água subiu para um grau abaixo de zero. As injeções não conseguiram elevá-la mais do que isso, porém, como o congelamento da água do mar só se produz a dois graus negativos, terminei por sossegar quanto aos perigos da solidificação.

No dia seguinte, 27 de março, seis metros de gelo haviam sido arrancados do alvéolo, restando apenas quatro a serem retirados, ou seja, quarenta e oito horas de trabalho. O ar não podia mais ser renovado no interior do *Náutilus*. O dia só fazia piorar a situação.

Senti-me afligido por uma opressão intolerável. Por volta das três da tarde, a sensação de angústia cresceu exponencialmente. Bocejos desconjuntavam meus maxilares. Meus pulmões ofegavam, procurando aquele fluido comburente, indispensável à respiração, e que se rarefazia progressivamente. Um torpor moral apoderou-se de mim. Estava estendido sem forças, praticamente sem sentidos. Meu destemido Conselho, vítima dos mesmos sintomas, padecendo os mesmos sofrimentos, não me largava. Pegava minha mão, infundia-me ânimo, e cheguei a ouvi-lo murmurar:

— Ah, se me fosse dado não respirar para proporcionar mais ar ao patrão!

Ouvindo-o falar assim, vinham-me lágrimas aos olhos.

Se a nossa situação — de todos — era intolerável no interior, com que pressa, com que felicidade nos metíamos em nossos escafandros para trabalhar em nosso turno! As picaretas retiniam sobre a camada congelada. Braços se extenuavam, mãos se esfolavam, mas o que importavam o cansaço e os ferimentos? O ar vital chegava a nossos pulmões. Respirávamos! Respirávamos!

Mesmo assim, ninguém prolongava além do tempo requerido seu trabalho sob as águas. Realizada a tarefa, todos passavam aos companheiros o tanque que lhes devia insuflar a vida. O capitão Nemo dava o exemplo e era o primeiro a se submeter a essa severa disciplina. Na hora estipulada, cedia seu aparelho a outro e retornava à atmosfera viciada de bordo, sempre calmo, sem uma vacilação, sem um resmungo.

Naquele dia, a rotina foi cumprida com vigor redobrado, restando apenas dois metros a ser retirados de toda a superfície. Dois metros nos separavam do mar livre. Porém, com os reservatórios quase vazios, o pouco de ar que restava devia ser preservado para os trabalhadores. Nenhum átomo para o *Náutilus*!

Ao retornar a bordo, sofri com a falta de ar. Que noite! Impossível descrevê-la, impossível também descrever tais sofrimentos. No dia seguinte, senti minha respiração opressa, dores de cabeça misturavam-se a vertigens atordoantes que me deixavam como que embriagado. Meus companheiros sentiam os mesmos sintomas. Alguns homens da tripulação estertoravam.

Naquele dia, o sexto de nosso confinamento, o capitão Nemo, julgando a pá e a picareta demasiado lentas, resolveu triturar a camada de gelo que ainda nos separava do manto líquido. Aquele homem conservara o sangue-frio e a energia. Com sua força moral, domava as dores físicas. Pensava, maquinava, agia.

A uma ordem sua, a embarcação foi aliviada, isto é, soerguida da camada congelada em virtude de uma mudança de gravidade específica. Quando flutuou, foi manobrada de maneira a se posicionar acima do imenso fosso desenhado conforme sua linha de flutuação. Em seguida, com os reservatórios de água abastecidos, desceu e encaixou-se em sua cavidade.

Toda a tripulação retornou a bordo e a porta dupla de comunicação foi fechada. O *Náutilus* repousava sobre a camada de gelo, que não tinha um metro de espessura e que as sondas haviam perfurado em mil lugares.

As torneiras dos reservatórios foram então abertas a toda vazão e cem metros cúbicos de água precipitaram-se, aumentando o peso do *Náutilus* em cem toneladas.

Atentos, aguardávamos, esquecidos de nossos sofrimentos. Nossa salvação dependia daquela cartada.

A despeito dos zumbidos na cabeça, não demorei a ouvir estremecimentos sob o casco do *Náutilus*. Operou-se um desnivelamento. O gelo rachou com um estrépito peculiar, igual ao de papel sendo rasgado, e o *Náutilus* desceu.

— Passamos! — murmurou Conselho ao meu ouvido.

Não consegui responder. Peguei-lhe a mão. Apertei-a num frêmito involuntário.

Subitamente, arrastado pela impressionante sobrecarga, o *Náutilus* afundou como um projétil sob as águas, isto é, despencou como se no vazio!

Então, toda a força elétrica foi dirigida às válvulas, que logo começaram a bombear a água dos reservatórios. Após alguns minutos, a queda foi interrompida. Quase imediatamente, o manômetro indicou um movimento ascensional. A hélice, funcionando a toda velocidade, fazendo o casco de metal trepidar até em seus rebites, impeliu-nos para o norte.

Mas quanto tempo deveria durar aquela navegação sob a banquisa até o mar aberto? Mais um dia? Eu estaria morto antes!

Recostado num divã da biblioteca, eu arfava. Minha face estava roxa, meus lábios, azuis, minhas faculdades, suspensas. Não enxergava mais, não ouvia mais. A noção de tempo me abandonara. Meus músculos deixaram de se contrair.

Recostado num divã da biblioteca, eu arfava.

Quantas horas passei assim, não saberia dizê-lo, mas tive consciência de minha agonia incipiente. Compreendi que ia morrer.

Quando menos esperava, recuperei os sentidos. Algumas lufadas penetravam em meus pulmões. Havíamos subido à superfície? Vencêramos a banquisa?

Não! Eram Ned e Conselho, meus generosos amigos, que se sacrificavam para me salvar. Ainda restavam alguns átomos de ar no fundo de um aparelho. Em vez de respirá-lo, haviam-no preservado para mim e, enquanto sufocavam, vertiam-me a vida gota a gota! Quis rechaçar o aparelho. Tive as mãos imobilizadas e respirei com volúpia por alguns instantes.

Meus olhos voltaram-se para o relógio, que marcava onze horas. Devíamos estar em 28 de março. O *Náutilus* avançava à assombrosa velocidade de quarenta milhas por hora, retorcendo-se nas águas.

Onde estava o capitão Nemo? Sucumbira? Seus companheiros haviam perecido com ele?

Naquele momento, o manômetro indicou que estávamos a apenas seis metros da superfície. Uma simples lâmina de gelo nos separava da atmosfera. Não seria possível rompê-la?

Talvez! Em todo caso, o *Náutilus* faria uma tentativa. Senti, com efeito, que se posicionava obliquamente, abaixando a popa e erguendo o esporão. Uma golfada de água fora o suficiente para alterar seu equilíbrio. Em seguida, empurrado por sua poderosa hélice, atacou o *icefield* por baixo como um poderoso aríete. Escavava um pouco, retirava-se, colidia a toda velocidade contra o campo, que se rompia. Finalmente, propelido por um impulso inaudito, lançou-se sobre a superfície congelada, que destruiu com seu peso.

O alçapão foi aberto, na realidade quase arrancado, e o ar puro propagou-se aos borbotões por todas as partes do *Náutilus*.

17. *Do cabo Horn ao Amazonas*

Não saberia dizer como fui parar na plataforma, o canadense deve ter me carregado até lá; o fato é que eu respirava, inalando o vivificante ar marinho. Meus dois companheiros, junto a mim, inebriavam-se com as frescas moléculas de oxigênio. Recomenda-se aos infelizes por muito tempo privados de alimento que não se atirem vorazmente no primeiro prato de comida à sua frente. Nós, ao contrário, não tínhamos por que nos moderarmos, podíamos abarrotar os pulmões com os átomos da atmosfera, e era a brisa, a própria brisa que nos proporcionava tal voluptuosa embriaguez!

— Ah! — exclamava Conselho. — Como é bom o oxigênio! Que o patrão não hesite em respirar. Há o suficiente para todos.

Quanto a Ned Land, não falava, abria maxilares capazes de assustar um tubarão. Poderosas aspirações! O canadense "resfolegava" como uma estufa em combustão.

Recuperamos prontamente as forças. Olhando à minha volta, percebi que estávamos sozinhos na plataforma. Nenhum homem da tripulação. Sequer o capitão Nemo. Aqueles estranhos marujos do *Náutilus* contentavam-se com o ar que circulava no interior. Nenhum deles viera se deliciar em plena atmosfera.

Minhas primeiras palavras aos meus companheiros foram de reconhecimento e gratidão. Ned e Conselho haviam prolongado minha existência durante as últimas horas daquela agonia sem fim. Nada poderia pagar tamanha dedicação.

— Bom, professor — respondeu Ned Land —, melhor esquecer o assunto! Que mérito tivemos? Nenhum. Era apenas uma questão de aritmética. Sua vida valia mais que a nossa. Logo, cumpria preservá-la.

— Não, Ned — repliquei —, não valia mais. Ninguém é superior a um homem generoso e bom, e você é um deles!

— Está bem! Está bem! — repetia o canadense, acanhado.

Eu respirava.

— E você, bravo Conselho, sofreu muito?

— Nem tanto assim, para ser sincero com o patrão. Na verdade, senti um pouquinho de falta de ar, mas penso que teria sobrevivido. Além disso, eu observava o patrão desfalecendo e não sentia nenhuma vontade de respirar. Me cortou a respira…

Conselho, sem graça ao ver-se falando banalidades, não terminou a frase.

— Amigos — declarei profundamente comovido —, estamos ligados uns aos outros para sempre, e vocês têm direitos sobre mim…

— Os quais exercerei… — insinuou o canadense.

— Como assim? — desconfiou Conselho.

— Ora — continuou Ned Land —, o direito de arrastá-lo comigo quando eu deixar este demônio do *Náutilus*.

— A propósito — indagou Conselho —, estamos na direção certa?

— Sim — respondi —, uma vez que estamos indo para o lado do sol, e aqui o sol fica ao norte.

— Sem dúvida — concordou Ned Land —, mas resta saber se nos dirigimos para o Pacífico ou o Atlântico, isto é, para mares frequentados ou desertos.

Para isso eu não tinha resposta, e temia que o capitão Nemo nos conduzisse para o vasto oceano que banha simultaneamente as costas da Ásia e da América. Agindo assim, completaria sua volta submarina ao mundo e retornaria a mares em que o *Náutilus* reinava soberano. Contudo, se retornássemos ao Pacífico, distantes de qualquer terra habitada, o que seria dos planos de Ned Land?

Não demoraria até que fosse esclarecido esse importante ponto. O *Náutilus* avançava velozmente. Deixamos para trás o círculo polar e rumamos para o promontório de Horn. Em 31 de março, às sete horas da noite, estávamos diante da ponta americana.

Todos os sofrimentos foram então esquecidos, e a lembrança de nossa clausura no gelo apagou-se de nossas mentes. Só pensávamos no futuro. O capitão Nemo não aparecia mais, nem no salão nem na plataforma. As coordenadas, registradas no planisfério pelo imediato, permitiam-me saber a direção exata do *Náutilus*. Ora, para minha grande satisfação, naquela noite tornara-se claro que regressávamos ao norte pela rota do Atlântico.

Transmiti a Ned e a Conselho o resultado de minhas averiguações.

— Boa notícia — animou-se o canadense —, mas para onde vai o *Náutilus*?

— Isto eu não saberia dizer, Ned.

— Pretenderia o seu capitão, depois do polo sul, desbravar o polo norte e retornar ao Pacífico pela famosa passagem do Noroeste?

— Eu não o desafiaria — respondeu Conselho.

— Pois muito bem — disse o canadense —, fugiremos antes.

— Em todo caso — acrescentou Conselho —, é um homem tremendo esse capitão Nemo, e não nos arrependeremos de o haver conhecido.

— Principalmente quando o virmos pelas costas! — não se conteve Ned Land.

No dia seguinte, 1º de abril, quando o *Náutilus* subiu à superfície, faltando poucos minutos para o meio-dia, avistamos uma costa a oeste. Era a Terra do Fogo, assim batizada pelos primeiros navegadores ao verem as fumaças alçando-se das choças nativas. A Terra do Fogo forma um vasto aglomerado de ilhas, estendendo-se por cento e vinte quilômetros de comprimento e trezentos e vinte de largura, entre 53° e 56° de latitude austral e 67°50' e 77°15' de longitude oeste. A costa me pareceu baixa, mas ao longe despontavam altas montanhas. Julguei inclusive entrever o monte Sarmiento, bloco piramidal de xisto com dois mil e setenta metros de altitude e um pico escarpado que, conforme esteja aparente ou coberto de nuvens, "anuncia tempo bom ou ruim", nas palavras de Ned Land.

— Um excelente barômetro, amigo.

— Sim, professor, um barômetro natural, que nunca me traiu quando eu navegava nas gargantas do estreito de Magalhães.

Naquele momento, vimos o cume nitidamente recortado contra o fundo do céu. Era um presságio de tempo bom — que se cumpriu.

O *Náutilus*, submergindo novamente, aproximou-se do litoral e o acompanhou a poucas milhas de distância. Pela vidraça do salão, observei trepadeiras compridas, fucos gigantes, sargaços vesiculosos, de que o mar aberto do polo encerrava alguns espécimes; com filamentos viscosos e envernizados, mediam até trezentos metros de comprimento; verdadeiros cabos, mais grossos que o polegar humano e de grande resistência, são muito usados como cordames de navios. Outra planta, conhecida como velp, com folhas de um metro e vinte de comprimento, incrustada nas concreções coralígenas, atapetava as profundezas, oferecendo ninho e comida a grupos de crustáceos e moluscos, caranguejos e lulas. Ali, focas e lontras marinhas entregavam-se a esplêndidas refeições, misturando carne de peixe com legumes do mar, segundo o método inglês.

O *Náutilus* passava com extrema rapidez por aqueles fundos viscosos e férteis. No fim do dia, aproximou-se do arquipélago das Malvinas, cujos pontos culminantes avistei no dia seguinte. Como a profundidade do mar era ínfima, pensei — não sem razão — que aquelas duas ilhas, cercadas por um grande número de recifes, já teriam feito parte das terras de Magalhães. As Malvinas foram provavelmente descobertas pelo ilustre John Davis, que lhes impôs o nome de Davis Southern Islands. Mais tarde, Richard Hawkins denominou-as Maiden Islands, ilhas da Virgem. Foram em seguida designadas Malvinas, no começo do século XVIII, por pescadores de Saint-Malo, e finalmente Falklands pelos ingleses, a quem pertencem atualmente.[187]

Ali, nossas redes trouxeram belos espécimes de algas, em especial certo fuco cujas raízes estavam carregadas dos melhores mariscos do mundo. Gan-

187. O navegador britânico John Davis (1550-1605) descobriu o estreito de Davis e o mar de Baffin; Richard Hawkins (1562-1622), navegador inglês, alcançou as Malvinas em 1594; o arquipélago hoje é reivindicado pela Argentina.

sos e patos arremeteram às dúzias sobre a plataforma e logo fizeram as honras da refeição de bordo. Quanto aos peixes, chamaram-me a atenção alguns ósseos pertencentes ao gênero dos gobídeos, destacando-se o bicolor, com dois decímetros de comprimento, todo rajado de branco e amarelo.

Admirei também numerosas medusas, e as mais belas, as crisaores,[188] exclusivas dos mares das Malvinas, que ora desenhavam uma umbela semiesférica bem lisa, percorrida por linhas de um vermelho-acastanhado terminada em doze festões regulares, ora transformavam-se numa cesta virada ao contrário, da qual escapavam graciosamente folhas largas e compridas ramagens vermelhas. Nadavam agitando os quatro braços foliculados, rebocando à deriva a opulenta cabeleira de tentáculos. Vontade não me faltava de recolher algumas amostras desses delicados zoófitos, mas eles não passam de nuvens, sombras, aparências, que se dissolvem e evaporam fora de seu elemento natural.

Quando as últimas montanhas das Malvinas desapareceram sob o horizonte, o *Náutilus* desceu a uma profundidade que oscilava entre vinte e vinte e cinco metros, passando a acompanhar a costa americana. O capitão Nemo continuaria sem aparecer.

Até 3 de abril, permanecemos em águas da Patagônia, ora sob, ora sobre sua superfície. No dia seguinte, após atravessar o vasto estuário formado pela foz do Prata, o *Náutilus* seguiu o litoral do Uruguai, cinquenta milhas ao largo. Mantendo o curso norte, seguia as extensas sinuosidades da América do Sul. Havíamos feito então dezesseis mil léguas desde o nosso embarque nos mares do Japão.

Por volta das onze da manhã, o trópico de Capricórnio foi cortado no trigésimo sétimo meridiano e passamos ao largo de Cabo Frio. O capitão Nemo, para grande desgosto de Ned Land, não apreciava a proximidade do litoral habitado do Brasil e impunha-nos uma velocidade vertiginosa. Nenhum peixe, nenhuma ave, por mais rápidos que fossem, eram capazes de nos acompanhar, e as curiosidades naturais daqueles mares escaparam a toda observação.

Navegamos naquele ritmo durante vários dias, até que, na tarde de 9 de abril, avistamos a ponta mais oriental da América do Sul, que forma o cabo de São Roque, quando então o *Náutilus* afastou-se novamente e foi procurar em profundezas maiores o vale submarino assentado entre esse cabo e Serra Leoa, na costa africana. O vale bifurcava-se na altura das Antilhas, terminando ao norte numa enorme depressão que alcançava nove mil metros. Nessa região, o corte geológico do oceano forma um penhasco escarpado de seis quilômetros — as pequenas Antilhas — e, na altura das ilhas de Cabo Verde, outro paredão não menos considerável, os quais circunscrevem todo o

188. Na mitologia grega, Crisaor era um gigante, filho de Poseidon e Medusa.

continente submerso da Atlântida. O solo do imenso vale é acidentado por algumas montanhas, que conferem aspectos pitorescos aos fundos submarinos. Menciono-os baseado nos mapas manuscritos guardados na biblioteca do *Náutilus*, mapas evidentemente feitos à mão pelo capitão Nemo, traçados a partir de suas observações pessoais.

Durante dois dias, recorrendo aos planos inclinados, visitamos aquelas águas desertas e profundas. O *Náutilus* fazia longos estirões na diagonal, que o obrigavam percorrer todos os níveis. Em 11 de abril, porém, subiu repentinamente e a terra voltou a se descortinar na foz do rio Amazonas, amplo estuário cuja vazão é tão considerável que dessaliniza o mar num raio de quilômetros.

Havíamos atravessado o equador. Vinte milhas a oeste situavam-se as Guianas, terra francesa onde teríamos encontrado refúgio. Mas o vento soprava forte, um escaler seria uma casca de noz diante da fúria das ondas. Ned Land deve ter percebido isso, pois não falou comigo. De minha parte, não fiz nenhuma alusão a seus planos de fuga, pois não queria incitá-lo a uma tentativa que teria inexoravelmente abortado.

Aproveitei aquele atraso para realizar interessantes estudos. Durante dois dias, 11 e 12 de abril, o *Náutilus* não deixou a superfície, e sua rede de arrasto operou o milagre dos zoófitos, peixes e répteis.

Alguns zoófitos haviam ficado agarrados nas malhas da rede. Eram, em sua maioria, belas anêmonas, pertencentes à família das actínias. Entre outras espécies havia a *Ahyctalis protexta*, originária justamente dessa região oceânica; um pequeno tronco cilíndrico, enfeitado com riscas verticais, pontilhado de vermelho e coroado por magnífico penacho de tentáculos. Quanto aos moluscos, consistiam em espécimes que eu já observara: turritelas; olivas-porfírias, com linhas regularmente entrecruzadas, cujas manchas ruças sobressaíam vivamente em um fundo cor de carne; pteróceras extravagantes, semelhantes a escorpiões petrificados, hialas translúcidas, argonautas, lulas de excelente sabor e algumas espécies de calamares, que os naturalistas da Antiguidade classificavam entre os peixes-voadores e cuja serventia principal é servir como isca na pesca do bacalhau.

Dos peixes dessa região que eu ainda não tivera oportunidade de estudar, observei diversos espécimes. Entre os cartilaginosos: lampreias-dos-rios, semelhantes a enguias, com trinta centímetros de comprimento, cabeça esverdeada, nadadeiras roxas, dorso cinza-azulado, ventre marrom e prata com rajadas chamativas, íris com olhos cercados de ouro, curiosos animais que a corrente do Amazonas arrasta para o mar, pois seu hábitat é a água doce; raias tuberculadas — com focinho pontiagudo, cauda comprida e desfiada — dotadas de um longo aguilhão denteado; pequenos esqualos de um metro — cinzentos e esbranquiçados na pele —, cujos dentes, dispostos em várias carreiras, curvam-se para trás, e que são vulgarmente conhecidos pelo nome de "pantufas"; lofos-vespertílios, espécies de triângulos isósceles avermelhados com cerca de um metro e meio, nos quais os peitorais formam prolongações carnudas que lhes dão o aspecto de morcegos, mas que — em virtude de seu apêndice córneo, situado junto às narinas — foram apelidados de unicórnios-do-mar; por fim, algumas espécies de balistas, o de Curaçao, cujos flancos pontilhados refletem uma cintilante cor dourada, e o peixe-porco violeta, com matizes furta-cor como no papo do pombo.

Termino aqui essa relação — um pouco seca, mas bastante exata — da série dos peixes ósseos que observei; ituís-cavalos, pertencentes ao gênero dos apteronotídeos, com o focinho obtuso da cor da neve, o corpo tingido por um belo tom de preto e dotados de um chicote carnudo comprido e desfiado; odontágnatos espinhentos; sardinhas esguias com três decímetros e um vistoso brilho prateado; escombrídeos equipados com duas nadadeiras anais; centronotos-negros, com matizes escuros, em geral pescados com archotes, peixes com dois metros de comprimento, carne gordurosa, branca, rija, que, frescos, têm o sabor da enguia e, secos, o do salmão defumado; bodiões avermelhados, revestidos por escamas apenas na base de suas nadadeiras dorsais e anais; crisópteros, sobre os quais ouro e prata misturam seu reflexo ao do rubi e do topázio; esparídeos-rabo-de-ouro, cuja carne é extremamente delicada e que são traídos nas águas por suas propriedades fosforescentes; esparídeos-pobs, com a língua fina, em tons laranja; cienas-corbs com caudas douradas; acanturos pretos; anablepídeos do Suriname etc.

Esse *et cetera* não irá me impedir de citar outro peixe, do qual Conselho se lembrará por muito tempo, e por diversos motivos.

Uma de nossas redes trouxe uma espécie de raia bem achatada, que, sem a cauda, teria formado um disco perfeito, com cerca de vinte quilos. Era branca por baixo, avermelhada por cima, com grandes manchas redondas em azul-escuro contornadas de preto; tinha a pele bem lisa e rematada por uma nadadeira bilobada. Estendida sobre a plataforma, a raia se debatia, tentando se virar com movimentos convulsivos, e seu esforço quase foi recompensado, visto que estava prestes a retornar às águas. Conselho, porém, que prezava seu peixe, precipitou-se sobre ele e, antes que eu pudesse impedi-lo, agarrou-o com as duas mãos.

E ei-lo instantaneamente imobilizado, de pernas para o ar, com metade do corpo paralisada, e gritando:

— Ah, patrão, me acuda, patrão!

Era a primeira vez que o pobre rapaz não se dirigia a mim "na terceira pessoa".

O canadense e eu o levantamos e massageamos energicamente. Quando recobrou os sentidos, o eterno classificador murmurou com uma voz entrecortada:

"Patrão, me acuda!"

— Classe dos cartilaginosos, ordem dos condropterígios, brânquias fixas, subordem dos seláquios, família das raias, gênero dos poraquês!

— Sim, amigo — respondi —, foi um poraquê que o deixou nesse estado.

— Ah, mas o patrão pode acreditar que me vingarei desse animal — avisou Conselho.

— E como?

— Comendo-o.

O que fez naquela mesma tarde, mas por pura desforra, pois, para ser franco, o animal era fibroso.

O desafortunado Conselho lidara com um peixe-elétrico da espécie mais perigosa, a cumana. Essa criatura bizarra, num meio condutor como a água, fulmina peixes a metros de distância, tão mortífero é o poder de seu órgão elétrico, cujas duas superfícies principais não medem menos de setenta centímetros quadrados.

Em 12 de abril, o *Náutilus* aproximou-se da costa holandesa,[189] próximo à foz do Maroni. Ali viviam em família vários grupos de peixes-mulheres. Eram peixes-bois marinhos, os quais, como o dugongo e o leão-marinho, pertencem à ordem dos sirenídeos. Os belos animais, pacíficos e inofensivos, com seis a sete metros de comprimento, deviam pesar no mínimo quatro toneladas. Ensinei a Ned Land e Conselho que a previdente natureza atribuíra importante missão àqueles mamíferos. São eles, com efeito, que, como as focas, pastam nas pradarias submarinas, destruindo assim as barreiras de alga que obstruem a foz dos rios tropicais.

— E sabem — acrescentei — o que aconteceu depois que os homens praticamente extinguiram essas generosas raças? Ora, as algas putrefatas envenenaram o ar e, com o ar envenenado, a febre amarela devastou admiráveis regiões. As vegetações venenosas multiplicaram-se sob os mares tórridos e a doença alastrou-se da foz do rio da Prata até a Flórida!

E, a crer em Toussenel,[190] tal flagelo não se compara ao que vitimará nossos descendentes, quando os mares estiverem despovoados de baleias e focas. Então, atulhados por polvos, medusas e calamares, eles se tornarão um grande foco de infecção, uma vez que suas águas deixarão de possuir "os vastos estômagos que Deus encarregara de limpar a superfície dos mares".

Entretanto, sem desdenhar de tais teorias, a tripulação do *Náutilus* capturou meia dúzia de peixes-bois. A intenção, de fato, era abastecer as despensas com uma carne excelente, superior à de vaca e vitela. A caçada não teve nada de interessante, pois os peixes-bois deixam-se ferir sem esboçar defesa. Toneladas de carne, que virariam carne-seca, foram estocadas a bordo.

Naquele dia, uma singular pescaria veio enriquecer ainda mais as reservas do *Náutilus*, de tal forma aqueles mares mostravam-se férteis. O arrastão trouxera em suas redes peixes cuja cabeça terminava numa placa oval com rebordos carnudos. Eram equeneidas, da terceira família dos malacopterígios sub-braquianos. Seu disco achatado compõe-se de lâminas cartilaginosas

---

189. Isto é, do Suriname, que era então uma colônia holandesa.

190. Alphonse Toussenel (1803-85), jornalista e escritor, interessou-se pela zoologia e a caça e escreveu dois livros, *O espírito dos animais* (1847) e *O mundo das aves* (1852).

Bacalhaus, peixes-voadores, rêmoras, tamboris, arenques, leões-marinhos, tartarugas, tartarugas-alaúde…

móveis, entre as quais o animal pode operar no vácuo, o que lhe permite aderir aos objetos à maneira de uma ventosa.

A rêmora, que eu observara no Mediterrâneo, pertence a essa espécie, mas a que menciono aqui é a das rêmoras-pegadoras, exclusiva desse mar. Nossos marinheiros, à medida que as capturavam, depositavam-nas em baldes cheios d'água.

Terminada a pescaria, o *Náutilus* aproximou-se da costa, onde um certo número de tartarugas marinhas dormia, boiando nas águas. Teria sido difícil capturar os preciosos répteis, visto que o menor ruído os desperta e sua sólida carapaça é à prova de arpão. Mas a rêmora estava ali para proceder àquela captura com uma segurança e precisão extraordinárias. E, de fato, essa criatura é uma isca viva, capaz de trazer felicidade e fortuna ao ingênuo pescador de caniço.

Para não dificultar a movimentação do animal, os homens do *Náutilus* amarraram-lhe uma argola suficientemente larga na cauda, e, nessa argola, uma corda comprida presa a bordo pela outra ponta.

As rêmoras, lançadas ao mar, não titubearam um segundo, indo agarrar-se no peitilho das tartarugas. Sua tenacidade era tamanha que prefeririam morrer dilaceradas a desistir. Quando as içávamos a bordo, traziam junto as tartarugas.

Capturamos assim várias cauanãs, com cerca de um metro de envergadura e duzentos quilos. Seu casco, revestido por grandes placas córneas, finas, transparentes e castanhas — mosqueadas de branco e amarelo —, as tornava ainda mais valiosas. Sem falar que eram excelentes do ponto de vista culinário, assim como as tartarugas-francas, de sabor delicado.

Essa pescaria encerrou nossa temporada nas paragens do Amazonas. Ao anoitecer, o *Náutilus* ganhou novamente o alto-mar.

18. *Os polvos*

Durante alguns dias o *Náutilus* manteve-se afastado do litoral americano. Embora, evidentemente, não pretendesse atravessar as águas do golfo do México ou do mar das Antilhas, não teria faltado água sob sua quilha, uma vez que a profundidade média desses mares é de mil e oitocentos metros. Decerto aquela região, por ser semeada de ilhas e frequentada por vapores, não convinha ao capitão Nemo.

Em 16 de abril, a uma distância de aproximadamente trinta milhas, avistamos os elevados pítons de Martinica e Guadalupe.

O canadense, que tinha em mente executar seu plano no golfo, fosse alcançando um pedaço de terra ou acostando uma das numerosas balsas que fazem a cabotagem de uma ilha à outra, não poderia ter ficado mais decepcionado. A fuga teria sido possível se Ned Land tivesse conseguido apoderar-se do escaler às escondidas do capitão; porém, no meio do oceano, isso era impensável.

O canadense, Conselho e eu tivemos uma exaustiva conversa a esse respeito. Fazia seis meses que estávamos confinados a bordo do *Náutilus*. Percorrêramos dezessete mil léguas e, como dizia Ned Land, não havia sinal de que aquilo fosse terminar. Foi quando ele me fez a proposta inesperada de, sem rodeios, perguntar ao capitão Nemo: "O capitão pretende conservar-nos a bordo indefinidamente?"

Tal procedimento, além de me desagradar, parecia-me condenado ao fracasso. O melhor era não esperar nada do comandante do *Náutilus* e contar apenas com a nossa iniciativa. Além do quê, ultimamente aquele homem vinha se tornando cada vez mais sombrio, retraído e antissocial, como se quisesse me evitar. Eu só o encontrava a raros intervalos. Antes ele gostava de me explicar as maravilhas submarinas; agora, deixava-me com os meus estudos e não aparecia mais no salão.

Que mudança se operara nele? Por qual motivo? Eu não fizera nada digno de censura. Seria nossa presença a bordo o motivo de sua angústia? Ainda assim, eu não devia esperar que um homem como ele fosse nos devolver a liberdade.

Pedi então a Ned que me deixasse refletir antes de agir. Se a tentativa não desse certo, ela poderia reavivar suspeitas, tornar nossa situação intolerável e prejudicar os planos do canadense. Acrescento que estava fora de questão eu alegar problemas de saúde. Excetuando a dura provação da banquisa do polo sul, nunca nos sentimos melhor, tanto Ned quanto Conselho e eu. Alimentação sadia, atmosfera salubre, rotina diária e temperatura uniforme não davam chance à doença, e, para um homem em quem as lembranças da terra não deixavam nenhuma saudade, para um capitão Nemo, que está em casa, que vai aonde quer, que por vias misteriosas para os outros, não para si, não mede meios para chegar a seus fins, era compreensível uma existência daquele tipo. Nós, porém, não havíamos rompido com a humanidade. De minha parte, não desejava enterrar comigo estudos tão curiosos e pioneiros, agora que me achava em condições de escrever o verdadeiro livro do mar, o qual pretendia ver o quanto antes publicado.

Nas águas das Antilhas, dez metros abaixo da superfície, pelas escotilhas descerradas, quantos espécimes interessantes não registrei em meus apontamentos diários! Eram, entre outros zoófitos, galeras, conhecidas pelo nome de fisálias-pelágicas, espécie de volumosas bexigas oblongas, com reflexos nacarados, retesando sua membrana ao vento e deixando flutuar tentáculos qual fios de seda, encantadoras medusas para o olho, verdadeiras urtigas que destilam um líquido corrosivo ao toque. Dentre os articulados, anelídeos com um metro e meio de comprimento, dotados de uma tromba cor-de-rosa e dezessete órgãos locomotores, que serpenteavam sob as águas, dardejando na passagem todos os tons do espectro solar. No ramo dos peixes, raias-mantas, enormes seres cartilaginosos com três metros de comprimento e pesando trezentos quilos, com a nadadeira peitoral triangular, uma certa protuberância no centro das costas, olhos instalados nas extremidades da face anterior da cabeça, e que, boiando como um destroço de navio, às vezes grudavam na vidraça feito uma persiana opaca. Havia ainda balistas-americanos, para os quais a natureza não reservou senão o preto e o branco, góbios-plumários, afilados e carnudos, com as nadadeiras amarelas e mandíbula proeminente; e escombrídeos com dezesseis decímetros, dentes curtos e pontiagudos, revestidos por pequenas escamas, pertencentes à espécie das albacoras. Depois, nuvens de sardas, espartilhadas com listras douradas da cabeça à cauda, agitando suas resplandecentes nadadeiras, que constituíam verdadeiras obras-primas de ourivesaria, outrora consagradas a Diana, especialmente procuradas pelos romanos ricos, cujo provérbio dizia: "Não as come quem as apanha!" Por fim, peixes-anjos dourados, ornamentados com pequenas faixas esmeralda, trajando veludo e seda, passaram à nossa vista como grão-senhores de Veronese; salemas cheias de espinhos esquivavam-se sob sua rápida nadadeira torácica; clupanodontes de quinze polegadas envolviam-se em seus próprios tons fosforescentes; tainhas fustigavam o mar com sua estupenda cauda carnuda; coregonídeos vermelhos pareciam ceifar as águas com seu peitoral bem-desenhado; e selenes[191] prateadas, dignas do nome, reluziam no horizonte das águas como raios de luar.

Quantos outros espécimes maravilhosos e novos eu teria ainda observado se o *Náutilus*, arrastado por seus planos inclinados, não houvesse pouco a pouco descido às camadas profundas! Ali, a dois mil, a três mil e quinhentos metros, a vida animal não era mais representada senão por lírios e estrelas-do-mar; encantadores pentácrinos cabeça-de-medusa, cuja haste direita escorava um pequeno cálice; troquídeos, conchas-sangrentas e fissurelas, quítons e raras litorinas.

Em 20 de abril, subíramos novamente a uma profundidade média de mil e quinhentos metros. A terra mais próxima era o arquipélago das Lucaias,[192] ilhas distribuídas qual um monte de paralelepípedos na superfície das águas. Avistamos altos penhascos submarinos, muralhas retilíneas feitas de blocos desgastados e assentados por camadas, por entre as quais se viam grutas escuras que nossos raios elétricos não iluminavam até o fim.

Essas rochas eram cobertas por capinzais gigantes, laminares gigantes, fucos gigantes; verdadeiro caramanchão de hidrófitos digno de um mundo de Titãs.

Das plantas colossais, de que falávamos Conselho, Ned e eu, passamos às monstruosas criaturas marinhas, umas naturalmente destinadas à alimentação das outras. Entretanto, pelas vidraças do *Náutilus* praticamente imóvel, eu ainda não percebia por entre aqueles filamentos senão os principais articulados da divisão dos braquiúros, caranguejos-aranhas com pernas compridas, caranguejos violáceos e clios típicos dos mares das Antilhas.

Eram cerca de onze horas quando Ned Land apontou-me uma inusitada movimentação através das grandes algas.

— Ora — expliquei —, são simplesmente cavernas de polvos. Não me surpreenderia ver ali alguns desses monstros.

— O quê! — reagiu Conselho. — Calamares, simples calamares, da classe dos cefalópodes?

— Não — adverti —, polvos gigantes. Mas sem dúvida o amigo Land deve estar enganado, pois não vejo nada.

— Que pena — lamentou Conselho. — Eu gostaria de ficar cara a cara com um desses polvos de que tanto ouvi falar e que podem arrastar navios para o fundo dos abismos. Essas bestas são conhecidas como Krak...

191. Além de designar esse tipo de peixe, Selene é, para os gregos, também o nome da deusa da Lua.

192. Antigo nome das Bahamas.

— Não passam de cracas — completou ironicamente o canadense.

— Krakens[193] — corrigiu Conselho, terminando sua frase sem se preocupar com a piada do companheiro.

— Nunca me farão acreditar na existência desses animais — rebateu Ned Land.

— Por que não? — inflamou-se Conselho. — Não acreditamos no narval do patrão?

— Eu estava errado, Conselho.

— Isso mesmo! Mas outros certamente continuam acreditando — insistiu Ned.

— É provável. De minha parte, porém, estou firmemente decidido a não aceitar a existência desses monstros até que eu possa dissecá-los com as minhas próprias mãos.

— Quer dizer que o patrão não acredita em polvos gigantes?

— Ora, quem diabos acredita? — exclamou o canadense.

— Muita gente, amigo Ned.

— Pescadores, não. Cientistas, talvez!

— Agora, ouçam — disse Conselho com a expressão mais séria do mundo —, lembro-me perfeitamente ter visto uma grande embarcação arrastada sob as águas pelos tentáculos de um cefalópode.

— Viu mesmo? — perguntou o canadense.

— Sim, Ned.

— Com seus próprios olhos?

— Com meus próprios olhos.

— Onde, por favor?

— Em Saint-Malo — afirmou Conselho, imperturbável.

— No porto? — ironizou Ned Land.

— Não, numa igreja — respondeu Conselho.

— Numa igreja! — exclamou o canadense.

— Exatamente, amigo Ned. Era um quadro representando o tal do polvo!

— Essa é boa! — admitiu Ned, caindo na risada. — O senhor Conselho me fez de bobo!

— Na verdade — intervim —, Conselho tem razão. Ouvi falar desse quadro, mas o tema que ele representa é tirado de uma lenda, e vocês sabem o que devemos pensar das lendas quando o assunto é história natural! Aliás, em se tratando de monstros, tudo que a imaginação quer é divagar. Não somente há quem diga que esses polvos são capazes de arrastar navios, como Olaus Magnus[194] fala de um cefalópode com um quilômetro e meio de comprimento,

193. Sobre os Krakens, ver nota 7.

194. O cartógrafo sueco Olaus Magnus, ou Magni (1490-1557), escreveu uma *História dos povos nórdicos*, traduzida para diversas línguas europeias.

que mais parecia uma ilha que um animal. Conta-se também que certo dia o bispo de Nidros ergueu um altar numa pedra imensa e que, terminada a missa, a pedra saiu andando e voltou ao mar. A pedra era um polvo.

— Isso é tudo? — perguntou o canadense.

— Não — prossegui. — Outro bispo, Pontoppidan de Bergen,[195] também fala de um polvo sobre o qual seria possível manobrar um regimento de cavalaria!

— Batiam bem, os bispos de antigamente! — comentou Ned Land.

— Enfim, os naturalistas da Antiguidade citam monstros cuja boca era comparada a um golfo e cujo tamanho os impedia de atravessar o estreito de Gibraltar.

— Que disparate! — zombou o canadense.

— Mas afinal o que há de verdade em todos esses relatos? — perguntou Conselho.

— Nada, meus amigos, pelo menos nada que ultrapasse o limite da verossimilhança e mereça ser promovido a fábula ou lenda. Todavia, a imaginação dos contadores de histórias requer, se não uma causa, pelo menos um pretexto. Não podemos negar a existência de polvos e calamares de espécies colossais, embora inferiores aos cetáceos. Aristóteles auferiu as dimensões de um calamar de cinco côdeas, ou seja, três metros e dez. Nossos pescadores costumam se deparar com alguns cujo comprimento ultrapassa um metro e oitenta. Os museus de Trieste e Montpellier conservam alguns esqueletos de polvos medindo dois metros. Aliás, pelo cálculo dos naturalistas, uma criatura desse tipo, com apenas dois metros de comprimento, teria tentáculos com oito. Isso bastaria para transformá-lo num formidável monstro.

— E são pescados ainda hoje? — perguntou o canadense.

— Se os marinheiros não pescam, pelo menos veem. Um amigo meu, o capitão Paul Bos, do Havre, não se cansava de me contar seu encontro com um desses monstros desmesurados nos mares da Índia. E, fato mais espantoso, que não permite que se continue negando a existência desses gigantes, aconteceu não muitos anos atrás, em 1861.

— O que aconteceu? — interessou-se Ned Land.

— Ouça: em 1861, no nordeste de Tenerife, mais ou menos na latitude em que nos encontramos no presente momento, a tripulação do aviso *Alecton* assinalou um monstruoso calamar nadando em suas águas. O comandante Bouguer aproximou-se do animal e atacou-o a golpes de arpão e tiros de fuzil, sem grande sucesso, pois balas e arpões atravessam suas carnes moles como se fossem gelatina. Após várias tentativas infrutíferas, a tripulação conseguiu capturar o molusco com um laço, o qual escorregou até suas nadadeiras caudais, parando ali. Tentaram então içar o monstro a bordo, mas ele pesava

195. Sobre o bispo Pontoppidan, ver nota 9.

tanto que, sob a tração da corda, se separou da cauda e, privado daquele ornamento, desapareceu sob as águas.

— Isso é verdade? — duvidou Ned Land.

— Verdade indiscutível, caro Ned. Sugeriu-se inclusive batizar esse polvo como "calamar-de-bouguer".

— E qual era seu comprimento? — perguntou o canadense.

— Não media uns seis metros? — interveio Conselho, posicionado na vidraça e examinando novamente as anfractuosidades do penhasco.

— Precisamente — respondi.

— Sua cabeça — continuou Conselho — não era coroada por oito tentáculos, que se agitavam sobre a água como um ninho de serpentes?

— Precisamente — respondi.

— Seus olhos, instalados à flor d'água, não exibiam um desenvolvimento considerável?

— Isso mesmo, Conselho.

— E sua boca não era um verdadeiro bico de papagaio, mas um bico fora do comum?

— Com efeito, Conselho.

— Pois bem! Com a sua licença, patrão — concluiu tranquilamente Conselho —, mas se aquele não for o calamar-de-bouguer, deve ser um de seus irmãos.

Olhei para Conselho. Ned Land precipitou-se para a vidraça e exclamou:

— Diabos!

Observei-o também e não pude reprimir um gesto de repulsa. À minha frente agitava-se um monstro medonho, digno de figurar nas lendas teratológicas.

Era um calamar de dimensões colossais, com oito metros de comprimento, que se locomovia de ré, em extrema velocidade, na direção do *Náutilus*. Olhava com seus olhos grandes e fixos, de tons glaucos. Seus oito tentáculos, ou melhor, suas oito patas, implantadas na cabeça, que valeram a esses animais o nome de cefalópodes, apresentavam um volume que era o dobro de seu corpo e retorciam-se como a cabeleira das Fúrias.[196] Viam-se distintamente, sob forma de cápsulas semiesféricas, suas duzentas e cinquenta ventosas dispostas sobre a face interna dos tentáculos, as quais, às vezes, grudavam na vidraça do salão, produzindo um vácuo. A boca do monstro — um bico córneo na forma de bico de papagaio — abria e fechava verticalmente. A língua, substância igualmente rija, dotada por sua vez de várias carreiras de espinhos pontiagudos, projetava-se vibrando para fora daquela autêntica cisalha. Que extravagância da natureza! Um bico de ave num molusco! Seu corpo, fusiforme e inchado na região medial, formava uma massa carnuda

---

196. As Fúrias são as deusas romanas da vingança; conhecidas como Erínias na Grécia antiga, personificavam a maldição lançada por alguém, zelando por seu cumprimento.

Era um calamar de dimensões colossais.

que devia pesar entre vinte e vinte e cinco toneladas. Sua cor, inconstante, mudando com extrema rapidez dependendo do grau de irritação do animal, passava sucessivamente do cinza-claro ao castanho-avermelhado.

O que o irritava tanto? Provavelmente a presença do *Náutilus*, mais fora do comum do que ele, e o qual nem seus tentáculos sugadores ou suas mandíbulas conseguiam agarrar. Não obstante, que monstros aqueles polvos, que vitalidade o criador lhes injetou, que vigor emprestavam a cada movimento, graças a seus três corações!

O acaso colocara-nos diante daquele calamar, e eu não quis perder a oportunidade de estudar minuciosamente o cefalópode. Venci o horror que me inspirava seu aspecto e, valendo-me de um lápis, comecei a desenhá-lo.

— Talvez seja o mesmo do *Alecton* — sugeriu Conselho.

— Não — rebateu o canadense —, já que este está inteiro e o outro perdeu a cauda!

— Esta não seria uma razão — argumentei. — Os tentáculos e a cauda desses animais formam-se por regeneração, e sem dúvida sete anos foram suficientes para a cauda do calamar-de-bouguer se recompor.

— Tudo bem — tornou Ned —, se não é este, talvez seja um daqueles!

Com efeito, outros polvos surgiam na vidraça de estibordo; sete, pelos meus cálculos. Escoltavam o *Náutilus*, enquanto eu ouvia os rangidos de seu bico sobre o casco metálico. Estávamos muito bem servidos.

Continuei meu trabalho. Os monstros mantinham-se em nossas águas com uma precisão que os fazia parecer imóveis, e eu poderia ter-lhes desenhado a silhueta sobre o vidro. De fato, avançávamos a uma velocidade moderada.

Subitamente o *Náutilus* estacou, sacudido em toda sua nervura.

— Será que encalhamos? — perguntei.

— Se assim for, já nos desvencilhamos, pois flutuamos — respondeu o canadense.

O *Náutilus* flutuava, sem dúvida, mas deixara de avançar. As pás de sua hélice não fustigavam as ondas. Passou-se um minuto. O capitão Nemo, seguido por seu imediato, adentrou o salão.

Fazia tempo que eu não o encontrava. Pareceu-me sombrio. Sem falar conosco, sem nos ver talvez, foi até a escotilha, observou os polvos e disse algumas palavras ao imediato.

Este saiu. As escotilhas voltaram a se fechar. O teto se acendeu.

Dirigi-me ao capitão.

— Uma curiosa coleção de polvos — disse-lhe, no tom displicente do aficcionado diante do cristal de um aquário.

— Tem razão, senhor naturalista — ele me respondeu —, e vamos lutar corpo a corpo com eles.

Fitei o capitão. Julgava não tê-lo ouvido direito.

— Corpo a corpo? — repeti.

— Sim, senhor. A hélice está parada. Penso que as mandíbulas rijas de um desses calamares penetraram em suas pás, o que nos impede de avançar.

— E o que fará?

— Subirei à superfície e massacrarei esses parasitas.

— É uma tarefa difícil.

Um tentáculo esgueirou-se como uma serpente.

— Realmente. Como as balas elétricas são impotentes contra essas carnes moles, onde não encontram resistência suficiente para explodir, atacaremos com machados.

— E arpão, senhor — disse o canadense —, se não recusar minha ajuda.

— Eu aceito, mestre Land.

— Vamos com o senhor — eu disse. Seguindo o capitão Nemo, nos dirigimos para a escada central.

Lá, uns dez homens, armados com machados de abordagem, estavam prontos para o ataque. Conselho e eu pegamos dois machados. Ned Land agarrou um arpão.

O *Náutilus* retornara então à superfície das águas. Um dos marinheiros, instalado nos últimos degraus, desatarraxava os rebites do alçapão. Porém, assim que os parafusos saíram, o alçapão ergueu-se de chofre, aparentemente sugado pela ventosa de um tentáculo de polvo.

Imediatamente um tentáculo esgueirou-se como uma serpente pela abertura e vinte outros se agitaram acima de nós. Com uma machadada, o capitão Nemo cortou o indescritível tentáculo, que, ainda se contorcendo, escorregou escada abaixo.

Enquanto nos espremíamos uns atrás dos outros para alcançar a plataforma, outros dois tentáculos, zunindo no ar, abateram-se sobre o marinheiro posicionado à frente do capitão Nemo e o arrebataram com uma violência irresistível.

O capitão Nemo deu um grito, lançando-se para o lado de fora. Corremos atrás dele.

Que cena! O infeliz, agarrado pelo tentáculo e preso por suas ventosas, era balançado no ar ao capricho da imensa tromba. Estertorava, sufocava, gritava: "Socorro! Socorro!" Estas palavras, pronunciadas em francês, causaram-me profundo estupor! Eu tinha então um compatriota a bordo, mais de um talvez! Aquele clamor dilacerante não sairá de meus ouvidos pelo resto da vida.

O infeliz estava perdido. Quem poderia arrancá-lo do poderoso abraço? Nesse meio-tempo, o capitão Nemo precipitara-se sobre o polvo e, com uma machadada, decepara-lhe outro tentáculo. Seu imediato lutava furiosamente contra outros monstros, que rastejavam sobre os flancos do *Náutilus*. A tripulação batia-se a golpes de machado. O canadense e eu espetávamos nossas armas naquelas massas carnudas. Um forte cheiro de almíscar impregnava o ar. Era horrível.

Por um instante julguei que o infeliz, enlaçado pelo polvo, seria aspirado por sua poderosa sucção. Dos oito tentáculos, sete haviam sido cortados. O último contorcia-se no ar, abanando a vítima como se ela fosse um leque. Mas no momento em que o capitão Nemo e seu imediato precipitavam-se sobre ele, o animal expeliu uma coluna de um líquido negro, secretado por uma bolsa localizada em seu abdome. Ficamos cegos. Quando a nuvem se dissipou, o calamar havia desaparecido, e, junto com ele, meu infeliz compatriota!

Que fúria nos impeliu então contra os monstros! Não mais nos contínhamos. Dez ou doze polvos invadiram a plataforma e os flancos do *Náutilus*. Corcoveávamos feito doidos no meio daqueles tocos de serpentes que

O tentáculo se contorcia no ar, abanando a vítima, como se ela fosse um leque.

fervilhavam sobre a plataforma nas águas de sangue e tinta preta, enquanto os viscosos tentáculos pareciam renascer como cabeças da hidra. Embora as arpoadas de Ned Land mergulhassem nos olhos glaucos dos calamares e os furassem, meu audacioso companheiro foi subitamente derrubado pelos tentáculos de um monstro que ele não conseguira evitar.

Fui tomado pela emoção e o horror! O bico descomunal abrira-se sobre Ned Land. O infeliz ia ser cortado ao meio. Corri em seu socorro. O capitão Nemo se antecipou, contudo, e seu machado desapareceu entre as duas enormes mandíbulas. Milagrosamente salvo, o canadense, levantando-se, enfiou seu arpão até o fim no triplo coração do polvo.

— Eu estava lhe devendo uma! — disse o capitão Nemo ao canadense.

Ned se inclinou, sem responder.

O combate durara quinze minutos. Os monstros, vencidos, mutilados, mortalmente feridos, terminaram por nos abandonar e desapareceram sob as águas.

O capitão Nemo, respingado de sangue e imóvel próximo ao farol, observava o mar que engolira um de seus companheiros. Grossas lágrimas escorriam de seus olhos.

19. *A corrente do Golfo*

Nenhum de nós jamais esquecerá a terrível cena do dia 20 de abril. Escrevi-a sob influência de violenta emoção. Em seguida, revisei o texto e o li para Conselho e o canadense, que julgaram exato como descrição da realidade, mas insuficiente como arte literária. Para recompor tais quadros, seria preciso a pluma do mais ilustre de nossos poetas, o autor de *Os trabalhadores do mar*.[197]

Eu disse que o capitão Nemo chorava ao contemplar as águas. Sua dor foi imensa. Era o segundo companheiro que perdia desde nossa chegada a bordo. E que morte! Aquele amigo, esmagado, asfixiado, espremido pelo formidável tentáculo de um polvo, triturado sob suas mandíbulas de ferro, não repousaria ao lado de seus companheiros nas águas serenas do cemitério de coral!

O que me cortara o coração no meio da luta fora o grito de desespero emitido pelo desgraçado. O malfadado francês, abandonando o dialeto por eles convencionado, pusera-se a falar novamente a língua de seu país e de sua mãe para lançar um apelo supremo! Logo, naquela tripulação do *Náutilus*, de corpo e alma associada ao capitão Nemo, fugindo como ele do contato dos homens, eu tinha um compatriota! Seria o único a representar a França naquela misteriosa organização, evidentemente formada por indivíduos de variadas nacionalidades? Este era outro insolúvel problema que desafiava incessantemente o meu espírito!

O capitão Nemo recolheu-se, e não o vi por algum tempo. No entanto, a julgar pelo navio — de que ele era a alma e que absorvia to-

197. Referência a Victor Hugo (1802-85) e um de seus mais famosos romances, escrito quando ele se encontrava autoexilado na ilha de Guernsey, que influenciou diversos escritores do séc.XIX, entre eles Joseph Conrad e Jules Verne. No Brasil, traduzido por Machado de Assis.

dos os seus sentimentos —, como devia estar triste, desesperado, vacilante! O *Náutilus* não mantinha mais um curso fixo; ia, vinha, boiava como um cadáver à mercê das ondas. Sua hélice estava livre, e, no entanto, ele a ignorava. Navegava às cegas. Não conseguia distanciar-se do teatro de sua última luta, daquele mar que devorara um dos seus!

Dez dias assim se passaram. Foi somente no 1º de maio que o *Náutilus* apontou resolutamente para o norte, após ter passado pelas Lucaias ao largo do canal das Bahamas. Percorríamos então a corrente do mais extenso "rio marítimo", que tem margens, peixes e temperatura próprios. Identifiquei-a como sendo a corrente do Golfo.

E, de fato, trata-se de um rio, que corre livremente pelo Atlântico e cujas águas não se misturam às águas oceânicas. Rio salgado, mais do que o mar que o circunda. Sua profundidade média é de mil metros, sua largura média, de cem quilômetros. Em certos locais, seu caudal avança a uma velocidade de quatro quilômetros por hora. O volume constante de suas águas é maior que o de todos os rios do globo juntos.

A verdadeira nascente da corrente do Golfo, detectada pelo comandante Maury,[198] seu ponto de partida, se preferirmos, situa-se no golfo da Gasconha. Lá, ainda fracas em temperatura e cor, suas águas começam a se formar. Ela desce para o sul, acompanha a África equatorial, tem suas águas aquecidas pelos raios da zona tórrida, atravessa o Atlântico, atinge o cabo de São Roque na costa brasileira e se bifurca em duas ramificações, das quais uma irá saturar-se ainda com as moléculas quentes do mar das Antilhas. Em seguida, a corrente do Golfo, encarregada de restabelecer o equilíbrio entre as temperaturas e misturar as águas dos trópicos às boreais, assume o papel de mediadora. Aquecida no golfo do México, sobe para o norte em direção às costas americanas, avança até a Terra Nova,[199] faz um desvio sob o impulso da corrente fria do estreito de Davis, retoma o caminho do oceano percorrendo um dos grandes círculos do globo, a linha loxodrômica,[200] e divide-se em dois braços nas proximidades do quadragésimo terceiro grau. Um deles, ajudado pelo alísio nordeste, retorna ao golfo da Gasconha e dos Açores, enquanto o outro, após ter aquecido as praias da Irlanda e da Noruega, continua para além de Spitzberg, onde sua temperatura cai para quatro graus, formando o mar livre do polo.

Era por esse rio do oceano que o *Náutilus* navegava. Em sua saída do canal das Bahamas, com sessenta quilômetros de largura e trezentos e cin-

198. Sobre Maury, ver nota 58.

199. Terra Nova, em inglês Newfoundland, é uma grande ilha situada ao largo da costa do Atlântico norte, parte da província canadense de Terra Nova e Labrador.

200. A linha loxodrômica é uma curva traçada sobre a superfície de uma esfera que corta todos os meridianos sob um ângulo constante.

quenta metros de profundidade, a corrente do Golfo fluía à razão de oito quilômetros por hora. Essa velocidade diminui regularmente à medida que ela se dirige para o norte, e convém desejar que tal regularidade persista, pois se eventualmente, como se julgou observar, seu ritmo e direção vierem a se modificar, os climas europeus sofrerão desequilíbrios de consequências incalculáveis.

Por volta do meio-dia, eu estava na plataforma junto a Conselho, esmiuçando-lhe algumas particularidades relativas à corrente do Golfo. Terminada minha explanação, convidei-o a mergulhar as mãos na corrente.

Conselho obedeceu, muito se admirando de não sentir nenhuma sensação de quente nem de frio.

— Isso ocorre — expliquei — porque a temperatura das águas dessa corrente, ao saírem do golfo do México, pouco difere da do sangue. Essa corrente é um vasto calorífero que permite ao litoral da Europa enfeitar-se com um eterno verde. E, ainda segundo Maury, o calor dessa corrente, plenamente utilizado, seria suficiente para manter em fusão um rio de chumbo tão grande quanto o Amazonas ou o Missouri.

Naquele momento, a velocidade da corrente do Golfo era de dois metros e vinte e cinco centímetros por segundo. Seu fluxo é tão distinto do mar ambiente que suas águas, comprimidas, eriçam-se sobre o oceano, criando um desnivelamento entre elas e as águas frias. Escuras, vale acrescentar, e riquíssimas em substâncias salinas, contrastam pelo anil com as águas verdes que as circundam. É de tal forma nítida essa linha demarcatória que o *Náutilus*, na altura das Carolinas,[201] rasgou com seu esporão as águas da corrente do Golfo, enquanto sua hélice ainda girava nas do oceano.

A corrente transportava um mundo inteiro de seres vivos. Argonautas, bastante comuns no Mediterrâneo, viajavam em cardumes extensos. Dentre os cartilaginosos, os que mais chamavam a atenção eram raias cuja cauda esfiapada ocupava aproximadamente um terço do corpo, e que estampavam vastos losangos com sete metros e meio de comprimento; depois, pequenos tubarões de um metro, cabeça grande, focinho curto e arredondado, dentes pontiagudos dispostos em várias carreiras, e cujo corpo parecia revestido de escamas.

Entre os peixes ósseos, notei caranhas, exclusivos desses mares; esparídeos-synagrops, cuja íris ardia como uma fogueira; cienas com um metro de comprimento e bocarra apinhada de minúsculos dentes, as quais emitiam grunhidos; centronotos, de que já falei; corifenídeos azuis, com enfeites dourados e prateados; peixes-papagaios, verdadeiros arco-íris do oceano, que rivalizam no colorido com os mais belos pássaros dos trópicos; blênios

201. Isto é, na latitude dos dois estados americanos das Carolinas do Norte e do Sul.

de cabeça triangular; *rhombus* azulados desprovidos de escamas; batracoides ataviados com uma faixa amarela e transversal, que forma um *teta* grego; concentrados de pequenos gobídeos com manchas castanhas; dipterodontes com a cabeça prateada e a cauda amarela; diversos espécimes de salmões; tainhas de silhueta esbelta, com um brilho sutil, cujo nome científico Lacépède forjou em homenagem à amorosa companheira de sua vida;[202] e, por fim, um formoso peixe, o cavaleiro-americano, que, condecorado com todas as ordens e ataviado com todos os cordões, frequenta as praias dessa grande nação, onde ordens e cordões são tão parcamente estimados.

Acrescento que, durante a noite, as águas fosforescentes da corrente do Golfo rivalizavam com o brilho elétrico de nosso farol, sobretudo em meio às borrascas que volta e meia nos ameaçavam.

Em 8 de maio, ainda estávamos na perpendicular do cabo Hatteras, na altura da Carolina do Norte. Nesse ponto, a largura da corrente do Golfo é de cento e vinte quilômetros; a profundidade, de duzentos e dez metros. O *Náutilus* continuava sem rumo, ao sabor do acaso. Não havia mais vigilância a bordo e, de fato, naquelas circunstâncias, nossa evasão tinha alguma chance de sucesso. Com efeito, além de as praias habitadas oferecerem refúgios convidativos, o mar ali era incessantemente sulcado pelos incontáveis vapores que fazem a linha entre Nova York, ou Boston, e o golfo do México, o qual noite e dia é percorrido por escunas de cabotagem entre diversos pontos da costa americana. Não era impossível sermos resgatados. Portanto, era uma oportunidade favorável, a despeito das trinta milhas que separavam o *Náutilus* do litoral dos Estados Unidos.

No entanto, uma circunstância adversa conspirava contra os planos do canadense: as péssimas condições climáticas. Estávamos próximos a uma zona de frequentes intempéries, na pátria das tempestades e dos ciclones, engendrados precisamente pela corrente do Golfo. Enfrentar águas sempre conturbadas num modesto escaler era se encaminhar para a morte certa. O próprio Ned Land concordava com isso — embora mordesse o freio, tomado por uma nostalgia furiosa, que apenas a evasão conseguiria curar.

— Professor — ele me comunicou naquele dia —, isso tem de acabar. Serei muito claro. Seu Nemo se afasta das terras e sobe para o norte. Mas, preste atenção, odiei o polo sul e não irei com ele para o polo norte.

— O que fazer, Ned, uma vez que a fuga é impossível?

— Volto à minha ideia. Precisamos conferenciar com o capitão. O senhor omitiu-se quando estávamos nos mares do seu país. Cabe-me a responsabilidade, agora que estamos nos mares do meu. Quando penso que dentro de poucos dias o *Náutilus* estará na altura da Nova Escócia e que ali, na direção

202. Trata-se do *Mogilomorus Anna-Carolina*, descrito por Lacépède no quinto volume de sua *História natural dos peixes*.

da Terra Nova, abre-se uma larga baía; que nessa baía desagua o São Lourenço, e que o São Lourenço é o meu rio, o rio de Québec, minha cidade natal...! Quando penso nisso, o sangue me sobe à cabeça, enlouqueço. O senhor ouviu, professor, prefiro me atirar no mar! Aqui eu não fico! Sinto falta de ar!

O canadense estava de fato perdendo a paciência. Sua indócil natureza não podia adaptar-se àquela prisão perpétua. Sua expressão modificava-se a cada dia, seu humor ganhava em melancolia. Aquele sofrimento me tocava, eu também sentia saudades de casa. Quase sete meses se haviam passado sem que tivéssemos notícias da terra. Além disso, o isolamento do capitão Nemo, seu temperamento alterado, sobretudo desde a batalha dos polvos, sua melancolia, tudo contribuía para que as coisas se me afigurassem sob um aspecto diferente. Não sentia mais o entusiasmo dos primeiros dias. Só um flamengo como Conselho para aceitar aquela situação, no meio reservado aos cetáceos e outros habitantes do mar. Juro, aquele bom rapaz, se tivesse guelras em vez de pulmões, teria dado um peixe e tanto!

— E então, professor? — insistiu Ned Land, vendo que eu não respondia.

— Muito bem, Ned, quer que eu pergunte ao capitão Nemo suas intenções a nosso respeito?

— Sim, professor.

— Mesmo ele já as tendo revelado?

— Sim. Desejo ter certeza pela última vez. Fale por mim, apenas em meu nome, se preferir.

— Mas raramente o encontro. Ele anda me evitando, inclusive.

— Mais uma razão para ir procurá-lo.

— É o que farei, Ned.

— Quando? — perguntou o canadense, inflexível.

— Quando encontrá-lo.

— Prefere que seja eu a procurá-lo, professor?

— Não, deixe tudo comigo. Amanhã...

— Hoje — disse Ned Land.

— Está bem. Falarei com ele hoje — respondi ao canadense, que, agindo por conta própria, poria tudo a perder.

Fiquei sozinho. Resolvida a questão, decidi terminar com aquilo de uma vez por todas. Prefiro as coisas feitas às por fazer.

Voltei ao meu quarto. De lá, ouvi passos no aposento do capitão. Eu não podia perder a oportunidade. Bati na sua porta. Não obtive resposta. Bati novamente. Girei a maçaneta. A porta se abriu.

Entrei. O capitão estava curvado sobre sua mesa de trabalho, não me ouvira. Determinado a não sair sem havê-lo interrogado, aproximei-me. Levantando bruscamente a cabeça, franziu a testa e, num tom rude, assim me disse:

— O senhor por aqui? O que deseja?

— Ter uma conversa, capitão.

— Estou ocupado, professor, concentrado no trabalho. A liberdade que lhes concedo para ficar a sós, não posso tê-la para mim?

A recepção fora pouco estimulante. Mas eu estava decidido a ouvir tudo para responder a tudo.

— Senhor — declarei com frieza —, trata-se de um assunto inadiável.

— Qual seria, professor? — ele perguntou, ironicamente. — Fez alguma descoberta que me houvesse escapado? O mar desvendou-lhe novos segredos?

Estávamos longe do assunto. Porém, antes que eu respondesse, ele assumiu um tom mais grave e, apontando para um manuscrito aberto sobre a mesa, disse:

— Vê aqui, professor Aronnax, um manuscrito em várias línguas. Contém o resumo de todos os meus estudos sobre o mar. Se Deus assim decidir, ele não perecerá comigo. Esse manuscrito, assinado pelo meu verdadeiro nome, complementado pela história de minha vida, será depositado num pequeno aparelho insubmersível. O último sobrevivente de todos a bordo do *Náutilus* lançará o aparelho ao mar, e ele irá aonde o carregarem as ondas.

O nome daquele homem! Sua história escrita por ele mesmo! Então um dia seu mistério seria desvendado? Naquele momento, vi em sua fala uma brecha para o meu assunto.

— Capitão — respondi —, não posso senão aprovar o pensamento que o faz agir dessa forma. Embora seja inconcebível perder o fruto de seus estudos, o meio que escolheu parece-me primitivo. Quem sabe para onde os ventos empurrarão esse aparelho, em que mãos cairá? Não saberia encontrar algo melhor? O senhor ou um dos seus amigos não pod...?

— Jamais, professor — o capitão interrompeu com veemência.

— Pois eu e meus companheiros estamos dispostos a manter esse manuscrito em sigilo, se consentir em nos devolver a liberdade...

— A liberdade! — reagiu o capitão Nemo, erguendo-se.

— Sim, capitão, era a esse respeito que eu desejava interrogá-lo. Já faz sete meses que estamos a bordo do *Náutilus*, e hoje lhe pergunto, em nome de meus companheiros e do meu: é sua intenção manter-nos aqui para sempre?

— Professor Aronnax — declarou o capitão Nemo —, respondo-lhe hoje o que lhe respondi há sete meses: quem entra no *Náutilus* nunca mais sai.

— Impõe-nos a escravidão!

— Chame como quiser.

— Mas em todo lugar o escravo preserva o direito de recuperar a liberdade! O fim justifica os meios!

— Quem lhes nega tal direito? — rebateu o capitão Nemo. — Tentei alguma vez prendê-los a um juramento?

O capitão encarava-me de braços cruzados.

— Senhor — eu lhe disse —, voltar novamente a esse assunto não seria nem do seu agrado nem do meu. Porém, uma vez que começamos, vamos até o fim. Repito, não é apenas de minha pessoa que se trata. Para mim, o estudo é um arrimo, uma diversão fascinante, um arrebatamento, uma paixão capaz de me fazer esquecer tudo. Como o senhor, sou homem afeito a viver ignorado, obscuro, na tênue esperança de um dia legar ao futuro o resultado de meu trabalho, por meio de um hipotético aparelho entregue ao acaso das ondas e ventos. Em suma, posso admirá-lo, acompanhá-lo sem tédio num papel que, de certo ponto de vista, compreendo. No entanto, ainda existem aspectos de sua vida que me fazem vislumbrá-la repleta de complicações e mistérios aos quais eu e meus companheiros somos completamente alheios. Confesso, quando nosso coração bateu pelo senhor, comovido por alguns de seus sofrimentos, ou impressionado por seus rasgos de gênio ou de coragem, fomos obrigados, dentro de nós, a recalcar até o mais ínfimo testemunho dessa simpatia que a visão do que é belo e bom faz nascer, venha ele do amigo ou do inimigo. Pois bem, é essa sensação, a de que somos alheios a tudo que lhe diz respeito, que torna nossa posição inaceitável, impossível, inclusive para mim, mas impossível sobretudo para Ned Land. Todo homem, nem que seja pelo fato de ser homem, merece consideração. Já se perguntou que planos de vingança o amor à liberdade e o ódio à escravidão poderiam engendrar numa natureza como a do canadense, o que ele poderia pensar, arriscar, experimentar?

Calei-me. O capitão Nemo levantou-se.

— Não me interessa o que Ned Land pense, arrisque ou experimente! Não fui eu quem o procurou! Não é por seus belos olhos que o conservo a bordo! Quanto ao senhor, professor Aronnax, o senhor é daqueles capazes de tudo compreender, inclusive o silêncio. Nada mais tenho a lhe dizer. Espero que esta primeira vez que vem tratar desse assunto seja também a última, pois não iria sequer escutá-lo da segunda.

Retirei-me. A contar desse dia, nossa situação era clara. Narrei a conversa aos meus dois companheiros.

— Agora sabemos — disse Ned — que nada temos a esperar desse homem. O *Náutilus* aproxima-se de Long Island. Fugiremos, com tempo bom ou ruim.

Mas o céu assumia um aspecto cada vez mais ameaçador, com prenúncio de furacão. A atmosfera foi se tornando branca e baça. Aos cirros, com chumaços esfiapados, sucediam no horizonte blocos de cúmulos-nimbos. Outras nuvens baixas fugiam rapidamente. O mar engrossava e encrespava as ondas. As aves desapareciam, à exceção dos petréis, amigos das tempestades. O barômetro caía bruscamente, indicando a forte pressão dos vapores na atmosfera.

A mistura do *storm-glass*[203] decompunha-se sob a influência da eletricidade, que saturava a atmosfera. A borrasca era iminente.

A tempestade desabou durante o dia 18 de maio, precisamente quando o *Náutilus* flutuava na altura de Nova York. É possível descrevê-la, uma vez que, negando-se a escapar-lhe nas profundezas do mar, o capitão Nemo, por um inexplicável capricho, houve por bem desafiá-la na superfície.

O vento soprava do sudoeste, inicialmente a uma velocidade de quinze metros por segundo, que aumentou para vinte e cinco por volta das três da tarde. É o código das tempestades.

O capitão Nemo, invulnerável sob as rajadas, posicionara-se na plataforma. Amarrara-se pela cintura para resistir aos vagalhões que rebentavam. Subi e me prendi da mesma maneira, dividindo minha admiração entre o dilúvio e a singular criatura que lhe fazia frente.

Grandes massas de nuvens varriam o mar e tangenciavam as ondas. Não se via mais nenhuma das marolas intermediárias formadas no fundo dos grandes tubos. Nada senão compridas ondulações fuliginosas, cujas cristas não rebentam, de tão compactas. Provocavam-se mutuamente. O *Náutilus*, ora deitado de lado, ora em riste como um mastro, chacoalhava e adernava horrivelmente.

Por volta das cinco horas, caiu uma chuva torrencial, que não amainou nem vento nem mar. O furacão irrompeu a uma velocidade de quarenta e cinco metros por segundo, ou seja, aproximadamente cento e sessenta quilômetros por hora. É nessas condições que ele derruba casas, espeta telhas nas portas, rompe grades de ferro, desloca canhões de vinte e quatro libras. E, não obstante, o *Náutilus*, em plena tormenta, justificava a frase de um exímio projetista: "Não há casco bem construído que não possa desafiar o mar!" Não era uma rocha resistente que aquelas ondas teriam que demolir, era um charuto de aço, obediente e móvel, sem cordames, sem mastreação, que enfrentava impunemente sua fúria.

Tive tempo para analisar os vagalhões. Mediam até quinze metros de altura e estendiam-se por cerca de cento e cinquenta a cento e setenta e cinco metros, e sua velocidade de propagação, metade da velocidade do vento, era de quinze metros por segundo. O volume e a intensidade das águas aumentavam na proporção de sua profundidade, o que me permitiu deduzir que, ao aprisionar o ar em seu bojo, elas o bombeiam para o fundo dos mares, para onde carregam o oxigênio da vida. Estima-se sua poderosa força de empuxo em até três toneladas para cada trinta centímetros quadrados da superfície que elas vergastam. Foram essas ondas que, nas Hébridas, deslocaram uma rocha pesando cento e setenta toneladas. Foram elas que, na tempestade de

203. A respeito do *storm-glass*, ver nota 69.

O céu estava em fogo.

23 de dezembro de 1854, após terem destruído parte da cidade de Edo,[204] no Japão, atingindo setecentos quilômetros por hora, foram rebentar no mesmo dia nas praias dos Estados Unidos.

204. Edo é o antigo nome de Tóquio. Alusão ao tsunami provocado por um terremoto, que destruiu a cidade de Tóquio em 23 de dezembro de 1854.

Ao entardecer, a borrasca só fez piorar. O barômetro, como durante o ciclone de 1860 na ilha da Reunião, despencou para setecentos e dez milímetros. No horizonte, ao cair da noite, vi passar um grande navio lutando desesperadamente. Capeava a baixo regime para equilibrar-se nas ondas. Devia ser um dos vapores que faziam a linha de Nova York a Liverpool ou ao Havre. Dali a pouco, sumiu na escuridão.

Às dez horas da noite, o céu estava em fogo. Violentos relâmpagos bombardeavam a atmosfera, deixando-me praticamente cego; já o capitão Nemo, encarando-os de frente, parecia incorporar a alma da tormenta. Um estrépito terrível enchia os ares, estrépito compósito, misturando o fragor das ondas, o zunido dos ventos e o estrondear dos trovões. A ventania varria todos os pontos do horizonte e o ciclone, vindo do leste, para ele retornava, depois de passar pelo norte, o oeste e o sul, em sentido contrário às tempestades circulares do hemisfério austral.

Ah, a corrente do Golfo! Fazia, de fato, jus ao título de rainha das tempestades! É ela que, em decorrência das diferentes temperaturas entre as camadas de ar superpostas às suas correntes, cria ciclones tão devastadores.

À chuva, sucedera uma tempestade de fogo. Gotículas transformavam-se em feixes mortíferos. Ter-se-ia dito que o capitão Nemo, desejando uma morte digna de si, fazia de tudo para ser fulminado. Jogando terrivelmente, o *Náutilus* empinou seu esporão de aço como a haste de um para-raios, e dele vi saírem compridas fagulhas.

Alquebrado, no fim de minhas forças, rastejei até o alçapão, abri-o e desci ao salão. A tempestade alcançava então sua intensidade máxima, impossível manter-se de pé no interior do *Náutilus*.

O capitão Nemo entrou à meia-noite. Ouvi os reservatórios enchendo-se aos poucos, e o *Náutilus* mergulhou suavemente nas águas.

Pelas vidraças descerradas do salão, vi grandes peixes assustados passando como fantasmas nas águas incandescentes. Alguns foram fulminados diante de meus olhos!

Com o *Náutilus* continuando a descer, julguei que fosse reencontrar a calma a uma profundidade de quinze metros. Não. A lâmina superior efervescia. Repouso, apenas a cinquenta metros, nas vísceras do mar.

Mas ali, que tranquilidade, que silêncio, que ambiente sereno! Quem diria que naquele momento desencadeava-se um furacão na superfície do oceano?

20. *A 47°24' de latitude e 17°28' de longitude*

A tempestade nos empurrou para leste, pulverizando qualquer esperança de uma fuga nas imediações de Nova York ou do rio São Lourenço. Ned, acabrunhado, isolou-se como o capitão Nemo. Conselho e eu não nos separávamos.

Eu disse que o *Náutilus* havia sido empurrado para leste. Deveria ter dito nordeste. Por horas a fio, ele vagou ora na superfície das águas, ora abaixo delas, em meio às brumas tão temidas pelos navegadores. Estas resultam basicamente do derretimento do gelo, o qual injeta um grande teor de umidade na atmosfera. Quantos navios naufragados naquela região, enquanto buscavam reconhecer as luzes embaçadas da costa! Quantos desastres provocados por nevoeiros indevassáveis! Quantas colisões contra aqueles recifes, onde a rebentação é sobrepujada pelo barulho do vento! Quantos abalroamentos, a despeito dos faróis sinalizadores, das advertências, dos apitos e dos sinos de alarme!

O fundo daqueles mares oferecia o aspecto de um campo de batalha, no qual ainda jaziam todos os vencidos do oceano: uns velhos e já cobertos de cracas; outros jovens e refletindo, sobre suas ferragens e quilhas de cobre, o brilho de nosso farol. Entre eles, navios destroçados junto com suas tripulações e seu mundo de emigrantes, naqueles pontos perigosos assinalados nas estatísticas — o cabo Race, a ilha Saint-Paul, o estreito de Belle-Île, o estuário do São Lourenço! E, somente de uns anos para cá, quantas vítimas registradas, em fúnebres anais, pelas linhas do Royal Mail, do Inmann, da Montreal: o *Solway*, o *Isis*, o *Paramatta*, o *Hungarian*, o *Canadian*, o *Anglo-Saxon*, o *Humboldt* e o *United States*, todos naufragados; o *Artic* e o *Lyonnais*, afundados por abalroamento; o *Président*, o *Pacific*, o *City of Glasgow*, desaparecidos por causas ignoradas, negros escolhos em meio aos quais navegava o *Náutilus*, como se passasse os mortos em revista!

Em 15 de maio, estávamos na extremidade meridional do banco da Terra Nova, produto das aluviões marinhas, grande concentração de detritos orgânicos, arrastados seja do equador, pela corrente do Golfo, seja do polo boreal, pela contracorrente de água fria que acompanha a costa americana. Aqui, uma aglomeração de blocos erráticos carreados pela debandada das geleiras; ali, um vasto ossuário de peixes, moluscos e zoófitos, que perecem aos bilhões no local.

A profundidade do mar não é significativa no banco da Terra Nova, no máximo algumas centenas de braças. Mais para o sul escava-se subitamente certa depressão profunda, uma fossa de três mil metros, ponto em que a corrente do Golfo se alarga. É a expansão das águas. A corrente perde velocidade e temperatura, mas vira um mar.

Dentre os peixes que o *Náutilus* afugentou ao passar, registro o ciclóptero, com um metro de comprimento, dorso empretecido, ventre alaranjado, que dá a seus congêneres um exemplo, pouco seguido, de fidelidade conjugal; um unernack de grande porte, espécie de moreia esmeralda, de excelente sabor; karraks de olhos grandes, cuja cabeça apresenta certa semelhança com a de um cão; blênios, ovíparos como as serpentes; gobídeos pretos com dois decímetros; macruros de cauda longa, refletindo um brilho prateado, peixes rápidos, aventurando-se longe dos mares hiperbóreos.

As redes apanharam também um peixe atrevido, audacioso, forte e musculoso, dotado de espinhos na cabeça e esporões nas nadadeiras, verdadeiro escorpião com cerca de dois metros e meio de comprimento, inimigo encarniçado dos blênios, bacalhaus e salmões: era o cadoz dos mares setentrionais, de corpo tubercular, marrom, e nadadeiras vermelhas. Os pescadores do *Náutilus* tiveram certa dificuldade para capturar o animal, que, graças à conformação de seus opérculos, isola seus órgãos respiratórios do contato desumidificador da atmosfera e pode viver algum tempo fora d'água.

Cito agora, de cabeça, bosquianos,[205] peixinhos que acompanham insistentemente os navios nos mares boreais; barracudas-oxirrincos, exclusivas do Atlântico setentrional; escorpenas e, por fim, gadídeos, com destaque para o bacalhau, que surpreendi em suas águas de predileção naquele inesgotável banco da Terra Nova.

Não é descabido afirmar que aqueles bacalhaus eram peixes de montanha, uma vez que a Terra Nova não passa de uma montanha submarina. Quando o *Náutilus* desbravou caminho através de suas falanges cerradas, Conselho não reprimiu a observação:

— E essa agora! Bacalhaus! E eu que supunha serem os bacalhaus achatados como linguados!

205. Assim denominados pelo naturalista francês Buffon em homenagem a seu colega Louis-Augustin Bosc d'Antic (1759-1828), que os descreveu.

— Tolice! — exclamei. — Os bacalhaus são achatados apenas na peixaria, onde são expostos abertos e limpos. Na água, porém, são peixes fusiformes como os barbos, além de magistralmente configurados para a locomoção.

— Acredito no patrão — observou Conselho. — Que nuvem, que formigueiro!

— Haveria muito mais deles se não houvesse os seus inimigos, as escorpenas e os homens! Sabe quantos ovos foram encontrados numa única fêmea?

— Arredondemos — disse Conselho. — Quinhentos mil.

— Onze milhões, amigo.

— Onze milhões. Aí está uma coisa em que eu só acreditaria se eu mesmo os contasse.

— Pode contá-los, Conselho, mas poupará tempo se acreditar em mim. A propósito, o bacalhau é pescado aos milhares por franceses, ingleses, americanos, dinamarqueses e noruegueses. São consumidos em quantidades prodigiosas, e, sem a sua espantosa fecundidade, os mares logo se veriam despovoados desses peixes. Somente na Inglaterra e nos Estados Unidos, por exemplo, cinco mil embarcações operadas por setenta e cinco mil marinheiros são empregadas na pesca do bacalhau. Cada uma delas captura quarenta mil em média, o que dá vinte e cinco milhões.[206] O mesmo acontece nas costas da Noruega.

— Está bem — admitiu Conselho —, acredito no patrão. Não irei contar mais…

— Contar o quê, santo deus?

— Os onze milhões de ovos. Mas faço uma observação.

— Qual?

— Se todos os ovos eclodissem, bastariam quatro bacalhaus para alimentar a Inglaterra, os Estados Unidos e a Noruega.

Enquanto resvalávamos nos fundos do banco da Terra Nova, eu via nitidamente as linhas compridas, equipadas com duzentos anzóis, lançadas às dúzias pelos pesqueiros. Puxadas por uma ponta munida de um pequeno gancho, eram retidas na superfície por uma corda presa a uma boia de cortiça. O *Náutilus* foi obrigado a manobrar com destreza em meio à malha submarina.

Não permaneceu muito tempo, aliás, naquela zona movimentada, subindo para o quadragésimo segundo grau de latitude. Era na altura de São João de Terra Nova e de Heart's Content, terminal do cabo transatlântico.

O *Náutilus*, ao invés de continuar a avançar para o norte, dirigiu-se para o leste, como se quisesse acompanhar o platô telegráfico sobre o qual repousa

206. Jules Verne, naturalmente, se equivocou na conta.

o cabo e cujo relevo foi determinado com extrema precisão por múltiplas sondagens.

Foi em 17 de maio, a cerca de quinhentas milhas de Heart's Content, a dois mil e oitocentos metros de profundidade, que avistei o cabo deitado no solo. Conselho, a quem eu não avisara, tomou-o no início por uma gigantesca serpente marinha e preparava-se para classificá-la segundo seu método de praxe. Mas decepcionei o digno rapaz e, para atenuar sua frustração, ensinei-lhe diversas particularidades sobre a instalação daquele cabo.

O primeiro cabo foi instalado durante os anos 1857 e 1858, porém, após haver transmitido aproximadamente quatrocentos telegramas, parou de funcionar. Em 1863, os engenheiros construíram um novo cabo, medindo três mil e quatrocentos quilômetros e pesando quatro mil e quinhentas toneladas, que foi embarcado no *Great Eastern*. A tentativa voltou a fracassar.

Ora, em 25 de maio, submerso a três mil oitocentos e trinta e seis metros de profundidade, o *Náutilus* achava-se precisamente no local onde se produziu o rompimento que malogrou a iniciativa, ou seja, a seiscentos e trinta e oito milhas da costa da Irlanda. Eram duas horas da tarde quando se constatou que as comunicações com a Europa acabavam de ser interrompidas. Os eletricistas de bordo resolveram cortar o cabo antes de resgatá-lo, e, às onze horas da noite, pescaram a parte avariada. Fizeram uma emenda e um aúste e em seguida imergiram novamente o cabo. No entanto, poucos dias mais tarde, ele se rompeu e não pôde mais ser recuperado das profundezas do oceano.

Os americanos não desanimaram. O audacioso Cyrus Field,[207] idealizador do empreendimento, no qual arriscava toda a fortuna, lançou uma nova subscrição. Esta foi prontamente coberta. Outro cabo foi instalado em melhores condições. O feixe de fios condutores, isolados numa capa de guta-percha, era protegido por um colchão de matérias têxteis embutido numa armação metálica. O *Great Eastern* fez-se novamente ao mar em 13 de julho de 1866.

A operação avançou bem, exceto por um incidente. Ao desenrolarem o cabo, os eletricistas notaram que alguém lhe inserira pregos em vários pontos com o objetivo de sabotá-lo. O capitão Anderson, seus oficiais e engenheiros reuniram-se, deliberaram e comunicaram que, se o culpado fosse flagrado a bordo, seria sumariamente atirado ao mar. Desde então, a tentativa criminosa não se repetiu.

Em 23 de julho, o *Great Eastern* encontrava-se a apenas oitocentos quilômetros da Terra Nova quando lhe telegrafaram da Irlanda a notícia do armistício firmado entre a Prússia e a Áustria depois de Sadowa.[208] No dia 27,

207. Cyrus Field (1819-92), comerciante e financista americano, voltou a cruzar o Atlântico no *Great Eastern* em 1867, dessa vez com Jules Verne ao seu lado.

208. A batalha de Sadowa (1866), que pôs fim à Guerra Austro-Prussiana, terminou com a vitória da Prússia e acarretou a expulsão da Áustria da Confederação Germânica.

em meio às brumas, ele avistava o porto de Heart's Content. A operação teve um final feliz e, em seu primeiro despacho, a jovem América dirigia à velha Europa estas sábias palavras, tão raramente compreendidas: "Glória a Deus nas alturas e paz na Terra aos homens de boa vontade."[209]

Eu não esperava encontrar o cabo elétrico no estado original, tal como era ao sair da fábrica. A longa serpente, coberta por resíduos de conchas, espetada por foraminíferos, estava incrustada num engaste rochoso que a protegia contra os moluscos perfurantes, repousando serenamente, ao abrigo dos movimentos do mar e sob uma pressão favorável à transmissão da centelha elétrica – a qual leva trinta e dois centésimos de segundo para ir da América à Europa. Sua durabilidade tem tudo para ser infinita, pois foi constatado que a capa de guta-percha solidifica-se em contato com a água do mar.

Além disso, sobre aquele platô tão auspiciosamente escolhido, o cabo nunca fica submerso em profundidades capazes de rompê-lo. O *Náutilus* seguiu-o até o ponto mais baixo, situado a quatro mil quatrocentos e trinta e um metros, e mesmo ali ele se esticava sem nenhum excesso de tração. Aproximamo-nos então do local do acidente de 1863.

O fundo oceânico formava então um vale com cento e vinte quilômetros de largura, sobre o qual poderíamos assentar o Mont Blanc sem que seu pico emergisse da superfície das águas. Esse vale é fechado a leste por um paredão escarpado de dois mil metros de altura. Chegamos no dia 28 de maio, com o *Náutilus* a apenas cento e cinquenta quilômetros da Irlanda.

O capitão Nemo subiria para navegar em águas britânicas? Não. Para minha grande surpresa, desceu para o sul e tomou a direção dos mares europeus. Contornando a ilha de Esmeralda, percebi por um instante o cabo Clear e o farol de Fastnet, que ilumina os milhares de navios saídos de Glasgow ou Liverpool.

Uma pergunta capital me atormentava: o *Náutilus* ousaria adentrar o canal da Mancha? Ned Land, que ressuscitara desde que nos aproximávamos da terra, não me largava do pé. Como lhe responder? O capitão Nemo permanecia invisível. Após ter permitido que o canadense entrevisse as praias da América, iria mostrar-me agora o litoral da França?

Enquanto isso, o *Náutilus* continuava a descer rumo ao sul. Em 30 de maio, avistávamos o Land's End, entre a ponta extrema da Inglaterra e as Sorlingas,[210] que ele deixou a estibordo.

Se queria entrar na Mancha, precisava embicar radicalmente a leste. Não o fez.

---

209. Lucas, 2, 14.

210. Ilhas do oceano Atlântico situadas ao largo do promontório da Cornualha inglesa. Em inglês, Isles of Scilly.

"É aqui!"

Durante todo o 31 de maio, o *Náutilus* descreveu uma série de círculos no mar que me deixaram intrigado. Parecia procurar um lugar e não encontrá-lo. Ao meio-dia, o capitão Nemo em pessoa encarregou-se de calcular nossa posição. Não me dirigiu a palavra, parecendo mais melancólico do que nunca. O que o entristecia tanto? Seria a proximidade das praias europeias? Teria saudades de seu país? O que sentia afinal? Remorso ou angústia? Por muito tempo esse pensamento não me deu trégua, e tive o pressentimento de que o acaso não tardaria a trair os segredos de Nemo.

No dia seguinte, 1º de junho, o *Náutilus* não alterou sua velocidade. Estava claro que procurava um ponto preciso do oceano. O capitão veio medir a altura do sol, como fizera na véspera. O mar estava bonito; o céu, claro. Um grande navio a vapor desenhava-se na linha do horizonte, oito milhas a leste. Nenhum pavilhão batia em seu mastro, e não me foi possível identificar sua nacionalidade.

O capitão Nemo, minutos antes que o sol atravessasse o meridiano, armou seu sextante e observou atentamente. A calma absoluta das águas facilitava a operação. Imóvel, o *Náutilus* não jogava nem adernava.

Eu estava na plataforma naquela ocasião e pude ouvir o capitão pronunciar, terminados seus cálculos, estas únicas palavras:

— É aqui!

Desceu novamente pela escotilha. Teria percebido a embarcação, que, ganhando velocidade, parecia aproximar-se de nós? Eu não saberia dizê-lo.

Retornei ao salão. A escotilha foi fechada e ouvi os silvos da água nos tanques. O *Náutilus* começou a mergulhar, seguindo uma linha vertical, pois sua hélice travada não lhe transmitia mais nenhum movimento.

Alguns minutos mais tarde, estacionava a uma profundidade de oitocentos e trinta e três metros e repousava no solo.

O teto luminoso do salão então se apagou, as escotilhas se abriram e, através das vidraças, num raio de meia milha, divisei o mar intensamente iluminado pelo facho do farol.

A bombordo, nada, a não ser a tranquila imensidão das águas.

No fundo, a estibordo, delineava-se uma notável excrescência que atraiu minha atenção. Diriam-se ruínas soterradas sob um amálgama de conchas brancas como um manto de neve. Examinando mais detidamente aquela carcaça, julguei reconhecer as formas abauladas de um navio sem mastro, o qual devia ter ido a pique pela proa. O acidente com certeza datava de época remota, pois aqueles destroços, para estarem incrustados daquela forma no calcário das águas, já contavam muitos anos passados naquelas profundezas.

Que navio era aquele? Por que o *Náutilus* visitava seu túmulo? Não fora então um naufrágio que arrastara a embarcação para o fundo das águas?

Eu não sabia o que pensar. Perto de mim, ouvi o capitão Nemo discorrer numa voz lenta:

— Houve um tempo em que esse navio se chamava *Le Marseillais*. Carregava setenta e quatro canhões e foi lançado ao mar em 1762. Em 13 de agosto de 1778, comandado por La Poype-Vertrieux, lutava audaciosamente contra o *Preston*. Em 1779, em 4 de julho, participava, com a esquadra do almirante d'Estaing, da tomada de Granada. Em 1781, em 5 de setembro, o *Marseillais* tomava parte no combate do conde de Grasse na baía de Chesapeake. Em 1794, a República francesa mudava o nome da embarcação. Em 16 de abril do mesmo ano, em Brest, juntava-se à esquadra de Villaret-Joyeuse, encarregada de escoltar um comboio de trigo procedente da América, sob o comando do almirante Van Stabel. Em 11 e 12 pradial, ano II,[211] essa esquadra depara-se com os navios ingleses. Professor, estamos no dia 13 do mês de pradial, 1º de junho de 1868. Há setenta e quatro anos, precisamente, neste mesmo local, a 47°24' de latitude e 17°28' de longitude, esse navio, após um combate heroico, amputado de seus três mastros, fazendo água nos paióis, com um terço da tripulação fora de combate, preferiu afundar com seus trezentos e cinquenta e seis marinheiros em vez de se render, e, pregando sua bandeira na popa, desapareceu sob as ondas ao grito de: Viva a República!

— O *Vingador*! — exclamei.

— Sim, professor! O *Vingador*! Belo nome! — murmurou o capitão Nemo, cruzando os braços.[212]

211. O mês de pradial (*prairial*), segundo o calendário revolucionário francês (1792-1806), ia de 20 de maio a 18 de junho.

212. O episódio narrado pelo capitão Nemo é considerado um dos mais heroicos das guerras navais entre a França e a Inglaterra durante a Revolução Francesa.

21. *Hecatombe*

Aquele jeito de falar, o inusitado da cena, o histórico do navio patriota, a princípio narrado com frieza, seguido pela emoção com que o estranho personagem pronunciara as últimas palavras, o nome *Vingador*, cujo significado não me escapava, tudo se encaixava, impressionando-me profundamente. Eu não tirava mais os olhos do capitão, o qual, por sua vez, com as mãos estendidas para o mar e olhar flamejante, contemplava o glorioso destroço. Talvez eu jamais viesse a saber quem era ele, de onde vinha, para onde ia; no entanto, cada vez mais, sentia que o homem alforriava-se do cientista. Não fora a misantropia comum que confinara o capitão Nemo e seus companheiros no *Náutilus*, mas um ódio, monstruoso ou sublime, que o tempo era incapaz de aplacar.

Aquele ódio ainda clamava por vingança? O futuro logo me diria.

Nesse ínterim, o *Náutilus* ganhava lentamente a superfície, e pouco a pouco vi o contorno impreciso do *Vingador* desaparecer. Dali a pouco, um ligeiro balanço fez-me perceber que flutuávamos ao ar livre.

Ouvimos uma detonação seca. Olhei para o capitão. O capitão não se mexeu.

— Capitão? — interpelei-o.

Não obtive resposta.

Deixei-o e subi à plataforma, onde já se encontravam Conselho e o canadense.

— Que detonação foi essa? — perguntei.

— Um tiro de canhão — respondeu Ned Land.

Olhei em direção ao navio que eu avistara. Aproximara-se do *Náutilus* e via-se que ganhava velocidade. Seis milhas o separavam de nós.

— Que tipo de navio é aquele, Ned?

— Pela enxárcia e a altura dos mastros — disse o canadense —, eu apostaria num navio de guerra. Tomara que nos ataque, nem que tenha que pôr a pique este maldito *Náutilus*!

— Amigo Ned — ponderou Conselho —, que mal ele pode fazer ao *Náutilus*? Irá atacá-lo por debaixo d'água? Irá canhoneá-lo no fundo dos mares?

— É capaz, amigo Ned — perguntei —, de identificar a nacionalidade do navio?

O canadense, franzindo as sobrancelhas, apertando as pálpebras, vincando os olhos nos cantos, fixou por alguns instantes o navio com todo o poder de seu olhar.

— Não, professor — terminou por responder. — Impossível identificar a nação a que pertence. Está sem bandeira. Mas posso afirmar que é um navio de guerra, pois vejo uma flâmula comprida desfraldada na ponta do mastro principal.

Durante um quarto de hora, continuamos a observar a embarcação vindo de encontro a nós. Eu não podia aceitar, entretanto, que ela tivesse detectado o *Náutilus* àquela distância, menos ainda que soubesse tratar-se de um aparelho submarino.

Dali a pouco o canadense veio me dizer que era um grande navio de guerra, um dois conveses couraçado e com esporão. Uma espessa fumaça preta saía de suas duas chaminés. As velas, amainadas, confundiam-se com a linha das vergas. A caixa do mastro não exibia pavilhão algum. A distância ainda impossibilitava a identificação das cores da flâmula, que esvoaçava como uma fita singela.

Ele avançava rapidamente. Se o capitão Nemo permitisse a aproximação, teríamos uma chance de nos salvar.

— Professor — preveniu-me Ned Land —, se esse barco passar a uma milha de distância eu pulo no mar. E intimo-o a me seguir.

Não dei resposta à provocação do canadense e continuei a observar o navio, que aumentava de tamanho a olhos vistos. Inglês, francês, americano ou russo, era certo que, se conseguíssemos alcançá-lo, nos acolheria.

— O patrão faça a fineza de lembrar — disse então Conselho — que não tem qualquer experiência com natação. Peço, portanto, que deixe a meu cargo a tarefa de rebocá-lo até aquele navio, se lhe for conveniente seguir o amigo Ned.[213]

Quando eu ia responder, uma fumaça branca envolveu a proa do vaso de guerra e, segundos depois, as águas respingadas pela queda de um corpo pesado atingiram a popa do *Náutilus*. Quase que instantaneamente, uma detonação explodia no meu ouvido.

— Estão atirando em nós! — exclamei.

— Gente direita! — murmurou o canadense.

— Estão nos tomando por náufragos agarrados a um destroço!

---

213. Contrariando o que o narrador afirma na p.65: "Sem pretender equiparar-me a Byron e Poe, sou bom nadador e o mergulho não me assustou."

— Que o patrão me perdoe... — disse Conselho, espanando a água que um novo projétil lhe borrifara. — Que o patrão me perdoe, mas avistaram o narval e canhoneiam o narval.

— Mas será que não percebem que estão lidando com homens!? — me exaltei.

— Talvez por isso mesmo! — inflamou-se Ned Land, me encarando.

Uma revelação súbita fez com que eu caísse em mim. Decerto agora sabiam com o que estavam lidando quando se falava na existência do suposto monstro. Teria o comandante Farragut, por ocasião do abalroamento com a *Abraham Lincoln*, quando o canadense atingiu-o com seu arpão, constatado que o narval era uma embarcação submarina, mais perigosa que um cetáceo sobrenatural?

Sim, sem dúvida era aquilo, e agora perseguiam a terrível máquina mortífera por todos os mares!

Terrível, com efeito, se, como era possível supor, o capitão Nemo preparasse o *Náutilus* para uma operação de represália! Não teria atacado algum navio no meio do oceano Índico aquela noite em que nos aprisionou na cela? O homem agora enterrado no cemitério de coral não fora vítima da colisão provocada pelo *Náutilus*? Sim, repito, só podia ser isso. Desvendava-se, assim, parte da misteriosa existência do capitão Nemo. E, apesar de ignorarem sua identidade, pelo menos agora as nações coligadas contra ele caçavam não mais uma criatura quimérica, mas um homem que lhes dispensava um ódio implacável!

Todo aquele passado tenebroso me voltou à mente. Naquele navio que se aproximava, ao invés de amigos, não podíamos topar senão com inimigos impiedosos.

Enquanto isso, os projéteis multiplicavam-se à nossa volta. Alguns, encontrando a superfície líquida, iam por ricochete perder-se a distâncias consideráveis. Mas nenhum deles atingiu o *Náutilus*.

O couraçado estava a apenas três milhas de distância. A despeito do violento canhoneio, o capitão Nemo não aparecia na plataforma. Se um daqueles projéteis cônicos atingisse o casco do *Náutilus*, lhe teria sido fatal.

O canadense tomou a palavra:

— Professor, precisamos tentar de tudo para sair dessa encrenca. Sinalizemos! Com mil diabos! Talvez percebam que somos gente honesta!

Ned Land pegou seu lenço para agitá-lo, porém, mal o desdobrara quando, apesar de sua força prodigiosa, caiu no convés derrubado por uma mão de ferro.

— Miserável! — exclamou o capitão. — Quer que o amarre ao esporão do *Náutilus* antes de atacar aquele navio?

O capitão Nemo, terrível de se ouvir, era ainda mais terrível de se ver. A face empalidecera sob os espasmos do coração, que devia ter parado de bater

"Miserável!"

por um instante. As pupilas contraíram-se assustadoramente. A voz não falava mais, rugia. Curvando todo o corpo, torcia com as mãos os ombros do canadense.

Depois, soltando-o e voltando-se para o navio de guerra, cujos projéteis choviam à nossa volta, exclamou, com sua voz tonitruante:

— Ah, então você sabe quem eu sou, barco de nação maldita! Pois não precisei de suas cores para reconhecê-lo! Olhe! Vou mostrar-lhe as minhas!

E o capitão desfraldou na proa da plataforma um pavilhão negro, semelhante ao que já fincara no polo sul.

Naquele momento, um projétil, atingindo obliquamente o casco do *Náutilus*, sem rasgá-lo e ricocheteando perto do capitão, foi perder-se no mar.

O capitão Nemo deu de ombros. Então, dirigindo-se a mim, ordenou laconicamente:

— Desça. Desçam o senhor e seus companheiros.

— Senhor — exclamei —, atacará então esse navio?

— Vou afundá-lo, cavalheiro.

— Não fará isso!

— Farei — respondeu friamente o capitão Nemo. — Não se atreva a me julgar, cavalheiro. A fatalidade mostra-lhe o que não devia ver. Eles atacaram. A resposta será terrível. Entre.

— Que navio é aquele?

— Não sabe? Ótimo, melhor assim! Pelo menos sua nacionalidade permanecerá um segredo para o senhor. Desçam.

Ao canadense, a Conselho e a mim, só nos restava obedecer. Cerca de quinze marujos do *Náutilus* cercavam o capitão e olhavam com implacável sentimento de ódio o couraçado avançando em nossa direção. Sentia-se que o mesmo sopro de vingança movia todas aquelas almas.

Desci no momento em que outro projétil voltava a arranhar o casco do *Náutilus*, e ouvi o capitão gritar:

— Abra fogo, navio insensato! Desperdice seus inúmeros projéteis! Não escapará ao aríete do *Náutilus*. Mas não é neste local que deve perecer! Não quero que suas ruínas venham a se confundir com as ruínas do *Vingador*!

Voltei ao quarto. O capitão e seu imediato haviam permanecido na plataforma. A hélice foi acionada. O *Náutilus*, contudo, mesmo afastando-se velozmente e posicionando-se fora do alcance dos projéteis do navio, não conseguiu interromper a perseguição, e o capitão Nemo limitou-se a manter distância.

Por volta das quatro da tarde, não podendo conter a impaciência e a inquietude que me afligiam, voltei à escada central. O alçapão estava aberto. Aventurei-me na plataforma. O capitão continuava a andar de um lado para outro, num passo agitado. Observava o navio, que permanecia a cinco ou seis milhas a sotavento, girando a seu redor como um animal feroz. Atraindo-o para o leste, deixava-se perseguir, sem atacá-lo. Ainda hesitaria?

Quis intervir uma última vez, porém, assim que interpelei o capitão Nemo, ele me impôs silêncio:

— Tenho direito, sou a justiça! Sou o oprimido, ali está o opressor! Foi por causa dele que vi perecer tudo que amei, prezei e venerei, pátria, mulher, filhos, pai, mãe! Tudo que odeio está ali! Cale-se!

Dirigi um último olhar para o navio de guerra, que aumentava sua potência, e fui ao encontro de Ned e Conselho.

— Fujamos! — exclamei.

— Ora viva! — saudou Ned. — Que navio é aquele?

— Ignoro. Mas, seja qual for, irá a pique antes do anoitecer. Em todo caso, é preferível perecer com ele a nos tornarmos cúmplices de represálias cuja equidade não podemos avaliar.

— Concordo — respondeu friamente Ned Land. — Aguardemos a noite.

A noite chegou. Reinava um profundo silêncio a bordo. A bússola indicava que o *Náutilus* não alterara o curso. Eu ouvia sua hélice golpeando as águas, célere e monótona. Ele se mantinha na superfície e um ligeiro balanço adernava-o ora sobre um costado, ora sobre o outro.

Eu e meus companheiros planejamos fugir no momento em que o navio estivesse bem próximo, fosse para sermos ouvidos, fosse para sermos vistos, já que a lua, que estaria cheia dali a três dias, brilhava no céu. Uma vez a bordo daquele navio — se porventura não conseguíssemos impedir o destino que o ameaçava —, pelo menos faríamos tudo que as circunstâncias nos permitissem tentar. Mais de uma vez, quando eu julgava o *Náutilus* prestes a atacar, ele contentava-se em aceitar a aproximação do adversário e, logo em seguida, recobrava sua velocidade de fuga.

Parte da noite transcorreu sem incidentes. Espreitávamos a oportunidade de agir. Com os nervos à flor da pele, pouco falávamos. A vontade de Ned Land era jogar-se no mar. Forcei-o a esperar. Do meu ponto de vista, o *Náutilus* atacaria o couraçado na superfície, e então, mais que possível, seria fácil escapar.

Às três horas da manhã, preocupado, subi à plataforma. O capitão Nemo continuava lá, de pé, na proa, junto à sua bandeira, que uma ligeira brisa fazia tremular acima de sua cabeça. Não tirava os olhos do navio. Seu olhar, de uma intensidade extraordinária, parecia atraí-lo, fasciná-lo, arrastá-lo com mais eficiência do que se o rebocasse!

A lua atravessava o meridiano. Júpiter nascia a leste. Em meio àquela serena natureza, céu e oceano rivalizavam em tranquilidade, e o mar oferecia ao astro das noites o mais belo espelho que teria refletido sua imagem.

Pensando na calma profunda dos elementos, comparada à ira que fermentava no interior do sorrateiro *Náutilus*, eu sentia calafrios.

O navio mantinha-se a duas milhas de distância. Aproximara-se, continuando a avançar em direção ao brilho fosforescente que assinalava a presença do *Náutilus*. Vi seus sinalizadores, verde e vermelho, e seu farol branco pendurado no grande estai de mezena. Uma vaga reverberação iluminava sua enxárcia, indicando que o vapor estava com força máxima. Feixes de fagulhas e escórias de carvões incandescentes escapavam de suas chaminés, estrelando a atmosfera.

Assim fiquei até as seis da manhã, sem que o capitão Nemo tivesse parecido me notar. O navio continuava a uma milha e meia de distância e, com as primeiras luzes do dia, o canhoneio recomeçou. Tudo sugeria um ataque iminente por parte do *Náutilus*, quando então eu e meus companheiros deixaríamos para sempre aquele homem que eu não ousava julgar.

Quando me dispunha a descer a fim de avisá-los, o imediato subiu à plataforma na companhia de diversos marinheiros. O capitão Nemo ou não os viu, ou não quis vê-los. Esboçaram-se alguns preparativos, que poderíamos chamar de "preparativos de combate" do *Náutilus*. Eram muito simples. O gradil que formava a amurada em torno da plataforma foi abaixado. Da mesma forma, as casinhas do farol e do timoneiro entraram no casco, mas não completamente. A superfície do longo charuto metálico não oferecia mais qualquer aresta que pudesse prejudicar suas manobras.

Voltei ao salão. O *Náutilus* continuava à tona. O brilho da manhã infiltrava-se na camada líquida. A certas oscilações das ondas, as vidraças animavam-se com as vermelhidões do raiar do dia. Tinha início o terrível 2 de junho.

Às cinco horas, a barquilha indicou que o *Náutilus* moderava a velocidade e compreendi que permitia a aproximação. Enquanto isso, as detonações tornavam-se cada vez mais violentas. Os projéteis sulcavam a água circundante e nela mergulhavam com um assobio peculiar.

— Amigos — eu disse —, chegou a hora. Um aperto de mão, e que Deus nos proteja!

Ned Land estava determinado; Conselho, calmo; eu, nervoso, mal me contendo.

Passamos à biblioteca. Quando eu empurrava a porta que dava para o saguão da escada central, ouvi o alçapão se fechar bruscamente.

O canadense lançava-se escada acima, mas o segurei. Um silvo bastante familiar me informava que a água penetrava nos reservatórios de bordo. Com efeito, em poucos instantes o *Náutilus* desceu alguns metros abaixo da superfície.

Compreendi sua manobra. Tarde demais para agir. O *Náutilus* não pensava em ferir o couraçado em sua impenetrável armadura, e sim abaixo da linha de flutuação, onde a carapaça metálica não protege o costado.

Éramos novamente prisioneiros, testemunhas compulsórias do sinistro drama que estava por vir. Aliás, mal tivemos tempo de refletir. Refugiados no meu quarto, observávamos calados. Um profundo estupor me paralisava. O movimento do pensamento arrefecia em mim. Via-me naquele estado aflitivo que precede a expectativa de uma detonação estrondosa. Aguardava, escutava, vivia exclusivamente pelo sentido da audição.

A velocidade do *Náutilus* aumentou de maneira perceptível e ele ganhou impulso. Todo o seu casco trepidava.

Uma colisão súbita, embora relativamente leve, me fez soltar um grito. Era possível sentir a força penetrante do esporão de aço. Ouvi rangidos, di-

O imenso navio afundava lentamente.

lacerações. Mas o *Náutilus*, propelido por sua força de empuxo, atravessava a massa do navio como fazia a agulha do marinheiro ao cânhamo!

Não pude resistir. Louco, desvairado, lancei-me para fora do quarto e corri ao salão.

Lá estava o capitão, mudo, melancólico, implacável, olhando pela escotilha de bombordo.

Um imenso destroço afundava nas águas e, para nada perder de sua agonia, o *Náutilus* acompanhava-o em sua descida ao abismo. A dez metros de meu posto, vi o casco fendido, por onde a água infiltrava-se estrondosamente, depois a linha dupla de canhões e paveses. O convés fervilhava de sombras escuras em tumulto.

A água subia. Os infelizes acorriam às velas, agarravam-se aos mastros, contorciam-se nas águas. Era um formigueiro humano surpreendido pela invasão do mar!

Paralisado, hirto de angústia, cabelo desgrenhado, olhos esbugalhados, respiração arfante, sem fôlego, sem voz, eu também observava! Uma atração irresistível grudava-me na vidraça!

O imenso navio afundava lentamente. O *Náutilus* não desistia, espiando cada um de seus movimentos. De repente, uma explosão. O ar comprimido fez ir pelos ares o convés da embarcação, como se houvessem ateado fogo aos paióis. Tamanho foi o ímpeto das águas que o *Náutilus* ficou à deriva.

Então o desventurado navio afundou ainda mais rápido. Viam-se as gáveas, carregadas de vítimas, depois os cordames, vergando sob cachos de homens, e, por fim, o bico do mastro principal. Em seguida, a massa escura desapareceu, levando com ela uma tripulação de cadáveres arrastados por um redemoinho gigante.

Voltei-me para o capitão Nemo. Aquele terrível justiceiro, verdadeiro arcanjo do ódio, continuava a observar. Quando tudo terminou, dirigiu-se à porta de seu quarto, abriu-a e entrou. Segui-o com os olhos.

Na escotilha do fundo, abaixo dos retratos de seus heróis, vi o retrato de uma mulher ainda jovem e de dois bebês. O capitão Nemo contemplou-os por instantes, estendeu-lhes os braços e, ajoelhando-se, caiu em prantos.

22. *As últimas palavras do capitão Nemo*

As escotilhas foram fechadas diante da visão assustadora, mas a luz não voltara ao salão. Apenas trevas e silêncio no interior do *Náutilus*, que deixava aquela região desolada, a trezentos metros sob as águas, com rapidez prodigiosa. Para onde ia? Norte ou sul? Para onde fugia Nemo após sua terrível represália?

Eu voltara ao meu quarto, onde Ned e Conselho esperavam em silêncio. Sentia um horror incoercível pelo capitão Nemo. Independentemente do que ele tivesse sofrido por parte dos homens, não tinha o direito de puni-los daquela forma. Fizera de mim, se não cúmplice, pelo menos testemunha de sua vingança. Passara dos limites.

Às onze horas, a claridade elétrica voltou. Fui até o salão. Estava deserto. Consultei os diversos instrumentos. O *Náutilus* corria para o norte a uma velocidade de vinte e cinco milhas horárias, ora na superfície, ora nove metros abaixo.

Determinada nossa posição no mapa, constatei que passávamos ao largo da Mancha e que rumávamos, de forma vertiginosamente acelerada, na direção dos mares boreais.

Naquela carreira sem limites, mal pude estudar os tubarões de focinho comprido, os tubarões-martelos e os patas-roxas que frequentam essas águas. Também me escaparam grandes raias-águias-do-mar, nuvens de cavalos-marinhos, semelhantes aos de um tabuleiro de xadrez, enguias agitando-se como girândolas, exércitos de caranguejos fugindo obliquamente e cruzando as pinças sobre sua carapaça, além de cardumes de golfinhos apostando corrida com o *Náutilus*. Agora, porém, não se tratava mais de estudar ou classificar.

À tarde, já havíamos percorrido duzentas léguas de Atlântico. Anoiteceu e, até que a lua despontasse, o mar foi vestido pelas trevas.

Voltei ao quarto. Impossível dormir com tantos pesadelos. A horrível cena de destruição não me saía da mente.

A partir desse dia, quem poderá dizer até onde nos arrastou o *Náutilus* na bacia do Atlântico norte? Sempre a uma velocidade incalculável! Sempre em meio às brumas hiperbóreas! Tocou na ponta de Spitzbergen, nos penhascos da Nova Zembla? Percorreu mares ignotos, o mar Branco, o mar de Kara, o golfo de Obi, o arquipélago de Liarrov, as praias desconhecidas da costa asiática? Eu não saberia dizer. Perdi a noção do tempo, parado nos relógios de bordo. Parecia que a noite e o dia, como nos confins polares, não perfaziam mais seu curso regular. Sentia-me arrastado para os domínios do estranho, onde age a fértil imaginação de Edgar Allan Poe. A todo instante, esperava deparar-me, como o fabuloso Gordon Pym, com "aquela figura humana velada, de proporções mais avantajadas que a de qualquer habitante da terra, lançada através da catarata que defende o acesso ao polo!".[214]

Calculo — mas talvez esteja enganado —, calculo que a intrépida carreira do *Náutilus* estendeu-se por quinze ou vinte dias, e não sei quanto teria durado sem a catástrofe que pôs termo à nossa viagem. O capitão Nemo sumira, bem como seu imediato. Não víamos nenhum homem da tripulação. O *Náutilus* navegava submerso praticamente o tempo todo. Quando subia à superfície para renovar o ar, os alçapões abriam-se ou fechavam-se automaticamente. Nossa posição deixara de ser marcada no planisfério. Eu não sabia onde estávamos.

Como se não bastasse, o canadense, cujas forças e paciência chegavam ao fim, não aparecia mais. Conselho em vão tentava arrancar uma palavra dele, e, temendo que num rompante de delírio e sob influência de uma nostalgia esmagadora ele se matasse, vigiava-o constantemente.

Era compreensível que, em tais condições, a situação ficasse insustentável.

Certa manhã — eu não saberia precisar a data —, eu cochilava nas primeiras horas do dia, uma sesta penosa e enfermiça, quando fui despertado por Ned Land, debruçado sobre mim e sussurrando:

— Fujamos!

Pus-me de pé.

— Quando? — perguntei.

— Hoje à noite. Não há sinal de vigilância dentro do *Náutilus*. Eu diria que a perplexidade reina a bordo. Está pronto, professor?

— Sim. Onde estamos?

— À vista de terras que detectei em meio às brumas da manhã, a vinte milhas a leste.

214. Citação extraída de "A narrativa de Arthur Gordon Pym", de Edgar Allan Poe (1809-49), autor admirado por Jules Verne, que chegou a escrever um artigo sobre sua obra (em 1864) e uma continuação de "Gordon Pym", *A esfinge dos gelos*.

— Que terras são essas?

— Ignoro, mas isso não vem ao caso, serão nosso refúgio.

— Sim, Ned! Sim, fugiremos à noite, nem que seja para sermos engolidos pelo mar!

— O mar está raivoso, o vento, inclemente, mas fazer vinte milhas no ágil escaler do *Náutilus* não me assusta. Consegui levar para lá víveres e algumas garrafas d'água, sem que a tripulação notasse.

— Conte comigo.

— Outra coisa — acrescentou o canadense —, se eu for apanhado, fique sabendo que me defenderei até a morte.

— Morreremos juntos, amigo Ned.

Eu estava disposto a tudo. O canadense me deixou. Fui até a plataforma, em cuja superfície vacilei devido à rebentação das ondas. O céu estava ameaçador, mas, uma vez que a terra estava lá, atrás daquelas brumas espessas, precisávamos fugir. Não podíamos desperdiçar um dia, uma hora.

Voltei ao salão, ao mesmo tempo querendo e receando encontrar o capitão Nemo. O que lhe teria dito? Poderia esconder-lhe o involuntário horror que ele me inspirava?! Não! Era preferível não me ver face a face com ele! Melhor esquecê-lo! Mas, apesar de tudo...

Que dia comprido aquele, o último que eu passaria a bordo do *Náutilus*! Fiquei sozinho. Ned Land e Conselho evitavam falar comigo com medo de se denunciarem.

Às seis horas, embora sem fome e a despeito da indisposição, obriguei-me a comer, de modo a não ficar enfraquecido.

Às seis e meia, Ned Land adentrou o quarto e me comunicou:

— Não nos veremos antes de nossa partida. Às dez horas, a lua ainda não terá nascido. Temos de aproveitar a escuridão. Vá para o escaler, onde Conselho e eu ficaremos à sua espera.

Sem me haver dado tempo de responder, o canadense saiu.

Quis verificar o curso do *Náutilus* e voltei ao salão. Corríamos para nor-nordeste a toda velocidade, cinquenta metros abaixo da superfície. Lancei um último olhar para as maravilhas da natureza, para as obras de arte acumuladas no museu, para a coleção inigualável, destinada a perecer um dia no fundo dos mares junto com seu curador. Quis deixar gravada na memória uma impressão suprema. Assim permaneci durante uma hora, banhado pelos eflúvios do teto luminoso e passando em revista aquele tesouro resplandecente em suas vitrines. Em seguida, voltei ao quarto.

Ali, vesti trajes apropriados. Reuni meus apontamentos e os guardei cuidadosamente junto ao corpo. Perdi o controle das batidas do coração. A ansiedade e a agitação decerto me teriam traído aos olhos do capitão Nemo.

O que fazia ele nesse exato momento? Escutei à porta de seu quarto. Ouvi um rumor de passos. Nemo estava lá. Não se deitara. A cada movimento seu, eu julgava que surgiria à minha frente para indagar os motivos de minha fuga! Presa de constantes sobressaltos, minha imaginação só fazia agravá-los. A sensação tornou-se tão aflitiva que me perguntei se não era preferível entrar no quarto do capitão, encará-lo, desafiá-lo no gesto e no olhar!

Era uma ideia de louco. Felizmente, controlei tais impulsos. Meus nervos foram se acalmando, mas, com o cérebro superexcitado, repassei num átimo toda a minha existência a bordo do *Náutilus*, todos os incidentes felizes ou infaustos que a haviam perpassado: meu desgarramento da *Abraham Lincoln*, as caçadas submarinas, o estreito de Torres, os selvagens da Papuásia, o encalhe, o cemitério de coral, a travessia de Suez, a ilha de Santorim, o mergulhador cretense, a baía de Vigo, a Atlântida, a banquisa, o polo sul, a prisão nos blocos de gelo, a batalha dos polvos, a tempestade da corrente do Golfo, o *Vingador*, e aquela cena medonha do navio afundado junto com a tripulação...! Todos esses acontecimentos desfilaram ante meus olhos, como o pano de fundo de um cenário teatral. O capitão Nemo crescia então desmesuradamente naquele contexto extravagante. Seu tipo se acentuava e ganhava proporções sobre-humanas. Não era mais meu semelhante, e sim o homem das águas, o gênio dos mares.

Às nove e meia da noite, eu segurava a cabeça nas duas mãos para impedi-la de explodir. Fechava os olhos. Evitava pensar. Meia hora de espera ainda! Meia hora de um pesadelo capaz de enlouquecer!

Naquele instante, percebi vagos acordes de órgão, uma harmonia triste sob um canto indefinível, lamentos de uma alma disposta a romper com os laços terrenos. Escutei simultaneamente com todos os sentidos, mal respirando, mergulhado como o capitão Nemo nos êxtases musicais que o arrastavam para fora dos limites deste mundo.

Aterrou-me um pensamento súbito. O capitão Nemo havia deixado o quarto em direção ao salão, o qual, para fugir, eu teria de atravessar. Ali o veria pela última vez, e ele me veria, e talvez me interpelasse! Bastava um gesto seu para me aniquilar, uma palavra sua para me prender a bordo!

Eram quase dez horas. Chegara o momento de deixar meu quarto e juntar-me aos companheiros.

Ainda que o capitão Nemo se interpusesse no caminho, eu não poderia hesitar. Empurrei a porta com precaução e, não obstante, pareceu-me que ela rangeu sonoramente ao abrir. Rangido que talvez só existisse em minha imaginação!

Avancei rastejando através das coxias escuras do *Náutilus*, detendo-me a cada passo a fim de estabilizar as batidas do coração.

Cheguei à porta angular do salão. Abri-a lentamente. O salão achava-se mergulhado na escuridão profunda. Os acordes do órgão ressoavam debilmente. Lá estava o capitão Nemo, sem me ver. Julgo inclusive que não me veria nem se tudo estivesse iluminado, de tal forma seu êxtase o absorvia por inteiro.

Arrastei-me sobre o tapete, evitando qualquer esbarrão cujo barulho pudesse trair minha presença. Precisei de cinco minutos para alcançar a porta que dava para a biblioteca.

Estava prestes a abri-la, quando um suspiro do capitão Nemo pregou-me no lugar. Compreendi que se levantava. Cheguei a percebê-lo, pois algumas prateleiras da estante iluminada vazavam para o salão. Ele veio em minha direção, braços cruzados, silencioso, mais deslizando que caminhando, como um espectro. Seu peito opresso saltava com os soluços. E ouvi-o murmurar estas palavras, as últimas que vergastaram meus ouvidos:

— Deus todo-poderoso! Basta! Basta!

Seria a confissão do remorso que assim escapava da consciência daquele homem?

Fora de mim, corri para a biblioteca. Desci a escada central e, atravessando a coxia superior, cheguei ao escaler, por cuja abertura, que já dera passagem aos meus dois companheiros, esgueirei-me.

— Vamos! Vamos! — gritei.

— Avante! — respondeu o canadense.

O vão descerrado no aço do *Náutilus* foi previamente fechado e vedado com auxílio de uma chave inglesa que Ned Land arranjara. A abertura do escaler fechou-se igualmente, e o canadense começou a desatarraxar os parafusos que ainda nos prendiam ao submarino.

De repente, ouvimos rumores no interior do aparelho. Vozes interpelavam-se com vivacidade. O que teria havido? Teriam notado nossa fuga? Senti que Ned Land me passava um punhal.

— Sim! — murmurei. — Saberemos morrer!

O canadense interrompera o que fazia, e uma palavra, vinte vezes repetida, uma palavra terrível, revelou-me a causa da agitação que se propagava a bordo do *Náutilus*. Não era para nós que sua tripulação vociferava!

— *Maëlstrom! Maëlstrom!* — exclamavam.

O *Maëlstrom!*[215] Que nome mais aterrorizante, em situação não menos aterrorizante, poderia reverberar em nossos ouvidos? Achávamo-nos nas perigosas paragens da costa norueguesa? O *Náutilus* teria sido arrastado para aquele abismo precisamente quando nosso escaler estava prestes a se soltar de seu casco?

Na época do fluxo as águas comprimidas entre as ilhas Faroe e Lofotten[216] são precipitadas com uma irresistível violência, criando um turbilhão de que nenhum navio jamais se desvencilhou. De todos os pontos do horizonte acor-

---

215. Esse turbilhão, fenômeno que se dá ao largo das costas da Noruega, tornou-se conhecido do grande público por intermédio do conto de Edgar Allan Poe, "Uma descida ao *Maëlstrom*", que integra suas *Histórias extraordinárias*.

216. Lofotten: arquipélago situado na costa norueguesa. Para as ilhas Faroe, ver nota 186.

O escaler foi arremessado no turbilhão.

rem ondas monstruosas, as quais formam o abismo muito bem alcunhado de "Umbigo do Oceano", cuja força de atração estende-se até uma distância de quinze quilômetros. Para ele são arrastados não apenas navios, como baleias, para não falar dos ursos-brancos das regiões boreais.

Foi nele que — voluntária ou involuntariamente, talvez —, o capitão precipitou o *Náutilus*, descrevendo uma espiral cujo raio diminuía progressivamente. Da mesma forma, o escaler, ainda agarrado ao flanco do submarino, era carregado a uma velocidade vertiginosa. Senti a tontura doentia que sucede a um movimento giratório excessivamente prolongado. Estávamos apavorados, às portas do horror, a circulação suspensa, o sistema nervoso aniquilado, atravessados por calafrios, gelados como os suores da agonia! E que estrondo em torno de nosso franzino escaler! Que zunidos, repetidos em eco a uma distância de várias milhas! Que estrépito o daquelas águas quebradas contra as rochas pontiagudas do fundo, ali onde os corpos mais resistentes se esfacelam, ali onde os troncos de árvores carcomidas formam "uma floresta de agulhas" segundo a expressão norueguesa!

Que situação! Éramos sacudidos freneticamente. O *Náutilus* defendia-se como um ser humano. Seus músculos de aço estalavam. Às vezes empinava, e nós junto com ele!

— Temos de aguentar firme — disse Ned — e prender de volta os parafusos! Presos ao *Náutilus*, ainda temos uma chance...

Ele não terminara de falar quando ouvimos um tranco. Os parafusos haviam se soltado, e o escaler, arrancado de seu alvéolo, foi arremessado como a pedra de um estilingue no meio do turbilhão.

Minha cabeça chocou-se com um vergalhão, e perdi os sentidos.

23. *Conclusão*

Eis a conclusão desta viagem submarina. O que aconteceu durante aquela noite, como o escaler escapou do vertiginoso vórtice do *Maëlstrom*, e Ned Land, Conselho e eu do abismo, não saberia dizer. Porém, quando voltei a mim, estava deitado numa cabana de um pescador das ilhas Lofotten.

Impensável, nas atuais circunstâncias, alcançar a França. Os meios de transporte entre a Noruega setentrional e o sul são escassos. Logo, vejo-me forçado a esperar a passagem do vapor que faz a linha bimensal do cabo Norte.

É aqui portanto, em meio à gente honesta que nos recolheu, que releio a narrativa de minhas aventuras. Ela é verídica. Nenhum fato foi omitido, nenhum detalhe exagerado. É a fiel descrição dessa inverossímil expedição sob um elemento inacessível ao homem e cujas rotas o progresso desbravará um dia.

Acreditarão em mim? Não sei. Pouco importa, afinal. Agora tenho pleno direito de falar desses mares, sob os quais, em menos de dez meses,[217] percorri vinte mil léguas, numa volta ao mundo submarina que me revelou tantas maravilhas através do Pacífico, do oceano Índico, do mar Vermelho, do Mediterrâneo, do Atlântico, dos mares austrais e boreais!

Mas qual terá sido o destino do *Náutilus*? Terá resistido ao estrangulamento do *Maëlstrom*? O capitão Nemo ainda vive? Continua a tramar sob o oceano suas terríveis represálias ou teve a carreira encerrada por aquela última hecatombe? As ondas entregarão um dia o manuscrito que esconde a história de sua vida? Saberei finalmente o nome daquele homem? O navio afundado nos revelará, por meio de sua nacionalidade, a nacionalidade do capitão Nemo?

217. Mais precisamente sete meses e meio, de 6 de novembro de 1867 a 20 de junho de 1868.

É o que espero. Ao mesmo tempo, espero que seu poderoso aparelho tenha vencido o mar em seu abismo mais terrível e que o *Náutilus* tenha sobrevivido onde tantos navios pereceram! Se assim for, se o capitão Nemo continua a habitar o oceano, sua pátria adotiva, possa o ódio aplacar-se naquele coração feroz! Que a contemplação de tantas maravilhas arrefeça seu desejo de vingança! Que o justiceiro se ofusque, que o cientista prossiga com a pacífica exploração dos mares! Se é um destino excêntrico, não deixa de ser sublime. Não o compreendi eu mesmo? Não convivi com o insólito por dez meses? Assim, à pergunta feita há seis mil anos pelo Eclesiastes, "Quem já esteve nas profundezas do abismo?",[218] dois homens dentre todos têm agora o direito de dizer que o fizeram: o capitão Nemo e eu.

218. Eclesiastes, 7, 24; mesma interrogação encontrada no Livro de Jó, 38, 16.

PEQUENO GLOSSÁRIO DE TERMOS NÁUTICOS

AÇAFRÃO: peça instalada sobre a parte posterior do leme, formando seu contorno exterior.

ADERNAÇÃO: processo de inclinação do navio para um dos BORDOS.

ALHETA: parte do COSTADO de uma embarcação entre a POPA e o TRAVÉS.

AMURADA: parte do COSTADO que se prolonga acima do CONVÉS de uma embarcação formando uma espécie de parapeito.

APARELHAR: dotar uma embarcação de todos os equipamentos, dispositivos, peças etc. necessários à sua movimentação e à execução de manobras náuticas, visando a levantar âncora.

ARGANÉU: peça metálica de forma circular ou, menos comumente, triangular ou em oito, em que se prendem amarras ou correntes.

ARÍETE: *ver* ESPORÃO.

ARQUEAÇÃO: *ver* TONELAGEM.

AÚSTE: costura ou nó que se dá nos chicotes ("extremidades") das amarras, para emendá-las umas às outras.

AVISO: embarcação de pequeno porte usada para o transporte de documentos ou a escolta de navios mercantes.

BARLAVENTO: lado de onde sopra o vento.

BARQUILHA: aparelho usado para medir a velocidade de uma embarcação em NÓS; geralmente na forma de um triângulo, era lançada da embarcação presa a uma corda com nós a intervalos regulares; o mesmo que barquinha.

BEQUE: curva de madeira instalada na parte mais avançada da PROA.

BOÇA: cabo fixo no ARGANÉU de PROA, permitindo amarrar outra embarcação.

BOMBORDO: lado esquerdo de uma embarcação quando olhamos para a frente; *ver* ESTIBORDO.

BORDO: cada um dos lados de uma embarcação; o mesmo que través.

BUJARRONA: vela triangular, a maior da PROA.

CABRESTO: cabo que segura fortemente o GURUPÉS, pela parte inferior, de encontro ao BEQUE.

CADASTE: peça resistente, de madeira ou metal, colocada em posição mais ou menos vertical, que forma a extremidade posterior da QUILHA ou da CARENA, geralmente servindo de suporte para o leme; o mesmo que roda de popa.

CALADO: distância da LINHA-D'ÁGUA até o ponto mais baixo da QUILHA.

CAMBAR: mudar de um BORDO para o outro deixando o vento pela POPA.

CAPEAR: dispor a embarcação de forma a mantê-la na posição em que se encontra com vento muito forte e contrário ao seu curso.

CARENA: invólucro da parte do casco do navio, normalmente imerso; o mesmo que obras vivas.

CARLINGA: peça grossa de madeira fixada na sobrequilha do navio, tendo na parte superior uma abertura pela qual passa a extremidade inferior do mastro.

CASTELO DE PROA: superestrutura no bico de uma embarcação.

COBERTA: pavimento de um navio entre o CONVÉS e o porão, podendo haver mais de um.

CONVÉS: pavimento da primeira COBERTA.

COSTADO: parte lateral externa de uma embarcação.

ENXÁRCIA: conjunto dos cabos fixos que sustentam os mastros e MASTARÉUS e dão acesso às VERGAS.

ESCALER: pequena embarcação, movida a remo, vela ou motor, usada para transporte e outros serviços de um navio ou repartição marítima.

ESCOTILHA: espécie de janela vazada no COSTADO.

ESPORÃO: aresta externa da RODA DE PROA; o mesmo que aríete e talha-mar.

ESTAI: cada um dos cabos necessários para sustentar a mastreação da embarcação no sentido de vante (frente).

ESTIBORDO: lado direito da embarcação, olhando-se da POPA.

ESTRONCA: forquilha usada no levantamento ou sustentação de grandes pesos.

FIÉIS DO PORÃO: numa embarcação, marinheiros encarregados de serviços de apoio, trabalhando nos PAIÓIS ou na despensa de bordo.

GÁVEA: estrutura circular no topo de um mastro alto, que serve de guarita para um vigia.

GOLAS (das CARLINGAS): base de metal instalada no CONVÉS ou numa COBERTA, onde se apoia o pé do mastro.

GURUPÉS: mastro que sai por fora da PROA com uma inclinação de cerca de 35° relativamente ao plano horizontal.

JOANETE: vela instalada sobre a GÁVEA.

LATINA: vela triangular, que possibilita a navegação contra o vento.

LINHA-D'ÁGUA: linha que separa as OBRAS VIVAS das OBRAS MORTAS, isto é, a parte imersa da emersa.

MASSAME: conjunto de cabos existentes no equipamento do navio.

MASTARÉU: peça linear de madeira que prolonga a parte superior dos mastros.

MAR DE LEITE: mar sereno, sem ondas.

MASTREAÇÃO: o conjunto de mastros, MASTARÉUS e acessórios.

MECHA: extremidade inferior do mastro, de formato quadrangular, que o fixa na CARLINGA.

MEIAS-LARANJAS: alçapão da PROA que dava acesso às antecâmaras dos navios.

MEZENA: último mastro ou vela de uma embarcação, contando-se a partir da PROA.

NÓ: medida de velocidade correspondente a uma milha por hora (1.852 metros/hora), calculada por intermédio da BARQUILHA.

ORÇAR: aproximar a PROA da direção do vento.

OSSADA: estrutura de uma embarcação; o mesmo que cavername.

OVÉNS: cabos que sustentam a MASTREAÇÃO. O conjunto de ovéns forma a ENXÁRCIA.

PAIOL: compartimento da embarcação onde se estocam munições ou carvão.

PARAGENS: regiões marítimas navegáveis.

PAVÊS/PAVESES: armação protetora, feita de escudos ou tábuas, instalada na AMURADA das embarcações.

POÇO: numa embarcação menor, o desnível no CONVÉS do qual habitualmente se comanda o barco.

POPA: parte traseira de uma embarcação, oposta à PROA.

PORTALÓ: abertura no casco de um navio por onde transitam pessoas e cargas.

PROA: parte dianteira de uma embarcação, oposta à POPA.

PROLONGAR: colocar a embarcação em posição paralela e muito próxima de outra embarcação, de um cais, da costa etc.

QUILHA: peça longitudinal que fecha a OSSADA da embarcação.

RODA DE POPA: *ver* CADASTE.

RODA DE PROA: peça de madeira ou de metal que forma o prolongamento da QUILHA na PROA e serve de remate; sua forma varia de acordo com o tipo de barco.

SLOOP: embarcação de um só mastro e vela LATINA.

SOTAVENTO: lado para onde sopra o vento; o mesmo que julavento e sulavento.

TALHA-MAR: *ver* ESPORÃO.

TIRANTE DE ÁGUA: altura da parte imersa da embarcação, que varia de acordo com a carga.

TOMBADILHO: superestrutura erguida na POPA de um navio, em geral fechada e indo de um a outro BORDO; o pavimento dessa superestrutura.

TONELAGEM: capacidade de carga de uma embarcação, em relação quer ao peso, quer ao volume; o mesmo que arqueação.

TRAVÉS: *ver* BORDO.

TRINCA: corrente ou cabo resistente que prende o GURUPÉS ao BEQUE.

TROÇA: cabo que atraca a VERGA ao mastro.

VERDUGO: peça reforçada fixada ao longo do COSTADO de certas embarcações, com a finalidade de protegê-las contra choques, na atracação.

VERGA: peça de madeira ou metal em que é fixada a parte superior da vela.

CRONOLOGIA

Vida e obra de Jules Verne

1828: Jules-Gabriel Verne nasce em Nantes em 8 de fevereiro, filho de Pierre Verne (1811-71), advogado católico, e Sophie Allotte de la Fuÿe (1811-87), filha de um contador. Logo terá como irmãos Paul (1829-97), Anna (1837-1919), Mathilde (1839-1920) e Marie (1842-1913).

1837: Matriculado na escola Saint-Stanislas, em Nantes, distingue-se em geografia e música.

1840: É transferido para um colégio católico.

1844: Entra no Colégio Real de Nantes e, dois anos depois, é aprovado no vestibular de direito, curso que escolheu para agradar ao pai.

1847: Vai a Paris fazer as provas da faculdade de direito, e também porque a família procura afastá-lo de Nantes, onde ele vivera uma paixão frustrada.

1848: Frequenta salões literários. Faz amizade com Alexandre Dumas, filho, e cria o jantar dos "Onze-sem-mulher", um clube de amigos solteiros que reúne literatos, músicos e pintores.

1850: Bacharel em direito. Conhece Aristide Hignard, músico com quem passa a escrever libretos de ópera-cômica.

1851: Faz amizade com o escritor e explorador Jacques Arago e conhece viajantes e cientistas. Publica seus primeiros contos na revista *Musée des Familles*. Continua a escrever comédias representadas nos teatros parisienses. Primeira crise de paralisia facial.

1852: Abandona o direito para se dedicar à literatura. É contratado como secretário do Teatro Lírico, emprego mal remunerado que abandona em 1855. Leva uma vida boêmia e divide um quarto com o amigo Hignard.

1853: *Colin-Maillard*, opereta que compôs em parceria com Hignard, estreia no Teatro Lírico.

1854: "Mestre Zacarias", conto fantástico, é publicado na *Musée des Familles*.

1855: Segunda crise de paralisia facial. O conto "Uma invernada no gelo" é publicado na *Musée des Familles*. Trabalha numa comédia satírica em cinco atos.

1856: Conhece Honorine de Viane, viúva e mãe de duas filhas. Consegue do pai ajuda financeira para comprar uma participação na casa de câmbio do futuro cunhado e decide trabalhar na Bolsa.

1857: Casa-se em Paris, em 10 de janeiro, com Honorine. Divide o tempo entre a literatura e a Bolsa.

1858: Terceira crise de paralisia facial. Entra em cartaz *O sr. de Chimpanzé*, ópera-bufa em parceria com Michel Carré e com música de Hignard.

1859: Publica *Viagem à Inglaterra e à Escócia*, em que narra sua primeira visita a esses países, nesse mesmo ano, em companhia de Hignard.

1860: Conhece o caricaturista, fotógrafo e aeronauta Félix Nadar (1820-1910), fonte de inspiração para *Cinco semanas em um balão*.

1861: Segunda viagem com Hignard, dessa vez à Escandinávia. O diário da viagem servirá de base para *Um bilhete de loteria*. Nascimento de seu filho único, Michel (1861-1925), em 3 de agosto.

1862: Após algumas tentativas junto a diversos editores parisienses, é apresentado por Alexandre Dumas, pai, a Pierre-Jules Hetzel, que se tornará seu amigo e único editor. Hetzel aceita o manuscrito de *Cinco semanas em um balão*, e Verne assina seu primeiro contrato.

1863: *Cinco semanas em um balão* faz enorme sucesso, estimulado pela "balomania reinante". Nadar cria a Sociedade de Incentivo à Locomoção Aérea por meio de Aparelhos mais Pesados que o Ar, da qual Jules Verne é membro.

1864: Segundo contrato com Hetzel, que lança o *Magasin d'Éducation et de Récréation*, revista bimensal dirigida aos jovens e que publicará, desde o primeiro número, a maioria das obras de Jules Verne em folhetim. Quarta crise de paralisia do nervo facial: "De um lado tenho o perfil de um homem inteligente, do outro, o de um idiota." Vende sua parte na casa de câmbio. Publica o ensaio "Edgar Poe e suas obras" na *Musée des Familles* e *Viagem ao centro da Terra*, que ganhará uma versão aumentada três anos depois.

1865: Pratica navegação a partir de Crotoy, pequeno porto situado na foz do rio Somme, onde se instala sem deixar de manter um domicílio em Paris. Novo contrato com Hetzel o obriga a escrever três volumes por ano. Abre mão de parte de seus direitos nas edições ilustradas de suas obras. Membro da Sociedade de Geografia. Trabalha nesse ano em *Os filhos do capitão Grant* e num *Robinson*, que será recusado por Hetzel. Publica *Da Terra à Lua.*

1866: Navega de Nantes a Bordeaux. Trabalha em *Viagem submarina*, futuro *20 mil léguas submarinas. As aventuras do capitão Hatteras* é publicado por Hetzel em edição ilustrada, inaugurando a série *Viagens extraordinárias.*

1867: Viaja com o irmão aos Estados Unidos, no *Great Eastern.* Conhece Nova York e as cataratas do Niágara. O relato da viagem será publicado em 1871 sob o título *Uma cidade flutuante.*

1868: Adquire seu primeiro barco, o veleiro *Saint-Michel.*

1869: Deixa Paris em definitivo e se instala em Crotoy. O *Magasin d'Éducation et de Récréation* começa a publicação em folhetim de *20 mil léguas submarinas*, que irá terminar em 20 de junho do ano seguinte, a primeira parte saindo em volume único em 28 de outubro.

1870: É condecorado cavaleiro da Legião de Honra. Durante a guerra franco-prussiana, é guarda nacional em Crotoy. Recebe favoravelmente a derrubada do Império e a proclamação da República. Trabalha numa nova versão do *Robinson*, que se tornará *A ilha misteriosa* em 1875. Termina o primeiro volume da *História das grandes viagens e dos grandes viajantes*, publicado como *A descoberta da Terra.* Publica *Ao redor da Lua.*

1871: Quinto contrato, pelo qual passa a fornecer dois volumes por ano, em vez de três. Morte do pai em 3 de novembro. Publicação de *Os violadores do bloqueio* e da edição ilustrada de *20 mil léguas submarinas.*

1872: Muda-se para Amiens, cidade natal de sua mulher, onde é eleito membro da Academia de Letras. As *Viagens extraordinárias* são premiadas pela Academia Francesa. Publicação de *A volta ao mundo em 80 dias*, maior sucesso de livraria de Verne. Trabalha em *A ilha misteriosa.*

1873: Compra uma casa em Amiens. Faz sua primeira ascensão em balão, cujo relato é publicado no *Journal d'Amiens.* Publica *O país das peles.*

1874: Triunfo da peça teatral *A volta ao mundo em 80 dias*, de Jules Verne e Adolphe d'Ennery. Publicação da primeira parte de *A ilha misteriosa.* Começa a se preocupar com o comportamento do filho, Michel, que é internado numa clínica de recuperação.

1875: Trabalha na obra *Correio do czar*, futuro *Michel Strogoff*.

1876: Novos problemas com o filho, que acumula dívidas e leva uma vida dissipada. Encomenda nos estaleiros do Havre seu segundo barco, *Saint-Michel II*, um iate a vapor com tripulação de sete homens. Grave doença de Honorine. Publicação *Michel Strogoff*.

1877: Dá um baile à fantasia em Amiens com o tema "Da Terra à Lua". Passa uma temporada em Nantes, onde compra seu terceiro barco, o iate a vela e a vapor *Saint-Michel III*. Publica *Hector Servadac*.

1878: O filho, Michel, é embarcado rumo à Índia como aprendiz de piloto. Primeiro cruzeiro do *Saint-Michel III*, passando por Lisboa, Tânger, Gibraltar e Argel. Publica *Um capitão de quinze anos*.

1879: Segundo cruzeiro do *Saint-Michel III*, à Inglaterra e à Escócia, na companhia do irmão Paul, do sobrinho Maurice e de Jules Hetzel, filho. Regresso de Michel Verne, após um ano e meio de viagem. As relações entre os dois não melhoram, e Michel acaba expulso de casa e vigiado pelo comissário de polícia de Amiens. Publicação de *As atribulações de um chinês na China* e *Os quinhentos milhões da Bégum*.

1880: Michel foge com uma atriz do Teatro Municipal de Amiens, Thérèse Taton. O casamento será realizado em 1884, sem o consentimento de Jules Verne, que não obstante dará uma pensão ao jovem casal. Publicação de *A casa a vapor*.

1881: Terceiro cruzeiro, a Rotterdam e Copenhague, na companhia de Paul Verne e do sobrinho. Publicação de *A jangada*.

1882: Instala-se na "Casa da Torre", em Amiens. Publica *A escola dos Robinson* e *O raio verde*.

1883: Publicação de *Kéraban, o Cabeçudo*.

1884: O *Saint-Michel III* deixa Nantes para seu quarto e último grande cruzeiro pelo Mediterrâneo. Escalas em Vigo, Gibraltar, Oran (onde o escritor encontra a mulher e o filho), Argel e Annaba. Viaja de Annaba a Túnis de trem, em condições precárias; é recebido faustosamente pelo bei. O cruzeiro prossegue por Malta, Sicília, Nápoles, Civita-Vecchia. Em Roma, em 7 de julho, o escritor é recebido em audiência privada pelo papa Leão XIII. A viagem continua por terra em direção a Florença, Veneza e Milão. As impressões recolhidas durante essa viagem servirão para a redação de *Mathias Sandorf*. Publicação de *O arquipélago em fogo* e *O Estrela do Sul*.

1885: Com a queda das tiragens de seus romances, começa a passar por dificuldades financeiras e é obrigado a reduzir seu padrão de vida.

1886: Em 9 de março, num acesso de loucura, Gaston, filho mais velho de Paul Verne, atira duas vezes contra o tio, acertando-o na perna. Como uma das balas não pôde ser extraída, Verne passa a andar com dificuldade. Uma semana mais tarde, seu editor e amigo Hetzel morre em Monte Carlo. Venda do *Saint-Michel*. Publicação de *Robur, o conquistador* e *Um bilhete de loteria*.

1887: Morte da mãe, Sophie Verne, em Nantes, em 15 de fevereiro. Jules Verne viaja à Bélgica e à Holanda, onde faz leituras de suas obras. Publicação de *Norte contra o Sul* e *O caminho da França*.

1888: É eleito para a Câmara Municipal de Amiens pelo Partido Rebublicano. Reaproximação entre Jules e Michel, que dão início a uma colaboração literária. Publicação de *Dois anos de férias*.

1889: Jules Verne incentiva a construção de um circo municipal em Amiens e pronuncia o discurso de inauguração. A revista americana *The Forum* publica "In Year 2889", conto assinado por Jules Verne mas na realidade escrito por Michel, sinal do reatamento entre os dois. Publicação de *Família sem nome* e *De pernas para o ar*.

1890: Sua saúde piora: Verne tem bulimia e diabetes, várias crises de paralisia facial e o ferimento na perna continua a incomodar. Publicação de *César Cascabel*.

1891: Publicação de *A mulher do capitão Branican*.

1892: É promovido a oficial da Legião de Honra. Publicação de *Claudius Bombarnac*.

1893: Publicação de *O homenzinho*. Queda nas tiragens e nas receitas.

1894: Publicação de *As miríficas aventuras de Mestre Antifer*.

1895: Queixa-se de vertigens. Michel escreve *A agência Thompson e Cia.*, a pedido do pai. Publicação de *A ilha a hélice*.

1896: O químico Eugène Turpin (1848-1927) acusa Jules Verne de tê-lo usado como modelo para o cientista louco de *Perante a bandeira*, mas perde o processo. Publicação de *Clovis Dardentor*.

1897: Morte de Paul Verne, em Paris, em 27 de agosto. A saúde de Jules Verne deteriora-se consideravelmente: dilatação do estômago, reumatismos, vertigens e perda de visão. Publicação de *A esfinge dos gelos*, uma continuação da "Narrativa de Gordon Pynn", de Edgar Allan Poe.

1898: Publicação de *O soberbo Orinoco.*

1899: Publicação de *O testamento de um excêntrico.*

1900: Para conter as despesas, Jules Verne volta a ocupar a casa onde morara até 1882. É possivelmente durante essa mudança que ele queima vários papéis e parte de sua correspondência. Viverá cada vez mais retirado.

1901: Publicação de *A cidade aérea* e *As histórias de Jean-Marie Cabidoulin.*

1902: Publicação de *Os irmãos Kip.*

1903: Publicação de *Cadernos de viagem.*

1904: Publicação de *Um drama na Livônia* e *O senhor do mundo.*

1905: Em 24 de março, às oito horas da manhã, Jules Verne morre de uma última crise de diabetes e paralisia em Amiens. É enterrado no cemitério La Madeleine. As exéquias atraem mais de cinco mil pessoas e a família recebe centenas de mensagens. Deixa vários manuscritos, cuja publicação póstuma será coordenada por seu filho, Michel, incentivado pelo editor Jules Hetzel, filho de Pierre-Jules Hetzel. São eles: *A invasão do mar*, *O farol do fim do mundo*, *O vulcão de ouro*, *A agência Thompson e Cia.*, *A caçada ao meteoro*, *O piloto do Danúbio*, *Os náufragos do* Jonathan, *O segredo de Wilhelm Storitz* e a coletânea de contos *Ontem e amanhã*, além de *A espantosa aventura da missão Barsac*, última das *Viagens extraordinárias.*

1994: Publicação póstuma de *Paris no século XX*, recusado por Hetzel em 1866, no qual o escritor descreve a capital francesa em 1960.

AGRADECIMENTOS DO TRADUTOR

Agradeço a todos que mergulharam comigo nesta árdua tradução, em especial a Fernando Lázaro Freire Jr., professor de física na Pontifícia Universidade Católica do Rio de Janeiro (PUC-Rio), pela ajuda nos cálculos e descrições técnicas, e a Rodrigo Lacerda, Thiago Lins e Clarice Zahar, pela leitura amiga e a troca de ideias ao longo do trabalho.

A.T.

1ª EDIÇÃO [2011] 13 reimpressões

ESTA OBRA FOI COMPOSTA POR MARI TABOADA EM
IM FELL ENGLISH E MINION PRO E IMPRESSA EM OFSETE
PELA GEOGRÁFICA SOBRE PAPEL PÓLEN DA SUZANO S.A.
PARA A EDITORA SCHWARCZ EM FEVEREIRO DE 2025

A marca FSC® é a garantia de que a madeira utilizada na fabricação do papel deste livro provém de florestas que foram gerenciadas de maneira ambientalmente correta, socialmente justa e economicamente viável, além de outras fontes de origem controlada.